A ASCENSÃO DE SENLIN

JOSIAH BANCROFT

A ASCENSÃO DE SENLIN

VOLUME 1 DA SÉRIE *OS LIVROS DE BABEL*

Tradução
Aline Storto Pereira

Copyright © 2013 por Josiah Bancroft
Os direitos desta obra foram negociados com o autor e Sheil Land Associates Ltd.

Título original em inglês: *Senlin Ascends*

Direção editorial: Victor Gomes
Coordenação editorial: Giovana Bomentre
Tradução: Aline Storto Pereira
Preparação: Natália Mori Marques
Revisão: Leticia Campopiano
Design de capa: Ian Leino
Mapa: Josiah Bancroft
Adaptação de capa original, projeto gráfico
e diagramação: Beatriz Borges

Esta é uma obra de ficção. Nomes, personagens, lugares, organizações e situações são produtos da imaginação do autor ou usados como ficção. Qualquer semelhança com fatos reais é mera coincidência.

Todos os direitos reservados. Proibida a reprodução, no todo ou em partes, através de quaisquer meios. Os direitos morais do autor foram contemplados.

Dados Internacionais de Catalogação na Publicação (CIP)

B213a Bancroft, Josiah
A ascensão de Senlin/ Josiah Brancroft; Tradução: Aline Storto
Pereira – São Paulo: Editora Morro Branco, 2020.
p. 528; 14x21cm

ISBN: 978-85-92795-94-8

11. Literatura americana – Romance. 2. Ficção americana.
I. Pereira, Aline Storto. II. Título.
CDD 813

Todos os direitos desta edição reservados à:
EDITORA MORRO BRANCO
Alameda Santos, 1357, 8º andar
01419-908 – São Paulo, SP – Brasil
Telefone (11) 3149-2080
www.editoramorrobranco.com.br
Impresso no Brasil
2020

Para Sharon, que nunca se perde na multidão

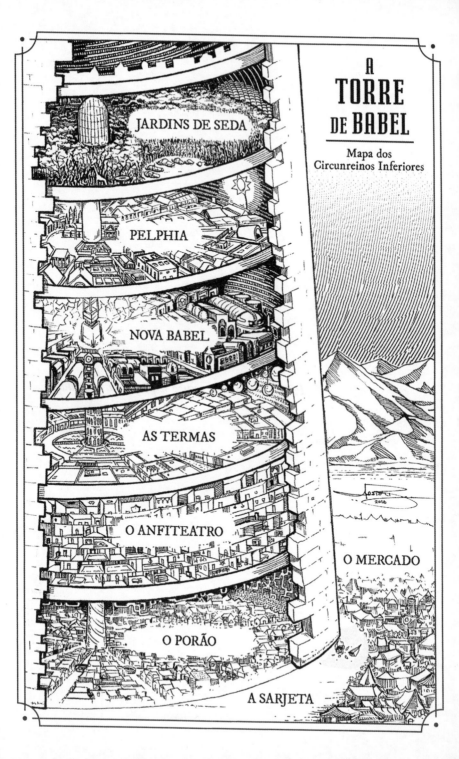

A Torre de Babel às vezes é chamada de Ralo da Humanidade. Sua imensidão, a variedade de seus circunreinos e sua altura misteriosa e suntuosa são irresistíveis a todos os recém--chegados. Eles se sentem atraídos por ela como água é atraída para um ralo.

– Introdução do *Guia da Torre de Babel para leigos* (14ª edição)

· PARTE I ·

O PORÃO E O ANFITEATRO

·CAPÍTULO UM·

A Torre de Babel é mais conhecida pelos finos trajes de seda e pelos maravilhosos dirigíveis que produz, mas os visitantes descobrirão outros bens de exportação intangíveis. Fantasia, aventura e romance são o verdadeiro negócio da Torre.
— *Guia da Torre de Babel para leigos, I.V*

Era uma viagem de quatro dias de trem do litoral até o deserto onde a Torre de Babel se erguia como uma presa do maxilar da terra. Primeiro, atravessaram terrenos de pastagens, salpicados de bovinos de engorda e povoados sem charme, e depois o trem subira por uma série de montanhas com veios de neve, onde condores empoleiravam-se em ninhos grandes como montes de feno. Eles já estavam mais longe de casa do que jamais estiveram. Desceram por colinas de xisto, que ele disse lembrarem-no de um campo de quadros negros despedaçados, passaram por ciprestes, que ela disse parecerem guarda-sóis abertos, e, por fim, chegaram à bacia árida. O deserto estava longe de estar deserto. O trem compartilhava a direção com uma miríade de caravanas, cada uma das quais era uma linha deslizante de rodas, cascos e pés. Ao longo da manhã, as faixas de tráfego engrossaram até convergirem em uma grande massa tão densa que o trem foi forçado a diminuir a velocidade até rastejar. A cabine deles parecia avançar lentamente em meio à ruidosa maré de diligências e carros de bois, aos turistas, aos peregrinos, aos migrantes e aos mercadores de cada estado da vasta nação de Ur.

Thomas Senlin e Marya, a mulher com quem acabara de se casar, espiavam os agrupamentos humanos pela janela aberta de seu iluminado vagão leito. As mãos dela, de um branco porcelana, pousavam levemente sobre os dedos dele. Uma pequena tropa de soldados com o peito vermelho passou curvada em cavalos Palomino, abrindo caminho entre uma família com lenço xadrez na cabeça que viajava a camelo. O bramido dos elefantes encobriu o estrépito do trem e aqui e ali, no ar quente lá no alto, vagavam dirigíveis, flutuando inexoravelmente em direção à Torre de Babel. Os balões que mantinham os dirigíveis no ar eram tão coloridos quanto mastros enfeitados.

Desde que viraram em direção à Torre, não haviam conseguido ver o grande pináculo a partir da janela de sua cabine. Porém, isso não desencorajou Senlin de descrevê-la.

— Há muito debate sobre quantos andares ela tem. É impossível julgar aqui do chão — disse Senlin, continuando a litania de fatos que levara ao conhecimento de sua jovem mulher ao longo da viagem. — Vários homens, a maioria aeronautas e místicos, dizem ter visto o topo. Claro, nenhum deles tem nenhuma evidência para confirmar aquilo que se gabam de ter feito. Alguns desses exploradores até afirmam que a Torre ainda está sendo construída, se você for capaz de acreditar nisso.

Esses fatos triviais o confortavam, como todos os fatos. Thomas Senlin era um homem reservado e naturalmente tímido que confiava em cronogramas e regimes e relatos escritos.

Marya respondia com acenos zelosos, mas estava claramente distraída pelo desfile de seres humanos lá fora. Seus grandes olhos verdes passavam entusiasmados de uma distração exótica para a outra: o que Senlin apenas observava, ela absorvia. Senlin sabia que, diferentemente dele, Marya achava os espetáculos e as multidões emocionantes, embora visse pouco dessas duas coisas na cidade natal. O cortejo do lado de fora de sua janela não se parecia nada com Isaugh, um vilarejo de pescadores carcomido pelo sal, que agora ficara muitas centenas de quilômetros atrás. Isaugh era o único lar que ela conhecia, além do conservatório para jovens mulheres em que estudara durante quatro anos. Isaugh tinha dois pubs, um Clube de Carteado e uma prefeitura que fazia as vezes de salão de baile quando a ocasião pedia. Entretanto, não chegava a ser uma metrópole.

Marya levantou-se do assento em um pulo quando a cabeça de um camelo chegou inesperadamente perto. Senlin tentou acalmá-la dando-lhe o exemplo, mas não conseguiu deixar de soltar um grito quando o camelo resfolegou, borrifando-os com saliva morna. Frustrado com esse lapso no decoro, Senlin pigarreou e enxotou o camelo com o lenço.

O conjunto de chá que viera junto com o café da manhã chacoalhou agora, colheres tremendo dentro de xícaras vazias, enquanto o engenheiro freou e o trem praticamente parou. Thomas Senlin economizara para essa viagem e a planejara durante toda a sua carreira. Queria ver as maravilhas sobre as quais lera tanto e, embora fosse um teste para os seus nervos, esperava que seu equilíbrio e sua inteligência salvassem o dia. Subir a Torre de Babel, mesmo que um pequeno trecho, era sua maior ambição, e ele estava muito entusiasmado. Não que alguém fosse saber só de olhar: via de regra, ele demonstrava um distanciamento frio, ocultando os arroubos interiores de suas emoções. Era assim que se portava na sala de aula. Não sabia mais se comportar de outra maneira.

Lá fora, um dirigível passou tão perto do solo que suas cordas começaram a bater em algumas cabeças naquele aglomerado. Senlin se perguntava por que estava tão baixo ou se haveria acabado de decolar. Marya soltou uma risadinha estridente e cobriu a boca com uma das mãos. Ele ficou boquiaberto quando o capitão da nave fez gestos desvairados para a tripulação acender a caldeira e recolher os cabos, o que foi feito depressa, em meio a um pânico generalizado, mas não antes de um jovem da multidão pegar uma das cordas soltas. O rapaz aventureiro rapidamente foi erguido acima da turba, seus pés passando por cima de uma carruagem antes que ele fosse levado para o alto e desaparecesse de vista.

A cena pareceu quase cômica do chão, mas o estômago de Senlin se remexeu quando ele pensou em como o jovem devia se sentir contando apenas com a força das mãos para voar sobre a turba que se espalhava. Na verdade, a cena toda fora tão estranha que ele simplesmente decidiu esquecê-la. O *Guia* chamava o Mercado de um lugar barulhento. Isso parecia, talvez, um eufemismo.

Ele jamais esperara fazer essa viagem como recém-casado. Para ser mais específico, nunca imaginara que encontraria uma mulher que o aceitasse. Marya era 12 anos mais nova, mas, estando ele em torno dos seus 35 anos, Senlin não achava seu casamento recente extraordinário. No entanto, provocou o espanto de alguns em Isaugh. Empoleirados em penhascos à beira do Oceano Niro, os habitantes de Isaugh desconfiavam de qualquer coisa que se distanciasse do ritmo das marés e das estações de pesca. Mas, como diretor e único professor da escola de Isaugh, Senlin costumava ser indiferente às fofocas. Ele certamente ouvira falar delas. Na sua cabeça, a fofoca era o teatro das pessoas iletradas, e ele não se casara para animar a conversa de ninguém à mesa do café da manhã.

Ele se casara por motivos totalmente práticos.

Marya era um bom partido. Ela tinha bom temperamento e era culta; pensativa, porém não taciturna; educada, porém não indiferente. Ela tolerava suas longas horas de estudo e o seu sossego geral, que os outros costumavam confundir com estoicismo. Ele imaginava que ela se casara com ele por ser gentil, tranquilo, e por ter um emprego estável. Ganhava quinze shekels por semana, constituindo um salário anual de treze minas; não era de modo algum uma fortuna, mas era o bastante para uma vida confortável. Ela com certeza não se casara com ele por sua aparência. Enquanto separadamente seus traços eram bonitos o suficiente, vistos como um todo pareciam esticados e mal colocados. Seu apelido entre os alunos era "Bagre" porque ele era magro e comprido e ossudo.

Claro, Marya tinha alguns hábitos incomuns. Ela lia livros enquanto andava pela cidadezinha... e tinha muitas saias rasgadas e os joelhos esfolados para comprová-lo. Não tinha medo de altura e às vezes subia no telhado só para ver as velas dos navios que se aproximavam no horizonte. Tocava o piano lindamente, mas também com brutalidade. Cantava como uma sereia louca enquanto escrevia baladas e canções, deixando pianos desafinados após a sua passagem. E, ainda assim, sua excentricidade causava admiração na maioria das pessoas. Os habitantes do vilarejo achavam-na encantadora e muitas vezes pediam que tocasse nas hospedarias locais. Nem mesmo o amargo cinza dos invernos de Isaugh conseguia diminuir sua vivacidade. Todos ficaram um pouco perplexos por conta de seu casamento com o Bagre.

Hoje, Marya estava usando suas roupas de viagem: uma saia cáqui até o joelho e uma blusa branca com um chapéu um tanto excêntrico cobrindo seus cabelos ruivos encaracolados. Ela tingira o chapéu de vermelho, fato do qual Senlin não gostara muito, mas ela o convenceu dizendo que isso tornaria mais fácil localizá-la na multidão. Senlin vestia um terno cinza de veludo cotelê fino, que ele pensava ser casual demais, mesmo para viajar, mas que ela dissera ser elegante e um tanto descontraído, e não era esse o propósito de uma lua de mel, afinal?

Uma criança ágil que vestia um colete de couro de cabra subiu na lateral do trem com pães em forma de anel em um dos braços. Senlin comprou um anel do menino e ele e Marya ficaram ali, compartilhando a casca quente fermentada enquanto o trem rastejava até a Estação Central de Babel, onde tantas trilhas terminavam.

A lua de mel deles fora adiada pelo transcurso natural do ano letivo. Ele poderia ter optado por um destino mais conveniente e frugal, um hotel à beira-mar ou uma casa de campo onde eles podiam ter se isolado por um fim de semana, mas a Torre de Babel era muito mais do que um local para passar as férias. Um mundo inteiro se equilibrava sobre alicerces de rocha sólida. Quando era jovem, ele lera sobre as contribuições culturais da Torre para o teatro e para as artes, seus avanços nas ciências e suas tecnologias profundas. Havia rumores de que até a eletricidade, um bem do qual só se ouvira falar nas maiores cidades de Ur, fluía livremente nos andares mais altos da Torre. Era o farol da civilização. Um velho ditado dizia: "A terra não abala a Torre; a Torre abala a terra".

O trem fez sua parada final, embora eles não vissem nenhuma estação do lado de fora da janela. O maquinista apareceu e lhes disse que teriam de desembarcar; os trilhos estavam abarrotados demais para o trem continuar. Ninguém parecia achar isso estranho. Após dias sentados e chacoalhando nos trilhos, a perspectiva de uma caminhada agradou aos dois. Senlin pegou as duas bagagens que eles trouxeram: uma bolsa de couro pespontada para os pertences dele e, para os dela, um modesto baú com grandes eixos em uma extremidade e um cabo na outra. Ele insistiu em levar os dois.

Antes de eles saírem do vagão e enquanto ela puxava a parte de cima das botas de couro marrom e alisava a saia, Senlin recitou os três conselhos vitais que retirara de seu exemplar do *Guia da Torre de Babel para leigos*. Em primeiro lugar, mantenha seu dinheiro por perto. (Antes de partirem, ele pediu que o alfaiate local costurasse bolsos secretos por dentro da cintura das calças dele e da barra das saias dela.) Em segundo lugar, não ceda aos mendigos. (Isso apenas os encoraja.) E, por fim, mantenha seus companheiros sempre à vista. Senlin pediu a Maya que repetisse esses itens enquanto eles desciam apressadamente pelo corredor de tapete dourado que ligava os vagões. Ela obedeceu, embora com um pouco de humor.

— Regra quatro: não beije os camelos.

— Essa não é a regra quatro.

— Diga isso aos camelos — disse ela, saltitando.

E, no entanto, nenhum dos dois estava preparado para a cena com que se depararam quando findaram os degraus do trem. A multidão era como uma geleia que havia se solidificado ao redor deles. No começo, mal conseguiam se mexer. Um homem careca com um saco de cânhamo enorme nos ombros e uma coleira de ferro em torno do pescoço empurrou Senlin para cima de uma mulher de olhos vermelhos. Ela o repeliu com uma risada alcoolizada e voltou para aquele pântano de corpos. Passou por cima da cabeça deles uma gaiola de canários agitados, derrubando penas fedorentas em seus ombros. Os quadris de uma dúzia de mulheres que vestiam túnicas pretas, peregrinas de alguma crença esotérica, passaram roçando como enormes rolamentos esféricos. Crianças sujas carregadas de bandejas com flores de pano perfumadas, cata-ventos de brinquedo e frutas cristalizadas ziguezagueavam ao redor deles, cada uma presa à outra por um pedaço de corda. Exceto pelos trilhos do trem, não havia ruas definidas, nem paralelepípedos, nem meios-fios, apenas a crosta dura vermelho-ferrugem da terra sob seus pés.

Era tudo tão impressionante e, por um momento, Senlin ficou tenso, como um cadáver. Os gritos dos vendedores, o estalido das lonas, o tinido dos arreios e a hesitação de dez mil vozes estranhas formavam um patamar de ruído que só se podia vencer aos berros. Marya puxou o cinto do marido à altura da coluna dele, tirando-o de seu atordoamento e estimulando-o a seguir em frente. Ele respirou e deu o primeiro passo.

Eles foram arrastados a um labirinto de tendas de mercadores, carrinhos de vendedores e mesas bambas. As passagens entre as bancas estavam tão emboladas quanto os rabiscos de uma criança. Vigas de bambu temporárias se projetavam em toda a parte sobre eles, curvando-se sob tapetes de juta, réstias de alho, lampiões de metal furados e cintos de couro trançado. Lonas com listras brilhantes encobriam boa parte do céu, embora, mesmo à sombra, a presença do sol fosse indubitável. O ar seco estava tão quente quanto cinzas frescas.

Senlin continuou caminhando devagar, na esperança de encontrar uma rua ou uma placa de sinalização. Ele deixou que a multidão oferecesse um caminho em vez de abrir um por conta própria. Quando se abria um espaço, ele o ocupava rapidamente. Depois de progredir talvez cem passos desse modo, não fazia ideia de em qual direção ficavam os trilhos. Lamentou ter se afastado deles. Poderiam tê-los seguido até a Estação Central de Babel. Era perturbadora a rapidez com que se desnorteara.

Entretanto, ele tomava o cuidado de virar de vez em quando e dar um sorriso a Marya. A luz do seu sorriso nunca oscilava. Não havia motivo para preocupá-la com esse contratempo de pouca importância.

À frente, um garoto de peito nu abanava as carcaças penduradas de carneiros e coelhos para impedir que uma nuvem de moscas se estabelecesse nelas. As moscas e o fedor doce que saía da banca do açougueiro fizeram a multidão voltar para trás, criando um pequeno espaço para que eles parassem por um instante, embora o cheiro fosse nauseabundo. Colocando o baú de Marya entre eles, Senlin enxugou o pescoço com o lenço.

— É claramente bem agitado — disse Senlin, tentando não parecer tão confuso quanto se sentia, embora Marya mal notasse. Ela estava olhando por sobre a cabeça dele, uma expressão perplexa iluminando seu lindo rosto.

— É maravilhosa — ela disse.

Uma brecha entre os toldos sobre eles expôs o céu e, ali, como um pilar sustentando o céu, erguia-se a Torre de Babel.

A frente da Torre tinha faixas de branco, cinza, ferrugem, bronze e preto, revelando os muitos tipos de pedras e tijolos usados em sua construção. A coloração irregular fez Senlin pensar em um gato malhado. A silhueta era arquitetonicamente sem graça, mas ornamentada com luxuosos frisos, cada faixa mais alta do que uma casa. Um denso aglomerado de nuvens ocultava o pináculo da Torre. O *Guia da Torre* salientava que as camadas mais altas estavam permanentemente ocultas, embora fosse tema de especulação popular a questão de a estrutura antiga produzir as nuvens ou as atrair. Fosse como fosse, nunca dava para ver o cume do chão.

A descrição que o *Guia* apresentava da Torre não preparara Senlin de fato para a imensidão da estrutura. Ela fazia os zigurates da região sul de Ur e as fortalezas das Planícies Ocidentais parecerem maquetes, o tipo de coisa que crianças fazem com cubos de açúcar. A Torre demorara mil anos para ser erguida. Mais do que isso, de acordo com alguns historiadores. Tomado pela admiração e com a intensa aglomeração do Mercado, Senlin estremeceu. Marya apertou sua mão para tranquilizá-lo e ele se endireitou. Era um diretor, afinal, um líder de uma modesta comunidade. Sim, havia uma multidão a atravessar, mas, quando chegassem à Torre, a turba diminuiria. Eles conseguiriam se esticar um pouco e estariam, era quase certo, entre companhias mais agradáveis. Em algumas horas, teriam em mãos uma taça de vinho do Porto em um alojamento razoável, porém hospitaleiro, no terceiro andar da Torre – as Termas, os nativos o chamavam –, exatamente como haviam planejado. Eles examinariam esse mesmo formigueiro humano com calma, mas de uma distância mais confortável.

Agora, pelo menos, tinham um rumo, uma direção a seguir.

Senlin também estava descobrindo um meio mais eficiente de avançar pela multidão. Se parava, descobriu, era difícil recomeçar; mas era possível progredir se a pessoa fosse um pouco mais firme e determinada. Depois de alguns minutos seguindo-o, Marya se sentiu confortável o bastante para soltar o cinto dele, o que tornou a caminhada muito mais fácil para os dois.

Em pouco tempo, eles se viram em um dos muitos bazares de roupa dentro do Mercado. Vestidos com renda, macacões bordados e camisas com punho estavam pendurados em uma floresta de cabides e cordões. Era possível encontrar ternos de todas as cores, de azul-pavão a amarelo da cor do junquilho; havia roupa íntima feminina pendurada em escadas de bambu como peles de cobras exóticas. Lenços dobrados em quadrados cobriam a mesa mais próxima, empilhados como um monte de neve.

— Deixe-me comprar um vestido para você. As noites aqui são mais quentes do que estamos acostumados. — Ele tinha de falar perto do ouvido dela.

— Eu queria um vestidinho — disse ela, tirando o chapéu e revelando seu cabelo cor de bronze um pouco amassado. — Algo escandaloso.

Ele franziu a testa de um jeito pensativo para disfarçar a própria surpresa. Sabia que esse era o tipo de flerte que até casais decentes provavelmente se permitiam na lua de mel. Mesmo assim, não estava preparado e não conseguiu corresponder seu tom de brincadeira.

— Escandaloso?

— Nada que seus alunos precisem saber. Só uma coisinha para desonrar o varal lá de casa — ela acrescentou, passando o dedo pelo braço dele como se estivesse acendendo um fósforo.

Ele se sentiu desconfortável. Diante deles, havia acres de bancas com roupa íntima feminina umas atrás das outras. Não havia nenhum homem à vista.

Quinze anos vivendo como solteiro não o prepararam para o acréscimo da roupa de baixo de Marya à paisagem de seu quarto. Encontrar as peças íntimas da esposa penduradas nos suportes da cama e nas maçanetas de seu velho santuário foi como um choque. Mas esse monte de camisolas, blusinhas, corpetes, meias-calças e sutiãs sendo examinados por milhares de mulheres estranhas parecia exponencialmente mais humilhante.

— Acho que vou ficar perto da bagagem.

— Mas e as suas regras?

— Bem, se você continuar com essa tigela vermelha na cabeça, vou conseguir localizar você muito bem daqui.

— Se você se perder, nos encontramos de novo no alto da Torre — disse ela com uma ênfase dramática exagerada.

— Não vamos nos perder. Vamos nos encontrar aqui mesmo ao lado deste carrinho de meias.

— Tão romântico! — exclamou ela, contornando duas mulheres corpulentas que vestiam salopetes azuis e brancos que haviam sido populares muitos anos antes. Senlin achou graça ao notar que elas estavam conectadas pela cintura por uma corda grossa de juta.

Ele perguntou se eram do leste e elas responderam com o nome de um vilarejo de pescadores que não ficava longe de Isaugh. Conversaram sobre a habitual nostalgia comum aos povos litorâneos: as alvoradas, as estrelas-do-mar e o agradável murmúrio da arrebentação à noite. Ele então indagou:

— Vieram de férias?

Elas responderam com um ligeiro sorriso maternal que o fez se sentir menosprezado.

— Já passamos muito do nosso período de férias — contou uma delas.

— Vocês vão a toda parte amarradas umas às outras? — Um tom de zombaria se insinuou em sua voz agora.

— Vamos, claro — respondeu a mais velha das duas. — Desde que perdemos a nossa irmãzinha.

— Sinto muito. Ela faleceu recentemente? — perguntou Senlin, recobrando seu tom sincero.

— Sinceramente, espero que não. Porém, já faz três anos. Talvez ela tenha falecido.

— Ou talvez ela tenha encontrado uma maneira de voltar para casa? — conjeturou a irmã mais nova.

— Ela não nos abandonaria — a mais velha retrucou em um tom que sugeria se tratar de uma discussão muitas vezes repetida entre elas.

— É intrépido da sua parte vir sozinho — comentou a solteirona mais nova.

— Ah, obrigado, mas não estou sozinho. — Cansado da conversa, Senlin se mexeu para pegar o cabo do baú apenas para descobrir que não estava ali.

Confuso, ele girou em círculos, vasculhando primeiro o chão e depois o tropel de rostos inexpressivos e imperturbáveis passando por ele em ziguezague. O baú de Marya sumira.

— Perdi minha bagagem.

— Compre uma boa corda — aconselhou a mais velha e estendeu a mão para dar uma palmadinha em seu rosto pálido.

·CAPÍTULO DOIS·

Compradores astutos se deleitarão no Mercado que circunda os pés da Torre. Não tenha medo de se afastar enquanto pechincha; retroceder um pouco pode garantir uma boa barganha.
— *Guia da Torre de Babel para leigos*, I.IV

Senlin sentou-se no alto de um pedregulho de arenito próximo ao sopé da Torre, comendo os pistaches que comprara para o café da manhã. Seus lábios rachados ardiam. Passarinhos marrons reviravam as cascas que ele deixava cair, bicando os flocos de semente. Ele não reconheceu a espécie. Algumas horas antes, comprara algo para beber, uma simples concha de água que custa tanto quanto uma dose de um bom conhaque lá em Isaugh. Entretanto, já estava com sede outra vez.

Comprou um caderninho para anotar suas impressões, como qualquer antropólogo amador faria, mas não o abrira desde que desembarcara do trem. Não queria registrar nada disso. Seu exemplar do *Guia da Torre* pendia aberto de sua mão. Havia um pacote desarrumado de roupa íntima feminina ao seu lado. Ele estava zonzo devido à exaustão, os dedos tremiam pelo mesmo motivo. Se ele se deitasse sobre a rocha aquecida pelo sol e fechasse os olhos, cairia no sono em um instante. Tinha medo de fazer exatamente isso.

Já fazia agora dois dias desde que desceram do trem, dois dias desde que vislumbrara a Torre pelo toldo rasgado, dois dias desde que ela virara as costas e fora, risonha, procurar um vestidinho. Algo escandaloso.

A Torre de Babel se avolumava diante dele como o degrau de um grande platô, como a face de um rochedo aparentemente sem fim. A não ser pela entrada arqueada que se abria em torno de um túnel muito sombreado a pouco mais de noventa metros de distância, a parte inferior da Torre não era interrompida por janelas ou saliências. Mais acima, Senlin conseguia distinguir algumas estruturas projetando-se da Torre como espinhos no tronco de uma roseira velha. Dirigíveis se agarravam a esses espinhos, suas gôndolas tão pequenas quanto pulgões por causa da distância. Portos aéreos, supôs Senlin. Ele lera que a maioria dos andares da Torre, ou circunreinos, tem vários desses portos. Se ao menos ele tivesse vindo com Marya de dirigível! Porém, viajar pelo ar era proibitivamente caro: duas passagens podiam custar quase o salário de um ano. Pior ainda, ele era propenso a ter enjoos. Os moradores de Isaugh costumavam caçoar dele por conta disso: o diretor da Vila da Pesca consegue ensinar, mas não consegue velejar. Ele não queria passar a viagem de lua de mel debruçado sobre o parapeito de um dirigível, semeando a paisagem com o conteúdo de seu estômago. Além disso, a subida até o futuro destino deles, as Termas, fazia parte da aventura, e Marya estava ansiosa para percorrê-la.

Uma súbita percepção o fez pular e quase rolar da pedra sobre a qual estava empoleirado. O saquinho de papel de pistache escorregou de sua mão e caiu do pedregulho ao chão, as cascas pálidas espalhadas por toda a parte sobre a crosta vermelha.

Ele sabia que estariam ali antes mesmo de olhar e, no entanto, revirou a bolsa, vasculhando o bolso lateral, em meio a canetas sobressalentes, escova para casacos e cartões-postais em branco até que, por fim, sua mão se fechou sobre a origem de sua preocupação. Ele puxou as duas passagens.

Estava com a passagem dela de volta para casa.

Ficara apenas momentaneamente distraído pela perda da bagagem dela e saíra correndo pelo aglomerado de pechincheiros e turistas sem nenhuma noção de para onde os ladrões haviam ido. Não demorou muito até ele reconhecer que a bagagem estava perdida. Ele voltou para a banca, quase seguro de que eram as mesmas meias ao lado das quais eles estavam poucos minutos antes, e ali passou a tarde e depois a primeira noite da lua de mel em Babel, balançando-se sobre os calcanhares, completamente sozinho. Tinha certeza de que ela encontraria o caminho de volta. Concentrou-se em permanecer equilibrado e sensato e até ocasionalmente otimista. Esse não era um inconveniente tão grande. Talvez fosse uma aventura, do tipo que tornava as histórias de viagem agradáveis de contar. Ela voltaria.

Porém, no decorrer daquela noite, ele observou como primeiro uma banca e depois outra foram desarmadas, seu estoque levado embora de camelo, mula em trenós ou carroças. Novos mercadores chegaram. Novos toldos e mesas foram montados, mudando a topografia das vielas entre os vendedores, alterando até o formato recortado do céu lá no alto. Agora fazia sentido que o *Guia da Torre* não incluísse mapas do Mercado. Era como tentar desenhar o diagrama do pôr do sol de amanhã. A mudança do Mercado nunca cessava. Quando a banca de meias onde prometera esperar se transformou em uma venda de lampiões, ele percebeu que ela jamais encontraria o caminho de volta. Ele não podia mais ficar parado.

No dia seguinte, fez uma busca sistemática, começando com o que restava do setor da seda do Mercado onde ela desaparecera. Procurou seguindo um movimento em espiral o melhor que pôde, comprando dos mercadores a cada poucas bancas uma combinação de seda ou uma meia-calça, alguma coisinha suficiente para conseguir a atenção deles por tempo suficiente para perguntar-lhes se haviam visto uma mulher com um chapéu vermelho no dia anterior. Ele ficou feliz ao menos por ter um modo fácil de descrevê-la: uma mulher com chapéu vermelho. Ela fora mais esperta e prudente do que ele reconhecera. Depois de um dia fazendo isso, ele acumulava uma trouxa constrangedora de roupas de mulher. No entanto, não havia notícias de Marya. Os vendedores de roupa começaram a se tornar ceramistas e as mesas com seda foram substituídas por galerias de louça e cerâmica.

Onde os toldos e as tendas eram mais escassos, ele subiu em barris e caixotes para sondar a multidão, procurando por ela, certo de que se destacaria, vívida como um cardeal em uma árvore. Porém, era impossível de fato ver alguém com clareza em meio à turba. Quase inconscientemente, suas buscas começaram a levá-lo para mais perto da Torre, que revelou estar mais distante do que parecera a princípio. Ou talvez ele apenas houvesse se afastado mais dela. Não tinha como saber ao certo.

À medida que as horas da segunda noite escoaram, ele ficou menos organizado, menos comedido. Vagava imprudentemente, gritando o nome dela. Quando vislumbrava a cor vermelha, passava trombando nas bancas e nos vendedores, empurrando compradores que perambulavam, gritando sem fôlego: "Marya! Marya!", para encontrar um homem usando um barrete vermelho, ou um menino carregando uma lanterna de papel vermelho ou uma coberta vermelha escapando por debaixo da sela de um cavalo...

Ele não estava acostumado a sentir pânico nem sabia se consolar quando o desespero recaía sobre ele. A lua de mel deles estava arruinada, isso parecia certo. Eles iam ter que inventar uma história de luxúria para contar aos amigos e, claro, ele a compensaria por tudo aquilo com um fim de semana tranquilo em uma casa de campo, mas, pelo resto do casamento, ela se lembraria da terrível provação que fora a lua de mel. Era um começo pouco auspicioso.

Para onde olhava agora, via grupos de pessoas amarradas com cordas. Qualquer movimento em meio à multidão ficava mais difícil devido à rede de correias. Por que o *Guia* se esquecera de mencionar aquela pequena pérola de sabedoria? Traga uma boa corda.

Senlin enfiou as passagens de trem no meio das páginas do *Guia da Torre*, amaldiçoando-se por ter sido tão imprudente a ponto de levar os bilhetes dos dois. Perguntou-se se ela teria o suficiente para comprar outra passagem e fez a rápida conta de cabeça. Ele tinha sete minas, dezesseis shekels e onze centavos em sua posse e, a não ser que houvesse sido roubada, teria mais ou menos a mesma quantia. Um bilhete para Isaugh, mesmo que de terceira classe, custaria dez minas no mínimo. Não, ela não tinha o suficiente. Marya estava presa aqui.

Um velho muito magro, careca e de torso despido passou cambaleando pela rocha que Senlin fazia de mirante, encurvado, carregando um saco. Rios negros escorriam pelas suas costas de onde o suor se misturava ao carvão que ele levava. O velho escravo, de pescoço abaixado e passo vacilante, observava apenas as botas do turista bem vestido à frente dele. Ambos faziam parte de uma coluna de viajantes seguindo em direção à entrada na base da Torre. Fora isso, o chão que rodeava a Torre estava notavelmente vazio. Essa terra de ninguém se estendia em um raio de cem passos do pé da Torre. Senlin não conseguia imaginar por que deixavam esse espaço vazio enquanto o Mercado ali atrás estava abarrotado de gente.

— Você está perdido? — perguntou um jovem parado próximo aos pés dele na base do pedregulho.

— Por que pergunta? — replicou Senlin. O rapaz piscou por conta da luz do sol, seu cabelo grosso e escuro resplandecendo com o brilho do óleo. Tinha os ombros largos, a estatura baixa e a cintura fina de um acrobata, a pele era de um tom bronzeado vivo que prolongava as centelhas douradas em seus olhos.

— A maioria das pessoas não fica na Sarjeta. A pedra onde você está sentado...

— É sagrada?

—... não passa de uma lápide. Ela caiu alguns dias atrás e atingiu um turista.

— Caiu de onde? — perguntou Senlin, horrorizado. Em resposta, o jovem apenas apontou para cima.

Sentindo que destoava dos outros agora, Senlin desceu da face lisa da pedra.

— Não entendo — comentou Senlin, limpando o quadril e endireitando o paletó. — A Torre de Babel é a construção mais segura do mundo. Foi construída sobre um alicerce profundo. Ela não solta rochas como o carvalho solta bolotas. Ela é um milagre da engenharia! — Senlin agitou seu *Guia da Torre* diante do rapaz como se o livro comprovasse seu ponto de vista.

— Ah, é um milagre, com certeza. Porém, às vezes deixa cair pequenos milagres em cima de nós — respondeu o jovem. — Não importa se uma coisa cai do segundo ou do décimo segundo circunreino, tudo se estatela no mesmo terreno: a Sarjeta. Eu não montaria minha tenda aqui se fosse você.

Essa descoberta não estava nem um pouco de acordo com os estudos de Senlin, nem com o que ele ensinara aos alunos sobre a Torre, que eram sempre suas aulas favoritas. Desenhava esquemas da Torre e da rede de ferrovias que irradiavam dela. Apresentava sua história obscura e os veneráveis historiadores que debatiam sua idade, os arquitetos originais, suas maquinações internas e seu propósito. Ensinava-lhes até sobre as Termas, famosas por seus spas terapêuticos, para onde prometera levar Marya.

— Li dezenas de relatos sobre a Torre. Nunca ouvi falar da Sarjeta.

— Talvez seus livros estejam desatualizados. — O rapaz ficou sério quando Senlin não respondeu ao seu sorriso. — Meu nome é Adamos Boreas. Me chame de Adam. — Senlin apertou a mão forte do jovem e se apresentou. O tom maduro e a autoconfiança do rapaz deixavam as pessoas um pouco desarmadas. Embora sua barba ainda fosse um mosaico de penugem juvenil e pelos mais grossos, ele parecia totalmente adulto em seu discurso. — Suponho que você seja do ramo da seda. — Adam acenou para a trouxa de peças femininas, ainda sobre o mórbido pedregulho. Uma meia-calça preta ainda pendia da abertura do embrulho.

Recolhendo o pacote, Senlin sentiu-se momentaneamente atrapalhado, e seu constrangimento só ficou pior quando declarou:

— São para a minha esposa.

— Onde está sua esposa? — perguntou Adam, inclinando o pescoço e procurando.

A língua de Senlin parecia tão seca e retesada quanto um cinto de couro. Ele achou que poderia engasgar se tentasse engolir. Ele teria dado o dinheiro do resgate de um rei por um gole de qualquer coisa e, no entanto, pior do que sua sede era a confissão que estava guardada em sua garganta. Sentia-se como se sentira no primeiro dia diante de uma sala de aula: como uma fraude. Que tipo de marido perde a esposa?

Puxando o embrulho de peças de seda da pedra e apertando-o debaixo do braço, olhou diretamente para Adam com um sorriso triste e esquisito e disse:

— É estranho você mencionar a minha esposa. Tudo indica que eu a perdi.

·CAPÍTULO TRÊS·

O viajante feliz procurará a trilha mais larga e mais batida, olhará para o companheiro de viagem em busca de dicas de comportamento, será um eco, mas não erguerá a voz. É perigoso deixar rastro quando a pessoa já se destacou tanto.
— *Guia da Torre de Babel para leigos, I.VI*

A cabine em seu vagão-leito mal tinha espaço suficiente para os dois ao mesmo tempo. Eles tinham de se deitar ombro a ombro, com o teto a menos de um braço de distância. Os pinheiros da montanha faziam a lua bruxulear pela janela como um estroboscópio e o vagão balançava com a suavidade de um berço.

Senlin estava despreparado para o casamento em todos os sentidos. Ele não tinha nem a imaginação nem a receptividade emocional que a intimidade exigia. Logo, ficou deitado de costas como um peixe preso pela maré, um bagre arfando fora d'água. Aqui estavam a lua e o berço balançando e a distância dos olhares curiosos e todas as coisas românticas que um homem poderia pedir, e o que ele fez com isso? Estava se afogando em oportunidades.

Marya estava um pouco erguida, apoiada em um cotovelo, observando-o enquanto ele parecia dormir de olhos abertos. Ela pôs a parte macia do dedo na bochecha dele, erguendo o canto dos lábios e formando um sorriso semelhante a um anzol, tentando provocar alguma reação nele. Puxou o lóbulo da orelha dele, deu-lhe uma mordidinha leve no ombro e soprou no pescoço dele. Ele continuou deitado, às vezes encolhendo-se, mas sem responder.

— Me diz, Tom, qual é a profundidade do poço sob a Torre?

Senlin engoliu em seco, sua garganta coaxando como um sapo.

— Quase dois mil metros, se bem me lembro.

— Dois mil metros! Se o poço fosse grande o suficiente para jogar a Torre lá dentro...

Senlin interrompeu, gaguejando.

— Impossível. O poço desmoronaria se...

Marya continuou com um tom de voz pouco mais alto do que um sussurro.

— Se fosse larga o bastante, a Torre teria a altura para preencher o poço?

Ele refletiu.

— É possível, suponho, se existem sessenta andares com pouco mais de trinta metros cada...

— É possível? — perguntou ela, a boca mais próxima da orelha dele, que estava ficando vermelha.

— Possível — confirmou ele. E a lua bruxuleou entre os álamos e o vagão oscilou de um lado para o outro, levando-os para além das coisas familiares.

◂•▸

O jovem de cabelo escuro baixou a cabeça por respeito ou vergonha ao notar a óbvia tensão de Senlin. O pescoço do diretor estava esticado de modo tão drástico que era possível ver suas clavículas.

— Se isso faz com que se sinta melhor, você não é o primeiro a perder alguém.

Senlin pensou que Adam fosse ali da região ou talvez um visitante de permanência tão longa que se tornara um imigrante. Ele sabia demais para ser um turista.

— Eu esperava que ela fosse passar por aqui. Imagino que você não tenha visto uma mulher usando um chapéu vermelho.

— Essa descrição não ajuda muito.

Essa era a primeira vez que ele era encorajado a contar mais sobre a esposa perdida. Todos os outros interrogatórios foram respondidos com gestos de indiferença: um movimento com a mão ou um encolher de ombros superficial. Embora se sentisse desconfortável, a esperança superou sua preferência pela discrição. Ele se obrigou a descrevê-la com mais detalhes.

— Ela tem mais ou menos a sua altura. Esbelta, com cabelos ruivos e pele clara. Linda.

— Sem bagagem? — Adam perguntou, e Senlin chacoalhou a cabeça. — Mais ou menos da sua idade?

Senlin hesitou.

— Mais jovem. — Um pequeno pássaro de cauda escura passou voando entre eles e começou a beliscar os pistaches espalhados, sem se incomodar com a presença deles.

— Aquele é um cauda-negra — disse Senlin, reconhecendo o pássaro. Sentiu-se aliviado por ter uma distração momentânea. — É uma espécie determinada, pelo que li. Não tem medo de quase nada.

Como que para testar o pássaro, Adam aproximou o dedão do pé. O pássaro pulou atrevidamente em cima da bota dele e voltou para a areia vermelha. Adam bufou, achando graça.

— Você é observador de pássaros?

Senlin fez que não com a cabeça.

— Sou só um naturalista de sofá. Nunca tinha visto um pessoalmente até hoje. — Senlin teve a nítida impressão de que o rapaz o olhava de alto a baixo, avaliando-o de algum modo.

— Suponho que você já tenha visitado o nosso pequeno Achados e Perdidos — disse Adam Boreas e, tomando a expressão vazia de Senlin como resposta, ofereceu uma explicação. — Onde os perdidos afixam recados.

Senlin animou-se. Claro! Com certeza centenas de pessoas haviam se afastado de suas companhias antes. Ele não era o primeiro a perder alguém no Mercado. Fazia todo o sentido que existisse um local para reunir as pessoas.

— Você me levaria até lá?

— Vou levá-lo — respondeu Adam. — Mas não vai adiantar.

— Deixe-me decidir isso. Por favor — disse Senlin, guardando o guia na bolsa. — Mostre o caminho.

Seguindo Boreas em direção à base da monumental Torre, Senlin sentiu-se esperançoso por um momento. A prontidão com que Adam reagira à sua instrução o lembrou de como suas ordens eram recebidas em sala de aula. Talvez ele não fosse totalmente incapaz, afinal.

A Sarjeta era tão estéril quanto uma salina, plana como o ferro e quase quente. O sol parecia brilhar tanto do céu como do chão ao mesmo tempo.

Quando ele avistou a Torre pela primeira vez pela esquadria trêmula da janela da cabine, a muitos quilômetros de distância, ela havia parecido um arranhão escuro na lente azul do céu. Agora parecia um canto escarpado da terra, como se o chão e a gravidade e todas as coisas naturais houvessem se dobrado para cima. O Mercado vivenciava duas noites: a noite natural da terra e a estranha escuridão da sombra da Torre. Eles tinham sorte de estar se aproximando dela enquanto ainda era dia, embora a sombra se aproximasse como o ponteiro monstruoso de um relógio de sol. Em alguns minutos, a noite da Torre cairia sobre eles.

Boreas o levou para um lado do portão onde o fluxo do tráfego diminuía naturalmente. Ao longo de toda a extensão curva da base da Torre, vultos encostavam-se e ajoelhavam-se contra a parede, o rosto bem próximo a ela. Pareciam peregrinos orando para um templo. A fachada estava coberta de folhas e pedaços de papel até onde o braço de Senlin podia alcançar. Esses farrapos desgastados e descoloridos tinham várias camadas de profundidade, envolvendo os enormes blocos de granito com uma casca de papel-machê.

— Eles não têm medo de ser atingidos por pedras soltas? — perguntou Senlin, indicando os leitores de cada um dos lados.

— Alguns desejos são mais imediatos do que o medo — respondeu Boreas.

Demorou mais um instante para ocorrer a Senlin que esses farrapos infinitos de papel eram os Achados e Perdidos. Ele desconfiava que Boreas o estava observando na espera de uma resposta, por isso, mesmo sentindo a esperança abandoná-lo outra vez, ajeitou os ombros e o queixo na postura que usava para dar aulas.

— Faz todo o sentido que existam tantos. Suponho que seja assim por toda a extensão.

— Eu não dei a volta toda, mas imagino que sim — replicou Adam.

— Claro. E estas pessoas arriscam que a morte caia sobre elas em busca de recados dos entes queridos que perderam.
— Senlin inclinou-se para a frente e leu um dos pedaços de papel mais recentes. A letra cursiva bonita sugeria que o autor tinha boa formação. O recado dizia: "Robert, vou encontrar meu caminho para casa. Venha atrás de mim. Com amor, sra. K. Proffet". Esse recado o levou ao próximo, escrito de maneira mais tosca e a lápis: "Minha querida Lizzy. Espero por você todos os dias ao meio-dia no Portão da Coruja. Estarei sob o seu guarda-chuva amarelo. Seu amado marido, Abraham Weiss". O bilhete ao lado dizia apenas: "Hu Lo, desisto de você para que tenha sua nova vida. Não me procure. Jie Lo".

Ele leu outro e outro, passando o nariz de um anúncio de coração partido ou esperança para o próximo. Sentiu o início de uma compulsão crescendo dentro de si, sentiu o impulso de ler só mais uma carta. A próxima podia conter a letra dela. Ou a próxima.

No entanto, logo percebeu que poderia desperdiçar o resto da vida lendo enquanto contornava a Torre e ainda assim jamais encontrar um recado de Marya. Um recado que poderia não existir, ou que poderia ter existido, mas ter sido enterrado sob o bilhete desesperado de outra pessoa.

Os conteúdos das mensagens que ele lera trouxeram uma revelação mais preocupante. Ocorreu-lhe, pela primeira vez, que a separação deles podia ser mais do que um inconveniente. Ele poderia nunca a encontrar. Marya poderia estar perdida para sempre, poderia perecer por exposição ou doença ou violência. Podia passar a fazer parte da vida de outra pessoa, tornar-se o amor de outro homem, um homem mais jovem... um homem que não fosse perdê-la tão rápido.

— É inútil — ele disse.

Pressupondo que ele se referia à imensa extensão dos Achados e Perdidos, Boreas disse:

— Já passei minha quota de horas passando os olhos por essa parede.

— Você perdeu alguém?

— Minha irmã, Voleta.

— Há quanto tempo?

— Dois anos e um mês.

— Minha nossa! — Senlin sentiu-se fraco. Seus joelhos cederam sem avisar e ele se agachou de uma maneira estranha, de costas para a Torre. — E as autoridades locais, os magistrados? Quem patrulha o bazar?

— Existem alguns policiais perambulando. De vez em quando, você vê um homem de uniforme cáqui. Porém, na metade do tempo eles não são oficiais de verdade. São bandidos que roubaram ou compraram o uniforme. Mesmo os policiais verdadeiros podem ser traiçoeiros. Conheço alguns homens que foram espancados e roubados por eles. — Adam esfregou o pescoço, expondo uma cicatriz redonda no antebraço. A marca era tão perfeitamente redonda que poderia ter sido desenhada com um compasso.

— A Torre é totalmente desgovernada?

— É um pouco melhor lá dentro e melhor ainda mais para cima. Existem muitos circunreinos para onde uma força ou outra levou a lei.

Uma mulher com olhos machucados e semicerrados que estava esquadrinhando a parede ao lado de Senlin agora começou a ler por cima da cabeça dele como se ele não estivesse ali. Ele teve de contorná-la engatinhando antes de se levantar. A expressão vazia da mulher poderia ter sido o trabalho de um hipnotizador. Contudo, o que começou como sentimento de pena rapidamente se transformou em uma resolução particular. Ele tinha de se libertar do estupor que tomara conta dele desde que Marya desaparecera. Passara os últimos dias correndo de um lado para o outro com uma atípica falta de reflexão. Não levara a situação suficientemente a sério a princípio e depois permitira que o pânico o orientasse. Se ele esperava encontrar Marya, teria de confiar em seu raciocínio, em sua capacidade de observar e analisar. Ele não era tão incapaz quanto essa pobre coitada, afastando a própria vida, lendo atentamente os manuscritos dos condenados. Ele tinha sua perspicácia. A coragem viria. Por enquanto, tinha de pensar.

Depois de o choque inicial diminuir, como Marya teria reagido? Sem uma passagem para levá-la para casa, ela teria de abrir caminho em meio ao atoleiro de vendedores e ladrões por conta própria. Naturalmente procuraria um refúgio mais seguro. Ela não estava sem recursos: tinha o próprio dinheiro escondido na barra. Não era uma quantia extravagante, mas o suficiente para pagar alojamento e alimentação por algum tempo. Não havia acomodações permanentes no Mercado e ele duvidava que ela fosse alugar uma tenda para dormir. Logo, fazia sentido que ela fosse entrar na Torre, sabendo, claro, que eles pretendiam se alojar no terceiro andar, nas Termas. Eles não haviam escolhido um hotel em especial porque era impossível fazer reservas de uma cidade tão distante quanto Isaugh, porém, ela não teria problemas para conseguir um quarto. O que dissera antes de se separarem? Nós nos encontraremos de novo no alto da Torre. As Termas não eram o topo para eles? Não era esse o limite de seus recursos? A promessa de Adam de leis e ordem melhores lhe deu mais confiança nessa ideia.

Havia de fato apenas uma coisa a se fazer: seguir sua mulher, que fora na frente.

— Sr. Boreas, você parece conhecer o Mercado. Quanto sabe sobre os circunreinos da Torre?

— Conheço os quatro andares inferiores muito bem.

— Isso é tudo de que eu preciso. Estaria disposto a compartilhar a sua experiência por um ou dois dias? Vou compensá-lo pelo seu tempo.

— O trabalho seria útil para mim, devo admitir.

— Você pode começar imediatamente?

— Me dê um momento — disse Boreas e desdobrou um pedaço de papel de um branco brilhante.

Quando ele o colou na parede, Senlin não pôde deixar de ler as palavras em maiúsculas, que diziam: "Voleta: o resgate está a caminho. Adam". Boreas o pegou olhando e respondeu com um sorriso irônico:

— Um hábito supersticioso.

Senlin tentou evitar que seu sorriso parecesse condescendente, mas não conseguiu deixar de pensar naquilo como uma indulgência, uma compulsão que Boreas confundira com esperança. Senlin estava se preparando para fazer alguns comentários sobre as virtudes do pragmatismo quando foram interrompidos por um punhado de gritos distantes. Os gritos, como que contagiosos, rapidamente se espalharam como um coro. Senlin se virou a tempo de ver um borrão caindo, algo do tamanho de um galpão. A coisa se estatelou sobre a terra dura com um baque estrondoso.

·CAPÍTULO QUATRO·

A camaradagem entre viajantes se torna mais palpável quanto mais a pessoa se aproxima da Torre. Não se surpreenda se for arrebatado a uma festa espontânea.
— *Guia da Torre de Babel para leigos, II.XIV*

A nuvem vermelha veio para cima deles tão rápido que foi como se tivessem caído dentro dela. Senlin protegeu o rosto uma fração de segundos antes que lascas e pedrinhas fossem arremessadas contra ele. Um estilhaço passou entre seus dedos entreabertos e atingiu sua bochecha. Ele cobriu com a mão o ponto que latejou de dor. Os destroços zuniram e ricochetearam por toda parte, alfinetando sua pele e batendo contra a Torre. Uma série de baques ocos reverberou pelo chão, fustigando a terra como meteoros.

Quando ele se arriscou a olhar de soslaio para a tempestade de areia vermelha que ondulava e formava um borrão, não conseguiu ver além da própria mão. Viu o sangue em seus dedos se transformar rapidamente em lama. Um instante mais tarde, o granizo mudou de direção. Em vez de vir de lado, o material começou a cair como uma chuva seca sobre os ombros e as cabeças dos dois.

Adam, tossindo contra o braço dobrado sobre o rosto, saiu da neblina escura e apareceu ao lado de Senlin, parecendo cambaleante, mas ileso. Senlin puxou a lapela de seu paletó de veludo cotelê sobre a boca e o nariz e tentou respirar um ar mais limpo em meio à névoa que se dispersava. Os gritos iniciais de choque, silenciados brevemente pelo estrondo, começaram a ressurgir. O tom dos gritos havia mudado. O medo e a surpresa haviam sumido, substituídos pelo entusiasmo, pela ansiedade... pelo encanto. A brisa varreu a nuvem vermelha, revelando os escombros a poucos metros de distância deles.

Boa parte dos destroços estava envolta e enganchada em seda esfarrapada que tremulava como teias de aranha ao vento. Quando o ar clareou mais, ele começou a distinguir membros enroscados de corpos em meio aos escombros: uma mão flácida pendendo de um punho quebrado, um joelho dobrado de modo nada natural sob um pé virado, um homem disposto como um livro quebrado, com a parte de trás da cabeça entre os calcanhares. Os baques isolados que ele ouvira não foram estrelas cadentes, mas aeronautas caindo, condenados.

——•——

Não havia nada que Senlin amasse mais no mundo do que uma lareira quente diante da qual colocar os pés e um bom livro para mergulhar toda sua mente. Enquanto uma tempestade de fim de tarde agitava as persianas e uma taça de vinho do Porto esquentava em sua mão, Senlin lia até de madrugada. Ele se comprazia especialmente com histórias antigas, os épicos nos quais heróis partiam em alguma missão impossível e nobre, confrontando os perigos do caminho com uma bravura fatalista. Homens geralmente morriam durante o percurso, mortos de maneira brutal e antinatural: eram perfurados por máquinas de guerra, pisoteados por cavalos e esquartejados por seus inimigos cruéis. Suas mortes eram presunçosas e líricas e sempre, sempre mais românticas do que o real. A morte não era o fim. Era uma elipse.

Não havia nada de romântico na cena diante dele. Não havia elipses aqui. Os corpos jaziam no chão como pontos de exclamação quebrados.

Aquilo havia sido um dirigível. Os cadáveres embolados haviam sido sua tripulação. Quem ou o que o havia derrubado, Senlin não conseguia imaginar, mas sabia, com absoluta certeza, que apenas alguns minutos antes aqueles destroços haviam sido uma graciosa máquina de voar flutuando no céu azul.

Enquanto essa ideia mórbida lhe passava pela mente, os escombros foram ocupados por frequentadores do Mercado. Comerciantes corpulentos e soldados de pernas rígidas escarafunchavam pela estrutura rachada do casco, avançando em meio à bagunça formada por caixas e cargas. Homens bem-vestidos que usavam chapéus-coco escovados e mulheres que usavam boinas de férias vinham logo atrás, atraídos para a Sarjeta pela promessa da pilhagem. Os gritos que Senlin ouviu não eram pedidos de resgate ou expressões de luto, mas reivindicações: "É meu! Eu vi primeiro! Eu peguei antes de você!". Eles vasculharam os destroços da nave com a eficiência de caranguejos limpando os ossos de peixes encalhados. Alguns correram agarrados a braçadas de seda, meio barril de grãos, um rolo de corda, uma bala de canhão de ferro, um macaco curvado de bronze, um par de botas com punho. Depois chegaram homens com barras de metal e pegaram tábuas, grades, escotilhas e até um painel de vitral miraculosamente inteiro.

Senlin não conseguia desviar os olhos, embora a vista o nauseasse. Ele estava chocado de ver uma barbárie dessas aos pés da Torre de Babel. Tanto desespero! Queria reunir todos os saqueadores, sentá-los em fileiras, fazê-los olhar para a frente e lembrá-los de sua civilidade. Momentos de desespero nunca melhoravam com o abandono dos ideais!

Em pouquíssimos minutos, a única coisa que restou do desastre foi uma cratera, migalhas finas dos escombros e os corpos quase nus dos tripulantes.

Então, como se uma cortina se fechasse sobre essa cena vergonhosa, a sombra da Torre passou sobre eles.

A semiescuridão do anoitecer da Torre fez Senlin estremecer. Ele pigarreou e virou-se para Adam, cuja silhueta era marcada pela linha de luz do sol que rapidamente se esvaía.

— Quem vai enterrá-los? — Senlin esfregava com cuidado o corte coagulado com poeira que tinha na bochecha.

— Os abutres — respondeu Adam em um tom sombrio. — Temos que ir. A passagem para o Porão é um pouco longa. — Ele desatou o cinto de couro da calça de lona, formando uma argola com a fivela em uma das pontas. Apertou a argola em torno do pulso e ofereceu a outra ponta para Senlin. Embora um pouco mortificado, Senlin pegou a correia. — Prenda-se. A passagem fica um pouco apertada.

Ele seguiu Adamos como um passeador de cães sonolento ou, ao contrário, como um cachorro sonolento. Olhando de relance por sobre o ombro, ele viu a mulher de olheiras escuras tirar um toco de vela do bolso do vestido. Ela riscou um fósforo, acendeu o pavio e continuou lendo as cartas dos perdidos sob a luz amarelada da vela.

—•—

Três meses antes, Senlin estava à frente da sala de aula, pegando um pedaço de giz e desenhando o último ângulo de um diagrama da Torre de Babel.

Uma casa sem janelas com grandes paredes laterais, a escola ficava em um dos últimos quarteirões da avenida principal de Isaugh. Todas as primaveras, o prédio da escola era pintado de branco como uma noiva e, todos os anos, os componentes do oceano aos poucos o despiam. Senlin amava cada nó de cada tábua daquele prédio esburacado por onde entravam correntes de ar.

Vestia o longo casaco preto e a estreita calça preta, que eram seu uniforme e sua roupa preferida. Sua voz enchia a sala até as altas vigas à mostra. Dava para ver os ramos do ninho de um pássaro na trave central.

— Na base, a parede da Torre de Babel tem quatrocentos metros de espessura — disse Senlin. — O que significa que as entradas para a Torre... existem oito... devem levar os visitantes a atravessar quatrocentos metros de rocha maciça. — Ele girou sobre os calcanhares, as abas do casaco abrindo-se na região do quadril, e observou as quatro fileiras de velhas carteiras de cedro. Seus atuais alunos eram o grupo de costume: meninos e meninas de costas retas e olhos sonolentos com idade entre oito e dezesseis anos. Ele deu uma batidinha com o giz na têmpora. — Imaginem o seguinte. É como se vocês fossem para casa e abrissem a porta da frente, e depois tivessem de andar quinhentos passos antes de entrar no vestíbulo. É um limiar e tanto! E assim vocês teriam chegado apenas ao primeiro circunreino da Torre.

Quando eles não reagiam com os olhares impressionados que ele achava que o assunto merecia, chamava o garoto da fileira de trás, Colin Weeks, que quase ficara estrábico de tanto sonhar acordado.

— Sr. Weeks, lembre a sala do que é um circunreino.

Tirado de seu devaneio com um susto, o sr. Weeks deu uma guinada para a frente em sua cadeira, batendo a barriga na beirada da carteira e provocando um pequeno grunhido.

— Ai — disse ele. Cadeiras rangeram à medida que as cabeças dos outros alunos se viraram em sua direção. A andorinha-de-bando nas vigas soltou um gorjeio na hora errada.

— Srta. Stubbs, espero que tenha feito a leitura obrigatória. Será que pode ajudar o sr. Weeks? — Perguntou Senlin, virando-se para uma menina de nariz afilado que ocupava a fileira da frente como a orgulhosa figura de proa de uma embarcação.

— Sim, professor. Os níveis da Torre são chamados de circunreinos porque são como pequenos reinos circulares — respondeu ela em um tom agudo, porém inteligente. — São como os 36 estados de Ur, cada um singular à própria maneira, mas, em vez de se espalhar por todo o mapa, os circunreinos estão empilhados como um bolo de aniversário. — A classe riu com sua analogia espontânea, achando graça de pensar na grande Torre de Babel como um bolo em camadas.

— Isso mesmo. E a Torre de Babel tem um rei? — Senlin espanou o giz das mãos bruscamente.

— Ela tem muitas monarquias e democracias e burocracias também — respondeu ela. — É como uma torta de carne moída. É cheia de todos os tipos de ingredientes exóticos. — A turma riu de novo e, desta vez, Senlin sorriu um pouco, o que fez a ávida srta. Stubbs corar.

— Muito bom, mas as suas analogias me fazem pensar se você não está com um pouco de fome. — Endireitando os lábios, Senlin caminhou de um lado a outro da lousa coberta de equações e versos de poemas ruins corrigidos até chegar ao rascunho partido ao meio dos níveis inferiores da Torre:

o Porão, o Anfiteatro e as Termas. — Claro que não sabemos quantos circunreinos existem ao todo porque não foram documentados de forma confiável. As nuvens permanentes ao redor do pináculo tornam impossíveis as observações do solo.

— Por que não apenas voar em um dirigível até o alto dela e colocar uma bandeira para Isaugh? — perguntou uma voz da fileira do meio.

— Boa pergunta... — Senlin girou o pescoço para ver quem tinha feito a pergunta e o encontrou —... sr. Gregor. Porém, pense deste modo... Sei que você tem um barquinho a remo. Eu vi você remando pela enseada o fim de semana inteiro. No entanto, o que aconteceria se você colocasse o seu barco na melhor carreira da marina? Você sabe qual é: bem à frente e no centro, ampla como o pátio da escola.

— O velho capitão Cuthbert jogaria a âncora nele.

— Por quê?

— Porque é a carreira dele! — gritou o menino com um movimento exasperado de mãos.

— Exato. E se você atravessasse o Oceano Niro a remo até algum porto exótico protegido por fortalezas e armas de longo alcance e uma frota de navios de guerra, como seria recebido? E se eles não gostassem da aparência de um jovem malandro como você remando em seu barquinho? — O sr. Gregor sorriu e bufou ao ouvir isso, cruzando os braços. — Desconfio que aconteça a mesma coisa com a Torre, sr. Gregor. Você não pode esperar que todos os portos o acolham de braços abertos.

Ele dispensou a turma pelo resto do dia. No vestiário, eles colocaram as botas, suas vozes eufóricas. Estava chovendo lá fora, como costumava acontecer durante a primavera. A água gorgolejava sob o assoalho do prédio da escola, enchendo a sala de aula com o cheiro da terra. Seus alunos sabiam muito bem que não deviam bater a porta na saída, mas sua ida foi barulhenta em todos os outros aspectos. Nem a garoa fria conseguia atenuar o alívio que eles sentiam por estarem livres pelo resto do dia.

Mal sabiam eles que o professor também gostou da liberdade momentânea.

Passando o apagador sonhadoramente pela lousa, talhando o diagrama da Torre, Senlin imaginou-se no convés de um dirigível, circundando a Torre, uma luneta no olho...

Ele não pôde deixar de fazer cara feia ao pensar nessa imagem. Não, o Bagre nunca se transformaria em um pássaro.

—•—

O couro duro do cinto de Adam formava bolhas em sua mão e, ainda assim, ele o agarrava com mais força.

A passagem tinha de fato quatrocentos metros de extensão, mas, fora isso, não guardava nenhuma semelhança com a fantasia de Senlin. Ele esperara superfícies graciosas e um caminho organizado. Em vez disso, encontrou um túnel parecido com um poço de mina. Não havia faixas nem corrimões. O tráfego de pessoas entrando colidia com o tráfego de pessoas saindo como carneiros em uma ponte.

Turistas, mercadores, vigaristas e andarilhos o golpeavam por todos os lados. Os dedos de seus pés foram pisoteados, seus calcanhares foram ralados e seus cotovelos ficaram dormentes com as batidas. A fumaça e a fuligem que vinham de arandelas bastante espaçadas umas das outras queimavam seus olhos como pimenta do reino. Ele não conseguia respirar direito. A fumaça ondulava como um rio de ponta cabeça sob as vigas de ferro sobre eles. O zurro angustiado dos animais de carga, os berros teimosos do homem que os conduzia e o choro estridente de uma jovem mulher exausta foram amplificados pelos alto-falantes das paredes do túnel até Senlin ter a sensação de que poderia gritar e sair correndo.

No entanto, não havia espaço para correr nem ar suficiente com o qual gritar.

A experiência foi tão terrível e conflitava tanto com a impressão que ele tinha da Torre que, mesmo em meio àquela caminhada caótica, ele se convenceu de que devia ser alguma anomalia, uma casualidade. Talvez ele houvesse sido envolto pela afobação de um festival anual ou talvez algum aparelho mecânico comum, um ventilador ou um regulador, tivesse parado de funcionar temporariamente. Até onde ele sabia, topara com a entrada dos empregados.

Após dois dias de pânico insone, a marcha e o ar ruim rapidamente o deixaram exausto. Quando a pressão dos corpos de repente abrandou e o ar ficou um pouco mais doce, Senlin sabia que eles estavam enfim no primeiro circunreino cavernoso da Torre, embora ele não conseguisse enxergá-lo devido à fumaça em seus olhos. Tropeçou nos paralelepípedos borrados pelas lágrimas, meio cego, e caiu sobre um joelho trêmulo. No entanto, agarrou a corda de segurança de Adam como um montanhista que, tendo atingido a crista do último pico, não conseguia acreditar que havia chegado ao topo.

Entretanto, é claro que ele não havia alcançado o topo. Ele havia apenas aberto caminho, às apalpadelas, até o pé da Torre. E aqui começava seu percurso.

·CAPÍTULO CINCO·

O poço da Torre produz uma água que é famosa por ser fresca e pura. É essa fonte incontaminada que dá à cerveja local o seu alardeado sabor.
— *Guia da Torre de Babel para leigos, III.II*

Senlin acordou em um cômodo obscuro com um grito terrível. Assustado e desorientado, ele pulou da cama bamba onde estava estirado. As tábuas de pinheiro rangeram e chacoalharam debaixo dele como as ripas de um cais velho e o ar estava tomado pelo cheiro de podridão e bolor. No alto, em um canto escuro do quarto, uma sombra cor de sangue de repente se agitou. Senlin estendeu os braços para se defender da assombração vermelha que recaía sobre ele e soltou um grito rouco.

O grande papagaio desceu do seu poleiro, pousou em uma extremidade desarrumada da cama de Senlin, e grasnou de novo, sua voz trespassando o pequeno cômodo. O pássaro inclinou a cabeça em sua direção, seus olhinhos preto-e-
-branco abrindo e fechando, curiosos.

A única luz vinha de um lampião a óleo com uma chama branda que lambia o ar como a língua de um gato. Ela lançava um brilho alaranjado a paredes que pareciam tão finas quanto o papel de parede mofado que as recobria. Os pingos de uma torneira primitiva caíam em uma pia de zinco amassada. O único outro móvel, um banquinho de três pernas, parecia que provavelmente derrubaria uma pessoa no chão. O majestoso pássaro, completamente fora de lugar naquele quarto miserável, beliscava o cobertor marrom enrolado na cama com seu bico curvado.

Quanto tempo dormira? Ele não se sentia bem descansado. Na verdade, a náusea da exaustão ainda revirava seu estômago como uma manivela. A sensação era de que haviam se passado duas horas. Ou quatro, talvez. Era impossível dizer com certeza.

Demorou um momento para Senlin se lembrar de como viera para aquele quarto.

Quando ele e Adam saíram daquela toca enevoada e entraram na caverna do Porão, Senlin estava um trapo. Seus olhos estavam quase fechados de tão inchados devido à fumaça do túnel. Seus braços e pernas estavam exageradamente pesados, como se ele tivesse caído na água usando todas as suas roupas. Ele estava faminto e exausto e não conseguia recuperar o fôlego sem sufocar com a fuligem.

Adamos Boreas o ajudara a chegar até o primeiro alojamento que encontraram, que não passava de uma fileira de espeluncas de tela impermeabilizante. Não havia saguão ou corredor central. As portas dos quartos davam para a rua, onde um estalajadeiro de pescoço grosso estava sentado em um caixote virado para baixo, enfiando pedaços de linguiça na boca. O cheiro de porco parecera tão forte quanto olíbano para Senlin e sua boca salivou como a de um cão.

Se Senlin estivesse em melhores condições, teria sido contra aceitar aquele quarto. Ele achava que toda a fileira de barracos deveria ser queimada e deveriam tirar os piolhos das cinzas. Porém, exausto além da conta, Senlin deixou Adam dar entrada em um quarto onde ele poderia dormir durante algumas horas enquanto seu jovem guia cuidava de seus pertences. Senlin espalhou-se sobre a cama como um líquido derramado, seus membros caindo frouxos pelas laterais. Estava cansado demais até para notar o papagaio empoleirado no alto. Ele dormiu profundamente.

Ele se perguntou onde Adam estava.

Abriu a torneira. A tubulação estremeceu e a água respingou brevemente de uma conexão remendada com farrapos nos tubos e logo a pia começou a se encher. A água turva tinha um leve cheiro de enxofre e, se Senlin estivesse mais desperto, talvez não tivesse mergulhado a cabeça com tanta avidez. A sensação da água nas feridas do rosto e da mão pareceu maravilhosa, mas, embora estivesse com muita sede, ele não conseguiu beber dela. O *Guia* recomendava cautela diante de encanamentos suspeitos; um único gole de água imprópria arruinara as férias de muitos.

Quando Senlin se endireitou, percebeu que estava ensopando a lapela do paletó e que não havia toalha, só um pano pendurado em um gancho que quase não era grande o suficiente para enxugar um rato. Seu terno de veludo cotelê, rosado devido à argila do deserto, agora começava a ficar vermelho à medida que a lama incrustada se transformava em barro. Lembrando-se da muda de roupa em sua bolsa, virou-se para localizar sua bagagem.

Enquanto estava de costas, o papagaio conseguira fazer a cama. O esperto pássaro guinchou outra vez e depois, em uma voz quase humana, disse:

— Hora de ir! Hora de ir!

— Dê-me um momento! — respondeu Senlin, agitado. Seu cabelo encharcou o colarinho enquanto ele procurava a bolsa.

Não demorou muito para perceber que a bolsa e o pacote com peças femininas de seda haviam sumido. Quando pôs as mãos nos bolsos, encontrou-os puxados para fora. Seus trocados, uma moeda de uma libra e outra de cinquenta centavos haviam sumido. Ele fora roubado. Sua navalha e seu sabonete, seu diário, seu pente e sua escova para casacos, suas luvas de linho e seus lenços, seu colete, sua calça, suas meias, seu livro e as passagens que estavam lá dentro. Tudo havia sumido.

Em pânico, tateou a faixa da cintura da calça. O volume revelador com as notas ainda estava lá. Ele deu uma risada arrependida. Como ele fora esperto em insistir nos bolsos secretos! Embora, na verdade, quão esperto realmente era? Isso marcava a segunda vez em poucos dias que ele era roubado.

— Hora de ir! — repetiu o papagaio com sua voz áspera. Havendo terminado de arrumar a cama, ele saltou de volta para o poleiro no canto e começou a limpar as penas.

A mão de Senlin estava na maçaneta quando avistou o livro nas sombras, debaixo da cama. Colocando as mãos e os joelhos no chão, ele o tirou de lá, soltando uma bola de poeira que veio junto. Era o seu *Guia da Torre*. Para seu grande alívio, os bilhetes de trem ainda estavam lá dentro, apertados como um marca-páginas.

Ele ainda tinha a maior parte do dinheiro e tinha a passagem para casa. Para um homem que acabara de ser roubado, ele se sentia muito afortunado.

Como pudera estar tão errado a respeito de Adam? Ele sempre se considerara bom em avaliar o caráter das pessoas. Anos de experiência lhe ensinaram a distinguir os estudantes mentirosos e trapaceiros daqueles que apenas estavam nervosos. Ele devia ter suspeitado de qualquer um que ainda postava mensagens nos Achados e Perdidos após dois anos de futilidades. Boreas era irracional, supersticioso e estava desesperado. Não dava para confiar em homens assim, não importava quanto eles parecessem solidários. Adam não foi nem ao menos sensato o bastante para roubar o guia!

Irritado com esse novo contratempo que só tornaria seu reencontro com Marya ainda mais humilhante e envergonhado por seu erro de julgamento, Senlin colocou o guia no bolso do paletó. Passou as passagens para o bolso secreto, tirou alguns shekels e saiu do quarto. Com um grasnado à saída, o papagaio o lembrou do horário.

━━●━━

As ruas e os quarteirões da cidade do Porão estavam todos contidos dentro de uma única e ampla caverna. Senlin achava que Isaugh inteira, do prédio da escola às restingas da enseada, caberia lá dentro com facilidade. Os canos suados e cobertos com faixas de musgo amarelo estavam presos às paredes da câmara e ao teto abobadado, onde se espalhavam como um labirinto em todas as direções. Uma lenta chuva de condensação respingava em seus ombros, na pavimentação de ardósia e nas telhas de barro dos telhados das casinhas. Milhares de caramujos, alguns grandes como vacas, estavam grudados no sistema hidráulico lá no alto, suas conchas cor de jade escura e não polida. Os rastros dessas conchas gigantescas brilhavam como rachaduras no vidro.

Por mais estranha que fosse a cena, não foi a cidade engarrafada nem os caramujos-boi que chamaram sua atenção em primeiro lugar. Foi o desajeitado carrossel de ferro girando na galeria pública. Ele fora atraído para a galeria pelo aroma de shish kebabs. Ele comprou dois espetos e, enquanto pagava, perguntou de forma quase automática se o vendedor havia visto recentemente uma mulher de chapéu vermelho. A pergunta foi deixada de lado como se ele tivesse visto mulheres de chapéu vermelho cem vezes nos últimos dias. A carne de cabra estava gostosa, mas provavelmente se beneficiava pelo fato de a fome ser o melhor tempero.

Enquanto mastigava, observou uma dúzia de homens feitos que andavam no carrossel preto à sua frente. Pareciam alegres como os seus alunos quando ele os dispensava pelo resto do dia.

O carrossel tinia e zunia e fazia o chão ressoar. Eram doze banquinhos soldados à roda de ferro e abaixo de cada um deles havia pedais que poderiam ter sido tirados de bicicletas. Se uma das pessoas diminuísse o ritmo das pedaladas, as outras a animavam e vaiavam até que voltasse a pedalar no ritmo certo. Trabalhando todas juntas, pareciam estar fazendo o carrossel funcionar, embora sua velocidade monótona não parecesse combinar com os esforços frenéticos das pessoas que estavam andando nele. Parecia um estranho passatempo para homens feitos, mas logo ele viu a fonte jorrando do eixo cônico da máquina. A água descia em cascata pelo declive formado pelo cone em direção a uma calha onde fluía espumando à altura do queixo dos homens sentados. Hastes de marfim iam da calha até a boca de cada um deles, que bebiam através desses canudos fixos com grande satisfação enquanto pedalavam.

Senlin lambeu a gordura da carne de cabra que ficara em seus lábios. Ele não conseguia lembrar quando fora a última vez que sentira tanta sede.

E justo quando ele pensava que poderia estar desesperado o bastante para acompanhar o carrossel e tentar subir a bordo da fonte giratória, um estrondo chacoalhou a máquina toda e ela parou. Os homens a bordo mal tiveram tempo de gritar em antecipação ao que estava por vir antes que o disco inteiro começasse a rodar para o outro lado. Ele girou tão rápido ao contrário que as costas encurvadas dos homens formaram um único borrão. As calhas lançaram uma chuva para as laterais. Alguns espectadores correram para não se molhar, enquanto outros abriram a boca e tentaram pegar um pouco do resíduo da fonte. Um único jato daquela coisa salpicou o rosto de Senlin. Ele experimentou o líquido acre que lhe escorria pela bochecha. Não era água. Era cerveja.

Sem nenhum aviso, um dos homens perdeu o apoio e foi ejetado do assento. Primeiro ele voou, depois rolou pelos ladrilhos da galeria. Um turista que passava teve de pular para não ser atingido. O carrossel, parecendo ter esgotado sua energia armazenada, parou de vez com um clique, como um relógio que perdeu a corda. Os onze homens que restavam saíram do carrossel, vacilantes. Foram embora cambaleantes e trançando as pernas, e os assentos que deixaram para trás foram rapidamente reocupados.

Dominado pela compaixão, Senlin correu até o homem que fora atirado da máquina. Mesmo antes de virá-lo, ele pôde perceber, pelo colarinho esfarrapado e pelo fedor, que se tratava de um mendigo. Quando Senlin o virou de barriga para cima, os olhos do homem estavam fechados, a boca aberta, mostrando uma boca quase sem dentes. Senlin se perguntava se ele não teria morrido pelo tombo.

No entanto, o homem abriu os olhos de repente e expeliu no rosto de Senlin, que estava bem próximo, um hálito azedo como o de uma escarradeira. Ele não estava morto, apenas bêbado. O primeiro som que produziu se prolongou até se transformar em uma risada barulhenta. Ele agarrou o paletó de Senlin para fazer força para se levantar, mas só conseguiu arrancar uma lapela inteira. Os dois ofegaram ao ver o pedaço de veludo rasgado que o homem tinha na mão fechada. O bêbado fez uma tentativa patética de recolocar aquele pedaço do paletó.

Senlin percebeu com repentina clareza que não estava em condições de resgatar esse homem ou qualquer outra pessoa. Se eles ficassem lado a lado na rua, duvidava que alguém conseguiria distinguir um do outro. Meros três dias após descer do trem e ele já parecia um indigente.

Sua mulher havia desaparecido. Ele tinha de se controlar. Ele era um diretor de escola, afinal.

—•—

Sob os caramujos e o encanamento espalhava-se uma cidade de pensões, lojas, albergues e chalés. A maioria era feita de placas de aquecimento, barro ou cimento preto quebradiço e suas paredes eram deformadas e cheias de furinhos. Candeeiros de gás deixavam a cidade em uma penumbra sombria. As multidões não eram tão sufocantes quanto haviam sido no bazar lá fora, mas eram igualmente heterogêneas. Em um momento, uma mulher cheia de babados podia passar de braço dado com um cavalheiro elegante, os dois cheirando a pot-pourri e cera para cabelo. No momento seguinte, um peregrino trajando farrapos descorados podia passar mancando, fedendo como um peixeiro no verão. O que Senlin não daria por uma boa brisa do mar! Aqui e ali, surgia uma estrutura confiável como uma árvore entre os juncos. As fachadas de tijolos vermelhos das lojas e das associações de comerciantes davam às ruas uma aparência de civilidade; fora isso, a arquitetura era deplorável.

Ele não podia deixar de se sentir decepcionado: esse não era o esplendoroso centro de cultura que esperara. O Porão poderia ter sido, por toda a sua mediocridade, uma cidade portuária para onde os marinheiros vinham perder o equilíbrio que tinham nos barcos ao balanço do mar. Havia fontes de cerveja por toda parte, pelo amor de Deus! Ele passara por mais seis depois da primeira. O *Guia da Torre* era um pouco vago na descrição da atmosfera do Porão, apresentando-o como algo semelhante a uma porta de entrada amigável para as maiores atrações mais acima, mas mesmo isso parecia um exagero. Era mais reconfortante pensar no Porão como o vestíbulo da Torre. Era o lugar onde se tirava das botas a sujeira da estrada antes de entrar nos sagrados saguões acima.

A distância, erguendo-se do centro exato do Porão, uma coluna branca se estendia desde as ruas até o teto abobadado. O pináculo de mármore o fez lembrar-se de um farol... Não só por seu tamanho imponente, mas também pelo sentimento de segurança que lhe passava. Era o primeiro exemplar de arquitetura que parecia apropriadamente grandioso. Até os caramujos a deixavam em paz. Ele reconheceu a coluna devido à descrição no guia: era a escadaria para o segundo andar da Torre de Babel.

Marya era muito melhor em levar as imperfeições do mundo na esportiva, por isso ela era indomável e difícil de desapontar. Ela provavelmente achou os caramujos-boi e o carrossel dos bêbados encantadores.

Senlin vislumbrou seu reflexo na janela de uma loja. Seu cabelo habitualmente bem penteado estava agora desgrenhado como uma corda puída, o terno parecia um esfregão com bolsos. Ele duvidava que Marya fosse achá-lo encantador.

Era inevitável. Ele precisava de um terno novo.

◂●▸

Meia hora mais tarde, Senlin estava no provador de um comerciante observando-se em um espelho na parede, de roupa nova. Escolhera um terno que parecia prático, embora fosse muito semelhante ao seu uniforme de diretor: um paletó reto que descia até a altura da coxa, um colete e calças pretos para combinar, uma camisa de colarinho branco e botas de bico quadrado. Depois de colocar no bolso dinheiro suficiente para cobrir os gastos com a roupa nova e um pouco a mais para passar o dia, Senlin escondeu o resto de suas finanças nas botas. Ele estava confiante de que nem o mais ágil dos batedores de carteira conseguiria chegar ali. Deixou suas roupas estragadas em uma pilha organizada no provador.

Ficou um tanto surpreso ao ver que outra pessoa entrou na loja que, fora o alfaiate idoso de óculos, estivera vazia um minuto antes. O recém-chegado era muito baixo, um anão talvez, e tinha nariz torto e uma cabeleira preta emaranhada. A corrente de ouro no colete sugeria que se tratava de algum tipo de mercador. Fosse quem fosse, era um tagarela animado. Estava discutindo com o alfaiate a respeito de um pacote de roupas. Não querendo interromper a negociação dos dois, Senlin começou a dar uma olhada nos lenços. Ele precisava de três pelo menos.

— Mas eu não vendo para mulheres — disse o atendente em caráter definitivo.

— Pense nisso como uma oportunidade de expandir seu mercado. Não vim até você para oferecer trapos. São peças de seda de qualidade! — O homem diminuto de cabelo desvairado teve de puxar para conseguir tirar uma única combinação do pacote. Ele a sacudiu como uma bandeira. — Veja, elas não têm sequer uma ruga.

— Com licença — disse o alfaiate secamente e virou-se para Senlin, que havia escolhido três lenços brancos e utilitários. Eles foram até o balcão, onde havia uma registradora com bordas de latão. Senlin pagou pelo terno, pelas botas e pelos lenços novos. Durante todo esse tempo, o mercador observou a troca de dinheiro como um gato seguindo um pássaro. — Olhe — ele continuou com a conversa fiada —, estas peças de seda são tão resistentes que você poderia pegar esta camisete, costurar as pontas, encher de gás e erguer uma barca com ela!

Fechando a gaveta da registradora com um empurrão tão forte que fez a campainha tocar, o alfaiate tirou os óculos e começou a esfregar as lentes com vigor.

— Também não vendo para capitães de barcaça.

O mercador fez um estalido com a língua.

— Adoro homens com senso de humor.

Só quando Senlin se virou para sair é que avistou a bagagem pendurada no ombro do mercador. Os pespontos eram inconfundíveis. Era a bolsa dele.

Talvez Senlin estivesse inspirado por seu novo terno e pela camisa firme, que parecia satisfatoriamente aprumada contra os punhos e o pescoço, ou talvez fosse a estatura baixa do mercador, que o fez lembrar-se de seus alunos e o encheu de senso de autoridade. Ou talvez fosse a recente traição de sua confiança por parte de Adam e o furto subsequente. Qualquer que fosse a causa, Senlin sentiu uma onda de confiança beirando a imprudência. Ele não ia deixar esse ladrão escapar sem ser contestado! Ele iria contra sua moderação habitual e tomaria uma atitude. Temendo que o homem pudesse estar armado, Senlin concluiu que a ação mais segura era pegar o ladrão pigmeu de surpresa.

Senlin ficou com as costas coladas à fachada da loja ao lado da porta; ele pegaria o ladrão completamente despreparado assim que saísse da loja. Senlin sentia uma adrenalina totalmente desconhecida de expectativa animá-lo. Quando a porta da loja se abriu e o ladrão passou, Senlin o agarrou pelo colarinho e o ergueu do chão.

— Ah-há, peguei você — gritou Senlin, triunfante. Seu triunfo rapidamente esmoreceu por causa de um golpe de calcanhar contra a sua virilha.

·CAPÍTULO SEIS·

O lenço é o utensílio universal do viajante experiente. Ele pode ser um instrumento de higienização, uma capa de assento, uma máscara contra a poeira, um garrote, uma atadura, uma mordaça ou uma bandeira branca. Uma pessoa pode se sentir bem-preparada com nada além de um lenço de bolso.

— *Guia da Torre de Babel para leigos*, Apêndice, I.IV

Seu noivado com Marya fora breve. Duas semanas depois de se ajoelhar em um trevo e tomar a mão branca de Marya, eles se casaram.

O povo de Isaugh conhecia um único motivo para apressar assim um casamento.

Foi um escândalo inacreditável. Foi inacreditável não porque fosse incomum (muitas mulheres haviam corrido para o altar para poder apresentar uma silhueta de noiva antes que se tornasse uma silhueta de mãe); em vez disso, era inacreditável por conta da pessoa que o escândalo envolvia. Eles mal podiam acreditar que o Bagre fosse capaz de uma coisa dessas. Isso impressionou os ajudantes de convés, os capitães e os peixeiros como um feito magnífico, pelo menos da parte de Senlin. Pareceu menos magnífico para as damas da cidade, que se sentiam roubadas de algum modo; elas adoravam um galanteio público apropriado e não houvera nenhum. As crianças acharam o casamento do professor uma estranheza natural, como raios no inverno ou uma cobra de duas cabeças. Parecia plausível, mas pouco provável.

Não que houvesse algum problema com o diretor. Ele era apenas pudico e distante... traços que pareciam convir à sua profissão. Os habitantes da cidade o adoravam porque seus alunos (filhos deles) normalmente se tornavam adultos produtivos, funcionais e estoicos.

Porém, ele era estranho.

Marya trabalhava no Armazém Geral Berks abastecendo as prateleiras e estendendo as linhas de crédito, para a paciente consternação da sra. Olivet Berks. "Nossos clientes não são peixes, minha querida", a sra. Berks comentara uma vez. "Estender a linha não torna mais fácil atraí-los."

A sra. Olivet Berks, uma solteirona amável que jamais fora rejeitada, era uma prima mais velha de segundo grau de Marya. Elas compartilhavam os quartos em cima da loja, raramente brigavam e eram clientes habituais no pub Blue Tattoo. Olivet Berks era cliente regular porque adorava fofoca e conhaque de pera, e Marya a acompanhava porque o pub, naquele momento, abrigava o único piano do vilarejo.

Marya surrava as teclas pretas e amarelas do piano do pub quatro ou cinco noites por semana. Ela cantava enquanto tocava, sua voz forte e estranha como a de um rouxinol, conduzindo sessões de música popular. Todos concordavam que era a melhor diversão das redondezas.

Marya era encantadora com os homens e franca com as mulheres. Todos a adoravam. E, no entanto, por mais que a cidade amasse Marya, nunca perceberam seu romance secreto com Senlin, embora aparentemente ele viesse se desenvolvendo há alguns meses. Nem mesmo Olivet desconfiara.

Marya enfim contou a Olivet sobre seu noivado enquanto as duas estavam dividindo uma saca de 25 quilos de arroz em sacos de meio quilo. Marya media e despejava o arroz enquanto Olivet costurava a boca dos sacos para fechá-los.

— Mas por que ele? Por que agora? Você está numa enrascada? Está com pressa? Por que não esperar até o próximo inverno? Dizem que cerimônias no inverno tornam o casamento mais resiliente.

— Ele me pediu em casamento e eu o amo, e ele me deu um presente maravilhoso. — Marya olhou para a concha de arroz que estava despejando e um sorrisinho indecifrável ergueu suas bochechas.

Olivet cortou uma linha com os dentes e estremeceu.

— Ah, não saia por aí chamando isso de presente, Marya. As pessoas vão achar que você é tão ingênua quanto ele.

———•———

Senlin colocou no chão o ladrão que se debatia, mas não o soltou. A dor o perpassou como uma rachadura em um painel de vidro, espalhando-se e bifurcando-se enquanto descia pelas pernas e subia pela espinha.

Fora um erro tentar um confronto físico. Ele jamais estivera em uma luta e jamais erguera a mão para um aluno. Dependia inteiramente de sua conduta rigorosa para se manter longe de brigas no pub e para preservar a ordem na sala de aula. Fora necessário um coice de mula de um ano para lhe ensinar que sua postura não o protegeria nos circunreinos da Torre.

Superando o impulso de se curvar por causa da dor que irradiava na boca do estômago, Senlin perguntou:

— Como é que você acabou ficando com a minha bagagem?

— Sua bagagem? Comprei essa bolsa duas horas atrás — respondeu o ladrão, sua voz surpreendentemente ressonante e carregada de um sotaque lírico que Senlin não reconhecia.

— Paguei quatro shekels por ela para um rapazinho.

— Onde está ele agora?

— Deu no pé, até onde sei. Me solte! — O colarinho dele se retorcia sob o aperto de Senlin.

Senlin arrancou a bolsa do ombro do homem e o soltou. Soltas, as fivelas da bolsa batiam. A bolsa estava vazia. Bem lá no alto, uma quina de encanamento fez barulho e soltou uma breve garoa. A chuva esfriou os ânimos dos dois.

— Qual é o seu nome?

— Finn Goll.

— Sr. Fingol, onde estão as minhas coisas?

— É Finn Goll. — Ele pronunciou os nomes de maneira mais distinta. — E as suas coisas, se eram suas, foram vendidas. — Ele ergueu o pacote com peças de seda. — A menos que queira reivindicar isso também.

— Eu quero, obrigado. — Senlin arrebatou o pacote. Na verdade, ele não queria exatamente o pacote, quase o havia esquecido. Sua frustração o estava deixando rabugento. — Todo mundo aqui é ladrão?

Goll endireitou a camisa e alisou o colete roxo, arrumando-se com um pouco de indignação.

— Senhor, não sou ladrão. Não mais do que o senhor... que, até onde sei, acabou de me roubar.

— Meu nome é Thomas Senlin. E que iniciais encontramos gravadas do lado de dentro da minha bolsa? — Senlin mostrou a Goll o monograma impresso na borda de couro da bolsa.

— Que sorte a minha! — Dominado pela autocomiseração, Goll puxava os cabelos desvairados, deixando-os ainda mais desvairados. Ele parecia um homenzinho dramático. — Pegue, Tom. Apenas pegue! Foi um erro honesto. Eu devia saber que aquele garoto era um problema. Nunca confie em um ostra!

— Ostra?

— Ostra, ostra! — respondeu ele, como se a repetição fosse fazer Senlin lembrar. — Alguém que foi expulso do Anfiteatro. Eles são banidos, condenados ao ostracismo, mandados de volta para o Porão. Marcam o braço deles para que não possam entrar lá de novo. — Senlin lembrou-se da cicatriz redonda no antebraço de Adam. — Se entram e são pegos uma segunda vez... — Goll fez um gesto como se fosse arrancar o olho da órbita. —... tiram um olho. Se voltar uma terceira vez... — Ele fez um estalido com a língua. —... tiram o outro olho. Se algum dia você vir alguém andando por aí sem os dois olhos, está olhando para uma pessoa que demora a aprender. Aquele malandro que te roubou vai andar por aí de bengala e caneca de pedinte logo, logo.

— Mal posso acreditar que sejam tão bárbaros a ponto de arrancar olhos. — Senlin pretendia dar uma risadinha desdenhosa, mas, em vez disso, começou a tossir, sua garganta seca queimando.

— Olhe, se vamos discutir, vamos encontrar uma bebida antes que um de nós engasgue — disse Finn Goll.

—•—

Pouco tempo depois, Senlin estava sentado em um dos assentos de metal com borda arredondada do que Finn Goll chamou de "carrossel-cervejeiro", ou, de forma mais resumida, "carrossel". Era uma cópia da fonte movida por homens que ele observara antes, inclusive o canudo de marfim e os pedais antiderrapantes. Segundo Goll, havia dezenas de carrosséis distribuídos regularmente por todo o Porão. Senlin, que nunca gostara muito de cerveja, foi convencido apenas porque Goll insistira que a cerveja era mais limpa e mais segura para beber do que a água puxada pela bomba. Tabernas eram tão numerosas e comuns quanto postes de luz (e em todas os negócios pareciam estar indo bem), mas os carrosséis tinham a clara vantagem de serem gratuitos, contanto que a pessoa não se importasse de trabalhar um pouco.

Se os frequentadores do Blue Tattoo (que achavam a vassoura parada no canto mais animada do que o diretor) vissem Senlin sentado diante de uma fonte mecânica de cerveja, teriam esfregado os olhos, dado tapas no rosto e pedido três ostras para fazer passar a bebedeira.

Os dez assentos com bordas enferrujadas que haviam restado foram preenchidos sem demora e o trabalho começou. Com o pacote de roupa íntima feminina ligeiramente equilibrado no colo, Senlin segurou a borda curva da calha vazia e começou a mexer as pernas. Goll ficou de pé em cima dos pedais, sua estatura tornando impossível que ele se sentasse e pedalasse ao mesmo tempo. Embora os movimentos bruscos de Goll parecessem desajeitados para Senlin, Goll não parecia incomodado com isso.

Era como se ele estivesse tentando subir uma colina de bicicleta andando na lama, e demorou alguns momentos até que seus esforços exaustivos começassem a girar a roda.

— Por que as engrenagens são tão inflexíveis? — reclamou Senlin. — Nunca vi um barman bombear tanto um barril de cerveja! — Ele começara a bufar graças ao esforço, o que fazia sua garganta queimar ainda mais.

— O que você é, um engenheiro? Quem se importa! É cerveja grátis — disse Goll em voz alta e recebeu como resposta um "oba" geral dos outros que estavam pedalando. O homem à direita de Goll vestia um avental de couro, manchado com marcas enlameadas de ferraduras. Berrando como um capataz, ele os exortou a pedalar com mais força. A boca da fonte havia acabado de começar a gorgolejar.

Os olhos de Senlin pousaram sobre uma placa de latão, que ficara esverdeada com o passar do tempo e com os constantes banhos de cerveja, parafusada à vertente cônica à sua frente. Ele leu em voz alta a marca registrada: "A bomba de doze alavancas da Esfinge".

— Você sabe ler — comentou Goll. Seus cachos escuros haviam começado a se emaranhar sobre sua sobrancelha.

— Claro. Sou diretor de escola — retorquiu Senlin com um orgulho automático. Quando Goll lhe perguntou que matérias ensinava, Senlin não pôde deixar de ficar radiante.
— Redação, Artes, Geografia, Física...

— Matemática?

— Como eu poderia ensinar Física sem Matemática? — A roda dentada lá embaixo fez barulho. Por um instante, ele achou que a correia fosse se soltar, mas logo voltou a funcionar.

— E você tem de fazer registros, tenho certeza. Notas e frequência e taxas da escola e matrícula, estou certo? Talvez encontrar um bom lugar para um ocasional shekel extraviado.
— Ele soltou o corrimão por tempo suficiente para dar batidinhas nos bolsos do colete com uma expressão conspiradora.

Senlin estava prestes a dizer algo, indignado e virtuoso, quando a fonte espumou como um vulcão e uma camada de cerveja começou a descer pelo cone e respingar na calha. Todos os que estavam pedalando inclinaram-se para a frente, esforçando-se para colocar a boca no canudo de marfim. A cerveja gelada desceu com um toque macio pela garganta irritada de Senlin. Nada jamais tivera um sabor tão doce. Com o canto dos olhos, viu Goll ajoelhado sobre o assento, os pedais abandonados, mas ainda girando, bebendo do canudo meio virado para trás e dando um sorriso malicioso para ele. O ferreiro com as marcas de ferradura no avental berrou para Goll voltar a pedalar. Goll levantou os braços em um gesto obsceno que Senlin conhecia, mas nunca usara. Goll podia ter metade do tamanho de Senlin, mas tinha o dobro da coragem.

Quando Senlin se afastou do canudo, ofegante, sua cabeça já havia começado a ficar tonta pelos efeitos do álcool.

Pedalando outra vez, Goll observou Senlin quase serenamente, sorrindo como um homem pensando em uma piada.

— Você leva jeito. Devia ficar aqui para as voltas da noite. Aquelas vão fazer a sua cabeça rodar de verdade.

— Não posso. Estou com pressa. Estou procurando alguém.

— Ah, para a lama com isso. — Goll soltou essa expressão como se fosse uma praga. — Essa velha história triste de novo! Deixe-me adivinhar: você perdeu alguém sincero e querido. Você é movido pela mais pura devoção por eles. Nada o impedirá de encontrar uma mãe-irmão-tia-filho-garota que esteja procurando, e eu não quero saber...

— É minha mulher. Marya Senlin. Ela usava um chapéu vermelho.

Goll cerrou o punho e acertou a borda da calha até ela ressoar.

— Por que eu abro a boca? — Ele se controlou tomando um longo gole com o canudo. Senlin sorriu ao ver a dramaticidade do homem. Quando Goll se afastou, ofegante, disse: — Não conte a ninguém que está procurando a sua mulher.

— E como vou encontrá-la? — O tom de Senlin era incrédulo, quase condescendente. Ele sorveu do próprio canudo, ainda pedalando devagar.

— Com os seus olhos, a sua astúcia e por conta própria. O mais provável é que você não vá encontrá-la. Mulheres são sugadas Torre acima como a brasa é sugada pela chaminé. — Ele agitou uma das mãos e soltou um assobio barulhento. — Qualquer coisa que use saia flutua! Você contou ao rapaz que te roubou sobre a sua querida mulher?

— Contei.

— E qual foi o resultado? Aposto que ele disse coisas gentis, esperançosas. Fez de você um bebezinho nos braços dele. Fez você dormir e depois o roubou. — Goll chacoalhou a cabeça até o suor pingar de seus cachos pretos. — Nem uma única alma vai ajudá-lo aqui. As boas almas não têm os meios ou não estão com cabeça para fazer isso, e as almas ruins só vão sugá-lo ao máximo. Vão lhe vender boatos, mapas, guias, coisas mais úteis para embrulhar peixes do que para encontrar esposas! Você vai receber tanta ajuda que não vai lhe sobrar nenhum shekel. Presumindo que você ainda não esteja tão pobre como um mula. — Ele arrotou.

— Presumindo — disse Senlin de maneira evasiva. Por mais inescrupuloso que Goll parecesse, seus avisos faziam sentido. Talvez fosse preciso mais do que um guia e um lenço para percorrer a Torre. — O que é um mula?

— Tenho certeza de que você já os viu. Infelizes carecas, esqueléticos, de torso descoberto, com joias de ferro. Escravos. Mulas são escravos. Eles carregam nas costas sacos de areia, carvão e pedras até bem lá em cima! A construção continua. A Torre ainda não terminou. Ah, pela lama, eu pareço um místico falando!

Alguns instantes mais cedo, Senlin se sentira superior a esse homem tosco e inescrupuloso. Agora, ele achava que poderia haver algum benefício em mantê-lo por perto.

— Olhe, sr. Goll, desculpe-me pelo modo como o tratei antes. E agradeço pelo que disse. Talvez queira considerar a possibilidade de ser contratado como guia...

— Por que eu abro a minha boca? — ele disse de novo, erguendo as mãos. — Você pode agradecer, mas não ouviu. Ninguém pode lhe ajudar. Você tem de fazer isso sozinho.

De repente, todos os pedais travaram e pararam. O choque da paralisação percorreu as pernas de Senlin e fez suas rótulas estalarem dolorosamente. Um arquejo escapou-lhe por entre os dentes. Olhando ao redor, ele percebeu que era o único surpreso com a parada. Eles haviam atingido o ápice invisível daquilo pelo qual estavam pedalando. O carrossel-cervejeiro havia chegado ao limite de sua poderosa mola interna no centro da grande roda, mola que agora estava enrolada de maneira mais apertada do que uma víbora ameaçada.

Uma nova engrenagem foi ativada, tinindo como um sino debaixo d'água, e os pedais sob seus pés perderam toda a resistência. Finn Gold gritou e disse "Segure-se", embora as palavras tenham sido varridas pela rápida aceleração do carrossel quando a mola apertada começou a desenrolar. Girando em sentido anti-horário agora, cada vez mais rápido, Senlin sentiu que estava se precipitando para o pé da montanha que havia acabado de conquistar. A praça pública se tornou um borrão de pedra úmida e um pisca-pisca de lâmpadas a gás, os rostos da multidão todos esticando-se como puxa-puxa. Senlin fixou os olhos na serena ponta do cone no centro da roda e agarrou-se à calha, mesmo quando ela açoitava seu rosto com cerveja.

Naquele momento de náusea e desorientação, ele se lembrou de como Marya descrevera a sensação de tocar piano no Blue Tattoo. Ela disse:

— Eu toco e nós cantamos até o salão girar. É maravilhoso estar no centro daquele pequeno círculo alegre.

— Mas, minha querida — ele respondeu, confundindo isso com um momento apropriado para uma aula de geometria —, o centro de um círculo é um ponto infinitesimalmente pequeno. Ele quase não existe.

—Já me serve. Eu preferiria ser um nada no centro de tudo do que uma pessoa pomposa à margem de tudo — ela disse em seu costumeiro modo incauto. E, sem intenção, ela o descrevera em termos exatos: alguém pomposo à margem de tudo.

O pacote de roupas íntimas femininas que estava em seu colo abriu-se com a agitação. Meias-calças, calçolas e camisetes voaram para cima da multidão da praça pública, pousando em todas as partes como pombas em um parque.

·CAPÍTULO SETE·

> Pode ser que os recém-chegados esperem que os circunreinos da Torre sejam como camadas de um bolo, em que cada camada é muito parecida com a última. Entretanto, não é esse o caso. De modo algum. Cada circunreino é único e estonteante. Os circunreinos da Torre têm apenas duas coisas em comum: o formato de suas paredes mais externas, que são aproximadamente circulares, e o preço da carne, que é absurdo. O resto é ficção.
>
> — *Guia da Torre de Babel para leigos*, I.X

Senlin limpou o pescoço com um lenço úmido. Dois guardas vestindo casacos vermelhos cobertos de fuligem e dragonas douradas esfarrapadas estavam aos pés da coluna de mármore. Atrás deles, a porta de vidro que dava acesso à coluna emitia uma convidativa luz dourada.

Os guardas pareciam suspeitosamente maltrapilhos. As bainhas à altura do quadril não eram iguais, como seria de se esperar em armas padronizadas, nem pareciam combinar os cabos dos sabres que elas guardavam. Os botões mostravam que o casaco de um dos guardas estava estufado na região da barriga, e as dobras da calça do outro formavam um volume sobre as botas como se a calça fosse comprida demais. Senlin achava que eles eram impostores, oportunistas violentos como aqueles sobre os quais Adam o alertara, por mais irônico que isso fosse.

No entanto, essa era a única escada que levava até o Anfiteatro. Era o único caminho por onde Marya poderia ter vindo, supondo que ela houvesse decidido seguir o itinerário deles...

Que outra coisa ela poderia fazer exceto seguir em frente? Que outra coisa ele poderia fazer exceto supor?

Ele perdera o rastro de Finn Goll depois de descer do carrossel-cervejeiro com tontura. Tropeçou em meio à turba que fora atraída pela roupa íntima espalhada. Desviando pela primeira viela, Senlin sentiu-se terrível e intensamente doente. Quando seu estômago e sua cabeça estavam bem o suficiente, ele saiu de lá e procurou uma bomba manual ao lado de um bebedouro. Molhou um lenço e tentou se reanimar.

Sentindo-se um pouco envergonhado, entrou na fila da coluna branca assim que ficou sóbrio o bastante para andar. Agarrou sua bolsa tal qual um homem perdido no mar se agarra a um pedaço de madeira. Ele não podia se dar ao luxo de ser roubado outra vez.

Os guardiões impostores estavam, naquele momento, maltratando um monge indigente que vestia uma bata cinza. O agitado monge estava tentando converter os guardas dizendo:

— A Torre precisa ser salva! Sua raiz está doente. Nós somos a podridão! Ela deve cair antes que a praga do homem se espalhe pelas nuvens e pelas estrelas! — Sua voz tinha um tom estridente de loucura. Senlin lera um pouco sobre os místicos que professavam a divindade da Torre, embora a literatura sugerisse que a ordem estava quase extinta.

O maior dos dois guardas, cuja barba escura e espetada se espalhava quase até a órbita dos seus olhos, pôs a bota no peito fundo do monge e o empurrou, fazendo-o cair de costas.

— Saia desta travessa, seu lunático, antes que eu corte as suas orelhas. — Isso pareceu suficiente para desencorajar o místico, que foi embora resmungando e esfregando o quadril machucado.

Antes que Senlin pudesse começar sua abordagem, foi interrompido pelo balanço de uma anquinha de crinolina rígida. A armação da anquinha era usada por uma jovem com bochechas maquiadas e cachos loiros que sacudiam. Ela era suficientemente bonita, mas parecia fria e convencida. Em resposta à abordagem dela, os impostores afastaram-se da porta, ambos abaixando a cabeça com uma graciosidade duvidosa. Senlin lembrou-se das palavras de Finn Goll: qualquer coisa que use saias flutua.

Assim que a mocinha passou pelas portas de vidro que brilhavam intensamente, Senlin começou a andar de um modo que esperava fosse confiante e resoluto em direção ao espaço entre os guardas, o queixo tão erguido como o de um lorde. Porém, enquanto se aproximava, o vão se fechou e ele teve enfim que parar e dar a palavra aos impostores que o bloqueavam.

— Não tão rápido, sr. Canelas Compridas — disse o guarda maior em tom irônico. — Há uma taxa de salvo-conduto de dois shekels para ir ao Anfiteatro.

— Notei que a dama à minha frente não pagou taxa de salvo-conduto — respondeu Senlin em seu tom mais racional. — Não parece justo fazerem exceção para ela enquanto eu... — Sua argumentação foi suspensa rapidamente quando o mais baixo dos impostores acertou em cheio o punho no estômago de Senlin. Quando Senlin se inclinou para a frente, veio um segundo golpe rápido após o primeiro.

Ele fora ingênuo ao pensar que dois notórios brutamontes responderiam a uma discussão racional. Não havia nada a fazer exceto aprender a lição, pagar os dois shekels e seguir em frente.

— Há uma taxa de salvo-conduto de quatro shekels para ir ao Anfiteatro — disse o guarda maior com uma morbidez mecânica. O guarda menor deu um sorriso ensebado para Senlin, como se esperasse que Senlin fosse protestar uma segunda vez.

Senlin endireitou-se e pôs as mãos nos bolsos. Naquele momento, ele teria esvaziado as botas se isso significasse livrar-se daquele chão úmido, lavado de cerveja e violento. A Torre inteira se escancarava à sua frente e ali estava ele, chafurdando no vestíbulo com ladrões e indigentes. Pela lama, de fato.

—•—

As portas de vidro da coluna davam para um corredor que subia, formando uma espiral. Era como passar da noite para o dia. A passagem limpa e vazia tinha corrimões de metal e era bem iluminada por bruxuleantes lâmpadas a gás. Fazia Senlin lembrar da decoração de um teatro lírico que ele visitara uma vez enquanto estava na faculdade. O ar de aroma doce propagava um som profundo e regular que era quase como o som de um útero.

Depois de alguns minutos subindo a hélice acarpetada, Senlin ouviu um murmúrio de multidão aproximando-se. Contornando uma curva, ele se viu entrando em uma fila de viajantes que andava em ritmo arrastado. Eles estavam mais bem vestidos e haviam tomado banho mais recentemente do que a maioria das pessoas sujas que ele encontrara no começo da escada e lá fora. Ele ficou aliviado de ter tido o bom senso de comprar um terno novo.

Ele notou que a mulher com anquinha de crinolina havia sumido e fez essa observação para o homem à sua frente na fila. O homem, naturalmente sociável, foi rápido em responder que ela tivera permissão para passar à frente.

— Ao que parece — explicou o homem —, faltam mulheres para a peça programada. — Senlin não entendeu isso muito bem, mas decidiu prosseguir como se houvesse entendido. Parecia haver pouca vantagem em anunciar sua ignorância. O novo conhecido de Senlin estava empertigadamente vestido com um terno de três peças azul-marinho. Seu fino bigode estava bem penteado e modelado com cera. Ele seria considerado um guru da moda se algum dia aparecesse nas ruas de Isaugh. Ele se apresentou como sr. Edsel Pining. Senlin considerou que fosse um aristocrata de segundo escalão.

Pining perguntou se era a primeira ida de Senlin ao Anfiteatro. E quando Senlin tentou dar-lhe uma resposta, ele engoliu a saliva no momento errado, de modo que as palavras saíram como um grunhido baixo. Ele sempre se sentira particularmente incômodo na presença de socialites. Sua maneira animada o deixava ainda mais nervoso. Sua confiança minava a dele próprio.

— Só pergunto porque você parece completamente tranquilo — comentou Pining de maneira amável. — Um homem que está em paz, por assim dizer. — Ele oscilava para a frente quando falava, as mãos entrelaçadas atrás das costas.

— Acho que um novato estaria mais entusiasmado do que um veterano — respondeu Senlin, recobrando a voz.

— De modo algum. Você nunca sabe o que o espera. É só uma palavra para você: Anfiteatro. Um parágrafo em um livro. Um ponto em um mapa. No entanto, depois que vem ao Anfiteatro, você passa o resto da vida planejando voltar. — Pining passou a mão pelas têmporas cobertas de brilhantina do seu cabelo escuro. Senlin estimou que Pining tinha mais ou menos a idade dele, embora seus anos não houvessem se convertido no mesmo nível de maturidade. — Olhe para mim. Estou eufórico! Normalmente não sou assim. Na minha casa, sou um inválido malcriado e emburrado. Sou contador. Tenho calos nas pontas dos dedos por causa do meu ábaco e da minha caneta. Não, você não pode imaginar como o Anfiteatro o transforma ou permite que você se transforme. Esta será a minha quarta visita.

Senlin sentiu-se desorientado pela conversa, que era cordial e despreocupada. Parecia estar em desacordo com tudo o que viera antes: os miseráveis nos Achados e Perdidos, o dirigível espatifado, a traição de Adam e os alertas horrendos de Finn Goll sobre os desejos da Torre e a facilidade com que ela absorvia mulheres. Sua barriga ainda doía devido ao soco que levara recentemente. No entanto, aqui estava ele, jogando conversa fora com um dândi.

— Não começa a dar tédio?

— Juro, sr. Senlin, que nunca dá tédio. Os enredos são reescritos todo mês, as salas são redecoradas e os atores, claro, são trocados. Eu poderia vir ao Anfiteatro cem vezes e nunca me satisfazer. É preciso apenas um pouco de imaginação. Ter um pouco de perspicácia com certeza ajuda, mas até um fazendeiro se divertiria. Só é uma pena que as apresentações sejam tão breves, geralmente de uma semana. Depois a peça acaba e nós voltamos para nós mesmos. — Ele fingiu uma expressão de tristeza.

Senlin não sabia ao certo o que Pining queria dizer. O *Guia da Torre* se referia ao segundo andar, o Anfiteatro, como o distrito do teatro, um distrito que produzira muitas companhias teatrais boas ao longo dos anos. Ele e Marya haviam conversado sobre ver um espetáculo antes de se recolherem ao terceiro andar, as Termas, com seus quartos acessíveis e numerosos spas. O *Guia* dava sugestões para analisar peças e dicas de etiqueta para o público, mas, para evitar que ficasse rapidamente desatualizado, o *Guia* oferecia muito pouco em termos de programação ou detalhes específicos. Não pela primeira vez desde que chegara à Torre, Senlin sentia-se despreparado. Entretanto, lembrando-se do conselho de Goll para tentar se misturar, para procurar discretamente, Senlin decidiu fazer o seu melhor para parecer imperturbável.

Embora não conseguisse imaginar nenhuma peça, nem mesmo o épico mais extenso, durando uma semana. Com certeza aquilo fora um exagero.

A fila avançou. Pining desfiou seu repertório de observações cômicas e filosofias objetivas e Senlin, aliviado ao descobrir que seu companheiro exigia pouca ajuda para jogar conversa fora, ficou satisfeito de oferecer encorajamento ocasional na forma de um sorriso. Não demorou muito, a subida em espiral chegou à boca de um pórtico com cortina, e eles se viram em uma sala nivelada que fez Senlin pensar em um saguão de teatro. Eles estavam de frente para quatro bilheterias entalhadas com adornos e mais adiante de cada uma delas ficava uma catraca reluzente. Homens de casaco branco e coletes cinza compunham a equipe de funcionários das cabines, que não eram muito maiores do que um caixão – o que era apropriado, pois os recepcionistas ali dentro eram tão pálidos e cerosos quanto cadáveres.

Atrás dos homens de uniforme havia quatro portas, a primeira marcada com uma letra K de metal, a segunda com um S, a terceira com um A e a última porta com a letra I.

— Esses são os recepcionistas do Anfiteatro. Eles lhe dizem qual papel você vai representar e explicam as regras do palco. Preste atenção às regras, sr. Senlin. Essas coisas são entediantes, mas toda engrenagem tem o seu propósito, certo? — Pining disse isso sem nenhum pingo de seriedade. Ele puxou os suportes do colarinho e foi chamado por um recepcionista. Pining deu uma risada cordial, porém sem motivo, diante do homem. Era a sua maneira de lubrificar as engrenagens, embora tivesse pouco efeito. A expressão do homem era tão austera como a de um oficial de justiça. Apesar de todo o entusiasmo de Pining pelos encantos do Anfiteatro, havia muito pouco acolhimento na cena.

Outro recepcionista, que tinha uma cortina de cabelo branco e rugas que pareciam dar início a uma coroa careca em sua cabeça, fez um sinal para Senlin.

O recepcionista lhe deu um folheto que cabia no bolso. O livro fez Senlin lembrar das cartilhas básicas que seus alunos usavam: enrugadas e encadernadas de modo deselegante, com as margens serrilhadas.

— O senhor vai fazer o papel de mordomo — anunciou o recepcionista sem movimentar as latitudes de suas rugas. A frente do folheto de Senlin tinha o nome do personagem estampado: Isaac.

— Não entendo. Não sou ator. Eu queria uma poltrona, talvez algo mais ao fundo... — disse Senlin. O olhar do recepcionista era tão inexpressivo que Senlin não sabia dizer se a longa pausa significava descrença ou desdém. O homem era tão expressivo quanto uma aldrava. Senlin engoliu ruidosamente em seco.

— O senhor é tanto ator como plateia — disse o recepcionista. — Pode se sentar, se quiser. As regras do Anfiteatro estão inclusas na parte de trás do folheto; sugiro que o senhor se familiarize com elas. O mais importante de tudo é que o senhor só pode passar por portas marcadas com um I. I, de Isaac. Entrar pela porta de outro personagem resultará na sua retirada do Anfiteatro.

— Eu poderia ser retirado agora? Estou com um pouco de pressa para chegar às Termas. — Ele não estava com cabeça para ir ao teatro, por mais original e moderno que fosse, enquanto Marya estava desaparecida. Com certeza deveria haver algum corredor para turistas de passagem...

— Ninguém é retirado para os andares superiores, senhor, somente para o Porão. Se o senhor queria pular o nosso entretenimento, deveria ter reservado uma passagem em um dirigível — explicou o recepcionista secamente. — Em segundo lugar, pedimos que o senhor atice o fogo das salas em que entrar. O combustível foi fornecido e eu posso lhe assegurar que todos os personagens são obrigados a cuidar dos fogos, não apenas aqueles que receberam o papel de mordomo. Deixar de manter os fogos queimando resultará na sua retirada.

O recepcionista pediu doze shekels, o bastante para pagar um quarto de hotel por três noites. Senlin ficou surpreso e triste pela soma, mas viu que não tinha escolha. Ele aprendera recentemente o que uma pessoa ganhava ao pechinchar as entradas. Ele poderia virar as costas e voltar para o Porão ou poderia pagar e seguir em frente.

Pagar exigia que Senlin tirasse a bota. Seu constrangimento teria sido mais acentuado se ele não houvesse avistado seu novo conhecido, Pining, tirando seu sapato cuidadosamente engraxado pelo mesmo motivo. Parecia que Senlin não era o primeiro a andar por aí pisando no próprio banco. A descoberta o fez sentir-se menos inteligente.

Senlin passou pela catraca lustrada, mas, antes que pudesse abrir a porta com um I de metal, Pining tocou seu cotovelo e lhe disse:

— Em uma semana, vão tirá-lo desta aventura, e vai ser como um despertador acordando você de um sonho maravilhoso!

·CAPÍTULO OITO·

Nunca deixe um itinerário rígido desencorajá-lo de encarar uma aventura inesperada.
— *Guia da Torre de Babel para leigos, III.II*

A pesar das declarações misteriosas do recepcionista e do entusiasmo de Pining, Senlin ainda esperava encontrar fileiras de poltronas, estofadas com veludo, um palco, um proscênio e uma cortina: em resumo, ele esperava um teatro.

Em vez disso, viu-se à entrada de uma sala de azulejos brancos que o lembrava dos vestiários do colégio interno onde estudara há muito tempo. Havia bancos de cedro e cabines por toda a extensão do vestiário. Dezenas de atendentes sem graça vestidos de branco andavam de um lado para o outro empurrando araras com ternos, carregando pilhas de toalhas, rolando sapateiras com sapatos engraxados. Diferentemente do recepcionista a que ele acabara de pagar, os ternos desses homens tinham os amarrotamentos do trabalho. O ar estava pesado com vapor e com a agressiva camuflagem de colônias, sabonetes e tônicos capilares. Ele reconheceu o que era aquele lugar: o bastidor. Ele trabalhava nos bastidores. Porém, onde ficava o palco? E quem estava nele?

Senlin foi adotado por um atendente que carregava uma toalha branca bem dobrada com um sabonete cor-de-rosa quadrado em cima. Seu atendente tinha um cabelo penteado tom de pedra e bochechas magras barbeadas até ficarem rosadas; fora isso, ele exalava toda a gentileza de uma isca humana. Senlin ficou um pouco assustado ao descobrir que o homem estava armado. Uma pistola de tiro único estava dependurada no seu quadril. Mais uma olhada para os outros atendentes na sala revelou que a maioria estava armada. Desacostumado a ver armas expostas publicamente (nem mesmo o policial de Isaugh carregava uma o tempo todo), Senlin tomou isso como um sinal de que estava entrando em uma seção da Torre onde havia mais respeito à lei.

Senlin deu um sorriso cordial ao seu atendente tosco. O atendente não conduziu Senlin, mas sim o empurrou para dentro de uma cabine de banho aberta.

Apesar de sua ansiedade, Senlin gostou do fluxo quente do chuveiro e do sabonete áspero com aroma de sândalo. Parecia o primeiro contato com um pouco de verdadeiro luxo que a Torre lhe oferecera. Ele teria se demorado debaixo do jato de água fumegante se seu ríspido atendente não o houvesse incitado a sair.

O atendente mediu Senlin com uma fita métrica enquanto Senlin estava de toalha, depois saiu e logo voltou com uma muda de roupas: um fraque de mordomo e um peitilho branco engomado. Ambos serviram, mas nenhum dos dois favorecia a complexão esbelta de Senlin. Ele não era um mordomo convincente. A gravata borboleta vermelha ficava tão absurda nele que Senlin a tirou de imediato.

Seu atendente, porém, rapidamente pegou a gravata descartada e a colocou de novo no pescoço de Senlin sem nenhuma gentileza.

— Sem mudanças no seu figurino, senhor — falou o recepcionista de cabelo grisalho. — Procure as regras no seu programa. — Aos poucos, a verdadeira implicação das palavras do recepcionista ficou clara para ele: ele era o ator e a plateia. Isso não era teatro. Era uma farsa. Era uma brincadeira de faz de conta de criança. Claro que não havia uma plateia real. Quem ia querer ver?

O atendente orientou Senlin a guardar suas roupas e pertences na bolsa, o que ele fez com apreensão. Ele odiava a ideia de se separar do dinheiro, das passagens, do guia, mas parecia não ter opção quanto a esse assunto. O fato de que a operação era administrada de modo tão eficiente e que incluía tanta segurança lhe deu um pouco de esperança. Além do mais, parecia que ele não era o único a guardar o dinheiro no sapato, então até que ponto poderia ser seguro?

Sua bolsa logo foi trancada dentro de um pesado armário deslizante e junto com os objetos pessoais de outros homens, todos os quais pareciam muito mais à vontade abandonando suas posses. E por que não? Ninguém sentado em um teatro ficava preocupado que estivessem roubando seu casaco da chapelaria. Esses homens vieram para fugir, representar, atuar! Eles gracejavam e riam e seguiam em frente como estudantes, embora boa parte dos seus cabelos fosse grisalha ou houvesse caído. Havia homens mais jovens presentes também, mas eram, em geral, um tanto gordos, desajeitados ou pouco atraentes. Parecia que homens que não tinham muita presença foram escolhidos pelos recepcionistas para interpretar os mordomos. Que adequado, pensou ele com amargura, que estivesse entre eles.

Enquanto era vestido e arrumado pelo atendente, Senlin leu o programa que recebera. O programa esboçava o enredo que eles iriam abrilhantar. A peça se passava em uma mansão, de modo que o cenário abrangia múltiplos cômodos e incluía uma sala de jantar, um estúdio, uma cozinha e uma dezena de outros espaços domésticos. Havia apenas quatro personagens na peça: um marido e uma mulher ricos chamados Kerrick e Alice Mayfair, um jovem executivo aprendiz chamado Oscar Shaw e Isaac, o mordomo... seu papel naquela farsa.

Esperava-se que os atores improvisassem diálogos em torno do enredo que lhes fora dado. A história era bastante trivial. O marido, o sr. Mayfair, está consumido pelos negócios. Ele pensa no jovem sócio, o sr. Shaw, como o filho que nunca teve e passa boa parte do tempo preparando-o para o mundo dos negócios. Enquanto isso, a sra. Mayfair, sentindo-se negligenciada pelo marido, começa a flertar com o sr. Shaw. O sr. Shaw é forçado a escolher entre o seu futuro como homem de negócios e os sentimentos que estão surgindo pela sra. Mayfair, uma mulher bonita, embora falha, cujo humor variava.

Senlin ficou desalentado ao descobrir que Isaac, o mordomo, teria enfim que decidir ajudar a patroa volúvel em sua indiscrição ou revelar o romance em potencial ao seu patrão, o sr. Mayfair. Era um pesadelo. O enredo era exatamente o tipo de melodrama mordaz que ele desencorajava seus alunos de ler. O subtexto era óbvio: o amor, puro e eterno, reinava supremo. Senlin não acreditava nesse tipo de amor: repentino e egoísta e insaciável. O amor, como os poetas frequentemente o retratavam, era apenas a luxúria careca usando uma peruca pomposa. Ele acreditava que o amor verdadeiro era como uma educação: profundo e sutil, nunca completo.

O recepcionista pegou no ombro de Senlin com uma mão calosa, tirando-o de sua irritação, e o acompanhou ao extremo do vestiário, até um corredor acarpetado. O passadiço diante dele lembrava um pouco um hotel suntuoso. Havia portas pintadas de branco a intervalos regulares dos dois lados do corredor, embora, diferentemente de qualquer hotel que ele já houvesse visitado, este corredor não tivesse cantos. Em vez disso, ele continuava estendendo-se até formar uma curva gradual e desaparecer de vista. O passadiço estava cheio com centenas de homens de portes variados, mas todos vestidos com a mesma calda preta e o mesmo babador engomado que Senlin vestia. A onipresença da gravata borboleta vermelha que incomodava o seu pescoço o fazia sentir-se menos conspícuo, porém mais absurdo.

É como se ele houvesse se colocado entre dois espelhos e estivesse observando a si mesmo agora duplicando-se e quadruplicando-se até um infinito que se turvava. A cena o deixou tonto.

Seu brusco atendente lhe entregou uma chave e disse:

— Encontre uma porta aberta no corredor. Se estiver aberta, a peça ali dentro ainda precisa de alguém para representar Isaac, o mordomo. Os outros atores podem já ter começado a peça. Tranque a porta quando entrar. A sua chave abrirá todas as portas internas que não estiverem marcadas e a porta pela qual você entrar. Se você sair para o corredor, não pode voltar a entrar na peça. Se sair pela porta de outro personagem, vai ser retirado do Anfiteatro. Você tem alguma pergunta?

Um pouco aturdido, mas não se sentindo em posição de interrogar o seu instrutor que, de qualquer forma, não parecia estar com vontade de responder, Senlin chacoalhou a cabeça.

— Aproveite sua apresentação.

Passe pelo Anfiteatro. Vá às Termas. Ela estará lá, Senlin disse a si mesmo outra vez.

Ele sentiu o familiar aperto na garganta, o latejar nas pontas dos dedos, a visão telescópica que anunciavam a chegada do pânico. Havia demasiadas pessoas no corredor apertado. Ele tinha de fugir. Abriu caminho pelo corredor de mordomos tagarelas que esbarravam nele enquanto caminhava, nenhum deles parecendo estar com muita pressa para encontrar uma porta aberta. Essa era, afinal, sua aventura de férias! Eles experimentavam sotaques e gestos teatrais, vangloriavam-se quanto a quem ajudariam quando a peça começasse. O amor deve vencer! Não, o casamento é uma coisa sagrada!

Ele queria gritar.

A ideia de entrar com tudo em um cômodo estranho o deixava nervoso, mas não tanto quanto o corredor de mordomos. Ele experimentou uma porta aleatoriamente e a encontrou trancada. Girou a maçaneta de outra; ela o esnobou também. A porta seguinte não foi diferente. O suor na palma da sua mão se tornou um lubrificante e as maçanetas começaram a escorregar quando as pegava. Sua angústia piorava a cada rejeição. Por um momento, ele permaneceu do lado de fora do próprio corpo, observando enquanto esse tolo frenético e esbelto girava uma maçaneta atrás da outra.

Seus sósias resmungavam e erguiam o queixo para ele quando passava. Ele trombava nos outros, empurrando-os contra os lambris e o papel de parede de folhas douradas sem pedir desculpas. Ele não podia evitar. Estava enlouquecendo, não só por conta dos familiares espasmos de ansiedade, mas também pela ideia de que Marya pudesse estar atrás de qualquer uma daquelas portas, atuando em uma peça na qual era esposa de um homem e amante de outro. Ele agarrou a próxima maçaneta como se pretendesse estrangular aquele objeto.

Ela girou. Ele entrou correndo e rapidamente fechou a porta depois de passar. O silêncio era maravilhoso.

Ele estava na entrada de uma cozinha. Era como se houvesse entrado pela porta dos fundos da casa de alguém. Havia lenha cortada em uma pirâmide organizada ao lado de uma salamandra. Redes cheias de abóboras e cebolas pendiam de vigas quadradas expostas. Potes de conservas brilhavam intensamente à luz de um candeeiro descoberto. O candeeiro também iluminava uma saliência de metal estranhamente fixada no alto da parede. A atenção de Senlin passou rapidamente dessa esquisitice para o pernil. O pernil, enfeitado com cerejas de cor vívida, estava em uma travessa ornamentada na mesa do empregado. O aroma da fumaça da lenha, dos cravos, da carne de porco e de ferro fundido aqueciam o ar. Era inegavelmente agradável. E pacífico. Ele mal conseguia acreditar que ainda estava na Torre de Babel.

Atiçou o fogo e encheu de novo a chaleira de ferro fundido com água de uma robusta torneira verde. Foi um ato automático: sempre havia água fervendo em sua casa, pronta para fazer chá a qualquer momento. Os canos gorgolejaram e tossiram como um velho asmático. A tarefa doméstica o confortou. Os respingos de gordura no fogão o fizeram pensar no café da manhã: panquecas, maçãs cozidas, arenques engordurados estalando na panela. Ele estava faminto. Não, estava mais do que faminto, estava morrendo de fome. Abandonou os modos e pegou um pedaço grosso da casca engordurada do pernil cor de bronze. Comendo a fatia de uma só vez, voltou para pegar mais uma, depois uma terceira. Mastigou, ofegou e mastigou outra vez. Empanturrou-se, pairando sobre o pernil como um urubu, tão feliz de estar sozinho. A carne salgada fazia arder seus lábios, que estavam rachados devido à sede. Ele tirou uma xícara de um gancho e a encheu com água da torneira, bebendo e gemendo de alívio. Depois de ter devorado tanta carne quanto pôde comer, embrulhou mais alguns pedaços em um guardanapo de pano e colocou o embrulho no bolso.

A xícara de porcelana em sua mão lhe chamou a atenção, embora tenha demorado um instante para ele perceber por quê. Estava pintada na borda uma guirlanda exótica de flores de corniso. Poucos meses antes, Marya, no processo de misturar as coisas dos dois na casa, havia desempacotado uma caixa cheia de palha com porcelana pintada com uma estampa parecida. O jogo de porcelana dela era uma relíquia de família, um presente dado pela avó dela no dia do casamento. Naquela época, Senlin observara que várias peças do jogo estavam faltando e, inspirado por um desejo de agradar e pela preferência por algo completo, oferecera-se para encontrar peças substitutas.

Marya agradecera e puxara seu pescoço para atenuar sua expressão com um beijo. (Ele se perguntava agora: será que estava sempre carrancudo, mesmo quando estavam sozinhos?)

— As peças que estão faltando fazem parte do jogo também — ela respondera. — Você não pode substituí-las. Eu sei como cada uma foi quebrada ou perdida. Eu mesma quebrei um prato quando tinha nove anos. Agora sou uma parte imortal do padrão. Vou manter minhas peças faltantes, obrigada. — Ela piscou e colocou a língua atrás do lábio superior. Ela fizera essa cara algumas vezes em sala de aula muitos anos antes, e essa lembrança o fez sorrir ternamente.

Não, nem sempre ele estava carrancudo.

Senlin deixou-se cair em uma cadeira naquela cálida cozinha de mentira e tapou o rosto com as mãos.

·CAPÍTULO NOVE·

Inevitavelmente, invariavelmente, finalmente você descobrirá que não está preparado para fazer uma escolha consciente. Quando tiver dúvidas, diga que *sim*. *Sim* é o eterno passaporte. *Sim* é a moeda eterna.

— *Guia da Torre de Babel para leigos*, I.XII

O irritante tinido de um sino o despertou. Ele ficou surpreso ao descobrir que adormecera. Um sino em um painel com muitos sinos sobre o fogão balançava-se para cima e para baixo, puxado por um fio que desaparecia, entrando pela parede. Por reflexo, ele saltou em direção à porta abaixo dos sinos, ainda agarrado à xícara sobre a qual estivera meditando.

Ele entrou em uma sala de jantar comprida que, a não ser pela total falta de janelas, poderia ter sido transplantada de uma mansão provinciana. Havia cadeiras de encosto alto dignas de um parlamento por toda a extensão de uma mesa de jantar que brilhava devido ao lustra-móveis que fora aplicado recentemente. Escudos pintados de cores fortes estavam pendurados com intervalos entre as tapeçarias na parede. Talvez fossem alguma espécie de válvula de ar? Uma ampla lareira queimava com carvão suficiente para assar um javali. Embora a sala estivesse vazia, Senlin ouviu o eco abafado de vozes em uma sala contígua.

Decidido a evitar os outros atores da farsa pelo maior tempo possível, Senlin foi até a prateleira de lenha, escolheu dois pedaços cortados de madeira e os colocou cuidadosamente inclinados sob a grelha. Não conseguia distinguir de onde vinham as vozes. Fossem quem fossem, pareciam impetuosos, mas, se as vozes estavam altas por divertimento ou por raiva, ele não sabia. Ainda estava sonolento devido à soneca. Perguntava-se por quanto tempo teria dormido. Será que a peça já havia começado? Ele esperava algum tipo de introdução ou preâmbulo. Puxou a gravata borboleta inconscientemente e ficou pensando se não deveria apenas se esconder na cozinha e esperar o melodrama seguir o seu caminho.

Uma das muitas portas da sala de jantar se abriu e uma mulher de vestido formal com crinolina entrou correndo, com os dentes à mostra em sinal de frustração ou desgosto, ele não sabia dizer qual dos dois. De início, ela pareceu não notar Senlin, que ficara paralisado como um coelho. Quando ela o avistou, cobriu os dentes cerrados com um sorriso pouco convincente.

— Isaac, onde está o nosso chá? — perguntou ela. Para além da porta, as vozes de dois homens se intercambiavam intensamente, cada uma a seu turno. — Você não ouviu o sino chamando-o?

Demorou um momento para Senlin lembrar-se de que era Isaac.

— Ouvi — ele respondeu, sentindo-se um pouco irritado. Ele estava acostumado a ser aquele que tocava o sino para chamar as crianças para entrar. Não passara seis anos na universidade só para se tornar o criado imaginário de algum estranho.

Entretanto, com o intuito de evitar uma discussão, obrigou-se a responder de acordo com o personagem, embora sem nenhuma ponta de entusiasmo pelo papel. — Não está pronto.

Ela percorreu o espaço entre eles e ele viu que as bochechas da mulher estavam vermelhas. Seu cabelo, escuro como uma pedra de ardósia molhada, estava preso no alto da cabeça. Sua pele era da cor de caramelo, tez comum no sul de Ur. Seus olhos cor de carvão e sobrancelhas espessas eram impressionantes, mas não de uma maneira que combinasse com os babados de seu vestido cor de pêssego. Ela parecia um bolo com cobertura demais. O efeito o fez lembrar-se de como uma obra de arte agradável poderia ser facilmente suplantada por uma moldura glamorosa. O decote do vestido era baixo e apertado.

Ela pegou a xícara dele, olhou dentro dela e a virou de boca para baixo, tendo em vista que estava vazia. Lançou-lhe um olhar de desapontamento e empurrou a xícara de volta para ele.

— Deixe o chá de lado por enquanto. Meu marido e o sr. Shaw estão discutindo no estúdio. Acho que ter uma presença calma na sala ajudaria.

Senlin ficou confuso com a encenação dela. Ela parecia fisicamente perturbada, quase assustada, no entanto, referia-se aos outros homens pelos nomes dos personagens. Talvez fosse apenas uma atriz talentosa. Ocorreu-lhe que nem todos no Anfiteatro eram o amador que ele era.

— O que devo fazer?

Ela fez um movimento com as mãos, como que o enxotando; o gesto parecia mais apropriado para direcionar uma galinha extraviada do que um homem.

— Apenas entre sorrateiramente no estúdio! — Ela saíra da personagem; seu sotaque de repente se tornou rural. Recuperando-se rapidamente, ela concluiu com um "por favor" mais sério.

Tomando a xícara vazia das mãos dele, ela começou a usá-la como objeto de cenário, bebendo dela com o mindinho arrebitado. Se o ato tinha como objetivo recompô-la ou convencê-lo de que ela havia se recomposto, fracassou. A xícara bateu ruidosamente sobre o pires quando ela o abaixou.

Ele sentiu pena dela; parecia quase tão fora de lugar quanto ele.

Com um pequeno suspiro resoluto, Senlin inclinou-se para a frente e disse:

— Depois da senhora, madame.

―●―

O cômodo parecia mais uma sala de troféus do que um estúdio: clarins velhos, capacetes e sabres decoravam as paredes. Uma espingarda desajeitada, de aproximadamente um metro e meio, estava estendida sobre dois ganchos em cima da lareira. Ele duvidava que fosse verdadeira. Um imponente animal empalhado dominava um dos cantos da sala, seu longo pelo marrom opaco com a idade, mas ainda grosso. Levou um tempo para Senlin identificar o bicho: era um tamanduá. O tufo de pelo preto na garganta, as garras abertas e os olhos pequenos como rebites se tornavam mais dramáticos simplesmente por conta do seu tamanho... de pé sobre as patas traseiras, ele tinha uns dois metros de altura. As cabeças de veados, alces e alces americanos estavam expostas em outra parede. A fraca luz do fogo fazia parecer que eles o olhavam de soslaio.

Dois homens vestindo paletó discutiam e andavam de um lado a outro de um balcão de mogno, parando às vezes para entornar o conteúdo de uma licoreira de cristal dentro de seus copos.

Senlin ficou surpreso ao reconhecer o mais esguio e mais jovem dos dois homens. Era o sr. Edsel Pining, ainda com as mãos atrás das costas, balançando para a frente como uma galinha que estivesse bicando. Pining, obviamente escalado como Oscar Shaw, o jovem e romântico aprendiz, estava se divertindo muito, falando de maneira lírica sobre a falta de lógica do amor e a frieza dos negócios. Ao que parecia, ele não se demorara a iniciar a crise central da peça. Ele fora direto ao ponto.

O homem maior, representando o sr. Mayfair, tinha um rosto vermelho, com barba grisalha, e estava, pensou Senlin, preocupantemente bêbado.

Quase despercebido pelos dois homens, Senlin aproximou-se da lareira e começou a mexer nas brasas com um atiçador, acrescentando uma luz mais viva e mais dramática à discussão dos dois. A mulher com vestido de crinolina não se afastou muito dele. Ela ajeitou as saias sobre um sofá próximo à lareira.

— Eu o acolhi em minha casa, expus minhas contas para você e como você me retribui? Agarrando a minha mulher? — O homem fazendo o papel do sr. Mayfair vociferou e sacudiu o braço para enfatizar, derramando licor no tamanduá em pose feroz.

— Eu retribuo a sua confiança confiando no senhor. Eu lhe mostrei o livro-caixa do meu coração. E, do mesmo modo como um homem de negócios não pode fazer os preços das mercadorias subirem e caírem quando lhe apetece, um homem de coração não pode ditar como ele bate. O mercado de títulos do coração é uma coisa volúvel. A sra. Mayfair...

— É minha! Isto não é uma negociação, é roubo — disse ele, e surpreendeu a todos na sala jogando o copo no chão.

— Talvez continuemos a nossa conversa quando a sua cabeça tiver tempo de clarear — disse Pining, mal contendo seu encanto com a paixão da cena. Ele se virou para a mulher cujas saias haviam coberto o banquinho e metade do tapete onde ele estava. Pining inclinou-se para beijar sua mão. — Minha querida, eu a deixo agora para tornar o nosso reencontro mais doce. O sol não é mais esplêndido quando se vai e quando surge? Que os nossos anoiteceres e amanheceres, os nossos crepúsculos e as nossas auroras, sejam igualmente exuberantes!

Quando Pining se endireitou de novo, uma licoreira de cristal explodiu contra a sua nuca. O alo de vidro voando refletiu a luz do fogo, fazendo Pining parecer, pensou Senlin, angelical por um breve instante.

Pining caiu no chão, aos pés da sra. Mayfair, respingos vermelhos salpicando a parte da frente de seu vestido cor de pêssego. Ela se afastou, horrorizada, derrubando o sofá e trombando com Senlin, que ficara paralisado ao lado da lareira, ainda segurando o atiçador.

O sr. Mayfair, a mandíbula frouxa e o queixo brilhando com saliva, estava em cima de Pining.

— Ela quer a mim — murmurou ele, deixando cair o gargalo da licoreira. Depois, com mais força, gritou: — Ela quer a mim! — Ele apontou para Pining, imóvel e estendido. — Você é uma fraude, uma fraude de menininho. Você não poderia satisfazer essa mulher, sua fraude narcisista e tagarela. Ela precisa de um homem! Ela quer a mim! — Tomado pela bebida e pela fúria, Mayfair apertou o rosto dele e foi em direção à porta pela qual Senlin entrara.

Percebendo a oportunidade, Senlin foi até Pining. Ele teve de pressionar o ouvido no tapete para ver uma parte do rosto de Pining entre as faixas do próprio sangue. Com um olho aberto, Pining focou nele, conseguindo dar um sorriso frágil e descuidado. Ele estava vivo. Essa revelação encheu Senlin de esperança. Ele estava vivo! Claro que estava; isso era só teatro. Talvez fosse um teatro tosco, mas eles não haviam sido despojados de sua humanidade quando vestiram o figurino. O principal agora era suspender a peça e cuidar do ferimento de Pining. Senlin vira muitos meninos arrebentarem a cabeça no pátio da escola e, apesar dos grandes fios de sangue escorrendo, nenhum nunca ficava gravemente machucado.

O chão sacudiu sob pés pesados e a mulher gritou.

Senlin levantou os olhos e viu Mayfair sair correndo do outro lado da sala. Ele retirara um sabre da parede e o segurava com as duas mãos como um homem levando uma bandeira para um campo de batalha. Porém, não havia bandeira, não havia campo de batalha. Havia apenas um contador ferido vestindo uma fantasia, estendido em um tapete com estampa de cashmere.

Mayfair atingiu Pining entre os ombros com um grunhido brutal.

Curvando-se como se pretendesse rastejar para longe dali, Pining revelou que o sabre o atravessara e furara o chão. Ele golpeou o ar duas vezes, depois escorregou de volta ao chão por toda a extensão da lâmina. Boiando no próprio sangue, Pining puxou o fôlego ruidosamente, como em um ronco, um que teria acordado até uma pessoa que tivesse sono muito pesado. No entanto, Pining não se mexeu.

Senlin ficou de costas contra a sra. Mayfair, que cobria as próprias boca e garganta. Mayfair colocou a bota nas costas de Pining e puxou o sabre. A lâmina brilhava escura de sangue. Tremendo atrás do atiçador, Senlin sentiu um puxão no fraque: a mulher estava puxando-o em direção a uma porta ao lado da lareira. Não era a porta por onde ele passara e ele não fazia ideia de para onde ela levava.

Senlin resistiu ao puxão da mulher e, em vez disso, aproximou-se um pouco de Mayfair, que arfava como um touro enfurecido no meio da sala. Senlin estava atordoado, talvez até em estado de choque. Porém, algo precisava ser dito. Ele se aprumou em toda a sua altura de professor e falou em seu melhor tom de bronca:

— Você ficou louco? Ele estava representando! Você matou um homem por causa das falas dele! Você não é marido dela. Você não é o sr. Mayfair. — Senlin apontou veementemente para o chão, um homem mandando o cão se ajoelhar.

— Isto é uma peça de teatro e você pôs fim a ela.

Mayfair passou a língua pelos cantos da boca, como que a limpando de um gosto ruim, e cuspiu no chão entre eles. Ele tinha a postura pesada e apática de alguém que acabou de sair de uma banheira. Ele brandiu a espada no ar de um modo quase lânguido; uma risca de sangue apareceu no tapete. Os olhos dele estavam vermelhos, perturbados e secos como carvões.

— Afaste-se da minha mulher, Isaac — disse Mayfair e apontou a espada para Senlin.

·CAPÍTULO DEZ·

Qualquer coisa que o distraia da peça se torna a própria peça.
— *Guia da Torre de Babel para leigos, III.V*

Senlin não sabia ao certo quando acontecera a mudança, mas, em algum momento nos últimos doze anos que passara como diretor da escola de Isaugh, começara a pensar no vilarejo inteiro como sua sala de aula.

Não fora por esnobismo, pelo menos esperava que não. Não se achava superior aos pescadores ou às mulheres destes, que secavam, salgavam e encaixotavam bacalhau e zarbo. Não se intrometia no trabalho do punhado de trabalhadores ferroviários cobertos de fuligem que administravam a pequena estação ou no dos comerciantes que forneciam pão, roupas e cerveja para a cidade. No entanto, não conseguia deixar de oferecer-lhes pequenos bocados de conhecimento: uma explicação sobre a uniformidade dos cristais de sal, um apontamento sobre a evolução do mecanismo da válvula de vapor ou os exóticos primos da levedura caseira. Os moradores eram tolerantes com as suas aulas improvisadas, mas não gostavam delas. Achavam essas minúcias inúteis porque não tornavam seu trabalho imediato mais fácil. Mesmo assim, Senlin persistia, impulsionado pelo ideal de que o conhecimento era o grande antisséptico: quanto mais instruída uma sociedade, mais limpa, segura, igualitária e próspera ela seria.

Claro, o padrão de esclarecimento através do qual todo o resto era avaliado era a Torre de Babel. A Torre era, ele tinha tanta certeza, o grande refúgio do aprendizado, a própria sede da civilização. Ele pregava o seu evangelho, e os aldeões reviravam os olhos.

E talvez estivessem certos de revirar os olhos. Aqui estava ele, preso na garganta da Torre, preparando-se para a própria morte violenta. Não restara nenhum fato em sua mente.

Mayfair avançou. Mesmo naquela fração de segundos, Senlin não viu nenhum traço de consciência na expressão do homem: sua raiva o privara de toda razão. Instintivamente, Senlin recuou pela porta aberta, trombando contra um carrinho cheio de livros e perdendo o equilíbrio. A mulher o contornou quando ele caiu e lançou-se contra a porta pesada. O trinco trancou a porta no exato momento em que bateram com força pelo outro lado.

— Alice, querida, abra a porta! — gritou Mayfair.

— Meu nome é Edith, seu maluco, e se você vier para cá eu vou arrancar os seus olhos! — ela gritou de volta. Senlin estava aliviado de que ela houvesse enfim abandonado a farsa, mas ficou espantado com a ferocidade na voz dela.

As dobradiças da porta chacoalhavam.

— Não está trancada — ela sussurrou para Senlin. — A chave. Onde está a sua chave? — Quando ele demorou tempo demais para responder, os mecanismos de sua mente paralisados com o choque, Edith começou a levantar a anágua. A anágua volumosa aglomerava-se ao redor de sua cintura. A perna à mostra parecia pertencer a uma bailarina de porcelana guardada dentro de uma caixa de música. A exibição da perna não conseguiu mitigar em nada o estado de choque de Senlin. Ela tirou uma chave da liga no alto da meia branca e, pressionando as costas contra a porta, tentou colocar a chave apalpando a fechadura.

Antes que pudesse encaixar a chave, a maçaneta girou e Mayfair enfiou o braço naquele cômodo por uma brecha que aumentava. Sua mão tateou furiosamente em busca de Edith, agarrando o cabelo dela.

— Faça o que estou mandando, mulher! — berrou ele.

Os saltos dela começaram a escorregar. Ela estava perdendo a batalha pela porta. Gritou pedindo ajuda a Senlin e a aflição em sua voz foi suficiente para romper a paralisia que tomara conta dele. Ele pegou a primeira coisa ao seu alcance, o carrinho do bibliotecário cheio de livros, e se precipitou em direção à porta que se abria conduzindo o carrinho como um arado.

Edith saiu do caminho e Mayfair abriu a porta com tudo no exato momento em que Senlin empurrou o carrinho. O míssil em movimento atingiu Mayfair e o impulsionou contra o bar.

Por um momento, Senlin pensou ter deixado o homem inconsciente, mas, no instante em que se voltava para Edith, ouviu o som de vidro caindo às suas costas e um grito furioso e animalesco. Outra vez, ela se lançou contra a porta, quase prendendo Senlin contra o batente ao fazê-lo. Ela colocou a chave na fechadura e a girou.

As batidas recomeçaram. A maçaneta sacudia violentamente. Eles ouviram a chave do próprio Mayfair raspando contra o buraco, mas a chave dela, ainda dentro da fechadura, impedia a outra de acionar o mecanismo.

Uma rápida olhada pelo cômodo revelou que eles estavam na biblioteca. Prateleiras abarrotadas enchiam as paredes das tábuas do assoalho até a sanca. Havia uma mesa de jogos redonda e quatro cadeiras sobre o emblema de um tapete grande. O fogo ardia lentamente em uma lareira com formato de leque. Senlin, tomado pela adrenalina, pegou um dos livros que caíra do carrinho. Ele o abriu. Maços e mais maços de papel em branco passaram pelo seu polegar. Eram objetos cenográficos. Perceber isso trouxe alívio às suas emoções. Ele se deu conta de que estava indignado. Não, indignado não; estava irritado. Ele atirou as páginas em branco na lareira. Ela brilhou intensamente, como que sentindo aversão de si mesma.

— Por que não podíamos ser nós trancados na sala de armas? — perguntou Edith. Seu cabelo escuro se soltara do penteado e fios recaíam sobre o seu rosto.

Eles viram a outra porta do cômodo ao mesmo tempo. Estava aberta.

— Precisamos bloqueá-la — disse Senlin.

— Vamos ficar presos — ela replicou. As batidas de Mayfair na porta ficaram mais rápidas. — Não quero ficar encurralada. Tinha uma arma lá. Você viu. Se ela estiver carregada, será o nosso fim.

— Nesse caso, precisamos encontrar uma saída. — Senlin pegou de volta o atiçador de ferro que deixara cair. Ele não conseguia se imaginar empunhando-o, mas tê-lo em mãos o confortava. — Você vai ter de deixar a sua chave na fechadura.

— Espere um minuto — ela disse e depois gritou mais alto e em direção à porta: — Não vá quebrar a bacia, seu velho corno!

A provocação dela teve o efeito pretendido: Mayfair redobrou os esforços. Enquanto ele vociferava, eles saíram sorrateiramente do cômodo pela porta que não estava sendo atacada.

—•—

Não havia tempo para delicadezas sociais ou apresentações. Se quisessem escapar do furioso Mayfair, seria pela astúcia e vigilância deles. Tratariam das formalidades depois, se sobrevivessem. Por enquanto, a única coisa que importava era fugir. Eles analisavam suas opções enquanto se esgueiravam pela casa.

Era impossível evitar, mas eles logo perceberam ter cometido um erro tático ao deixar a chave de Edith para trás. Se tivessem a chave dela, poderiam ter fugido direto para o quarto de sua personagem, por onde ela entrara originalmente na peça, e sair. Os aposentos dela ficavam no extremo oposto da mansão do cenário e muito longe da sala de troféus. Só com a chave de Senlin, que abria a saída da cozinha, eles teriam de dar a volta pela sala de troféus ou pela sala de jantar contígua a ela. Com apenas dois caminhos, eles tinham uma chance de 50% de topar com Mayfair de novo. Para aumentar as chances, Edith sugeriu que eles fizessem Mayfair adentrar a casa o máximo possível, onde os quartos eram inúmeros e os corredores se embaralhavam. Quando o houvessem atraído para longe da sala de troféus, voltariam para a sala de jantar e tentariam fugir para a cozinha. Se conseguissem chegar ao corredor dos Isaacs, com certeza encontrariam ajuda.

Senlin sugeriu que trancassem todas as portas que encontrassem. Fazer isso confundiria e atrasaria Mayfair: se todas as portas estivessem trancadas, ele não teria rastro claro a seguir. Edith concordou e expressou sua esperança de que

Mayfair continuasse fazendo algazarra. Enquanto ele estivesse fazendo barulho, eles saberiam onde ele estava.

O ruído diminuiu um pouco quando entraram em uma sala de música pouco iluminada que tinha um cravo. Cadeiras com encosto de veludo rodeavam o instrumento reluzente. Mais das estranhas válvulas de metal projetavam-se das paredes aqui. Pareciam estar em todos os cômodos. Na esperança de acender uma vela que encontrara, Senlin cobriu o fogo que se reduzira quase a cinzas. Porém, quando aproximou um fragmento de lenha acesa da vela, descobriu que ela não tinha pavio. Ele jogou o cilindro de cera na lenha que acabara de colocar, desconcertado pela falcatrua. Que possível motivo poderia ter uma pessoa para tirar o pavio de uma vela? Era absurdo.

Ele estava prestes a experimentar uma segunda vela quando as batidas distantes pararam. Por um instante eles ficaram em alerta como veados assustados e logo correram sem dizer uma palavra para o solário adjacente.

O solário era uma imitação horrorosa. As paredes haviam sido pintadas para parecer janelas que emolduravam nuvens de couves-flores e um sol amarelo gema. Um pisco, pintado em meio ao voo, parecia mais um inseto esmagado em uma parede do que um pássaro vivo. Muitos dos cômodos eram assim: apenas cenários desajeitados. A maioria das coisas eram cascas ou objetos cenográficos. A casa era um palco em todos os sentidos; a não ser pelo fato de que, onde deveria haver um público, havia só mais uma parede. Senlin se viu desejando que a luz de olhos afastasse as sombras do cenário. Pela primeira vez, queria ser o centro das atenções.

Eles avançaram furtivamente pelos cômodos e corredores. O coração de Senlin parava cada vez que sua chave raspava dentro de uma fechadura. O som era uma tortura, como areia friccionando contra vidro. Até a respiração deles e o farfalhar das saias volumosas dela pareciam ressoar. Quando ele virou em um canto e deu de cara com o espectro de um sabre erguido, Senlin gritou e o golpeou com o atiçador de ferro. O cabideiro vazio quicou contra a parede e caiu ruidosamente ao chão.

Edith mostrou os dentes para ele, horrorizada. Ele respondeu com um encolher de ombros inútil e pesaroso. O que ele poderia fazer? Não estava preparado para esse tipo de intriga. Ele começou a explicar, porém, ela fez um sinal para que ele se calasse e saiu apressada.

Depois de fechar a porta que dava para um corredor pequeno e sem graça, eles entraram em um quarto onde sobressaía uma enorme cama com um dossel de seda cor de âmbar. A porta à esquerda da cama estava marcada com um *K* polido.

— K de Kerrick Mayfair. Estamos no quarto dele — disse Senlin, atiçando os carvões na lareira de azulejos verdes para iluminar o quarto.

Edith começou a brigar com as saias de crinolina.

— Isto é ridículo. — Ela começou a virar as costas para Senlin. — Desabotoe.

O pedido o deixou perplexo. Que tipo de dama pedia uma coisa dessas? Ele ficou olhando para a sua nuca, sua pele cor de caramelo, uma faixa escura de pintas salpicadas. Percebeu que, desde o momento em que foram colocados juntos por circunstâncias desagradáveis, evitara pensar em quem ela era ou como viera parar aqui. Inicialmente, partira do pressuposto de que era uma dama porque estava representando uma, e agora estava criticando o seu comportamento porque não era o de uma dama. Era um absurdo! Ele não era um mordomo, afinal. Não, ela era uma pessoa, como ele, com um passado e um lar. Até onde sabia, ela estava perdida ou havia perdido alguém também. Talvez, naquele momento, algum homem ansiava exatamente por essa perspectiva íntima do pescoço dela. Essas ideias o surpreenderam e reviveram lembranças de Marya e da lua de mel que ele estragara.

Frustrado com a inconveniente confusão de pensamentos, Senlin desembuchou:

— Por quê?

— É sério? Por que eu quero me livrar de quase cinco quilos de enchimentos e babados enquanto estou sendo caçada por um lunático armado? — Ela o fitou por sobre o ombro, pondo a mão no cabelo, escuro como o barro. — Duas mulheres levaram meia hora para me colocar nessa coisa. Não consigo sair sozinha.

Ele olhou ao redor, nervoso, e sentiu uma pontada de vergonha quando viu a cama.

Ela suspirou.

— Você é monge?

— Não.

— Então desabotoe o meu vestido!

Um leve rangido, o mais breve lamento das vigas de madeira, interrompeu-os. O som parecia vir do corredor, embora na verdade pudesse facilmente ter vindo do teto ou do chão sob os pés deles. Na realidade, Senlin teve a estranha impressão de que o rangido se originara do canto do quarto que ficava mais distante de qualquer porta e que estava vazio exceto pela saliência de uma válvula de metal.

Os pelos do seu braço se eriçaram, como acontecia às vezes em sala de aula quando estava de costas para os alunos. Seus pelos se eriçavam, e ele sabia que havia algo de errado atrás dele: alguém estava fora da carteira, havia um braço levantado para jogar uma bola de papel ou...

Ele deu uma volta completa, procurando pelo que havia eriçado seus pelos. Contudo, não havia nada, apenas as suas sombras contorcendo-se na parede.

·CAPÍTULO ONZE·

Se os atores forem bons, ou se o roteiro for, ou o diretor, o público ficará silencioso como um suspiro. A menos, é claro, que a peça seja uma comédia. Nesse caso, o silêncio é algo terrível e angustiante.

— *Guia da Torre de Babel para leigos, III.XI*

Quando chegaram ao quarto de Edith, o cômodo era todo escuridão. Senlin recuou para o cômodo anterior, acendeu um graveto e o levou de volta como se fosse uma tocha. Apressou-se em colocar o graveto crepitante na lareira cheia de cinzas e acendeu o fogo usando o balde de lenha. Enquanto fazia isso, Edith testou a robusta porta marcada com um A. Ela não pareceu surpresa ao encontrá-la trancada.

— Por que eu deixei a minha chave?

— Era inevitável. Eu posso tentar forçar a porta. — Ao mesmo tempo em que fazia esse esforço, lembrou-se da porta pela qual entrara originalmente. Era sólida como um dique.

— Tem certeza? — ela disse, virando o rosto com um ar de dúvida. Era uma avaliação racional, mas ele ainda sentia a necessidade de se defender. Era um acadêmico, não um bruto, afinal. Talvez, se houvesse mais acadêmicos e menos brutos no mundo, eles não estariam correndo para salvar suas vidas! Mas não disse nada. — Porque ele certamente ouviria você quebrando tudo e ficaríamos encurralados.

Ele não conseguiu argumentar em contrário.

— Sei onde estou agora — ela disse. — O saguão é deste lado.

Uma ampla escadaria com um carpete verde no centro subia até o teto, terminando abruptamente em um reboco liso onde deveria começar um segundo andar. A entrada voltada para o pé da escada estava pintada.

— Apesar de todas as portas, esta casa é cheia de becos sem saída — comentou Senlin.

— A sala de jantar é por ali. Estamos quase na cozinha — ela falou, pegando as saias com um esforço melodramático. — Se ele estiver lá e eu for pega por causa dessas saias, você vai ser o responsável. — Ela deu um sorriso passageiro, nervoso, depois lançou um olhar ansioso para o atiçador na mão de Senlin. — Gostaria que tivéssemos uma espada.

— Nunca peguei em uma espada na minha vida — disse Senlin.

Parecendo desarmada por essa franqueza, ela sorriu outra vez.

— Eu também não. — Ela viu que o atiçador tremia na mão dele e seu sorriso desvaneceu. — Eu lembro que tinha umas coisas na parede que pareciam escudos. É isso mesmo? — Senlin aquiesceu. — Sugiro que a gente pegue um e, se chegar a esse ponto, a gente pode usá-lo como um aríete. Nós dois juntos devemos ser capazes de atropelar um velho bêbado.

— E se forem falsos?

— A espada era bem real — respondeu ela.

Ele se perguntou por que ela era real. Por que ter velas de mentira e livros em branco, mas espadas afiadas? Ele gostaria que o austero atendente que o vestira o houvesse alertado sobre essas coisas; melhor ainda, gostaria que o atendente entrasse correndo com a sua pistola e colocasse um fim a todo aquele suplício horrível.

Ele destrancou a porta que dava para a sala de jantar com as saias de Edith pressionando-o. Ela esticou o pescoço sobre o ombro dele, espiando pela brecha que se abria. Ele meio que esperava ver o barrigudo Mayfair sentado à cabeceira da mesa de jantar, teatral como um rei. No entanto, a única coisa viva no cômodo era o fogo, crepitando dentro da funda lareira de lajota.

Os escudos na parede eram todos lustrados com brasões coloridos. Pareciam reais o bastante. Senlin pegou ali perto um escudo em forma de gota que tinha uma cruz azul. Manter a grossa placa de metal na frente deles era a única coisa que ele podia fazer. Ele preferia morrer a reclamar do peso daquilo.

— Tudo bem, em silêncio agora — ela disse, seus joelhos trombando na parte de trás das pernas dele.

O corredor parecia encurtar-se diante dele. A porta da cozinha diminuiu quando eles começaram a andar em direção a ela, escondida atrás do escudo. Havia seis portas na sala de jantar. Era impossível adivinhar de onde Mayfair poderia atacar. Ou ele poderia muito bem estar desmaiado no chão. Senlin sequer sabia com certeza se todas as portas eram verdadeiras. Os pelos do braço arrepiaram. Sem saber para que lado dar as costas, ele movia o escudo para a frente e para trás.

Eles passaram pelo estúdio onde Pining fora assassinado. A porta estava entreaberta... não o bastante para ver dentro do cômodo, mas o suficiente para permitir que um fio de luz recaísse sobre a sala de jantar. Senlin virou o escudo para a fresta reluzente, com medo de que a luz pudesse bruxulear, ser encoberta por uma sombra e depois explodir quando Mayfair entrasse com tudo, vindo do outro cômodo. A imagem era tão vívida que parecia uma premonição, mas é claro que ele não acreditava nessas coisas...

O rangido de dobradiças velhas interrompeu seus pensamentos. Senlin apertou os olhos para observar o estúdio e ficou confuso ao descobrir que a fresta não aumentara nem um pouco.

— A cozinha! — gritou Edith e Senlin se virou.

Mayfair ocupava a entrada da cozinha. Parecia tão surpreso quanto eles. Havia um pernil sob um de seus volumosos braços. Na mão livre estava o mosquete.

—•—

— O que é o instinto? — Senlin estava rígido como um totem na parte da frente da sala de aula. — O instinto é uma resposta herdada a uma circunstância em particular. — Seu olhar vagou pelas fileiras de crianças cansadas, porém atentas. — A águia-pesqueira sabe instintivamente como construir o seu ninho. A cavala instintivamente nada em cardume. Os ursos hibernam, os coelhos cavam tocas e os sapos cantam. Eles não sabem por que fazem essas coisas, mas todos esses comportamentos beneficiam a criatura e a ajudam a sobreviver.

Ele caminhou rápido por um dos corredores entre as carteiras e arrebatou uma folha de papel dobrada dos dedos de um menino assustado. Rasgou o bilhete até ficar com a mão cheia de pedacinhos enquanto voltava para a frente da classe. Esse ato não chegou a atrapalhar a sua aula.

— O instinto pode ser dividido, grosso modo, em dois impulsos: o impulso de sobreviver e o de reproduzir. Nos humanos, a mente consciente sabe desses impulsos. Nós construímos uma sociedade para administrar os nossos instintos. Na verdade, a sociedade reduz tanto os nossos instintos que é fácil esquecer que nós os temos.

Ele se virou para a lousa e começou a escrever uma lista freneticamente.

— Nós temos costumes, modos, governos, força policial, tradições, educação, moda, comércio, invenções, esportes e assim por diante. Todas essas expressões da nossa sociedade funcionam com o mesmo objetivo de reprimir e administrar a nossa resposta instintiva. — A lousa fazia barulho e balançava sobre os pés dele, sacudida pelos rabiscos enfáticos de Senlin. — O instinto é o combustível que ativa o motor da civilização. As gerações trabalham para construir e aperfeiçoar esse motor. Cada um de vocês, eu espero, passará a vida trabalhando para preservá-lo. Porque, sem ele, seríamos feras perigosas.

Ele correu para trás do escudo. Parecia mais leve agora. A adrenalina fez seu sangue ferver quando atacou Mayfair. O bruto ficou estático como um bezerro paralisado pela luz de um trem que se aproxima. Parecia mais velho e mais vulnerável do que antes. Senlin viu e absorveu essa informação, no entanto ela não teve nenhum efeito sobre ele. Não suscitou nem um pingo de misericórdia. Ele não estava pensando; havia transcendido toda capacidade de pensar.

E a sensação era boa. Ele jamais sentira uma despreocupação tão profunda na vida. Percebeu Edith correndo atrás dele, os instintos dela em consonância com os dele enquanto disparavam pela sala de jantar. Eles iam pegar Mayfair desprevenido. Iam sobreviver.

E assim Mayfair deixou cair o pernil, apontou o cano do mosquete e atirou.

─•─

Ele estava no fundo de um poço. Havia um ponto de luz bem lá no alto. No fundo do poço, uma nota aguda ressoou em seus ouvidos. Ela o lembrava vagamente de um dedo tocando uma taça de vinho.

Seus membros pareciam ter sido substituídos por corda molhada. Ele estava confuso, mas, estranhamente, não sentia medo. Aos poucos, começou a se levantar do fundo do poço, seus membros inúteis batendo contra as laterais da escuridão. A luz aumentou. Ele reapareceu no chão da sala de jantar.

Olhou para a lateral de sua mão pálida, que estava ao lado do rosto.

Rolou sobre as costelas e sentiu cada uma como uma faixa diferente de dor. O escudo, com uma ponta amassada, estava ali perto. Em meio ao zunido em seu ouvido, ouviu gemidos humanos e rangidos de madeira. Cadeiras tombadas se espalhavam pelo chão. Através das pernas das cadeiras, ele viu botas que recuavam.

Era Mayfair caminhando ao longo da mesa, o quadril colado à borda de um modo que Senlin achou confuso. O bruto chutava cadeiras para fora do caminho enquanto andava, o mosquete ainda na mão. Avistar a arma dispersou a névoa da mente de Senlin. Ele notou que Edith não estava mais ao seu lado. Ele tinha de se levantar.

Agarrando a borda da mesa, ele se ergueu. Colocou as mãos na cabeça para evitar que explodisse. O tiro de Mayfair atingira o escudo e amassara a ponta, que pegara em sua cabeça. Ele temia desmaiar de novo. Logo viu a mulher deslizando pelo tampo polido da mesa. Mayfair a arrastava mesa abaixo pelas saias. Mayfair estava de costas para Senlin quando ele parou para apalpar embriagadamente as barbatanas do corpete e a carne vulnerável. Edith parecia estar semiconsciente. Ela gemia e girava a cabeça, seu cabelo soltando-se quando Mayfair começou a arrastá-la outra vez.

    Senlin achou o atiçador em meio às cadeiras tombadas. Ele o ergueu bem alto e voou contra as costas de Mayfair, correndo sobre as bordas das botas. Edith saiu da semiconsciência por uma fração de segundos antes de ele chegar e começou a chutar por debaixo da pilha de saias. Mayfair teve tempo de dar um soco nela antes de Senlin desferir o golpe com o atiçador, atingindo-o no encaixe musculoso entre o pescoço e o ombro.

    Mayfair desabou, derrubando as últimas cadeiras ao cair. Senlin soltou o atiçador e rolou pelo chão. Não tentou recuperá-lo. Deu um puxão no vestido de Edith ao mesmo tempo em que ela desajeitadamente chegava à beira da mesa e descia de lá. Ela cambaleou, indo de encontro ao peito dele, as pernas ainda fracas por causa do soco. Uma faixa de sangue escorria pela sua testa e por cima de um dos olhos. Senlin viu o talho na linha do cabelo. Embora sangrasse profusamente, não parecia perigosamente profundo.

    Eles foram mancando até a porta da cozinha, suas quatro pernas cruzando e trombando, atrapalhados como bezerros. Conseguiram descer os dois degraus e entrar na cozinha, ainda aromatizada e exótica, embora a farsa houvesse perdido o seu encanto. A letra I se projetava do painel da porta à frente deles. Senlin sentiu sua mente racional voltar e o primeiro pensamento que surgiu da escuridão do seu instinto foi tão claro quanto doloroso: *Marya jamais vai saber se eu morrer. Se eu morrer, ela vai achar que eu a abandonei.*

Eles estavam quase livres. Apesar do tremor em suas mãos, Senlin encaixou a chave na fechadura na primeira tentativa. A pesada porta oscilou para trás e eles passaram aos tropeços de um mundo ao outro.

Muitos mordomos de paletó preto ficaram olhando em um estado incompreensível de choque para o casal ofegante. A aparência de Senlin e Edith era horrível. Sangue escorria de um lado do rosto dela e salpicava o saiote. Nódoas de sangue manchavam o peitilho engomado de Senlin. Com os olhos cintilando devido ao nítido brilho do medo, eles desceram juntos a passos largos pelo corredor como se estivessem correndo uma corrida de três pernas, o braço dela passando sobre o ombro e o pescoço dele.

O choque inicial dos mordomos transformou-se em confusão. Alguns homens reagiam representando o personagem, fazendo uma mesura quando eles passavam, sendo este um gesto inconveniente no corredor lotado. Alguns os repreendiam por arruinar a ilusão. Outros recuavam, agoniados, certos de que o homem e a mulher ensanguentados eram assassinos em uma matança. Senlin forçava a passagem em meio aos ombros pretos e fraques com Edith apoiada em seu quadril. Pensou outra vez: *Ela nunca vai saber se eu morrer.*

Um grito ressoou em meio ao estrépito. A voz veio não do alto de uma garganta, mas da boca de um estômago. Era o bramido inconfundível da fúria.

Senlin virou-se e viu o centro do corredor vazio. Os mordomos correram às pressas para uma das paredes como besouros em um pote. Ao final da multidão que abria caminho estava Mayfair, com um dos olhos fechados atrás da mira do mosquete.

Ela vai achar que eu a abandonei.

Um tiro ecoou. Aquele monte de mordomos se debateu e desmaiou.

·CAPÍTULO DOZE·

O suborno ganha mais discussões do que a razão.
— Guia da Torre de Babel para leigos, I.IX

Mayfair caiu como as cortinas de um teatro. Do buraco chamuscado na parte de trás da camisa dele brotou um sangue escuro. Seus pulmões chiavam, vazios.

Uma falange de homens de casaco branco estava atrás dele. O atendente à frente da tropa ainda segurava uma pederneira. Havia fumaça saindo da boca. Senlin reconheceu o homem atrás da arma: era o atendente que o acompanhara pelos bastidores. O rosto do atendente estava impassível; se ele tinha algum remorso por atirar em um homem, não exibia nenhum sinal.

Mayfair passara de um homem corado e cheio de vida a uma pilha de refugo comum. Sua cabeça grisalha poderia ter passado por um esfregão enrugado; suas mãos estavam flácidas como bolsas de água quente; suas costas sugeriam um travesseiro muito cheio... Senlin tentou não olhar para ele, para aquilo. Se os atendentes tivessem chegado um minuto depois, Senlin seria a pilha de lixo no chão. Embora fosse a segunda morte violenta que testemunhava em poucas horas, em vez de pavor, ele sentia alívio: um grande alívio que se dilatava. Não estava morto.

Com o braço ainda em volta do seu pescoço, Edith soltou um suspiro trêmulo que se transformou em risada. Ela o apertou em um desajeitado abraço de lado. Senlin endireitou a postura, endureceu a expressão do rosto. Ninguém suporia que, um momento antes, esse mesmo homem estivera correndo como louco, seguindo apenas seu instinto. Mesmo em meio à vertigem, Edith sentiu a mudança nos seus modos e se afastou um pouco dele. Senlin dirigiu-lhe um sorriso breve e agradecido.

Porém, o alívio deles durou pouco. Em um instante, ficou claro que ele e Edith seriam detidos pelo atendente armado e seus companheiros. Os atendentes os agarraram pouco acima dos cotovelos e os empurraram para a frente, a surpresa que tomou conta dos dois deixando-os desajeitados como marionetes. Era um desfile humilhante. Depois de algumas dezenas de passos descendo um corredor que parecia infinito, eles chegaram a uma porta que só chamava a atenção porque não tinha nenhuma letra. Eles foram forçados a entrar em um corredor todo irregular, com curvas cegas. O fato de fecharem a porta não marcada acabou abruptamente com a cacofonia do saguão.

O silêncio não durou muito. Edith cuidou disso. Ela reclamou por ter sido trancada com um maluco e descreveu como eles escaparam por pouco. Alguém tinha de ser responsabilizado por um lapso tão desastroso! Ela exigiu que a soltassem e agitou os cotovelos, na tentativa de se libertar. Isso só fez suas escoltas a apertarem ainda mais.

Apesar dos protestos cada vez mais irados de Edith, o motivo de retirarem os dois às pressas dos corredores do Anfiteatro não foi explicado. Na verdade, nada foi explicado, porque nada foi dito. Suas escoltas não foram exatamente hostis, mas a severidade do seu silêncio era desconcertante. Senlin lembrou-se dos alertas de Goll sobre o tipo de punição que era infligido no Anfiteatro: as marcas a ferro quente e os olhos arrancados. No entanto, ele não conseguia acreditar que tal brutalidade realmente existisse aqui entre os uniformes de algodão engomados, os tapetes escovados, os corredores bem iluminados. Com certeza, só as pessoas inclinadas ao crime eram torturadas. E, ele ficava lembrando a si mesmo, eles não tinham feito nada de errado.

Porém, gostaria de estar com sua bolsa. Talvez o homem esperasse uma gratificação por ter salvado suas vidas. No entanto, como poderia ser razoável que ele esperasse uma gorjeta? Ele havia confiscado os bens de Senlin no começo.

Os corredores por onde estavam passando só chamavam a atenção devido aos muitos nichos e entradas que se projetavam da passagem principal. Olhando para as extremidades desses cubículos fracamente iluminados, Senlin viu homens e mulheres jovens usando os uniformes azul-marinho dos bancários. Esses bancários costumavam se sentar em banquetas, blocos para estenografia no colo, lápis em estado de prontidão ou rabiscando. Todos passavam os olhos por alguma coisa na parede. Senlin teve de passar por vários nichos até conseguir vislumbrar o objeto de sua atenção. Era um visor de metal do tipo que poderia ser encontrado em um telescópio.

A implicação ficou clara quase que de imediato. As saliências de metal nas paredes da mansão forjada não eram válvulas. Eram olhos mágicos.

Levou mais um instante para ele perceber que isso era uma boa notícia. O espião de um homem era a testemunha de outro! Tinha de haver uma testemunha do suplício deles. Alguém testemunhou o assassinato de Pining. Alguém viu Mayfair atirar neles e depois arrastar Edith no que devia ter sido, Senlin estremeceu ao pensar, a mais perversa das intenções. Eles haviam tido uma plateia, no final das contas. Ele e Edith seriam inocentados!

Ao perceber isso, Senlin olhou para Edith enquanto ela continuava a zombar de suas escoltas e fez um movimento com as sobrancelhas que dizia: "Não há motivos para brigar. Não se preocupe". Ela olhou para ele com os olhos semicerrados, nervosa, mas deixou os ataques de lado. Os músculos de sua mandíbula continuaram a saltar de modo incessante. Ela não gostara da intervenção dele, mas ele esperava que ela se sentisse consolada o bastante quando ouvisse o motivo para parar.

A caminhada demorou mais do que qualquer um dos dois se preparara para andar, exaustos e machucados como estavam. O sangue na sobrancelha e na bochecha de Edith estava quebradiço e escuro, a ferida tendo enfim coagulado. O rosto dela o fazia lembrar da lua minguante. A cabeça de Senlin latejava devido à concussão causada pelo tiro. E, entretanto, eles caminharam pelos corredores em ziguezague, passando por centenas de nichos, durante uma hora, sem sinal de progresso ou mudança.

Por fim, o corredor coberto de reboco branco se abriu para um espaço que poderia facilmente ser confundido com o saguão da assembleia legislativa de um estado. Rodameios e portas ornamentadas de nogueira preta, pinturas a óleo e placas com nomes cobriam as paredes. O ar tinha cheiro de lustra-móveis e couro. Dezenas de caixas vestindo paletós azul-marinho formavam uma fila no saguão abobadado. Eles corriam de uma porta para a outra como ratos entrando e saindo de buracos. Como que em respeito à civilidade do novo ambiente que os rodeava, as escoltas soltaram os braços dos dois.

Não havia velas falsas nem pássaros pintados aqui, nem portas falsas ou livros vazios. A farsa havia dado lugar à substância. Eles pareciam ter passado pelos bastidores de novo, mas, dessa vez, não estavam nos vestiários. Esses pareciam ser os escritórios do Anfiteatro, ou pelo menos foi o que Senlin supôs. Onde mais poderiam estar?

Ele gostaria de ter compartilhado essa modesta revelação com Edith, entretanto, ela não parecia pronta para querer falar com ele. Ela parecia ter se ofendido com o sinal que ele fizera pedindo silêncio e decoro. Talvez houvesse pensado que ele estava sendo condescendente. Talvez ele tivesse sido. Não importava. Ele já estava se preparando para se esquecer de toda aquela desventura. Decidiu que, quando fosse contar os acontecimentos a Marya, descreveria Edith como "obstinada" e "atrevida". Embora, para ser sincero, ela estivesse mais preparada para essa crise do que ele.

Contraindo-se, ele recordou o pedido de Edith para abrir o vestido. Talvez evitasse comentar o assunto com Marya.

Enfim foram parados diante de uma mesa elevada. Uma placa embutida dizia RECEPCIONISTA GERAL, embora o púlpito parecesse aos olhos de Senlin mais com o assento de um juiz do que com qualquer coisa que um secretário pudesse ocupar. Ele imaginou que o título de "recepcionista" significasse algo grandioso no vernáculo do Anfiteatro.

O recepcionista geral parecia um pouco preocupado, estafado até, embora ainda conseguisse demonstrar uma cordialidade profissional, o que fez Senlin admirar-se. A mesa dele estava cheia de pilhas de arquivos, papéis carbono, blocos para estenografia e livros-razão de couro. Se havia um sistema, provavelmente era só dele. Seu cabelo escuro sugeria que ele estava entrando na meia idade, embora suas orelhas e seu nariz parecessem mais adequados para um homem com o dobro de sua idade. Três monóculos pendiam de correntes que saíam do bolso do seu colete e ele os trocava com frequência, dependendo da distância até o objeto de sua atenção.

O recepcionista dispensou as escoltas rapidamente, localizou uma folha de papel ofício em branco e disse:

— A julgar pela sua aparência, eu poderia passar o resto da tarde pedindo desculpas e não terminar o trabalho. Porém, em vez de enchê-los com os obsequiosos pedidos de perdão que tenho certeza de que os dois merecem, deixem-me apressar essa formalidade toda e permitir que retomem o seu caminho.

Senlin olhou para Edith e viu, para o seu alívio, que a expressão dela suavizara por conta da apresentação do recepcionista.

O recepcionista trocou de monóculos, encontrou uma caneta e perguntou:

— Vocês são casados?

Senlin respondeu que "sim" ao mesmo tempo em que Edith respondeu que "não". O recepcionista achou graça, embora tenha disfarçado cobrindo a boca e tossindo.

— Sou casado, mas não com esta boa dama — explicou Senlin.

— Claro. — O recepcionista apertou o nariz pronunciadamente bulboso. — Obviamente, não sei nada sobre vocês nem sobre o seu suplício. Por isso, se me permitirem, vou fazer algumas perguntas, que são bastante entediantes, receio eu, mas que garantirão que, depois do dia de hoje, vocês recebam a compensação apropriada pelos problemas que tiveram. — Observando-os com um óculo de vidro simples, ele sorriu. — Por favor, tenham paciência comigo.

Edith, por sua vez, foi sincera em suas respostas, embora as perguntas chamassem a atenção de Senlin por serem muito diferentes do assunto em questão. Ela tinha 34 anos, vinha das fazendas do sul de Ur, perto da cidade de Niece. Passara dois anos em um internato feminino, que abandonou para trabalhar na fazenda do pai, onde supervisionava duzentos dos trezentos acres da família. Sabia montar a cavalo, consertar cercas e seguir o barulho da terra para encontrar água até em um vale árido. Também se divorciara recentemente após nove meses de casamento.

— E já esteve no Anfiteatro antes? — perguntou o recepcionista, ainda rabiscando as respostas dela no bloco.

Pela primeira vez, ela pareceu um pouco constrangida.

— Passei os dois últimos meses aqui, indo de uma apresentação para outra. Seis espetáculos no total, eu acho.

— Espero que as sessões anteriores tenham sido mais venturosas do que a última — disse o recepcionista em um tom gentil e ela encolheu os ombros, acanhada.

E assim chegou a vez de Senlin. Ele gostaria de não precisar dar detalhes pessoais em um lugar público. Tentou ser estoico, mas não demorou muito até começar a murmurar e gaguejar em suas respostas. Ele sentia o rosto corar. Era filho único, os pais já haviam falecido, era bem instruído e tinha um trabalho bem remunerado, era casado e não tinha filhos. Revelar a si mesmo de um modo tão sucinto o constrangia de uma maneira que ele mal podia expressar. Em resumo, ele parecia tão desinteressante, tão medíocre. Talvez fosse desinteressante. Contudo, não se sentia assim.

Com a entrevista geral completa, o recepcionista os agradeceu pela paciência.

— Bom, sobre os acontecimentos de hoje... O seu caso foi designado a um assistente do escrivão chefe, o sr. Anen

Ceph. O sr. Ceph é um dos nossos investigadores mais hábeis e minuciosos. Em resumo, ele é brilhante. Vocês serão temporariamente, brevemente, quase que momentaneamente colocados em uma sala particular enquanto o sr. Ceph reúne todas as evidências do caso. — O recepcionista tirou o monóculo do rosto, piscando os olhos, e ele recaiu diante de seu peito. Apontou para um funcionário alto e careca cujo paletó parecia ter sido costurado com ele dentro. Quase dava para contar os nós da sua espinha. — O funcionário aqui vai mostrar a sala de vocês. E obrigado aos dois pela paciência. Vocês foram absolutamente maravilhosos. Espero que se lembrem de mim como uma pessoa afetuosa quando avaliarem o tempo que passaram aqui no Anfiteatro.

O funcionário desengonçado levou-os do grande saguão e, depois de passar por outro emaranhado de corredores, eles entraram em uma ala de hospital movimentada. Ela era familiar em todos os sentidos, exceto, claro, pela falta de janelas, que Senlin sempre associava com hospitais contemporâneos. O sol e o ar fresco eram, afinal, essenciais à recuperação. Eles passaram por dois carrinhos: o primeiro dos dois estava cheio de tigelas fumegantes de mingau e o segundo continha seis cilindros de cobre que tinham mais ou menos o tamanho de um balde de ordenha. Esses objetos poderiam ter passado por capacetes, exceto pelo fato de que, onde se esperava encontrar o visor, havia apenas uma válvula que era quase tão larga quanto o resto do aparato. Senlin não conseguia imaginar que serviço médico aquele aparelho realizava.

Enfermeiras andavam silenciosamente com sapatos macios de couro branco enquanto pacientes com membros e cabeças enfaixados jaziam em leitos em espaços estreitos separados por cortinas. A perspectiva de uma cama limpa e uma enfermeira para limpar as feridas deles encheu Senlin de esperança. Ele estava abalado e exausto e machucado; se estivesse em casa, teria ficado de cama por uma semana e não teria feito nada além de ler livros e tomar chá e ouvir as ondas recitarem sua infinita rima.

No entanto, logo ele ficou desapontado quando o funcionário os conduziu para fora da ala pelo outro extremo e para dentro de uma câmara estreita, quente, caiada. De frente para eles havia uma portinhola de ferro de 1,20 metro, salpicada de ferrugem das dobradiças.

— O assistente Ceph logo estará aqui — disse o funcionário, destrancando a portinhola com uma pesada chave mestra.

Senlin e Edith se entreolharam. Ela parecia apreensiva. Ele lhe dirigiu um sorriso tranquilizador. Era uma expressão genuína e generosa, e uma expressão que era bastante rara no rosto dele. O recepcionista acabara com o nervosismo de Senlin como que por encanto. Todo aquele episódio aterrorizante já estava começando a se abrandar e desvanecer. Os assassinatos, a corrida, os esconderijos e as respirações contidas, tudo parecia ter acontecido com outra pessoa.

E, no entanto, havia algo minimamente inquietante na quentura da sala e na repentina expressão vigilante do funcionário atrás deles. Senlin deixou de lado esses pensamentos acreditando serem os resíduos habituais de pânico e medo.

A portinhola se abriu diante deles. Tiveram de se abaixar para entrar e deram de cara com uma luz tão ofuscante que nenhum dos dois conseguiu ver o que havia lá dentro. O ar parecia tão quente como se houvessem bafejado em seus rostos. O funcionário deu um leve empurrão em Senlin com parte da palma da mão para que ele entrasse. Senlin estava prestes a se virar e reclamar quando o chão rangeu e se inclinou como uma mola de cama enferrujada sob seus pés, fazendo-o perder o equilíbrio, confundindo-o. A portinhola se fechou. Eles ouviram o barulho do trinco na fechadura.

Ainda cego, Senlin bateu a cabeça quando tentou ficar de pé. Tateou a tela de arame sobre sua cabeça, encontrando em pouco tempo o canto, e ali encontrou os mesmos elos de arame formando uma parede. Apertando os olhos, deu uma espiada ao redor; parecia que eles estavam em algo como um galinheiro ou em uma gaiola de coelhos suspensa em uma sala azul.

Logo ele se deu conta de que estava olhando para o céu. Não um céu pintado, mas o verdadeiro céu azul.

Eles estavam em uma jaula parafusada à fachada da Torre.

·CAPÍTULO TREZE·

Pergunte a qualquer um que conhecer: Você não sente falta do sol? Não sente falta da lua? Eles vão responder: Você sente falta da insolação? Você sente falta dos lobos uivando?
— *Guia da Torre de Babel para leigos, III.XII*

O Mercado se espalhava, colorido e intrincado como uma colcha de retalhos, trinta metros abaixo.

Senlin bateu com força na porta de ferro preta. Sua agitação fez a jaula sacudir violentamente. Todas as dobradiças rangeram e choveu ferrugem sobre eles. Um elo de arame abaixo estalou. Edith pediu que parasse, envolvendo, por fim, o pescoço dele com os braços. Ele mal conseguia ouvi-la com a barulheira que estava fazendo. Escolheu não a ouvir.

O recepcionista lhes prometera um resultado rápido e uma sala particular. Depois de tudo o que haviam passado, ele precisava acreditar que isso era um engano. Que erro cometera! Por que alguém viria para o Anfiteatro? Será que todos eram sádicos? Era um hospício!

Ele deu uma pancada na porta mais uma vez, ofegando até secar a boca. Deixou Edith afastá-lo da porta. Deixou-se cair quase em cima dela e pendurou-se frouxamente à parede de arame para esperar a vertigem melhorar.

— Isso já aconteceu com você? — perguntou ele.

— Você acha mesmo que eu voltaria se tivesse acontecido? — Ela parecia ligeiramente mais serena do que ele, embora sua voz ainda estivesse trêmula. Olhou pela treliça do chão. — Quanto tempo de uso tem esta jaula? Parece que poderia despencar a qualquer momento.

Senlin se lembrou, em vívidos detalhes, do barulho nauseante que a tripulação da nave fizera quando atingira o chão.

— Vamos conversar sobre outro assunto — respondeu Senlin entredentes. Não queria pensar em quem vasculharia seus bolsos se ele espatifasse no chão.

A gaiola era feita de malha de arame por todos os lados e era mais ou menos do tamanho de uma cama de criança. Tinha altura suficiente para que eles se sentassem de costas para a parede, mas não o bastante para ficar de pé. Eles não tinham outra escolha a não ser se amontoar, o que apenas contribuía para a aflição de Senlin. Ele engoliu em seco e disse:

— Não entendo. Eles sabem muito bem que não fizemos nada de errado.

— Todas as testemunhas estão mortas. Como poderiam saber? — perguntou Edith. Senlin explicou sua teoria sobre os olhos mágicos de metal nas paredes da mansão e os funcionários espiões que vira no corredor dos bastidores. Ela arrumou o decote do vestido, que tinha o incômodo hábito de escorregar, e disse: — Nunca me ocorreu que alguém estivesse vendo... Oh. — Ela pareceu examinar várias circunstâncias em sua memória. — Esses olhos mágicos estavam em todos os cômodos.

— Se faz você se sentir melhor, não acho que alguém esteja nos espionando agora — comentou Senlin, limpando o suor que lhe escorria pelo rosto.

O sol os castigava sem piedade. Ele fez um pequeno toldo com seu paletó de mordomo passando as mangas pelo teto de malha de arame e prendendo-as nas pontas expostas. Edith estendeu as espessas saias para ele se sentar e elas ocuparam boa parte do chão de arame. Ele a agradeceu como teria agradecido a alguém que houvesse lhe dado espaço para se sentar em um banco de parque. Eles ouviam a cacofonia do Mercado, o ronco dos camelos e os gritos dos pregoeiros. Os assobios de trens distantes eram alçados e depois carregados pelo vento árido.

O brilho do sol se escondeu atrás da Torre, trazendo uma noite artificial. Senlin conseguia ver melhor a fachada ao redor deles e descobriu que examiná-la dava à sua mente uma distração da qual precisava muito. As paredes eram de calcário áspero. Aqui e ali, antigos ninhos de pássaros ressaíam em tufos das rachaduras entre os blocos. Os ninhos pareciam desabitados. Outras jaulas, semelhantes à deles e desabitadas, pendiam fixas a certa distância à direita e à esquerda. Olhar para cima por uma lacuna do toldo-paletó lhe causava uma sensação tão forte de vertigem que ele só conseguia espiar e desviar os olhos. Não importava. Havia pouco o que ver. Plataformas distantes se projetavam da torre como espinhos de um caule. Ele presumiu que poderiam ser portos aéreos, mas era apenas uma suposição. Fora isso, a fachada parecia tão vasta e desabitada quanto um deserto.

Exceto pela aranha mecânica. A máquina era do tamanho de um cão de grande porte e era ao mesmo tempo assustadora e maravilhosa quando rastejava sobre a curvatura da Torre. Saía vapor das articulações de suas oito patas de aço.

Suas engrenagens eram visíveis através do esqueleto de cobre. Era o mecanismo de corda mais intrincado e elegante que Senlin jamais vira. À medida que ela chegou mais perto, ele viu uma luz vermelha, penetrante como um rubi, brilhando continuamente no coração da máquina.

Senlin estava deslumbrado demais para sentir medo da máquina barulhenta, mas teve o cuidado de permanecer calado quando a mostrou para Edith. Ela respirou rapidamente e agarrou o braço dele, mas logo ficou evidente que a aranha mecânica não prestava a mínima atenção a eles. Pisava a parede com a segurança de uma mosca, as patas forradas com almofadas de borracha escura. Só quando Senlin começou a se perguntar se aquela coisa não era algum tipo de brinquedo enorme, sua função ficou clara. Ela estava consertando a Torre. Vasculhava a parede em busca de falhas que reparava espirrando algum tipo de gel. O gel parecia endurecer rápido e logo brilhava como o quartzo. Senlin observou a máquina ir de rachadura em rachadura, arrancando ninhos de pássaros, remendando os buracos, até sair de vista novamente.

Era um pequeno e engenhoso autômato: prático e eficiente. Vê-lo lhe deu um pouco de esperança. A Torre não era só terror e confusão. Havia maravilhas aqui.

Embora todas as maravilhas parecessem pequenas e distantes.

Nenhum dos dois especulava em voz alta sobre quanto tempo ficariam presos, se lhes trariam água ou comida ou se essa gaiola seria o caixão deles. Expressar tais pensamentos só tornaria a espera mais insuportável. Porém, após mais meia hora de silêncio, Edith soltou um gemido exasperado e súbito e falou:

— Minha imaginação está me enlouquecendo! Já relembrei todos os constrangimentos que podem ter sido vistos pelos espiões e todas as maneiras como a gente poderia morrer nesta gaiola.

Senlin pigarreou.

— Eu também. Acabei de começar a me perguntar quantos abutres teriam de se empoleirar nesta jaula até que o peso deles, combinado com o nosso, fosse suficiente...

— Precisamos conversar sobre outra coisa — interrompeu ela, batendo com as mãos nas coxas. — Então, o seu nome é Thomas Senlin, você é diretor e é casado. — Essas informações haviam surgido durante o interrogatório do recepcionista, claro. — Faz muitos anos?

— Não. — Em geral, sua resposta teria terminado aí, mas algo o impeliu a confessar algo mais. Talvez fosse apenas pela camaradagem que surge naturalmente de um trauma compartilhado. Ou talvez, e ele mal podia admitir a possibilidade, estivesse vagamente ciente de que o momento não deixava de ter... intimidade e que, com a intimidade, vinha a tentação. Para afastar toda essa linha de raciocínio cheia de culpa, ele disse de maneira brusca: — Estou na nossa lua de mel; estamos na nossa lua de mel.

Ele não a teria culpado se ela houvesse dado risada. Entretanto, ela não riu e demorou a reagir. Alisou a bochecha, tirando o sangue coagulado. Parecia estar tentando decidir se fazia a pergunta óbvia: *Onde está a sua mulher?*

Ele ficou um pouco surpreso, mas aliviado, quando ela começou a falar do próprio passado em vez de perguntar. Uma vez que não havia mais nada a fazer, seus relatos rapidamente se transformaram em uma história. Ficou claro para ele que ela não pretendia resumir, mas sim adornar sua história com todo tipo de pequenos detalhes. Ele sempre ficava preocupado com confissões intermináveis. Nunca sabia o que dizer. E, no entanto, enquanto ela continuava falando, ele começou a relaxar um pouco. Ela não era nem um pouco como ele esperara quando a vira pela primeira vez de vestido pêssego e ela lhe dera ordens como se ele fosse um lacaio. Não era melodramática ou vaidosa. Era bastante simpática, na verdade. Ele gostava dela.

Ela lhe contou mais coisas sobre a fazenda da família e dos acres por cujo plantio fora responsável. Havia orgulho em sua voz enquanto descrevia seu talento para a agricultura. Ela sabia quando sacrificar fileiras de plantas com pulgão, sabia lidar com reservas de produção e secas, desmascarar os capatazes desonestos, os bêbados, e sabia onde encontrar substitutos. Tinha dois irmãos, os dois mais velhos, nenhum dos quais tinha talento para os negócios da família ou interesse por eles. Ambos supervisionavam pequenos lotes e o faziam muito mal. As produções dela sempre eram superiores. Seu pai, que queria passar a velhice caçando e transformando as frutas de suas hortas em sidra, tinha muito orgulho dela. Ele a chamava de General dos Jardins.

Foi quando, há pouco mais de um ano, seu pai a convencera a se casar com um amigo da família, um homem chamado Franklin Winters, que possuía um vinhedo de produção modesta. Ela, a General que não precisava de marido, só concordou porque o pai usara o argumento que ambos haviam tentado evitar durante anos: seus irmãos eram displicentes, preguiçosos e, pior ainda, desleais. Se ele deixasse as terras para os dois, eles apenas a venderiam e desperdiçariam os lucros. Ele não podia legar sua fortuna para uma mulher solteira: ela ficaria vulnerável a ações judiciais, sobretudo por parte dos irmãos. Porém, se fosse casada, ficaria a salvo de tais ataques, poderia continuar administrando a fazenda como quisesse.

O sr. Franklin Winters era um camarada bastante inofensivo. Tinha feições um tanto magras e caráter insosso, mas não tinha nenhuma dívida e seus empregados o achavam justo, o que ela tomou como bom sinal. E, o mais importante, ele aceitava suas condições para o casamento: seu papel no funcionamento da fazenda não mudaria. Ela continuaria sendo a General. Ele concordou, mas tinha a própria advertência. Ela poderia administrar a fazenda contanto que não oferecesse risco para a sua saúde.

Edith não era boba. Ela sabia que Winters esperava que engravidasse e que isso fosse justificativa suficiente para tirá-la do campo. Seu pai também tinha esperanças de que ela tivesse filhos e continuasse a linhagem. Ela achava tudo isso ridículo. Ficava claro em sua expressão que a maternidade não a encantava. Só concordou com o pedido de Winters porque sabia que isso nunca seria um problema. Era forte e impassível, mas também estéril, como consequência de um acidente anos antes enquanto cavalgava. Somente ela e o médico do condado sabiam desse fato.

As condições foram formalizadas, um acordo foi assinado, e eles se casaram.

No entanto, pouco depois de se tornar a sra. Franklin Winters (em uma cerimônia que ela descreveu como "sem sentimentalismos"), Franklin encontrou uma desculpa para explorar o contrato deles. Ela desenvolveu uma leve alergia a uma erva daninha que crescia por toda parte na primavera ao longo das estradas de terra e no alto das fileiras das plantações. Era a mesma erva daninha comprida que antes ela mastigava habitualmente quando perambulava pelos campos que haviam acabado de ser arados, verificando a vitalidade do solo. Agora, a floração da erva fazia sua respiração chiar. Era desculpa suficiente para Winters tirá-la do cavalo. Não importava que metade dos capatazes tivesse uma enfermidade ou outra: gota, sífilis ou catarata. Ela teve de pendurar o arreio, guardar as botas, amarrar uma fita no chapéu de palha e aceitar que era delicada demais para administrar uma fazenda. Desconfiava de que tudo aquilo era para castigá-la por não gerar um filho. Com toda a sinceridade, o próprio Winters não fora capaz de dar muito apoio nessa empreitada.

Senlin poderia ter corado se já não estivesse tão vermelho por conta do calor.

— Então você se divorciou dele?

— Eu me divorciei — respondeu ela. — Embora ele não tenha me retribuído o favor.

— Não entendo.

— Eu também não! — Ela deu risada e uma lufada de ar quente fez seu cabelo escuro esvoaçar diante do rosto. — Ele se recusou a me dar o divórcio, portanto eu me recusei a ficar.

— E depois veio para cá...

— Para esbanjar o dinheiro dele, o meu dinheiro...

— E representar uma socialite — comentou Senlin em um tom jovial, mas viu a expressão no rosto dela se turvar. Ele fez uma careta, como que pedindo desculpas.

— Foi uma peça idiota. — Ela empurrou para baixo as saias de crinolina. — Eu tive de ficar só de enfeite enquanto aqueles dois palermas conversavam sobre negócios. Nenhum dos dois sabia nada sobre negócios. O mercado de títulos do coração. Ah, por favor! Se não é quantificável, não são títulos. Essa é a característica básica dos títulos. E, até onde eu sei, ninguém sabe quanto pesa o amor, qual é o seu volume, se pode ser dividido ou multiplicado... Quantas unidades de amor são necessárias para dar origem a um romance? Cinco unidades de amor? Vinte? Mercado de títulos do coração! Se um dos palermas não tivesse ficado louco, eu teria. — Ela estava quase desvairada, mas havia uma ponta bem-vinda de comédia na cena.

Antes que ele pudesse responder, a portinhola da porta de ferro se abriu.

Os dois se espremeram diante dela e deram de cara com o rosto de um jovem que exibia um sorriso largo sob um bigode cuidadosamente modelado com cera.

— Meu Deus, que quente! — exclamou o rosto e um lenço o escondeu por um curto espaço de tempo enquanto passava o quadrado cheio de babados pela testa.

— Você precisa nos deixar entrar! Isto é absurdo, estamos correndo perigo aqui! — Senlin não conseguia ocultar por completo o desespero em sua voz. — Não fizemos nada de errado.

— Sim, não, eu entendo, mas tenho de investigar o seu caso primeiro, do contrário vão colocá-los aqui de novo.

— Nesse caso, investigue mais rápido — falou Edith.

O jovem pigarreou.

— Sou assistente do escrivão. Meu nome é Anen Ceph, e vou auxiliá-los hoje. — Seu padrão de fala era cheio de interrupções e paradas para engolir em seco e Senlin percebeu pelos seus modos que ele não passava de um amador.

— Mais rápido — repetiu Edith.

— Eu terminei a minha investigação e comuniquei as minhas conclusões ao escrivão, e ele chegou a uma decisão...

— Quem é o escrivão? Qual é a autoridade dele? — interrompeu Senlin.

Ceph sorriu, formando linhas de expressão ao redor da boca.

— Que senso de humor maravilhoso! — Depois, com a mesma velocidade, sua expressão se fechou como um pântano que cobre uma pegada. — O senhor Thomas Senlin será acompanhado até o terceiro andar, que é mesmo muito agradável. O senhor gosta de pavões?

— Não tenho opinião formada sobre eles.

— As Termas estão repletas de pavões, spas e fontes termais.

— Parece maravilhoso. Leve-nos para lá — disse Edith.

— Ah. Bom. — O sorriso fez seu nariz enrugar, fazendo-o parecer mais novo, e outra vez ele pigarreou. — A sra. Edith Winters não vai para o terceiro andar. Ela será expulsa para o primeiro andar.

— Expulsa? Por quê? — questionou Edith. — Você me trancou com um assassino e eu fui atacada.

— Eu não. Não tranquei a senhora em cômodo nenhum e a senhora, pelo que entendi, tinha uma chave e entrou naquele cenário do Anfiteatro em particular por vontade própria. — Senlin reconheceu a resposta de Ceph como a covardia pérfida de um administrador. O rapaz era um burocrata emergente. — Há dois problemas em questão. Primeiro, o problema da sua saída, que foi ilegal. Como os dois foram informados, cada personagem deve sair em seu corredor original.

— A gente estava sendo perseguido por um maluco com uma arma! — reiterou Edith, apontando o dedo perto demais do nariz do jovem para o gosto dele. De novo ele passou o lenço pelo rosto.

— Sim. Porém, resta o segundo problema, o do fogo, sra. Winters — continuou ele. — Quando entrou no Anfiteatro, a senhora concordou em atiçar o fogo nos cômodos onde entrasse. Temos bastante evidência de que o sr. Senlin cumpriu essa pequena tarefa, mas parece que a senhora não foi responsável quanto a esse encargo. Como consequência, várias lareiras se apagaram.

— De que isso importa? Me dê um fósforo e eu vou acendê-las outra vez — ela disse.

— Receio que o estrago já tenha sido feito. A senhora será retirada e não terá permissão para entrar de novo no Anfiteatro. Essa é a decisão do escrivão e...

— Com licença — interrompeu Senlin e, usando sua voz de professor, disse: — Meu jovem, nós estamos machucados. Estamos perigosamente suspensos a uma grande altura. Estamos com fome e com sede e assustados. Solicito que volte para o seu superior, o seu escrivão, com uma mensagem clara: nós seremos libertados e prosseguiremos, nós dois, para as Termas. Insistimos que nos deem uma chance de nos justificarmos nas suas cortes, quaisquer que sejam, e insistimos em ser retirados desta gaiola onde fomos injustamente presos. — Ele falou com uma força e uma confiança que não sentia.

Isso pareceu tirar brevemente a máscara de solicitude excessiva de Ceph, mas ele se recompôs rapidamente e recuperou o sorriso.

— Vou falar com ele e volto. Nesse meio tempo, eu trouxe uma refeição leve. — Ceph passou pela portinhola uma garrafa de latão e um saquinho de pão com casca dura.

— Você pode, por favor, nos deixar esperar aí dentro? — pediu Edith, contendo a raiva momentânea. Porém, Ceph já havia fechado a portinhola. Ela acertou a placa fechada com a palma da mão. — Pateta!

Eles voltaram para suas posições de espera, mudos de frustração.

A menos de um quilômetro de distância, uma aeronave cobria o Mercado, parecendo ter decolado recentemente. Desse ângulo, Senlin conseguia distinguir a gôndola, que tinha o formato de uma barcaça com a frente quadrada e o forte cordame que amarrava a nave ao balão. O volumoso envoltório de gás era tão redondo e vermelho quanto uma bola de criança. Senlin sentiu uma pontada de inveja. Ah, voar! Ser um balão, ser uma pipa!

Edith olhou silenciosamente para a extensão bizantina do Mercado e disse:

— Você ouviu falar o que fazem com você quando te expulsam para garantir que não vai voltar? Tom — ela disse de um modo tão familiar e ele se sentiu desarmado —, eles vão me marcar a ferro.

·CAPÍTULO CATORZE·

Se algum dia descobrir que está entediado no Anfiteatro, acorde. Você está dormindo e está tendo um sonho entediante.

— *Guia da Torre de Babel para leigos*, III.LI

Desde a infância, ele gostava de pipas. Gostava de sua serenidade. Uma pipa pode se mexer aos trancos, mergulhar e dar investidas, porém, sem jamais entrar em pânico, nem mesmo se uma rajada inesperada quebrasse sua linha. A pessoa que estava soltando a pipa podia entrar em pânico, mas a pipa não entrava jamais.

Ele fazia pipas em forma de caixa, pipas em forma de escudo e pipas curvas de todos os formatos e tamanhos. Todo mês, ele encomendava um novo maço de papel de arroz para a sra. Berks e, todo mês, ela expressava em voz alta sua surpresa com o passatempo que escolhera. Enquanto os outros homens do vilarejo passavam suas horas livres consertando muros de jardins e fabricando barcos a remo, o diretor ia para o campo com uma pipa.

— Como vai encontrar uma esposa gastando todo o seu tempo com brinquedos? — a sra. Berks queria saber. Ele não se importava. Durante muitos anos, simplesmente não se importou. Ele soltava pipas. A sra. Berks revirava os olhos.

Foi um gesto muito mais romântico do que a sra. Berks poderia ter imaginado quando, depois de um bom tempo de namoro secreto, Senlin fez uma pipa para Marya e organizou um piquenique vespertino. Ele fez uma pipa simples: formato de diamante em papel vermelho, porque era a cor favorita dela. Escolheu um local isolado e impressionante para o primeiro piquenique deles: a Encosta do Apanhador de Algodão. O penhasco se erguia sobre a enseada de pedras onde a frota de barcos de pesca de Isaugh balançava em ondas suaves. Era um dia de primavera excepcionalmente quente. Um vento constante soprava em direção ao continente. O único obstáculo no extenso campo de trevos era uma macieira sem frutos.

Depois de fazer a pipa voar, ele se postou atrás dela, envolvendo sua cintura com os braços, dando apoio aos pulsos enquanto ela segurava o carretel.

— As nuvens nos dão uma pista de o que o vento está fazendo — disse ele. — Está vendo? Podemos vê-las se esticarem, e correrem e se empilharem. Porém, a pipa revela o ar com mais detalhe. Você consegue seguir cada rajada e cada corrente de ar. É como um cata-vento voador.

Ela puxou a linha da pipa com o dedo curvado e trombou nele, dizendo:

— Eu estava pensando a mesma coisa. É um cata-vento voador. — Ele sabia que as brincadeiras dela lhe faziam bem. Impediam-no de ser tão terrivelmente sério o tempo todo.

E, ainda assim, ele corou e deu um passo atrás. Refugiou-se naquele tema, explicando como fazer a pipa mergulhar, dar uma investida e subir. Ela ouviu, praticou e gritou com a pipa como se fosse um cachorro mal treinado. Senlin lhe deu mais espaço e tentou não meter o bedelho.

Não demorou muito até a pipa se enroscar nos galhos da macieira. A colisão aconteceu quando Marya entrou em pânico ao ver a pipa virar de cabeça para baixo lá no alto e descer em linha reta, direto para a árvore solitária. Empolgada demais para ouvir as instruções de Senlin, ela deu um puxão forte na linha, o que apenas aumentou a velocidade do míssil vermelho que estava a caminho.

A colisão não o aborreceu. Ele destruíra várias pipas ao longo dos anos. Marya foi mais sentimental. Insistiu que o objeto fosse resgatado. Senlin sugeriu, de modo bastante razoável, ele pensou, que podiam esperar que uma lufada de vento soltasse a pipa. Ela podia estar um pouco rasgada, mas seria bem fácil de consertar.

Marya insistiu que a salvaria e, enquanto ele protestava, tirou os sapatos e as meias, amarrou a saia acima dos joelhos e começou a subir na árvore.

Embora não pudesse admitir, ver as pernas nuas da namorada em volta do galho mexeu com ele. Apesar das suspeitas do vilarejo, o namoro deles fora bastante casto.

Uma das pernas dela balançou quando ela deslizou em direção à pipa. Senlin fez um esforço consciente para não morder as unhas. Pouco depois, ela desenroscara a pipa, escorregara de volta e descera com ela. Havia vergões nos braços e joelhos dela por conta da casca áspera da árvore. Ela mal notou. Estava eufórica devido à aventura e apenas riu quando tropeçou em uma raiz grossa enterrada na moita espessa de trevos.

Ela era linda da maneira mais natural e despreocupada possível.

Ele criou coragem para dizer o propósito daquela ocasião.

Ajoelhou-se nos trevos. Pegou a mão da moça, o braço dela como a linha de uma pipa, o rosto dela pairando sobre ele com o sol iluminando seu cabelo ruivo. De repente, ela ficou tão serena.

A pipa nunca entra em pânico. Desta vez, ele também não entrou.

—•—

Ele não podia acreditar que isso fosse acontecer... não aqui. Eles nunca marcariam uma mulher. Esta era a Torre, por misericórdia! Na verdade, esse suplício o fizera duvidar da moralidade e da sanidade dos outros turistas. Como a Torre seria diferente se os turistas parassem de carregar suas aflições e falhas consigo! Senlin sabia que havia nativos da Torre que jamais haviam pisado o chão. Suas mentes eram naturalmente elevadas por um ambiente de invenção e ascensão. A influência deles venceria. A razão prevaleceria!

Ele se recusou a consolar Edith porque se recusava a acreditar que ela estava de fato correndo perigo. A resposta viria logo e eles seriam libertados. Ele deu batidinhas no braço dela. Era o tipo de reconforto frio que ele oferecia aos alunos nervosos no primeiro dia de aula. Essas batidinhas pareciam dizer: *Tudo bem, tudo bem! Não é tão ruim assim.*

Edith estava atordoada demais com a notícia de Ceph para perceber o débil consolo de Senlin.

Apesar de sua confiança de que o escrivão daria uma rápida resposta ao protesto deles, a noite caiu sem que houvesse retorno.

A gaiola, que parecia tão exposta antes, agora parecia estranhamente reservada. As estrelas surgiam como neve na janela. A lua nasceu, fina como uma tira. Eles comeram os pãezinhos duros e dividiram a garrafa de água, seu silêncio parecendo aumentar a algazarra do Mercado lá embaixo.

Chegavam sons de flautas e rabecas e tambores vindos dos arredores de inúmeras fogueiras. As músicas se sobrepunham como o canto dos grilos.

O frio da noite os fez se amontoarem em busca de calor. Edith dobrou a sobra de tecido das saias sobre o colo dos dois. A percepção de que ela poderia ser marcada suprimira sua tagarelice de antes. À medida que as horas se passaram, Senlin sentiu sua fonte de otimismo, de negação, começar a se esgotar. Sua mente remoía os detalhes do que Ceph dissera. Ele não conseguia entender, aquilo o incomodava. Ele se perguntava o que estava por trás de todas as regras arbitrárias do Anfiteatro.

— Essa obsessão com fogo, você não acha estranha? — ele perguntou, quebrando enfim o silêncio. — Eles não insistem para nós lavarmos a louça ou varrermos o chão. Temos somente que atiçar o fogo. Deve haver alguma razão prática. Talvez isso movimente o ar ou aqueça a tubulação...

— Sempre fez parte do script — disse Edith, mexendo o ombro que estava encostado ao dele. — Não importa sobre o que seja a peça, precisamos manter o fogo aceso. Sempre lembrei antes.

— Você tinha outras coisas em mente — disse Senlin.

— Você não se esqueceu das lareiras.

— Só por uma questão de hábito. Sempre que minha mulher me perdia em um bar ou em uma festa, a única coisa que tinha de fazer era seguir a chaminé. Eu gravito em torno das lareiras. As pessoas deixam você em paz quando está atiçando o fogo.

— Quando sairmos daqui, você deveria procurar uma chaminé para ficar perto dela. — O tom de voz de Edith sugeria que era uma piada, mas, ao sentir Senlin encolher-se, ela acrescentou: — Tenho certeza de que ela está bem.

— Vir para cá foi ideia minha — ele contou. — Eu queria ver a Torre. Eu a trouxe aqui. Por que estava tão determinado a trazê-la?

— O que diz aquele velho ditado? Como a água é atraída pelo ralo, nós somos atraídos pela Torre — ela disse em um cômico tom formal. — Não era o que você esperava, hein?

— Eu gostava mais de como era nos livros. Você já esteve em níveis mais altos, nas Termas, ou... o que vem na sequência? A Nova Babel?

— Eu só cheguei até aqui. — Ela beliscou o tule amarrotado das saias. — E daqui não vou passar.

— Ora, vamos — ele disse, dando batidinhas na mão dela. Parecia um gesto condescendente até para ele. Parou de dar batidinhas e passou a apertar a mão dela com delicadeza. — Não vamos ficar aqui. Você precisa voltar para casa e perder o seu marido, e eu preciso continuar e encontrar a minha mulher.

— • —

Marya passou a mão pelas teclas e pela borda da caixa de som, deslizando-a até a tampa recentemente lustrada do piano vertical. Ela se virou para Senlin com uma expressão de surpresa.

— Como foi que você...

Senlin puxou o banco do piano para ela e trombou no cabideiro. O cabideiro balançou, mas não caiu. O piano estava bem encaixado dentro da pequena sala de estar da choupana dele.

— Mandei vir de Bromburry semana passada. Receio que esteja um pouco velho. Comprei do seu antigo conservatório. Eles estavam abrindo espaço para pianos novos.

— Um piano, Tom. Você está me dando um piano! — Ela se sentou e experimentou as teclas, ainda em transe.

— Sei que a maioria dos homens traz um anel quando pede uma mulher em casamento. — Ele encolheu os ombros. — Porém, pensei que, se fosse para você algum dia morar aqui e ser feliz, precisaria mais de um piano.

Ela deu uma olhada na sala, percebendo que o cômodo havia mudado.

— Mas onde está o seu sofá?

— Você está sentada nele. — Ele enganchou a perna no banco e se sentou ao lado dela. Ele chacoalhou um pouco e ambos seguraram o teclado caso o velho banco desmoronasse.

Quando o banco não caiu, eles riram, e ela disse:

— É um sofá muito confortável.

Senlin pigarreou e franziu a testa.

— Marya, eu... tenho dificuldades de expressar certos... sentimentos verdadeiros. — Ele engoliu em seco e chacoalhou a cabeça. Não era assim que ele queria que a sua fala fosse. Ela esperou pacientemente que ele organizasse os pensamentos. — Por sua causa, acho impossível ler um livro em paz. Quando você não está aqui, eu apenas olho para as palavras até elas escorrerem da página e formarem uma poça no meu colo. Em vez de ler, fico sentado relembrando as horas do dia que passei na sua companhia e fico mais encantado com esta história do que com qualquer coisa que o autor tenha rabiscado. Nunca na vida me senti solitário, mas você me tornou solitário. Quando você vai embora, fico destruído. Eu achava que entendia o mundo muito bem. No entanto, você o transformou em um mistério outra vez. E isso é irritante, assustador e maravilhoso, e quero que continue. Eu quero todos os seus mistérios. Se pudesse, daria a você cem pianos. Eu...

Ela o interrompeu colocando delicadamente uma mão sobre o seu ombro. Levantou-se, deslizando a mão até a bochecha dele. Ele tentou se erguer e caiu de novo sobre o teclado com um estrondo de notas dissonantes. Ela o beijou, afastando o banco com a lateral da perna. Ele tentou se afastar do teclado; ela, porém, o empurrou de novo com a força de um beijo, e de novo ele bateu ruidosamente contra as teclas.

Os moradores do vilarejo que passavam pela casinha do diretor aquela noite ficaram se perguntando onde ele comprara um piano e por que insistia em tocar tão mal e tão alto por tanto tempo.

·CAPÍTULO QUINZE·

A maior parte dos seres vivos do oceano vive na superfície. Acontece o mesmo com aqueles que vivem na terra.

— *Guia da Torre de Babel para leigos, I.III*

Ele acordou com uma lufada de vento frio. A gaiola fazia um barulho suave, os elos de arame soando como um pandeiro. O céu era de um azul índigo profundo e a luz das estrelas tingia a Torre da cor de uma geleira. A noite era brutalmente fria, assim como o dia fora quente. Ainda faltava horas para amanhecer.

Seu braço ficara dormente e, quando tentou mexê-lo, percebeu que ele e Edith estavam entrelaçados em um abraço. A bochecha dela estava encostada em seu peito; seus braços a envolviam. O cabelo preto e pesado da moça esvoaçava em torno do seu queixo e do seu pescoço. Sentindo-se culpado, ele começou a se afastar.

Ou ela não estava dormindo ou foi despertada pelo movimento dele, porque disse rapidamente:

— Não, por favor. Estou congelando. — A voz dela saiu abafada. A respiração dela aqueceu o peito dele.

Ele parou, e ela desfez a lacuna que ele havia aberto. Ele podia sentir toda a extensão do corpo dela tremendo contra o dele. Acomodou a parte mais ampla do paletó sobre os ombros dela o melhor que pôde.

— Vai amanhecer daqui a umas duas horas. Tente dormir de novo.

Para ele, o sono não voltou. Ele ficou na escuridão púrpura, pensando. Não conseguia conciliar sua ideia da Torre com a sua experiência, e isso o inquietava. Enganara seus alunos quando elogiara a Torre de maneira tão efusiva, isso era certo. Teria de tornar sua aula mais complexa quando chegassem o outono e o novo ano letivo. Ainda ensinaria sobre os avanços tecnológicos da Torre e seus vagos relatos históricos, mas não exageraria mais o seu caráter.

Alguma coisa mudava em uma pessoa quando ficava à sombra da Torre. Ela minava sua humanidade. Aumentava sua ambição. Ele não conseguia imaginar por que alguém voltaria ao Anfiteatro depois de ser expulso. Por que voltar para mais tormento? Ele não entendia. Será que a vida no Mercado era tão horrível assim? Será que todos estavam tão terrivelmente insatisfeitos consigo mesmos que não conseguiam pensar em nada melhor a fazer do que passar a vida fingindo? Ele pensou em Pining, aquele pobre tolo afável. Falara de modo tão efusivo sobre as maravilhas do Anfiteatro. Nos momentos que antecederam sua morte, parecera tão confiante, satisfeito e feliz. Porém, por que fingir amar uma mulher? Por que cortejar uma atriz? Não fazia sentido.

— Imagino que as pessoas pagariam centenas de shekels por um quarto com uma sacada desta — comentou Edith, interrompendo seus pensamentos. — Você acha que caberia um sofá aqui?

Ele sorriu ao ouvir essa ideia.

— Eu tenho uma pergunta, que você certamente não é obrigada a responder, mas é algo que vem me incomodando, por isso me sinto compelido a perguntar...

— Não faça um discurso, Tom. Simplesmente faça sua pergunta — ela o interrompeu, embora não em um tom severo.

Ele puxou o ar.

— Por que você voltou ao Anfiteatro tantas vezes?

Ela riu e virou o rosto para o outro lado.

— Eu venho me perguntando a mesma coisa. Não tenho uma boa desculpa. Apenas que existe algo bom, algo reconfortante em estar no meio da história de outra pessoa. — Ela ouviu Senlin dar uma fungada, uma risadinha mirrada, e cutucou suas costelas. — Não dê risada. Sei que parece idiota, mas eu olho para a minha própria vida e a única coisa que vejo é indecisão e confusão. Não acontece nada de dramático, pelo menos não de repente. Na vida real, nada acontece rápido. Tudo simplesmente se desgasta. E é confuso, frustrante e tedioso. Meu Deus, como é tedioso. Mas aí você tem o Anfiteatro e tudo tem um sentido. Sim, é simples. Sim, é idiota. Porém, existe um enredo. Uma semana atrás, eu teria dado tudo por uma vida com um enredo. Agora eu digo: que venha o tédio. Me deem tarefas, almanaques e nove horas de um sono exausto e sem sonhos. Que venha o tédio!

Senlin refletiu sobre tudo isso.

— Imagino que faça sentido. Entretanto, prefiro a história que você me contou sobre o seu passado à peça banal da qual fugimos. Acho que a sua vida parece interessante.

— Nesse caso, eu devo ter exagerado. — Eles pararam para se retesar por conta de outra rajada repentina. Ele cerrou os dentes e fechou os olhos bem apertados até o vento passar. Depois que as coisas se acalmaram de novo, Edith falou, baixando a voz abruptamente: — Sei que você está no meio da própria confusão. — Ela se virou em direção ao peito dele. — Espero que encontre a sua mulher. De verdade. Acho que vai encontrar. Se conseguir sobreviver a isto, todo o resto deverá ser fácil — ela disse e teve de parar para pigarrear, e ele percebeu que ela estava tentando não chorar. — Mas eu tenho um favor a pedir. Sei que não tenho direito de fazer nenhum pedido e você não tem nenhuma responsabilidade de aceitar...

— Não faça um discurso — ele respondeu, tentando acalmá-la e impedir que ela desmoronasse. — Apenas faça o pedido.

— Não me abandone até tudo acabar. Eu consigo sobreviver a isso. Só preciso de um pouco de apoio moral.

Ao ouvir o pavor na voz dela, ele disse que a ajudaria, claro que ajudaria. No entanto, acrescentou logo em seguida que não chegaria a esse ponto. O escrivão cederia.

━━●━━

Quando o sorriso insuportável de Ceph reapareceu à entrada da portinhola na manhã seguinte, ele repetiu o veredito anterior. Edith seria expulsa. Jamais voltaria. Ceph, tendo cuidadosamente evitado qualquer menção a marcas ou lesões corporais, referia-se agora ao "processo de ostracização" pelo qual Edith passaria. Ele fez parecer a coisa mais agradável do mundo e assegurou-lhes de que não havia mais nada que pudesse ser feito. As alternativas e os apelos haviam se esgotado.

Senlin, tendo pensado sobre o assunto a noite inteira, preparara uma réplica furiosa.

— Você perdeu completamente a consciência? — perguntou ele. — Não se esconda atrás do dever e da instituição. Aja como um ser humano! Não se comporte como se essa brutalidade fosse defensável só porque uma política arbitrária e um burocrata valentão estão por trás dela. Você não precisa de um apelo para confirmar o que sabe. É errado desfigurar uma pessoa porque ela deixou de atiçar o fogo. Você tem uma consciência que nasceu com você e que está gritando através dos ossos da sua costela: deixe a moça ir embora. — Havia uma estranha veemência em sua voz e ele descobriu, quando terminou de falar, que estava tremendo de raiva.

Ceph passou o lenço pelo rosto como que para espantar um mosquito.

— Muito bem! Ótimo discurso.

Senlin ficou surpreso com essa reação estranha. O funcionário pareceu sincero, se não um pouco entediado.

— Obrigado.

— Porém, na análise final, não é uma questão de consciência, na verdade; é uma questão de constância — disse Ceph por fim com um sorriso triste e resoluto.

Ele engoliu um segundo argumento. Por mais que odiasse ceder a essa injustiça, ele não podia contrariar o pedido dela. Ele prometera ser um apoio moral. A obrigação já começara.

— Na verdade, o processo de ostracização é bastante humano — disse Ceph em um tom que sugeria que eles estavam fazendo tempestade em copo d'água. — Para alguns, é até revelador.

Senlin teve de cerrar o maxilar para não o repreender de maneira brusca.

Veredito aceito, permitiram que eles entrassem de novo no saguão. As costas dos dois doíam e as pernas tremiam.

Eles se alongaram e fizeram o sangue circular pelas pernas outra vez. Ele se sentia como um homem que havia rastejado para a terra firme após sair de um mar revolto. Pela segunda vez nas últimas 24 horas, sentia a gratidão descrente de um sobrevivente.

Ceph os conduziu à ala hospitalar pela qual eles haviam passado no dia anterior. Uma dúzia de funcionários de terno branco patrulhava o piso. Os funcionários passavam devagar, vigilantes, pelos nichos separados por cortinas. Havia pistolas penduradas em seus quadris sob a bainha de seus paletós. Passou pela cabeça dele que, se os dois tentassem correr, não chegariam longe.

As camas vazias pelas quais eles passaram adquiriram uma luz mais sinistra. Soluços e gemidos, que o cômodo ladrilhado ampliava e duplicava sem piedade, vinham de toda parte. E foi assim, de súbito, que Senlin entendeu. Isso não era um hospital de jeito nenhum. Esse não era o lugar para onde pessoas vinham para se curar. Era o lugar onde os pobres exilados eram marcados ou tinham os olhos extraídos. Esse era o lugar onde os turistas iludidos eram "ostracizados". Era uma câmara de tortura com azulejos brancos.

Através de uma brecha entre as cortinas de um nicho, Senlin avistou por um breve instante uma cena tão intensa que desacelerou a passagem do tempo. Ele viu um homem que dois funcionários mantinham em posição vertical na cama. Escondendo a cabeça inteira do homem estava um dos cilindros de cobre com válvula que ele vira da primeira vez que passara por aquela ala. A válvula ficava no centro do rosto escondido do homem como se fosse um nariz absurdo. Havia uma enfermeira debruçada sobre ele, virando a válvula com pequenos puxões forçados. Espasmos assolavam os braços e as pernas do homem, testando a força dos dois funcionários que o seguravam.

Apesar da nítida agonia pela qual ele passava, não escapava nenhum som do capacete selado. O homem se contorcia em silêncio. Estavam torturando-o. A enfermeira não parecia ter escrúpulos quanto à tortura.

Senlin supôs que o aparato bárbaro era o que eles usavam para tirar o olho de uma pessoa. A ideia o encheu de repulsa.

Uma camisola hospitalar de algodão estava sobre a cama vazia e arrumada onde Ceph parou. Uma cortina comprida pendia de uma haste que contornava a cama. Ceph instruiu Edith a se preparar para receber a enfermeira, que chegaria em breve. Chamou Senlin para prosseguir, tagarelando de novo sobre os lindos pavões que se empoleiravam por toda parte nas Termas. No entanto, Senlin continuou plantado ao lado da cortina depois que Edith a fechou. Ele podia ver a sombra dela se mexer atrás da cortina.

— Vou esperar com ela — informou Senlin.

— Não é necessário. Ela vai...

— Eu vou esperar — ele repetiu com mais firmeza.

Ceph parecia verdadeiramente perplexo. Ele parecia estar prestes a discutir, depois pensou melhor. Deu de ombros de um modo elaborado e se afastou um pouco para rabiscar alguma coisa no bloco de estenografia.

Uma mulher baixa e corpulenta com um avental vermelho-cardeal e chapéu de enfermeira se aproximou, empurrando um carrinho branco esmaltado. Um jarro de ferro com tampa chacoalhava com ruído em cima do carrinho. O longo cabo de um ferro para marcar projetava-se para fora por uma fenda na tampa.

Ignorando Senlin, a enfermeira espiou atrás da cortina antes de abri-la. Edith estava debaixo do lençol com a camisola simples e branca que haviam lhe dado. Seu figurino amarrotado e manchado estava dobrado ao pé da cama. Um momento antes, o sangue de Senlin estava fervendo, mas vê-la envolta em lençóis brancos foi inesperadamente tranquilizador. Com certeza nada disso era real.

A enfermeira falou em um tom alegre sobre como Edith estava linda e como sua roupa era bonita ao mesmo tempo em que começou a preparar o seu braço direito, deixando-o reto com a palma para cima sobre a cama. Edith estendeu o braço livre na direção de Senlin. Ele se ajoelhou à cabeceira da cama e pegou a mão dela. A enfermeira ofereceu um tecido enrolado para ela morder, sugerindo que aquilo ajudava a atenuar a dor, mas Edith afastou o queixo sem responder.

A enfermeira abriu o jarro de ferro com uma luva grossa de couro. Entre os carvões vermelhos brilhava o ferro redondo de marcar, do tamanho de um relógio de bolso. Ver isso deixou Senlin com ânsia de vômito.

Quando ele olhou de novo para Edith, ela o olhava atentamente de volta. Seu cabelo escuro estava espalhado pelo travesseiro, a clavícula morena e sardenta brilhava de suor.

— Não fique por aqui por muito tempo. Você precisa ir para outro lugar — ela disse e soltou a mão dele para pegar no antebraço.

Vestindo a luva de couro de um ferreiro, que chegava até o cotovelo, a enfermeira disse:

— Tenho de segurar o ferro na sua pele e contar até três. É muito importante você não se mexer, querida. Se não ficar bom, vou ter que fazer de novo.

Edith não desviou o olhar de Senlin para responder para a enfermeira. Sua boca estava fina e descorada.

— Até três — repetiu a enfermeira.

Quando o ferro tocou sua pele, as veias do pescoço de Edith saltaram e ela arregalou os olhos e cravou as unhas no braço de Senlin e suas bochechas enrubesceram e o terrível, porém familiar, cheiro de carne queimada encheu o ar e a enfermeira contou em um tom bastante claro:

— Um.

―•―

Quando a viu pela última vez, Edith estava inconsciente enquanto a enfermeira cobria seu braço com gaze. O desmaio fora uma pequena misericórdia. Ela jamais gritou e ele sentira a rebeldia dela no silêncio. A enfermeira-chefe retomara suas amabilidades indesejadas apesar de Edith não reagir. Senlin argumentara que ficaria até ela acordar, mas Ceph insistiu que, se ele ficasse por mais tempo, ele teria de reabrir a avaliação do caso de Senlin.

— O senhor está ficando mórbido, sr. Senlin. Está perdendo o prêmio de vista! Bailes e spas e pavões o esperam — comentou Ceph com uma falta de sensibilidade enlouquecedora.

De qualquer modo, Senlin não fazia ideia do que mais poderia ter dito a Edith. Talvez fosse melhor evitar uma embaraçosa despedida final. Ela ia para casa e ele ainda tinha mais uma parte da Torre para subir. Esperava que ela estivesse em sua fazenda em breve, esperava que pudesse voltar a ser a General e esperava se tornar só um ator insignificante em uma história de terror que ela se esforçaria para esquecer. Como ele poderia dizer tudo isso em um adeus? Melhor deixar os dois com alguma dignidade. Já haviam tirado tanto deles.

Abalado e exausto devido ao suplício, Senlin ficou calado enquanto o conduziam para fora da ala de tortura e o levavam de volta para os amplos corredores com escritórios. Surgiu um funcionário com suas roupas e sua bolsa e permitiram que tirasse a fantasia de mordomo amarrotada e azeda de suor. Ele descobriu que seu dinheiro não fora roubado, mas, naquele momento entorpecido de depressão, constatou que não se importava. Enquanto abotoava a camisa, resolveu três vezes voltar para o lado da cama de Edith. Que o jogassem na prisão, colocassem um balde em sua cabeça e desparafusassem seus olhos. Que tentassem!

E três vezes se convenceu a ir. Marya estava esperando logo adiante. Ele esperava que ela estivesse ilesa e sem cicatrizes. Gostaria que ela estivesse ali naquele exato momento para confortá-lo. Era um desejo egoísta, ele sabia.

O assistente Ceph parecia estranhamente quieto quando mostrou a Senlin a escadaria com paredes revestidas de mármore. Esculpidas em letras grandes sobre a porta estavam as palavras AS TERMAS.

Senlin não tinha intenção de prolongar a despedida dos dois, mas, no momento em que colocou a bota no primeiro degrau, Ceph deu um passo à frente e pegou o cotovelo do outro. O jovem fez uma confissão abrupta e sincera.

— Sei que isso foi mais do que arrebatador para o senhor. Para ser franco, receio ter falhado com o senhor com a minha própria atuação. O senhor foi tão natural. Eu o admiro. Eu tinha o desejo de representar o escrivão. Depois disso, não consigo deixar de me perguntar se estou à altura do papel.

— Bem, boa sorte — respondeu Senlin secamente, sem entender por que o irritante funcionário de repente estava bajulando-o e revelando suas aspirações profissionais.

— O que eu queria perguntar é se o senhor acha que eu seria mais adequado para o papel de enfermeiro? Acha que esse personagem seria mais apropriado para o meu talento? O papel tradicionalmente é interpretado por uma mulher, mas o potencial para...

Senlin o interrompeu.

— Papel? O que quer dizer? Você é ator?

Ceph mal pôde conter sua satisfação; ele mordeu o nó do dedo e corou.

— Oh, sr. Senlin, que crítica maravilhosa. Ganhei o dia!

· PARTE II ·

AS TERMAS

·CAPÍTULO UM·

A fonte das Termas pode fazer desaparecer as rugas do cotovelo de uma anciã, curar músculos distendidos e também corações fracos, pode acabar com o cacoete mais persistente. O que quer que cause preocupações será esquecido.
— *Guia da Torre de Babel para leigos*, IV.III

Ele foi seguido pela escadaria em ziguezague por um grupo de jovens mulheres tagarelas com vestidos de feltro e chapéus de crochê. Essa escadaria se encontrou com outra, depois com uma terceira, até que a subida chegou a uma grande confluência: degraus de mármore rosado largos como o quarteirão de uma cidade. Os passos de turistas que subiam formavam um coro, como a chuva, passando de um som sem ritmo a uma batida ensurdecedora. Ele era um entre milhares subindo.

O *Guia da Torre* chamava as Termas de "a enfermaria da humanidade", embora a fé de Senlin na literatura já não fosse mais a mesma.

O tempo que passara na gaiola havia feito suas juntas endurecerem. As pernas queimavam e tremiam. Quando pisou no último degrau, ele queria desabar, mas simplesmente não havia espaço. Sem um instante sequer para recobrar o fôlego, foi empurrado para a frente, para uma das muitas filas dentro da aduana lotada. A alvenaria de porcelana branca brilhava à luz dos candelabros de bronze. Homens de uniformes azul-marinho patrulhavam e analisavam a multidão. Cassetetes e floretes pendiam de seus cintos. A viseira de couro preto de suas boinas azuis escondia os olhos deles, mas Senlin podia sentir os agentes uniformizados observando-o, observando todos eles.

Ao final do grande corredor, quase cem metros à frente, havia uma série de cabines aduaneiras, robustas como mós. Esse era o único caminho para as Termas, ele sabia. Ou Marya estivera aqui recentemente ou estaria em breve. Depois de ficar enredado nos labirintos do Anfiteatro, ele se sentia aliviado de estar outra vez no caminho certo.

Uma faixa proeminente sobre as cabines da aduana anunciava uma taxa de 5% sobre todos os bens e divisas. Um segundo aviso prometia justiça rápida para qualquer um que fosse pego com contrabando.

O turista ao seu lado usava uma peruca alta, branca de tanto pó e presunçosa como a vela principal de um navio; sua única bagagem parecia ser uma bolsa aberta de couro de jacaré de onde um poodle pequeno espiava e latia. Por mais extravagante que esse homem fosse, ele não era fora do comum. A multidão estava repleta de excêntricos opulentos. Carregavam guarda-sóis com babados e usavam boinas de crepe, bengalas pretas com espinhos e correntes douradas de relógio. Embora mais bem vestida, o comportamento da multidão não era muito diferente daquele das turbas do Mercado. As massas que chegavam eram agressivas, obstinadas e arredias. Se ele não ficasse bem próximo da pessoa à sua frente na fila, um oportunista mais rápido entrava no espaço que se abrira. Uma mulher carregando uma grande gaiola coberta bateu em seus calcanhares ao passar para a sua fila. Ele se sentiu encurralado e assustado. Enterrou as mãos nos bolsos do casaco para não roer as unhas: um costume nervoso que eliminara havia muitos anos.

Seus pensamentos ficavam voltando para Edith, para o olhar agonizante no rosto dela, para a contagem sádica da enfermeira e para o cheiro repulsivo, porém familiar, de carne queimada... Ele a deixara. Ela quis que ele a deixasse, mas isso não diminuía sua culpa. Sua consciência o atormentava: *Você a deixou porque estava com medo. Você a deixou porque ela o fazia sentir-se desconfortável.* E ele estava. E ela fazia.

No entanto, o que ele poderia ter feito? De que teria servido ficar e ser marcado e banido? E, no entanto, se descobrisse que outro homem em outra ala abandonara Marya do modo como ele abandonara Edith, jamais perdoaria o canalha.

Pela primeira vez na vida, tinha de confrontar um fato terrível sobre si mesmo. Sim, ele era tímido, nervoso e um bocadinho puritano, mas esses não eram seus defeitos. Era um covarde. A Torre provara isso. Era um covarde e Edith pagara o preço.

Depois de três horas se arrastando e se recriminando, Senlin enfim chegou à frente da fila. Só tinha de esperar pela mulher intrometida que carregava uma gaiola terminar de responder o catecismo bem ensaiado do agente:

— A senhora tem alguma mercadoria que pode estragar? Pretende receber algum salário durante o tempo em que ficar nas Termas?

Tudo correu bem até o agente pedir para ela descobrir a gaiola. Ela se opôs. Ele insistiu. Ela se recusou, resoluta, com base no argumento de que seu pássaro era extraordinariamente sensível e de que ela era uma dama conceituada cujo marido tinha poderes políticos quase sobrenaturais. O humor do agente azedou de maneira visível, a viseira escura da sua boina caindo sobre os olhos dele como uma sobrancelha pesada e sem graça.

Ao ver algum sinal discreto, apareceu outro agente, obstruindo a passagem da mulher. Esse agente não hesitou em tirar a capa da gaiola, a qual tinha uma linda estampa de flores amarelas. Ele não pareceu nem um pouco surpreso ao descobrir que não havia nenhum pássaro. A gaiola estava cheia de dinheiro em espécie. Devia haver centenas de minas, uma pequena fortuna. Senlin não conseguiu deixar de ficar boquiaberto.

A bravata da mulher rapidamente se transformou em bajulação: ela piscou com olhos muito maquiados e girou seu pronunciado quadril de um modo atirado. Era uma exibição grotesca. Indiferente, o agente a pegou pelo braço e a levou embora. À medida que sua voz se distanciou, elevou-se até as oitavas mais altas do pânico. Senlin pensou no tormento que a aguardava e ficou de cabelo em pé.

Ele foi empurrado para a rampa e o agente começou a perguntar o que ele tinha a declarar. Sem pensar duas vezes, ele esvaziou as moedas dos bolsos e tirou as botas para poder pegar o fino maço de grandes notas de papel escondidas ali. Exibiu sua patética fortuna: seis minas e vinte shekels no total. Obedientemente colocou os 5% na mão aberta do agente. Quando lhe pediram a bolsa para inspeção, ele obedeceu sem demora.

Seu exemplar do *Guia da Torre* deslizava no fundo de sua bolsa, que, a não ser pelo livro, estava vazia.

— Fui roubado — ele explicou. Essa informação pareceu não impressionar o agente, que nunca sorria. Encaminhou

Senlin para as portas ao final do túnel com um rápido aceno de queixo. Sentindo-se como se estivesse saindo de um tumulto, Senlin cambaleou até a luz solar refratada das Termas.

—•—

A luz era simplesmente deslumbrante. Demorou um instante para que discernisse como a luz do sol fora canalizada para dentro da caverna que abrigava a cidade das Termas. Por toda parte no alto da câmara, aberturas retangulares projetavam luz. "Os raios devem ter dezenas de metros de comprimento", murmurou Senlin. Ele conseguia imaginar a artimanha de espelhos que uma façanha dessas exigia. A luz continuava sendo propagada por várias bolas espelhadas, algumas do tamanho de carruagens, suspensas do teto pintado de azul bem lá no alto. O efeito o fazia lembrar de como o sol iluminava as paredes de uma caverna de maré refletindo-se na água. Tudo aqui reluzia e ondulava. Era lindo.

Dos dois lados da alameda pavimentada para pedestres havia prédios de três e quatro andares sem sequer uma viela entre eles. As fachadas em tons pastéis finalizavam com elaboradas cornijas brancas, fazendo os edifícios parecerem bolos decorados. Eram teatros, salões de baile, restaurantes e hotéis. Os turistas estavam vestidos nos diversos estilos de seus estados de origem, alguns com blusões curtos e bermudas, alguns com elaborados kimonos, alguns com togas e chinelos de couro. No entanto, mesmo em meio a esse fluxo elegante, de vez em quando Senlin avistava as costas nuas e as cabeças raspadas dos mulas, curvando-se e arrastando os pés debaixo de pesados cestos de juta. Agentes da aduana meio que acompanhavam, meio que conduziam essas monstruosidades por entre os bandos de turistas abastados, que abriam caminho diante dos mulas como se temessem pegar uma infecção. Senlin se deu conta de que não havia visto nenhum mula no Anfiteatro. Ele se perguntava como eles haviam chegado ao terceiro andar sem serem vistos. Recordou o comentário de Goll de que a Torre tinha suas portas dos fundos. Talvez os mulas percorressem um caminho menos público. Ele duvidava que fosse uma via muito agradável.

A ampla avenida terminava em uma represa que era perfeitamente redonda e azul como uma safira. O tamanho do corpo de água era assombroso e Senlin se perguntava se a água havia sido puxada dos aquíferos profundos sob a Torre ou das nuvens que ocultavam continuamente sua parte mais alta. Mais distante das margens, cresciam bambus com sementes brancas e felpudas. Bandos de flamingos pálidos arrumavam as penas e grasnavam em meio à relva alta. No centro da represa, uma torre subia em espiral até o teto, afunilando como uma concha à medida que se elevava. Jacintos e trepadeiras brotavam de portais e janelas e se agarravam a todas as superfícies. Vapor saía da vegetação serpenteando. Pontes para pedestres, forjadas de ferro, saíam da torre de vapor, ligando-a às margens. Letreiros em forma de arco anunciavam: UM SHECKEL PARA VISITAR OS FAMOSOS SPAS DA FONTE.

A represa, obviamente a atração principal, estava cercada de balneários. A margem artificial e pavimentada fervilhava de banhistas, jovens e velhos. Periodicamente, nas águas mais profundas, hipopótamos mecânicos abriam e fechavam as mandíbulas, soltando jatos de água das gargantas, a grande diversão de muitas crianças.

Essa era a maravilhosa Torre que Senlin esperara ver, um lugar digno de uma lua de mel! Ele subestimara a imundície e o perigo dos circunreinos inferiores, mas, da mesma maneira, subestimara a beleza das Termas. Era magnífico! Ele apenas desejava poder compartilhar esse momento de revelação com Marya. Ela teria ficado tão contente de ver aquilo.

    Senlin caminhou pela borda da água, trilhando entre pessoas que faziam piqueniques, espreguiçadeiras e cabanas. O ar tinha um forte cheiro de uma dúzia de sabonetes diferentes. As fragrâncias faziam seu nariz coçar. Por força do hábito, ele olhava para qualquer faixa de vermelho. Era absurdo pensar que ela estaria sempre usando aquele chapéu. E talvez o chapéu houvesse sido roubado. Ele gostava de pensar que, no momento, ela estava em um hotel, confortavelmente acomodada e esperando, talvez até naquele instante estivesse em uma sacada olhando para a orla sem marés, pensando nele. Talvez houvesse encontrado um piano e estivesse entretendo outros convidados com seu modo intenso de tocar e sua voz emocionante...

    — Este é o rosto de um homem que precisa de boas- -vindas! — O tom barítono alegre assustou Senlin. Ele olhou para baixo e percebeu que estava muito perto de uma espreguiçadeira com ripas que abrigava um banhista corpulento e barrigudo. — Bem-vindo às Termas! — O homem tinha pele bronzeada e estava sem camisa, não vestia nada além de calções de banho vermelhos e óculos escuros. Um bigode preto pontudo acentuava sua cabeleira cor de ferro cinzento. Ele parecia robusto e atlético para um homem de sua idade. Senlin ficou um pouco intimidado com a largura do peito e dos ombros dele, embora seu sorriso parecesse amigável o bastante. — E esse é o olhar atordoado de um homem que acabou de sair da prisão dos macacos. — Ele estremeceu com exagero. — O Anfiteatro é um lugar horrível.

    Apesar de sua desconfiança crescente com relação a todos os visitantes da Torre, Senlin não pôde deixar de sentir um companheirismo imediato por esse gigante sorridente.

Ele fez a pergunta que vinha corroendo-o desde que deixara Ceph ao pé da escadaria do Anfiteatro.

— Todos eles são atores?

— Não sei. Talvez sejam apenas uns presunçosos. No final das contas, de que importa? Eles são péssimos e você está livre deles. Bem, você está fisicamente livre deles, mas pode precisar de uma garrafa de vinho para se purificar espiritualmente ou, se estiver muito traumatizado, uma quinzena nos banhos de vapor.

Senlin apontou com o queixo para a torre da fonte.

— É uma vista incrível, mas acho que não vou passar tanto tempo aqui.

— Ah. Não, eu também não. Vou embora amanhã. Vou para casa! — O gigante descreveu em poucas palavras seu passado na mineração, em grande parte nas Montanhas Cyan, ao norte, embora Senlin não imaginasse, com base na aparência do homem, que ele passara muito tempo nas entranhas da terra vasculhando em busca de pedras brilhantes no escuro. Ele parecia mais o tipo que contava ouro do que o tipo que cavava em busca dele. — E suponho que você seja... — O gigante lançou um longo olhar examinador para Senlin. —... um agente funerário?

Senlin deu risada.

— Um diretor escolar.

— Claro! Todo vestido de preto porque está de luto pela perda da inocência juvenil! — Seu berro profundo foi meio respeitoso e meio brincalhão. Em breve Senlin descobriria que era um tom que ele usava com frequência: um berro irônico. — Um homem de letras. Ótimo! Não tenho uma conversa sensata faz meses. Todo mundo aqui é formal ou espirituoso demais para deixar escapar uma palavra sincera. Estou louco para ouvir um pouco de diálogo inteligente. Vamos nos encontrar hoje à noite no Café Risso para tomar um chá ou umas bebidas ou para jantar ou o que quer que vocês acadêmicos apreciem. — O café, o homem indicou, ficava à margem, logo atrás deles. — O atendimento no Risso é lento, mas o escargot é uma delícia.

Embora Senlin hesitasse em marcar compromissos para o caso de reencontrar Marya nas próximas horas, o titã feliz não aceitou suas desculpas e prometeu que o encontro seria educativo na pior das hipóteses e agradável na melhor delas. Por fim, Senlin aceitou o convite e, antes de se separar, os dois se apresentaram formalmente.

Senlin apertou a mão de John Tarrou, que deu uma risada vivaz quando Senlin pediu que recomendasse um hotel.

— Eles são todos iguais, diretor. Estão infestados de traças luxuosas que nunca se cansam de comer o seu dinheiro. Mande uma carta para o seu banco antes de pedir um quarto com uma bela vista!

— • —

Encorajado por esse encontro com o amigável Tarrou, Senlin foi procurar Marya. Decidiu rapidamente focar sua atenção nos inúmeros hotéis e no portão da aduana. Se ela já estivesse aqui, teria alugado um quarto e, se ainda estivesse presa nas entranhas da Torre, o único lugar por onde fugir era o portão da aduana. Ele a pegaria na entrada ou na saída.

Outra vez desejou ter tido o cuidado de fazer uma reserva de hotel. Como estavam as coisas, ele teria de vasculhar toda a panóplia de hotéis. Eram quase sessenta no total. Além dessa dificuldade, teria de procurar Marya discretamente. Ele não podia sair por aí confessando que perdera a mulher. Não havia esquecido o conselho de Finn Goll de procurar sem parecer estar procurando. Ele não queria atrair a atenção de ladrões ou vendedores agressivos. Até Tarrou, por mais amigável que parecesse, teria de conquistar sua confiança.

Portanto, ele inventou um meio furtivo para descobrir se Marya estava hospedada em determinado hotel no momento. Ele se aproximaria do recepcionista como se pretendesse fazer o check-in e só precisasse confirmar se a esposa, que voltara cedo de uma matinê, já não havia feito isso. Quando o recepcionista retornasse com a notícia de que não havia nenhum cliente em seu nome na lista deles, Senlin fingiria espanto e perguntaria: "Este é o Hotel Montgrove?", sabendo muito bem que não era porque acabara de sair do Montgrove, o hotel ao lado. Corrigiriam seu equívoco e ele seguiria seu caminho, só mais um turista distraído que perdera o hotel de vista, mas não a mulher.

Em pouco tempo, Senlin havia averiguado 24 hotéis. Embora ainda não houvesse encontrado sinal de Marya, sentiu-se consolado pelo bom começo. Seria um processo, ele tinha de ter paciência.

Ele estava na rua entre os hotéis quando um carrilhão tocou uma linda frase musical e depois deu as cinco horas. Lembrando-se do compromisso com John Tarrou, voltou para o Café Risso com um apetite que aumentava rapidamente. Fazia dias que ele não tinha uma refeição decente e a perspectiva era bastante atrativa. Além do mais, esperava poder aprender algo útil com um homem que parecia estar em casa em todos os sentidos nas Termas.

Encontrou Tarrou sentado a uma mesa de ferro forjado no pátio do lado de fora do Café Risso, uma taça de vinho e uma garrafa à sua frente. Delimitado por uma cerca baixa, o pátio continha um arquipélago de mesas e cadeiras de ferro forjado. Alguns comensais solitários estavam sentados ali, absortos com a represa, que estava ficando alaranjada e púrpura devido à refração do sol poente. Um artista estava diante de um cavalete, misturando tinta em sua paleta. Parecia uma hora ideal para a meditação.

Senlin cumprimentou o novo amigo, que acrescentara aos calções de banho vermelhos uma camisa amarelo canário. Senlin achou graça de seu estilo chamativo, mas parecia ser a moda local: todos se vestiam como atores de uma trupe de teatro em viagem.

Tarrou lançou um olhar distante para Senlin, como se ele fosse um estranho que entrara em seu campo de visão. Senlin sentiu-se tomado por constrangimento. Ele interpretara mal a educação do homem, tomando-a como uma oferta sincera de amizade. Goll o alertara: um homem não tem amigos na Torre. Ele era um tolo por ter esperado que fosse diferente.

Senlin estava prestes a voltar para a rua quando Tarrou saiu abruptamente de seu transe:

— Diretor! Não, não vá embora! É só que você me surpreendeu. Eu estava descendo uma estrada a mais de 1.500 quilômetros de distância. — Ele esfregou o rosto com força. — Ah, pela lama, essa luz fantasmagórica faz a cabeça de uma pessoa voar!

Tarrou lisonjeou Senlin e o convenceu a se sentar na cadeira à sua frente, sorrindo entre as pontas do bigode preto. Uma jovem de avental vermelho apareceu com uma segunda taça. Tarrou fez questão de pedir o jantar, fazendo um gracejo galanteador para a garçonete enquanto fazia o pedido. Ele pediu escargot e carne de carneiro, batatas e tâmaras cozidas, e depois virou a garrafa vazia ao contrário sobre a própria cabeça e disse:

— Meu cérebro secou. — Ao ouvir aquilo, a garçonete riu. Ela voltou rápido com uma garrafa cheia, tampada com rolha.

Logo a luz canalizada diminuiu e foi substituída pelo brilho prateado da luz da lua, bem mais pálida. O rosto de Senlin parecia quente devido ao vinho e seu estômago estava cheio devido à comida excelente. Seus pratos foram levados, uma garrafa de vinho do Porto foi trazida e eles viraram as cadeiras para ver a água escura que brilhava como ônix rachado. O pintor fechou o cavalete. Lâmpadas a gás ao longo de ruas e pontes para pedestres foram acesas. A música dos salões de baile se misturava a distância. A risada de uma mulher reverberou do terraço de um hotel atrás deles. Novamente, Senlin desejou que Marya estivesse com ele, apesar de que, se estivesse ali, era quase certo que ela o tiraria da cadeira e o levaria ao salão de baile mais próximo.

Embora a conversa deles durante o jantar houvesse sido suplantada pelo apetite, os dois homens agora começavam a falar com a facilidade que existe entre velhos amigos.

— Não existem pavões? — perguntou Senlin.

— Há dois flamingos para cada homem e milhares de pintassilgos e papagaios e andorinhas e pombas, e ouvi falar de um sujeito excêntrico que anda com um dodô em uma coleira. Mas nunca vi um pavão.

Senlin deu risada.

— Conheci alguém que tinha certeza de que havia pavões.

— Eu desconfio de pessoas que têm certeza. Já conheci homens que dizem que, sem sombra de dúvida, a Torre tem 45 circunreinos. Eles começariam uma briga por causa desse fato inegável. — Tarrou chupou os dentes. — E já conheci pilotos aparentemente sinceros que juravam que a Torre tinha apenas 32. — Tarrou deu uma batidinha no nariz. — Eu sei qual é a verdade. A Torre é tão alta quanto o homem que sobe por ela.

— À incerteza! — disse Senlin, como modo de brindar, e Tarrou ergueu o copo. — Se não existem pavões, pelo menos deve haver carneiro. Essa foi uma das melhores costeletas que eu já experimentei.

— Não há espaço nas Termas para carneiros, a menos que conte os grupos de cortesãs que ficam saltitando por aí, usando aquelas perucas de lã horrorosas. Você já deve ter visto! Todas elas, eu juro, estão cheias de piolho.

Tarrou passou a explicar que as iguarias que pereciam mais rápido eram transportadas por aeronaves, que também era a travessia mais popular para os turistas.

— Só os aventureiros e os econômicos é que sobem a Torre a pé — comentou Tarrou, fazendo Senlin se sentir constrangido quanto ao seu ganha-pão. Ele imaginou que, para Tarrou, o qual ele soube que possuía três minas, uma das quais produzia esmeraldas, ensinar crianças a ler, escrever e multiplicar devia parecer um modo de vida modesto. — Não faça cara feia, Diretor. E daí que o carneiro voa enquanto você sobe! Você não é um carneiro. Você tem coragem e perspicácia. Todo o resto aqui é mais mole, mais burro e mais pobre do que finge ser! São todos criadores de porcos e quitandeiros vestidos de reis. — Tarrou enrolou o lenço em volta da cabeça como se fosse um turbante. Isso fez Senlin dar risada.

— É uma pena que você está indo embora, Tarrou. Ter uma boa companhia é revigorante.

— Ah! É inevitável. Para ser sincero, adiei minha volta para casa por tempo demais. Minha mulher deve ter vendido todas as minhas posses.

— Você é casado? — Senlin estava surpreso.

— Há vinte e oito... não, vinte e nove anos. Mas, cá entre nós, parece trinta. Ela é uma mulher paciente, mas eu a fiz esperar tempo demais.

Descobrir que Tarrou era casado apenas aumentou a estima de Senlin por ele, embora o professor se perguntasse por que um homem no auge da meia idade viria às Termas sem a esposa. Uma separação dessas parecia transformar o amor e o casamento em uma pergunta. Por que se casar se você ia visitar as maravilhas do mundo sozinho?

Embora, Senlin tinha de admitir, fosse exatamente isso o que ele havia feito.

·CAPÍTULO DOIS·

O único perigo real é o de ficar relaxado a ponto de dormir dentro da banheira. Para evitar o afogamento acidental, vá acompanhado ou procure um novo amigo.
— *Guia da Torre de Babel para leigos*, IV.IV

Dias se passaram.
    Estabeleceu-se um cronograma regular, o que era um consolo para Senlin. Passava as manhãs verificando discretamente registros de hotéis em busca de Marya. Quando Senlin sentia o pânico se instalar, lembrava a si mesmo de que Marya era engenhosa, ele era paciente e que a Torre era finita. Leu o *Guia*, seu único livro. Procurou em seus muitos clichês um conselho prático e encontrou pouca coisa. Desejava ter trazido mais livros. Quando esses consolos falhavam, fortalecia-se com uma taça de vinho.
    Dias se passaram.
    Não demorou muito a encontrar o caminho que levava à parte de trás dos hotéis que pareciam bolos decorados e das galerias até os becos mais estreitos onde moravam os carrega-

dores, as camareiras e os vendedores. Aquelas avenidas reclusas não eram exatamente favelas, mas eram, em geral, humildes e precárias. Persianas pendiam tortas de janelas de vidro e varais costuravam as ruelas. O ar estava abafado e carregado de odores humanos. A luz refletida do sol também era mais fraca aqui, o que permitia que brotasse líquen nos rebocos e nos paralelepípedos, tornando-os escorregadios e esponjosos e de um verde acinzentado.

Entre os prédios de apartamentos havia pensionatos, que podiam ser alugados por pouco tempo e em cima da hora. Uma busca eficaz pelos pensionatos era difícil porque eram desorganizados, superlotados e frequentemente administrados por proprietários suspeitos que cooperavam pouco. Senlin sentiu-se chamativo e indesejado nas vielas das Termas e não demorou muito a encontrar desculpas para deixar de vasculhá-las. Afinal, ele duvidava de que Marya tivesse de fazer uso de acomodações sem graça e sem segurança.

Os dias se passaram e o trauma do Anfiteatro diminuiu em sua memória. Ele já havia praticamente se convencido de que Edith se recuperara e encontrara o caminho de casa. A colheita de outono não estava muito longe. A General, ele gostava de pensar, superara a alergia e reivindicara seu comando. Ela sempre carregaria a cicatriz, a marca do Anfiteatro, mas desfrutaria de uma vida plena e longa, distante da sombra da Torre.

Ele almoçou fora dos portões da aduana, onde era relativamente fácil passar despercebido em meio ao fluxo de turistas. Desde a primeira exposição aos agentes da aduana, ele tomara o cuidado de evitar chamar a atenção deles. Não era fácil: os agentes de paletó azul marinho estavam por toda parte. Eles trabalhavam sob o comando de alguém chamado de comissário, que era muito comentado, mas raras vezes visto em público. Fora isso, a norma jurídica era um mistério para ele. Sinceramente, ele esperava que permanecesse assim. O *Guia da Torre* não dizia nada de concreto sobre as leis das Termas, mas ele queria acreditar que as Termas eram um circunreino mais civilizado do que o Porão ou o Anfiteatro. Não estava procurando evidências do contrário.

No entanto, a evidência, ele descobriria logo, era inevitável.

À noite, ele jantava com John Tarrou. Tarrou não conseguira seguir em frente com sua promessa de partir pela manhã e, em pouco tempo, Senlin entendeu que era um tipo de homenagem que ele prestava à mulher: Tarrou estava sempre se preparando para ir embora para casa.

Senlin continuava guardando sua situação para si mesmo, embora parecesse cada vez mais ridículo. E, no entanto, ele nunca conseguia confessar a Tarrou que na verdade tinha uma esposa e a havia perdido. Talvez sua discrição houvesse se transformado em paranoia. Talvez apreciasse o desconhecimento de Tarrou. Contanto que não falasse de Marya, eles podiam rir, discutir, filosofar e beber. Se não fosse por essas distrações, Senlin teria de enfrentar o pavor que aumentava dentro dele. Esse pavor já era tão persistente quanto uma mancha de vinho e tão penetrante quanto um calafrio. E se Marya nunca aparecesse? E se ela nunca encontrasse o caminho de volta para casa sem as passagens? E se ela estivesse ferida, houvesse sido capturada ou coisa pior...

Entretanto, o pavor esmorecia no Café Risso, onde o berro irônico de Tarrou reinava supremo.

Quando Tarrou não estava no café, normalmente podia ser encontrado relaxando em sua cadeira de costume à beira da água, não muito longe de onde um hipopótamo mecânico soltava seu elegante jato de água.

— Hoje não é um dia bom para viajar, diretor. Os ventos estão vindo do norte. Se eu tentasse fazer um voo de volta para casa, acabaria indo para o Polo Sul — disse Tarrou detrás de óculos escuros. O primoroso brilho do sol da tarde parecia intensificado em vez de refletido pelas bolas espelhadas que se contorciam lá no alto. Fazia mais de duas semanas que Senlin perambulava pelas Termas e ainda não se acostumara à luz fragmentada ou ao modo como as nuvens passavam sobre o sol lá fora sem serem vistas. — Você já terminou com as suas incumbências ou purificações misteriosas ou o que quer que faça para desperdiçar os seus dias?

— Só estou dando um tempo. — Senlin fez um gesto diante do rosto com a mão, desviando a pergunta. Na verdade, ele duvidava que Tarrou se importasse de fato; o gigante apenas gostava de provocá-lo.

Senlin pagou meio shekel a um funcionário para alugar a cadeira de ripas ao lado do amigo. Vestindo seu comprido paletó preto, Senlin chamava a atenção entre os turistas com trajes de banho, embora houvesse um cavalheiro agitado em trajes estranhos não muito longe deles. Tarrou fez um aceno discreto em direção ao homem nervoso.

— Passei a manhã inteira vendo esse espetáculo. Acho que você chegou na hora certa para ver o fim dessa pequena tragédia — comentou Tarrou.

O homem em questão era gordo, de meia idade e usava insígnias falsas de almirante: dragonas com fios dourados, uma faixa púrpura e um chapéu tricorne. O homem bem nutrido e bem arrumado andava de um lado a outro à beira da água, parecendo mais um rato encurralado do que um comandante.

— Ele está completamente falido... eles sempre estão... e muito endividado — disse Tarrou com o canto da boca. — E, no entanto, manteve seu traje mais pomposo. Eis aqui o seu pavão, diretor. Mas observe...

Alguns instantes depois, apareceu um destacamento de seis agentes aduaneiros. Saíram cassetetes e floretes dos grandes cintos lustrados. O último agente carregava um cesto cheio de carvão. Os agentes cercaram o mercador, que imediatamente começou a gaguejar sobre a aplicação incorreta da justiça, sobre seus conhecidos poderosos e sobre os reveses da fortuna. Ele trocava o apoio de um pé para o outro, os braços erguidos como se estivesse tentando dançar valsa em meio ao círculo de agentes. Impassíveis, os agentes o agarraram e começaram a tirar suas roupas bruscamente. Horrorizado, Senlin se moveu para interferir, mas Tarrou foi rápido em segurá-lo com o braço e prendê-lo à cadeira. Tarrou pôs o dedo sobre os lábios e lançou a Senlin um severo olhar de advertência.

Agora agachado com sua comprida roupa íntima esticada e manchada, o homem chorava enquanto dois agentes raspavam sua cabeça primeiro com tesouras enferrujadas e depois com um prumo dentado. Enquanto eles trabalhavam, outro agente revelou o nome do homem, descreveu a exata natureza e o tamanho de suas dívidas e anunciou quanto tempo ele teria de trabalhar como mula para acertar as contas: doze anos. Doze anos! Todo um período da vida de um homem perdido. Por quê? Por uma conta sem fundos. Parecia desproporcional. O desgraçado soluçou durante o julgamento enquanto brotava sangue de cortes em seu couro cabeludo. Ao concluir a sentença, a autoridade do comissário foi invocada e uma pesada algema foi colocada em torno do seu pescoço. Um tubo de ferro de quinze centímetros pendia daquela coleira como um pingente. O agente enrolou a sentença do homem e a colocou no tubo, fechando a tampa logo após. O novo mula foi forçado a pegar a carga de carvão, depois foi levado embora.

— Para onde ele vai? — perguntou Senlin.

— Existe uma passagem que só é varrida pelos pés dos mulas... É chamada de Veia Antiga e sobe em espiral pelas paredes da Torre, um rochedo sem luz e sem corrente de ar. Me disseram que é mais perigosa do que qualquer mina já escavada pelo homem. Reze para jamais vê-la. — Tarrou falava em um tom baixo e austero. — Aquele pavão depenado não vai sobreviver doze anos. Pode ser que sequer sobreviva a esta noite. É uma lição, diretor Tom — advertiu Tarrou. — Fique atento às suas dívidas.

Senlin colocou uma unha entre os dentes.

— Mas esse certamente não é um acontecimento comum, certo?

— Comum como os próprios mulas.

—•—

Apesar do vívido lembrete de que nem seu tempo nem seu dinheiro eram infinitos, Senlin começou a detectar um declínio na urgência de sua busca. Algo na beleza e na tranquilidade do ambiente anestesiou seu pavor e fez o episódio com o mula parecer ultrajante.

Alguns dias depois, terminou de percorrer os hotéis das Termas pela décima vez. A maioria dos porteiros havia percebido seu estratagema há muito tempo ou havia desistido de fingir ser enganada. Quando o viam chegar, chacoalhavam a cabeça rapidamente, e ele partia para a próxima parada em seu percurso regular. Às vezes ele se demorava sob a janela de um salão de baile, ouvindo os refrães alegres de uma banda de sopro. Às vezes observava as crianças brincarem ao longo da margem e pensava no próximo ano letivo. A escola e seus deveres pareciam de algum modo irreais e sem importância.

Ele perdeu a vontade de ler. Ainda segurava o *Guia* bem apertado entre os dedos ossudos e fixava os olhos com firmeza sobre a página. Porém, logo a sua mente simplesmente se deixava levar pela fantasia. Ele imaginava o momento em que se encontrariam. Sonhava com muitas versões daquela cena enquanto vagava fora dos limites da aduana, esperando que ela passasse por ele balançando os braços ou com a cara enterrada em um livro ou cantando uma música do bar. Em algumas versões dessas fantasias, os dois se encontravam trombando um contra o outro como címbalos e, bem ali, diante de todos, ele segurava o pescoço dela e a beijava.

Nesse meio tempo, Tarrou bancava o amigo alegre. A indulgência de Tarrou era contagiante, embora, com toda a sinceridade, Tarrou não chamasse aquilo de indulgência. Ele chamava de razão.

— Você está nas Termas e, no entanto, nunca foi à Fonte? É como escalar uma montanha e se recusar a olhar a vista, diretor. Seja sensato!

Quando Senlin enfim aquiesceu, pagou o shekel e foi à Fonte, descobriu que, depois de alguns instantes dentro de uma banheira, não havia mais nenhum pensamento em sua mente. Seu sentimento de pavor simplesmente desapareceu na névoa quente.

A Fonte, aquele jardim em espiral que se erguia do coração do reservatório, era uma verdadeira maravilha da canalização. O interior azulejado estava cheio de vapor aromático, denso como a neblina do oceano. Canos e calhas transportavam a água entre centenas de banheiras de mármore branco, instaladas uma sobre a outra como os gomos de uma pinha. Quanto mais alta a banheira dentro do pináculo, mais desafiador era para o banhista alcançá-la. Era preciso subir por uma escada, por uma saliência e por degraus estreitos. A água derramada de uma banheira caía sobre as fileiras mais baixas, formando uma cascata, como uma fonte de champanhe.

A chuva da condensação e da água dispersada era constante e, contudo, agradável. De onde vinha a água ou como era aquecida era um mistério com o qual Senlin ficara intrigado uma ou duas vezes. Ninguém mais parecia pensar muito nessa questão. Em pouco tempo, nem ele pensava.

Sabendo que a Fonte era o ponto que todos visitavam (era, afinal, o único lugar para se tomar um banho quente), Senlin olhou ao redor em busca de Marya, embora de modo discreto e vagaroso. Mais tarde, quando haviam saído do pináculo da Fonte e a névoa desaparecera de sua mente, ele se perguntou se sua procura era melhor do que as palavras vãs de Tarrou para a mulher. Será mesmo que Marya desperdiçaria seu tempo em uma banheira enquanto estava perdida em uma terra desconhecida? Será que ela estava mesmo nas Termas? Até onde ele sabia, ela ainda poderia estar presa no pesadelo de Mayfair, obedientemente representando a mulher de outro homem. Talvez estivesse na lama de cerveja de uma valeta do Porão ou talvez estivesse acampada no local onde se separaram no Mercado em constante mudança. Ele gostaria de poder ter certeza. Deveria ter mais certeza. Deveria conhecer melhor a própria esposa.

―•―

O alojamento de Senlin não incluía janela nem pia nem escrivaninha, mas, mesmo assim, o quarto se tornara um ralo para os seus recursos. Suas refeições com Tarrou tinham seus gastos também e havia ainda seus banhos ocasionais a pagar...

Após um mês, ele calculou que só tinha recursos para ficar mais dez dias, duas semanas se desistisse de beber vinho à noite com Tarrou, o que de repente pareceu um grande inconveniente. Essa sensação florescente de direito a um benefício o deixava horrorizado. No entanto, esse era o efeito da Torre. Primeiro, transformava o luxo em necessidade, e depois conspirava para revogar todas as reinvindicações à felicidade, à dignidade e à liberdade.

Essa metamorfose perversa de turista a realeza e de realeza a mula atormentava a imaginação de Senlin. Seu pavor voltou com maior força. Ele não conseguiu dormir durante dias e, quando por fim desmaiou de exaustão, teve sonhos horríveis. Diante de seu olhar adormecido, tiravam de novo a roupa de almirante do homem pavão. Curvado sob um grande cesto de carvão, o infeliz se juntava a um rio de infelizes subindo pelo caminho irregular da Veia Antiga. Em seu sonho, Senlin vasculhava a procissão manca e abatida de mulas em busca de Marya, desejando e, ao mesmo tempo, temendo que seu rosto surgisse.

À medida que os lençóis começavam a ficar mais grossos por conta do suor, ele seguia a fila de costas nuas e espinhas de juntas marcadas na subida daquela Torre infinita durante semanas, anos. Quando o homem pavão depenado por fim desmaiava, seu coração exausto avolumando-se como um tumor em sua caixa torácica, Senlin, esquecendo-se de que não era um deles, esquecendo-se da busca pela esposa e do antigo desejo de voltar para casa, curvava-se e pegava a carga.

·CAPÍTULO TRÊS·

Até a beleza diminui com análise. É preferível olhar de relance a encarar.
— *Guia da Torre de Babel para leigos*, IV.V

O sino sobre a porta tocou. O correio era pequeno como um closet, mas alto como um silo. O funcionário do correio, atrás de uma janela com grades em uma parede homogênea de mármore, parecia uma pilha de poeira varrida. Seu colarinho, embora abotoado até o fim, chacoalhava vazio em torno do pescoço esquelético. Ele estava rabiscando algo, o *ric ric ric* da ponta da caneta contínuo e irritante. Fora uma bancada de madeira para escrever, o correio não tinha móveis.

Senlin pediu ao funcionário uma folha de papel e uma caneta para escrever. O pedido interrompeu os rabiscos do funcionário e Senlin pôde ver, por entre as barras, que o funcionário estava apagando sistematicamente as palavras de um panfleto, de trás para frente. Assim que pegou a moeda de

Senlin e lhe entregou a folha de papel, o funcionário voltou aos rabiscos metódicos e insuportáveis.

Sentindo-se um pouco inquieto, Senlin foi à bancada e começou a compor sua carta. Ele não ponderou. Havia escrito e revisado a carta uma dúzia de vezes em sua mente enquanto estava deitado em meio aos lençóis cheios de nós aquela manhã.

> *Querida sra. Olivet*
>
> *Sei que ficará aliviada de saber que está tudo bem e que estamos desfrutando de nossa lua de mel nas Termas. O escargot aqui é delicioso e me faz lembrar com carinho dos moluscos aí da nossa terra.*
>
> *Estamos nos divertindo tanto que, na verdade, decidimos estender nossas férias por mais algumas semanas. Como minha parente, estou escrevendo para pedir seu auxílio nos preparativos para a eventualidade do meu retorno adiado. O ano letivo começará em quatro semanas, por isso peço humildemente que a senhora use a sua considerável influência para liderar a cidade na escolha de um substituto adequado na minha ausência.*
>
> *Isto não é um pedido de demissão, mas uma solicitação para estender a boa vontade de Isaugh. Devo voltar com Marya antes da colheita.*
>
> *Seu querido primo,*
Thomas Senlin
>
> *PS: Estou ciente de que a senhora alertou Marya a não aceitar meu pedido de casamento e não guardo ressentimento quanto a essa questão. Ela é uma*

joia. Eu me esforço todos os dias para merecer a sua confiança e assim continuar sendo sempre seu amigo e servo leal, T.S.

Ele dobrou, colocou o endereço e selou a carta com a cera e o sinete do correio. Para postar a carta, pagou mais um shekel ao funcionário que parecia poeira empilhada. Outra vez, o funcionário só parou de rabiscar por tempo suficiente para pegar o dinheiro de Senlin e colocar a carta em uma fenda na parede atrás dele antes de retomar seu trabalho com o panfleto que ia desaparecendo.

Ao ver a fenda do correio engolir sua carta, ocorreu a Senlin que a canaleta poderia terminar em uma fogueira e ele jamais saberia. Perceber sua impotência lhe ocasionou um súbito arroubo de raiva:

— Eu compro esse livreto que você está arruinando por mais um shekel — disse, antes de entender o por quê.

O funcionário deu de ombros e empurrou o folheto meio apagado por debaixo das barras sem jamais dizer uma palavra.

Voltando à rua, Senlin retomou seu percurso habitual, lendo o folheto enquanto caminhava. Continuou seu trajeto, caminhando e lendo, atordoado, até que essa atividade o absorveu tanto que teve de se retirar do caminho de pedestres impacientes e empoleirar-se em um banco às margens da água. Ali, terminou o que esperava que fosse uma obra de ficção piegas. Certamente não podia ser verdade.

CONFIDÊNCIAS DE UM CASAMENTEIRO, POR ANON.

Um casamenteiro, em resumo, é um homem que identifica, isola, embeleza e entrega mulheres adequadas para se casarem com cavalheiros interessados e ricos. Um casamenteiro competente não terá menos de três nem mais de seis mulheres a seu cargo. Menos de três possibilidades e os cavalheiros se sentirão carentes de opção, e mais de seis fará os maridos em potencial desconfiarem de que toparam com um harém.

Identificando a esposa em potencial
A Torre de Babel está infestada de crianças abandonadas, mas tem uma oferta escassa de princesas. Um casamenteiro passará a maior parte do tempo localizando talentos casadoiros entre as massas femininas. Casamenteiros esperam três virtudes essenciais de suas esposas de companhia.

Virtude um: *Saudável*. Esposas devem ser férteis e livres de doenças, piolhos e deformidades. A feiura, naturalmente, é considerada uma deformidade. A experiência pessoal sugere que 70% da população feminina não personifica essa primeira virtude. O gentil leitor não ficará surpreso ao descobrir que 95% dos maridos em potencial poderiam ser cortesmente descritos como *enfermos*.

Virtude dois: *Íntegra*. A integridade é menos uma força positiva do que a resistência de uma qualidade negativa. Ou, no linguajar da minha profissão, "putas dão más esposas". Embora os maridos preferissem, claro, unir-se a uma mulher *imaculada*, uma esposa não precisa ser virgem, contanto que mantenha algum vestígio de inocência, modéstia ou, no mínimo, timidez. As mães, é claro, são excluídas de imediato. Do restante do estoque de Babel, uma em cada duas será adequadamente íntegra. Os maridos em potencial, claro, permanecem íntegros, não importa quantas companheiras tenham partido em duas, quatro ou oito.

Virtude três: *Charme*. Charme talvez seja a mais esquiva das virtudes e muitos casamenteiros se arruinaram por sua incapacidade de julgar o charme de uma mulher. Casamenteiros novatos costumam confundir seios com charme. Mulheres charmosas deixam sua plateia masculina com perguntas. Se a mulher não suscitar curiosidade ou confusão no homem, não existe charme na mulher. Homens com um mínimo de charme pessoal apreciam muito essa qualidade em suas esposas.

Isolando a esposa em potencial

Uma vez que o casamenteiro identifique um genuíno material casamenteiro, deve separá-la da influência de parentes, amigos, compatriotas, colegas, pares e familiares. Esse processo, conhecido como "estabulação", em geral é bem-sucedido quando a pessoa sente algum tipo de aflição. Casamenteiros experientes não tentam separar uma esposa em potencial do marido ou do pai. Em vez disso, atacam as almas errantes, as perdidas, as desamparadas e as desesperadas.

Quando uma mulher já confrontou a inevitabilidade de sua ruína, é muito mais fácil separá-la de qualquer sentimento de esperança que ainda reste. Se a mulher estiver suficientemente aterrorizada, talvez não seja sequer necessário mentir para ela.

Mas é provável que seja necessário mentir para ela. As mentiras comuns incluem "este homem é capitão de uma nave que faz uma rota comercial que a levará para perto da sua casa", "este cavalheiro é um barão/escrivão/uma autoridade de portos e cuidará de você como a uma irmã até que se possa encontrar sua família", "este homem foi contratado pelos seus entes queridos para levá-la de volta ao seu quarto, ainda conservado do mesmo jeito, com suas flores silvestres guardadas nas suas enciclopédias e seu chinelo ao lado da cama..." etc., etc. Sob o pretexto da caridade, pode-se convencer uma mulher desesperada a acompanhar o sujeito mais pateta, deformado e enfadonho até o seu casebre principesco.

Embelezando a esposa em potencial
Evite a cor vermelha quando comprar vestidos para as suas esposas estabuladas. É uma cor extravagante e sugere uma agressividade sexual que pode intimidar os machos pseudo-funcionais. Evite vestidos brancos também, pois pressupõem um puritanismo que não tem apelo para a libido de homens incapazes de atrair uma companheira naturalmente. Evite também o preto: ele sugere severidade e independência. Azuis, rosas e amarelos em geral são atrativos para os gostos atrofiados dos gnomos corcundas

que se esgueiram de suas gaiolas encrostadas de sujeira e linhagens ignóbeis para atacar inocentes desprotegidas.

    Se a sua esposa em potencial não tiver bons modos, for tímida para conversar ou tiver uma risada estranha, dê o seu melhor para treiná-la gentilmente a abandonar esses hábitos. É vital que você ganhe sua confiança e descubra o máximo possível sobre ela. O casamenteiro deve lançar olhares demorados e fazer elogios demorados. Torne suas noites com ela longas. Faça promessas elaboradas. Explique os detalhes até estar jurando pela própria cabeça e pelo próprio túmulo. Evite a todo custo apaixonar-se por uma mulher de seu estábulo. Não se esqueça de que você é um homem desprezível, um monstro pior do que os príncipes libidinosos que descem esgueirando-se pela Torre de Babella como excremento escorrendo pela perna de um camelo. Evite a todo custo apaixonar-se. A porta da ruína tem formato de coração e está cercada de rosas de pedra...

O restante do livro estava apagado.

Era ficção, com certeza, um romance grosseiro escrito por um homem cínico que fora rejeitado pela amante. Não havia nenhuma conspiração para prender mulheres indefesas em casamentos infelizes. Esta era a Torre de Babel! E, embora ele soubesse que não era um paraíso imperturbável, ela ainda era, em seu âmago e em seus pavilhões mais altos, um lugar civilizado. Não, ou o livro era ficção ou os delírios de uma mente sombria. Talvez o funcionário do correio houvesse tido a ideia certa.

Senlin guardou no bolso o livreto do alcoviteiro com uma bufada desdenhosa.

Fora uma manhã produtiva. Ele não gostara de mentir para a sra. Olivet Berks... e certamente não gostou de ter a mentira gravada em papel para toda a posteridade... mas sabia que soar o alarme geral em Isaugh não serviria de nada. Se os moradores descobrissem que Marya estava perdida, poderiam enviar uma equipe de buscas. Berks com certeza viria. E logo mergulhariam na mesma bagunça caótica onde ele e Marya haviam erroneamente entrado. Só Deus sabe quantos deles seriam roubados ou desviados do caminho ou separados ou arruinados de algum outro modo no tumulto do Mercado. Não, não fazia sentido acrescentar mais gente à fileira dos perdidos. Seu único recurso era encontrar Marya por conta própria e voltar antes que suas passagens expirassem.

Ele estava voltando para o Hotel Le Gris para recomeçar sua investigação quando sua atenção se voltou para uma multidão de aspecto amigável reunida em torno de um mirante à beira d'água. Uma bandeira preta sem adornos pendia de um corrimão branco como uma língua comprida e bifurcada. Acreditando que uma trupe de atores estava preparando uma peça, Senlin seguiu sua curiosidade até a beira da multidão.

Dois homens ocupavam o palco do mirante. O que estava mais à frente era um jovem, talvez de dezesseis anos, vestindo o avental cáqui comum entre as equipes dos hotéis. A não ser pela expressão angustiada, ele era um rapaz bem bonito, de cabelo grosso e preto da cor do petróleo. Atrás dele um homem modesto e pequeno arrumava a camisa de linho branco, distraído pelo que parecia um ponto vermelho perto do punho. Sua barriga redonda e seus membros pequenos lhe davam uma aparência semelhante à de um sapo, a grande boca apenas contribuindo para essa impressão. Um amplo chapéu de palha escondia o resto do seu rosto. Algo em seu sorriso perturbava Senlin. Era fixo e reto demais, como o sorriso esculpido de uma gárgula.

— O espetáculo já começou? — Senlin perguntou a uma senhora de idade que estava por perto e que espiava e esticava o pescoço para conseguir uma vista melhor. Sua touca engomada a identificava como lavadeira.

Ela olhou na direção dele apenas por tempo suficiente para empinar o queixo com desgosto.

— Tenha respeito.

— Sinto muito. Eles são celebridades?

— O que você é, recém-saído das barcas? — Ela lhe lançou um segundo olhar mais minucioso. — Aquele é o Coveiro, o próprio Executor. Aquele é o Mão Vermelha.

Senlin sorriu ao ouvir o modo dramático como a mulher apresentara o ator.

— O rosto dele é bastante sombrio. Quem é o rapaz?

Ela continuou em um sussurro crepitante, olhando de soslaio de um lado a outro, procurando por bisbilhoteiros.

— Um filhote sem pecado. Trabalha no Hotel Mont Capella. Pelo menos trabalhava. Pobre Freddy.

Um agente da aduana saiu da multidão e subiu os dois primeiros degraus do mirante. Começou a ler uma folha de papel dura.

— Sr. Frederick Haggard, o senhor foi considerado culpado de roubo, apropriação indevida, difamação, falsificação, destruição de propriedade... — A sentença continuou por alguns instantes. As acusações contra o jovem carregador pareciam impossivelmente, absurdamente numerosas. Senlin se perguntava qual seria o significado por trás daquela farsa.

—... conspiração contra o Departamento Aduaneiro, agressão, conduta obscena, invasão e estupro.

— Mentiras! — chiou a lavadeira ao seu lado. — Freddy chamou a atenção de uma velha dama rica e ela tentou começar um flerte com ele. Freddy a rejeitou e ela chamou o comissário para repreendê-lo. Aí está a reprimenda.

— O condenado deseja se arrepender? — O agente, covarde como era, desviou resolutamente o olhar do belo rapaz. Senlin percebeu que não se tratava de uma peça. Ele topara com uma execução.

Com uma voz que Senlin mal pôde ouvir, o jovem disse:

— Quero ver a minha mãe. — Era uma declaração patética e sincera. Mesmo sem conhecer nenhum detalhe da vida do rapaz, Senlin tinha certeza de estar assistindo a uma terrível injustiça.

Senlin queria gritar, correr até o mirante e derrubar a bandeira preta... mas aprendera a temer os agentes aduaneiros. E agora estava aprendendo a temer algo novo. Aquele homem... do que ela o chamara...? Mão Vermelha. Algo nele fazia Senlin estremecer.

Paralisado, ele observou o Mão Vermelha enrolar uma das mangas brancas, revelando uma faixa cor de bronze que ia até o antebraço. Encaixadas no bracelete de metal havia seis ampolas, como tubos de agulhas hipodérmicas, cada um cheio de algum tipo de soro que esguichava e reluzia como rubis iluminados. Com o chapéu caído sobre o rosto, o Mão Vermelha virou uma série de ganchos no bracelete de metal como um músico afinando um instrumento. Os cilindros se esvaziaram e o soro brilhante entrou nas veias do Mão Vermelha.

Um grito gutural, como que vindo de um abatedouro, escapou da boca do Mão Vermelha e, por um momento, Senlin se perguntou se o homem não havia se machucado. Depois ele ergueu a mão direita acima da cabeça e a multidão arquejou ao ver o luminoso rendilhado de veias reluzindo sob a pele da palma da mão e do braço dele, sobressaindo da braçadeira de bronze como raízes. As linhas radiantes subiram até o ombro, deixando-se ver através da roupa como o sangue de uma ferida vazando pela atadura. Em pouco tempo, o lado direito do tronco dele brilhava.

O Mão Vermelha adotou uma postura simiesca. Cada cordão e cada fio de músculo se destacava. Ele rodeou o rapaz, agora tagarelando com medo, ainda implorando para ver a mãe. Antes que alguém estivesse preparado para isso, o Mão Vermelha pulou nas costas do jovem. Com a destreza assombrosa de um acrobata, escalou as costas do rapaz e enterrou cada pé em um ombro. O jovem, cambaleando um pouco sob o peso inesperado e incômodo do Mão Vermelha, mal teve tempo de gritar antes de o executor se curvar, colocar as mãos sob sua mandíbula e se endireitar com um puxão, arrancando a bela cabeça do garoto.

Esguichou sangue no ar. A estranha torre formada por dois homens desmoronou. Senlin desviou o olhar tarde demais, o estômago revirando-se, e vomitou aos pés da lavadeira.

A pouca distância atrás do mirante, nadadores flutuavam nas águas cintilantes do reservatório.

·CAPÍTULO QUATRO·

Conversas são um sintoma entediante de um cartão de danças vazio.
— *Guia da Torre de Babel para leigos, IV.VII*

Senlin perambulou pelas ruas radiantes, hipnotizado pelo horror que testemunhara. Embora não notasse, seus passos tinham motivação. Ele estava procurando por redenção, alguma pista de que o animal humano não era apenas horrível e violento. Precisava de alguma controvérsia encorajadora, de alguma realização cultural ou de algum ideal artístico. Sua busca o atraiu para as persianas abertas de um salão de baile e ele ficou alguns minutos ouvindo uma peça alegre de um quinteto de cordas. Porém, o que poderia ter soado como um refrão melodioso uma hora atrás agora soava como aranhões frívolos.

Ainda sentindo-se mal, vagou em direção a um afresco romântico com três donzelas entrelaçadas com fitas e primaveras. Tinham expressões estáticas e inocentes. Seus braços e pernas eram rechonchudos e, no entanto, aparentemente não pesavam.

As virgens flutuavam e sorriam, exalando uma energia erótica que o fez sentir-se infeliz e sozinho.

Um grupo de crianças pequenas brincava na calçada. Na esperança de ouvir alguma expressão ingênua que o enchesse de saudade de seus alunos em sua terra natal, Senlin diminuiu o ritmo ao passar por elas. As crianças estavam jogando amarelinha no chão recentemente desenhado. Equilibrando-se em um pé só, depois no outro, uma menininha recitou alguns versos enquanto pulava. Senlin nunca ouvira esses versos antes e, como às vezes é o caso com essas pequenas descobertas, esses versos novos para ele e velhos para o mundo pareciam ter sido escritos especialmente para ele:

A Torre vai para cima. A Torre vai para baixo.
A Torre segura o vão do facho.
O mula cai para cima. O mula cai para baixo.
O mula é a criatura no vão do facho.

A estrofe simples era cantada alegremente repetidas vezes ao som das batidas dos chinelos de couro da criança. Senlin apertou o ouvido com um dedo, como que para evitar que a música e a mórbida visão que ela evocava se alojassem ali. Apressou o passo.

—•—

Foi em busca de Tarrou e do consolo do vinho. Encontrando o amigo no Café Risso, Senlin abusou de sua bondade. Bebeu da taça de Tarrou quando a própria taça demorou a chegar e narrou, acaloradamente, a execução que testemunhara. As palavras transbordavam dele como uma aula que ameaça se transformar em fúria.

— Como podemos tolerar uma selvageria dessas? Achei que a Torre fosse um pilar moral, mas o que ela me mostrou? Tortura, justiça de fachada e assassinato público. Homens monstruosos com mãos brilhantes e ensanguentadas. Loucos e atores sem consciência. Este não é o Ralo da Humanidade, é o esgoto! Ah, não olhe para mim como se eu estivesse rosnando outra aula, Tarrou. Você sabe que eu estou certo!

— Inconscientemente, Senlin começara a roer as unhas, os dentes produzindo estalidos agudos.

— Pare de roer as unhas — disse Tarrou.

— Não estou roendo as unhas! Estou cortando-as com os dentes porque perdi os meus cortadores de unha, junto com todo o resto — retorquiu Senlin, passando inutilmente a mão nos círculos de luz refletida que brilhavam pelo seu rosto. Quase revelou a dimensão do que perdera, mas se deteve. — É melhor roer as minhas unhas do que a sua cabeça.

Tarrou se afastou, fazendo-se de assustado, as mãos erguidas para proteger o rosto.

— Que o céu me proteja da limpeza geral da consciência de um homem! Não fique furioso comigo, diretor. Estou contente de que a sua presunção o tenha mantido ocupado, mas está esquecendo uma coisa: nós não somos uma raça organizada, sensata e humana. Nosso pensamento não se classifica em classes gramaticais, nosso coração não escreve equações, nossa consciência não tem o benefício de ouvir historiadores sussurrando as respostas para nós. Ah, guarde a sua indignação! — Ninguém que passasse pelo canto do pátio onde eles estavam jamais imaginaria que os dois eram amigos. — Você subestima o belo e exagera o mau.

— Você não viu o que o circo do comissário fez com aquele garoto! A cabeça dele...

Falando com o maxilar fechado, Tarrou baixou a voz.

— O Mão Vermelha é um demônio, eu reconheço. E não, não sei dizer por que ele brilha ou como consegue sua força. Não importa. Ele é só um monstro para os seus pesadelos.

— Tarrou, rápido como um raio, estendeu o braço sobre a mesa e envolveu o punho de Senlin com sua mão grande, quase derrubando a taça de vinho que o amigo acabara de receber. Sua voz era rouca, mas incisiva. — Mas seria melhor você falar mais baixo sobre os pecados do comissário. Ele tem ouvidos em toda parte. Existem homens que receberiam bem uma revolução, mas nós somos poucos.

— Por que você simplesmente não vai embora? — perguntou Senlin com uma honestidade que o desarmou, tirando a mão de Tarrou do seu braço.

Tarrou olhou como se houvesse sido picado.

— Claro que vou embora. De manhã.

— Preciso de outra taça antes de cair nessa história — comentou Senlin.

Apesar da execução horrenda, apesar de sua busca inútil e atrapalhada por Marya, apesar dos mulas e do comissário vingativo, Senlin sentia um reflexo de paz. A discussão entre eles e o vinho haviam lhe dado o que ele procurara entorpecidamente pelas ruas: uma sensação de controle e ordem. Essa sensação o lembrava das muitas manhãs de verão que passara agachado no chão do prédio da escola, martelando pregos que haviam começado a sair devido à dilatação da madeira. Sozinho e arrastando-se sobre os joelhos descobertos, as calças enroladas em faixas grossas e apertadas, ele erguia o martelo sobre as cabeças de pregos velhos. Cada golpe ecoava pelas vigas como o estampido de uma arma. Isso lhe dava uma sensação pequena, porém cálida, de realização.

Embora todos os verões os mesmos pregos começassem a sair de novo.

Tarrou chamou o garçom, que logo chegou com outra garrafa de vinho vagabundo: um produto barato e acre que incomodava impiedosamente o estômago de Senlin na manhã seguinte. Eles fizeram uma trégua enquanto o vinho era servido, mas, antes que Senlin pudesse retomar o assunto da interminável despedida de Tarrou, o amigo desviou a atenção deles para o pintor trabalhando na calçada ao lado da mesa deles.

Tarrou tinha o hábito de importunar o artista corcunda de meia-idade. O artista, que quase nunca falava, tinha no cabelo e nos olhos uma tinta que sempre parecia estar em movimento. Além de pintar, a única outra atividade da qual ele parecia gostar era fumar, o que fazia com frequência, a amarga fumaça amarela alçando-se reta como um mastro em uma atmosfera sem brisa. Fileiras de pinturas estavam recostadas no corrimão do pátio e em torno das pernas esticadas do cavalete, mas seu trabalho chamava pouca atenção dos transeuntes. Tarrou gostava de zombar dele por causa de seu estilo, que se distinguia por pinceladas grossas de tinta não misturada. O efeito não era ruim visto de longe, mas, de perto, suas telas lembravam Senlin de uma tábua de cortar usada para tirar as escamas de um peixe.

— Pintor, você está vendo manchas? Levou uma pancada na cabeça? Ou será que ainda tem de ligar os pontos? — Tarrou deu risada, claramente tentando fazer Senlin mudar para um assunto mais alegre. Ele continuou sussurrando alto para Senlin: — Vê como o artista cheira a perfume de velha? Quem você acha que financia todas essas pinceladas grossas? Viúvas e solteironas. Acolhedoras como uma coleira de cachorro, mas ricas como a Torre. Ouvi dizer que elas posam nuas para ele e é por isso que ele é meio cego de um olho e todas as suas pinceladas têm catarata! — Tarrou inclinou-se sobre o corrimão, derramando vinho na calçada. — Veja, pintor, eu também tenho talento — ele disse, apontando para o vinho entornado.

O pintor torto ignorou Tarrou pacientemente, embora Senlin pudesse perceber que as palavras do amigo haviam surtido efeito. O pescoço dele, que já era curto, pareceu encolher ainda mais atrás da corcunda. Senlin sentiu-se um pouco repreendido pela persistência, pela determinação do pintor. Tarrou, por outro lado, embebedara-se e erguera a voz e sentira-se contente, e não havia tempo para nenhuma dessas coisas. O que ele estava fazendo consigo mesmo?

Uma mulher com uma estola de pele parou para observar algumas das obras do pintor. Tarrou fez um gesto imponente, apontando para as pinturas que estavam mais próximas deles.

— Estamos tendo uma liquidação! Estas, madame, estão pela metade do preço. E elas vêm com um pote de tinta para que a senhora possa consertá-las, se quiser. — A mulher cruzou a estola ao redor do pescoço e se afastou, apressada. Senlin ergueu o dedo para interferir, mas foi interrompido pela resposta atravessada do pintor.

Seus olhos grandes estavam inflamados e vermelhos e secos de raiva. Senlin meio que esperava que o pintor matasse Tarrou com um tiro.

— Você atrapalha o meu ganha-pão com a sua zombaria, Tarrou. — Ele disse isso com uma voz fina como uma flauta de argila comparada ao tom barítono e teatral de Tarrou, mas o tom ainda fez Senlin recuar.

Tarrou apenas pareceu achar mais graça, mas, antes que pudesse responder, Senlin bateu as mãos para pôr fim à piada.

— Deixe o homem trabalhar em paz. Nós não terminamos a nossa conversa.

— Você acabou de me interromper? — Tarrou esfregou o rosto, espalhando uma das pontas do bigode e virando a outra para uma direção absurda. Quando abriu os olhos outra vez, seu olhar não tinha foco. A bebida parecia pilotar a embarcação agora. — Chega de conversas, diretor! O mundo está corrompido. Deixe como está. Por que se irritar?

— Estou irritado porque acumulamos o gênio humano para a construção de uma Torre elaborada e a enchemos com os mesmos tiranos que afligiram a nossa raça desde que saímos rastejando do mar. Por que a nossa capacidade de inovação nunca se estende à nossa consciência?

— Minha consciência me obriga a não estrangular você nem derrubar o pintor. Isso é progresso!

— Isso não é progresso, é medo da lei! E a lei é corrupta! Os inocentes ainda são tratados com violência e assassinados. Vi outra prova disso hoje. O comissário...

— Eu não apoio esse homem. — Tarrou disse alto demais e o pintor virou a cabeça para encará-lo, agora com uma expressão de incredulidade, como se Tarrou fosse idiota, além de um bêbado engraçadinho. O olhar fez Tarrou ficar mais moderado e ele continuou em um tom mais contido, embora não mais sóbrio. — Ele é um porquinho catarrento e asmático. Tem alergia ao ar. Fica doente mais fácil do que criança. Uma vez a cada duas semanas ele dá uma palhaçada de baile em sua mansão, onde se faz passar por humano e patrono das artes. Humano! Patrono das artes! Ora essa! Ele emprega um harém de avaliadores de arte que lhe dizem quanto vale uma pintura. Ele é uma fraude... uma fraude... — Tarrou cuspiu para um lado para limpar a boca seca. — Um conhecedor de contabilidade. Se quisermos ver a coleção dele, temos de ser convidados, temos de nos vestir como um xeique virgem, temos de ver a obra de arte através de painéis com centímetros de espessura porque os vapores irritam suas cavidades nasais. — Tarrou mexeu no nariz zombeteiramente.

— E eu estava preocupado com um assassinato. Não fazia ideia de que o comissário também era um chato — retorquiu Senlin em um tom mordaz, tentando ficar sério agora para compensar pelo amigo.

Tarrou apenas deu risada.

— Sempre tão azedo, diretor! O que podemos fazer para alegrá-lo?

— Preciso de tiranos menores, Tarrou. Me dê um padeiro sovina ou um prefeito que cochila durante o recital de primavera. É hora de eu ir para casa. O ano letivo começa daqui a algumas semanas e eu preciso me preparar. — E, Senlin não quis dizer, estava cada vez mais preocupado, pensando que em casa é onde encontraria Marya, que voltara à terra natal há muito tempo de algum modo fácil que ele não imaginara. Ela provavelmente estava suportando todo tipo de fofoca e especulação. O que será que ela dissera aos vizinhos? Que seu novo marido a abandonara? Que talvez fosse viúva? Que escolha ele tinha a não ser voltar para casa? Estava ficando sem dinheiro e sua passagem não teria validade para sempre. Se ao menos pudesse arcar com os custos de um voo, poderia se esquivar da longa descida pela Torre!

— Eu vou para casa — disse Tarrou, o queixo enterrado no peito.

— Estou falando sério.

— Eu também.

— Há quanto tempo está aqui, Tarrou? Seis meses? Um ano? Você mais parece um aficionado do que um visitante.

A grande mandíbula do homem se mexeu, quase rangendo os dentes, até as palavras saírem em um chiado.

— Dezesseis anos.

— Anos! — A voz de Senlin falhou devido à surpresa. — Por quê?

— Eu não tenho que dar explicações. — A garrafa pareceu gargalhar quando ele encheu a taça outra vez. — Basta dizer que perdi a noção do tempo. E, depois de um tempo, tornou-se impossível ir para casa. O que eu ia dizer para a minha mulher? Ela assumiu os negócios anos atrás. O ouro saía da terra com tanta facilidade sob o comando dela quanto sob o meu. Nós não somos tão essenciais como gostamos de pensar! Ela me manda uma mesada, vem mandando há anos. Escrevo para ela cartas que não mando... cartas patéticas, patéticas. — Ao ouvir falar de cartas, ele se encolheu como se estivesse suprimindo um tremor. Senlin imaginou o que devia haver nas cartas: uma litania de promessas. Tarrou vergou na cadeira com um trágico suspiro que soou como um ronco.

Estava tarde. Eles estavam bêbados. A luz importada da lua nadava como peixinhos prateados na pele deles e na treliça de ferro do tampo da mesa. Era um brilho furtivo adequado à melancolia. Doía-lhe pensar que teria de lembrar dele sozinho. Nunca ia querer descrevê-lo para Marya. Só traria a lembrança da lua de mel arruinada.

Os sinos deram as dez horas, rompendo o prolongado silêncio entre eles. O artista começou a recolher o cavalete e as tintas.

— Preciso juntar meus pertences e comprar uma passagem — Tarrou falou com firmeza, embora sua voz ainda estivesse grossa por conta do vinho. — Me encontre no porto aéreo sul de manhã, Senlin. Quero uma despedida decente. Vou levar uma garrafa para você quebrar na popa. Ou na minha cabeça. Você é um amigo para todas as ocasiões. Boa noite.
— Tarrou sacudiu a mesa ao se levantar, derrubando a garrafa vazia, a qual Senlin pegou por pouco com a ponta da bota. Tarrou trombou no corrimão e isso o fez rir. Ele passou pelo portão e chegou à calçada e, seja por intenção ou por embria-

guez, esbarrou no artista, fazendo cair das mãos dele o suporte com as pinturas e a caixa de tintas. O artista perdeu o equilíbrio e caiu para a frente, estendido sob um poste de luz.

Tarrou se virou e fez uma mesura trêmula para o homem caído.

— Morte longa à revolução! Nós desperdiçamos nossas vidas, pintor. Mas pelo menos eu não sobrecarreguei o mundo com provas disso. — Ele começou a descer pela calçada de ladrilhos, trotando inclinado, depois pela rua de paralelepípedos, seus pés batendo suavemente no escuro tresmalhado.

A consciência pesou e Senlin correu até o artista, agora sentado em estado de desespero com os longos dedos apertando as linhas de expressão de sua testa até ficarem onduladas. Senlin se desculpou profusamente por Tarrou, que maltratava o pobre pintor com muita frequência, ele admitiu. E enquanto o pintor ficou parado como uma pedra, Senlin começou a juntar os tubos e potes de tinta que caíram de sua caixa abarrotada.

Felizmente, a tela molhada na qual ele estava trabalhando caiu voltada para cima. As pinturas que estavam à mostra não deram tanta sorte. Muitas caíram viradas para o chão. Senlin examinou cada uma à luz do poste em busca de algum estrago, continuando a desfiar suas desculpas enquanto retirava delicadamente arranhões de sujeira das bordas e dos cantos cegos das molduras. As palavras desapareceram rápido, porém, quando ele pegou a última das pinturas derrubadas.

A cena pintada era a de um banco. Atrás dele, o reservatório cintilava à luz da manhã e a silhueta em forma de concha da Fonte subia em espiral, com jatos de vapor jorrando em raios brancos. Era uma cena evocativa, se não um estilo incomum. Entretanto, não era o estilo nem o cenário que chamavam sua atenção agora. Sentada no banco em primeiro plano estava uma mulher. Seu formato fora retratado com apenas algumas pinceladas, no entanto, Senlin não poderia confundir sua figura ou o chapéu carmesim.

O pintor humilhado por fim se levantara e estava espanando a poeira da rua dos joelhos quando Senlin pegou firme em seu braço, segurando a tela diante dele.

— Onde pintou isto? Quando pintou isto? Onde está esta mulher? — perguntou ele em desespero e apontou para a imagem de Marya no retrato.

·CAPÍTULO CINCO·

> Existem infinitas unidades monetárias além das cédulas e das moedas no seu bolso. Às vezes uma passagem pode ser comprada com um sorriso; uma taça de vinho pode ser pagamento suficiente por uma história divertida.
>
> — *Guia da Torre de Babel para leigos, IV.XI*

Senlin estava no terraço de uma perfumaria de dois andares. Era o apartamento do artista. Um cheiro intenso, porém confuso, envolvia tudo: as paredes ásperas de estuque e as escadas circulares que eles subiram, a tapeçaria pendurada sobre a entrada e os buquês de pincéis sobressaindo de potes de terracota. O ar estava tão saturado de perfume que quase tinha cheiro de podre. Senlin teria achado o ar insuportável se não estivesse tão distraído pelo júbilo e pela dúvida que lutavam dentro dele. E se não fosse Marya na pintura? O estilo da pintura era tão vago! Mesmo que fosse, e se ela houvesse surgido apenas por um instante em meio à multidão anônima só para desaparecer de novo, desta vez para sempre? E se ela estivera tão perto, como ele não a encontrara? Embora seu íntimo estivesse tumultuado, ele manteve seu costumeiro equilíbrio exterior.

A maior parte do terraço constituía o espaço de trabalho do pintor. Um robusto cavalete de quatro pernas dominava o piso. Pilhas de telas estavam recostadas contra o parapeito que cercava o telhado e, exceto por uma cama modesta e uma espreguiçadeira desgastada, coberta por adornos elegantes, a única mobília era uma mesa de jogo frágil e duas cadeiras de vime.

— Não entendo por que as pessoas pagam por um segundo telhado quando já temos um sobre as nossas cabeças. A aduana, suponho — falou o artista, pegando um cigarro apagado do cinzeiro e acendendo-o. O pintor ainda tinha de responder à reação inicial de Senlin quanto à figura familiar em sua pintura. Senlin sentia que o artista estava contornando o assunto e isso o deixava incomodado.

O pintor se apresentou formalmente como Philip Ogier. Ele tinha o tique nervoso de colocar atrás das orelhas, que eram redondas e proeminentes, o cabelo fino e loiro, que chegava à altura do maxilar. Os traços do seu rosto eram suficientemente nobres, seus olhos brilhantes e inquietos e suas sobrancelhas agitadas contrabalançando o nariz comprido e aquilino. A corcunda das costas parecia um pouco mais inchada do lado direito, o que o fazia parecer sempre um pouquinho mais torto quando estava parado ou sentado. Sua voz e suas expressões eram quase femininas, mas Senlin detectou um ego poderoso sob essa fachada branda.

Ogier convidou Senlin a se sentar, e ele se sentou, embora houvesse ficado vigilantemente na beirada do assento, em parte para evitar que sua mente apaixonada vagasse.

— Sei que é novo nas Termas, mas não posso dizer que gosto da companhia que o senhor escolheu — disse Ogier.

— Tarrou quase sempre está bêbado e tem o coração partido.

— Bebida e sofrimento autoprovocado não são desculpa. — Ogier sorriu sem achar graça. Senlin pensou entender o subtexto de Ogier: era pouco provável que ele seria simpático ou generoso com um homem que se divertia acompanhado de seu inimigo. Senlin só podia esperar que o homem estivesse aberto ao suborno, embora ele tivesse pouco com que suborná-lo.

Ogier tirou uma garrafa e duas taças de um armário pintado de azul. Antes de voltar a se sentar, Ogier colocou uma grande chave mestra na mesa bem em frente dele. Era um objeto preto e ameaçador com um anel grande o suficiente para caber dois dedos. Senlin não se lembrava de ver trancas nas portas pelas quais eles haviam passado.

— O senhor parece preferir vinho, mas gostaria de tomar um pouco de xerez? Ele é bem seco, eu receio, mas é bom. — Ogier ofereceu, e Senlin, sentindo que não podia recusar, aceitou uma dose. Ogier brindou à saúde de Senlin, que devolveu graciosamente o gesto apesar de o pavor e o vinho fazerem seu estômago revirar. Essa era a exata situação sobre a qual Finn Goll o alertara: expor seu desespero para Ogier o tornara vulnerável. Ele estava completamente à mercê do homem. Porém, desde o dia em que perdera Marya de vista, essa era a primeira vez que a vislumbrava. A ideia de que ela poderia ainda estar, ou pelo menos estivera, nas Termas lhe dava esperança suficiente para aturar os planos do pintor.

— O senhor conhece esta mulher? — perguntou Ogier, apontando a pintura que chamara a atenção de Senlin. A tela pintada agora estava recostada no robusto cavalete que estava de frente para eles.

— Ela é uma conhecida, se for ela. Não dá para distinguir direito.

— Uma conhecida? Se esse é o grau de ligação entre vocês, não me sinto confortável em compartilhar detalhes pessoais sobre ela — disse Ogier, pegando a grande chave de ferro e mexendo nela.

— Eu me expressei mal. Somos da mesma família, claro.

— Ah, sim. Um primo distraído, talvez? — Ogier acendeu um segundo cigarro e sugestivamente poluiu o ar entre eles. O acréscimo da fumaça ao ar carregado de odores fez os olhos de Senlin lacrimejarem. — Sabe, a sua reação inicial pareceu verdadeira, por isso achei que o senhor poderia mesmo estar precisando de ajuda. Mas agora está tão frio. Eu me pergunto se o senhor não é apenas um oportunista desprezível. Um pervertido com interesses nojentos.

A calma de Senlin cedeu um pouco; uma luz suplicante enfraqueceu seu olhar.

— Ela é minha esposa, embora eu não tenha como provar. Juro que ela vai confirmar.

Ogier sorriu por ter forçado essa revelação. Sua soberba fez Senlin ter vontade de pular a mesa para esganá-lo. O impulso o surpreendeu.

— E ela está perdida? — Ogier o persuadiu a continuar com a fumaça ondulante do cigarro.

Senlin não conseguiu pensar em nenhuma vantagem naquele momento em criar uma história sobre a separação deles. Ele chegara até onde fora possível procurando. Estava quase sem dinheiro. Não conseguiria ir adiante sem alguma ajuda. Ogier parecia sensato o bastante. Um pouco magoado por anos de desdém por parte de Tarrou, talvez, e um bocado arrogante, e talvez calculista... mas não parecia ser um criminoso. Além do mais, que escolha ele tinha? Decidiu contar toda a verdade a Ogier, embora fosse doloroso.

Senlin descreveu seca e suscintamente a chegada de trem, o tumulto do Mercado, o erro dele em deixá-la ir e o momento da separação inesperada. Resumiu suas buscas, deixando de fora Edith (ele nem sabia por quê), sua perturbadora prisão, a tortura dela e o fato de tê-la abandonado. Não queria complicar a narrativa de sua devoção a Marya e se apressou em descrever sua investigação ineficaz pelas Termas.

Como jamais fora muito bom em emocionar-se, Senlin ficou preocupado que Ogier pudesse confundir sua reserva por indiferença. Só podia ter esperanças de que a franqueza de sua confissão fosse suficiente para granjear um pouco de misericórdia do artista.

— Isso quer dizer que ela está perdida faz... quase cinco semanas? — perguntou Ogier, e Senlin confirmou.

O artista ficou estudando os vasos de orquídea que davam vida à parede do terraço e, mesmo meditando, seus olhos nunca pararam de se mexer de um lado para o outro. O artista parecia ponderar sobre o mérito do relato de Senlin. Após um momento, despertou do devaneio com uma encolhida de ombros e encheu as taças novamente.

— O senhor está se perguntando se é mesmo ela, a mulher na pintura. É mesmo muito difícil dizer só com algumas pinceladas de tinta — disse Ogier sem nenhum traço de simpatia.

— É.

— Também se pergunta se eu sei onde ela está agora, imagino, ou se ela estava apenas sentada ali por acaso um dia enquanto eu trabalhava.

— O senhor tem uma imaginação maravilhosa, sr. Ogier. — Senlin não conseguia evitar o tom de voz amargo. Embora estivesse arriscando tudo se o pintor se ofendesse, ele ficou constrangido com o fato de que essa confissão honesta houvesse sido retribuída com tal austeridade. — Tenho certeza de que o senhor está orgulhoso.

— O orgulho é uma coisa engraçada. — Ogier esvaziou sua taça e deu um sorriso malicioso. — É mais apreciado por aqueles que menos o merecem. Veja o nosso amigo Tarrou. Ele é orgulhoso, mas perdeu seu propósito. Algum tempo

atrás, houve quem o amasse. Houve quem o achasse um grande homem, mas agora... Bem, o senhor sabe como ele está livre todas as noites. Ele tem muitos conhecidos, mas poucos amigos, sr. Senlin.
— O senhor certamente é mais sociável quando ele não está por perto para se defender. Ou quer que conte suas opiniões para ele? — Embora Senlin não pudesse discordar de nenhuma das avaliações de Ogier, ainda achava necessário defender o amigo problemático. — Para ser sincero, não tomei parte naquela situação. Eu só tratei o senhor com respeito.
Ogier colocou o cabelo atrás da orelha de novo, as pontas tingidas de azul e verde pela transferência da tinta de seus dedos manchados.
— Apenas lhe digo isso para alertá-lo. Se está esperando que o ajude, ele vai esgotar a sua paciência, ou pior, vai decepcioná-lo. Eu, por outro lado... — Ele se levantou e caminhou, retesado como um homem contando os passos ao andar sobre um mapa, até uma das muitas pilhas de telas recostadas no parapeito. Ele passou tela por tela até encontrar a que estava procurando. Era uma obra pequena, não maior do que a lousa de um estudante. — Deixe-me acender a lamparina para o senhor. — Quando ele ergueu a luz, o rosto de Marya sobressaiu em meio ao brilho, retratado pelo seu estranho, porém comovente, pontilhismo. O cabelo dela estava solto e ela não estava usando o chapéu de explorador vermelho. Ela posou com um ombro mais à frente, a cabeça de lado de maneira que o contorno do seu nariz parecesse ecoar as ondas de seu cabelo ruivo. Atrás dela floresciam orquídeas cor de marfim, tangerina e amarelo canário, fazendo-o reconhecer o cenário imediatamente como o mesmo terraço que ele ocupava agora. Ela tinha uma expressão que Senlin jamais vira antes. Fazia-o lembrar da expressão extasiada, porém vítrea, de imagens

antigas. No entanto, é claro que o que mais chamou a atenção de Senlin foi o fato de ela estar despida até a cintura.

Senlin entendeu que a violência provavelmente era a resposta esperada. Ele deveria estar indignado de encontrar a esposa nua, sua beleza explorada. Porém, suas emoções estavam demasiado desorganizadas. Ele sentia acessos de tristeza e choque, raiva e desejo. Era como dois grandes carneiros com chifres batendo violentamente as cabeças bem no centro do seu âmago. Confrontado de um modo tão vigoroso por esse retrato dela, ele não podia mais se consolar com a razão. Seu puritanismo não podia consertar o mundo; sua busca não podia fazer o tempo voltar. Seu antigo e confortável senso de si mesmo e de sua mulher e de sua vida juntos estava perdido. Seus ombros começaram a tremer. Ele não conseguiu segurar o choro.

Quando Senlin levantou os olhos, descobriu que o artista recuara, constrangido. Ogier pareceu surpreso com esse súbito colapso de autocontrole. Estranhamente, o artista estava apontando a pesada chave para Senlin, mas, à medida que Senlin se recuperava, Ogier virou a chave para outro lado.

— Me desculpe — disse Ogier, seus ativos olhos enfim encarando os de Senlin. Eram olhos luminosos, inteligentes. — Eu esqueço que nem todos são tão cruéis quanto a Torre. Tudo bem, vamos discutir isso como cavalheiros. Estou baixando minhas armas. — Ele colocou a chave cuidadosamente de volta na mesa. — O senhor vai fazer o mesmo?

— Não estou armado — respondeu Senlin, olhando para a chave, confuso. — O que é isso?

— É uma pistola muito discreta e engenhosa. O senhor não está mesmo levando nenhum tipo de proteção?

— Por que eu faria isso?

Ogier encostou a corcunda no encosto da cadeira, cruzando os braços com uma expressão de agradável surpresa.

— O senhor é mesmo tão ingênuo quanto parece. Espetacular. Não posso culpá-lo por ter se tornado amigo de Tarrou. Aposto que ficaria amigo de um texugo. — Ele se permitiu dar uma risada curta e leve. — Tudo bem, vou falar sobre a sua esposa. Mas duvido que vá gostar — disse Ogier, apontando com a cabeça para o retrato nu de Marya, que Senlin ainda segurava frouxamente sobre a mesa.

—•—

Um mês antes, Ogier estava pintando às margens da represa, em um ponto não muito longe do seu refúgio habitual do lado de fora do Café Risso. Era o final da manhã quando veio uma mulher usando um chapéu de explorador vermelho e se sentou em um banco que estava à frente. Normalmente, Ogier não incluía pedestres ocasionais em suas obras, a menos que estivessem a certa distância e pudessem ser retratados com algumas poucas pinceladas. No entanto, essa mulher se sentara bem no centro do seu campo de visão, sentara-se ali como se estivesse petrificada. Ela mal se mexeu, apenas olhou por cima da cabeça do artista durante horas. Por isso, Ogier a incluíra na cena. Quando o brilho da tarde estava começando a diminuir, Ogier guardou as tintas e fechou o cavalete. Quando estava indo embora, interrompeu o devaneio dela rapidamente para agradecer-lhe por ter estado tão disposta a se deixar pintar.

E esse, da parte de Ogier, ia ser o fim da história.

No entanto, a mulher começou a segui-lo.

Ele não percebeu até que ela o viu subindo as escadas para a cobertura impregnada de odores. Ela, parecendo constrangida, mas, não obstante, corajosa, perguntou se ele pagava para que posassem. Ele disse que geralmente não pagava, com a ocasional exceção de modelos nuas que ele contratava de quando em quando, na maioria das vezes uma empregada pobre ou uma babá.

A mulher de chapéu vermelho foi embora, aparentemente chateada... embora, Ogier assegurou a Senlin, ele não houvesse feito nenhum tipo de proposta. Não esperava que uma turista estivesse interessada em posar para ele, nem nua nem de outra forma. Na verdade, ele esqueceu aquilo. Achou que fosse um capricho momentâneo de uma turista envolvida pelo exotismo das Termas.

Contudo, ela voltou no dia seguinte, determinada a ser modelo dele e receber pelo trabalho.

— Espero que acredite na minha palavra quando digo que não aconteceu nada de inapropriado. — Ogier enfatizou o juramento colocando a mão sobre o coração. — Ela posou para mim. Eu fiz o quadro que está diante do senhor. Eu lhe agradeci. Paguei pelo trabalho e ela foi embora. Mais uma vez, eu esperava que esse fosse o fim da história. — A luz azul da lua reluzia pelas bolas espelhadas bem lá no alto, fazendo-as cintilar como iscas de pesca. O miolo do cigarro de Ogier brilhou em um tom alaranjado e depois foi amassado pela escuridão. — Mas eu a vi de novo. E todos os dias durante uma semana depois. Nesse tempo, ela me contou muitas coisas. Falou de tragédias e decepções e do seu plano para resgatar a si mesma e, assim ela esperava, o marido.

— Eu lhe dou tudo o que tenho... — começou Senlin com a voz mais firme que conseguiu.

— Obrigado, mas o senhor não tem o que eu quero — interrompeu Ogier, seu simpático sorriso afetado fechando-se agora. — O senhor perdeu algo que ama muito. Eu perdi algo que amo muito. Tenho uma proposta muito simples, muito justa. Eu gostaria de poder dizer que poderíamos ser amigos e ajudar um ao outro pelo valor da amizade. Mas não existem amigos na Torre. Existem apenas parceiros de negócio. Assim, se me ajudar a recuperar o que perdi, vou ajudá-lo.

— Concordo com quaisquer termos — asseverou Senlin rapidamente.

— Uma pintura minha foi levada. Roubada, melhor dizendo. Entendo que uma pintura pode ser irrelevante. Eu tenho muitas e sempre posso fazer mais. Mas não sou uma impressora. Estou sujeito a arroubos de inspiração e habilidade. Posso contar em uma das mãos as obras que considero meus verdadeiros êxitos. Foi o maior desses êxitos, a minha verdadeira obra-prima, que roubaram. Não posso fazê-la outra vez. Passei anos tentando.

Ogier inclinou-se para a frente, os olhos não mais agitados. Ele parecia enfim ter chegado ao ponto.

— Dois anos atrás, o comissário inventou uma desculpa para confiscar a minha obra-prima. Sr. Senlin, quero que o senhor a roube de volta para mim.

·CAPÍTULO SEIS·

Turistas que falam com muita frequência ou com muito carinho sobre sua terra natal podem esperar uma recepção morna. Os habitantes locais chamam esses turistas nostálgicos de "cabeça suja" ou "mente turva". Não se pode culpá-los. "Terra natal" é um exagero que a distância transforma em realidade.

— *Guia da Torre de Babel para leigos, IV.XII*

Desde o dia em que a deixara perder-se de vista, essa era a primeira esperança verdadeira que ele tinha de encontrar Marya. A ideia de que ela poderia ainda estar, ou pelo menos estivera recentemente, nas Termas lhe dava esperança suficiente para enfrentar os perigos que estavam por vir. Ele estava preparado, se necessário, para derrubar a Torre por ela.

Senlin passou a noite conspirando com o artista. Descobriu muitas coisas sobre o comissário: seu palácio, suas festas opulentas, suas alergias e galerias. Sempre que possível, Senlin tentava trazer o assunto de volta para Marya para descobrir mais sobre o tempo que passara com o pintor, sua situação atual, sua condição. Porém, cada vez que Senlin abordava o assunto, Ogier fechava a boca. Senlin suplicou que aceitasse algum outro pagamento, chegando ao ponto de esvaziar suas botas sobre a mesa, mas Ogier permaneceu indiferente. Ele só aceitaria sua obra-prima. Era amor em troca de amor, nada mais o convenceria. Senlin não tinha escolha a não ser ouvir ou descobrir coisas a respeito do excêntrico tirano e das sociedades das Termas, o que incluía, em parte, a história turbulenta de Tarrou e a própria desgraça do pintor. O diretor se sentia um calouro estudando para as provas; estava sobrecarregado de fatos.

Cada informação nova que ele ficava sabendo só fazia a tarefa parecer mais impossível. A mansão do comissário estava sob forte vigilância. Durante todas as horas do dia, havia dois agentes armados posicionados em cada entrada e janela. Muitos dos guardas estavam armados com pederneiras e o resto tinha porretes ou sabres. Pior ainda, a casa também era patrulhada por uma raça ímpar de cachorros com um talento singular para acusar a presença de alguém... para reconhecer um cheiro e persegui-lo.

A pintura de Ogier estava pendurada no salão de festas debaixo de alguns centímetros de vidro. Era exibida perto da entrada de uma sacada, o que pareceu um golpe de sorte até Senlin descobrir que a sacada era considerada a fortaleza da mansão, e por isso era fortificada com canhões medianos de 13 quilos e seis homens com rifles. E, como se não fosse suficiente, havia também o Mão Vermelha com que se preocupar, que rondava a área regularmente. Diziam que ele andava pela mansão a seu bel-prazer, talvez dormisse ao pé da cama do comissário, talvez vivesse nas paredes ou talvez simplesmente aparecesse quando seu nome era pronunciado alto demais.

— Que confusão desesperadora! — resmungou Senlin.

— Exatamente. Por isso requer um homem desesperado — respondeu Ogier.

Quando as brasas da manhã surgiram na rua, Senlin deixou o pintor com uma promessa que não tinha esperança de manter: ele voltaria com sua obra-prima.

Senlin caminhou pelas vias públicas das Termas. A efervescência distante das fontes soava como o oceano capturado pela concha. Ele sentia uma vaga irritação com a enjoativa imitação do litoral que havia nas Termas. Era um litoral sem mar; era um lugar superficial e estúpido. Mas e daí? Sua mente estava se afastando do assunto em questão, voltando-se para o conforto da crítica para desviar da realidade iminente.

Mesmo se ele tivesse coragem de ir direto até o comissário, seria necessário um exército para passar pela porta. Não, isso simplesmente não poderia ser feito pela força. Senlin tentou se imaginar entrando sorrateiramente na mansão à noite, um lenço preto cobrindo o rosto como um ladrão comum, um ladrão desengonçado e desajeitado que andava a passos largos. Não, a furtividade estava fora de questão, o que deixava apenas a enganação. O comissário teria de ser levado a dar a pintura para ele ou a colocá-la ao ar livre, onde ela ficaria vulnerável, se é que existia um lugar assim nas Termas. O comissário era um homem profundamente desconfiado e conservador. Enganá-lo não seria fácil. Senlin não estava acostumado a conspirações.

Os salões de baile estavam em silêncio; as cervejarias estavam vazias. Não era só muito tarde, era quase manhã. Ocorreu-lhe que um banho poderia ajudá-lo a se concentrar e a se inspirar, mas rejeitou a ideia sem demora como uma satisfação covarde. Ele tinha de encarar o desafio. Tinha de se transformar em um mestre do crime. A ideia o fez rir. Se os alunos pudessem vê-lo agora, desprovido de toda a confiança e autoridade, um peixe fora d'água. Um bagre, de fato.

Ele se perguntava como essas antigas virtudes haviam se transformado em defeitos. Sua calma, sua paciência, seu amor pela cautela, seu racionalismo e sua honestidade... eram todos defeitos agora. Ele tinha de ser presunçoso e astuto. Porém, mesmo nesse caso, como poderia um rato de biblioteca petulante competir com um comissário poderoso? Senlin não podia desafiá-lo em aspecto algum, a não ser que fosse uma competição de defeitos.

Uma competição de defeitos. A ideia o fez rir e, pouco depois, tramar.

—•—

Os vendedores da manhã começaram a andar pelas ruas por trás de carrinhos repletos de itens frescos de pastelaria e frutas. Depois chegaram os primeiros banhistas e os idosos que falavam incessantemente sobre as vitaminas e as suas compleições. Duas crianças rechonchudas sob o olhar vigilante de uma governanta quebraram o vidro do reservatório, despertando os flamingos com os respingos. Os pássaros cor de coral começaram a se alimentar das abundantes algas puxadas pelo caule. Um agente da aduana flertava com uma jovem que vendia sais de banho e sabonetes perfumados que estavam em uma bandeja pendurada em seu pescoço. O hipopótamo mecânico recomeçou seus impressionantes esguichos. Senlin passou por tudo isso tão ensimesmado que mal percebeu para onde estava indo até chegar lá.

Estava diante de Tarrou, roncando debaixo de uma toalha em sua espreguiçadeira de costume perto da limpa margem. Senlin tirou a toalha do rosto de Tarrou e deu tapinhas nele até que acordasse resfolegando.

— Pela lama, cara! Me deixe em paz! — A careta de Tarrou não se desfez quando ele percebeu que era Senlin que o havia perturbado. — Eu sei, diretor! Perdi minha aeronave. Não me critique. A minha cabeça está zumbindo!

— Levante-se. Pago um café para você.

— Ainda não tomei meu banho de vapor da manhã. Por que está me amolando tão cedo?

— Porque há muito a fazer, meu amigo. Hoje à noite você vai me acompanhar em um baile.

—•—

Enquanto tomavam café no Café Risso, Senlin explicou seu plano em meio aos acessos de risada irônica de Tarrou. O gigante, apesar da ressaca, ficou entretido com a audaciosa trama de Senlin. Achou-a uma brincadeira, uma pilhéria articulada. Quem seria louco o bastante para roubar o comissário, o homem que segurava a coleira daquele cão psicótico, o Mão Vermelha? Além do absurdo da proposta, Tarrou estava perplexo com o repentino desejo de Senlin de ajudar o pintor.

— Por que se importa com ele? Deixe-o pegar sua garatuja-prima. Eu não daria dois passos para pegá-la se estivesse na rua — falou Tarrou, sua cabeça acompanhando a passagem de uma mulher de rosto jovem que usava shorts de cintura alta. Quando Tarrou se virou outra vez para Senlin, encontrou o diretor examinando-o de perto. — O que foi?

— Alguns fatos vieram à tona enquanto eu passava a noite em claro com o pintor. Dezesseis anos atrás, você não perdeu a noção do tempo como diz, Tarrou. Você veio para a Torre com a sua mulher e a perdeu. — As palavras de Senlin tiraram a alegria do rosto do amigo. — Você esperou por ela, certo de que ela o encontraria. Porém, ela não o encontrou. — A jovem turista de pernas de fora e andar sensual passou por eles de novo, aparentemente perdida, mas, dessa vez, Tarrou não ficou olhando para ela. — Você poderia ter ido para casa, mas e se ela não estivesse lá? E o que você diria ao pai dela, à mãe dela? Não, não fique inquieto nem se deixe escorregar na cadeira, Tarrou. Não estou repreendendo você; estou lembrando você de como ficou alojado aqui, de como se tornou um caroço que não sobe nem desce. Você procurou por ela; você esperou, louco de desespero e humilhação. Os arroubos de esperança não foram menos dolorosos. Seus recursos diminuíram. Foi quando a esperança havia se turvado que aconteceu um milagre: uma carta da sua mulher chegou ao hotel. De alguma forma, no decorrer das semanas depois que se separaram, ela percorrera o caminho de casa. Ela temia que você estivesse perdido ou morto, mas, em todo caso, mandou dinheiro, só por precaução. E você...

— Por favor, chega — pediu Tarrou em tom de lamento.

— Você — continuou Senlin — pegou o dinheiro. Pagou algumas dívidas, desperdiçou o resto, mas não escreveu nada como resposta... por que qual era a necessidade? Você iria para casa e explicaria tudo em carne e osso. Mas a vergonha o impediu de voltar para casa. No mês seguinte, outra carta e outra quantia chegaram. Ela estava pagando o dízimo ao universo. Espalhando um pouco da sua fortuna caso você estivesse vivo para desfrutar dela. E você tinha novas dívidas a quitar e não restara muito para pagar um voo para casa. Você passou semanas oscilando entre a vergonha e a condescendência, entre a ostentação e a autorreprovação. Aos poucos, misturou-se com os socialites locais. Você se tornou item de primeira necessidade das festas: sua presença enchia o salão. Ogier me contou que em muitas, muitas festas você era o primeiro a chegar e o último a sair. No entanto, não escrevia para a sua mulher porque era melhor para ela pensar que você estava morto.

— Vou esganar aquele pintor com a própria língua! — disse Tarrou, mas parecia que ia esganar Senlin pelo simples motivo de ele ser a pessoa mais próxima. Seus olhos cinza escuro ardiam sob sua testa corada, e ele tremia bastante de raiva. — Ele não te contou nem metade da história. Não finja que me conhece!

Senlin chacoalhou a cabeça com a severidade rígida de um patriarca.

— Ele me mostrou um retrato que pintou de você na época em que eram amigos. Sua barba tinha menos fios grisalhos naquele tempo, mas não havia dúvidas de que era você. Ele me contou todos os detalhes sobre a sua desavença após você confessar tudo para ele quando bêbado. Depois disso, não conseguiu mais suportar a companhia dele.

— Ah, essa é a história dele sobre o nosso desentendimento? — Tarrou bufou e bateu o punho na mesa. — Deixe-me te contar a outra metade e veremos quem parece galante!

— Eu não me importo. Não estou repreendendo você! — Senlin agarrou a mão do amigo. — Nós somos o mesmo homem. Eu contei a minha própria história ao contar a sua. Escute! Eu perdi a minha mulher neste lugar horrível. Procurei e me atrapalhei e demonstrei ser um covarde. Fiquei quase louco por conta da esperança e da culpa. Bebi até me tornar estúpido. Eu me escondi da minha vida. Estou arruinado, Tarrou. Não posso ir para casa nunca. Não sozinho.

Pela segunda vez nas últimas horas, Senlin se viu contando a saga de como havia perdido Marya. Tragédia revelada, ele passou então a compartilhar o que ficara sabendo com o pintor, não poupando nenhum detalhe, apesar do desconforto que isso lhe causava. Era tão irritante pensar que ela estivera tão perto. Eles podiam ter passado um pelo outro uma dezena de vezes na rua e apenas olhado para o lado errado em cada uma delas.

Ogier dissera que Tarrou não era confiável, que era um falso amigo, e Senlin só podia esperar que sua atual honestidade abjeta fosse suficiente para provar que ele estava errado.

Ao ouvir a conclusão surpreendente de Senlin, Tarrou suspirou e deixou os ombros caírem. Seus olhos brilharam úmidos enquanto ele fitava o tráfego evanescente que passava sob o agitado mosaico formado pela luz do sol.

— Sinto muito pela sua mulher, Tom. Eu não desejaria essa desmoralização para ninguém. É o sentimento mais vazio...

Senlin não podia se dar ao luxo de deixar Tarrou começar a sentir pena de si mesmo, embora talvez um amigo melhor oferecesse algum consolo. Era tarde demais para a autocomiseração agora.

— Não tenho muito tempo. Posso parecer imprudente agora, mas tenho uma chance, uma pequena chance, de encontrá-la. Minha mulher não está segura em casa, Tarrou. Ela está aqui em algum lugar e está perdida. Eu tenho provas disso. — Senlin ouviu o eco do aviso de Ogier sob as palavras que estavam saindo de sua garganta agora, sentiu voltar o antigo pavor. Talvez o pintor estivesse certo em dizer que a Torre tornava as amizades impossíveis. Mas que outra esperança ele tinha? — Por favor, meu amigo, por mim, pela minha mulher, ajude-me a roubar essa pintura.

— Você está olhando para as coisas pelo ângulo errado, diretor. Por que arriscar a sua vida quando seria mais fácil a gente confrontar o pintor e obrigá-lo a falar? — respondeu Tarrou. — Ele é obstinado, com certeza, mas nós poderíamos extrair a verdade dele. — Tarrou levantou e apertou os próprios punhos.

— Devolver uma pintura que foi injustamente tomada é uma coisa. Torturar um homem é outra — afirmou Senlin e, fosse uma indignação afetada ou convicção genuína, Tarrou viu que Senlin era intransigente quanto a esse ponto. — Não vou deixar a Torre me transformar em um tirano.

— Você não faz ideia de em que a Torre vai o transformá-lo! — Tarrou riu e deu tapas no ar, tentando descartar a súbita piedade de Senlin. Quando Senlin não cedeu, a risada de Tarrou virou um barulho de desconforto. — Ah, é tarde demais. Você já enlouqueceu. Tem ideia do que o comissário vai fazer com um homem que for pego roubando-o? Você acha que a sua mulher prefere um marido martirizado a um marido que sumiu, mas está vivo? — Tarrou esquadrinhou o rosto de Senlin em busca de algum sinal saudável de medo. Em vez disso, viu o diretor inclinando-se para a frente, decidido. — Você pretende levar isso adiante?

— Pretendo — respondeu Senlin.

Tarrou tirou um frasco prateado do roupão branco e levou-o à boca.

— O seu plano é ruim. Você sabe disso, não sabe? Se o seu plano fosse um cavalo, teria três pernas, duas cabeças e não teria mais fim. — Ele chupou os lábios e colocou a tampa de volta no frasco. Senlin ficou sentado, sem argumento, embora Tarrou parecesse estar esperando um. O gigante cedeu primeiro. — Ah, tudo bem! — concordou Tarrou. — Vamos levar o seu cavalo para a cidade, diretor, o seu cavalo precário e improvável.

Tarrou levantou-se abruptamente e bateu nos bolsos em busca da carteira.

— Vou precisar de um terno novo. Algo horrível e chamativo.

—◦—

Do lado de fora, a mansão do comissário parecia um hotel extravagante. Uma colunata marcava o caminho da via pública à casa. Cada coluna tinha uma grossa listra preta. A fachada de mármore branco da mansão mais adiante era ornamentada com guirlandas verdes penduradas sobre janelas que refletiam brilho de luz elétrica. Duas fileiras de agentes aduaneiros imaculadamente apresentados estavam ao lado de portas com desenho geométrico que eram tão altas quanto as próprias colunatas.

Senlin examinou essas características enquanto esperava seu comparsa na conspiração chegar. Seu terno fora limpo e passado e escovado há pouco. Ele estava quase garboso, graças quase que totalmente à cartola que Tarrou lhe emprestara e insistia que usasse e, no entanto, poderia muito bem estar vestindo um jaleco de peixeiro em comparação a toda a extravagância passando diante de seus olhos. A moda dos convidados do comissário era tão intensa e diversa que fez Senlin se perguntar se não estava prestes a entrar erroneamente em um baile à fantasia. E havia centenas deles. Homens usando perucas brancas ou chapéus tricornes acompanhavam mulheres com tiaras reluzentes e crinolinas ou túnicas exóticas e turbantes com joias. Ele ainda vestia seu colete preto e as calças pretas estreitas, cujos fios soltos cortara para a ocasião. Parecia-se mais com uma sombra do que com um convidado. Ele só podia ter esperança de que a opulência de Tarrou fosse suficiente para os dois.

E de fato foi. Quando Tarrou apareceu, Senlin não conseguia decidir se ele se parecia mais com um rei ou um bobo da corte. As pantalonas com bordados dourados se avolumavam absurdamente em torno dos joelhos, o chapéu enorme parecia uma almofada digna do trono de um xeique, e os sapatos de feltro verde eram curvados na ponta. Haviam aparado e passado cera em sua barba e seu cabelo, e sua pele ainda brilhava em decorrência de um banho de banheira. Ele fez uma mesura teatral para Senlin.

— Olhe só o suicídio da moda! Não, não, me perdoe: a moda do suicídio!

Senlin conseguiu dar um sorriso débil.

— Devo alertá-lo: sou terrível com festas. Estou acostumado a me esconder atrás da personalidade radiante da minha mulher. — Ele ajeitou a estreita gravata preta.

— Você vai causar uma impressão melhor no nosso anfitrião vestido como um agente funerário. Ele não é como os convidados, todos altos como fogos de artifício e turvos como fumaça. Ele não gosta de personalidades radiantes, sem querer ofender a sua mulher — explicou Tarrou, pondo as mãos nos ombros do amigo. Ele puxou Senlin para mais perto e sussurrou, sorrindo como um artista no palco: — O comissário tem o bom humor de uma guilhotina.

— Isso não é reconfortante — respondeu Senlin, encolhendo-se dentro do colarinho elegante. Tinha uma sensação de entorpecimento e enjoo no estômago. Sua coragem sumia e voltava e sumia outra vez. — Não estou me sentindo muito bem.

— Você deve deixar a sua mulher esgotada. — Tarrou riu.

·CAPÍTULO SETE·

A política da Torre é como a política dos jardins, como vizinhos discutindo sobre a propriedade de uma ameixeira. Pode-se detectar subcorrentes de rivalidade e rixa, embora nenhuma seja muito séria. Mesmo assim, é melhor ter uma opinião flexível em questões de governança local.
— *Guia da Torre de Babel para leigos, I.XIV*

Eles entraram na fila de convidados que fluía pelas portas, que eram altas como troncos de carvalho, onde estavam postados mordomos com babadores brancos e fraque. Senlin achou o uniforme familiar demais.

O vestíbulo parecia estender-se ao redor deles como as paredes de um desfiladeiro. Os convidados jogavam capas e sobretudos em cima dos mordomos, que estavam desaparecendo debaixo da pilha. Brilhantes candelabros elétricos deixavam todos com um halo, a luz ao mesmo tempo bela e irritante. Ele lera um pouco a respeito da eletricidade, vira alguns modelos rudimentares de geradores, que cuspiam faíscas, curtas como cílios, mas jamais vira nem imaginara a eletricidade sendo usada com tal abundância.

As paredes altas do grande saguão estavam tomadas por obras de arte, as molduras douradas começavam no lambri e iam até o teto. Havia excesso na disposição das obras no salão, porém, ela mostrava a mão de um curador. Na verdade, o salão parecia mais a ala de um museu abarrotado do que a entrada de uma residência. No que se referia a museus, ofuscava os mais fabulosos que ele já vira.

Postados intermitentemente ao longo da parede, os agentes aduaneiros pareciam soldados de chumbo inexpressivos e severos, cada um segurando a coleira de um cachorro pequeno e sem pelo. A multidão diminuía aqui, uma vez que os convidados tinham o cuidado de dar aos cães atentos um espaço maior. A raça se assemelhava mais a um terrier em tamanho e forma, embora sua pele rosada e sem pelos se amontoasse e se dependurasse grotescamente nas papadas e nas ancas. Os cães, Ogier explicara na noite anterior, eram usados para farejar os convidados antes que tivessem permissão para entrar na atmosfera do comissário.

As alergias do comissário eram lendárias. Ele era tão sensível que uma simples flor de lapela em uma sala compartilhada era suficiente para lhe causar um acesso de espirros e dificuldade para respirar. Se os cães detectassem qualquer vestígio de perfume ou tônico ou pólen ou qualquer outro poluente, rosnavam para o ofensor e o mordiam, e ele seria arrastado sem a menor cerimônia porta afora e convidado a não voltar. Esse havia sido o destino de Ogier. Sua pele e suas roupas estavam permanentemente impregnadas de perfume por morar em cima de uma perfumaria. Ele não tinha permissão para chegar a menos de trinta metros do comissário.

Senlin e Tarrou haviam limpado cuidadosamente a si mesmos e às roupas antes, enquanto se preparavam para a noite. Embora, Ogier lhe assegurara, não ter cheiro não garantia livre passagem. Era fato conhecido que o comissário fingia uma crise alérgica quando alguém em sua companhia o irritava. Dizia que algum cheiro, imperceptível até para os cachorros, fizera seu nariz coçar. O comissário tinha bastante orgulho de sua sensibilidade. Foi essa a inspiração inicial do plano de Senlin.

    O ritmo lento da procissão e os constantes empurrões com cotovelos e ombros resultantes fizeram Senlin procurar o refúgio do estudo observacional. Ele examinava as obras de arte à medida que passavam, todas lacradas sob vidro para impedir que a tinta sublimasse na atmosfera do comissário. Todos os estilos e temáticas estavam representados na coleção. Senlin reconheceu vários dos artistas devido às rudimentares aulas de arte que ele dava aos alunos.

    Para além do saguão, uma ampla escada curva levava ao salão de baile. O brilho de candelabros em forma de gota fazia as colunas de mármore rosado e os pisos cintilarem como um carrossel. Faixas de seda preta, estampadas com um astrolábio dourado, pendiam das paredes. Senlin nunca havia visto aquela bandeira antes e não sabia a que país pertencia.

    Um quinteto de cordas tocava uma valsa exuberante enquanto casais se curvavam, giravam e quase se esmagavam em uma pista de dança repleta de espectadores por todos os lados. Ele jamais vira algo assim. Não era como as multidões que se amontoavam na orla sonolenta de manhã. Não havia chance de se misturar aqui. Por toda parte que espiava, lançavam olhares, dardejavam miradas frias, davam piscadas: era uma grande loucura de olhos cobiçosos. Em meio a tudo isso, mordomos carregavam bandejas prateadas de taças de champanhe e canapés com a impenetrabilidade dos sonâmbulos.

    Acessos de riso altos desafiavam o predomínio da música no salão. Uma mulher de cabelo amarelo subiu em um piano de cauda que não estava sendo tocado sob um lençol branco perto do canto do cômodo onde estava Senlin. Ela ergueu as grossas membranas de suas anáguas, mostrando suas calçolas brancas em uma exibição de alegria tão vulgar que fez Senlin recuar. Sua expressão fora do comum o fazia destacar-se; ela fixou o olhar nele e, com uma expressão entre modesta e agressiva, pôs as mãos sobre os seios e pressionou-os até que seu decote estivesse transbordando como um pão que cresce além da forma. Ele tentou ocultar sua repulsa com um sorriso amarelo. A mulher fez um gesto para ele, mordendo o polegar. Tarrou lhe disse em um sussurro que parasse de fazer cara feia para todos como um monstro. Ele teria ido embora se não fosse por Tarrou, que agarrou seu braço e abriu caminho para mais adiante, mais para o meio, mais para o fundo do coração agitado do baile.

Tarrou se movia pela festa como se fosse dele. Dava tapinhas nas costas dos homens, juntava casais amuados com piadas indecentes e amolava todos os serviçais que passavam pedindo uma bebida. Parecia a Senlin que ele nascera para estar em um tumulto. Senlin temia que Tarrou se esquecesse do plano e caísse por completo nos braços de sua antiga sociedade. Porém, em meio a seus flertes, Tarrou continuou a puxar o diretor pelas frestas que surgiam na multidão e rapidamente se fechavam, aproximando-os de seu objetivo.

Como combinado, Tarrou acompanhou Senlin ao ponto onde estava a pintura de Ogier, solitária entre as portas da sacada. A enorme sacada parecia atrair jovens dândis e mulheres aventureiras. Eles entravam e saíam como andorinhas em um celeiro. No entanto, havia uma pequena lacuna onde estava a pintura, e foi aqui que Tarrou enfim colocou Senlin.

— Pode ser que eu suma por algum tempo. Tenho muitas mãos para apertar e muitos há quanto tempo para ensaiar. Não mostro minha cara em uma dessas comédias há meses. Tenha paciência. Tome um drinque. Tome três. — E, depois de dizer isso, Tarrou desapareceu no meio da massa de saias e fraques.

Ele se sentiu como se houvesse encontrado a lareira da festa e essa ideia o fez lembrar inesperadamente de Edith. Estremeceu com a lembrança. Atrás dele, dançarinos se inclinavam com uma elegância instável. Ele voltou sua atenção para a pintura de Ogier. Ficou olhando para ela como se fosse o fogo da lareira.

A pintura era, como lhe disseram, pequena: 35 por 20 centímetros. A grossa moldura dourada, que dobrava o tamanho do quadro, quase a envolvia. Era possível reconhecer imediatamente o estilo como o de Ogier. Uma jovem garota de tranças vestindo um traje de banho branco estava de frente para o reservatório azul. A água batia em seus tornozelos. Havia outros banhistas mais afastados, porém, ela parecia distante e sozinha. A garota era o tema e o centro de tudo. Ela estava de costas para o observador. Mesmo sem ver seu rosto, Senlin conseguia sentir sua hesitação. Ela parecia estar decidindo se adentraria mais a água ou se ficaria perto da margem. Um barco de papel branco e iluminado pendia frouxamente de uma das mãos. Embora a luz espelhada fosse deslumbrante, a sombra escura da garota se espalhava sob ela como um buraco. Ela parecia pairar sobre águas profundas. Era estranho e belo...

Ele foi despertado desse devaneio pela mão ampla de Tarrou em seu ombro. Ele se virou e deu de cara com um homem pequeno e esguio que vestia um terno cinza bem estruturado. As barras da calça eram tão altas que deixavam as meias à mostra. Um cacho de um cabelo vigoroso, delicado e rígido como um anzol de pesca, pendia sobre sua testa formidável. Seus olhos eram da cor do cimento molhado e sua pele pálida, branca como a cera, faziam-no parecer a estampa preta e branca de um homem.

— Sr. Senlin — começou o homem com uma voz alta e cantada —, ouvi dizer que é o senhor a quem devo agradecer pelo ressurgimento de Tarrou. O senhor fez o que uma dúzia de convites não conseguiram. — Ele bateu a bota e fez uma pequena mesura irônica para Senlin.

— Deixe-me apresentar Sua Eminência o Comissário Emmanuel Pound — disse Tarrou com uma mesura mais grandiosa e volumosa, embora parecesse aos olhos de Senlin praticamente tão irônica quanto a do comissário.

Haviam alertado Senlin para não tentar apertar a mão hipersensível do comissário, dessa forma, ele também fez uma mesura, mas tão sincera quanto pôde. Ao erguer-se outra vez, ele disse:

— O senhor tem uma coleção fantástica, comissário. Eu o felicito.

— Sim. Esse Ogier é uma das obras favoritas. — Ele pronunciou o nome de Ogier diferente do modo como o artista pronunciava, tornando o *g* gutural e pronunciando o som como se estivesse gaguejando. — Avaliada em trezentas minas. — Era uma quantia inacreditável. Senlin poderia ter construído uma segunda e uma terceira escola com essa quantia. — Uma pechincha, eu sei. Vai dobrar de valor, eu juro, antes de eu me cansar dela. — O comissário pôs o dedo sobre os lábios como se fosse um segredo e estivesse confiando-o a Senlin. O diretor duvidava que o comissário quisesse manter em segredo qualquer estimativa de sua fortuna, mas ele pôs o dedo sobre os lábios mesmo assim. Ele queria ganhar a confiança do homem, então faria o papel de papagaio de pirata. — Tarrou me disse que o senhor é um estudioso das artes — disse o comissário, inclinando-se para trás como que para examinar Senlin a partir de um ângulo diferente.

— Escrevi alguns ensaios. — Senlin continuou a explicar, salpicando o discurso com pequenas provas de seu conhecimento. Ele sabia o bastante para fingir ser um estudioso das artes bem-sucedido, embora, na verdade, a maioria do que estava nas paredes fosse novo para ele. Quando o comissário mencionou um movimento artístico em particular que Senlin não conhecia, o diretor desprezou veementemente o movimento como amador. Era uma tática que seus alunos mais pobres usavam: zombavam das matérias que não haviam estudado.

O comissário concordou rapidamente.

— Não confio em críticos que gostam de tudo. Se tudo é bom, nada tem valor nenhum. Sem lixo, não existe ouro, não é?

— A mais pura verdade — mentiu Senlin. — Mas esta obra — ele se virou outra vez para o quadro de Ogier — *Garota com um barco de papel* é algo extraordinário. A natureza da sua luz local parece ter inspirado um estilo original. É primitivo, talvez, mas evocativo e preciso à sua maneira.

— Concordo. Eu tenho um gosto impecável — falou o comissário, fazendo um sinal para Senlin continuar com um leve movimento do pulso.

— Eu adoraria escrever um ensaio sobre esta paleta original. Aqui, por exemplo... — Senlin se aproximou do grosso vidro que lacrava a pintura de Ogier e, quando o comissário se inclinou para seguir seu argumento, Senlin fingiu uma série de espirros abruptos e espasmódicos.

Horrorizado, o comissário recuou na direção de Tarrou com os braços sobre o rosto. Com os olhos cinzentos saltando da cabeça macia de boneca, ele gritou pelo guarda. Os latidos dos cachorros sobressaíram em meio ao barulho do salão.

Arquejos e gritos abafados espalharam-se entre os bailarinos. A banda falhou, vacilou e parou. Agentes em camisas de peito azul surgiram de várias direções. Em pouquíssimo tempo, Senlin se viu cercado. Um dos agentes apresentou ao comissário uma bandeja de estanho com uma máscara de gás de borracha preta. Dois filtros de papel de ouro projetavam-se das bochechas da máscara como duas presas sem ponta. Com a destreza de um reflexo, o comissário Pound encaixou a máscara no rosto e a prendeu bem apertada contra o rosto. Lentes pretas, grandes como tampas de frascos de geleia, escondiam seus olhos. O comissário passara de óbvio a impenetrável no espaço de alguns segundos. Como poderia Senlin bajular um homem que não tinha uma expressão visível? Não havia tempo para se afligir com isso.

Senlin apressou-se em explicar:

— Não estou doente, comissário, eu lhe garanto. Sou apenas sensível a cheiros. — Ele pegou um lenço e assoou o nariz delicadamente, quase sem fazer barulho. — Pode parecer absurdo, mas acho que alguém colocou perfume no seu quadro. — Senlin tocou os olhos, dando uma espiadela furtiva no comissário enquanto representava. Ele não via nada por trás das lentes escuras. A máscara distorcia a respiração do comissário, mesmo quando ele ameaçava ficar ofegante. O salão parecia estar ouvindo e inclinando-se para a frente.

A respiração do comissário aos poucos voltou ao ritmo normal, dilatando-se e chiando. Depois de mais um instante, ele se desencolheu e levantou um único dedo, sinalizando para o grupo musical retomar a peça. A música rompeu a tensão no recinto: escapou uma risada, a mulher em cima do piano deu um chute hesitante. Pareceu a Senlin que todos estavam acostumados aos ataques do comissário e haviam aprendido a lidar com eles de maneira eficiente.

Ainda usando a máscara de gás, o comissário saiu para a grande sacada, os agentes levando Tarrou e Senlin atrás dele.

Uma vez que seu destino não estava claro, Senlin tentou agir como se tudo aquilo fosse parte de um passeio. Os jovens homens e mulheres que estavam acariciando-se ao longo do parapeito viram os agentes e o comissário com a máscara e rapidamente voltaram para o salão.

Quando o comissário enfim tirou a máscara, Senlin descobriu que o diminuto e alérgico tirano estava perscrutando-o. Sua expressão se assemelhava a de um homem apertando os olhos por causa do vento forte.

— Parece que temos mais em comum do que apenas o nosso apreço pela arte — disse o comissário por fim. Senlin esforçou-se para manter o rosto sério, embora um calafrio lhe subisse do estômago ao coro cabeludo. Claro que ele não havia sentido sequer um traço de perfume no quadro, mas apostou que o comissário concordaria com a farsa em vez de arriscar sua reputação nas Termas como o nariz mais sensível. Na esperança de que a vaidade do homem se estendesse até as suas falhas, ele criara uma competição de falhas.

— Por mais engenhosa que seja a obra de Ogier, ela está toda impregnada de perfume porque o estúdio dele está próximo a uma butique de mulher. Toda a obra dele está encharcada de perfume até os átomos. Eu tinha esperança de que o vidro fosse conter o cheiro. Uma pena. Vou ter de mandá-lo de volta ao cofre. — Pound arrumou o colarinho e fez um gesto para os agentes saírem com outro movimento de pulso.

— Comissário Pound — interpôs Senlin apressadamente. — Pode ser que seja possível recuperar a obra.

— Sinto muito, professor Senlin, mas não corro riscos quando se trata dos meus seios nasais.

— Permita-me correr o risco. Deixe-me sugerir um simples processo de desodorização. Uma técnica que eu tive de aprender. — Senlin tocou o canto do olho com o lenço. — Se eu não conseguir livrar a tinta de todos os vestígios de perfume, o senhor não terá perdido nada. Se eu conseguir, a sua obra de arte pode conservar seu lugar proeminente na parede. Parece uma pena colocar uma joia dessas em uma prateleira desnecessariamente.

O comissário colocou seu duro cacho prateado de volta na testa em sua glória anterior, a vedação e borracha de sua horrível máscara de gás tendo-o amassado.

— Desconfio de bons samaritanos, sr. Senlin.

— Tenho segundas intenções, claro. Enquanto o cheiro da pintura está sendo neutralizado, eu gostaria de estudá-la e, com a sua aprovação, escrever um ensaio sobre ela. — Senlin tentou soar como se estivesse fazendo uma confissão sem importância.

— Não me sinto confortável cedendo minha propriedade para estranhos.

— Eu não pediria para o senhor fazer isso, comissário. Na verdade, o processo que tenho em mente requer apenas a luz do sol. A exposição direta ao sol, segundo fiquei sabendo, neutraliza quase qualquer poluente, embora com as pinturas a exposição precise ser controlada para evitar que ela sofra descoloração ou craquele. — Craquelar era um dos termos de pintura mais vagos que ele colhera durante seus estudos. Ele o usou agora para estabelecer suas credenciais e pareceu ter o efeito desejado: o comissário sorriu. — Talvez o senhor pudesse isolar um cantinho de um dos seus portos aéreos e eu...

O sorriso desapareceu e foi substituído por uma carranca, os lábios tão retos como a abertura de uma caixa de correio.

— O porto? Fora de questão. É impossível de proteger. Além dos pecadores profissionais, os piratas e os contrabandistas, existe toda uma série de cretinos amadores: imbecis, bêbados, pajens, cachorrinhos, prostitutas, ladrõezinhos...

— O comissário não concluiu a lista, mas a encharcou virando uma taça de champanhe que pegara de uma bandeja. Essa litania paranoica fez Senlin lembrar-se das acusações que ouvira alguém ler antes de o rapaz ser despedaçado pelo Mão Vermelha.

O desespero brotou dentro de Senlin. Todo o seu plano dependia dessa questão: ele tinha de separar o comissário da pintura de Ogier, tinha de fazer com que fosse colocada ao ar livre e longe dos agentes e seus canhões e cachorros vigilantes. Caso contrário, o resto de sua trama era uma confusão inútil.

Tarrou deu um sorriso malicioso para Senlin, que ele entendeu querer dizer: *Viu como o plano desmorona, diretor! Olhe o seu cavalo de três pernas e duas cabeças tentando correr!*

— Comissário, se me permite dizer. — Tarrou tirou da cabeça o chapéu, que parecia um chapéu de cogumelo venenoso, e se ajoelhou. — Existem muitas maneiras de preparar um ovo. Se me lembro bem, o senhor possui uma pequena porção do sol. O seu solário! É bom para o entretenimento, sim, mas também muito seguro. O senhor certa vez me disse que ele só era acessível passando pelo prédio do Departamento. Os seus homens não têm um quartel lá? O que poderia ser mais seguro? O professor pode fazer suas anotações e ver o sol fazer o trabalho dele. — Tarrou parecia muito satisfeito com a sugestão, embora Senlin não compartilhasse de seu entusiasmo. Ele não conhecia o prédio do Departamento, mas não gostou da ideia.

— Não é uma sugestão idiota — disse o comissário, mas Tarrou continuou a seduzi-lo: o professor poderia ser como um canário em uma mina de ouro; quando não sentisse mais nem um pouquinho de perfume, o quadro seria declarado adequado ao ar do comissário.

O comissário logo foi persuadido. Ele convidou Senlin a ir ao seu solário na manhã seguinte.

— Direi aos meus homens que o esperem. Vou querer um exemplar do seu livro, quando for publicado — falou o comissário ao deixá-los, caminhando em direção a outros convidados dentro da mansão. — Espero que mencione o meu nome nos créditos.

— Eu o dedicarei à sua generosidade — respondeu Senlin, sorrindo enquanto fazia uma mesura.

·CAPÍTULO OITO·

Muitas vezes a maneira mais simples de abrir uma porta é bater nela.
— *Guia da Torre de Babel para leigos, IV.I*

Durante a noite, as bolhas de champanhe se transformaram em areia e Senlin acordou com a cabeça pesada.

Ele rolou da parte funda do colchão do hotel e acendeu a luz de gás ao lado da cama. A luz o fez apertar os olhos e ele fez uma careta. Seu paletó, suas calças, sua camisa e suas botas formavam um rastro pelo chão.

Entorpecido, lembrou-se de haver celebrado com Tarrou após deixar o baile do comissário. Seu amigo começara a farra chutando o chapéu ridículo no reservatório e colocando um garrafão de champanhe em seus ombros volumosos. Senlin não fazia ideia de onde ele havia conseguido aquela garrafa enorme. Tarrou insistiu que eles fossem celebrar. Antes que Senlin pudesse protestar, Tarrou virou o garrafão na direção dele, encharcando o rosto de Senlin, obrigando-o a dar goles para se defender. Ah, ele queria poder fingir que havia sido coagido! Porém, quando Tarrou disse "Vá para a cama se tiver de ir, Tom. Eu sou um mosquito que só vive por um dia! Preciso zunir até morrer", Senlin saiu zunindo de bom grado.

Verteu água na pia de cerâmica lascada sobre a penteadeira do hotel e molhou o rosto. Barbeou-se vagarosamente diante do espelho sem se olhar nos olhos. Não conseguia compreender por que a noite merecia uma celebração. Seu plano, mal concebido como fora desde o princípio, fora arruinado. O que havia para celebrar?

Seu plano fora o de fazer com que levassem o quadro para um espaço aberto, onde havia mais rotas de fuga e menos agentes. Um porto aéreo movimentado parecera o lugar mais oportuno: era tão caótico quanto os portões da aduana, mas não era tão vigiado. Naves carregadas de turistas abastados chegavam quase de hora em hora no porto. Haveria distrações em abundância. Senlin esperaria até um turista, alguma socialite com uma gaiola cheia de cédulas, chamar a atenção dos agentes. Em meio ao furor, ele substituiria o original *Garota com um barco de papel* por uma das cópias inferiores de Ogier. O artista dissera que tinha muitas e, com sorte, uma delas seria útil. Senlin duvidava que os agentes fossem notar a diferença (eles não eram críticos de arte, afinal), e ele esperava que levasse dias ou semanas até o comissário examinar a pintura com atenção suficiente para perceber que havia sido roubado. A essa altura, Senlin estaria na metade do caminho para casa com Marya em seus braços.

Uma ilusão tão bonita!

Tarrou estava certo de chamar seu plano de cavalo de três pernas e duas cabeças. Tarrou duvidava que Senlin fosse capaz de tirar a pintura de sua moldura no espaço de alguns instantes. E como ele propunha levar a cópia ou sair com o original sorrateiramente? Será que pretendia escondê-la sob a camisa?

Isso não importava mais. Ele não conseguira convencer o comissário a colocar o quadro no porto. Agora teria de enfrentar a sede do Departamento, que Tarrou descrevera como uma colmeia de escritórios, quartéis, arsenais e masmorras. Talvez suas chances de roubar a pintura fossem melhores quando ela ainda estava pendurada na mansão do comissário. Não havia nada a fazer agora a não ser continuar e esperar uma oportunidade.

Assim que se vestiu, Senlin foi até o recepcionista do hotel e pediu uma folha de papel em branco. O recepcionista, que, uma semana antes, rotulara Senlin como hóspede pobre que dava gorjetas de acordo, ofereceu-lhe uma folha fina, mofada e ligeiramente amassada. Indisposto demais para reagir ao desprezo, Senlin pegou o papel e escreveu um recado para o artista.

Caro O,
    Preciso de uma cópia do Garota. Traga-a ao café hoje à noite.
                              Atenciosamente,
                                      S

Ele esperava que o artista interpretasse o bilhete corretamente. Parecia prudente ser discreto. Ele endereçou o recado ao apartamento de Ogier em cima da perfumaria e o deu para o recepcionista entregá-lo. O recepcionista ficou surpreso em receber um shekel, uma gorjeta razoável. Esse não era o momento de ser econômico; Senlin precisava ter certeza de que o bilhete seria entregue. O recepcionista chamou um carregador com um estalo de dedos, depois agraciou Senlin com uma mesura empertigada.

Senlin poderia ter ficado mais satisfeito com a rara expressão de respeito se aquilo não o houvesse deixado com seus últimos seis shekels. Ele estava quase quebrado. Da próxima vez que visse Tarrou, teria de agravar sua dívida de gratidão pedindo um empréstimo.

—•—

Nas estreitas vielas ao fundo das Termas, sob os pavilhões de folhas de hotel que estavam secando, um mascate idoso estava sentado atrás de uma esfarrapada coleção de livros, espalhadas sobre um tapete surrado. Se Senlin esperava imitar um crítico de arte, precisaria de algo em que escrever.

Pediu um diário e lhe ofereceram um livro encadernado em couro cru. Fora toscamente cortado, porém era robusto. As primeiras dez páginas haviam sido preenchidas com a tentativa de algum pobre cachaceiro de escrever versos românticos. Senlin passou os olhos em algumas linhas: "Hipopótamos babões borrifam sobre a nossa embarcação. Seu cabelo inunda a proa enquanto eu remo na sua combinação".

Ele estremeceu. Depois de pagar 2 centavos pelo diário, arrancou os poemas.

O prédio do Departamento Aduaneiro se agarrava à parede da câmara como um imenso molusco. Suas pedras angulares mais recuadas, cada uma tendo o dobro da altura de um homem, fundiam-se com a superestrutura de calcário da Torre. O Departamento, muito distante das deslumbrantes bolas espelhadas, jazia em um permanente crepúsculo. Línguas de condensação e um líquen marrom escureciam sua alvenaria de granito. O prédio o lembrava de uma torre de menagem musguenta. Seteiras, toscamente cobertas com vidros escuros, cortavam as paredes enquanto bem lá no alto homens patrulhavam as muralhas. Agentes entravam e saíam pela porta, cassetetes pretos de goma-laca brilhando à altura de seus quadris. A grade erguida dentro do arco o fazia lembrar-se da boca aberta de um lobo.

Ele realinhou a alça da bolsa no ombro e permitiu-se respirar fundo para se acalmar. Tinha de fazer isso por Marya. Precisava fingir ser corajoso.

Fiel à palavra, o comissário fez os preparativos para a visita de Senlin. O agente postado em um pódio de pau rosa sob uma agora familiar bandeira preta reconheceu o nome de Senlin de imediato e chamou um cadete que estava varrendo o saguão. O jovem, que tinha acne, recebeu ordens de acompanhar Senlin até o solário. O cadete bateu os calcanhares e o cumprimentou, dobrando o braço bruscamente. A obediência do jovem, estampada em seus olhos vítreos, pareceu trágica a Senlin; ele vira quanta estima o Departamento Aduaneiro tinha pelos jovens. Em seus pesadelos, vira de novo e de novo a cabeça de um garoto ser arrancada do corpo como se arranca uma rolha da garrafa.

O interior do Departamento era caiado e iluminado por lâmpadas elétricas que ardiam como caldeirões. Portas de ferro raspavam ao abrir e se fechavam com um tinido. Senlin não conseguia distinguir se os distantes sons humanos que ouvia eram de homens dando gargalhadas ruidosas ou gemendo de dor. Ele ainda estava esperando para se sentir corajoso. Sentia-se tão frágil e pequeno quanto um pedaço de giz.

Eles passaram por uma sala de mapas coberta de vidro como um terrário. Lá dentro, havia maquetes da Torre em cima de pedestais. Como países em um mapa, cada circunreino estava pintado de uma cor diferente. Era incrível pensar em quanto da Torre permanecia inexplorado acima de onde ele estava. Alguns funcionários estavam próximos de um carrinho de chá parado do lado de fora da sala de mapas, seus casacos trespassados abertos e mostrando um forro vermelho. Eles observavam Senlin como gatos, suas posturas relaxadas, seus olhos agitados. O cadete passou apressado, inabalável. Senlin ficou feliz de ter uma desculpa para passar rápido pelos funcionários. Ele foi então conduzido através de um alojamento grande o bastante para ser medido em acres. Uma equipe de lavadeiras tirava as roupas de cama das fileiras de beliches. Era óbvio que o comissário tinha um exército de homens à sua disposição.

Senlin acompanhou o passo rápido do cadete durante quinze minutos antes que lhe ocorresse que a fachada do Departamento Aduaneiro era muito pouco profunda para acomodar uma caminhada tão longa. Mas logo fez sentido: o prédio inteiro havia sido escavado na parede da Torre como uma toca de coelho em uma colina. Cada passo à frente o levava mais perto da luz do sol.

Eles chegaram a uma última escada em espiral que terminava em uma grande porta rígida. O cadete parou e se virou para Senlin, seu rosto jovem e vermelho claramente tenso devido ao esforço de estabelecer contato visual com o homem mais alto sob sua responsabilidade.

— Perdão, senhor, mas posso fazer uma pergunta?

Senlin aquiesceu, tenso por conta da surpresa.

— Como é a primavera? — perguntou o cadete. Ele estava sentindo-se nitidamente desconfortável ao se dirigir a Senlin, por isso apressou-se em continuar. — Ouvi dizer que o solo se abre e todas as flores pulam para fora de uma só vez. Esse acontecimento tem um som? A terra chacoalha? Como é o cheiro?

Senlin franziu a testa, mas as rugas formadas se erguiam nas pontas. Ele entendeu que era uma pergunta verdadeira, portanto se animou a dar uma resposta verdadeira.

— A primavera é cinzenta, triste e chuvosa durante três ou quatro semanas enquanto a neve derrete. As valas se transformam em riachos e tudo o que você conhece fica pegajoso como a barriga de um sapo. Entretanto, uma manhã, você vai lá fora e o sol saiu, os trevos cresceram nos sulcos e as árvores estão cheias de folhas pontiagudas, como dez mil pontas de flecha verdes, e o ar tem cheiro de... — e aqui ele teve de procurar uma expressão —... de um cômodo cheio de senhoras majestosas e um cachorro molhado.

O cadete refletiu sobre isso, admirado e com um sorriso malicioso, depois seu rosto ficou inexpressivo e suas costas voltaram a ficar retas como uma vareta.

— Obrigado, senhor — ele agradeceu, bateu os calcanhares uma vez e se afastou. Senlin o observou indo embora e ficou assombrado com a ideia: ter vivido e nunca ter visto a primavera. Talvez o garoto jamais houvesse colocado os pés no chão. Certamente esse seria o caso de cada vez mais pessoas quanto mais ele subisse.

Ele se concentrou na porta e girou a maçaneta.

Com os olhos cegos e lacrimejantes, Senlin ficou piscando à entrada do solário. Teve uma sensação cada vez maior de alívio que não havia previsto ao ver o sol de novo. Sentia-se como um homem que estava afogando-se e que viera outra vez, pelo menos por um breve momento, à superfície.

O solário se projetava da fachada da Torre como uma bolha. Meia cúpula de vidro moldado atingia o ponto mais alto a seis metros de altura. A luz se refletia em listras por um assoalho de tacos meticulosamente encerado. Um agente solitário com uma pança de avô e um bigode grisalho murcho apresentou-se com um cumprimento igualmente murcho, sua cabeça inclinando-se para ir ao encontro da mão erguida em um esforço pouco empenhado. Apesar de sua languidez, Senlin não deixou de notar a longa pederneira que se sobressaía de seu cinto.

— Eu sou Kristof — ele disse. — O senhor é o crítico de arte com lama no sapato. — Kristof observou-o com o que parecia uma desconfiança paternal e Senlin sentiu-se como um menino que pegaram remexendo nos bolsos do pai. — Por favor, mostre a sua bolsa para inspeção. — Kristof pegou a bolsa de Senlin, tateando-a ao longo das costuras, primeiro apertando e depois vasculhando os bolsos. Deu uma olhada no guia de Senlin, no almoço embrulhado e no caderno vazio. Enquanto Kristof examinava seus escassos pertences, os olhos de Senlin se adaptaram o suficiente para ver a paisagem além da luz ofuscante. — Arregace suas mangas para mim, senhor — pediu o agente com um pequeno gesto impaciente, como se isso fosse uma rotina óbvia. Senlin mostrou a Kristof os antebraços finos como bambus, os cotovelos pálidos como cebolas.

Bem longe, nos limites da bacia árida, montanhas despontavam sobre o céu sem nuvens, as mesmas montanhas que o trem da lua de mel deles subira semanas antes, as mesmas montanhas onde eles haviam usado a privacidade do vagão-leito enquanto dava guinadas com a ascensão do trem, seus ouvidos se destamparam e seus corações voaram contra suas costelas como pássaros numa gaiola.

Embora não fosse essa lembrança terna que lhe chamasse a atenção agora, porque aqui, no primeiro plano, os balões de uma aeronave apareceram ondulando, magníficos, ao vento. Não um balão, mas três, cada um deles maior do que qualquer envoltório de gás que ele jamais vira.

Senlin certa vez estivera em uma exposição onde um amador com um balão de gás quente oferecia passeios com o balão amarrado por um shekel. Ele tinha muito medo de altura para comprar um ingresso, mas observara a gôndola flutuar e descer durante horas. O balão parecera tão grande quanto a lua naquela época, embora tivesse apenas que erguer um cesto de juta e duas almas corajosas a trinta metros de altura. O trio de balões que ele olhava boquiaberto agora parecia planetas em comparação. Senlin deu dois passos para ver além do corrimão que circundava o solário, de modo que pudesse ver que tipo de embarcação maravilhosa precisava de três júpiteres para mantê-lo no ar.

A embarcação pendia de um emaranhado de cordas. Não parecia uma nau marítima, como as aeronaves geralmente pareciam. Ao contrário, parecia um coliseu que fora arrancado da terra. Ele contou três andares de portinholas e viu em sua base uma ponte levadiça aberta. A nave estava atracada em um imenso engaste do porto aéreo. De um dos corrimões da nave tremulava ao vento a mesma bandeira preta e dourada hasteada na mansão do comissário.

— Ela carrega 78 armas. — Kristof surpreendeu Senlin ao falar sobre o seu ombro, seu hálito fedendo como o paninho de um barman. Senlin retesou-se, mas não se virou. — Canhões medianos de 13 quilos que poderiam furar uma montanha. O casco tem 35 metros de largura, 55 metros de circunferência. Fiz ronda nela por 18 anos, até que um dia... — Ele se afastou e bateu na barriga, que saltou contra a sua mão como um tambor. —... eu me enchi.

— Como ela se chama? — perguntou Senlin.

Kristof baixou o queixo e esticou-o sobre o colarinho engomado com amido de milho. Parecia estar avaliando Senlin.

— O senhor tem mesmo lama nos sapatos. Lama grossa. Todo mundo conhece essa nave. Aquela é a fortaleza voadora do comissário, a *Ararat*.

Senlin deu de ombros ao notar sua ignorância.

— Ela parece temível.

— Ótimo, porque ela paira como uma pedra de moer e atira como um morcego. Depois que as armas começam a atirar, é uma vitória conseguir ficar com o café da manhã. — Kristof arrotou e indicou a Senlin a cadeira que estava de frente para o cavalete e para o centro da sala. — Olhe para o quadro. Faça as suas anotações. Nossa conversa me deixou nostálgico.

Kristof começou a andar de um lado a outro do perímetro do solário com um passo custoso e arrastado, sua boina azul encobrindo os olhos. Às vezes, quando passava atrás do campo de visão de Senlin, o diretor ouvia o gorgolejo de uma garrafa virada.

Senlin fingiu examinar a pintura de Ogier. Sem o vidro e com o sol, o verdadeiro sol, reforçando o espetáculo deslumbrante da pequena cena retratada, parecia mais maravilhosa do que na parede do comissário. Mesmo assim, Senlin apenas fingiu observá-la. Fez pequenas anotações sem sentido e exclamações pensativas sobre descobertas. Sempre que podia, olhava para Kristof em sua lenta órbita. Estava tentando deduzir a inteligência do homem. Kristof parecia um pouco exausto pela vida, um pouco bêbado, mas Senlin não achava que fosse tão apático quanto parecia. Essa era uma tarefa fácil. Era o tipo de trabalho leve que era dado como recompensa a um bom soldado, um soldado vigilante e talvez astuto.

Senlin convidou Kristof para compartilhar o almoço. Esperava provocar um pouco mais de conversa casual entre os dois. Eles se sentaram, Kristof no chão e Senlin na única cadeira, comendo os kebabs de frango frios que Senlin trouxera. Quando terminaram, Kristof pegou um segundo almoço no bolso do casaco e comeu sem oferecer nada ao outro. Não expressou interesse em nenhuma das tentativas de Senlin de bater papo, respondendo apenas com longos olhares bovinos. Kristof mastigava, parecendo-se um pouco com uma vaca, aparentemente despreocupado com qualquer pensamento, seus olhos vermelhos nos cantos. Senlin se perguntava se não havia dado crédito demais para Kristof; talvez ele fosse um homem simples que conseguia repetir alguns detalhes técnicos. Ele podia ser o tio tonto de algum capitão ou o amigo de infância de um duque distante, até onde sabia.

Depois de mais duas horas, o sol desapareceu mesmo junto à pequena sala e começou a esquentar em vez de iluminar o ar. Dando batidinhas na nuca com um lenço, Senlin declarou seu trabalho do dia terminado, embora prometesse voltar na manhã seguinte. Orientou Kristof a levar o quadro para um lugar mais escuro nos corredores interiores, instruções que o agente recebeu com um bocejo mal abafado. Kristof examinou outra vez a bolsa de Senlin, dizendo ao se separarem:

— Talvez eu lhe faça uma pergunta amanhã, sr. Lama.

Senlin chamou pouca atenção ao passar desacompanhado pelos corredores do Departamento Aduaneiro. Sentia-se otimista. Seus passos estavam quase alegres. Talvez seu plano não fosse tão horrível, afinal de contas. Talvez funcionasse. Imaginava que tipo de pergunta Kristof tinha em mente e se tinha alguma coisa a ver com a primavera.

·CAPÍTULO NOVE·

> Quanto mais tempo você passa nos corredores da Torre, mais sente a atração das alianças, dos clãs, dos reis e das associações. Um homem que permanece sozinho em geral é considerado um turista perdido ou um vigarista. Muitos pensaram ser meio-irmão de alguém.
>
> — *Guia da Torre de Babel para leigos*, IV.XX

Sua animação evaporou rapidamente quando ele voltou ao Café Risso.

Ele esperava encontrar Tarrou em torno de uma garrafa em meio a um punhado de frequentadores da tarde. Em vez disso, encontrou o terraço deserto exceto por uma mesa onde estavam sentados dois agentes empertigados. Havia duas taças de vinho cheias intocadas diante deles. Senlin vira muitos agentes ébrios nas últimas semanas; vira-os sem os casacos azuis, cambaleando ou cantando pelos balneários, procurando garotas que vendiam cigarros e laranjas. Os agentes estavam longe de ser moderados em seu relaxamento. Esses homens não pareciam ter vindo para desanuviar. Pareciam duas corujas, cabeças virando sobre um torso rígido, olhos arregalados, esquadrinhando.

Senlin se afastou do portão do terraço. Tentou parecer que havia desviado de um modo casual em vez de fugido, mas os sentiu observando sua meia-volta. Sentiu-se como se toda a sua trama estivesse escrita em suas costas. Os pelos do braço ficaram arrepiados.

Ogier trabalhava na esquina de costume do lado de fora do corrimão do café, mas, quando Senlin começou a se aproximar, o pintor olhou em seus olhos, arregalou os próprios como alerta, e depois olhou para os agentes sentados. Entendendo o que queria dizer, Senlin fez uma segunda curva, afastando-se e indo em direção às margens do reservatório.

Comichando de paranoia, Senlin seguiu pela beira d'água. Percorreu o caminho até o lugar de costume de Tarrou perto da água, mas sua espreguiçadeira favorita estava vazia. Senlin perguntou ao atendente que alugava as cadeiras se ele vira Tarrou aquele dia e o jovem chacoalhou a cabeça.

Por um horrível instante, Senlin se perguntou se seu amigo não o estava evitando. Talvez Tarrou houvesse enfim concluído que o diretor malcriado trazia mais problemas do que diversão. Senlin não conseguia se lembrar de um momento em que houvesse se sentido mais só.

Para não ficar espiando por aí e chamar atenção para si, encontrou um banco de costas para a água onde podia se sentar e ficar de olho em Tarrou ou Ogier. Um vendedor ambulante carregando uma caixa cheia de garrafas que tiniam gritou "Quatro centavos a garrafa de aguardente! Quatro centavos a garrafa de aguardente" repetidas vezes como um curiango determinado. O vendedor parou ao lado do banco de Senlin, repetindo seus gritos até que Senlin não pudesse mais aguentar. Ele disse ao vendedor que compraria a garrafa se o homem concordasse em ir gritar em outra parte. Senlin contou quatro moedinhas de cobre e contemplou brevemente o troco restante na palma da mão. Era tudo o que sobrara da pequena fortuna que ele passara anos juntando. Anos! E para quê? Para se enforcar e perder a mulher? Ele não queria nada além de desarrolhar a garrafa e esvaziá-la.

Também não foi autocontrole que o impediu de fazer isso. Foi medo. Ele tinha medo de ver-se como um mula quando acabasse de esvaziar a garrafa.

Onde estava Tarrou? Provavelmente fora afugentado pelos agentes sentados no seu terraço ou estava dormindo devido às celebrações da noite anterior. Se Tarrou estivesse roncando em algum lugar, escolhera uma péssima hora para isso. Senlin precisava do amigo. Precisava, claro, pedir-lhe, implorar-lhe, se necessário, um empréstimo, mas também precisava de alguém para contrastar seus pensamentos. Ele ainda tinha de descobrir como entrar com a imitação de Ogier e sair sorrateiramente com o original.

Meia hora mais tarde, Ogier apareceu em meio à barraca de balneários que dividia a alameda da orla. Carregava o cavalete, a caixa de tintas e a tipoia com telas. O peso tornava sua corcunda mais nítida e inconveniente. Com o rosto vermelho, Ogier sentou-se na extremidade oposta do banco sem olhar para Senlin.

— O que você fez? — Ogier perguntou, a respiração chiando de leve. Acendeu um cigarro com um palito de fósforo que acendeu com a unha do polegar. — Aqueles agentes ficaram ali sentados o dia todo. Eles estavam atrás de você?

— Espero que não. Talvez seja só coincidência — disse Senlin, embora duvidasse. Pelo menos o artista estava enfim compartilhando de seu pavor. Parecia justo. — Você viu Tarrou?

— Não. — Ogier deu batidinhas rápidas no cigarro até a brasa se tornar um inflamado cone alaranjado. — Espero que não esteja contando com ele. Eu lhe disse, ele não é confiável.

— Ele colocou de novo o cabelo atrás das orelhas. — Como você está se saindo?

Senlin explicou em poucas palavras o seu plano e o contratempo do solário, concluindo com as horas passadas sob o olhar de Kristof.

— Ele vasculhou a minha bolsa como um cão de caça. — Senlin pensara em como Kristof verificara as mangas de sua camisa, em como se postara sorrateiramente atrás de si e em sua familiaridade com os armamentos da *Ararat*. — Ele podia ser tanto um bêbado como um almirante, até onde eu sei.

Ogier não parecia muito satisfeito com nada disso.

— Como você vai entrar com a cópia?

— Ela está fora da tela de madeira? — perguntou Senlin, e Ogier aquiesceu. — Talvez se eu a dobrasse...

— É uma pintura, não um jornal! — retrucou Ogier, sua voz falhando devido à aflição. Rapidamente recobrou o tom de voz. — Não. As dobras vão aparecer. Vão descobrir a cópia em um instante. Além do mais, não quero o original de volta marcado por quadrados. Você pode enrolá-la, mas em nenhuma circunstância deve dobrá-la. Eu preferia não a recuperar.

— Bem, não importa. E eu ainda tenho de descobrir uma maneira de tirar Kristof da sala. — Senlin apertou o corpo alongado da garrafa de aguardente. O rótulo sem graça que o envolvia parecia ter sido feito à mão, embora não por uma mão muito talentosa. A solução para ambos os problemas lhe ocorreu abruptamente. — Você tem a cópia com você?

— Claro — respondeu Ogier e tirou uma tela pequena e enrolada da tipoia com material. — É a melhor que tenho. Eu tinha apenas alguns esboços e a minha memória com que trabalhar. Não sei quanto escrutínio ela consegue aguentar.

— Pound sabe quanto vale sua coleção, mas não acho que ele realmente conheça as obras tão bem quanto você pensa. A sua cópia pode passar anos na parede antes que alguém perceba, se alguém algum dia perceber.

— Você acha que essa é uma solução permanente? — perguntou Ogier.

Senlin encolheu os ombros.

— Mesmo que Pound suspeite que se trata de uma cópia, com o que a compararia? Claro, se ele ficar desconfiado, você será a primeira pessoa que ele visitará.

— Isso me passou pela cabeça. É um risco que estou disposto a correr — disse Ogier.

— Ótimo — respondeu Senlin com um sorriso breve. Por dentro, ele estava fervendo de novo. Ogier estava disposto a arriscar tudo, inclusive a vida, inclusive a vida de Marya, por uma única pintura. Para Ogier, Senlin não passava de um garoto de recados. Se Ogier decidisse voltar atrás em sua palavra e não contasse o que sabia sobre as circunstâncias de Marya, Senlin não teria outro recurso além da violência. Talvez Tarrou estivesse certo. Talvez ele estivesse vendo as coisas pelo ângulo errado. Se Senlin e Tarrou surpreendessem o pintor em seu apartamento no último andar, poderiam obrigá-lo a confessar...

De maneira espontânea, a imagem de um ferro de marcar vermelho e quente passou pela sua cabeça. Outra vez viu a enfermeira, ou melhor, a mulher horrível que fingia ser enfermeira, apertar o ferro fervente contra a pele macia de Edith. O cheiro nauseante de carne queimada estava tão fresco em sua mente que era quase palpável.

Senlin sufocou a lembrança com uma sacudidela. Tinha vergonha de ter sequer considerado uma coisa dessas. Quando voltou a olhar para o artista, a raiva que sentia pelo homem havia sumido e o que ele sentia, mais que tudo, era pena. Aqui estava outro homem que se desesperara por amor. Ele respirou fundo e disse:

— Tem de ser feito amanhã. Você me emprestaria dois fósforos e um pouco de cera?

— Eu tenho um toco de cera. Vai funcionar? — Ogier perguntou e Senlin aquiesceu. Quando o pintor entregou os fósforos e o toco, sua expressão se anuviou. — Foi aqui que vi a sua esposa pela primeira vez, exatamente neste banco. — A confissão pareceu perturbá-lo. Será que sua consciência estava enfim incomodando-o? Será que ele percebera que estava essencialmente fazendo uma mulher de refém?

— Estou arriscando a minha vida pelo seu quadro — afirmou Senlin. — Antes que eu vá enfrentar a captura e a execução, diga-me, Marya está viva e está bem?

Ogier fez uma careta, olhando para os paralelepípedos, parecendo tão infeliz quanto Senlin.

— Está — ele respondeu por fim. — Me encontre aqui amanhã às cinco. Traga o meu quadro. Nem uma dobra, por favor.

—•—

Na manhã seguinte, Senlin apresentou-se outra vez ao escrivão do Departamento Aduaneiro. Não lhe ofereceram um acompanhante e deixaram-no relembrar o caminho de memória, a qual se aguçara devido ao medo. Os corredores pareceram um pouco mais apertados e o agente parecia estar olhando menos hoje. Ele se sentia como o aluno que cola, atormentado pelo pedaço de papel enfiado na meia. Apenas sua postura obstinada o impedia de começar a andar depressa.

Ficou aliviado ao encontrar o solário e quase feliz ao ver Kristof apoiado no corrimão, comendo um croissant. Ele segurava o comprido bigode com uma das mãos enquanto colocava o café da manhã na boca com a outra. Senlin mostrou a bolsa para inspeção e Kristof a vasculhou devagar, ainda mastigando, seus dentes triturando lentamente, como uma vaca. Quando Kristof viu a garrafa cheia de aguardente rolando no fundo da bolsa, tirou-a e examinou o rótulo feito à mão.

— Aguardente. Muito bom. — Ele deu uma batidinha carinhosa na garrafa e a colocou de volta na bolsa de Senlin. — Tire as suas botas e enrole as barras da calça — disse Kristof em um tom cansado, como se fosse a mesma rotina do encontro anterior. Senlin fez o que foi orientado a fazer, pulando desajeitadamente em uma perna só enquanto tirava as botas. Kristof espiou dentro do cano das botas, então fez um sinal para Senlin se sentar diante do cavalete.

A manhã prosseguiu em grande parte como fora no dia anterior: o sol fazia seu pescoço comichar; Kristof circulava pela sala, apático como um abutre; a garota na pintura hesitava perto da orla.

Ao meio-dia, Senlin desembrulhou um almoço composto de bolinhos de batata e tâmaras defumadas. Kristof sentou-se de pernas cruzadas no chão, presumindo que Senlin estaria outra vez disposto a compartilhar, e ele estava. Kristof ficou encantado de ver a comprida garrafa de aguardente fora da bolsa de Senlin. Kristof bebeu da garrafa como se estivesse apagando fogo. Senlin bebeu um gole bem menor enquanto Kristof sorveu algumas gotas do bigode embebido de conhaque.

Eles comeram em silêncio. Repetidas vezes, Senlin tomava um gole da garrafa antes de passá-la a Kristof, que sempre bebia mais. Kristof terminou de comer o almoço de Senlin e novamente pegou o próprio almoço, que devorou com uma rapidez mecânica. Senlin bebericou aquele conhaque nada refinado e contemplou o mundo lá fora. A distância transformava o Mercado em uma das pinturas de Ogier, uma cena de pinceladas e cores desprovida de contornos nítidos. A sensação era a de que ele havia subido em outra Terra.

Kristof se pôs de pé, vacilante, as orelhas vermelhas como tomates sob a faixa de cabelo grisalho e rebelde. O bigode estava torto para acomodar uma careta. Ele saudou Senlin com uma batida trêmula de calcanhar, andou hesitante até a porta e reclinou de costas para ela. Devagar, escorregou até o chão, abaixando a boina enquanto escorregava. Cruzou os dedos rechonchudos sobre a dobra da barriga e logo começou a roncar.

Temendo que o agente estivesse fingindo, Senlin moveu-se pelo lustroso assoalho de taco na ponta dos pés. Se Kristof acordasse, ele decidiu, pediria para que lhe mostrasse o banheiro. O cano da pistola do guarda ficara virado para cima devido ao desmaio do homem, o cano de ferro lubrificado parecia piscar enquanto ele se aproximava. Depois de alguns avanços e recuos ariscos, Senlin abaixou-se e bateu na ponta da bota polida que o homem usava. Kristof não deu nenhum sinal de acordar.

Satisfeito de que a bebida barata tivesse feito o seu trabalho, Senlin voltou ao quadro. Tirar a tela de Ogier da moldura dourada exigiu pouco esforço, mas soltá-la da rígida moldura de madeira, onde estava presa por dezenas de grampos, mostrou-se um desafio. Ele desabotoou o cinto, tirou-o dos passantes e usou a ponta da fivela para soltar as ferraduras de arame das bordas da pintura. Enquanto trabalhava, manteve um olho em Kristof, que roncava.

Ele entrara com a cópia de Ogier enrolando-a ao redor da garrafa de aguardente, a parte de trás da tela voltada para fora. Para todos os efeitos, parecia um rótulo enorme. Ele fixara a tela à garrafa selando-a com cera de um modo quase imperceptível, depois desenhara de novo o tosco rótulo a lápis. O resultado foi razoavelmente convincente. Parecia a porcaria que qualquer um compraria na rua.

Agora, Senlin desenrolou a cópia e encaixou-a na moldura de madeira vazia. Substituir os grampos mostrou-se mais difícil do que ele esperara. Seus dedos logo começaram a latejar por apertar os grampos de volta no lugar. Se um deles não chegava até o fundo, Senlin era forçado a passar pelo angustiante processo de bater no grampo com o fundo da garrafa. A tarefa levou quinze minutos para ser finalizada e apagar o rótulo demorou mais alguns minutos. Porém, no final, a pintura parecia reta, nivelada e centralizada quando vista de frente.

A parte de trás do quadro era outra coisa completamente diferente. Se algum dia fosse retirado da moldura, seu trabalho mal feito ficaria aparente de imediato. Não havia nada a fazer quanto a isso. Ele só podia esperar que a pintura ficasse pendurada com a parte de trás voltada para a parede durante décadas.

Enrolou o original em torno da garrafa escura com a pintura voltada para dentro. Derreteu o toco de cera com o fósforo de Ogier e esfregou-o nas costuras para selar a nova embalagem em branco no lugar. Não tinha tempo para desenhar de novo a heráldica do rótulo e duvidava que Ogier fosse perdoá-lo por desfigurar até o lado inverso de sua obra-prima. Senlin podia apenas guardar a garrafa de volta em sua bolsa e esperar que Kristof não olhasse muito de perto quando fizesse a inspeção da saída. Com alguma sorte, o homem estaria bêbado demais para desembaralhar os olhos.

Com a troca completa, Senlin sentou-se outra vez diante do cavalete, o caderno aberto casualmente sobre o colo, a luz do sol lambendo calidamente sua nuca e as pontas das orelhas. Tendo olhado para o original por tanto tempo, Senlin reconheceu a cópia imediatamente pelo que era: uma visão inferior. A cópia não era de modo algum malfeita e, se ele nunca houvesse visto o original, ela poderia até ter parecido uma obra de modesta realização. No entanto, ele vira o original. Na imitação, as proporções da garota pareciam um pouco deselegantes e pequenas. A água, embora fortemente realçada, parecia plana. A sombra sob ela, que fora magnífica, irresistível, agora parecia uma escuridão inconsequente. A composição, a paleta e o estilo eram todos semelhantes ao original, mas Senlin quase conseguia entender como Ogier se tornara obcecado por uma e indiferente à outra.

Demorou mais meia hora até que Kristof acordasse com um ronco. Ele pigarreou de maneira brusca e esfregou a boca. Seus olhos piscaram e aos poucos voltaram a piscar concentradamente. Levantando-se inclinado, do mesmo modo como escorregara, ele endireitou a boina e puxou a bainha do casaco. Retomou o trajeto ao redor do quarto como se nunca houvesse parado.

Senlin, sentado diante da falsificação, sentiu a presença do homem se avolumar quando este se aproximou por detrás. Talvez Kristof houvesse percebido que ele havia sido generoso demais com o conhaque, estranhamente generoso, na verdade. Kristof poderia estar, naquele exato instante, levando a mão ao cabo da pederneira, e mirando agora mesmo na parte de trás da cabeça de Senlin, pronto para conquistar a condecoração que o esperava. Senlin fechou os olhos bem apertados.

E ficou assim até que a voz de Kristof o obrigou a olhar de relance por sobre o ombro. Encontrou Kristof inclinado sobre o corrimão, olhando indolentemente para o Mercado, sua cabeça rolando sonhadoramente de um lado a outro.

— Eu teria gostado de ser um mercador. As viagens, o exótico, as mulheres queimadas de sol, o bife fresco, a chuva, as poças d'água — comentou Kristof, quebrando o longo silêncio. — Nunca experimentei um peixe que não fosse salgado ou mergulhado em óleo.

— Você nasceu na Torre? — perguntou Senlin, aliviado por Kristof parecer alheio à falsificação.

— Claro. Na Casa de Pell, que ela se mantenha por um longo tempo. — O agente apontou o polegar para cima e deu um peteleco na ponta do nariz com ele. — Minha mãe esperava que eu subisse mais alto ao longo da minha carreira. Que me tornasse chanceler, duque ou dono de porto. Mas acontece que eu não era muito bom em fazer reverências e isso é dois terços da alta sociedade, embora eu gostasse do outro terço — ele disse com uma piscada e um gesto de beber. — E agora, sr. Botas com Lama, estou pronto para fazer a minha pergunta.

Um tanto encantado com o tom confidencial de Kristof, Senlin respondeu:

— Tudo bem.

— Eu era vigia no *Ararat*. Eu evitava que ela encontrasse problemas: cisalhamento do vento e piratas. Eu tinha os olhos certos para isso e uma cabeça boa para entender os sinais: pássaros precipitando-se, nuvens se abrindo e os funis que transformam a areia no diabo formando-se. Pessoalmente, não me importa se o senhor quer roubar o quadro do comissário, sr. Botas com Lama. Mas estou curioso: o senhor está bajulando a Casa de Algez ou é um lobo solitário?

Senlin quase pulou, mas conseguiu apenas retesar um pouco a coluna. Ele suprimiu todos os sinais de surpresa da voz.

— Não sei do que está falando.

Kristof virou-se para encarar Senlin, que ainda estava desajeitadamente esticado na cadeira. O bigode dele parecia agora uma careta teatral.

— Olhe, estou cansado de facilitar a vida do comandante Snot. Ele tornou a minha vida tão entediante. — Senlin reconheceu uma amargura subversiva na expressão de Kristof, e isso lhe deu um lampejo de esperança. — Cada posto que ocupo é duas vezes mais monótono do que o último. Se eu lhe entregasse, não duvido que Pound me recompensaria mudando a minha patrulha para os vestiários da Fonte.

Kristof parecia quase sóbrio agora, embora ainda cambaleasse um pouco.

— Sei que o senhor não é um Avestruz porque seus braços não estão marcados. Se veio da terra, deve ser bastante esperto, provavelmente tem habilidade para subornar ou para usar uma arma. — O fato de que a estimativa de Kristof passasse tão longe do que Senlin realizara veio como uma surpresa. Mas essa surpresa foi rapidamente superada quando Kristof pegou a pistola, embora sem muita pressa. — Suas botas foram costuradas em Algez. Eu vi um A estampado na palmilha. O que pode não significar nada; ouvi dizer que as botas de Algez são vendidas aqui e ali. Pode ser uma coincidência. Ou pode significar que as suas credenciais foram forjadas e o senhor é um espião da Casa de Algez.

A acusação deixou Senlin confuso. Ele jamais lera ou ouvira nada sobre Algez. O ângulo da arma de Kristof tornava difícil pensar. Ele duvidava que uma negação convencesse o agente e estava aflito demais para pensar em uma mentira convincente. Portanto, desabafou:

— Sou o diretor da única escola de um vilarejo de pescadores chamado Isaugh. Vim para cá em lua de mel com a minha mulher, mas eu a perdi. O artista original, que está escondendo informações sobre a minha esposa, forçou-me a roubar o quadro para ele. Só estou fazendo isso pela minha mulher.

Usando o cano da pistola, Kristof arrumou a boina e coçou a testa com a mira da arma.

— O senhor mente bem.

A mesma atenção e desconfiança que tornavam Kristof um bom vigia aparentemente também o cegavam para a sinceridade. E provavelmente era melhor assim. Senlin não pôde pensar em nada a dizer a não ser "obrigado".

— Gostaria que fosse quase tão bom assim com pintura. Essa falsificação é horrível. O comissário ou um de seus curadores com cérebro de besouro vai perceber. Quanto dinheiro o senhor tem?

— Tenho dois shekels e meio em meu nome.

— Um pirata muito pobre. Imagine só! Por dois sheks e meio, eu posso lhe dar uma hora de vantagem. — Kristof guardou a arma no coldre e perguntou: — O cheiro de bebida está forte?

— Muito. — respondeu Senlin, esticando o braço enquanto vasculhava os bolsos da calça e do paletó. Ele colocou suas últimas moedas na palma da mão de Kristof.

— Vou lhe dar duas horas. — Kristof enxotou Senlin da cadeira com um movimento cansado de braço e sentou-se com um resmungo. — Se o senhor decidir que trabalha para a Casa de Algez, diga a eles que eu aceito propostas. Eu daria um excelente informante.

Senlin recusou-se a correr até a porta, embora seu coração o comandasse a fazer exatamente isso. Ao contrário, ele caminhou com passos largos e determinados, como um rei em sua coroação. Ele não iria correr. Não iria.

Kristof lhe gritou quando ele chegou à porta e Senlin se virou e o viu apontando para a pintura com um sorriso tão amarelo quanto marfim velho.

— Por que a anã caminha na água? — perguntou ele com um soluço transformando-se em arroto.

·CAPÍTULO DEZ·

As Termas são como uma crisálida. Homens e mulheres exaustos se deixam envolver pelas Termas e, da noite para o dia, transformam-se. Uma pessoa pode entrar como lagarta e sair como borboleta.

— *Guia da Torre de Babel para leigos, v.III*

O prédio do Departamento Aduaneiro estava lotado agora com a troca de turnos. Uma dissonância de botas, amplificada pela estranha acústica dos corredores, repercutia por toda parte como um motor desajustado. O ar estava impregnado com cheiro de couro e suor. Sem dúvida, a atmosfera teria sido tóxica para o (como Kristof o chamara?) *comandante Ranho*.

Senlin não pôde deixar de imaginar que os agentes olhavam para ele de maneira mais consciente agora. Ele virou em uma curva cega e chocou-se com um homem que batia à altura dos seus ombros. Foi rápido, mas Senlin sentiu como se houvesse sido atropelado por um trem.

O homem, vestido de branco, virou o pescoço para trás e fitou Senlin por debaixo da aba desfiada de um chapéu de palha.

Sua pele sem rugas e sem poros lembraram Senlin de um ovo cozido, e seus grandes dentes arredondados pareciam ter sido gastos pela mastigação habitual, como se fizesse questão de roer os ossos que restaram no prato do jantar. Os pálidos olhos azuis do Mão Vermelha estavam distantes, quase sonolentos.

— Como é alto! Sim, um espécime e tanto, sobrancelhas proeminentes, lábios finos — comentou o Mão Vermelha em um resmungo baixo e meditativo. — Queixo e bochechas pronunciadas... um semblante tão trágico! Deve ser da terra do bacalhau, das baladas e dos faróis. Algo saído diretamente de um livro didático: macho do leste de Ur.

A dedução do Mão Vermelha era surpreendentemente exata. Mesmo em estado de choque, Senlin não pôde deixar de ficar impressionado com a inteligência do homem. Porém, antes que Senlin pudesse formular uma resposta coerente, o Mão Vermelha passou por ele, as mãos enfiadas nos bolsos, as solas das sandálias de couro produzindo um estalido ao bater contra o seu calcanhar. Senlin engoliu o nó que tinha na garganta e se apressou.

Ele só podia esperar que Kristof fosse um homem de palavra. No entanto, de que valiam mesmo duas horas? Ele planejara que levaria semanas até a falsificação ser descoberta, planejara pegar um pouco de dinheiro emprestado de Tarrou, pegar Marya e estar a meio caminho da descida da Torre antes que o comissário pudesse soltar seus cães. Planejara perder-se no labirinto humano, Marya colada ao seu lado... não apenas colada, mas também amarrada, como as velhas irmãs solteiras unidas por uma corda lá no Mercado. Entretanto, tantas coisas haviam dado errado.

Um coro de sinos deu as três horas quando ele saiu de novo na rua sombria. Sua bolsa parecia pesar no pescoço como uma pedra de moer, a garrafa batendo em seu quadril como um chicote. Muitos quarteirões o separavam do banco próximo ao reservatório brilhante onde ele devia encontrar Ogier. Ele não tinha escolha a não ser correr.

Se o pintor se revelasse um mentiroso ou um vilão, caso fosse revelado que estava por trás das atuais dificuldades de Marya e que tudo isso fora um truque para persuadir Senlin a fazer seu trabalho sujo, o diretor não sabia ao certo o que faria. Ele poderia estrangular Ogier na rua, bem na frente de todos. Perguntava-se se uma única alma tentaria impedi-lo ou se os turistas e escravos iriam embora e fingiriam olhar para outro lado. A ideia o deixou horrorizado.

Por enquanto, ele ainda era anônimo. Ninguém prestava muita atenção à sua pressa. Correu como um coelho entre os meios-fios da rua, pulando sobre as valas cheias de água cinzenta e espumosa e esquivando-se das velhas e das mocinhas que carregavam cestos de roupa suja. Ele pediu perdão até que seus pedidos se tornaram uma série de desculpas indiscriminadas. Quando seus pés tocaram as lajotas limpas da alameda que circundava o reservatório, ele estava brilhando de suor.

O passeio estava transbordando de vendedores. As lacunas entre as barracas, enterradas sob produtos, tônicas e sabonetes, estavam entupidas de carroças por quase todas as partes. Ele mal podia passar. Virou em direção à orla, onde a multidão parecia, de momento, fluir mais e se arrependeu da decisão assim que viu o que dividia a turba. Agentes aduaneiros cercavam um homem, que acabara de ter o cabelo e a barba raspados e de ser despido até a cintura. Havia um cesto de carvão aos seus pés. Senlin topara com o nascimento de um mula.

Quando viu quem estava lendo a declaração dos crimes do homem, estagnou. Era o comissário Pound, vestido com a mesma roupa do baile, um terno preto que parecia haver encolhido alguns centímetros. Estava usando sua aterrorizante máscara de gás. As lentes sobre os seus olhos eram tão escuras quanto o fundo de um poço. Elas pareciam olhar direto para Senlin; a ilusão de ótica o fez arrepiar.

Não era justo. Por mais que houvesse procurado com afinco e em vários lugares, ele não conseguiu encontrar Marya e, no entanto, não conseguia deixar de se deparar precipitadamente com o inimigo.

Senlin tentou sumir de novo em meio à multidão, mas se viu encurralado entre uma carroça cheia de melões cheirosos e uma área de crianças que usavam trajes de banho listrados, todas boquiabertas, olhando para o pobre homem arruinado. Ao que parecia, seu crime era todo referente a dívidas: o comissário leu uma lista com as contas que o homem não pagara em restaurantes, vendedores de roupas, salões de baile, teatros, hotéis e todas as outras armadilhas de prazer que as Termas tinham a oferecer. Senlin não duvidava que as acusações fossem exageradas, como aquelas declaradas na execução do garoto. Não obstante, essa não era a sua tragédia, e ele não tinha tempo para a desgraça do homem. Ele se juntaria logo ao outro se não se apressasse.

Senlin enterrou o antebraço na multidão, tentando abrir uma brecha. Seus esforços foram recompensados com uma das crianças acertando o calcanhar no seu dedão. Ele soltou um ganido de dor e a litania do comissário parou. As latas da máscara de gás se viraram e apontaram para ele.

— Sr. Senlin! Sr. Senlin. Estou tão feliz de tê-lo encontrado — gritou Pound. As palavras fizeram seu sangue congelar e as crianças se afastaram dele. Ele se sentia como se o houvessem empurrado para cima de um palco. — Ouvi dizer que o senhor tem feito muitas anotações. Ótimo. Gosto de acadêmicos minuciosos. Pode-se confiar em um homem que pensa por si mesmo. A neutralização do cheiro já terminou?

Senlin acenou com a cabeça, aliviado de ainda não ter sido descoberto.

— O sol está fazendo seu trabalho. O seu Ogier está quase curado. — Ele esfregou o nariz e fungou delicadamente várias vezes. — Foi exaustivo para mim, mas esbocei impressões excelentes.

— Impressões excelentes! — repetiu Pound, e empurrou o decreto que estava lendo no peito de um agente, o qual foi pego de surpresa. O agente tentou atrapalhadamente segurar os papéis antes que caíssem. — Ocorreu-me que talvez uma entrevista daria uma boa moldura para o seu artigo. Meros fatos são tão maçantes. Devíamos nos sentar e discutir as minhas ideias sobre o mundo das artes.

— Sim, de fato. É claro — respondeu Senlin, ansioso. Os minutos estavam se passando. E se Marya não estivesse convenientemente acomodada? E se estivesse trancada em uma sala do outro lado das Termas ou sentada em uma banheira na Fonte? Ele poderia demorar horas até encontrá-la mesmo que Ogier soubesse exatamente onde ela estava. Teria de andar sorrateiramente pela cidade, como um ladrão. Como um ladrão, deveras.

Para alívio de Senlin, o comissário já estava perdendo interesse. O diretor estava preparando uma mesura quando o coitado moreno, de peito nu, que acabara de se tornar um mula, pulou no meio dos agentes e agarrou Senlin pelo casaco. Ele puxou Senlin para um abraço vigoroso e enterrou seus dedos em suas costas. A aversão de Senlin foi automática: ele virou a cabeça e se esforçou para colocar os braços entre eles dois, mas o mula apenas o agarrava com mais força.

— Meu amigo, sou eu!

Senlin voltou para trás a fim de reexaminar o rosto largo do homem, marcado por fios de suor e de sangue de onde a navalha implacável cortara seu couro cabeludo e suas bochechas.

Sem sua barba majestosa e sua juba cor de ferro, Tarrou parecia agora um fantasma retirado de sua concha. Só era possível reconhecer seus olhos cor de ardósia e seu caloroso tom barítono.

Senlin rapidamente se voltou para o comissário.

— Comissário Pound, deve haver algum engano. Este é Tarrou! Ele estava em sua casa duas noites atrás.

— Estou tão surpreso quanto o senhor, sr. Senlin. Não há nenhum engano, os livros-razão não mentem. Faz mais de um mês que ele não paga as contas e, no entanto, continuou vivendo como um xeique.

Senlin pensou em todos aqueles jantares e garrafas de vinho que o amigo comprara para os dois. Ele fora teimosamente generoso.

— Ele está um pouco atrasado, mas tenho certeza de que pagará suas dívidas agora. — Senlin agarrou os ombros maciços do amigo. — Não é hora de ser cauteloso com a carteira. Vamos com isso!

— Não posso — respondeu Tarrou. Todo o seu humor, sua inteligência ácida, haviam desaparecido. Senlin olhou nos olhos de Tarrou e viu um homem que havia ultrapassado a humilhação, passado pelo desespero e pelo medo. Alguma semente primitiva se rompera dentro dele. Tarrou agora estava lívido de raiva.

Abruptamente, Tarrou vociferou por cima da cabeça de Senlin para a multidão que olhava.

— Eu traí a mim mesmo e aos meus amigos. Fiquei gordo e cansado. — Tarrou pôs as mãos nas laterais da barriga, um volume mole de músculo abandonado. — Bebi e dancei e fiquei imerso em banheiras até ficar insensato, mas nunca fui livre. Eu estava só distraído! Agora pareço o que tenho sido há anos: um escravo. — A multidão empalideceu quando

Tarrou, em um gesto de ressentimento, manchou os olhos com o sangue do couro cabeludo. — Nós temos uma sociedade, mas estamos sozinhos. Temos luz, mas não temos sol. A Torre suga a nossa vida e nos dá apenas uma distração e uma morte insignificantes. Não aceitem uma morte insignificante! Exijam um grande e estrondoso falecimento.

À medida que cada expressão era disparada com mais ódio e irritabilidade do que a última, os homens e as mulheres que haviam vindo para olhar, para ver com um prazer voyeurista, notaram que estavam tornando-se o foco da atenção. O comissário e seus agentes observavam a turba em busca de qualquer sinal de simpatia ou revolta. Os espectadores permaneciam estáticos como coelhos assustados. Piscavam na presença de um gavião.

Em meio a essa tensão horrível, Senlin registrou vagamente a mão de Tarrou passando pelo bolso do seu paletó. Tarrou o empurrou com tanta violência que o fez voltar cambaleando contra a multidão encolhida.

— E aqui você só se importa com as suas pinturas e o seu livro. Acadêmico! Anêmico! Você é covarde como uma ostra! A sua morte vai ser como um peido!

Senlin ficou magoado com a brusca traição do amigo e o choque ficou registrado em seu rosto de maneira franca. Entretanto, no momento seguinte, entendeu o motivo de Tarrou. Não era para magoá-lo; era para protegê-lo. Ele estava fazendo aparentar que eles não eram amigos de verdade e com certeza não eram cúmplices. Não obstante, Senlin ficou chocado com o ataque subversivo de Tarrou. Ele sempre se esquivara de declarações políticas, sempre parecera temer que elas fossem entreouvidas. Só agora, quando ele não tinha mais nada a perder, é que Tarrou estava livre para dizer o que pensava, e havia sido, na opinião de Senlin, um ótimo discurso.

O comissário fez um gesto rápido com a mão e seus agentes saltaram sobre Tarrou. Eles brandiram seus porretes pretos envernizados contra as pernas dele e seus joelhos cederam. Uma segunda enxurrada de golpes sobre as costas e os ombros dele o fizeram cair por completo no chão. Tarrou recusou-se a gritar, mesmo quando o fizeram encolher-se como uma bola. Senlin queria pular no meio daqueles cassetetes frenéticos e arrastar-se até o amigo e fazer aquele abuso parar. Porém, esse seria o fim de tudo. O sacrifício de Tarrou seria inútil e Marya estaria perdida para sempre. Ele teria de ser um covarde mais uma vez, e mais uma vez teria de deixar um amigo para trás.

O comissário retomou a conversa deles casualmente.

— Passe pela minha casa hoje às 8h da noite, sr. Senlin. — A voz de Pound soou como uma vespa dentro de uma lata. — Traga um ou dois lápis apontados. Vou acrescentar um pouco de exuberância aos seus fatos. — Ele virou de costas para Senlin, terminando a conversa, e apontou para Tarrou, onde ele jazia arquejando, vestido de andrajos, os olhos quase fechados devido ao inchaço. Sem nenhum vestígio de inflexão, ele disse: — Coloquem isso na parede.

A distância, os sinos davam a meia hora.

Senlin se afastou, empurrando a multidão com o ombro. Ninguém tentou pisar nos seus dedões desta vez. Eles abriam caminho como a água quando encontrava uma pedra. Também não ficaram fitando-o, apenas olhavam para baixo, como se estivessem com medo. E por que não deveriam ter medo? Se Tarrou, que era tão bem quisto, podia ser destruído de modo tão sumário, sem ser defendido por ninguém, que esperança as pessoas tinham?

Marya. Que esperança havia para ela?

Senlin encontrou o artista sentado no banco perto da orla, como prometido, as mangas do jaleco salpicadas de tinta amarradas ao redor dos cotovelos. Ogier tinha as mãos sobre o colo e uma expressão serena e dispersa no rosto. Ele pareceria, para observadores casuais, um tipo lamentável: um pobre corcunda excluído. Porém, Senlin sabia a verdade. Não havia nada em Ogier digno de pena. Ogier era esperto e autoritário. Ele dera ordens a Senlin com bastante facilidade.

Quando Ogier viu Senlin, não se mexeu muito, apenas acenou para o lado oposto do banco. Senlin sentou-se e, sem olhar para o artista, falou com o ar e com os bandos desinteressados de banhistas.

— Pegaram Tarrou. Eles o transformaram em um mula. — Voltando enfim a cabeça na direção do artista, Senlin sentiu o rosto enrubescer de raiva. — Espero que a pintura valha alguma coisa para você. Não valeu a pena para mim. — Ele sentiu que estava perdendo a compostura. Queria muito culpar o artista, responsabilizá-lo e puni-lo. — Eu só tenho uma hora antes de darem o alarme por causa da sua cópia incompetente.

Senlin observou a trama se desenrolar no palco que era o rosto de Ogier. A expressão do artista floresceu e definhou e floresceu de novo à medida que foi perpassado pela descrença e pelo desespero. Era assustador observar a confiança de Ogier desmoronar e fascinante observá-lo lutando para reconstruí-la, primeiro aplainando a sobrancelha que franzira e depois desembaraçando a língua. Com a compostura recuperada, o pintor dispensou a discrição anterior e virou-se para encarar Senlin.

— Não temos tempo para isso. O quadro ainda está enrolado na garrafa?

— Está — respondeu Senlin, fazendo a bolsa escorregar por toda a extensão do banco. Ogier a pegou rapidamente, um pouco alarmado pelo modo indiferente como Senlin transportara sua carga preciosa.

— Espere aqui — disse Ogier e deixou Senlin no banco. O artista levou a bolsa para um dos balneários pintados de verde, que não era maior do que uma casinha de anexo, pagou dois centavos a um atendente sonolento por uma chave e desapareceu lá dentro.

Vários minutos depois, Senlin estava a ponto de se erguer e bater à frágil porta da cabine quando o artista apareceu. Ogier fez um gesto para Senlin se levantar.

— Temos de nos apressar.

— Conte-me de Marya — disse Senlin com os pés plantados.

— Enquanto andamos. Temos pouco tempo antes de fecharem os portos para prender você. Esse será o primeiro passo do comissário, apertar o cerco. — Ogier abriu um papelzinho dobrado e consultou a grade impressa. Verificou o horário do porto por um momento antes de anunciar: — Uma balsa parte na próxima hora do Porto Norte. Temos de nos apressar para chegar lá a tempo.

— Não tenho dinheiro nenhum.

— Vou dar um jeito de você embarcar.

— Marya está lá, no Porto Norte? Diga-me onde ela está ou eu juro que vou… — Sua voz estremeceu e ele engoliu em seco. Percebeu que estava apertando os punhos e erguendo-os. Subia-lhe um calor pela espinha como um estopim.

O artista sorriu para Senlin de um modo desconcertantemente frágil. Sua expressão era compreensiva, verdadeira e desprovida da arrogância que parecera entalhada de maneira permanente ali. Era como se Ogier houvesse, em um instante, tirado o capuz que usara desde a primeira vez que Senlin pusera os olhos nele.

— Lamento por tê-lo tratado com tanta suspeita, mas eu tinha de ter certeza. — Confuso, Senlin deixou as mãos caírem, e Ogier continuou: — Este lugar é cheio de espiões e traidores. Eu precisava ter certeza de que você era o marido de Marya. Você me deu toda prova de que eu precisava. Você arriscaria qualquer coisa por ela. Vou contar tudo o que sei, mas temos de ir para o Porto Norte neste instante. Precisamos nos apressar sem parecer estar com pressa.

· CAPÍTULO ONZE ·

Quando enfim relevada, a verdade muitas vezes soará estranha, enquanto a mentira é tantas vezes familiar.

— *Guia da Torre de Babel para leigos, V.IV*

Com as cabeças tão próximas a ponto de parecerem gêmeos siameses, Ogier e Senlin abriam caminho até o Porto Norte. Evitando os agentes que vagavam entre os banhistas ao redor da orla perfeitamente curva, não ousavam correr. Uma música barulhenta de fanfarra vinha de um coreto que não se podia ver, o flautim elevando-se estridente sobre a banda desanimada. O sol da tarde já não ofuscava, mas parecia uma doença escamosa que deixava cascas nos turistas e arruinava os hotéis em tons claros. A Fonte expelia vapor como uma chaminé de fábrica. Uma garota vendendo laranjas que carregava no avental, a quem ainda faltavam anos para se tornar mulher, estava tentando se esquivar de um cavalheiro lascivo de cabeça branca que tentava apertar o seu quadril e alisar o seu cabelo. A garota deixou cair as pontas do avental, deixando as laranjas caírem e quicarem e rolarem no chão enquanto escapava depressa. A lembrança ainda parecia uma fábula: um ideal antigo e ingênuo. Ele costumava sonhar em trazer sua turma à Torre de Babel em uma grande excursão. Agora não conseguia imaginar nada mais falacioso.

Em meio a tudo isso, Ogier falava como se estivesse recitando um conto bem ensaiado, como se a história de Marya houvesse ocupado seu coração e sua mente durante semanas. E assim fora.

—•—

Marya surpreendera Ogier com seu interesse pelo trabalho dele: como ele misturava as tintas e organizava a paleta, como desenvolvera seu estilo original e manchado. Ela ouvia entusiasticamente as suas explicações.

Ao final da primeira sessão deles, Ogier contou o pagamento enquanto ela se vestia. Uma expressão atordoada suavizava o rosto dela. Uma das muitas paisagens apoiadas no parapeito chamara a atenção da modelo. Ela se aproximava e se afastava da pintura como que tentando colocá-la em foco.

— É como as manchas de um pássaro, não é? — perguntou ela. — Parece um único matiz a distância, mas, de perto, há muitas cores. — Abotoando o punho da blusa que estava amarelando, ela voltou a atenção para a tela no cavalete de Ogier. Reconheceu-se de imediato: seu cabelo avermelhado estava salpicado de tons de verde aqui e ali, seus lábios vermelhos estavam borrados de azul e a pele de sua barriga e dos seus seios despidos era um pastiche de rosas, marrons e roxos. Ela jamais havia se visto fora de um espelho e achou essa imagem bastante diferente. — Não é como se olhar no espelho de jeito nenhum. É assim que eu sou? — perguntou ela mais com admiração do que com dúvida.

— Aos meus olhos — respondeu Ogier. — Normalmente, a parte mais difícil de pintar alguém é convencê-lo de que se parecem com o retrato. — Foi uma conversa incomum. Ogier não costumava incomodar suas modelos com a sua filosofia. As jovens que posavam para ele não tinham nem o interesse nem a capacidade para fazer valer o seu esforço: elas vinham até ele em busca de alguns trocados e nada mais. Mas essa mulher irradiava uma inteligência que raras vezes ele vira nas multidões anestesiadas das Termas, por isso continuou. — A bajulação ao fazer um retrato garante uma carreira longa, porém infeliz.

Marya entendeu a lógica disso e aquiesceu enquanto abotoava a cintura da saia.

— Mas, se você nos pintasse como queremos aparecer, ficaríamos irreconhecíveis. De que serve um retrato que não corresponde ao retratado?

— Exatamente — concordou Ogier. — É preciso contar mentiras que não ocultam a verdade.

Quando ela foi embora, Ogier se sentiu um tanto encantado com a curiosidade e a inteligência dela. Outra vez, viu-se imaginando por que uma mulher dessas passaria a tarde posando para ganhar uma quantia modesta. Ele só podia imaginar que ela estava encrencada.

Ele se perguntou se ela ao menos percebia o quanto estava encrencada.

—•—

Quando ela voltou na manhã seguinte, ele não ficou totalmente surpreso.

Estava menos acanhada em sua oferta para posar para ele, sugerindo que poderia trabalhar por vários dias seguidos, se ele quisesse. Fosse qualquer outra pessoa, Ogier teria se objetado e se sentido ofendido com a sugestão de que a sua inspiração funcionasse de acordo com o horário de uma modelo. Entretanto, a perspectiva de um estudo mais longo, de um trabalho mais completo, com essa mulher astuta e exótica era atrativa. Por isso, concordou. Pediu a ela que posasse do mesmo modo como havia posado no dia anterior, embora ele fizesse mais estardalhaço para fazer o lençol formar um drapeado perfeito ao longo do encosto da espreguiçadeira. Ele queria que a obra fosse maior para capturar sua imagem inteira, mas hesitou em abordar o assunto de tirar o restante da roupa.

Um momento depois, como se houvesse lido a mente dele, ela saiu de trás da cortina totalmente despida, acomodando-se no sofá com a graça natural de uma folha que cai. As orquídeas brancas e amarelas pareciam dispersar o ar pelo cabelo, pelo ombro e pelos seios dela. Ele ficou deslumbrado.

Enquanto trabalhava, eles começaram um diálogo natural, não como o rápido ceceio de fofocas, nem o cabo de guerra conversacional entre jovens astutos, mas como dois velhos jogando damas: com silêncios pesados, consenso tácito e respostas dadas com encolher de ombros.

No decorrer da sessão, Ogier ouviu enquanto ela aos poucos contava a sua história. Ele ficou sabendo de seu casamento recente e de como a lua de mel rapidamente dera errado. Ela descreveu suas primeiras horas sozinha no Mercado, o momento em que percebera estar sem passagem nem meios de adquirir uma e o modo como raciocinara rápido que precisava subir ao terceiro andar, às Termas, onde, afinal de contas, ela e o marido planejavam passar a maior parte dos dias. Ela passou pelas ruas molhadas de cerveja e pelos sistemas de distribuição de água do Porão. Pegou uma capa esfarrapada do portão de uma carroça de lixo e cobriu-se com ele. Seu chapéu de sol vermelho era chamativo demais, por isso o manteve debaixo do braço. Ela não conversou com ninguém no Porão e, sempre que a abordavam, tossia com tanta violência quanto uma pessoa que estivesse morrendo de tuberculose. Até homens que aparentavam ter má reputação olhavam para ela com os olhos apertados e afastavam-se dela.

Ogier achou sua desenvoltura bastante divertida.

Ela passou pelo atoleiro do Anfiteatro em menos de um dia simulando ser a versão mais chata e sem charme da sra. Mayfair que conseguiu representar. Aparentava dormir no auge das declarações artificiais de amor e roncava quando fingia acordar. Ria durante as discussões deles e agiu como se houvesse engasgado com um biscoito quando Mayfair fez, pela segunda vez, uma desnecessária jura de amor. Sua atuação foi uniformemente criticada pelos outros atores, que, exasperados, desistiram da peça.

Dois dias depois de perder o marido na multidão do Mercado, ela entrou nas Termas, com medo de tê-lo feito esperar. (Ela não tinha como saber que, naquele momento, Senlin acabara de entrar no Porão, cambaleando em meio à turba, seu avanço reduzido primeiro pela negação, depois pelo choque.) Em muito pouco tempo, ficou claro que encontrar o marido no meio das massas de turistas e nos muitos hotéis era uma tarefa quase impossível.

Suas primeiras averiguações foram recebidas com chacota e extorsão. O fornecedor de um hotel chegou ao ponto de propor uma forma corporal de pagamento que Marya poderia oferecer em troca de sua ajuda. Tendo passado muitas horas em bares no meio de homens que afogavam sua discrição com bebidas, Marya sabia exatamente como responder a tal proposta e pagou ao homem com um chute em ambas as canelas.

Quando o sol se pôs no primeiro dia dela nas Termas, percebendo que tinha de ser econômica com o dinheiro que lhe restara, Marya perguntou a uma jovem que vendia sabonetes onde ela morava. Ela foi direcionada a uma pensão para mulheres que era administrada por uma mulher com cara de rato chamada sra. Curd. Os olhos da velha eram escuros e penetrantes como o grafite do lápis. Marya se instalou em um quarto tão pequeno quanto um closet no porão da casa da sra. Curd, guardou o dinheiro debaixo do colchão embolorado de sua cama estreita como um caixão e dormiu com a roupa do corpo, cansada demais para sonhar.

No dia seguinte, pegou um pouco de dinheiro trocado e seu chapéu de explorador vermelho e foi em busca de ajuda profissional. Ela tinha certeza de que devia existir em algum lugar nas Termas uma instituição que ajudava os extraviados e os perdidos. A sra. Curd lhe informou de que não existia nada tão organizado como um serviço de ajuda, mas sugeriu que Marya perguntasse por certo sr. Horace Fossor, um agente aduaneiro aposentado conhecido por suas relações sociais, à procura de ajuda. A sra. Curd se ofereceu para marcar um brunch na Creperia. Marya lhe agradeceu profusamente e a mulher com olhar suspeito respondeu com uma mesura artrítica.

O sr. Fossor revelou-se um homem extremamente educado, livre de vícios, exceto pelo rapé, que usava apenas com pedidos de perdão, desculpando-se a cada espirro inevitável. Provavelmente fora bonito no passado. Ainda era relativamente magro, com o cabelo lustrado e escuro de um jovem, mas suas papadas pesadas e o queixo para dentro traíam a sua idade.

Marya hesitou em confiar nele, tendo aprendido a ser cautelosa com seus encontros anteriores nas Termas, mas o sr.

Fossor tinha uma habilidade excepcional de deduzir a exata natureza de seus problemas a partir dos sinais mais vagos. Era como se toda a sua história estivesse escrita em suas roupas, sem seus movimentos sutis e em seu timbre de voz. Ele adivinhou a história dela e ela teve apenas que confirmar as suposições dele, fazendo-o com algum espanto.

Seria algum tipo de truque, ela queria saber, essa habilidade de adivinhar a história dela?

— Truque nenhum, minha cara, só uma sintonia especial — respondeu o sr. Fossor modestamente.

Ele insistiu em poder usar seus contatos para ajudá-la a localizar o marido. Estava disposto a fazer isso pela quantia muito modesta de um shekel por dia, quantia que devolveria se não conseguisse encontrar seu marido em quinze dias. Depois ele pagou o almoço deles e partiu em sua missão mesmo antes de Marya estar totalmente de acordo.

Mas que outra coisa ela podia fazer a não ser aceitar?

Ela voltou à pensão da sra. Curd para separar o restante de seus recursos tendo em mente essa nova despesa só para descobrir que o dinheiro escondido desaparecera. Virou o colchão úmido três vezes até conseguir acreditar. Fora roubada.

Confrontar a sra. Curd revelou-se inútil. Curd declarou que todas as moças em sua casa eram o pior tipo de rameira imoral: roubo era o menor dos seus hábitos sórdidos! Curd supôs que Marya teria o bom senso de não deixar seus pertences em um quarto sem tranca.

— Eu administro uma pensão, não um banco, mocinha — ela disse. — O aluguel vence de manhã.

Atordoada, Marya vagou em meio ao furor diário das Termas e dos bandos de compradores e mascates tão densos quanto moitas de trevos. Ah, o que ela não teria dado por um trecho de gramado ou pela sombra de uma árvore naquela calçada que dava voltas infinitas! Encontrou um banco perto da orla, acomodou-se educadamente e ficou absorta em pensamentos repletos de autorreprovação. Como pudera ser tão burra? Ela subira a Torre com uma agilidade tão inteligente... e agora tudo mudara com um único erro.

Sua única esperança era reencontrar-se rapidamente com o marido, mas a única maneira de fazer isso era pagar ao sr. Fossor a sua taxa diária para sondar os seus contatos.

Foi nesse momento que um artista com tinta no cabelo agradeceu-lhe por ter estado tão disposta a deixar-se pintar. O que os trouxera, concluiu Marya, ao atual acordo entre eles: ela posava e Ogier lhe pagava o suficiente para manter o sr. Fossor de plantão e sua cabeça sobre uma cama.

— O senhor já ouviu falar do sr. Fossor? — perguntou Marya. — Talvez tenha entreouvido o nome dele em uma festa ou bar?

— Madame, sou persona non grata nas Termas. Não conheço quase ninguém.

— Ser desconhecido tem suas vantagens. — Marya encolheu os ombros uns 2,5 centímetros, o que pareceu um gesto exagerado sob o escrutínio do olho de um pintor.

— Nunca diga isso a um pintor — gracejou Ogier.

Ao final da segunda sessão, Marya anunciou que o sr. Fossor estava providenciando entrevistas mais para o final da semana.

Ogier ficou um pouco incomodado com o fato de que Marya não sabia com quem ia se encontrar. A única coisa que ela podia dizer a ele era o que o sr. Fossor havia lhe falado: havia uma sociedade secreta de altruístas, ainda não contaminada pela influência imoral de Babel, que estava disposta a ajudar quem merecesse. Eram homens de princípio. Acreditavam em duas economias: uma material e uma eterna, cuja moeda era a boa vontade e o autossacrifício. Eles se chamavam de Confraria de Talentos e tinham, de acordo com o sr. Fossor, "galeões de ouro" à disposição deles.

— Me jogaram uma tábua de salvação — disse Marya, e o alívio que ela sentia aprofundou os cantos da boca, formando um sorriso com covinhas. — Sabe como eu me preparei para a possibilidade de nos separarmos? Tingi meu chapéu de vermelho! Se eu quiser encontrar Tom de novo, vou precisar de ajuda. Não posso simplesmente ficar me pavoneando pelos cafés, esperando ser vista. Preciso de ajuda.

Relutando em lançar uma sombra sobre o otimismo dela, Ogier sorriu e guardou suas reservas para si mesmo. Pela primeira vez em anos, ele desejou ter um círculo mais amplo de amigos e recursos.

A Confraria de Talentos: ele não gostava do que ouvira.

━•━

No dia seguinte, ela chegou usando um vestido novo: um vestido tomara que caia azul claro que lhe caía bem e acentuava seu pescoço esbelto. O vestido não tinha os babados, as camadas de paetês e o excesso de penas de costume, que pareciam populares ultimamente. Era um vestido clássico e imponente, desprovido de quaisquer ornamentos, exceto pelo decote. Era um vestido perigoso.

Tentando o melhor que pôde não parecer perturbado pela transformação, Ogier perguntou como ia a procura pelo marido. Marya confidenciou que os métodos do sr. Fossor eram um pouco tortuosos.

Na noite anterior, após a sessão, ela encontrara o sr. Fossor novamente na Creperia e ele insistira que adiassem o jantar até que ela tivesse a chance de vestir o traje apropriado para a noite.

— Minha querida, tenho estado ocupado plantando as sementes da sua virtude entre os meus amigos — disse o sr. Fossor, inalando um pouco de rapé e virando a cabeça para expeli-lo delicadamente na calçada. Pediu desculpas e repetiu o processo mais duas vezes. Quando ele enfim se recuperou, seus olhos estavam vermelhos devido aos espirros. — Escrevi dezenas de cartas a seu pedido e já existem alguns na Confraria que se interessaram pela senhora. — Ele se inclinou sobre a mesa, as papadas apertadas ao redor da boca franzida com ar de seriedade. — Um ou dois deles podem estar preparados para usar todos os recursos que têm na procura pelo seu marido. Acredite em mim, esses são os mais íntegros dos homens, mas também são práticos. Não vão apoiar uma pessoa que parece... — ele olhou para a blusa esfarrapada dela com expressão de lamento —... necessitada. Eles aprenderam que a pobreza naturalmente torna uma pessoa desonesta. Por isso, ficam desconfiados. A senhora deve parecer desesperançada, não desamparada, se é que me entende. Em resumo, precisamos arrumar a senhora.

Marya confessou que toda a sua bagagem fora roubada no Mercado e que dispunha, no momento, de recursos limitados. Pagar alojamento e alimentação para a sra. Curd e contratar os serviços do sr. Fossor eram o limite de suas finanças.

De imediato, quase com avidez, Fossor se propôs a comprar um vestido para ela.

— Tenho certeza de que seu marido poderá me compensar por quaisquer despesas que eu pagar e conheço uma costureira brilhante que me deve um favor. — Quando Marya argumentou que se sentiria desconfortável tendo uma dívida tão grande com ele, Fossor insistiu. — Pense da seguinte maneira: a senhora precisa ao menos me dar uma chance de conseguir. Já investi tanto nessa tentativa. Se eu não conseguir encontrar o seu marido, a senhora pode ficar com o vestido ou devolvê-lo, como preferir. — Ele sorriu, suas papadas erguendo-se de um modo um tanto ardiloso.

Embora descontente com o acordo, ela não conseguiu contestar a lógica dele. Se ela aparecesse como uma indigente, provavelmente seria tratada como tal. Logo, passou o restante da noite fazendo a prova de um novo vestido, como indicado por Fossor, em uma boutique bem fina.

Enquanto pintava, Ogier ouvia seu relato com uma aflição cada vez maior. Embora não pudesse ter certeza de quais eram os verdadeiros motivos de Fossor, ele duvidava muito da existência de uma confraria de filantropos abastados. Não importava como esses nobres preferiam disfarçar sua caridade ou com que moeda preferiam negociar, só existia uma economia na Torre e não era do tipo eterno.

— Hoje à noite, vou ser apresentada aos amigos do sr. Fossor — contou Marya, vestindo-se outra vez ao término da sessão. Ogier franziu o cenho enquanto espremia a tinta dos seus pincéis e os chacoalhava em uma solução de aguarrás. Sua cara feia fez Marya pensar que ele estava descontente com o trabalho ou com a modelo.

Ogier a tranquilizou.

— Não, o trabalho está indo bem — disse ele, apontando para a tela e para a figura quase espectral que estava surgindo. Estava satisfeito com as proporções e com o tom do trabalho, embora ainda estivesse insatisfeito com a expressão dela, que parecia em conflito: a boca sorria com uma graça natural enquanto os olhos pareciam intensamente carregados. — Vai ser uma grande obra, tenho certeza, assim espero. Não, eu estou preocupado com você. Tem certeza de que esse tal sr. Fossor tem os seus interesses em mente?

— Provavelmente não — admitiu Marya. — Ele parece ganancioso e vaidoso e um pouco superficial. Tenho certeza de que vai arrancar até o último centavo de Tom, mas é só dinheiro.

— Os ricos dizem a mesma coisa, mas nunca estão falando sério — disse Ogier e a pagou pelo dia de trabalho.

·CAPÍTULO DOZE·

> Ninguém deveria se sentir compelido a frequentar todos os bailes, aceitar todas as propostas ou terminar de beber toda taça que é erguida. O sol às vezes é mais claro quando observado das sombras. Por vezes, para desfrutar completamente de uma cena, devemos recuar um pouco.
> — *Guia da Torre de Babel para leigos*, V.XIV

O coração de Senlin parecia uma bolha de nível: ela lhe subia e descia pela garganta, procurando por um centro que aparentemente desaparecera.

Foi a descrição que Ogier dera do vestido azul pastel que fez isso, que o fez lembrar do estranho livreto meio apagado que ele salvara da destruição semanas antes. *Confidências de um alcoviteiro*, ou qualquer que fosse o nome, narrara uma teoria da cor que parecera, naquele momento, impossivelmente esotérica. Agora, ele não tinha tanta certeza.

As fachadas de mármore dos hotéis refletiam a brasa da luz da tarde. Senlin agarrou-se ao braço de Ogier e eles passaram voando sob a sombra das marquises de salões de dança e restaurantes, as sombras parecendo puídas sob as lâmpadas espelhadas girando lá no alto como olhos sem corpo.

Os dias seguintes continuaram praticamente da mesma maneira. Marya chegava de manhã e ia embora no meio da tarde. Durante as ocasionais pausas, Ogier fazia chá e servia bolos que ela comia enquanto ele fumava cigarros. Eles olhavam a paisagem daquele forte no segundo andar, protegidos por orquídeas, tapeçarias danificadas pelo tempo e vapores agradáveis, e se sentiam serenos.

Marya era uma modelo nata: tinha ciência de sua aparência, mas não era apaixonada por ela; ficava à vontade sem ficar flácida. A pose resultante era mais bela do que qualquer coisa que as criadas mais jovens jamais haviam conseguido.

E sempre, enquanto ele misturava as tintas e trabalhava na obscura expressão dela, dando pinceladas e limpando as que não haviam ficado boas, ela o entretinha com relatos de suas noites.

Toda noite ela acompanhava o sr. Fossor a uma festa particular diferente. Fossor escolhia suas escalas e, quando ela perguntava, ele se recusava a explicar como as escolhia. Esses saraus, como ele os chamava, aconteciam, em grande parte, em luxuosos salões e recepções alugados, que eram invariavelmente cobertos de papel de parede com seda e folhas de ouro ou de prata.

Os saraus eram mais sérios do que uma gala, porém menos formais do que um jantar. Poucas dezenas de homens bem vestidos e mulheres empertigadas, ao que parecia todos estranhos, estavam presentes. Havia sempre um anfitrião gregário e incansável que não se misturava exatamente, mas agitava o salão. E havia pouco para ela fazer a não ser ficar sentada e acenar com a cabeça e sorrir e olhar com melancolia para o piano. Sempre havia um piano, invariavelmente, maltratado por um cortejo de paqueradores sem ouvido musical. Era uma tortura. Se qualquer um deles se sentasse ao piano vertical do bar Blue Tattoo, teria sido vaiado até derreter de tanto chorar.

Antes do começo de cada noite, o sr. Fossor repetia de modo ritualista instruções minuciosas de como ela devia se comportar. Ela devia esperar que os outros convidados a abordassem. Não devia mencionar sua grave circunstância nem fazer nenhuma referência à sua tragédia a menos que lhe fizessem uma pergunta direta. Fossor abordaria a questão do que ela necessitava quando fosse apropriado; Marya só precisava ser encantadora e parecer merecedora de atenção e auxílio.

— Eles são pessoas muito discretas, minha cara. Os Talentos são pessoas extremamente generosas, mas acham que a caridade é vulgar. Eles preferem apadrinhamento. — Ele enfatizou a palavra sacudindo as papadas.

Marya ficou um pouco ofendida com a falta de fé de Fossor em seu refinamento social, mas, desconhecendo em geral a sociedade de que fazia parte, imaginou que provavelmente havia alguns pontos de etiqueta com os quais ela não teria familiaridade.

— E, por favor, por favor, minha querida, não converse com nenhuma das outras jovens. Suas famílias são muito protetoras e vão ficar nervosas por conta da maneira como uma... moça criada em um lugar exótico como a senhora poderia influenciar suas irmãs e filhas. Sei que é ridículo, mas, se a senhora for reservada, isso vai me poupar de ter de desfazer alguns mal-entendidos.

Criada em um lugar exótico. Ele a fez parecer um furão branco, uma pepita de âmbar ou um limoeiro pelado. Marya não conseguia imaginar uma maneira mais chata e contraproducente de se comportar em uma festa. Porém, seguiu obedientemente o conselho dele. Pelo menos por várias noites.

Nas primeiras noites, ela se sentira um pouco confusa com aqueles encontros. Ela sorria e acenava até ficar tonta e, em geral, era ignorada por todos. Passava boa parte da noite comendo minissanduíches e bebericando xerez ou champanhe. Entretinha-se inventando histórias de si para si a respeito dos homens bem penteados que vestiam todo tipo de ternos, alguns elegantes, alguns militares, alguns divertidamente marotos. Nunca vira tantos colarinhos com babados. De tempos em tempos, o sr. Fossor aparecia com algum capitão ou cortesão a reboque e Marya, compreendendo tratar-se dos membros da Confraria de Talentos, agraciava-os com o que acreditava ser um gracejo brilhante. No entanto, seus novos conhecidos sempre encontravam uma razão para pedir licença, deixando-a sozinha com Fossor, cujas papadas se dividiam em duas partes quando ele fazia cara feia como em finais de livro tristes.

Era difícil não se sentir ofendida: ela só podia concluir que estava fazendo algo errado, embora não conseguisse imaginar o quê.

Depois de muitas noites sentindo-se o apêndice da festa, ela perguntou ao exasperado sr. Fossor o que devia fazer diferente. No canto de um conservatório, enquanto um rapaz que tinha mais senso de humor do que talento hesitantemente tirava sons estridentes do piano, Fossor respondeu sussurrando:

— Estou tendo dificuldades em fazer com que se interessem pelas suas circunstâncias, minha cara. Suponho que seja inevitável. A senhora simplesmente se mistura naturalmente com os demais.

— O que o senhor esperava? O senhor sequer me deixa começar uma conversa. Não é culpa minha que as suas festas são tão pavorosas. Se eu sorrir mais um pouco, as minhas bochechas vão cair em pedaços — comentou Marya com um sussurro que ficou rouco.

— Esse é mesmo o limite do seu charme? Achei que fosse mais habilidosa do que isso — replicou Fossor em um tom azedo, inalando um pouco de rapé. Ele não pediu desculpas quando espirrou. Ela começou a ficar preocupada com a ideia de que ele logo se cansaria de gastar tempo com o problema dela e fosse cuidar de outros assuntos, outras caridades. Duvidava de que seria capaz de pagar honorários melhores e não duvidava de que precisaria devolver o vestido, que parecia ser um passaporte nessas situações.

— Deixe-me fazer um apelo direto, sr. Fossor. Talvez um pedido sem rodeios seja recebido com mais...

— Fora de questão. Se me pegarem acompanhado de uma mulher suplicante, estarei arruinado por cem anos. Você não sabe quem são esses homens. Acredite em mim, eles não estão interessados em criaturas deploráveis, em mendigas e leprosas. Não, eu obviamente cometi um erro... — Uma salva de aplausos mornos os interrompeu quando o amador parou de tocar de vez. — Vou inventar uma desculpa e nós vamos embora — disse ele estoicamente. Ele não deu a ela tempo para argumentar antes de virar as costas.

Marya descreveu para Ogier com algum detalhe a repentina audácia que tomou conta dela. Ela sabia que acabara de ser sumariamente descartada pelo seu defensor, ignóbil como ele era, e em pouco tempo estaria mendigando. Seu decoro tinha limite e, na realidade, seu orgulho fora ferido quando ele sugerira que sua personalidade era demasiado sem graça para chamar a atenção de alguém. Ela decidiu que, se ia ser expulsa do seio da aristocracia, pelo menos faria uma cena na sua saída.

Ninguém na sala a notou arrumando a saia quando se abaixou para se sentar no banco do piano ou sua momentânea petrificação devido à perspectiva de tocar em público após semanas sem praticar e sem partitura para orientá-la. A única música que lhe veio à mente foi uma antiga balada de marinheiros, um lamento romântico que era popular no Blue Tattoo. Ela tinha certeza de que era terrivelmente inadequada aos gostos refinados de seu público, mas, com pouca escolha e uma nova indiferença travessa, mergulhou em sua performance com tanta força e volume que um cavalheiro que estava recostado no piano começou a tomar sua bebida por conta do sobressalto, como se houvesse se queimado.

Sua voz sobressaiu em meio à sua maneira vigorosa de tocar como um sino em meio à tempestade. Ela abandonou suas emoções completamente à letra trágica que descrevia o afogamento de um jovem pescador e o suicídio de sua viúva deprimida. Tocou em meio aos arquejos e a um punhado de vaias; fechou os olhos e cantou até o limite, cantou até que seu coração a levasse para a casinha que ela compartilhava com Tom, o querido Tom, cantou até o rosto sincero e sem sorriso dele aparecer diante de seus olhos e seu coração partir.

Exausta, concluiu com um tamborilar de notas graves que recaiu sobre uma multidão calada.

Quando abriu os olhos, um homem de barba cerrada loira estava sentado no banco ao lado dela, estudando de perto seu perfil.

— A senhora toca à maneira de um veado em fuga: com uma graça aterrorizada.

Antes que ela pudesse responder, Fossor estava atrás dela, embora parecesse prestar mais atenção no homem sentado no banco do que nela.

— Uma performance fora do comum, madame.

— É? Eu estava me esforçando tanto para me misturar — respondeu ela, divertindo-se com a expressão contorcida no rosto de Fossor. Ele estava prestes a lhe dar uma réplica quando ela virou as costas para ele e começou a examinar mais de perto o homem ao seu lado. Ele estava finamente vestido com um terno de lã cinza e seu rosto era belo, embora suas bochechas ainda tivessem um pouco do aspecto cheio da juventude. A barba parecia ser um modo de compensar.

— E o senhor, achou minha maneira de tocar fora do comum?

— A senhora pretendeu que fosse fora do comum. A senhora tem orgulho de ser estranha — disse ele com um sorriso inteligente, embora parecesse um pouco impressionado demais consigo mesmo.

— É melhor sentir-se satisfeito com o próprio mau gosto do que fazer o gosto de outra pessoa — respondeu ela, provocando uma risada espontânea de seu novo conhecido.

— Maravilhoso! Sr. Fossor, o senhor precisa me apresentar a essa encantadora hedonista.

Ela passou o resto da noite conversando com o jovem aristocrata de barba sob o olhar vigilante do sr. Fossor. Tomou o cuidado de não mencionar diretamente sua má sorte ou seu marido perdido, mas, mesmo assim, insinuou que não estava livre de preocupações ou necessidades. Ele, por sua vez, pareceu solidário à sua causa, embora isso fosse vago, dizendo que sempre estava disposto a ajudar um amigo.

Depois que haviam ido embora da festa, Fossor expressou seu entusiasmo pelo homem que se ocupara dela.

— Ele é grandemente importante, um verdadeiro príncipe. E parece muito interessado na senhora. Acho que está disposto a ajudar.

Marya tomou isso como um pouco de consolo, embora ainda se sentisse incomodada com o que parecia um processo bizantino. Por que estavam todos se comportando como galanteadores? Aquele homem fora evasivo a respeito da própria origem, mantendo até o próprio nome em segredo. Certamente não era possível que os costumes locais requeressem a omissão do próprio nome!

— Qual é o nome dele?

— Seja paciente, minha cara. Ele é famoso e conhecidamente reservado, embora eu esteja certo de que se abrirá mais com a senhora em um futuro bem próximo.

Tudo isso Marya confidenciara a Ogier na manhã seguinte, enquanto posava para ele.

E, na manhã depois dessa conversa, que acabaria sendo a última vez que Ogier a viu, ela voltou mais uma vez com histórias sobre o misterioso aristocrata a quem ela chamava de Conde.

— Eu o chamo assim porque o incomoda. E não vejo motivo para ser simpática com um jovem tão arrogante. — Marya fora a outra festa, uma mais exclusiva, e o Conde demonstrara renovada fascinação por ela, dedicando a maior parte do seu tempo trocando gracejos com ela, provocando-a, explicando as virtudes de uma vindima de xerez ou outra. Os demais frequentadores pareciam irritados com esse monopólio. O Conde, indiferente à cara feia das outras jovens, insistiu que ela tocasse outra música para eles, insistiu que ficasse um pouco com ele na varanda e, por fim, insistiu que lhe confidenciasse o seu maior desejo.

Tomada pelo alívio de haver enfim chegado ao propósito de todos aqueles flertes, Marya disse:

— Perdi meu marido e preciso da sua ajuda para conseguir reencontrá-lo.

O Conde apertou suas mãos entre as dele, cobertas por luvas finas, e concordou de imediato.

— Vou encontrar o seu marido.

— Ah, isso é maravilhoso! Maravilhoso! Eu estava começando a achar... — Ela fez uma pausa para controlar o entusiasmo. As mãos dele, ainda sobre as dela como uma ostra em torno de uma pérola, saltaram em um gesto alegre.

Para o grande contentamento de Marya, o Conde prometeu levar seu marido na noite seguinte.

— Sr. Ogier — disse Marya naquele último dia na presença dele —, vou me reencontrar com Tom hoje à noite, se o Conde tiver metade da influência que finge ter. — Ela, outra vez usando o belo vestido azulado, contornou o cavalete de Ogier para observar o fruto do trabalho de uma semana. Ogier o deu como terminado, embora ainda sentisse que precisava mexer nas folhas da orquídea que pairavam sobre o ombro pálido dela. Ela examinou a si mesma por um breve instante antes de cair em uma gargalhada estrondosa.

Compreensivelmente angustiado, Ogier encolheu-se diante dela como se houvesse levado um tapa.

— Não, não, está lindo. Uma obra-prima! Só estava pensando no que o Tom vai dizer quando eu mostrar a ele como passei a nossa lua de mel. E eu vou mostrar a ele. Tenho de mostrar! — Ela riu de novo. — Por favor, deixe-me trazê-lo aqui amanhã.

Ogier pareceu nervoso: a eventualidade de mostrar a um homem casado sua mulher despida não lhe passara pela cabeça.

— Espero que ele tenha o seu senso de humor.

— De jeito nenhum, mas ele é o homem mais sensato que existe. Ele vai aceitar o quadro como um fato, um fato estranho e complexo, mas um fato mesmo assim. Vai entender que foi esse exercício que me ajudou a sobreviver até nos encontrarmos.

— Estou ansioso para sermos apresentados — respondeu Ogier, recobrando a confiança.

Marya fez o pintor se levantar da cadeira e o abraçou com um vigor fraternal. Um sorriso feliz espraiou-se pelo rosto dela.

— O senhor me salvou. Nunca vou me esquecer disso. E é um quadro maravilhoso. Eu gostaria de poder ver o mundo todo dessa maneira. O senhor tem olhos tão românticos.

—•—

Quando ela não voltou na manhã seguinte, Ogier considerou um bom sinal: talvez ela houvesse se reencontrado com seu prometido e, no decorrer natural da manhã, houvesse pensado melhor em expor ao marido (e a si mesma) o meio exato como sobrevivera. Ele não podia culpá-la por isso. Contudo, Ogier não conseguiu deixar de se sentir um pouco decepcionado. Ela fora uma presença libertadora e estimulante. Fora boa para ele. Porém, ao examinar o retrato que fizera da imagem dela, teve de admitir que o esforço falhara. Sua paixão pelo caráter dela colorira sua recriação da modelo: ele capturara o ideal, mas não a mulher. Isso lhe pareceu poético. Ela posara sem nenhuma pretensão e ele, sem pretendê-lo, fizera-a parecer vaidosa.

Ogier estava ponderando se deveria fazer uma revisão de memória, uma perspectiva arriscada, para dizer o mínimo, quando um homem jovem de barba interrompeu sua reflexão ao entrar com tudo na cobertura.

Ele vestia um traje de equitação incomum, completo, com colarinho engomado e calça franzida. De um cinto de couro vermelho pendia o comprido coldre de uma pistola de cabo dourado. Ele era seguido de perto por outros dois homens, com roupas menos refinadas, ambos de ombros quadrados e com sabres chacoalhando na cintura. Pela descrição de Marya, Ogier reconheceu o jovem como o misterioso Conde. Eles invadiram seu apartamento como se houvessem sido convidados. Ogier achou que não deveria dizer a eles que não haviam sido.

— Você é Ogier — disse o Conde sem a menor entonação de pergunta em sua voz. — Vim buscar o quadro que você terminou recentemente. Ah, aqui está — disse ele, postando-se diante do retrato que Ogier criticara havia pouco. A tinta ainda brilhava. — Para ser sincero, eu esperava algo muito pior. É um retrato absolutamente adequado, sr. Ogier. Parabéns. Vou pagar dez minas por ele, o dobro do que ele vale, com certeza.

Atordoado com o aparecimento do Conde em sua casa, Ogier não entendeu de imediato a implicação de sua presença.

— Por que está aqui?

— Bem, quando Marya me contou sobre como você tirou vantagem da pobreza dela, meu primeiro impulso foi o de mandar alguém matá-lo. — Ele baixou a mão até a coronha dourada da arma e, por um momento eletrizante, Ogier achou que seria baleado onde estava. — Aproveitar-se de jovens mulheres para satisfazer um desejo carnal é realmente repugnante, sr. Ogier. — O Conde tirou a mão da pistola para abrir um pouco o colarinho. Ele se aproximou da tela, suas costas viradas para o pintor, cujos olhos passaram rapidamente para os dois homens que bloqueavam sua fuga. — Mas o que um homem mais odeia é aquilo que repreende em si mesmo. — Agora ele se voltou para Ogier com uma lasciva expressão de desdém e tudo ficou claro para o pintor. — É inútil lutar contra quem somos.

— O senhor não encontrou o marido dela coisa nenhuma — comentou Ogier.

— Eu o encontrei — replicou o Conde, dando um passo atrás e fazendo uma reverência para dar um efeito irônico. — Só falta juramentar. — Depois, retornando à pintura, o Conde olhou para o canto de baixo, onde estava a assinatura de Ogier em letras pretas brilhantes. O Conde pressionou o polegar enluvado sobre as letras, borrando-as até não dar para ler. — Vou deixá-lo viver hoje porque estou tentando ser discreto. Mas, se o vir outra vez, ou ficar sabendo que você falou uma palavra sobre mim ou sobre a minha futura noiva, vou fazer com o seu corpo o que fiz com a sua assinatura. Vou passar meu polegar em você e esmagá-lo. Espero ter sido claro. — Ele tirou a luva manchada, mostrando o conjunto limpo de dedos, brancos como teclas de piano. — Pegue o quadro — ele disse para um dos homens. O recruta o saudou, agarrou a pintura como se fosse uma criança aos berros e a levou para fora com os braços estendidos para a frente. O Conde deixou uma bolsa de feltro na mesa do pintor. — Você não tem nenhum esboço, tem? Nenhum outro estudo?

Ogier chacoalhou a cabeça vigorosamente.

— Se eu ficar sabendo que tem... — O Conde esbofeteou violentamente o rosto de Ogier com a luva manchada. Enquanto Ogier ficou com uma expressão de choque, o Conde deixou a luva cair aos pés dele, deu meia volta e foi embora do terraço.

·CAPÍTULO TREZE·

Os ventos das negociações sobem a Torre por uma emaranhada rota em espiral. As naves não sobem e descem a Torre como prumos em um fio, e sim em uma trajetória sinuosa, como uma hera subindo em uma árvore. *Para cima* não é, de modo algum, uma direção reta.

— *Guia da Torre de Babel para leigos*, I.XIII

Ele não gostava dela. Tentou gostar, como qualquer educador justo que se preze tentaria, porém, ela parecia determinada a ser desagradável e a repelir sua paciência exaurida como o pico de uma montanha repele o montanhista exausto. Ele enfim cedeu à sua inclinação e se deixou rolar até o pé dessa colina desagradável.

Ele a herdou do diretor que estava se aposentando e que parecia a própria imagem do Ano Velho, partindo com uma barba branca do tamanho de uma biruta. Senlin, por sua parte, parecia-se tanto com a personificação do Ano Novo quanto jamais se pareceria: as bochechas ainda rosadas e um pouco rechonchudas, os olhos brilhantes até quase lacrimejarem de otimismo pelas jovens mentes de amanhã. O sr. Regimond DeSeay, o enrugado diretor de 53 anos e uns onze mil alunos, entregou a Senlin as chaves do prédio da escola em uma manhã abafada de verão, a inauguração vista apenas por dois coelhos gordos de tanto comer trevos e que estavam escondidos atrás da cerca viva.

Com os pensamentos já viajando até as grandes melhorias que faria nesse templo irremediavelmente antiquado do aprendizado, Senlin esperava algum sábio conselho final do diretor grisalho, que parecia ainda estar mastigando o resíduo do café da manhã, embora talvez estivesse apenas aquecendo as engrenagens do maxilar. DeSeay puxou o ar, trêmulo. Senlin se aproximou.

— Aquela Marya Berks é uma merdinha excêntrica. Boa sorte. — disse DeSeay.

Precoce talvez fosse um modo mais exato (e certamente mais generoso) de caracterizar o comportamento da jovem srta. Berks em aula. Com o queixo apoiado em uma das mãos e um cotovelo sobre a mesa, cada centímetro de seu semblante parecia o de uma filósofa, uma impressão que seus olhos límpidos e seus lábios fechados e um pouco tortos apenas acentuavam. No entanto, se ela era uma filósofa, era somente uma filosofia do contrário.

Ela desafiava tudo o que ele dizia, sua lógica, suas evidências e sua autoridade, com uma persistência tão irritante que Senlin foi levado a castigá-la quase todos os dias. Primeiro, ele tirou seu mata-borrão e seu pote de tinta, um privilégio dos veteranos, dando-lhe em vez disso a lousa e o giz que eram os utensílios dos novatos. Depois, atribuiu-lhe o balde de zinco e a toalha, que deviam, todas as noites, deslizar pelo quadro negro, apagando todos os vestígios dos diagramas do dia. E, mesmo assim, ela persistia com uma curiosidade insubordinada: o sol não poderia ser feito de carvão? O zero é mesmo um número ou uma letra abstrata? Se não sabemos quem construiu a Torre de Babel, será que ela poderia ter sido construída por alguma outra espécie de animal que depois entrou em extinção... uma espécie de besouro engenhoso, talvez?

Ele colocou a carteira dela na frente da sala de modo que a extremidade da mesa tocasse a parte da frente da mesa dele, porém, ela não se intimidou com o fato de receber duas vezes mais atenção dele e, em vez disso, aproveitou a oportunidade para criticar as pernas compridas da letra cursiva dele quando escrevia na lousa. Ele virou a carteira dela para a parede, no entanto, ela apenas erguia a voz para interromper, o que a fazia ecoar como se a garota tivesse as amídalas de um gigante. Nada disso parecia perturbá-la nem um pouco. A única coisa que mudava dia a dia era a cor da fita em seu cabelo, que era vermelho como o carvalho no outono.

Não tendo ainda desenvolvido a esperteza ou a pele de elefante de um professor experiente, a confiança de Senlin era testada ao extremo por suas interrogações estudantis. Quando esse primeiro ano passou, ele começou a detestar a excêntrica ruiva porque se perguntava se ela não estava certa em questioná-lo. Talvez ele fosse uma fraude, um pateta incompetente e um poluidor de futuras inteligências.

Entretanto, chegou o primeiro verão... e, com ele, um pouco de distância. Com tempo para fazer suas pipas e andar pelas colinas e ler velhas cartas de seus amados professores, ele percebeu que a situação não era tão insuportável quanto parecia. Concluiu que o que faltava a Marya Berks era responsabilidade e dificuldade. Ela estava entediada. Assim, ele decidiu encontrar algo que a deixasse entretida.

Quando o novo ano letivo começou, mas antes que ela tivesse a oportunidade de atrapalhar sua aula com alguma pergunta enfadonha que era, em última instância, impossível de responder (pelo menos de modo a satisfazê-la), Senlin anunciou que ela, srta. Berks, seria professora assistente durante o outono e, em especial, que se encarregaria das aulas de história e redação para as crianças dos primeiros anos. Ela daria aulas em um canto do fundo do prédio da escola, enquanto Senlin ensinava aos últimos anos na parte da frente. Claro, a srta. Berks seria responsável por continuar com os próprios estudos, e havia meia dúzia de outras ressalvas, mas Marya não ficou nem um pouco perturbada. Ela agarrou a oportunidade.

Houve falsos começos e equívocos, que em pouco tempo foram superados, e Marya estava dando aulas bem organizadas e bem recebidas com base na gramática e nas épocas elementares de Ur.

As perguntas dela não cessaram de imediato nem de todo, mas, quanto mais dava aulas, mais paciência desenvolvia com as aulas de Senlin. Ela era mais inclinada a ficar depois da aula para fazer suas perguntas em particular e suas indagações tendiam a ser mais premeditadas do que o contrário. Ele ainda a achava um tanto egoísta e importuna, mas era, pela primeira vez, tolerável.

Três anos depois, Senlin era um diretor estabelecido que não sofria mais a extrema insegurança de um amador e os espinhos da juventude de Marya haviam sido limados, permitindo que a graça e o humor brotassem. A relação deles se tornou cordial, quase uma relação de colegas. Ele admitia que lamentaria vê-la partir.

Sempre que os alunos iam embora de Isaugh para uma instituição de ensino superior, era tradição que o diretor fosse despedir-se deles. Porque não gostava de despedidas, em especial daquelas que ocorriam em público, essa não era uma de suas tarefas favoritas, assim, Senlin tendia a esquecer. Em uma ou duas ocasiões, Senlin chegara na estação de trem bem a tempo para ver os grandes buquês de vapor saindo do trem que partia, em grande parte provocando-lhe uma pequena sensação de culpa e um grande alívio.

No dia da partida de Marya, Senlin estava se esforçando para esquecer o horário do trem e estava, meia hora antes de ela embarcar, no alto de uma escada tirando nacos de grama da calha de seu chalé, suando no calor de meados de julho com um lenço amarrado em torno da cabeça. Um espasmo causado por uma emoção desconhecida o fez descer da escada. Ele tinha de se despedir dela. Não havia tempo para lavar as mãos, pentear o cabelo, trocar a calça de verão nem arrumar as mangas que arregaçara para trabalhar. Por isso, parecia um cavalariço descendo às pressas a grande ribanceira verde em direção à cidade e à estação que estava visível do outro lado do vale da enseada. Os aldeões pelos quais passou em disparada mal podiam acreditar que era o diretor. Ele corria como uma avestruz assustada e eles estavam convencidos de que ele enlouquecera, embora isso não os surpreendesse.

Com toda a sinceridade, o próprio Senlin ficou um pouco surpreso: ele não sabia dizer por que estava correndo ou sorrindo enquanto corria.

As solas de suas botas derraparam quando pousaram sobre as tábuas desgastadas da plataforma do trem. Lembrando-se do lenço amarrado na cabeça, ele mal teve tempo de tirá-lo antes de avistar a srta. Berks de pé ao lado de um baú, que o carregador local atarefadamente pesava e etiquetava. Não havia nenhuma fita no cabelo dela aquele dia, as madeixas estavam presas em um coque prático que a fazia parecer mais madura. O vestido dela tinha colarinho alto e mangas compridas e chegava até quase as pontas das botas, que eram tão brilhantes e pretas quanto o nariz de um collie. Uma vez que ele a avistou primeiro, pôde ver seu verdadeiro estado. E pensou que ela parecia triste.

Quando ela o viu, arrastando os pés agora e apertando o lenço na mão, seu semblante mudou completamente. Ela deu um sorriso caloroso e disse:

— Está atrasado, diretor.

— Impossível. Diretores não podem se atrasar — respondeu ele. — O sol deve estar andando mais rápido.

Isso a encantou e ele se sentiu estranhamente satisfeito de vê-lo. Eles logo perceberam que haviam ficado ali por tempo demais, sorrindo e balançando-se, sem dizer nada. Ela a salvou ambos perguntando:

— Já escolheu um novo assistente para o outono?

— Estive pensando que poderia dar uma chance ao sr. Barret.

Ela respirou e fez uma careta.

— O sr. Barret é um tanto burro.

— Ah, não, ele só não está acostumado a falar em público.

— Um professor ideal, então. Ele pode dar aula fazendo mímica — ela disse, dando um pequeno exemplo com os braços. Senlin ficou perplexo ao ouvir a gargalhada e as risadinhas que deixou aflorar.

O carregador jogou a bagagem pelas escadas do vagão do trem, ignorando tanto as ofertas de ajuda dela quanto as de Senlin, embora tenha aceitado os dois centavos que ela lhe ofereceu na sequência. O motor começou a roncar quando o vapor surgiu, e o engenheiro tocou o sino, fazendo os últimos passageiros embarcarem.

Esta seria a parte embaraçosa que Senlin detestava tanto. Ele estava decidindo como dar a mão a ela quando ela colocou a própria mão no ombro dele, ficou na ponta dos pés e lhe deu um beijo na boca.

Depois ela subiu rapidamente a bordo e ele ficou acenando atordoado para as válvulas impassíveis do trem e para a mancha invisível que ela deixara diante dele, perto demais da roda de tração que o cobriu com nuvens cumulus de vapor.

O motor avançou pelos trilhos. O gemido do trem se harmonizou com as colinas e ela sumiu.

─•─

Está atrasado, diretor. Sua mente parecia tão murcha e ressequida quanto sua língua, que grudava no céu da boca enquanto ele arrastava os pés em meio à escuridão do diâmetro até o Porto Norte. Um medalhão formado pela luz do sol balançava hipnoticamente de um lado a outro diante dele, e logo a moeda do medalhão se transformou em um pires, e o pires se transformou em uma travessa. Ele conseguia sentir o cheiro dos sais no ar do deserto. *Está atrasado, diretor,* a voz dela sussurrava por detrás de seu tímpano, fazendo-o atravessar a casca da Torre, de braços dados com o confidente dela. *Está atrasado, diretor; está atrasado.*

O Porto Norte havia sido talhado a partir da fachada da Torre. O arco escalonado o fazia lembrar da concha acústica de um anfiteatro. Amplas plataformas de embarque se estendiam da abertura, levando primeiro à cabine da aduana antes de se dividir como um tridente em três píeres separados. Os píeres eram sustentados por uma grande matriz de faixas. Havia apenas uma nave no porto e ela carregava as marcas e os remendos de uma velha embarcação em funcionamento; parecia o tipo de coisa que um homem apostaria em um jogo de cartas tarde da noite. Parecia um molusco cinzento pendurado em uma água-viva azulada.

A julgar pela postura descuidada dos agentes encostados na cabine azul da aduana, ou ainda não haviam dado o alarme ou ele ainda não havia chegado até o porto. Dois estivadores descarregavam caixas da nave solitária, batendo de leve contra as torres envoltas por juta. Reunida perto da prancha, que vergava violentamente quando os homens a cruzavam, havia uma fileira de mulheres que pareciam esperar que a descarga terminasse para poder embarcar. As mulheres, embora jovens, pareciam pálidas e frágeis à firme luz do sol.

Ogier entregou um pedacinho de papel para Senlin e depois encheu sua mão com dez shekels.

— Dê os shekels aos guardas e o bilhete para o capitão. Ele me deve um favor. Mas não vai falar com você, por isso não se dê o trabalho de puxar conversa. Na realidade, este é um bom conselho: fale o mínimo possível. As pessoas lá em cima não gostam de espertinhos, Tom.

Senlin estava se esforçando muito para concentrar-se no que Ogier dizia, mas estava tão confuso. Pairavam perguntas em sua mente. Ele mal conseguia pensar em uma antes que a próxima que ocorresse: Quem era o Conde? Como ele poderia se casar com uma mulher casada? Ele era perigoso? Era violento? Onde morava?

— Nova Babel é o porto mais próximo — disse Ogier. — É até onde o meu auxílio pode te levar.

Uma pergunta se destacou. Na verdade, era a única pergunta que importava.

— Como vou encontrá-la?

— A luva que o Conde deixou cair tinha gravadas as letras WHP. Tenho quase certeza de que o P é de Pell. Os Pell são mais do que uma família: são uma dinastia secular abastada e poderosa e, infelizmente, existem dezenas de nobres de menor importância andando por aí, alegremente abusando do nome. As Termas são, em essência, uma colônia dos Pell, embora os nobres a tratem mais como uma residência estudantil. O comissário é o inspetor local deles: usa o brasão deles, o astrolábio dourado, cobra as taxas da aduana sob a autoridade deles e manda carrinhos de ouro para o circunreino deles. Se esse Conde era de fato um Pell, e ele com certeza era arrogante o suficiente para ser, vai levar Marya para lá, para Pella.

Um criado de bordo da barca que esperava tocou o sino três vezes e as mulheres começaram a atravessar a traiçoeira prancha que balançava.

— Thomas, me desculpe por não confiar em você desde o começo. Achei que o Conde tivesse enviado você. Eu tinha certeza de que você era um espião tentando me pegar. Sei que o testei de uma maneira cruel. Perdão.

Uma brisa inesperadamente fresca os açoitou quando um jato de ar vindo do alto percorreu toda a extensão da Torre e, por um momento, eles não puderam conversar devido ao vento. Senlin pôs as mãos nos ombros caídos de Ogier, espinhosos por causa de ossos deformados. O vento dissipou as perguntas e as incriminações de sua mente por um instante e, quando passou, Senlin disse:

— Obrigado por ajudar Marya. Acho que você estava errado quando falou que a Torre impede a amizade.

O semblante de Ogier iluminou-se com gratidão.

— É, nos tornamos amigos só para não nos encontrarmos nunca mais. — Com as mãos nos ombros de Senlin, o pintor o fez virar e começou a empurrá-lo delicadamente pelo cais em direção à cabine da aduana. — Coloquei um presente de despedida na sua bolsa. — Ele confidenciou ao ouvido de Senlin. — Nova Babel é cheia de vilões. Cuidado com a minha chave. Ela lança um projétil miserável e o gatilho não é muito bom, mas pode ser o suficiente para salvá-lo um dia. Receio que vá precisar.

— E quanto a você? Se Pound desconfiar... — começou Senlin, mas Ogier logo o interrompeu.

— Por mais que ele queira, o comissário não vai tocar em mim. Existem forças maiores em ação e, felizmente para mim, forças maiores precisam de mim vivo.

— Eu não entendo — replicou Senlin.

— E não há tempo para explicar. *Bon voyage*, meu amigo.

· PARTE III ·

NOVA BABEL

·CAPÍTULO UM·

O Volume II da série Guia da Torre descreve as muitas maravilhas de Nova Babel: o Ninho do Relâmpago, as Capelas de Crômio, sua população de mariposas e morcegos exóticos e o modo como ganhou o excitante apelido de Boudoir. Peça hoje um exemplar para o seu livreiro local!

— *Guia da Torre de Babel para leigos, v.XXII*

O galeão balançava sob os seus pés. Nuvens deslizavam sonhadoramente sobre as montanhas distantes, como carneiros dispersos. Talvez a nave estivesse imóvel e o mundo é que balançasse. Era difícil dizer. Ele sentiu a subida pelo aumento da pressão atrás de seus tímpanos, mas, fora isso, voar não era a experiência angustiante que ele esperara. Era bastante sereno. Ele recordava haver lido que a serenidade é um sintoma do estado de choque. Ocorreu-lhe que estava aceitando bem a notícia de que Marya havia sido sequestrada por um nobre estrangeiro. Bem demais. Talvez ainda não acreditasse naquilo ou talvez houvesse esperado um destino muito pior para ela. Pelo menos estava viva. Fosse como fosse, de momento, ele não se importava de onde vinha a sensação de paz ou quanto tempo duraria. O mundo flutuava à sua volta como um berçário ao redor de um berço.

A nave fora construída com materiais escolhidos pela leveza: pinheiro, cordas e vime. O corrimão sob o seu cotovelo e o banco onde estava sentado eram feitos de bambu. Tudo rangia como dobradiça velha e estrilava como grilo. O vento corria por toda parte. Ele sentou-se entre as vinte e tantas jovens mulheres à popa da nave. Seu tamanho e suas roupas relativamente novas o faziam destacar-se como uma garça real entre as gaivotas. Os babados e sarongues delas estavam manchados e rasgados. Os cabelos estavam muito esfiapados e o vento, pegando-os e jogando-os sobre seus rostos, piorava as coisas. Todas tinham uma expressão exausta, os olhos vidrados de um veado perseguido até perder as forças. Hematomas e feridas e manchas de terra marcavam seus rostos. Uma mulher de cabelo amarelo e rebelde fitara-o com olhos apertados enquanto ele observava. Ela lhe parecia vagamente familiar, mas não de um modo significativo. Provavelmente tinha um rosto comum e estava apenas curiosa, perguntando-se o que um homem fazia em uma barca aparentemente reservada para mulheres. Franzindo o nariz para mostrar que não ficara impressionada com ele, desviou o olhar abruptamente.

Ele se perguntava como aquelas mulheres haviam sido tão completamente destituídas de sua dignidade e seu brilho. Será que haviam sido atraídas para longe de suas famílias? Será que haviam sido um dia, como Edith, independentes e aventureiras? Será que haviam vindo para a Torre ou haviam nascido ali? Ele se perguntava se o destino atual delas era melhor ou pior do que o de Marya.

O Conde, ou W. H. Pell, ou quem quer que ele fosse, tivera o trabalho de convencer Marya a ir com ele de bom grado. O que significava que ele provavelmente não a machucaria. Ele podia ter poucos escrúpulos e ser mimado devido à sua posição e riqueza, mas o Conde não parecia psicótico. Ele não matara Ogier, embora pudesse ter feito isso com facilidade. Quando Senlin o encontrasse, e o encontraria, tentaria argumentar com ele primeiro. Poderia ser mais difícil para o Conde reivindicar a mulher de outro homem se o marido dela estivesse presente diante dele.

Entretanto, e se a argumentação não resolvesse? Senlin tentou imaginar-se desafiando o Conde para um duelo ou alguma coisa igualmente bruta e inútil. Ele não conseguiu ver a imagem, não conseguiu sequer esboçar uma demonstração de como teria sido. Para um homem cheio de sabedoria esotérica, ele tinha pouca ideia do que era capaz. Ele se conhecia muito mal.

E por que continuava ziguezagueando pelas armadilhas da Torre enquanto aqueles à sua volta – Edith, Tarrou – eram pegos e castigados? Eles eram mais fortes do que ele, mais resilientes, mais merecedores de uma segunda chance. Não parecia justo. Senlin esperava que Ogier passasse despercebido, embora isso fosse improvável. Pound ficaria desconfiado. Ele mandaria seus agentes desmontarem o apartamento de Ogier. Quando encontrassem o quadro roubado, o fastidioso Mão Vermelha seria empenhado, uma multidão se reuniria, uma cabeça se soltaria.

Não. Ogier escaparia. Ele era astuto e cauteloso; não estava ansioso para morrer.

Senlin lembrou-se do presente que o pintor mencionara e, de fato, sua bolsa de couro parecia mais pesada do que tinha o direito de estar. Senlin abriu as fivelas de metal e deu uma olhada. A pistola em forma de chave de Ogier brilhava lá no fundo com uma camada recente de lubrificação. Ogier a chamara de chave de carcereiro e descrevera sua dupla função original como chave de cela de prisão e defesa contra prisioneiros brigões. Sem nenhuma fechadura que lhe servisse agora, ela fora reduzida ao único propósito de uma arma. Senlin jamais carregara ou disparara uma arma na vida. Ele se perguntou se não era hora de aprender.

Guardando cuidadosamente a chave, Senlin viu um desconhecido canto de madeira. Tirou metade da moldura com tampo de papel de dentro da bolsa e reconheceu a obra de imediato. Era o estudo nu de Marya, o contrabando que ele escondera do Conde. Era o maior presente que já ganhara. A visão inesperada do rosto dela, de seu sorriso icônico, o fez prender a respiração. Ele se curvou sobre a pintura como se ela fosse uma vela bruxuleante prestes a se apagar. A saudade o perpassou como um arrepio e uma centena de lembranças vívidas dela surgiram em primeiro plano na sua mente. Ele interrompeu o fluxo de emoções com um pigarrear formal e empurrou a moldura de volta para dentro das dobras desgastadas de sua maleta.

Suas únicas outras posses eram o *Guia*, suas páginas dilatadas pelo folhear constante, algumas miudezas humildes e o diário que comprara recentemente e começara a preencher. Se Tarrou houvesse estado presente nesse inventário, teria comentado que o artista fora cruel por pegar a garrafa de aguardente. Senlin estremeceu ao lembrar que o amigo fora despido e depilado. Tarrou parecera tão deplorável quanto um urso que perdera o pelo devido à sarna.

Ele recordou que Tarrou colocara algo furtivamente em seu bolso durante o alvoroço. Em uma breve inspeção, tirou um pedaço de papel que estava dobrado em um quadrado pequeno e amassado. Abriu-o e reconheceu a majestosa letra cursiva, que foi ficando maior e mais corrida ao final da carta. Ela dizia:

Meu caro Tom.

Desculpe-me por ser dramático, mas estou acabado. Os Sinos Azuis do comissário estão vindo me buscar e tenho certeza de que eles pretendem tirar a minha barba. Minhas dívidas, tanto econômicas quanto cósmicas, me alcançaram. Daria para dizer que me alcançaram pela ponta do pé. É uma história triste.

Eu tentei, meu amigo, ir para casa. É uma história mais longa do que eu contei. Acho que você, grande e severo fazedor de caras feias, entenderá como é difícil ser franco a respeito de histórias tristes e pontas de pé agarradas.

Ogier é um homem confiável. É insuportável, mas confiável. Confie nele. Acho que ele nunca desviou do curso de sua consciência. Eu saí dessa trilha alguns anos atrás e vivi feliz depois disso. Feliz, isto é, até que um turista louco como a lama me constrangeu a entrar em ação. (Eu, por meio desta, confesso a todos os leitores incidentais desta carta: sou o cérebro da trama contra o comissário. Tom é inocente: ele tem muito pouca imaginação para inventar uma conspiração dessas.)

Tom, como um estudante de curso superior da Torre, continue procurando a sua mulher. É mais fácil aceitar o que você se tornou do que lembrar quem você era. Vá atrás dela.

Do seu triste amigo,
J. Tarrou

A assinatura dele ultrapassava a beirada da página.

Ele leu a carta duas vezes e depois soltou-a no ar. A folha voou em meio às cabeças abaixadas das belas derrotadas e logo desapareceu, passando pelas cordas finas do cordame. Era melhor que o bilhete se perdesse. Senlin não entendeu as alusões de Tarrou quanto ao curso da consciência nem à dívida cósmica e ficou surpreso que ele apoiasse Ogier com essa carta, seu último suspiro de liberdade. O último sentimento, porém, não foi de confusão. Senlin entendia-o com precisão.

A Torre parecera tão delgada quanto uma rachadura em um espelho olhando do vagão do trem semanas atrás. Agora, parecia tão vasta quanto o horizonte. A borda da Torre era como o flanco curvo de uma lua. Ele sentia como se estivessem em órbita em torno dela, sentia sua imensidão e gravidade. Eles voavam tão perto do arenito fulvo que Senlin começou a se perguntar o que acontecia quando um envoltório de gás raspava na Torre. Estourava? Pegava fogo? Simplesmente se abria e esvaziava devagar até o conjunto todo cair do céu? Olhando para o balão ali em cima, ele se assombrou com a fragilidade da empreitada. Eles pendiam de uma coisa que parecia quase tão frágil quanto uma camisete de seda.

Ninguém mais parecia preocupado, por isso, Senlin supôs que era tudo muito normal e voltou a um estado de paz e a uma trégua do pavor. Os imensos blocos do edifício da Torre eram, cada um deles, do tamanho de uma sala. Eram entalhados com sinuosos nós decorativos e salpicados com antigos respingos de tinta. Essa superfície lembrou Senlin de um tapete antigo: um artefato bem feito e bem gasto. Todo esse esplendor passava despercebido pelos seus companheiros de viagem, que pareciam achar a parede tão sem graça quanto um túnel escuro de trem.

A nave subia zunindo, rápida como fragata, em uma trajetória em espiral ao redor da Torre. Eles subiam como uma fita em torno de um mastro. Era emocionante. Era como soltar pipa.

O porto apareceu a distância, rolando sobre a borda da Torre, e o vigia que se segurava à selva de cordas que pendia do envoltório de gás gritou para o capitão:

— Porto à frente!

Estava subindo rápido. No curto intervalo de tempo em que foi possível ver o porto antes que o balão da nave o ocultasse, Senlin viu que a aproximação estava lenta demais. Eles voariam debaixo da plataforma. Ele se perguntou se o capitão pretendia dar a volta toda na Torre outra vez. Perguntava-se quanto tempo isso demoraria.

Assim que Senlin começou a ter sérias dúvidas quanto ao homem no leme, o capitão sem pressa ajustou a caldeira e eles dispararam para cima. A sensação era a de que haviam saído de um rio revolto. A corrente de ar se transformou em uma brisa que os soprou suavemente para longe da Torre. O porto reapareceu sob o horizonte do balão e Senlin viu que a brisa os havia empurrado para muito longe. Eles perderiam até a ponta do porto aéreo que se projetava para fora! Era um trabalho tão perigoso esse de pilotar naves.

Eles estavam quase paralelos à plataforma quando uma grande pipa saltou dos braços de vários estivadores. Ela se assemelhava à vela de uma nave, era tão grande e carregava uma rabiola de corda de juta pendurada. O porto estava mandando um cabo.

Era um processo fascinante de observar. A pipa mergulhou na direção deles enquanto o vigia da nave estendia um croque até ela. Depois de algumas tentativas fracassadas, o guia conseguiu enganchar o cabo. Ele a puxou e cortou a pequena rédea que conectava a corda de juta à linha de seda da pipa e ela voou para longe da nave.

Amarrando o cabo em torno do cordame para não ser lançado para fora da nave pelo seu peso desajeitado e oscilante, o vigia desceu até o convés. Ele enrolou a linha ao redor de um cunho enquanto o capitão hasteava uma bandeira vermelha em uma vara curta e a acenava para o porto. Os estivadores começaram a rodar uma manivela, tirando a nave do vento termal e puxando-a para uma carreira.

A plataforma assentava-se sobre um triângulo de armação enferrujada com uns 90 metros de comprimento e uns 22 metros de largura. Vergas se erguiam como árvores desfolhadas em uma alameda. Estivadores descarregaram sacos da única outra nave que estava atracada no momento. A entrada para a Torre, diferentemente da concha acústica do porto das Termas, era um arco humilde e não decorado.

Dois ancoradouros estendiam-se sob a carreira para a qual estavam sendo puxados e os estivadores deslizaram sobre essas estruturas, as pernas penduradas sobre o abismo sem proteção. Eles pegaram e fixaram as âncoras da nave. A tripulação da nave jogou cordas para os estivadores que estavam esperando, os quais as enrolaram em torno de abitas de ferro, cada uma do tamanho de bolas de canhão de vinte quilos.

As mulheres se levantaram e saíram em fila. O silêncio delas era quase fúnebre. Todas estavam sob o efeito de um transe de desespero pessoal. Sem saber que outra coisa fazer, Senlin entrou na fila com elas. Um estivador com macacão de couro acenou para que o seguissem e eles começaram a caminhar em meio a uma confusão de pallets e caixas em direção à Torre e à entrada de Nova Babel, que, é preciso admitir, tinha todo o charme de uma caverna.

A impressão desse porto aéreo era muito diferente daquela dos portos do comissário, que eram limpos, regrados e adoráveis à sua maneira. Aqui, caixas abertas cheias de produtos atraíam nuvens de moscas, pó de carvão formavam crostas sob os pés, as ruelas estavam repletas de pallets vazios, barris rachados e pernas de homens sonolentos e preguiçosos. O portão da aduana era um suporte torto com uma tábua pregada sobre ele. Um imbecil inclinava-se sobre o púlpito pavimentado, um sorriso desdenhoso e ameaçador nos lábios. Ele se perguntava quem poderia ser responsável por uma porcaria daquelas.

O imbecil vestia, em grande parte, couro velho e jeans grosso. Sua barba castanha grisalha misturava-se com o colarinho de pelo de coelho. Ele parecia um caçador de alguma encosta remota. Poderia parecer engraçado em outro cenário, mas aqui, ao ar livre, sob o sol escaldante, nesse lugar sem amigos, cada centímetro daquele homem era aterrorizante.

O imbecil analisou a fileira de mulheres como se fossem gado em um mercado. Tateava o pescoço delas em busca de nódulos causados por doença, verificava seus braços em busca da marca reveladora do Anfiteatro e esfregava o dedo encardido em seus dentes. As mulheres tinham de confessar seus nomes e assinar um registro. Elas recebiam um tapa indelicado na parte posterior e o imbecil passava a maltratar a próxima da fila.

Depois de liberadas, as mulheres eram colocadas no assento de uma estranha carroça. Onde se esperaria ver cavalos, mulas ou bois, havia um motor, do formato e do tamanho aproximado de um carrinho, que arrotava vapor e chacoalhava sobre os dois eixos. Suas rodas traseiras eram largas e marcadas por divisas prateadas, enquanto as rodas frontais eram pequenas e aparentemente feitas de borracha. Era um trem solto. Uma cabine sem trilho. Uma autocarroça! Apesar de tudo, Senlin queria correr até lá e examinar os mostradores e as válvulas que faziam tique-taque, os pistões que rugiam...

— Você é uma mulher feia — disse o imbecil. Senlin olhou ao redor, sobressaltado, surpreso ao se ver na frente da fila.

Antes que o cérebro de Senlin tivesse tempo de censurá-lo, sua boca soltou a resposta:

— Como quiser, irmã.

A única pessoa mais surpresa com essa resposta do que Senlin foi o imbecil, que bufou, surpreso.

— Exatamente o que o Boudoir precisa. Outro comediante! — O imbecil tomou a bolsa de Senlin antes que ele pudesse reagir. Vasculhou a bolsa com o braço peludo e tirou o *Guia da Torre*. Bufando outra vez, ergueu o livro para mostrá-lo a um vigia mais alto e mais soturno que estava atrás dele, de braços cruzados. Senlin olhou de novo para o segundo guarda, ou agente, ou porteiro, ou o que quer que fosse, que ele havia confundido a princípio com um homem. Ela era, na verdade, uma amazona de ombros quadrados tão larga quanto Tarrou e meio palmo mais alta. Muito mais velha do que as mulheres que haviam acabado de sair da barca, ela tinha as pálpebras lisas e a testa larga comuns entre os nativos do sombrio círculo ártico. Seu cabelo curto parecia ter sido cortado por um cego usando uma foice e era cinzento. Usava uma corrente grossa enrolada três vezes ao redor da cintura como se fosse um cinto perfeitamente aceitável. Senlin não conseguia desviar o olhar.

— Veja, Iren! Achei o livro de piadas dele — falou o imbecil. A ampla testa da amazona não deu nenhuma demonstração de ter achado graça. O imbecil ergueu o braço e jogou o *Guia* por sobre a cabeça de Senlin em um gesto hábil. O livro flutuou aberto como um pássaro e caiu da beirada do porto na imensidão azul.

Embora surpreso, Senlin não ficou particularmente triste ao ver o *Guia* desaparecer. Ele se prendera ao livro um dia, e com desespero, por todo o bem que lhe fizera.

— Piadas velhas — disse ele.

O imbecil não mostrou interesse pelo livro de anotações com capa de couro de Senlin nem pela chave de zelador, que ele felizmente confundiu com sua função aparente, mas focou a atenção na pintura de Ogier. Virando a moldura na direção da luz, ele deu um assobio horrível. Enquanto Senlin observava, ele deslizou o polegar sobre a imagem.

— Seu indigente imundo! Contrabandeando um quadro de mulher pelada. — O imbecil se mexeu para deixar o quadro cair dentro de um barril que transbordava de relógios de bolso, medalhões, pentes de marfim e outros objetos de valor. Era uma valiosa coleção de lembranças.

Houve uma pequena explosão na cabeça de Senlin, como um grão de milho que estoura.

Ele agarrou o pulso do imbecil com uma das mãos e o quadro com a outra. O imbecil apertou a garganta de Senlin, a pele de sua mão áspera como um coral. Seu sorriso malicioso sumiu. Não havia nada virulento como assassinato nos olhos do imbecil. Seu olhar era indiferente. Daria na mesma se ele estivesse desfazendo um nó difícil ou estrangulando um homem.

Embora estivesse desesperado para respirar, Senlin se recusou a afrouxar a mão que segurava a pintura. Ele temia que a moldura se partisse nas mãos dos dois, mas preferia ser lançado no precipício pelo pescoço do que soltar a imagem dela. Isso lhe ocorreu como algo surpreendente: ele chegara ao limite da covardia. Eles ficaram brigando como caranguejos, as pinças presas.

O imbecil, surpreso com a determinação de Senlin, devagar deixou entrever o barrado amarelo dos seus dentes.

— Eu respeito um homem que ama mais seu quadro de mulher pelada do que a própria vida. — Ele soltou a garganta de Senlin e deixou o quadro cair de novo dentro da bolsa.

Depois, enquanto Senlin tossia, fazendo a cor retornar às bochechas, o imbecil perguntou: — Nome?

— Lama — respondeu Senlin em um tom rouco.

— Lama é que vai ser — replicou o guarda e virou o livro-razão para o lado de Senlin. Havia um lápis pontudo na margem. — Faça a sua marca, Lama. — O livro-razão estava cheio de *X* rabiscados e garatujas hieroglíficas. Não havia uma única assinatura verdadeira. Senlin molhou na língua a ponta mirrada de chumbo e desenhou a assinatura mais glamorosa e floreada que conseguiu: Thomas Senlin Lamma, doutor em Letras. Ele deixou a caneta cair de novo sobre o livro com uma piscada atrevida. Sentiu-se meio louco.

O guarda enrugou os lábios ao ver os esforços de Senlin.

— Oh, veio um cavalheiro na barca das putas. Abram espaço para o doutor Thomas Senlin Lamma! — gritou ele, as mãos em forma de concha sobre a boca.

Senlin estava sentindo-se audacioso e um pouco satisfeito consigo mesmo até o momento em que a cabeça da amazona girou em direção a ele como uma gárgula de pedra que havia ganhado vida, seus olhos antes desatentos agora focados como os de um falcão.

— Você é Tom Senlin — ela disse em um claro e assustador tom barítono. Não era uma pergunta.

Algo disse a ele que deveria recuperar sua velha covardia e correr.

·CAPÍTULO DOIS·

A maneira mais simples de tornar o mundo misterioso e aterrorizante para um homem é persegui-lo.
— *A Torre dos leigos, a luta de um homem,*
por T. Senlin

O túnel era tão áspero e irregular que parecia o resultado da mordida de um verme monstruoso. Não havia corrimões de metal, nem tapetes com arabescos, nem lambris brancos aqui. A passagem era tão desprovida de elegância quanto o poço de uma mina. O vapor dos motores impregnava as pedras como neblina no vidro, de modo que cada passo adiante acabava em uma derrapada imprudente e insegura. Uma sequência de lâmpadas elétricas, tão amarelas e tão pouco iluminadoras quanto uma gema de ovo, pendiam do teto. Em meio à escuridão, Senlin não viu nenhum nicho onde se esconder e nenhum cruzamento por onde seguir. A única maneira de escapar à amazona no seu encalço, suas correntes tinindo como um pandeiro, era correr mais do que ela.

Um volume escuro em movimento bloqueou e dispersou a luz à frente. Era a autocarroça. Quando ela passou debaixo de uma lâmpada, as vistosas sombras de uma dúzia de mulheres animavam as paredes. Andando em marcha lenta, a autocarroça era a mesma coisa que um beco sem saída. Era quase certo que qualquer tentativa de contorná-la terminaria com Senlin sendo esmagado contra a parede rochosa. Ele não tinha escolha a não ser passar por cima dela. Pulou no para-choque da carroça, gritando "Estou passando! Com licença! Com licença!" enquanto passava a perna por cima da grade.

Já apertadas contra o corrimão em torno dos assentos como refugiadas em um bote no oceano, a frustração das mulheres irrompeu de repente. Aquelas que conseguiram encontrar espaço para levantar os braços os arremeteram contra ele, acertando-o debaixo da orelha, nas costelas, entre as omoplatas, outras xingaram-no com gritos agudos em seus ouvidos. Ele forçava a passagem por entre os quadris das mulheres, proferindo uma sequência de pedidos de desculpa. Pelo menos a raiva delas teve um efeito positivo: o frenesi impossibilitou que a amazona subisse na carroça. Ela estava sendo repelida por vários chutes e pontapés. Ela parecia hesitar em empurrar essas mulheres para o lado, embora Senlin não tivesse dúvida de que a amazona podia abrir caminho entre elas com a mesma facilidade com que um leão abria caminho por entre a relva.

Senlin aproveitou o momento de confusão para subir aos tropeções a parte de trás do assento do motorista. Ele pôs o dedão na trave, segurou na parte de ferro do assento e deu um impulso para cima. O motorista, cujos fios de cabelo esvoaçavam no vapor do motor, assustou-se com o aparecimento de Senlin no banco ao seu lado. Ele soltou um grasnido com catarro e encolheu-se no canto do banco como um cachorro que foi chutado. Senlin pediu desculpas de novo, embora o estrondo dos pistões encobrisse suas palavras. O motor ficava em um lugar estranho, em uma pilha barulhenta à frente deles, encobrindo boa parte do chão do túnel e da sequência de luzes com seus grandes cogumelos de vapor.

Percebendo que a única maneira de escapar estava à frente do motor, Senlin procurou um ponto de apoio entre as hastes pontiagudas e as correias velozes. Pôs o pé timidamente à frente, mas o braço de um pistão bateu nele, afastando-o. O punho de sua manga enroscou em alguma coisa à altura do quadril. Virando o pescoço, ele viu em que o punho estava enroscado. Uma mão poderosa estendia-se por sobre as cabeças das passageiras enfurecidas. A amazona lhe disparou um olhar impiedoso, segurou com mais força e parecia estar prestes a puxá-lo de volta quando uma das mulheres enterrou os dentes na curva do braço da guarda.

Ela afrouxou o aperto o suficiente para Senlin se libertar. Não havia tempo para hesitar agora. Ele puxou as pernas para cima e colocou uma das mãos na cúpula de calcário da caldeira. Um grande choque percorreu seu braço quando sentiu a queimadura, mas ele não tirou a mão. Deu um impulso para a frente, saltando a parte dianteira como um menino pulando uma cerca.

Foi um milagre não ter quebrado os dois tornozelos quando aterrissou ou caiu debaixo das rodas da pesada autocarroça. De algum modo, conseguiu manter os pés no chão. Fechou a mão queimada, como se pudesse diminuir a dor latejante ao apertá-la, e saiu correndo.

Logo a passagem se abriu, dando para uma câmara grande como o quarteirão de uma cidade, onde haviam colocado um caótico pátio de estação. Dezenas de carregadores se juntaram para descarregar carrinhos e trenós. Condutores lutavam para conseguir levar as carroças ao pátio coberto de cascalho enquanto outros homens ficavam sentados no topo de zigurates feitos de caixas, bebendo o conteúdo de uma garrafa e importunando os amigos. O que Senlin inicialmente confundiu com o começo de um tumulto na verdade era um jogo de cartas barulhento sendo jogado do alto de um barril de picles. Um austero prédio de dois andares, a única estrutura naquela câmara, erguia-se como um avô surdo em meio àquele furor, seus espigões de argamassa branca e suas vigas quadradas expostas parecendo tão velhos quanto as marcas de cinzel nas paredes do recinto. Por um instante, ele ficou surpreso ao pensar que essa caverna sem charme fora lisonjeada com o homônimo de "Nova Babel". Porém, em pouco tempo reconheceu o que era aquele lugar: uma cavidade menor dentro da imensa superestrutura da Torre. Ele ainda não chegara ao circunreino de Nova Babel. Essa era a estação de pesagem. Correu adiante, a bolsa agarrada ao peito.

Não era diferente de escolher o caminho por onde se anda em um pasto para vacas: ele tinha de prestar particular atenção em onde colocava os pés. Pisou em uma pequena avalanche de maçãs podres, dançou entre respingos de piche úmido e passou devagar em meio a limalhas de ferro que estavam caindo, o que parecia ideal para transmitir uma infecção fatal. Enquanto superava as armadilhas do pátio da estação, começou a se perguntar por que a amazona estava perseguindo-o. Ela reagira ao seu nome como se estivesse esperando ouvi-lo. Parecia improvável que trabalhasse para o comissário. Mesmo que a influência dele se estendesse até a Nova Babel, a notícia sobre o roubo de Senlin não poderia ter viajado mais rápido do que ele próprio.

Talvez a amazona servisse ao misterioso Conde. O Conde sabia de seu rival no casamento e poderia ter concluído, de maneira sensata, que seria mais fácil mandar matar Senlin do que correr o risco de um eventual confronto. No entanto, o Conde não tinha como saber que caminho Senlin tomaria. Havia dezenas de portos e portões, centenas talvez. Como poderia cobrir todos eles? E, mais especificamente, por que se daria o trabalho? Em uma perspectiva ampla, o Conde tinha pouco a temer de um corno falido e impotente de um humilde vilarejo pesqueiro.

Quando Senlin chegou à continuação do túnel do outro lado da caverna, estava certo de que o Conde não estava por trás da presente onda de pânico. Porém, se não era o Conde, se não era o comissário, quem e por quê?

Essas perguntas o acompanharam até a boca do túnel mal iluminado, onde uma série de luzes clareava a estrada para Nova Babel como uma trilha de migalhas.

Tentáculos de luz índigo piscavam sobre a cidade.

O medo de Senlin recuou diante do espetáculo. Ele procurou alguma analogia do passado, alguma teoria para entender aquilo, mas havia um vazio na história. O que estava vendo ia além da imaginação ou do estudo de um pobre diretor de escola. Ele apenas se deixou ficar fora da boca do túnel do porto, fitando boquiaberto para um longínquo monólito abobadado, coroado por um halo de relâmpagos azuis.

Era difícil olhar direto para os espinhos irregulares de eletricidade que saltavam contra as barras da abóbada. A cúpula erguia-se sobre os prédios sombrios e sem janelas da cidade, os quais, a não ser por uma porta ocasional, pareciam tão impenetráveis quanto tijolos. Morcegos giravam em torno do ninho de relâmpagos, rasgando por entre nuvens de mariposas que fervilhavam ao redor da cúpula. A todo segundo, várias mariposas esvoaçavam pelos arcos de eletricidade e eram consumidas como papel flash. Mesmo quando observado a distância, o relâmpago estalava e bramia com todo o volume de uma cachoeira. Senlin teve de virar as costas antes que sua admiração o fizesse perder a noção das coisas.

E, de repente, a tempestade de faíscas índigo cessou e o escuro que tomou seu lugar pareceu tão terrível e completo que Senlin se perguntou, momentaneamente, se havia morrido.

No entanto, era apenas a falsa escuridão que rodeia uma fogueira. Depois de um momento, seus olhos se adaptaram, e Senlin viu vários postes de uma luz elétrica fraca vigiando uma rede de ruas pavimentadas. Carruagens sem cavalos e todo tipo de estranho motor a vapor andavam em padrões de trânsito tão intricados que beiravam a entropia. As luzes dos veículos em movimento pulavam e aceleravam como fantasmas em um pântano de vapor.

Um pandeiro soou ao seu lado e seu impulso instintivo de correr se confirmou de modo tão violento que ele pulou da esquina para a rua sem ao menos dar uma olhada por precaução.

Senlin soube quase de imediato que o reflexo era fatal.

No momento em que estava inclinando-se para a frente, um carro grande a vapor virou a esquina a uma velocidade alucinante. Sua chaminé expelia um vapor tão denso quanto uma massa de pão crua. O homem de óculos sentado no banco do motorista avistou Senlin e se retesou devido ao susto, mas o ângulo da virada e o tráfego denso não lhe deixavam espaço para desviar. Senlin mal teve tempo de se encolher diante do inevitável.

Um lampejo prateado serpenteou pelos raios da roda traseira da carruagem. O metal fluido tornou-se abruptamente rígido quando a corrente esticou. O efeito que teve sobre a diligência foi como o de quebrar a pata de um cavalo a galope. O gancho removeu meia dúzia de raios e a carruagem que avançava em sua direção curvou-se sobre a roda quebrada. A outra ponta da corrente, laçada ao redor de um poste de luz, arrancou a coluna. O carro guinou violentamente sobre o meio-fio, jogando o motorista de óculos para fora do assento. O poste de luz caiu sobre a carruagem que estava virando, fazendo o motor parar de funcionar bem aos pés de Senlin. Um vulcão de vapor irrompeu de um lado do motor quando um pistão se soltou do braço da máquina e bateu furiosamente no chão. Ele teve tempo suficiente apenas para fechar os olhos e visualizar Marya antes de o aquecedor explodir. A cúpula de metal saiu voando como se houvesse sido lançada por um canhão. Ela quicou na rua uma, duas, três vezes, cortando a rua como se não passasse de areia úmida enquanto saltava, antes de finalmente formar uma cratera em um prédio a um quarteirão de distância.

Quando Senlin se virou, seus membros paralisados pela câimbra do pavor, viu a amazona olhando para ele por detrás dos destroços. Ela deu um puxão na corrente para soltá-la daquela devastação. O modo que conseguira enganchar uma carruagem em movimento a um poste de luz era quase tão incompreensível quanto o motivo pelo qual fizera aquilo. Ela o salvara, o que só podia significar uma coisa: ela estava tentando pegá-lo com vida. Alguém tinha planos para ele. Ele não conseguia imaginar que planos eram esses, mas tinha uma forte suspeita de que não queria descobrir.

Recobrando as suas faculdades, Senlin saiu correndo em meio ao trânsito que começava a se formar em torno dos destroços. Deu uma olhada rápida nos quarteirões próximos em busca de refúgio. A única coisa que viu foram fileiras de prédios tão perto uns dos outros como lápides em uma vala comum. Ele não sabia dizer quais eram escritórios ou fábricas ou lojas ou casas, porque todos eram caixas uniformes de cimento sem janelas.

Exceto uma.

Em meio à neblina, ao final da rua a alguns quarteirões de distância, um disco redondo de luz colorida brilhava como um farol. Correndo em direção à luz, ele logo percebeu que era uma rosácea no alto da cumeeira de um edifício coberto por um bonito estuque branco. Suas portas amplas estavam acolhedoramente abertas. Talvez fosse uma missão. Em um momento de otimismo, Senlin se perguntou se lhe ofereceriam abrigo. Quando chegou às portas, sem fôlego e com câimbra, estava bêbado de esperança. As letras maiúsculas pintadas sobre a ampla fachada diziam CASA DO CRÔMIO BRANCO. Até soava como uma missão.

Ele olhou para a rua por sobre o ombro, cheio de motores barulhentos. Não havia sinal da amazona entre os pedestres, que vestiam as roupas escuras dos trabalhadores de fábricas. Ele estremeceu no frio úmido e espiou pela porta. Uma lufada de ar quente acariciou seu rosto. O ar ali dentro parecia imerso em pó de giz, como se alguém houvesse batido apagadores. Ele não conseguia imaginar uma visão mais amigável. Mergulhou a cabeça e entrou.

Quando percebeu que havia entrado em um antro de drogas, era tarde demais.

·CAPÍTULO TRÊS·

Existe um narcótico, exclusivo da Torre e em particular de Nova Babel, chamado crômio branco ou farelo, entre outras coisas. Os carregadores o chamam de farelo porque faz o mundo real parecer o tipo de coisa que um rato poderia comer em uma única bocada e continuar com fome.
— *A Torre dos leigos, a luta de um homem*,
por T. Senlin

De início, ele não percebeu o que era porque parecia tão familiar. Parecia um bar amigável dentro de um templo religioso. Não havia balcão, mas o teto era alto e os cantos das mesas haviam ficado arredondados pelo tempo e lustrosos devido à oleosidade das mãos. Ele não estava sozinho: outros homens estavam sentados às mesas, calmos, serenos, com as cabeças curvadas debaixo de pequenos lençóis brancos. O que era estranho. A luz também era estranha. Ela vertia do poste de luz do lado de fora e entrava pela rosácea, que se segmentava em todo tipo de cores e formas magníficas. Era como olhar por um caleidoscópio. Tudo era estilhaçado e bonito.

Exceto a mulher que o cumprimentou. Ela era uma mulher de meia-idade desbotada pelo tempo. Seu cabelo branco estava preso em um coque que parecia uma bola de neve.

Seu avental imaculado havia sido engomado até ficar duro e, ele tinha certeza, cuidadosamente protegido contra manchas. Era a imagem exata de uma senhora que serve chá.

A mulher o acompanhou até uma mesa vazia e ele se permitiu ir com ela porque começara a confundir o bar-que-não-era-bar com uma casa de chá que frequentara durante o tempo que passou na universidade. Ela o acomodou na ponta de um banco comprido e ele olhou para os homens que estavam fingindo ser pequenas montanhas brancas. Havia algo no ar, uma poeira que flutuava à altura da cabeça, tênue como o brilho da lua.

Diante de cada um dos homens havia uma bacia e todos tinham os rostos enterrados nessas bacias como se estivessem gripados. Um guardanapo de linho branco estava estendido sobre as nucas desses homens, ocultando seus perfis.

Senlin se virou e viu uma bacia branca à sua frente. A água era tão branca e imaculada que ele não teria conseguido vê-la se a mulher não tivesse dado uma batidinha na borda com um envelope branco do tamanho de um saquinho de chá. Ela o rasgou, virou-o e uma areia branca saiu rolando. Quando caiu na água, um vapor lhe subiu pelo peitilho e por boa parte do nariz. Ele sentiu o vapor chegar. A mulher o ajudou a curvar-se. Uma cortina branca recaiu sobre o mundo. E assim...

Era um amanhecer espetacular e ele estava no cesto bem no alto da crosta árida do Vale de Babel.

Sobre a sua cabeça, longas partes de um balão brilhavam como uma laranja recém-descascada. Seus dedos doíam de frio devido a uma fina camada de gelo sobre o corrimão de vime.

O chão da gôndola ondeou delicadamente sob os seus pés quando ele virou as costas para o sanguíneo nascer do sol e na direção da montanhosa coluna da Torre. Ele conseguia ver a sombra do balão deslizando pelo edifício como um carrapato pela face de um rochedo.

Inclinando-se um pouco, ele avistou grossas nuvens envolvendo os circunreinos mais altos da Torre. Foi tomado por um súbito impulso de atravessar aquelas nuvens, de ver o que estavam escondendo das pessoas que viviam no solo e dos turistas mais pobres. Devia ser esplêndido e sagrado, o trono de filósofos e engenheiros.

Ele içou febrilmente os sacos de areia aos seus pés, arremessando-os para fora, depois travou uma luta para desatar os nós dos sacos de lastro que batiam no cesto do lado de fora, até que o último quilo de peso houvesse sido atirado. As bordas do envoltório de gás agitavam-se à medida que o balão alcançava uma nova corrente de ar. Ele não fazia ideia de a que velocidade estava subindo até que as nuvens surgiram à sua volta, esbranquiçadas e densas como cataratas, e a Torre sumiu de vista.

As nuvens se avolumaram e planaram ao seu redor como um bando de fantasmas. Ele flutuou infinitamente, perdido na névoa acolchoada, perdido entre corpos inchados e espectrais. Rostos que se formavam nos cantos de sua visão e que depois se deformavam e fugiam quando ele tentava se concentrar neles. Começou a sentir como se o cesto que pilotava não passasse de uma concha, uma pele da qual estava se soltando. Não estava voando; estava em ascensão. Estava transformando-se em um fantasma.

Sentindo a loucura crescer dentro de si como o pânico que se sente no leito de morte, ele se preparou para emaranhar as cordas. Não havia mais nada a fazer. Ele ia sabotar o balão. Olhou ao redor em busca de algo afiado para fazer um corte no envoltório de seda, certo agora de que preferia mergulhar na morte a subir mais naquele abismo nublado.

A gôndola atravessou a camada de nuvens e ele parou de ficar se mexendo. O sol estava lá, e um vasto bojo de azul celeste, e a Torre estava ali ao seu lado também, mas não era a Torre que ele conhecia.

Ela parecia um imenso fósforo queimado: enegrecida, ainda fumegante e curvando-se até se transformar em um fragmento frágil e instável no longínquo pináculo. Estava completamente arruinada. Dentro de suas paredes estilhaçadas, ele podia ver os escombros de edifícios desmoronados, os parapeitos e os pilares de portos devastados, os tecidos rasgados de bandeiras e aeronaves, a estatuaria negra de cadáveres queimados, espalhados sob espirais de abutres que chegavam aos milhares. Caíam destroços dos escalões superiores como areia em uma ampulheta enquanto a Torre continuava a cair e vergar.

Ele percebeu, com um sobressalto, que estava sendo levado em direção à ruína.

Instintivamente, deu um passo atrás e se viu trombando com algo mais alto e mais sólido do que ele próprio. Virou-se e encontrou Marya, a querida e doce Marya, inclinada sobre ele, as bochechas dela vermelhas como maçãs. A princípio, parecia totalmente natural que fosse ela, mas depois ele duvidou de que pudesse ser, porque ela tinha quase o dobro do tamanho de antes. Ou talvez ele tivesse encolhido.

Tentou abraçá-la, mas seus braços eram tão inúteis quanto mangas de camisa vazias. Infeliz, começou a debatê-los enquanto seus olhos ficavam marejados de lágrimas. Rouco por causa de toda a fumaça que saía ondulando da Torre devastada, só conseguiu reconhecê-la quando ela se agachou, pegou-o nos braços e o ergueu como uma criança. Sua cabeça rolava contra o peito dela. Ela tinha um cheiro de ferraria, mas ele achou o odor estranhamente reconfortante.

Ele balançou nos braços dela por um tempo e ela se abaixou de novo e o colocou de pé no chão. Atrás dela, o balão dele distanciava-se. Olhando para baixo, descobriu que estava em cima de um afloramento de pedra chamuscada. Lá no alto, o pico negro da Torre, paralisado durante o desmoronamento, parecia inclinar-se. Marya colocou suas mãos estranhamente grandes dos dois lados da cabeça dele.

— Eu amo você — ele disse em uma voz grossa e rouca.

Ela recolheu uma das mãos, mantendo a outra na bochecha dele, com uma expressão branda como a de uma esfinge, e bateu na cabeça dele com força.

O céu, o balão e o fósforo queimado que era a Torre sumiram de repente e Senlin se viu sob o farol sulfuroso do poste de luz do lado de fora da capela. Onde Marya estivera um momento antes, agora assomava a amazona. Ela o segurava pela lateral do pescoço e tinha a outra mão erguida a uma distância tão grande que ele confundiu a ação por um bocejo. Mexendo o maxilar recentemente afrouxado, ele se preparou para falar, para dizer algo em sua defesa, quando a mão desceu outra vez, grande como um remo, e lhe desferiu um tapa que fez seu rosto girar.

Ele viu seu reflexo boquiaberto na janela de uma carruagem que estava visivelmente próxima. Mesmo em meio à desorientação causada pelas alucinações que já diminuíam e pelos golpes da amazona, ele ainda teve uma fraca pulsação de choque ao ver a própria imagem. Ele parecia um peixe, uma carpa branca espiando pela superfície de um lago, de olhos arregalados e careta incolor. Parecia perturbado.

O carro era opulentamente paramentado com painéis de laca preta e moldura dourada. Como as outras carruagens de Nova Babel, esse veículo não tinha cavalo e tremia mesmo quando estava parado. As mangas de sua camisa apertavam suas axilas, alertando-o para o fato de que o haviam agarrado por trás pelo colarinho do paletó. A porta da carruagem se abriu e o reflexo dele foi substituído por um rosto não totalmente desconhecido.

Demorou um instante para Senlin identificar o querubim moreno que sorria para ele sentado no banco de veludo vermelho da carruagem.

— Aqui está você, Tom — disse Finn Goll. — Você não morreu no final das contas. Que maravilha!

·CAPÍTULO QUATRO·

O porto de Goll não é um elemento original da Torre. Ele foi entalhado eras após a construção da Torre e esse fato fica claro em seu formato inferior. O porto foi rebatizado no decorrer dos séculos por uma sucessão de homens ambiciosos e, no entanto, parece ter permanecido teimosamente um pouco melhor, um pouco mais nobre, do que a gruta de um contrabandista.
— *A Torre dos leigos, a luta de um homem,*
por T. Senlin

Em um contraste gritante com relação ao cheiro de carvão e enxofre da cidade, a carruagem recendia a cânfora e óleo de laranja. Era uma pequena cabine opulenta. Entre os sofás de veludo vermelho macio, uma lâmpada em forma de gota balançava como o amuleto de um hipnotizador. Licoreiras de cristal tilintavam em um cubículo forrado com finos amortecedores de cortiça. As sombras que se desenhavam sobre a janela flutuavam com minúsculas estampas. A carruagem sacudia tão suavemente quanto uma rede, e isso fez Senlin lembrar-se de sua viagem de trem mais recente: aquela sensação de estar em um espaço fechado e de seguir a uma velocidade casual, aquela sensação de luxo em cima de uma força mecânica bruta. Mas, nesse caso, ele não sabia para onde o motor estava indo ou quando pararia.

Com que afeição Senlin um dia recordara o conselho de Finn Goll! As semanas que se seguiram ao encontro deles no Porão foram tão carregadas de traição e desconfiança que Senlin começara a agarrar-se ao breve período em que se conheceram como exemplo da melhor natureza da Torre. Se Finn Goll vivia aqui, ele pensara várias vezes, logo, outras almas boas deviam viver aqui também. Em uma terra de poucos amigos, Goll era um homem sem conspirações nem segundas intenções.

Senlin não poderia estar mais errado.

A aparência humilde que Goll ostentara anteriormente, seu traje de mercador que viajava de camelo/trem, transformara-se por completo. Seu paletó de tweed e sua calça de lã eram impecáveis. O penteado de seu cabelo grosso formava uma onda que parecia erguer-se para sempre sem nunca cair de um dos lados da cabeça. Goll estava sentado de frente para Senlin, apertando o lábio inferior, as sobrancelhas grossas e escuras agitadas por algo que particularmente o fazia achar graça. Quanto mais a cabeça de Senlin clareava, mais perturbado ele ficava com a aparência de Goll. Parecia anacrônica, um equívoco cósmico. O que ele estava fazendo aqui?

Senlin poderia ter pensado que tudo aquilo era uma continuação da sua alucinação, não fosse pela amazona. Ela estava sentada ao seu lado no banco sacolejante da carruagem. Enquanto Senlin mantinha um cuidadoso contato visual com Finn Goll, ela ficava olhando feio para ele sem sutilezas. Ela se aproximara tanto de Senlin que ele conseguia sentir o ar que ela exalava pelas narinas.

— Você fez uma grande entrada, Tom. Foi estrangulado no porto, aterrorizou as pobres putas na carroça, lançou-se no meio do tráfego e ficou chapado em uma casa de farelo. Bravo! Fiquei impressionado. — Goll esfregou as palmas das mãos no joelho. — Minha parte favorita foi quando você disse à Iren que a amava. — Ele soltou uma gargalhada na direção da mulher, que absorveu a piada com uma única piscada lânguida. — Cá entre nós, acho que ela não é do tipo para casar. — Ele riu outra vez. — Aposto que não aprendeu esses truques com o seu guia!

Senlin recusou-se a se acanhar diante disso, apesar de uma repentina sensação de humilhação. Ele se virou e deu de ombros, e disse:

— Não estou aqui para defender aquela bobagem. Acho incrível que um guia possa estar tão equivocado e ainda alcançar a décima quarta edição.

— Não é tão surpreendente se você sabe que a maioria dos autores que trabalharam nele jamais colocaram de fato os pés na Torre.

— Por certo que não — zombou Senlin.

— Mas isso explica muita coisa, não explica? — perguntou Goll, sua voz assumindo um tom alegre. — Deixe-me contar qual é o fato mais útil que todos aqueles cocôs omitem: a Torre é um poço de piche. Quando coloca o dedão do pé nela, está preso para sempre. Ninguém vai embora. Ninguém vai para casa.

— Claro que as pessoas vão para casa — contestou Senlin, suprimindo uma bufada pesarosa. Ele estava achando cada vez mais impossível ser sociável. Quem era Goll para subestimá-lo e intimidá-lo daquela maneira? — Eu não teria imaginado que o senhor é do tipo que conspira, sr. Goll. — Senlin endireitou-se. Tentou limpar os punhos das mangas, embora as duas estivessem sujas de graxa, resultado de seu voo recente. Goll observou com divertimento enquanto o outro se arrumava. — As pessoas vão para casa — insistiu Senlin. — Eu e minha mulher vamos para casa.

— Ah! — Finn Goll apontou para a amazona, Iren, e falou: — Eu lhe disse que gostei dele para o trabalho desde o momento em que o vi pela primeira vez. Ele é tão sincero. — Iren deu um pequeno resmungo, confirmando, e Goll virou o dedo grosso na direção de Senlin. — Foi uma longa entrevista, Tom, percorrer uma subida árdua pelo encanamento da Torre. Eu não sabia ao certo se você sobreviveria ao Anfiteatro. O fato de ter escapado das Termas sem ter virado um mula é um milagre secundário. Eu esperava que você conseguisse.

— Não sei do que está falando. Eu vim até aqui de livre e espontânea vontade e não em busca de emprego.

— É, é. Claro que veio. — Goll revirou os olhos. — Não aja como se isso fosse obsceno de alguma forma. Isto é uma transação, Tom; é negócio. Meu porto não tem um diretor faz seis meses, não desde que o último... se aposentou de repente, e eu não consigo encontrar uma alma viva que esteja disposta e seja adequada ao trabalho. Preciso de um novo diretor portuário, e você precisa de um emprego. Você nem sabia disso, mas precisava de um emprego no momento em que saiu do trem lá no Mercado. Todo mundo na Torre encontra trabalho mais cedo ou mais tarde. A questão é se você recebe por ele ou não.

— Admito que estas não têm sido as férias que eu esperava, mas não preciso de um emprego. Tenho um emprego esperando por mim em minha terra natal — disse Senlin, mesmo duvidando de que isso fosse verdade. Sentiu uma pontada de tristeza ao pensar: a essa altura já teriam tido que substituí-lo. Seus alunos não teriam recebido nenhum aviso, nenhuma explicação. O ano letivo começara e haviam encontrado um estranho esperando por eles. Fosse quem fosse, não seria um estranho por muito tempo. O vínculo entre professor e aluno se formava rápido e se desenvolvia rápido. Senlin sufocou a crescente sensação de perda, deixando a raiva redirecioná-lo. — E não aja como se tivesse sido essencial de alguma maneira para a minha sobrevivência. Não houve nenhuma entrevista; este não é o meu destino. Não me importo com você ou com o seu trabalho. E, assim que decidir parar esta carruagem e abrir a porta, vou embora.

— Mas por que, tenho certeza de que está se perguntando, por que não simplesmente recrutar um novo diretor do conforto do meu próprio porto? — continuou Goll à própria maneira, sem se perturbar com o protesto de Senlin. — Por que descer até o Porão para procurar talentos? A única coisa que tenho de fazer é ficar sentado e interrogar as multidões que chegam. Eu podia simplesmente perguntar a cada pessoa que arrasta as juntas e respira pela boca ao passar pelo portão: você é bom com números? É leal? É honesto? É sensato? — Goll contava as virtudes com dedos grossos e abertos. — Foi exatamente o que eu fiz e acabei com uma série de mentirosos incompetentes e não confiáveis que quase me roubaram. Porque, veja bem, quando eles chegam a essa profundidade da Torre, a maioria perdeu o caráter. Estão dispostos a dizer qualquer coisa para conseguir o que querem. Você não pode argumentar com eles nem confiar neles. Para conhecer uma pessoa, para conhecer o seu caráter, você precisa saber quem eram antes de a Torre sacudir suas fundações. Se não sabe como mudaram, não sabe quem se tornaram. O próprio fato de que você está resistindo a mim é um sinal de que é o homem para esse trabalho.

— Você dá a todos eles o mesmo conselho ruim que me deu?

— Que conselho ruim? O de ser desconfiado? O de confiar nos próprios olhos? Como esses conselhos podem ser ruins?

— Você me disse para não confiar em ninguém — respondeu Senlin e quis intimidar o homem com algum gesto empático, mas ficou nervoso com a ideia de fazer movimentos repentinos enquanto a amazona fuzilava-o com os olhos. Tentou impregnar suas palavras com a paixão que sentia. — Mas a única maneira pela qual eu escapei do Anfiteatro e das Termas foi confiando nos meus amigos.

— É mesmo? Foi isso mesmo o que aconteceu? — Goll esfregou a barba de um modo alegre, quase compulsivo. Parecia estar se divertindo imensamente. — Tem certeza de que não desenvolveu uma conexão com estranhos e depois os usou? Onde estão esses amigos seus agora? Eles se saíram tão bem quanto você? — Ele abriu as mãos, esperando. — Suponho que esse seu silêncio amuado significa que não. Sabendo o que eles sabem agora, acha que confiariam em você de novo? Eles ainda lhe chamariam de amigo?

— No entanto, você esperava que eu confiasse em você.

— Não. Pela lama, não! Os poderosos nunca confiam. Eles respeitam e são respeitados. A confiança é um vínculo fraco e é para os fracos.

— Eu tenho outros vínculos mais fortes em mente — disse Senlin, sua expressão tornando-se evasiva.

— Ah... — Goll voltou a recostar-se contra os lóbulos abotoados do estofamento vermelho, uma fisionomia de compreensão despontando em seu rosto. — Você está falando da sua esposa. — Ele estendeu a mão e abriu a persiana. Do lado de fora, os prédios de Nova Babel, lisos como marcos miliários, passavam pela escuridão cinzenta. O mundo tinha um odor semelhante ao da parte inferior de um paralelepípedo. Havia enxames de mariposas ao redor dos postes de luz. Enquanto a mão de Goll permaneceu no suporte circular da janela, Senlin notou, pela primeira vez, a aliança de casamento dourada no dedo dele.

Quando Goll voltou a falar, sua voz havia perdido um pouco de sua alegria tempestuosa.

— Você age como se não a tivesse perdido. Você é como um cachorro se lamentando no túmulo do dono. No entanto, ela se foi, Tom. — Goll deu a Senlin um sorriso franco, quase melancólico. — As pessoas acham que a diferença entre os ricos e os pobres, os poderosos e os mulas, é a ausência de fracasso. Mas não é. — E o tom de voz de Goll começou a mudar e aumentar de novo. — Os homens poderosos têm a mesma quantia de fracassos, se não mais, do que os fracassados. O excepcional é que eles os admitem; eles os aceitam e suportam os próprios fracassos. Eles reivindicam suas decepções; eles seguem em frente! — Goll ficou agitando os punhos no ar como se houvesse agarrado algum malandro pelo colarinho. — Não seja um mula. O mula está em negação, Tom! Ele não consegue admitir que está derrotado, por isso nunca consegue escapar da derrota. Sua mulher se foi! — A voz dele ecoou em um tom rouco e cansado.

Senlin começara a olhar para as mãos abertas na metade da diatribe de Goll. Estavam imundas. Uma bolha do tamanho de uma bolacha da praia ocupava a palma de sua mão, sua recompensa por colocá-la em um aquecedor cheio de vapor. Senlin experimentou dobrá-la, observando a pele irritada enquanto inchava e esticava.

— Minha esposa não está perdida — contestou ele. — Ela foi sequestrada por um patife opulento chamado W. H. Pell, mas não está perdida. Sei onde ela está. Eu vou buscá-la, e nem você, nem ninguém, vai me deter.

A máscara apaixonada no rosto de Goll esmaeceu de maneira tão abrupta que ele parecia ter tido um derrame. Olhou para a amazona, a mulher que ele chamava de Iren, e ela, interpretando a deixa, agarrou Senlin pelo pescoço e chacoalhou-o pela cabine como se estivesse castigando um galo irritante. Estalos e centelhas de dor subiam e desciam pela espinha de Senlin enquanto a cabine sacudia violentamente à sua volta. Ele estava indefeso nas mãos dela.

Lá fora, o relâmpago na abóbada voltou à vida, o zumbido da sua potência tornando-se mais alto e mais ruidoso enquanto raios roxos pululavam contra a jaula e iluminavam a cidade. O interior da carruagem se tornou um quadro desolado. Senlin percebeu que não estava mais sendo sacudido e arquejou depois de respirar uma esquiva golfada de ar.

O relâmpago sumiu quando a carruagem passou por um túnel. O estampido do motor da carruagem e o rangido das rodas reverberavam de maneira mais perceptível.

Senlin sentiu como se seus pensamentos fossem um eco de alguma declaração dada há muito tempo. E, contudo, de cabeça vazia como se sentia, ele se endireitou de novo, limpou a garganta machucada com uma tossida turva e disse com uma certeza imperturbável:

— Minha esposa não está perdida.

Goll inclinou-se para a frente, suas pesadas sobrancelhas tão abaixadas que pareciam uma venda.

— Você não é o único amuado subindo para cá, Tom. Eu acionei uma dúzia de outros candidatos naquele dia em que conversei com você. E dúzias mais nos dias anteriores. — Ele estalou os dedos para Iren. — Fale.

Imediatamente, a amazona começou a recitar nomes de memória.

— Haden Peal, Farroq Jiwa, Geert Van Dijk, William Mercer, Edgar Cole, Jean Flaubert, Chin Mawei, Thomas Senlin, Colin Hannah…

Havendo demonstrado o que queria dizer, Goll fez um gesto impaciente para que ela se calasse.

— Você acha que é o único que sabe escrever e ler e empilhar números? Vocês homens letrados são tão raros como percevejos! — ele gritou e se acalmou com uma graça brusca, quase maníaca. Voltou a recostar-se. — Não aceite o trabalho, Tom, e boa sorte para você. Mas estou lhe avisando, o único artigo que nunca é escasso na Torre é o homem desesperado.

— O desespero não é uma coisa tão ruim — respondeu Senlin.

— É quando não há dinheiro por trás — gracejou Goll.

Por mais que Senlin detestasse admitir, Goll estava certo em uma coisa: ele precisava de dinheiro. Encontrar Marya e atravessar a Torre requereriam taxas e subornos e vai saber o que mais. Ele não podia mais seguir em frente como turista. Não podia continuar dependendo do sacrifício de seus amigos e conhecidos. Tinha de formular um plano, reunir forças e fazer um esforço combinado. E tudo isso exigia tempo, e tempo exigia dinheiro.

Goll, observando-o minuciosamente, pareceu reconhecer as maquinações pelas quais Senlin estava passando. Senlin apertou os lábios para enfatizar sua meditação.

— Não gosto de ser coagido, sr. Goll. Se quer propor um negócio, vou levá-lo e consideração, mas, se vai me intimidar e se comportar como se eu tivesse alguma dívida de gratidão por tirarem vantagem de mim, prefiro me juntar aos mulas.

— Quero deixar isso bem claro: eu tenho empregados. Não tenho mulas. Você vai receber pelo trabalho que fizer.

— Qual é o trabalho exatamente? — perguntou Senlin e ouviu enquanto Finn Goll resumiu as tarefas de um diretor portuário, que incluíam organizar os estivadores e inspecionar, fixar o preço, comprar e vender produtos importados. Ele programaria os turnos dos carregadores, faria o balanço dos livros-razão, pagaria os homens e, o mais importante, prepararia o relatório diário das oito horas para Goll.

— O trabalho não é fácil nem simples. Você viu o porto, a estação, os homens. É tudo meio...

— Tumultuado, desorganizado e de má qualidade — terminou Senlin.

Finn Goll abriu as mãos, aceitando essa caracterização.

— Você vai ter de merecer o seu dinheiro. Seu salário será de uma mina por mês, já descontados o alojamento e a alimentação.

Era menos do que o seu antigo salário da escola, mas Senlin duvidava que estivesse em posição de negociar um salário melhor. Ele fez um aceno ponderado com a cabeça e estendeu a mão. Eles apertaram as mãos uma vez, olhando fixamente um para o outro, o gesto desprovido de confiança ou convicção. Isso não era, no que tocava a Senlin, diferente do Anfiteatro. Ele representaria o papel pelo tempo que fosse necessário, mas não era mais honesto como empregado do que Goll era como patrão. O aperto de mão apenas sinalizou que eles concordaram em compartilhar uma ilusão pelo tempo que fosse mutuamente conveniente.

No momento seguinte, a carruagem chegou na mesma estação de pesagem que Senlin recentemente atravessara correndo. A porta da carruagem abriu e Senlin desceu. Esperava que Goll ou Iren o seguissem, mas nenhum dos dois fez movimento algum para desembarcar.

Goll parecia estar gostando de observar Senlin pela porta agora fechada da carruagem, encarando de volta, tentando não parecer um menino no primeiro dia de escola. Senlin foi cutucado com um mastro por um trabalhador que arrastava um trenó mal arrumado com caixas que retiniam. Uma garrafa dentro de uma das caixas explodiu e um jato de espuma esguichou pelas ripas. Senlin saiu do caminho com um pulo e depois teve de lutar para se pôr ao lado da carruagem outra vez.

— Por onde começo? — Senlin gritou para Goll, que colocou uma das mãos atrás da orelha, chacoalhou a cabeça descomunal e fingiu não ouvir. Senlin sentiu os pelos se eriçarem. Ele já estava se arrependendo da decisão.

Goll fez um pequeno movimento giratório com o dedo e a carruagem deu uma guinada abrupta para a frente.

Senlin virou-se, pasmado ao ver a lustrosa carruagem voltando ruidosamente em direção ao túnel e à Nova Babel e, por um instante, pensou em correr atrás dela. Sentia-se tão solitário e desolado quanto um náufrago. Não estava preparado para encontrar o jovem bronzeado e deu um pequeno pulo de surpresa de um modo que o deixou imediatamente constrangido. O jovem, musculoso, porém mais baixo que Senlin, não pareceu notar. Ele usava um tapa-olho de couro marrom e olhou para Senlin com o olho que restara, brilhante como uma moeda de ouro. Era Adam Boreas.

Aqui estava o ladrão que o roubara, o jovem que acelerara a ruína de Senlin.

Senlin evocara a imagem de Adam quando sentira necessidade de culpar alguém pelo seu azar. Nesses devaneios amargos, ele condenara Adam a todo tipo de castigo absurdo. Exilou-o em uma colônia de leprosos em um atol vulcânico; forçou-o a limpar a Torre do alto ao chão; fê-lo memorizar e recitar o dicionário enquanto pulava corda.

Essas fantasias cruéis, antes tão divertidas, vieram-lhe à mente outra vez enquanto ele ficou ali, como uma estátua, e sentiu-se envergonhado. Adam parecia ter sofrido muito nas semanas seguintes. Seus ombros largos estavam curvados, seu esplêndido cabelo escuro estava opaco e sua pele bronzeada tinha um matiz quase esverdeado. Por baixo do tapa-olho propagava-se um antigo ferimento. Havia uma fissura cicatrizada de um lado a outro do nariz. Embora ainda fosse jovem, ele tinha o olhar de um pequeno proprietário de terra que houvesse passado boa parte da metade de um século arando um solo pobre e pedregoso. Tinha uma aparência exausta e parecia estar se preparando para outro ataque.

Senlin percebeu que aquela tensão era absurda. Esse rapaz envelhecido não era seu inimigo. E, além do mais, ele estava determinado a provar que Finn Goll estava errado. O desespero não tornava as amizades impossíveis e os laços de confiança não eram fracos.

Senlin fez o gesto estoico de exibir um sorriso e ofereceu a Adam sua mão chamuscada e coberta por uma bolha.

— Parece que vamos viver sob o mesmo jugo, sr. Boreas.

Alívio, como uma brecha entre nuvens, tomou conta do rosto do jovem.

— Me chame de Adam — ele respondeu, apertando a mão sensível de Senlin.

— Adam, me chame de Tom. É bom ver um rosto amigo.

O semblante de Adam voltou a anuviar-se, e o aperto de mão se afrouxou.

— Não somos amigos.

Senlin deu risada, assustando Adam.

— É o que todos os meus amigos dizem.

·CAPÍTULO CINCO·

Um antigo e amado professor uma vez me disse que um diário é o único livro que um homem pode comprometer-se a escrever e saber com certeza que um dia terminará.
— *A Torre dos leigos, a luta de um homem*, por T. Senlin

7 DE SETEMBRO

Eu sou responsável por fazer as coisas funcionarem.

A lista de "coisas que devem funcionar" inclui o porto aéreo, onde a negligência só é ofuscada pela incompetência; a estação de pesagem, com seu guindaste antigo e seus enferrujados pratos de balança de calibragem dúbia; e o pátio da estação, onde produtos perecíveis importados se enchem de larvas e caixas de vinho do Porto misteriosamente desaparecem com regularidade. Tudo deve ser pechinchado e vendido com lucro e os registros das aquisições, dos estoques, dos salários e das perdas deve ser rigorosamente guardado e copiado para o Todo Poderoso Relatório das Oito Horas, que é mandado diariamente para Goll, aos cuidados de Iren, a amazona, junto com a maior parte do dinheiro e com as cópias dos manifestos. Os homens são uniformemente rabugentos e indiferentes às minhas orientações e é tão raro vê-los sóbrios que ainda tenho de distinguir os inaptos dos letárgicos, os imbecis dos ébrios. Sou diretor portuário só no nome. Nem sei por onde começar.

    Aqui não é como as Termas ou o Anfiteatro. Não existe escrivão-chefe nem comissário nem lorde do Boudoir. Nova Babel é administrada pelas autoridades portuárias, pelos alcoviteiros e chefes das fábricas. E não existe nenhuma alma respeitável e empática entre eles.

    O pátio da estação fica no meio do túnel, como um volume indigesto em uma cobra. O prédio da estação é constituído de dois andares feitos de madeira e pedra desconexas e ostenta alojamentos humildes com redes podres para os homens, um refeitório que não é adequado para limpar peixe e uma cozinha bem coberta de mofo e sebo. O segundo andar abriga o escritório e dois apartamentos: um é meu; o outro é de Adam. Meu escritório é caprichosamente equipado com uma escrivaninha que parece ter sido um dia a proa de uma embarcação. Ela poderia parecer mais caprichosa se não estivesse enterrada debaixo de pilhas de inescrutáveis livros-razão e cronogramas não cumpridos. Tudo está coberto por aparas de lápis, poeira e mariposas mortas. Mal consigo sentar-me no meu escritório sem gritar. Vou limpá-lo assim que conseguir encontrar um pano que não esteja mais sujo do que a própria sala.

    Meu apartamento tem o odor de uma caverna onde uma geração de produtores de queijo fabricou seus produtos. Está mobiliado com gravetos e lascas que têm o formato aproximado de uma mesa, duas cadeiras, uma escrivaninha e uma cama. Uma tábua solta de assoalho ao lado da minha cama é uma armadilha tão sensível quanto uma armadilha para lobos. Eu já a pisei errado duas vezes, mergulhando meu pé em uma abertura pontuda. A cavidade abaixo é grande o suficiente para caber este diário e, tendo em vista que parece prudente manter minhas ruminações particulares em segredo, decidi guardar este relato lá, junto com a chave de carcereiro de Ogier. Pelo menos alguma coisa útil adveio de minhas canelas arranhadas.

Coloquei o quadro que Ogier fez de Marya na minha mesa de cabeceira. Eu o virei para a parede e depois para a frente de novo de quinze em quinze minutos nas últimas duas horas. Os dois lados da moldura são igualmente dolorosos de olhar.

Não sei por onde começar!

12 DE SETEMBRO

Comecei escolhendo um exemplo.

Perguntei a Adam quem ele achava que era o maior responsável pelo desaparecimento das caixas de bebida alcoólica. Ele rapidamente deu como resposta o nome de Tommo Carric, estivador chefe, terceiro em comando depois de Adam e de mim, exatamente o mesmo homem que havia me dado as boas-vindas no porto sufocando-me e acariciando o retrato da minha mulher. (Percebo que "retrato" é um termo impreciso, mas chamá-lo de "imagem da minha mulher pelada" me faz estremecer, mesmo em particular.) Iren costuma estar por perto, cuidando de uma incumbência ou outra, por isso a recrutei para o trabalho. Ela não expressou qualquer receio quanto ao meu plano, apesar de, com toda a sinceridade, geralmente ser tão inexpressiva quanto uma pá. Eu não finjo me sentir confortável na presença dela; minha mão ainda está enfaixada e minha cabeça ainda está dolorida devido à nossa recente apresentação. Entretanto, ela recebeu ordens de Goll para ajudar em todos os esforços apropriados para recuperar o porto e para não me matar a menos que seja absolutamente necessário. Sei disso porque ela me contou.

E, no entanto, Iren é exatamente o tipo de presença que se quer ao demitir um imbecil. Tommo Carric deu o exato show que eu esperava. Adam, Iren e eu o confrontamos ao lado de seu púlpito a céu aberto no porto. Quando o informei de que seus serviços não eram mais necessários, ele puxou o púlpito de seu apoio e se preparou para bater em mim com ele. Teria conseguido se Iren não o houvesse agarrado pela cintura e chacoalhado até ele babar.

Carric gritou uma série de obscenidades das mais elaboradas enquanto Iren o carregava como uma criança chorona, mantendo-o com firmeza à distância de um braço, pelo túnel, pelo pátio da estação e, por fim, para dentro da névoa de Nova Babel. Embora isso não tenha sido feito por vingança mesquinha, não vou fingir que não apreciei ver aquele bruto estendido na calçada. Ele se levantou e investiu contra mim outra vez, mas Iren lhe deu um tapa tão violento que deslocou o nariz dele.

Pouco depois, reuni os homens e anunciei que o ladrão de vinhos havia sido identificado e demitido. Os homens ouviram e parecem ter entendido que, agora, pelo menos, eles podiam alegar inocência, e nós podíamos começar de novo. Com sorte, isso abrirá a porta para a melhoria. Desconfio de que poderia haver um tumulto se eu tentasse esse truque outra vez. Mas, se eu puder manter a confiança dos homens, posso ganhar a confiança de Goll. E, se eu tiver isso, posso levá-lo a acreditar que desisti dela. E, depois, vou fugir.

Achei um pano limpo e algo semelhante a sabão. Limpei meu escritório e meu quarto, transformando-os em pequenas ilhas de sanidade. Amanhã, vou lidar com o pátio da estação. Se este relato terminar aqui, os futuros leitores devem supor que fui linchado no meio do inventário pelos meus homens.

16 DE SETEMBRO

Sem Carric por perto, tenho a tarefa adicional de revisar os manifestos de saída e recolher assinaturas de capitães que estão de partida. A discrepância entre o que está declarado no manifesto e o que está sob o convés às vezes está marcada. As tripulações estão ávidas por contornar as taxas de Goll sobre a exportação e se tornaram bastante ardilosas em seus métodos de contrabando. (Recordo dos dias em que carregava o meu dinheiro nas botas e dou risada. Eu era tão amador, e a ocultação é uma arte na Torre.) Para combater essa perda no faturamento, inspeções pontuais são necessárias, e eu testemunhei conversas tensas entre os meus estivadores e os suboficiais das naves.

A principal ocupação de Nova Babel diz respeito à produção de hidrogênio, um gás tão efêmero quanto volátil. Os outros quatro portos aéreos de Nova Babel, todos legítimos e bem lubrificados, abastecem as fábricas locais de limalhas de ferro e ácido sulfúrico para criar hidrogênio. O aço é importado para a construção de barris especializados, que são carregados de gás depois que ele foi comprimido. Esses barris são combustível para as aeronaves e são o principal produto de exportação do circunreino.

Os onipresentes prédios baixos e sem janela de Nova Babel se assemelhavam a refúgios por uma razão. Foram projetados tanto para conter o gás e evitar o aumento da chance de explosão como proteger os que não eram fábricas de tais acidentes. O vazamento de hidrogênio é um temor perene, especialmente considerando a regularidade com a qual se aplica uma faísca à atmosfera. Por incrível que pareça, as catástrofes são raras.

Mas esse esforço nobre não descreve a indústria do porto de Goll. Não, não somos tão nobres. Somos importadores de vício.

19 DE SETEMBRO

Capitães e tripulações visitantes chamam Nova Babel de Boudoir por um motivo tristemente óbvio. O circunreino está bem cheio de bordéis e cantinas encobertos por sombrias conchas de concreto. Dentro dessas criptas incolores... Bem, se os panfletos e folhetos que entulham as ruas forem confiáveis, o entretenimento é qualquer coisa, menos monótono.

Nada me deprime mais do que as naves carregadas de mulheres que chegam toda semana. Seus rostos parecem painéis de vidro com chumbo: são endurecidas, mas transparentes. Estão todas perdidas. Finn Goll parece pensar que elas não são diferentes de uma caixa de laranja ou um barril de cerveja do Porão. Elas são adicionadas ao registro, passadas para a conta que estiver deficiente e levadas para trabalhar em palcos e quartos. Goll tem o próprio local sórdido, o Tubo de Vapor, para onde desvia a maior parte das mulheres apresentáveis. O Tubo de Vapor é administrado por um alcoviteiro chamado Rodion, que espero jamais conhecer, mas estou certo de que um dia conhecerei. Pelo que ouvi, ele é perigoso e ambicioso.

Os estivadores, claro, economizam o salário para tal entretenimento. Eu não sou ingênuo. Esse é o velho negócio do mundo. Mas parece um negócio triste. Quando penso nisso, viro a pintura de M para o outro lado. Porém, quando o pensamento persiste, como acontece às vezes, viro a imagem dela para a frente de novo.

24 DE SETEMBRO

Enfim consegui compilar uma lista exata de todos os estivadores, trabalhadores das docas, motoristas, guardas e peões empregados pelo sr. Goll em seu porto. Depois de demitir cerca de catorze vagabundos, há 52 homens adequados; dezoito são funcionários que também trabalham em um dos portos mais legítimos de Nova Babel, tais como Ginside ou Erstmeer. Dos 34 trabalhadores de período integral, nem um sequer é alfabetizado nem capaz de qualquer coisa além de fazer contas rudimentares com os dedos. Se o número for maior do que dez, são necessários dois homens para contar.

Adam, claro, é a exceção. Ele é culto, faz cálculos confiáveis e é absolutamente dotado para os reparos mecânicos. Eu me esqueço constantemente de sua relativa juventude e, portanto, vejo-me com frequência confiando-lhe um dilema prático ou outro. (Ninguém jamais fala sobre seu passado infeliz nem sobre qualquer outra coisa de importância pessoal.) Nós superamos os mal-entendidos de quando nos encontramos pela primeira vez, embora ele desconfiasse de uma reconciliação fácil. Primeiro ele queria que todas as nossas cartas fossem colocadas sobre a mesa antes que decidíssemos ser amigos. Depois, explicou-me por que havia me roubado apenas algumas horas depois de nos conhecermos.

A trama havia sido toda de Finn Goll, claro. Goll insistia em importar talento do chão porque acreditava que tais homens eram inteligentes, ingênuos e não tinham ligação com seus inimigos. Em suma, era possível confiar nesses homens. (Ironicamente, Goll não confia em ninguém o bastante para deixá-lo recrutar para nenhuma posição melhor do que um carregador.) O papel de Adam na trama era identificar turistas isolados, vulneráveis e instruídos. Ele ganhava a confiança deles, conduzia-os até um insuspeitado ponto de encontro com Goll e, assim que a oportunidade se apresentasse, roubava-os. Adam entregava os pertences pessoais do turista para Goll, que muito convenientemente topava com os turistas arruinados.

Depois disso, era só uma questão de manipular o turista a acreditar que Goll também era uma vítima do mesmo roubo, o que, eu posso atestar, cria um vínculo instantâneo e surpreendentemente forte. A filosofia de Goll de semear possíveis trabalhadores para colher um único contratado resiliente significava que Adam havia roubado muitos, muitos homens. Conhecendo Goll, conhecendo seus extremos persuasivos e brutais, não posso culpar Adam pelo papel que desempenhava. Ele só estava fazendo o que lhe era exigido. Como posso guardar rancor?

Além do mais, Adam é o único homem no pátio que não torce para que eu me envolva em um acidente fatal. Não sou popular entre os homens. Eles acreditam que meus horários e rotinas são arbitrários e excessivos. Nunca lhes ocorreu que excesso de carne e produtos apodrecendo no estoque fosse resultado de má administração, ou que pontos de estrangulamento no trânsito pudessem ser evitados, ou que se perde dinheiro graças a índices deficientes. Para eles, o cesto de figos apodrecidos, os para-lamas amassados das rodas e a evaporação do álcool são apenas fenômenos naturais sobre os quais se pode reclamar, mas não se pode corrigir.

Adam está me ensinando os princípios do motor a vapor. Como nossos tratores quebram religiosamente, resta-nos opção de consertá-los ou carregar os produtos importados à mão, por isso é prudente aprender. Para ser sincero, gosto dessas sessões claustrofóbicas debaixo das carruagens a motor porque pelo menos me liberam da minha mesa, onde me sinto cada vez mais acorrentado. Além disso, esse trabalho com motores deu origem a uma teoria sobre a Torre que eu gostaria de aprofundar... se algum dia eu tiver energia para fazer reflexões acadêmicas outra vez.

29 DE SETEMBRO

Ah, a transmissão da noite! Toda noite, eu fico na base do guindaste no pátio, adoto meu grito de diretor e faço anúncios sobre a produtividade e as tarefas. Essas sessões, abominadas pelos homens, só recentemente foram redimidas. Uma noite, faz uma semana, o nosso cozinheiro, Louis Mawk, me pediu para ler um pedaço de papel. Era uma nota promissória da qual ele estava desconfiado, mas, sendo analfabeto, não conseguia satisfazer sua curiosidade. Eu a li sem dificuldade nenhuma, claro, embora isso tenha divertido bastante os homens. Na noite seguinte, outro homem me abordou com outro documento que gostaria que fosse decifrado. E, desde então, toda noite sou cercado por meia dúzia de homens com versos humorísticos, cartas e folhetos.

Embora eu esperasse que esses homens quisessem manter seus assuntos em segredo, ninguém mais parecia preocupado com a publicidade. Era exatamente o contrário: os homens permanecem reunidos para ouvir quais notícias do mundo serão lidas. Em geral, as notícias são bastante banais e às vezes profanas. Mas trato tudo como literatura e por isso consigo não me envergonhar nem quando sou forçado a ler a propaganda indecente de um bordel ou as mensagens de amor sem graça que os homens às vezes recebem.

Quase ri esta noite ao ver o jovem Adam Boreas corar apenas com alguns versos recitados. O velho Louis Mawk surgiu com um panfleto particularmente extravagante para o Tubo de Vapor, o antro de iniquidade do próprio Goll, que, além de um menu de vulgaridades, incluía uma água-forte de uma bela jovem com uma abundância de cachos pretos. Ela estava sentada em um trapézio, vestindo um collant de acrobata. O exemplar dizia, e eu li: "Venham, venham ver a Garota Voadora! A Incrível Voleta! Seios pequenos e costas largas tem a dama, será que ela vai voando para a sua cama?".

Era bastante grosseiro, mas fiquei surpreso de ver Adam, habitualmente implacável, ser tomado por um violento tom de vermelho e desaparecer pelo resto da noite.

30 DE SETEMBRO

Fui um tolo insensível. O nome da garota no folheto era apenas vagamente familiar e, mesmo assim, eu deveria ter lembrado. Voleta foi a pessoa a quem Adam endereçou seu bilhete, o que ele postou nos Achados e Perdidos à lúgubre sombra da Torre. Voleta, estrela do Tubo de Vapor, é sua irmã.

Por que ele mentiu dizendo que ela estava perdida? Vergonha? Negação? Superstição? Oh, a pergunta se responde sozinha. A sinceridade tantas vezes é cheia de derrota. Não falamos sobre o nosso passado. Fazer isso invocaria o desespero. Falamos sobre o porto, sobre os homens, o estado do chá mofando nas caixas do pátio. Somos amigos, mas ainda tenho de perguntar como ele veio para cá, ou por que, ou como perdeu o olho, ou como foi que sua irmã se tornou dançarina do cabaré de Finn Goll. Que perguntas horríveis a fazer. Que respostas horríveis a ocultar.

5 DE OUTUBRO

Todo dia, Iren vem ao meu escritório para pegar o Todo Poderoso Relatório das Oito Horas para Goll. Não vejo Goll desde a minha contratação e não faço ideia de onde fica seu refúgio em Nova Babel. Até onde sei, pode morar em uma nave nas nuvens.

Toda manhã, sem falta, Iren me dá um susto daqueles entrando no escritório com toda a civilidade de um urso faminto. Ela é engenhosa para me pegar desprevenido, chegando em um minuto diferente de uma hora diferente, e sempre sem fazer nenhum barulho ao aproximar-se. A porta simplesmente abre de supetão, bate na prateleira e o urso faminto entra às pressas.

Esta manhã, eu levei um susto tão grande que derrubei meu pote de tinta, criando um lago negro sobre um livro-razão aberto. Enquanto limpava a bagunça com o meu agora destruído lenço, eu disse a Iren para ela mesma pegar o envelope que continha o relatório das oito horas. Estava na beirada da minha mesa entre vários outros, nitidamente marcado: "Cálculos de Comércio do Porto de Goll do dia 4 de outubro".

Ela ficou instantaneamente irada (uma perspectiva violenta) e exigiu que eu lhe entregasse o relatório. Fiquei ali com as mãos pretas até a altura da segunda junta e, em meio à minha aflição, recusei seu pedido.

Só mais tarde percebi que ela não podia ler o envelope para distingui-lo dos outros. Não deveria ter sido uma surpresa e, se eu não estivesse tão desconcertado por ser tão cedo e pela onda de tinta espalhando-se pela mesa, nunca teria cometido esse erro. O que me surpreendeu foi como essa revelação a deixou envergonhada e brava. Os homens no pátio não expressavam nenhum constrangimento por outro homem ler suas correspondências. Mas Iren ficou... irritada. E ela rapidamente me lembrou de por que eu deveria fazer questão de não irritá-la.

Ela me bateu no alto da cabeça uma vez, como se estivesse batendo a uma porta, e repetiu o pedido. Eu estava suficientemente inspirado para atendê-lo.

Fico me perguntando se Goll ficou curioso para saber por que sua correspondência habitual tinha digitais pretas esta manhã.

8 DE OUTUBRO

Uma nave pequena e horrível, não melhor do que uma coisa encardida amarrada a um saco de gás feito de pele de cabra, chegou com um carregamento de crômio branco hoje. A carga agitou os homens, que alternadamente olhavam para ela com desconfiança e eram atraídos por ela como vermes em uma tempestade. Os homens a chamam de Farelo. É perigoso demais para deixar no pátio. Ele sumiria ou causaria um tumulto; mais provavelmente, os dois. Por isso, a carga está no meu quarto. Quatro quilos e meio de crômio branco estão guardados no meu guarda-roupa em um cubo de pinheiro.

Aquele primeiro dia em Nova Babel, quando fui perseguido até o que confundi com uma missão, entrei no transe induzido pelo Farelo. Ele me mostrou uma visão da Torre em forma de fósforo queimada, mas também me mostrou algo melhor do que a impressão de um pintor, melhor do que uma lembrança ou um sonho esporádico. Trouxe Marya de volta de uma maneira tão tangível que foi como se nunca tivéssemos nos separado. Por mais que tenha sido estranho vê-la gigantesca e no cesto de um balão, acreditei de todo o meu coração que era ela. Ela estava mesmo lá.

Já vi estivadores que caíram demasiadas vezes no sonho convincente do Farelo. Eles têm o sorriso suave de uma criança sonolenta. É uma expressão deplorável e alheia. E às vezes invejo isso. Marya está naquela caixa no meu guarda-roupa. Não em carne e osso, mas na convicção da memória e da mente. Ela está lá, e eu poderia ir atrás dela.

Preciso encontrar Adam e ver se ele está interessado em jogar cartas.

15 DE OUTUBRO

Passaram-se noventa e três dias desde que vi Marya desaparecer no bazar de roupa íntima e quarenta dias desde que fiz um acordo com Goll. A queimadura na minha mão sarou, embora pareça uma mancha de cera de vela sobre a palma. É estranho de olhar, estranho pensar que sempre terei essa marca comigo agora. Quando penso nas cicatrizes que meus amigos acumularam (a marca maldosa em ferro quente de Edith, o couro cabeludo cortado de Tarrou e o olho arruinado de Adam), eu me sinto afortunado.

Agora, o porto e a estação de pesagem andam juntos como dois relógios. O prédio da estação está organizado como uma biblioteca e as autocarroças funcionam com a mesma regularidade das marés. Consegui que Goll ficasse plenamente convencido de que sou o diretor portuário Tom Senlin, um homem confiável que está satisfeito com seu salário e sua sina. Ele acredita que me esqueci de minha antiga cruzada.

Uma nave chegou hoje com um carregamento milagroso. O próprio capitão acompanhou as quatro caixas ensopadas até a estação. Abriu uma e me mostrou camadas de palha em torno de uma crosta de gelo (gelo!) que ele mesmo pegara do pico de uma montanha antes de voar até um porto, não um porto aéreo, onde pegou sua carga preciosa: quinhentas ostras. Ele puxou uma das conchas chifrudas de dentro da bolsa de gelo para provar que as ostras ainda estavam bem fechadas e impregnadas com o cheiro do mar. Abriu-a com destreza com um palito e me ofereceu aquele pedaço brilhante para experimentar. O que havia parecido comida de camponês para mim antes era agora a cápsula de um lar perdido e de uma antiga vida... Nunca experimentei nada tão maravilhoso.

O capitão saiu do porto com a carteira de um rei, o que os cofres do porto rapidamente recuperaram e dobraram após vender os tesouros a uma cantina particular. O mais importante: aquele capitão bruto e comum me deixou com a nítida revelação de que um homem com uma nave é capaz de todos os tipos de milagres. Se quinhentas ostras, a mais perecível das criaturas, podem ser arrancadas do mar e levadas ao coração do continente, intactas, existe algo impossível tendo a vantagem de uma nave?

De que serve o dinheiro? Ele pode ser embolsado e extorquido, taxado e roubado! Passagens vão deixá-lo na mão. A aduana vai roubá-lo. Não preciso de dinheiro para comprar uma passagem em uma embarcação. Preciso de uma nave inteira e só minha. Deixe Goll pensar que perdi minha firmeza de propósito! Estou determinado. Vou encontrá-la.

Vou pegar uma nave.

·CAPÍTULO SEIS·

Pressupondo que posso obter uma nave, eu me pergunto como conseguiria tripulantes para ela. Claro que não tenho condições para contratar pilotos nem posso tolerar a opção pirata dos salários violentos. Não, cada um dos membros da minha tripulação deve vir de livre vontade, pelos próprios motivos.

— *A Torre dos leigos, a luta de um homem,*
por T. Senlin

Era meio-dia no final de outubro quando Adam esgueirou-se de braços cruzados no escritório do diretor portuário sob o peso de um segredo terrível.

Senlin estava distraído demais para perceber o semblante pensativo do amigo porque acabara de fazer uma descoberta interessante aquela manhã. Enquanto tirava teias de aranha dos cantos da parte de baixo de sua mesa feita de proa de nave, encontrara guardado em uma saliência recuada um artefato estranho e empoeirado. Era uma haste de aço de noventa centímetros de comprimento e mais ou menos da grossura de um cabo de vassoura. Era bem pesado, mas de um modo gratificante. A princípio, ele o confundira com um pedaço de encanamento, mas não era oco como um tubo, e sua superfície estava marcada com anéis regulares. Depois de tirar uma camada grossa de fuligem e sujeira, Senlin descobriu que havia nomes minuciosamente gravados entre os anéis. Não, nomes não: destinos. Entre a ponta da haste e a primeira linha estavam as palavras "A gênese". Depois, sobre a linha de cima, "Anfiteatro de Algez", e sobre a próxima, "As Termas".

Era uma miniatura da Torre... um mapa tridimensional!

Demorou meia hora para limpá-lo por completo e meia hora mais para azeitá-lo e tirar vários carrapatos irritantes. Havia 35 segmentos no total e, embora muitos deles estivessem em branco ou houvessem sido raspados de propósito, 19 das seções estavam claramente marcadas. Senlin viu evidências de ao menos três mãos diferentes na conformação das letras. Era maravilhoso!

No quinto segmento, Senlin encontrou a inscrição que estava procurando: "O Circunreino de Pelphia, Sede dos Pell". Esfregou aquelas serifas imaculadas com o polegar, repetindo as palavras para si mesmo até se tornarem quase um mantra. O Circunreino de Pelphia, Sede dos Pell.

O estado era epônimo do homem: W. H. Pell, o Conde que enganara e sequestrara Marya. Pela primeira vez, Senlin sabia, sabia com uma certeza empolgante, onde Marya estava.

Agora, com uma expressão que beirava à vertigem, Senlin ergueu o bastão de aço, polido até brilhar, e perguntou:

— Você já viu isto antes?

Adam fechou a pesada porta do escritório de Senlin, a qual balançou de modo irregular sobre dobradiças que haviam sido afrouxadas dia a dia pelas visitas da amazona. Deixou-se cair na cadeira diante da mesa de Senlin, que estava delimitada por grandes prateleiras que se inclinavam, cheias de livros-razão e manuscritos, tanto papel que Senlin às vezes sentia estar na lombada de um livro imenso que estava fechando-se aos poucos. O velho couro vermelho da cadeira crepitava sob as movimentações constrangidas de Adam.

— É chamado de bastão de aeronauta, ou aerobastão — respondeu Adam sem olhar uma segunda vez, como se os símbolos fossem suficientemente comuns. — Os capitães os levam para servir à navegação.

— Um aerobastão! — exclamou Senlin em tom de aprovação. — Mas não está terminado e o que está gravado nele parece ter sido escrito a várias mãos. Imagino que novos acréscimos foram feitos à medida que novos territórios eram descobertos. Deve ter décadas de idade! — Sem tirar os olhos da haste e ainda alheio à aparente tristeza de Adam, Senlin continuou: — Mais uma vez, isso prova a importância da alfabetização. Homens analfabetos não poderiam ter feito este registro. Estive pensando — disse Senlin, girando o bastão pesado no ar —, vou ensinar Iren a ler.

Apesar do mau humor, essa declaração instigou Adam a dar uma breve risada.

— Não consigo pensar em ideia pior — retorquiu ele.

— Por quê? Já vi muitos brutos reformados pela habilidade de ler. Iren sabe que existem segredos explícitos escritos à sua volta que são invisíveis para ela porque não sabe ler. Ela sabe como seria fácil tirar vantagem dela, sabe que sua ignorância a torna vulnerável e compensa com força. No entanto, ela não pode esperar que vai continuar sendo guarda-costas até a senilidade. Um dia vai ter de se aposentar e o que vai fazer depois?

— É uma ideia nobre, Tom, mas...

Senlin ergueu a cabeça e estreitou os olhos com abrupta preocupação.

— Por que está com essa cara? Está doente?

A boca de Adam estava aberta e seus olhos fitavam o chão. Ele respirou e disse:

— O órgão do Tubo de Vapor quebrou de novo e Rodion me chamou para consertá-lo hoje à noite antes do show.

— Bem, isso é...

— Ele quer que você venha também — interrompeu Adam. — Ele quer conhecer o novo diretor portuário.

— Ah. — Senlin logo adivinhou a origem do desconforto de Adam. Não eram os consertos no órgão de tubos ou o asqueroso alcoviteiro, Rodion, que o deixara chateado. O Tubo de Vapor era onde Voleta morava e se apresentava e Adam ficou constrangido de pensar que Senlin poderia ver "a garota voadora", a irmã dele, passando por uma humilhação.

O assunto de Voleta permanecera sem ser abordado nas semanas que se seguiram à constrangedora leitura da propaganda do Tubo de Vapor e Senlin respeitara o silêncio de Adam quanto a essa questão. Porém, agora parecia que algo deveria ser dito, ou melhor, Adam queria dizer alguma coisa.

— Eu queria lhe contar, Tom, de onde eu vim.

O jovem pigarreou e ergueu os olhos, buscando os de Senlin, que estava deixando silenciosamente de lado o aerobastão. O outrora diretor cruzou as mãos sobre a mesa e deu a Adam o tempo que ele precisou para encontrar as palavras e a coragem. As páginas do escritório pareciam se acercar um pouco mais deles, enquanto a lâmpada pendurada, como um festival de outono, suavizava a escuridão. Adam começou a contar sua história.

—•—

Adam Boreas nasceu na savana de Khayyam, no oeste de Ur, onde a terra é dourada devido à seca perene e o céu era um deserto azul. Seu pai trabalhava no terminal de Sumer, onde muitas ferrovias vitais se cruzavam, trocavam de carga e voltavam a serpentear pelos vastos campos com moitas altas de capim buffel como centopeias pretas.

A grande distância, uma forma vaga erguia-se da terra como um único fio de cabelo em uma cabeça velha: a Torre de Babel. Era o filtro de sonhos de sua meninice.

A cidade de Sumer fora construída sobre palafitas em cima da matriz de ferrovias do terminal e dos aparelhos de mudança de via. As construções eram todas estreitas e frágeis como cartas de baralho. Não importava onde uma pessoa ficava ou se sentava ou dormia, o ronco dos trens estava imediatamente abaixo. O vapor esguichava e passava por todas as rachaduras e todos os buracos, como se uma nascente vulcânica se agitasse sob os calçadões tom de cinza queimado. Não havia ruas entre as construções, apenas canais vazios onde os trens corriam submersos logo abaixo da superfície da cidade.

Voleta, que nascera só dez meses depois de Adam, tinha idade próxima o bastante para ser sua irmã gêmea, e ele era muito dedicado a ela. Ela era uma criança feliz e aventureira que possuía uma graça física natural que era apenas aprimorada pelo ambiente. A cidade de cem passarelas e mil cabos era o palco do próprio ato de malabarismo dela. Cabos rígidos voavam sobre os canais que, com pouca antecedência, eram preenchidos com toneladas contundentes de ferro correndo a toda velocidade. Manchas de chaminés disparavam em ondas que podiam cozinhar um homem em uma passagem. Apenas os corajosos e os tolos usavam os cabos em vez das passarelas para atravessar a cidade, e Voleta os atravessava com a confiança de um esquilo. Ela saltava entre as sarjetas e canaletas e dançava ao longo dos fios como se não soubesse da queda de seis metros que a seguia por toda parte como uma sombra.

Adam vivia com um medo mortal de que um dia ela deixasse escapar um ponto de apoio e caísse nos braços de ferro de um trilho. Voleta era mais ágil do que a imaginação dele.

Se ao menos o pai deles fosse também.

Acidentes eram comuns no chão do Terminal de Sumer. A iluminação era precária, a atmosfera sombria devido ao vapor e à fumaça e os trilhos tão próximos que era inevitável pisar em uma linha ou outra. As multidões de carregadores e manobreiros estavam em constante perigo e, mesmo assim, foi uma surpresa quando um capataz bateu à porta da casa deles, fazendo a fachada toda chacoalhar, e informou à mãe deles que o marido dela tropeçara na ponta da bota lustrosa de outro homem e caíra com a perna até a altura da coxa debaixo da roda de um carro que rastejava.

Sua morte, contaram a ela, não fora misericordiosa.

A mãe deles, uma pessoa totalmente prática, não pediu explicações. Detalhes só serviam para desfazer estados de negação e ela não era do tipo que deixava de acreditar nos fatos brutais da vida. Ela agradeceu ao capataz, fechou a porta, tirou o vestido preto do baú de cedro e começou a passá-lo. Adam esperava ter herdado o pragmatismo dela. Era um desejo muito prático.

Firme como era, a mãe sofrera uma grave febre durante a juventude que retornara anos mais tarde, primeiro de maneira intermitente e depois mais frequente, impossibilitando-a de sustentar Adam e Voleta nos anos finais de escola.

Adam fora um aluno atencioso durante toda a juventude, tirava notas altas e tivera até esperanças de ir para uma universidade. Mas isso era impossível agora. Ele tinha de encontrar trabalho e notas altas não o ajudariam. No Terminal de Sumer, havia apenas um tipo de trabalho para rapazes filhos de pessoas comuns: o tipo sangrento e mortal. Ele tinha certeza de que o antigo capataz de seu pai poderia encontrar algum lugar para ele nos pátios e, embora tivesse de começar com uma ninharia de salário, pelo menos teria um emprego remunerado. Até a ideia era suficiente para lhe dar calafrios. Após a morte do pai, a parte inferior da cidade sobre palafitas se tornara medonha como um poço sem fundo. Mesmo olhar de uma ponte para dentro da escuridão o enchia de pavor.

Enquanto a catástrofe ainda era recente e não estava resolvida, sua mãe ficou de cama devido à volta de sua pirexia de infância. Mesmo enquanto a febre a consumia, ela resistiu ao delírio, ao qual uma pessoa menos prática teria sucumbido. Ela permaneceu rígida por dois dias, olhando para o teto do quarto com olhos límpidos antes de chamar Adam e declarar, com seu jeito objetivo, que era hora de ele se virar sozinho.

— Se você tiver de se preocupar com cuidar de mim, vai se afogar; se eu tiver de me preocupar com cuidar de você, vou afundar. É assim que são as coisas, Adamos. Mas, se seguirmos os nossos caminhos e nos salvarmos, estaremos salvando um ao outro também. — Adam não conseguia pensar em nenhuma razão, nenhuma razão prática, para discordar.

Sua mãe moraria com a irmã dela, cujo marido era assistente do agendador. Ele estava na fila para se tornar agendador um dia. A tia e o tio de Adam estavam no limiar do que se passava por riqueza em Sumer. Ele sabia que a mãe jamais passaria fome enquanto estivesse sob o teto deles.

Ela levaria Voleta também, que seria útil na cozinha do tio; havia seis primos que também precisavam de cuidados, o que era, em parte, o motivo pelo qual não havia espaço para ele. Em parte. O tio já tinha dois meninos para educar, cobrir de mimos e introduzir na indústria local. Ele não daria conta de um terceiro filho. Enquanto isso, toda a herança de Adam, toda a riqueza do pai de Adam ao morrer, era suficiente apenas para comprar uma passagem de trem.

Adam ficou estranhamente aliviado com tudo isso. Era como se ele houvesse sido colocado para pastar enquanto estavam juntando o resto do rebanho para abater. Ele soube instantaneamente para onde iria: a Torre de Babel, o Ralo da Humanidade, a terra prometida dos homens jovens. Arrumou sua minguada trouxa de pertences, beijou a mãe febril e saiu com Voleta como se fosse natural que ela fosse com ele. Ele não podia deixá-la.

Só quando estava no trem com Voleta, bebendo o fraco chá que era servido aos passageiros de terceira classe, é que lhe ocorreu que aquela não fora uma escolha prática. Sua irmã tinha um lar garantido em Khayyam na casa do tio e ele a estava roubando dessa certeza. Teria sido a vida de uma prima indesejada e de uma ajudante de cozinha desejada, mas teria sido uma vida estável. Ele sentiu a pontada dessa nova responsabilidade. Do lado de fora da janela do vagão, o capim se mexia ao sabor do vento. Ele observava aquilo e afligia-se com o futuro.

Como acontece com muita frequência com os irmãos mais velhos, Adam supusera ter mais responsabilidade do que tinha de fato, e presumiu que a irmã estivesse agindo apenas por devoção a ele. Ele não podia imaginar que ela tinha as próprias razões para partir. Claro, Voleta não o teria deixado ir embora sozinho. Ele era seu querido irmão quase gêmeo. Mas não foi por esse motivo que decidiu segui-lo até a Torre. Ela ocultou a verdade durante algumas semanas, mas por fim confessou que partira com ele porque perdera o medo de fazer seus saltos diários. Suas horas eram preenchidas com façanhas confiantes e sem importância e perigos sem poder efetivo. Ela não sabia que nome dar àquela sensação, mas Adam faria isso mais tarde: fora o tédio que a tirara do lado da mãe e de um lar seguro.

A morte do pai a deixara intrigada. Parecia um acidente tão idiota. Como podia um homem escorregar na ponta da bota de outro? Será que o fizeram tropeçar? Será que algum ressentimento inconfesso fizera o outro homem deixar o pé? Parecia impossível. Mesmo que diminuísse a agilidade de suas pernas pela metade e depois envelhecesse essas pernas vinte anos, ainda não conseguia creditar que seu pai houvesse tropeçado em pernas tão fortes e habilidosas. Era estúpido demais.

No momento em que ouviu a mórbida notícia, teve certeza de que ele se atirara debaixo de um trem. E por que não? Ele trabalhara em um pântano de carvão sob um céu de tábuas de pinheiro durante vinte anos. Aquecedores quentes como o diabo e com nariz de ferro passavam voando por ele, cortantes como facas, a cada minuto de cada hora, todas as doze horas do dia. Ele nunca havia sido atingido antes. Ele saltara agilmente entre todos eles, em meio à escuridão e em meio às baixas nuvens esfarrapadas.

Ele era um acrobata que, em um momento de desespero, deixara-se matar. Mas não era suicídio. Era algo pior. Era tédio. Por isso, ela tinha de partir e ir para algum lugar onde não conhecesse todos os precipícios e todos os pontos de apoio e saltos. Tinha de redescobrir o medo e, guardada em algum lugar dentro do medo, a vida.

Sabiamente, a mais nova dos quase gêmeos não colocou as coisas dessa maneira para Adam durante algum tempo. Ela apenas mencionou uma prima deles, uma donzela de dezoito anos chamada Delphie, que era caseira e estava desesperada para se casar, dizendo:

— Delphie me falou que pagava duas minas pelo meu cabelo e isso vai pagar a minha passagem de trem.

Então ela cortou todo o cabelo, aquele cabelo bem preto e encaracolado que era o orgulho da mãe, e comprou a própria passagem para a Torre.

Eles foram embora para sempre antes que a febre da mãe passasse.

— • —

Quando o trem entrou na estação sob a Torre de Babel, foi um homem que desembarcou.

O garoto evaporara ao longo da viagem de dois dias como minério de um lingote de ouro fundido. Ao descer, mal tocando as escadas, Adam não pisou a sombra do maior monumento da laboriosidade, da inventividade e da ousadia humana; ele pisou a idade adulta, o seu potencial, que a Torre em espiral, naquele momento, não parecia capaz de conter.

Espichou até a altura total na plataforma da estação, que oscilava sob os pés de mil imigrantes, enquanto a mão de Voleta puxava a sua. Ele podia sentir o medo no aperto da mão dela. Contudo, ela estava sorrindo, olhando radiante para o tronco da Torre, o mármore branco mesclando-se com o calcário, o calcário com o arenito, o arenito com as nuvens. Os portais altos, semelhantes a furos causados por insetos, piscavam minimamente quando vultos e máquinas se mexiam dentro deles. Aeronaves avançavam cautelosamente em direção à Torre e saíam dela como mosquitos ao redor da perna de um touro grande. E ele não estava com medo.

Só muito mais tarde é que essa lembrança se tornaria uma espécie de fábula triste, e ele veria o garoto orgulhosamente descendo para a própria ruína como um rei louco sendo conduzido até o carrasco.

Eles entraram naquele Mercado enlouquecedor, as mãos unidas. Dois dias depois, ele encontrara trabalho como atendente no Anfiteatro.

·CAPÍTULO SETE·

Mesmo com uma tripulação e uma nave, escapar do porto requer o vento certo. Uma única corrente de ar supre todo o porto de Goll: todas as naves chegam com os ventos baixos do sul e partem nos ventos altos do norte. Só havendo uma estrada que sai da cidade, fugitivos são fáceis de pegar.

— *A Torre dos leigos, a luta de um homem*, por T. Senlin

— Espere — interrompeu Senlin. — Você trabalhava no Anfiteatro. Você *trabalhava* no Anfiteatro.

— Bem, eu achei que trabalhava. — Adam encolheu os ombros. — Quando chegamos ao patamar com as quatro portas do Anfiteatro, um recepcionista tentou me dar um papel. Eu o interrompi e disse que não tinha ido por causa da peça. Eu queria um emprego.

— Incrível.

— Não para mim. Parecia bastante simples. Fui entrevistado por um dos… como eram chamados…? Assistentes do escrivão. Ele me ofereceu um contrato de seis meses como atendente e eu assinei sem hesitar. Ele pediu um depósito para alojamento e alimentação, que paguei. Fui ingênuo o bastante para acreditar que tudo aquilo fosse natural. Alguns minutos depois, estavam tirando minhas medidas para o novo uniforme. Eu não tinha um shekel sequer, mas não importava. Eu tinha um emprego.

— E Voleta? Ela conseguiu um emprego também?

Adam chacoalhou a cabeça.

— Não. Ela tinha quinze anos e eles não tinham trabalho para ela. Com toda a sinceridade, eu pretendia tomar conta dela, então isso não me incomodou. Nós tínhamos a nossa cabine. Não era muita coisa, e eu sei que ela enlouqueceu um pouco, mas eu tinha trazido alguns dos meus antigos livros da escola. A única coisa que ela tinha que fazer era não se meter em problemas e estudar enquanto eu trabalhava.

— E o que você fez?

A bufada de Adam pareceu em parte decepção e em parte desdém.

— Durante 180 dias, eu me sentei em um banquinho em um corredor mal iluminado, espiando através de um olho mágico e fazendo anotações.

— Eu vi você — murmurou Senlin e, quando Adam pareceu compreensivelmente confuso, Senlin se corrigiu. — Não, não você. Eu vi os atendentes nos corredores dos bastidores, espiando através de pequenas lupas de metal.

— Era eu. Eu estava tão nervoso que mal consegui comer o meu almoço naquele primeiro dia. Tinha medo de perder alguma coisa. Realmente não sabia o que estava procurando. Anotei cada espirro e expressão esquisita e risadinha de bêbado. Fiquei chocado ao ver como eram patéticos aqueles que eu observava; eu não conseguia imaginar por que alguém ia querer espiar uma coisa dessas. Mas me disseram para observar e relatar, então eu preenchia meu bloco para estenografia e, ao final do dia, apresentava-o orgulhosamente ao chefe do escritório. As únicas coisas que o interessavam eram as lareiras e as saídas. Ele queria saber quem tinha alimentado o fogo e quem tinha usado qual porta. Era tudo muito... ridículo. Nunca entendi a obsessão deles com as lareiras.

Senlin acenou com a cabeça, compreendendo-o.

— Tenho uma teoria sobre isso... — Ele afastou o pensamento com um gesto, como se fosse um odor incômodo. — Mas deixe para lá... você era só um ator reportando-se a outros atores, correto?

Adam produziu barulhos preliminares de gaguejo que enfim se tornaram um suspiro sentido.

— A coisa mais estranha no Anfiteatro é que você não consegue distinguir as pessoas que estão representando e as pessoas que não sabem que estão representando. Deve haver alguma administração legítima lá, mas acho que nunca encontrei ninguém que fizesse parte dela. Mas vai saber! — ele disse e sua frustração renovada fez surgir uma mancha de um vermelho escuro no pescoço dele. — Ao final do meu contrato de seis meses, fui até o chefe do escritório e pedi meu salário e uma promoção. Eu queria me tornar assistente do escrivão. Eles tinham apartamentos inteiros, não apenas cabines com uma cama e uma espreguiçadeira... eu estava cansado de dormir em um sofá rugoso! Espiar pessoas através de um olho mágico não era a minha ideia de uma carreira e eu estava começando a ficar preocupado com Voleta. Ela tinha ficado agitada e mal-humorada e estranha. E era culpa minha. Pedir dinheiro realmente deixou o chefe do escritório confuso. Ele disse que, se eu estivesse interessado em me tornar assistente do escrivão, só precisava acabar de pagar o meu contrato e assinar um novo. A coisa toda desmoronou bem rápido. Eu tinha lido errado o contrato; na verdade, não li. Eu vi uma cifra, dezesseis minas, e supus que aquele seria o meu salário. Parecia bom o suficiente. Passei seis meses acreditando ser um adulto trabalhador responsável, mas fui um turista o tempo todo, como todos aqueles tolos que eu passava doze horas por dia examinando através de um olho mágico na parede. Cento e oitenta dias no Anfiteatro não são baratos. Eu devia dezesseis minas.

Depois de dizer isso, a postura de Adam pareceu derreter como uma vela e transformar-se na postura torta de um velho. Ele olhou para Senlin com o único olho que tinha cor de capim morto e falou:

— Meu braço foi marcado. Fui levado para a parede onde ficam os mulas. Tom, existem lugares na escuridão da Torre, lugares que espero que você nunca veja, onde homens e mulheres são colocados em currais como gado. Os ossos são pisados até esfarelarem e se tornarem parte da estrada. — Ele não continuou a descrever, parecia incapaz de descrever o que vira, mas o olhar assustado de Adam era o bastante. Senlin não conseguiu sustentar seu olhar sombrio. Baixou os olhos para o mata-borrão, pegou o corpo de uma caneta e ficou mexendo com a ponta.

— No final, Voleta me salvou — contou Adam com orgulho inflado. — Ela é tão destemida. Entrou comigo no escuro, embora tivesse de lutar com os recepcionistas e comigo para fazer isso. Enquanto estavam colocando uma coleira de ferro em mim em um abafado mercado de escravos, ela... encontrou um homem que faria um acordo com ela.

— Finn Goll — completou Senlin em um tom soturno.

— Ele pagou minha dívida e tomou a vida dela como fiança e eu venho tentando pagar a nossa saída daqui com o meu trabalho desde então. Faz mais de dois anos agora.

— Quanto tempo mais até que a dívida esteja paga?

— Três anos — respondeu Adam e olhou para o sulco do calo que tinha na palma da mão. — Ela vai ter 21 anos quando for livre de novo.

— Três anos — Senlin repetiu, sua voz tomada pelas dores da empatia. — Por que tanto tempo? Até dois anos do seu salário cobriria as dezesseis minas e ainda sobraria.

— Porque a minha irmã atrai muita... atenção. — Adam engoliu em seco quando uma onda de emoção ficou presa em sua garganta. Ele clareou a mente chacoalhando a cabeça e contou: — Eu tenho que subornar Rodion para mantê-la no palco e fora do bordel; tenho que suborná-lo para impedir que seja vendida para algum nobre rico. A maior parte do que ganho vai direto para Rodion e tenho certeza de que Finn Goll pega uma parte. Trabalho para pagar o homem que me explora. Odeio que ela tenha que desfilar diante de todos aqueles nojentos, mas é melhor estar no palco do que atrás dele.

— Mas por que não fugir, tentar a sorte? Três anos! — Senlin estava horrorizado, mas se conteve, percebendo que estava esfregando sal na ferida. — Como consegue esperar?

Adam lhe deu um sorriso suave que parecia o de um homem bem mais velho que ele.

— Eu pensava assim — respondeu ele. O rapaz vinha chegando mais para a frente no assento fazia muitos minutos, mas agora recostou-se no couro crepitante. — E aí perdi o olho.

As palavras pairaram pesadas no ar. A simpatia e o desejo de arrumar esse emaranhado confuso, de aconselhar de algum modo uma solução retroativa, já haviam exaurido Senlin. Ele gostaria de poder adiar o resto da horrível confissão de Adam. Porém, como frequentemente é o caso com os homens, uma vez que o silêncio foi quebrado, não se pode tê-lo de volta até que tudo seja dito.

Adam, sentindo o desconforto de Senlin, tentou suavizar a narrativa.

— Não muito depois de eu arruinar o seu dia, roubei um monte de turistas que tinham acabado de descer de um trem na Estação Central de Babel. Não era para eu fazer isso, não fazia parte do trabalho. Goll dá uma lista de compras, um cronograma, um orçamento, um itinerário e um cartão postal para você nunca se esquecer de escrever. Mas eu vi os turistas ali, exatamente como eu alguns meses antes, felizes e confiantes e tontos como eles sempre chegam. Eu pensei: "Aqui está! Aqui está a sua chance de encurtar a sua sentença e salvar a sua irmã". Falei para eles que eu era carregador da companhia de trem que tinha vindo para levar a bagagem deles para a balsa. E eles não podiam esperar, estavam tão entusiasmados. Eles me deram tudo o que possuíam. Tive que alugar um carrinho para levar tudo. — Boreas coçou a borda do tapa-olho de couro marrom e soltou uma risada pouco convincente. Senlin podia sentir a culpa que espreitava sob a superfície, mas Adam continuou. — Vendi tudo o mais rápido que pude, vestidos e berços de vime e chapéus e estojos de barbear e joias. Saí com quase vinte minas. Se Finn Goll tivesse descoberto, teria mandado Iren tirar esse dinheiro de mim na base da pancada. Assim, decidi entrar de novo sorrateiramente em Nova Babel pelo Porto Ginside, no outro extremo da cidade, subornar Rodion com tudo o que eu tinha e ir embora com Voleta antes que Goll pudesse erguer a sobrancelha.

— O que aconteceu?

— Piratas — replicou Adam em um tom seco de zombaria. — Eu e outras cinco almas imprestáveis compramos passagem em uma nave que parecia autêntica; de verdade, ela parecia uma nave mensageira clássica: uma barca alta com três envoltórios e dois aquecedores. Construída para levar carga e ter durabilidade, mas uma bela nave. Mas eu devia ter prestado mais atenção à tripulação. Em vez disso, fiquei pendurado na amurada como uma criança, imaginando o rosto de Voleta quando eu contasse a ela que nós íamos embora.

— A barca subiu bem alto e o capitão quis renegociar os termos da nossa viagem. A proposta dele era esta: a gente daria a ele tudo o que tinha e ele não faria a gente pular da prancha. Um homem discutiu. Eles o jogaram para fora da nave. O restante de nós esvaziou os bolsos. Depois, fomos deixados no porto mais conveniente, que era o do Anfiteatro. Achei que eu não tinha como discutir, apesar de saber que estava colocando os pés em lama grossa. Durante dois anos, eu tinha tido o cuidado de evitar aquele lugar horrível. Eu queria esquecer. Mas... — Adam apontou para a marca redonda no braço. — Eles se lembraram de mim. E garantiram que eu me lembrasse deles. — Adam ergueu o pedaço de couro macio em formato de ovo, mostrando um corte roxo inclinado no centro de um globo ocular vazio. A cicatriz parecia profanadora naquele belo rosto jovem, mas Senlin não fez careta nem desviou o olhar. — Tom, não me diga que não posso esperar. A única coisa que eu posso fazer é esperar. Precisamos ter paciência. Precisamos trabalhar para conquistar a liberdade. — Adam estremeceu ao dizer as últimas palavras, colocou o tapa-olho de volta e olhou para as mãos vazias.

Senlin queria argumentar. Queria tirar o jovem de seu desespero e inspirá-lo com um grande plano. Cerrou o maxilar para conter a torrente de conselhos. Esse não era o momento para discursos motivacionais e propostas; Adam desafogou o coração e sua confissão não precisava de nenhuma crítica. Adam parecia uma boneca com pouco enchimento e Senlin sabia que a única coisa a fazer era dissipar a nuvem de tristeza que recaíra sobre a sala. Ele se levantou e começou a enfiar os braços nas mangas do sobretudo preto.

— Nunca vi o interior de um órgão de tubos — disse ele e pegou o aerobastão, segurando-o como uma bengala agora. — Sabe como o velho organista da minha faculdade costumava chamar o instrumento dele? O encanamento que canta. Ele dizia brincando que toda vez que fazia uma pausa, em algum lugar do campus uma privada dava descarga.

Com essa e mais meia dúzia de histórias bobas, Senlin tentou reanimar Adam. Adam não resistiu quando eles saíram da sede da estação, solicitaram uma carruagem a vapor e começaram o trajeto até Nova Babel. O que quer que estivesse por vir, Senlin não deixaria o amigo enfrentar sozinho.

—•—

Adam conduziu a lenta autocarroça pelas ruas de Nova Babel. A via e o meio-fio estavam impregnados de vapor como massa de torta. Sentado no banco alto do motorista ao lado dele, Senlin observava enquanto o trânsito entrava e saía da escuridão, completamente louco. Prédios brancos cobertos de cinza erguiam-se ao redor deles como dentes sombrios. Morcegos precipitavam-se em meio à neblina, que refletia um brilho dourado fundido na luz elétrica dos postes. O ar estava pesado por causa de um frio úmido. Ele odiava a cidade estígia e a evitara durante meses.

Se fosse por sua conta, Senlin jamais acharia o notório Tubo de Vapor. Por fora, era como todos os outros prédios neste e em todos os outros quarteirões: parecia uma cripta sem decoração. Mas Adam era entendido no que se referia às variações sutis do mapa de Nova Babel e não teve dificuldade de encontrá-lo. Ele estacionou a autocarroça na rua e conduziu Senlin a uma porta de serviço de metal ao final de uma ruela estreita.

Foram recebidos e levados para dentro por uma faxineira mais velha, que Adam obviamente conhecia. Os dois conversaram amigavelmente sobre o pé machucado dela e sobre as jovens insensíveis para quem ela tinha de limpar e outras banalidades com que Senlin não tinha como contribuir. De qualquer forma, ele estava distraído com a sala. O amplo teto ia aproximando-se do assoalho de madeira cada vez mais à medida que eles andavam. Senlin supôs que eles estavam debaixo do pé do degrau de algum salão grande, provavelmente os assentos em diferentes níveis de um teatro. Apertadas dentro da sala que ia encolhendo estavam as entranhas de um leviatã: canos saíam serpenteando de um tanque central, correndo para todos os cantos da sala. Agulhas negras dançavam de um lado a outro das faces brancas dos medidores. A sala estava agradavelmente cálida, uma raridade no Boudoir. Senlin aproveitou a oportunidade para abrir o paletó e afrouxar o colarinho.

— O vapor úmido entra naquela caldeira e fica superaquecido — disse Adam, materializando-se ao lado de Senlin. Senlin olhou ao redor e percebeu que a faxineira havia sumido. — A maioria dos canos serve para aquecer o teatro e os quartos lá em cima, mas estes — falou Adam, e apontou um trio de canos grossos — fornecem energia para a turbina, que infla os foles do órgão.

Adam continuou sua explicação técnica e Senlin pôde sentir a paixão do jovem pela complexidade da máquina, mesmo quando não compreendia os detalhes. Ele tentou se obrigar a seguir a explicação de Adam, mas se distraiu com a passagem inclinada atrás da caldeira e sua medusa de encanamentos que suava e silvava ao redor deles, por dentro de um túnel que tamborilava com o zumbido de um motor e para cima, subindo uma escada estreita e apagada.

Eles estavam diante de uma cidade em miniatura em forma de espirais. Algumas das torres eram feitas de madeira, outras de cobre, de lata ou de chumbo. Elas se erguiam entre uma parede pintada de preto cheia de andaimes e cordames e uma imensa cortina vermelha. Que espetáculo estranho e inesperado! As torres dessa cidade em miniatura, ele logo percebeu, eram na verdade os tubos de um órgão enorme. Havia centenas deles. Adam explicou que eles haviam passado debaixo do palco principal do Tubo de Vapor e estavam agora nos bastidores.

— Existem tubos no palco que parecem diapasões, mas são falsos. Eles sopram ar, mas não produzem som. São só para mostrar — disse Adam, concluindo alguma longa nota mecânica cujo começo Senlin perdera.

— Se são falsos, por que sopram ar? — perguntou Senlin resolutamente, mas, antes que Adam pudesse responder, foram interrompidos por um homem que entrava pelos bastidores do teatro. Por cima do smoking, ele usava uma capa com uma linha prateada e com a parte de trás carmim. Senlin não conseguia decidir se isso o fazia parecer teatral ou insano.

O homem exibia sua melhor aparência, pelo menos. Ele usava o cabelo escuro preso em uma trança comprida e a pele do seu rosto era bem esticada, sem rugas quando relaxada e, Senlin desconfiava, com bastante blush. Só podia ser Rodion, o alcoviteiro.

— Há algo errado com o diapasão da oitava, Adam. Ele não tem força. Uma rachadura no tubo ou talvez os ratos estejam na vedação outra vez — disse Rodion em um tom leve o suficiente enquanto parava diante deles com um gesto amplo. Ele olhou para Senlin como um galo dominante. Os fios metálicos de sua capa brilhavam ridiculamente mesmo à fraca luz dos bastidores. Talvez, se ele houvesse conhecido Rodion em um baile social na primavera anterior, Senlin teria se sentido intimidado pela ostentação do homem, mas, do jeito como estavam as coisas, o alcoviteiro o fazia pensar em um comissário aguado: um homem fraco em um traje forte. Senlin temia que o comissário pudesse persegui-lo até os confins da terra, mas duvidava que Rodion fosse capaz de tal persistência. Ele parecia um dramaturgo, um homem com mais confetes do que poder. Longe de ficar impressionado, Senlin não queria nada além de colocar o polegar no olho do homem.

— Voleta entra em vinte minutos — continuou Rodion. — Se o órgão não estiver consertado, vou ter de encontrar algum outro trabalho para ela hoje à noite.

A insinuação era clara o bastante. Senlin pôde sentir a tensão de Adam, que surgiu de modo tão automático quanto uma continência. Adam parecia calcular quanto tempo levaria o conserto, franziu o cenho com a conclusão preocupante e pediu licença secamente para trabalhar no problema.

Rodion se voltou para Senlin outra vez.

— Diretor portuário Thomas Senlin, enfim nos conhecemos — Rodion disse sem nem um pouco de simpatia na voz.

— Eu vim auxiliar o sr. Boreas — respondeu Senlin.

— Mentiroso. Não precisa de dois homens para enfiar um trapo em um buraco de rato. Você veio ver algumas calcinhas. — Rodion se inclinou na direção do diretor portuário.

— Tudo bem. Eu vim ver, hum... o show — disse Senlin.

— Claro que veio. Vou encontrar um lugar para você — replicou ele, medindo o outro com o olhar. Ele parecia estar avaliando o grau de interesse de Senlin em seu negócio sórdido. Obviamente, o alcoviteiro estava acostumado a capitalizar em cima do desejo de outros homens, por isso estava testando o diretor portuário, tentando-o na esperança de que Senlin expusesse alguma fraqueza que ele pudesse aproveitar. Senlin viu uma clara vantagem em permitir que Rodion acreditasse que tinha algo sobre ele. Que o homem pensasse o que quisesse. A confiança perdida do alcoviteiro o tornaria vulnerável à adulação e à manipulação mais tarde.

A única coisa que Senlin tinha de fazer para agradar o ego do homem era assistir a uma apresentação burlesca estrelada pela irmã de Adam.

Senlin suprimiu um tremor, rapidamente substituindo a careta por um sorriso malicioso que refletia o sorriso astuto de Rodion.

— Você precisa mesmo ver por que tanto alvoroço — disse Rodion.

·CAPÍTULO OITO·

O candidato de hoje: a *Fat Alistair*. É uma nave mercante de 46 pés da proa à popa, com dois canhões de vinte libras e beliches para doze pessoas. Uma boa candidata, ao que parece; infelizmente, ela carrega as cores de Pelphia. Roubar dos Pell, entre os quais devo me infiltrar um dia, parece ser mais do que estupidez. A busca continua.
— *A Torre dos leigos, a luta de um homem,*
por T. Senlin

Senlin sentou-se retesado no assento de veludo do teatro para o qual fora conduzido, o aerobastão sobre os joelhos. Tinha certeza de que a sala da caldeira estava debaixo dele: podia sentir a leve pulsação do maquinário através do piso. O contraste entre aquele submundo escuro e o teatro dourado que se erguia ao redor dele era quase surreal. Senlin estava cercado por centenas de homens enfeitados pelo que se passava por um traje formal em uma cidade de trabalhadores; paletós carcomidos, chapéus gastos e colarinhos da cor da fumaça do charuto estavam em evidência por toda parte. Os homens estavam agitados e ansiosos. Camarotes de teatro ornamentados, paramentados com frisos de argamassa de retratos nus reclinados, escondiam espectadores ricos dos olhos intrometidos da ralé abaixo.

No meio do palco, Rodion sentou-se a um teclado de órgão em formato de meia lua. Tocou vigorosamente, os braços rígidos. O órgão soou como um viveiro. Cada nota era alta o bastante para fazer a pele comichar. Rodion apertava o painel de chaves de marfim com tanta habilidade quanto um apanhador de cerejas, mudando e sobrepondo os tons para se adequarem à passagem que ele tocava. O talento do homem era inegável.

Atrás do painel do organista, um monte de tubos se erguia do chão em fileiras até a metade do arco, enchendo o palco. A exuberante cortina vermelha, que Senlin vira recentemente por trás, tremulava por conta do ar daqueles tubos falsos. A maior parte daqueles ressonadores de cobre brilhantes parecia grande o suficiente para engolir um homem. Sobre sua cabeça, o teto alto e abobadado estava pintado com a cor de um céu claro.

No entanto, não eram os amplos tubos polidos, o organista extravagante ou os acordes estrondosos que deslumbravam os homens que enchiam o teatro. Eram as mulheres que entravam no palco e escalavam a face da montanha de metal com uma insolência galanteadora. Elas subiam e se pavoneavam no alto dos tubos, ágeis como cabras montesas, graciosas como bailarinas. Todas invariavelmente jovens e maquiadas, seus olhos estavam marcados por excesso de carvão e tinta, suas bocas eram vívidas como cerejas esmagadas. Todas vestiam corpetes; saias com babados enfeitavam seus quadris. Jatos de ar emergiam dos tubos embaixo das dançarinas que escalavam e pulavam, soprando as saias acima da cintura. As dançarinas cobriam a boca em uma paródia de modéstia. A plateia se dobrava e balançava e aplaudia em seus lugares. As meias pretas. A liga branca. Os lampejos de coxas desnudas. Era como se a música em erupção as estivesse despindo.

A ideia de que Marya poderia ter sido reduzia ao mesmo destino em algum lugar era suficiente para fazê-lo querer apagar as luzes e estrangular o organista e fazer toda aquela cena mergulhar em silêncio. Mas ele era obviamente a minoria. O resto da plateia não via irmãs e filhas, almas perdidas e corações intrépidos. Eles viam as luzes da ribalta movimentando-se por uma série de pernas que chutavam. Viam dentes lustrosos e seios saltando. Quando os cachos dos cabelos dessas mulheres eram soprados para cima, elas pareciam estar penduradas pelo cabelo como frutas em uma árvore.

Senlin se perguntava qual delas seria Voleta.

Rodion terminou a música com um floreio vulcânico e virou o banco para olhar para a plateia. As damas pegaram as saias e fizeram uma mesura acima dele. O aplauso foi parando aos poucos quando ele levantou uma mão envolta por uma luva branca para pedir calma.

— Boa noite, cavalheiros, sejam bem-vindos ao Tubo de Vapor. — Ele fez uma pausa devido à onda de sinceros vivas. — Por favor, falem com o porteiro se quiserem um espetáculo mais íntimo. Minha equipe é limpa como os meus tubos! — Irromperam risadas. — Nem todas as mulheres são criadas de modo igual. — Ele continuou e Senlin reconheceu as palavras como parte de um roteiro. — Algumas são belas, outras são ousadas. Algumas têm um talento, atlético ou exótico. — Um grito obsceno da multidão provocou um novo ataque de risos. — Mas só conheci uma mulher capaz de voar! E, sem mais delongas, a garota que vocês pagaram para ver, Voleta, a garota voadora.

Uma portinhola se abriu no topo da abóbada azul, e uma mulher sentada em um trapézio surgiu dela. Uma volumosa cabeleira preta que pendia em cachos agitados à altura dos ombros fazia sua cabeça parecer grande e seu corpo, delgado.

Ela usava um collant roxo que cobria seu busto musculoso e seu quadril largo e deixava de fora as flexíveis pernas morenas.

    Mesmo a distância, Senlin poderia tê-la identificado como a irmã de Adam. Ela tinha a mesma boca grande e o mesmo nariz pontudo, mas os olhos eram exclusivamente dela: grandes, violetas, pintados de verde. Lantejoulas azuis cintilavam em suas têmporas. Ela sorria, não de um modo sedutor, mas como um artesão comprazendo-se com o seu trabalho. Deu um impulso no trapézio até se aproximar do plano inclinado da plateia, depois voltou a subir pela face da colina de tubos. Que fluidez e despreocupação! Rodion tocava uma melodia assustadora e teatral que parecia cheia de perigo. Senlin ficou impressionado. Com um movimento hábil, Voleta deu uma cambalhota por cima da barra e, por um instante, ele teve certeza de que o trapézio a deixaria para trás. No entanto, ela girou no ar como um anel de fumaça e agarrou a barra novamente. Pendurada pelos braços, seus chinelos roçavam os dedos esticados dos homens mais descarados que tentavam alcançá-la dos seus assentos. No limite do balanço, ela soltou a barra e rodopiou como uma semente aérea, pegando a barra quando esta começou o retorno. Quando deu um salto mortal, seu belo cabelo indomável realçou seu corpo como a rabiola de uma pipa. O coração de Senlin veio parar na garganta, dilatado pelo medo e pelo fascínio. Ela era espetacular.

    Após mais algumas façanhas acrobáticas, ela desacelerou o balanço do trapézio, acenou com a despreocupação de uma criança para a multidão e foi puxada de volta para dentro da portinhola na cúpula. Desta vez, Senlin se viu contribuindo com o aplauso desvairado.

—•—

Houve um breve, porém emocionante reencontro nos bastidores, em meio aos cordames, baldes de água e as capas cintilantes de mil fantasias. A habitual expressão abatida de Adam sumiu quando girou Voleta em um abraço alegre. Senlin sentiu-se privilegiado por estar presente naquele momento feliz. No chão, Voleta parecia de algum modo menor do que a Garota Voadora. Ela era aberta, quase tola em suas expressões, e parecia, em muitos sentidos, o oposto do irmão. Adam apresentou Voleta a Senlin, e ela apertou sua mão com a leve e tímida pressão de uma criança. Porém, ela não era criança e havia uma inteligência vivaz por trás do seu olhar. Mesmo assim, ela tinha seus cacoetes: frequentemente gargalhava depois de alguém falar com seriedade, como se achasse a sinceridade engraçada. A gargalhada era breve, nem um pouco feminina, e soava mais como o "ahn-hã" de um barítono do que a risada de uma garota de dezoito anos. Era uma peculiaridade estranhamente amável.

Voleta falou rapidamente sobre sua rotina e sua frustração por ser mantida sempre ali dentro e sua inveja de que Adam pudesse ver o sol sempre que quisesse. Concluiu essa única frase fluida com uma descrição efusiva de uma caixa com quatro bombons que haviam lhe dado de presente, três dos quais eram divinos e o quarto, repugnante. Adam falou pouco, mas seu sorriso era eloquente o bastante. Senlin desconfiou que essas ocasiões eram raras para ele e se perguntou se às vezes não era preferível que as pessoas amadas estivessem perdidas em vez de aprisionadas.

Cedo demais, Rodion apareceu, seguido de perto por um cortejo de jovens, lanterninhas, maquiadores e um monte de outros assistentes de palco. Ele os precedia como um rei, ainda usando sua capa prata e vermelha, mas agora com uma nova adição: a coronha prateada de uma pistola projetava-se de um coldre no quadril.

Rodion intrometeu-se no pequeno trio feliz, tirando o sorriso do rosto de Adam instantaneamente. Ele apontou para Voleta.

— O próximo show é daqui a meia hora. Você precisa comer e voltar para se trocar. Vamos — disse o alcoviteiro em um tom que imitava a preocupação de um pai. Voleta lhe deu um sorriso azedo, embora fosse desprovido de qualquer sentimento verdadeiro de revolta, e virou-se para dar um beijinho na bochecha do irmão.

— Não coma os bombons, Voleta. Não são presentes. São prestações de homens que estão tentando comprar você — aconselhou Adam.

Voleta soltou um de seus "ahn-hãs" sinceros.

— Se alguém quiser me comprar com chocolate, não vai gostar do que vai ter — respondeu ela, inflando as bochechas e fazendo um arco com as mãos ao redor de uma barriga imaginária. Desta vez, Adam não deu risada; ficou pálido e desolado. — O senhor é o chefe dele. Mande-o ser feliz e depois bata nele com uma vara até ele ficar feliz. Simplesmente ande atrás dele com um cabo de vassoura e bata quando ele suspirar — pediu ela, batendo as mãos. Antes que Senlin pudesse responder, ela se ergueu na ponta dos pés e beijou sua bochecha assim como fizera com o irmão.

Voleta foi absorvida de novo pela procissão de dançarinas e assistentes de palco, desaparecendo ruidosamente nas entranhas do teatro, onde os camarins se tornavam quartos e alguns espectadores pagavam generosamente para se tornarem protagonistas por um tempo.

Quando o grupo estava virando em um corredor, uma dançarina de cabelo amarelo e rebelde olhou para eles... não, não para eles, mas para Senlin. Seu olhar tinha um aspecto sinistro, e ele percebeu que a havia visto antes. Sim, ele a vira na barca em que fugira das Termas. Ela não olhara feio para ele aquele dia também?

Antes que Senlin pudesse seguir essa linha de pensamento incômoda, Rodion tomou as rédeas e conduziu a conversa para o próprio destino.

— Que talento impagável — comentou ele, acenando para o grupo conversador que recuava. Encheu o peito com um orgulho paternal que não merecia. — Impagável! Eu jamais sonharia em deixar esse tipo de talento mofar na obscuridade. O mundo inteiro merece ver o ato dela.

Senlin pôde ver que Adam sabia que o alcoviteiro estava provocando-o. O rapaz não mordeu a isca. Senlin sentiu orgulho dele, embora a vitória durasse pouco.

— Um barão algeziano viu o ato dela outra noite e ficou impressionado. Ele queria uma apresentação particular, mas, por causa do nosso acordo, eu disse a ele que não dava para alugar uma beleza e um talento tão excepcionais. — A pele esticada e anêmica de Rodion enrugou-se ao redor da boca como o joelho de um velho: era um sorriso medonho. — Eu sou um alcoviteiro. Prefiro lidar com putas. Não há flertes, pouca rotatividade, sem negociações complexas ou provas de virgindade ou questões de pedigree com as putas. A vida de um casamenteiro é exaustiva! Mas a sua irmã faz todo o trabalho por mim. Ela sobe no palco, os corteja, barganha com eles e prova o valor dela de uma maneira cem vezes mais convincente do que qualquer médico ou genealogista jamais poderia. Ela está transformando este velho alcoviteiro em um mascate de esposas. Eu disse que ela é impagável, porém, ela vem procurando o seu preço. O barão algeziano sugeriu que poderia ser vinte minas. Mas o que você acha? Quanto acha que a sua irmã vale?

Adam avançou em um movimento hostil, suas orelhas vermelhas, as veias do pescoço firmemente ressaltadas. Senlin sabia o que estava por vir. Ele vira, em muitas ocasiões no seu tempo como diretor, as vítimas dos valentões chegarem abruptamente ao ponto de estourar. A briga que se seguia era invariavelmente sangrenta. Rodion estava levando Adam ao limite do autocontrole. Estava procurando uma desculpa para atirar no irmão incômodo de sua estrela. Senlin tinha de intervir.

Senlin girou o aerobastão, atingindo Adam na parte de trás dos joelhos. O jovem, que foi pego desprevenido, caiu como uma pedra. Esparramado no chão dos bastidores, Adam rolou de maneira desajeitada aos pés de Senlin, olhando para ele com uma expressão de choque devido à traição. Senlin apontou com a cabeça para a porta dos bastidores e disse em um tom monocórdico e impiedoso:

— Boreas, ligue a autocarroça.

Adam se levantou e se recompôs, sem nunca tirar os olhos de Senlin, sua surpresa inicial logo transformando-se em raiva enquanto se dirigia, mancando de leve, para a porta. Senlin só podia desejar que o jovem o perdoasse.

Rodion fitava o diretor portuário com os olhos apertados, como se houvessem germinado chifres.

— Ora, ora, o rato de biblioteca tem coragem, afinal — murmurou ele, e depois, endireitando os ombros, perguntou: — Por que veio aqui? De verdade?

— Finn me pediu para bisbilhotar. — A mentira saiu de um modo casual, como se Senlin estivesse entediado demais pelo engano para dar continuidade a ela. — Ele se pergunta se está recebendo o lucro total da venda de ingressos, por isso me pediu para contar as cabeças. Por mim, ele pode ficar de braços cruzados, ele e aquela mulher elefantina — disse Senlin. Era tudo bravata, claro, mas os muitos anos que Senlin passara observando esportes no pátio haviam lhe ensinado que estufar um pouco o peito é a melhor maneira de desencorajar um valentão. — Diga-me qual foi a sua contagem e eu informo.

— Cento e trinta e seis — respondeu Rodion. — Não acredito em generosidade nem em fraternidade. Diga-me por que está me poupando desse problema.

— Aquele homem é paranoico o bastante sem confirmar suas suspeitas. Se encontrar um vazamento na bolsa, vai procurar mais, e eu não quero isso. — Ele deu uma batida com o aerobastão no chão para pontuar o que disse, ocasionando um estrondo no palco oco. Senlin se virou para sair e, fingindo estar inspirado por um pensamento incômodo, virou-se para encarar o alcoviteiro. — E penso que a garota vale no mínimo trinta minas. Que criatura espetacular!

Era um estímulo pequeno, mas Senlin esperava que fosse o suficiente para atiçar a ganância do alcoviteiro e ganhar um pouco de tempo para eles. Se havia alguma dúvida em sua mente antes, agora não havia nenhuma: ele faria tudo o que pudesse para ajudar Voleta a fugir desse sem-vergonha cruel.

—•—

Adam não estava furioso. Estava murcho, o que era infinitamente pior. Senlin esperara que o rapaz fosse apenas retribuir o golpe batendo nele. Em vez disso, o jovem estava sentado todo torto em cima da roda alta da autocarroça, os olhos meio concentrados, pressionando inconscientemente a parte de trás da perna. Senlin pediu desculpas por bater nele e a única resposta de Adam foi parar de massagear o ponto dolorido.

— Ele teria atirado em você — Senlin quase teve de gritar para ser ouvido por sobre as batidas dos pistões.

Adam pensou sobre a questão, primeiro acenando, depois chacoalhando, e enfim rolando a cabeça com tristeza. Parecia estar prestes a desmoronar.

— Ele não a quebrou — disse ele com orgulho sufocado.
— Você a viu. Ela é indomável. — O relâmpago na cúpula com barras que cobria a cidade cintilou com repentino êxtase, pausando a conversa deles. A luz espinhosa penetrou a névoa e imolou dezenas de mariposas e morcegos. Quando a tempestade contida terminou, Adam continuou com força renovada. — Eu sou responsável por garantir que ela continue indomada. Eu sou responsável. Preciso fazer alguma coisa...

Senlin queria tanto dizer algo, inflamar a centelha de revelação de Adam, mas temia que fazer isso fosse minar a confiança do rapaz nessa revelação. Por isso, em vez de dar um sermão, Senlin decidiu confessar o próprio fracasso.

— Tentei ter paciência nas Termas. Eu tinha um método e um cronograma que mantive durante semanas. Esperava um resultado justo, esperava que a Torre recompensasse a minha disciplina com... um reencontro milagroso. — Ele produziu um som de desgosto na garganta. — Se eu tivesse continuado com o meu itinerário e nutrido minha sensação de direito por mais tempo, eu seria um mula agora. Não tenho dúvida. E Marya estaria perdida para sempre.

— E o que você fez? — perguntou Adam.
— Roubei o comissário. Não, primeiro conspirei, depois me infiltrei, elogiei, em seguida enganei e enfim roubei o comissário. Ah, se Finn Goll soubesse quanta confusão deixei para trás... tenho certeza de que existe uma recompensa pela minha cabeça nas Termas; eu provavelmente valho uma pequena fortuna para o comissário. Peguei uma coisa dele e estou certo de que ele a quer de volta. — Ele ouviu o tom de ostentação que permeava sua voz e tossiu para encobrir seu

desapontamento. Tinha de levar a conversa de volta ao seu propósito. — O que quero dizer é que às vezes precisamos correr riscos calculados, Adam. Não podemos esperar que a Torre nos trate de maneira justa ou esperar que os poderosos nos respeitem.

— Riscos calculados... — Adam fez uma cara feia e torceu o volante até suas juntas ficarem exangues e brancas. — Você tem um plano?

— O plano ainda está se formando, mas sei quais as peças de que vamos precisar.

— É um começo, suponho eu. Do que vamos precisar?

Senlin contou os itens nos dedos.

— Uma nave, uma tripulação e um vento.

Adam endireitou-se no assento quando entendeu a imensidão da lista.

— Eu realmente estava tocendo para que dissesse "um pouco de corda e uma salsicha" — retorquiu ele, coçando a sombra esparsa de uma barba há três dias por fazer. — Uma nave, uma tripulação e um vento, hein? Isso vai exigir muitos cálculos. E um capitão? Vamos precisar de um desses também.

Senlin deu risada.

— Não vamos nos precipitar.

·CAPÍTULO NOVE·

Guardados entre os velhos livros-razão nas prateleiras do meu escritório estão uma dúzia de dicionários danificados, vários manuais de aeronáutica (os quais li minuciosamente e o melhor dos quais reivindiquei para mim) e pelo menos trinta guias da Torre singulares e inúteis. Quando os leio, sinto vontade de gritar: "Desenhe um mapa para mim! Mostre o caminho!". Mas a única coisa que os autores fazem é descrever suas pegadas e falar sobre os seus sapatos, que são os melhores, os únicos sapatos verdadeiros.

— *A Torre dos leigos, a luta de um homem*,
por T. Senlin

Uma ação rápida foi impedida pelo dever, que de repente sobrecarregou Senlin, Adam e todas as frentes do porto. Barcas e balsas enfileiravam-se nas plataformas em uma sucessão tão rápida que Senlin sentiu estar afogando-se entre caixas de rum e capitães que pechinchavam e mulheres de olhos esbugalhados com destino aos bordéis. Os trabalhadores do porto, mergulhados em turnos que duravam vinte horas ou mais, poderiam ter se revoltado se houvesse restado energia. Senlin teve que deixar o trabalho de contador para auxiliar na estação de pesagem: as balanças tinham que ser carregadas e descarregadas com a mesma rapidez de uma catapulta sitiando uma cidade. Era quase uma loucura e, no entanto, o sistema de Senlin de algum modo resistiu: nenhuma nave foi rejeitada, nenhum bem valioso sumiu e nenhum produto perecível pereceu. As autocarroças superaqueceram, mas não explodiram e, após três dias de atividade intensa, o porto estava calmo outra vez.

    Senlin cancelou a reunião da noite e, em vez de ficar em pé na borda da estação de pesagem como um pedestal, sentou-se nela, braços nos joelhos, observando os homens andarem em direção ao túnel que levava a Nova Babel. Alguns pararam para pedir para ele ler um endereço em um panfleto, o que ele fez automaticamente. Um estivador chamado Emrit pediu que Senlin decifrasse um bilhete de sua amada. Emrit perdera um dente saliente, mas, quando sorria, a lacuna não parecia um defeito. Ela lembrava Senlin de uma covinha em uma bochecha, era uma peculiaridade atraente. O bilhete, escrito na letra cursiva incerta e apertada de uma novata, pedia um encontro com Emrit, pedia que ele levasse chocolate e fazia uma referência desajeitada a um ato íntimo, que Senlin narrou com o profissionalismo de um médico. Emrit lhe agradeceu por essas revelações e se juntou à fileira de homens que estavam saindo.

    Apesar do cansaço, estavam todos sentindo as pontadas de alegria da expectativa: alguns iriam para os boudoirs, alguns para as casas de Farelo, alguns para os bares e todos voltariam para o pátio esgueirando-se em algum horário péssimo, toda a alegria confiscada deles, toda a raiva exaurida e toda a ansiedade gasta. Senlin ficou um pouco surpreso ao descobrir que queria ir com eles. Ele precisava de um pouco de distração, um pouco de esquecimento. Mas não, havia trabalho a fazer.

—•—

Mais tarde da noite, Adam entrou com passos pesados no apartamento de Senlin carregando um pequeno cubo de madeira, uma entrega tardia do porto. Adam encontrou o diretor portuário sentado em uma mesa desnivelada com um livro e uma garrafa abertos. Senlin olhou para a pequena caixa resistente, reconheceu-a e apontou com o queixo para um canto vazio do quarto. Adam colocou o carregamento de crômio branco no chão e afastou-se dele rapidamente. Nenhum dos dois gostava de ter de lidar com essa coisa. Senlin tinha visões nervosas da caixa sendo derrubada e abrindo-se; imaginava o pó formando uma névoa, uma overdose em uma única respiração, uma nuvem cheia de pesadelos.

— Os homens estão bêbados — disse Adam em um tom monocórdico devido ao cansaço. Ele se acomodou na cadeira áspera de madeira de frente para Senlin e, embora estivesse exausto, ainda testou a cadeira antes de soltar o peso todo.

— Eles mereceram — respondeu Senlin sem tirar os olhos do livro inclinado enquanto empurrava a garrafa para mais perto do amigo. — Assim como você. — Adam aceitou a oferta e desfrutou de um longo e contemplativo gole.

Do lado de fora da janela de Senlin, a farra dos homens alcançou um novo tom exaltado antes de voltar a ser um balbucio de risada e cantoria.

— Dei um aumento para eles — contou Senlin de um modo que sugeria que Adam não deveria estar surpreso, embora o rapaz estivesse.

— Nos quase três anos que estou aqui, nunca houve um aumento. Como convenceu Goll a fazer isso?

— Não convenci — replicou Senlin sem tirar os olhos do livro e do esquema complexo de um motor a vapor que estava ali, tão obscuro quanto hieróglifos antigos. — O porto está tão eficiente agora que esse aumento não vai afetar o relatório das oito horas.

— Está falando sério?

Senlin levantou o olhar.

— Confie em mim, ele não vai perceber. E, se perceber, vou apenas explicar que foi um ato necessário de autopreservação. Eu evitei uma revolta. Você não pode fazer uma equipe trabalhar até quase morrer e esperar que voltem para receber mais castigo.

— Talvez — respondeu Adam com uma ponta de dúvida. — Mas por que agora? Se ele descobrir, vai mandar Iren cortar as nossas cabeças. Por que correr esse risco?

— Bem, porque estive pensando. E cheguei à conclusão de que as nossas perspectivas são bem sombrias.

Adam começou a rir, tentou conter-se e depois desistiu.

— Mas a sua lista era tão curta: uma nave, uma tripulação e um vento. Moleza.

Senlin fechou o livro, mas sua expressão não se abriu nem um pouco mais. Ele tinha o olhar concentrado, aflito, de um homem jogando um jogo de cartas que não pode se dar ao luxo de perder. Por um momento, não havia nenhum movimento no quarto a não ser a sombra agitada de uma mariposa debatendo-se até a morte na luz elétrica amarelada no teto.

— Eis aqui os problemas do modo como eu os vejo. Primeiro, precisamos de uma nave. Um rebocador ou uma barca não servem. Se a nave não for razoavelmente ágil e minimamente armada, não vamos conseguir nos afastar nem um quilômetro do porto sem sermos abordados e abatidos. Mas, se a nave for grande, vamos precisar de uma tripulação igualmente grande para tripulá-la. É algo que não podemos ter. Esqueça isso por enquanto.

"Suponhamos que nós encontremos uma nave modesta que possa ser operada e defendida por uma tripulação de cinco ou seis, uma nave que transportava uma carga grande o suficiente para conter provisões de água, pólvora, combustível e água para algumas semanas, uma nave que não seja nem tão pomposa a ponto de atrair atenção indesejada nem tão deplorável a ponto de sermos rejeitados de portos mais nobres. O equilíbrio perfeito seria como a regra de vestimenta do Tubo de Vapor: formal, porém gasta. Mesmo que uma nave dessas exista, como a pegaríamos? Não temos número suficiente para subjugar uma tripulação. Então..."

Senlin fez uma pausa com o dedo erguido para guardar sua vez de falar enquanto bebia um gole da garrafa. Ele ofegou um pouco e continuou:

— Vamos precisar usar a força e os números de outra pessoa para fazer esse trabalho por nós. Mas é óbvio que eles, quem quer que sejam, não terão interesse em se jogar na nossa batalha para arriscar suas vidas pela nossa recompensa. O que nos deixa com a difícil questão de como esvaziar a nave... presumindo, claro, que consigamos reunir uma pequena tripulação fiel para pilotá-la quando estiver fora dos ancoradouros.

"Somada a essa impossibilidade está a sua irmã, Voleta. E é o mesmo problema. Rodion está trancafiado na própria fortaleza e tem, pelas minhas contas, pelo menos trinta homens. Eles trabalham como lanterninhas e assistentes de palco, mas são, sem dúvida, seus guardas armados. Não temos a potência para forçar a nossa entrada no Tubo de Vapor e tirá-la de lá. Precisamos usar o braço de outra pessoa para bater à porta. Precisamos de dois exércitos por procuração: um para esvaziar a nave e um para salvar a sua irmã. E, no momento, não temos nenhum exército.

— Nem tripulação — disse Adam.

— Nem nave — acrescentou Senlin solicitamente.

A mariposa que vinha se debatendo contra a luz produziu um tinido fatal e caiu ao chão. Adam chacoalhou a cabeça e disse:

— Mas o que tudo isso tem a ver com dar um aumento para os homens?

— Estou agradando-os. Nós podemos precisar que eles nos apoiem.

— Nesse caso, por maior que tenha sido, o aumento não foi grande o suficiente.

— Você provavelmente está certo — respondeu Senlin, murchando um pouco. — No mínimo, eles podem hesitar em torcer o nosso pescoço se chegar a esse ponto.

— Parece que o seu plano está progredindo mesmo, Tom. Você tem até um plano B para quando os carregadores tentarem torcer o nosso pescoço. Isso é maravilhoso.

Compartilhando o mesmo impulso, os dois homens estenderam a mão para pegar a garrafa que estava entre eles. Nenhum dos dois a soltou. Senlin olhou nos olhos de Adam em meio ao inesperado impasse. Era nítido que o rapaz estava tomando coragem para dizer algo mais, para falar o que pensava, e a garrafa permaneceu parada entre eles enquanto isso acontecia.

— Tudo bem, fale logo. No que está pensando, Adam?

— Essa é mesmo a coisa certa a se fazer? Roubar uma nave? Quero dizer, você sequer está argumentando contra. Parecia uma boa ideia quando o alcoviteiro nos provocou, mas agora, à clara luz do dia... — Ele puxou o colarinho até o segundo botão abrir. Senlin sentiu que o jovem vinha pensando nisso há mais tempo do que estivera sentado naquela sala. Talvez estivesse pensando naquilo desde a visita ao Tubo de Vapor. As expressões que ele dizia eram um pouco exatas demais, um pouco ensaiadas demais. — Vamos ganhar uma centena de inimigos: Rodion, Finn Goll, os trabalhadores do porto, a tripulação e o capitão que desalojarmos... Quando começarmos a correr, acho que nunca vamos poder parar. Como vamos viver sem um trabalho estável ou uma casa ou um patrocinador? Em quem vamos confiar? Vamos ter de roubar o nosso combustível? Vamos ter de vasculhar em busca de comida? Que tipo de vida é essa?

— Que tipo de vida é esta? — perguntou Senlin.

— Você me disse que vale uma pequena fortuna para o comissário. Você o roubou. Por que não pedir um resgate? Negociar um acordo. Dê a ele o que ele quer e ele paga você por isso. Tenho certeza. Em vez de fugir, nós podíamos comprar a nossa liberdade.

— Adam — disse Senlin, soltando abruptamente a garrafa, recostando-se na cadeira outra vez. Ele cruzou os braços. — Homens poderosos não barganham com homens como nós. Eles não nos temem nem nos respeitam, então não há nada que possa impedi-los de desistir de um acordo. Não existe honra. Lembre-se dos seus piratas, os responsáveis pela perda do seu olho! Como aconteceu? Você tinha um acordo, não tinha? Mas não tinha nenhum poder e eles sabiam. — A boca de Senlin estava seca e saliva estava começando a se formar contra os seus dentes. — Mesmo que o comissário estivesse disposto a barganhar um resgate, e estou falando sério quando digo *mesmo que*, ele só estaria interessado em pagar por suas coisas. Primeiro, pelo seu precioso quadro, que não está comigo. E segundo, pela minha cabeça. Minha esperança mais sincera é que ele tenha se esquecido de mim. Esse é o melhor cenário.

Em resposta ao raciocínio inflamado de Senlin, Adam apenas encolheu os ombros.

— Não estou dizendo que não tenha seus riscos, um risco calculado, mas você está fazendo muitas suposições sobre como o comissário vai reagir a uma proposta que economiza tempo e esforço para ele. Não vejo como isso pode ser mais ridículo do que arquitetar um plano elaborado e roubar uma nave. — Adam irradiava uma confiança jovial e obstinada, que atingiu um velho ponto fraco de Senlin: o ponto fraco de um diretor. Adam concluiu o argumento de um modo presunçoso: — Só estou tentando ser sensato.

— E eu estou tentando salvar a sua irmã! — gritou Senlin com mais violência do que pretendera.

Embora pego de surpresa pelo rompante, Adam teimosamente insistiu na questão.

— Mesmo que não esteja com o quadro, você poderia vender para ele a informação sobre quem está. Com um pouco de dinheiro no nosso bolso...

Senlin o interrompeu.

— Não, Adam! Não vou barganhar com o comissário. Ponto final! — Senlin bateu na mesa uma vez, fazendo o livro pular. Adam parecia ter levado um tapa, o que fez Senlin se arrepender, embora não aplacasse sua reação. — Olhe, você nunca vai ter dinheiro suficiente para libertar Voleta do contrato dela porque Rodion não vê nenhuma vantagem em deixá-la ir. Ele vai simplesmente pegar o seu dinheiro e vendê-la de novo para outra pessoa. Por que não? O que você vai fazer para impedi-lo? Se quiser libertar a sua irmã, vamos ter de fazer isso nós mesmos!

Adam fez uma carranca, mas não disse nada. Uma longa irrupção de vaias dos carregadores do lado de fora deu tempo para que o abismo entre eles crescesse. Senlin limpou a boca e sentiu um tremor estranho nos dedos. Não foi pensar em Voleta que o levou à beira da raiva frenética. Foi Marya. Era sempre Marya. Uma semana antes, ele finalmente desistira de sua obsessão de virar o retrato dela e guardara-o longe da vista, debaixo da tábua solta do assoalho junto com o diário e a pistola em forma de chave de Ogier. Ele o fizera porque ela estava se tornando uma abstração, uma imagem, um ideal. Ele sentiu isso acontecendo. A mulher estava desaparecendo. A lembrança de sua voz eletrizante, a maneira como seus dedos ágeis se afunilavam e os flertes sutis que ela usava para confortá-lo em uma sala lotada... tudo isso desvanecendo-se e, em seu lugar, ficando cada vez maior e mais real, estava o ícone da pintura de Ogier. Por isso, ele a escondera de si mesmo na esperança de que, quando vislumbrasse o retrato dela outra vez, isso lhe desse um pequeno choque de lembrança, uma pequena descarga de esperança, e o impedisse por mais algum tempo de aceitar a vida laboriosa e desolada que estava em evidência por toda a sua volta.

 Sem mais uma palavra, Adam se levantou e saiu do quarto. Senlin não tentou detê-lo. Ele percebeu que havia cometido um erro ao confidenciar seus medos e as falhas de seu plano ao jovem Boreas. Adam estava procurando por orientação, por um líder, por um capitão, e, intencionalmente ou não, Senlin assumira o papel. E agora tinha que agir de acordo. A tripulação não quer ouvir que o capitão tem dúvidas ou que o plano do capitão está cheio de lacunas. Isso destrói a confiança deles, e eles começam a dar tiros no escuro, como Adam acabara de fazer. Não era culpa de Adam que Senlin não fizera progresso na busca por uma tripulação, ou por uma nave, ou por um vento. Em pouco tempo, se a falta de progresso continuasse, Adam encontraria outro flautista para seguir.

—•—

Senlin acordou no meio da noite com uma pancada na madeira.

 O som era como o de uma porta que batera, mas mais perto do chão. Sonolento, ele se perguntou se seria um alçapão. Mas seu quarto não tinha alçapão. Talvez fosse um eco do pátio da estação ou um pesadelo esquecido que havia enganado seu ouvido que estava despertando. Em transe, abriu os olhos, esperando o fraco brilho dourado das luzes encobertas lá fora.

Havia um vulto vermelho brilhante ao lado da cama, contorcendo-se e debatendo-se como um homem que estivesse tendo uma convulsão. A revelação foi imediata: era o Mão Vermelha. Impossivelmente, inacreditavelmente, o carrasco do comissário o havia encontrado.

O assassino estava segurando o próprio joelho. Ele pisara em uma tábua defeituosa e, de momento, seu pé estava preso no esconderijo secreto de Senlin. A adrenalina invadiu as extremidades de Senlin com uma sensação súbita: todos os nervos pareciam um fusível faiscante.

Senlin rolou para o outro extremo da cama com a intenção de tentar fugir pela porta. Em vez disso, caiu no chão, enrolado nos lençóis. Ele se debatia como um peixe em uma rede. Tábuas racharam atrás de si, e ele se virou a tempo de ver o Mão Vermelha lançando-se sobre a cama como um fenômeno cósmico, como uma bola de fogo atravessando a atmosfera em chamas. Então o meteoro caiu. O Mão Vermelha rolou para cima de Senlin e eles viraram uma confusão de lençóis e membros.

Eles bateram na frágil escrivaninha, abrindo todas as três gavetas. Mangas de camisa pendiam ao redor deles. O bracelete de metal do assassino cortou o maxilar de Senlin, fazendo seus olhos lacrimejarem. Senlin não conseguia ver nada além de um brilho vermelho coberto por roupa de cama branca. Era como observar uma floresta através de uma fumaça densa. Uma repentina pressão no braço de Senlin o impedia de se libertar da roupa de cama limpa.

— Onde está o quadro? — perguntou o Mão Vermelha, sua pronúncia tão monótona e calma que ele poderia estar perguntando a Senlin que hora era.

— Eu não sei! — respondeu Senlin entredentes.

O rendilhado de veias fazia o homem parecer um fogo de artifício paralisado, um esguicho de luz vulcânica. Com o braço livre, Senlin derrubou uma camisa em cima do crânio vívido e enrolou a manga em volta do pescoço do assassino. O Mão Vermelha pareceu arquejar e Senlin sentiu um pequeno arroubo de esperança: talvez ele pudesse lutar e se soltar. Mas não foi um arquejo de surpresa. Era um suspiro. Um suspiro cansado e desdenhoso. Senlin estava entediando seu assassino.

Antes que Senlin conseguisse apertar o laço improvisado, uma dor excruciante penetrou seu ombro. O Mão Vermelha torceu o seu braço com uma força avassaladora, quase mecânica. Ele rolou com a pressão para manter o braço na junta. Forçado a virar de barriga para baixo, ficou totalmente indefeso. Chutava como uma criança fazendo birra, mas seus calcanhares não acertavam nada. O Mão Vermelha o jogou no ar e sua coluna dobrou contra o joelho que atingiu seu cóccix. Sentiu-se como um graveto preparando-se para quebrar. Então foi atacado com o assoalho. Teve tempo apenas para desviar o olhar antes que a lateral de sua cabeça quicasse contra o piso. Lascas ferroaram sua orelha e sua bochecha. Por um instante, ficou surdo. Depois um zumbido, mais alto do que a audição, desceu aos poucos a escala de sons como uma bomba ao cair. O outro ergueu sua cabeça, bateu-a uma segunda vez, e a madeira agora se estilhaçou debaixo dele. Apareceram ciscos em sua visão, aranhas amarelas rastejando sobre uma rede vermelha. A rede vermelha abriu a boca, mostrando uma pequena fornalha brilhante, uma língua que parecia uma chama.

Senlin pôde sentir o hálito quente do homem quando o Mão Vermelha disse:

— Vocês, intelectuais, ficam sempre tão surpresos ao descobrir como seus corpos são frágeis. A mente é tão resistente, tão reservada. Mas os músculos e os ossos são tão simples quanto um capim amarrado. Eles se desfazem e quebram. E, quanto mais quebram, mais a mente encolhe. Nos momentos anteriores à descida final até a morte, o grande intelecto é reduzido a um grão silencioso. A mente não é nada mais do que uma porta para a escuridão. — Senlin queria gritar, mas não conseguia. — É para lá que você vai, Thomas. Para a eterna escuridão voraz e indiferente. Onde está o quadro?

Desesperado por conta do medo e desajeitado pelas pancadas, Senlin procurou alguma coisa, qualquer coisa, com que se defender. Ele tateava o chão, procurando. A madeira pinicava sob sua mão. Estava desorientado. De que lado era a porta? Se ao menos conseguisse pegar o aerobastão, pelo menos conseguiria morrer defendendo-se. Mas não havia nada, apenas roupas e lascas.

Ele percebeu que não conseguia engolir antes de entender que não conseguia respirar. O assassino agora estava sentado em suas costas, puxando seu pescoço como um cavaleiro tentando frear um cavalo. Uma onda repentina e inesperada de euforia tomou conta de Senlin. Ele reconheceu vagamente a alegria pelo que ela era: a chegada da morte. E ficou estranhamente aliviado. O Mão Vermelha estava errado. Que sua mente vagasse. Ele se perguntava sobre Ogier. Ele devia ter escondido bem o quadro, já que não fora encontrado. Talvez Ogier houvesse morrido antes de confessar o local do esconderijo de seu amado *Garota com um barco de papel*. Senlin via a garota agora, de pé em meio ao máximo resplendor da luz caleidoscópica das Termas. E, em sua visão do quadro, Marya estava com ela, segurando a saia em uma das mãos, a outra mão segurando a da menina. Ele observava da orla. Nenhuma das duas olhava para ele. Nem precisavam. Elas estavam felizes; o mundo era resplandecente.

Em meio a essa ternura e calma, um mosquito começou a zunir: um único pontinho escuro de pensamento. O mosquito se recusava a ser pego e se recusava a ir embora. Ele bateu no mosquito. Qualquer que fosse a pequena revelação que estivesse tentando atrapalhar o seu paraíso, ela não teria muito mais tempo para viver. Quanto tempo viviam as moscas? Ele a ignoraria. O mosquito chocou-se contra o rosto dele. Ele deu outro golpe e o mosquito pareceu desacelerar, deixar-se capturar. Ele o sentiu agitando-se dentro de sua mão fechada. Levou o punho à altura do rosto e desdobrou os dedos. No meio da palma da mão estava uma chave.

O mundo começou a chacoalhar, o tremor sutil transformando-se rapidamente em um terremoto que primeiro rangeu, depois estourou como uma boiada. A água saltou e ferveu e salpicou as pernas de Marya e da menina cuja mão ela segurava. Pequenas porções de argamassa começaram a salgar seu rosto virado para cima em meio à escuridão.

Ele percebeu que não estava pronto. Não estava pronto. Então o chão lhe foi tirado e ele começou a cair.

Caiu no assoalho do quarto outra vez. Estava de costas. O vulto vermelho brilhante o sacudiu bruscamente, e não parecia ser a primeira vez que ele fazia isso. Senlin sentiu algo quente acumulando-se em sua boca. Engoliu e tossiu até poder respirar; a sensação foi dolorosa, porém carregada de alívio.

— Sinto muito que tenha demorado tanto para encontrá-lo. Não gosto de me atrasar. Visitei Ogier meses atrás. Cheguei na hora certa para aquela conversa. As coisas não correram bem para ele. Ou o seu compatriota era fatalmente teimoso ou a verdade era lamentável. Fiz a ele a mesma pergunta que faço a você agora pela última vez. Onde está o quadro que roubou?

Senlin sentiu uma pontada de tristeza pelo pintor, mas ficou igualmente admirado que Ogier estivesse disposto a morrer para impedir que o comissário ficasse com o quadro. De repente, pareceu tudo tão desproporcional. E o fato de que o comissário houvesse continuado à procura de Senlin nos meses seguintes, que o houvesse encontrado de alguma maneira e que depois houvesse soltado seu cão sobre ele... Tudo por um quadro!

Era óbvio que ele não conseguiria convencer o assassino do absurdo de sua missão. Se Senlin quisesse sobreviver, tinha de lhe dizer alguma coisa. Lembrou-se da chave que aparecera em sua mão naquela visão fúnebre e uma ideia, remota e improvável, brotou em sua mente.

Sua voz saiu como um gemido.

— Está em uma gaveta trancada — disse ele. — Preciso pegar a chave.

·CAPÍTULO DEZ·

O Banyan o' Morrow é uma barcaça de fundo achatado tão feia quanto um nariz de porco. Uma arma de trinta libras, bastante corroída, é sua única defesa. A variada tripulação de seis provavelmente se renderia sem discutir. Uma candidata sem encantos, porém viável. (Em uma segunda inspeção, o apodrecimento deixou os baluartes moles como um bolo. É uma armadilha mortal.)

— *A Torre dos leigos, a luta de um homem,*
por T. Senlin

Senlin colocou-se sobre a fenda despedaçada na tábua do assoalho. Quando estendeu a mão em direção ao esconderijo escuro, um salto de bota pousou sobre sua nuca, tão ameaçador quanto a unha de um polegar para uma pulga.

— Se pegar qualquer coisa que não seja uma chave, vou pisotear você — disse o Mão Vermelha.

Senlin hesitou. Suor ou sangue gotejava pela pele do seu crânio e escorria pelo seu maxilar. A chave de carcereiro estava embaixo da pintura de Marya. Ele não tinha outra escolha a não ser tirá-la primeiro para chegar à chave.

— Há um quadro aqui — explicou Senlin. — Mas não é o que você está procurando. A chave está debaixo.

— Deixe-me ver.

Assim que a pintura surgiu, uma mão brilhante se abaixou rapidamente e a tomou dele. Senlin não pôde assistir ao assassino examinando a obra de perto, mas viu o resultado. Arremessado contra a parede à sua frente, a moldura ao redor do quadro estourou. Senlin encolheu-se. Ele não saberia dizer se a pintura estava destruída, mas não havia nada que pudesse fazer quanto a isso agora. Colocou a mão naquela parte oca do chão outra vez com uma lentidão proposital.

A pressão em seu pescoço afrouxou-se quando ele veio com a chave. O Mão Vermelha tirou o pé. Senlin levantou-se, com pernas tão bambas quanto uma de suas cadeiras.

— O que essa chave abre? — perguntou o Mão Vermelha de um modo distraído, quase onírico.

Senlin pigarreou. Mudou o peso de perna e respondeu sem inflexão de voz:

— Você.

Puxou o pequeno gatilho no anel da chave. O estampido não foi mais alto do que a rachadura de uma colher de madeira. O cano da largura de uma ervilha bufou um pouco de fumaça. Foi, Senlin tinha de admitir, um resultado mais deplorável do que ele esperara.

Imperturbável, o Mão Vermelha olhou para a mancha de sangue que estava se formando na parte frontal de sua camisa. O lento fio de sangue tinha um tom vivo de granada.

— Sabe o que é engraçado? — comentou o Mão Vermelha, sem achar graça. — Vocês olham para mim e veem um homem, centímetros mais baixo e com uma mão maior do que vocês, mas, não obstante, um homem. — O assassino se inclinou para a frente e juntou as dobras do pijama de Senlin em seus punhos enganosamente pequenos. Aproximou Senlin de seu rosto insosso de careta esculpida na abóbora. — Supõem que sou como vocês, que compartilho do mesmo conhecimento, do mesmo fardo de consciência, dos mesmos parasitas intestinais. Mas não me pareço nem um pouco com vocês. — O hálito dele tinha um forte cheiro de formaldeído e, de perto, Senlin viu que a pele dele tinha a aparência emborrachada de um sapo conservado. Senlin foi sendo erguido, ficando primeiro na ponta dos pés e depois sem apoio nenhum no chão. — Eu sou o enigma na boca da Esfinge. Sou o traficante de escravos que rói a corrente viva. Sou o fazendeiro das sementes mortas, o que preenche covas. Quem sou eu?

— A morte — Senlin respondeu com um sussurro.

— Isso — o Mão Vermelha confirmou em uma respiração.

Uma explosão parou o aperto ao redor da garganta de Senlin. A janela do apartamento em frente a eles explodiu, caindo sobre o pátio da estação. A rajada veio do outro lado do quarto e os dois se viraram a um só tempo em direção à origem do disparo.

Iluminado pela luz do corredor, Adam estava à entrada da porta com sua segunda pistola erguida. Uma tropa de trabalhadores do porto subia a escada atrás dele. Com uma velocidade anormal, o assassino arremessou Senlin para a porta, acabando com qualquer chance de Adam dar um segundo tiro. O Mão Vermelha pulou por cima dos destroços pontudos da janela para a luz turva da estação e sumiu.

Adam pegou Senlin, as pistolas em suas mãos tornando desajeitado o abraço. Senlin, sua voz momentaneamente comprimida, fez um gesto apontando para a janela destruída. Adam não esperou mais orientações e gritou por sobre o ombro para a tropa de carregadores que estava chegando:

— Atrás dele! Ele foi para o porto!

Adam ajudou Senlin a ficar de pé e correu para a escada, dando o alarme enquanto seguia para lá.

Parecia que havia entrado um touro no quarto de Senlin. Esfregando a garganta irritada, Senlin tentou, sem muito empenho, juntar suas miudezas e suas roupas. Deixou o emaranhado de coisas cair dentro de uma das gavetas quebradas e arrastou os pés até a pilha formada pelo que fora um dia uma moldura. Seus joelhos tremeram quando se agachou para pegar a tela, que milagrosamente pousara virada para cima em meio ao ninho de madeira e papel marrom. A pintura sobrevivera. Esse simples fato foi suficiente para espantar o pavor e o choque de sua mente. Ele também sobrevivera.

Ficou surpreso com a textura do avesso da tela. Pareciam escamas de peixe. O avesso recoberto por papel fora rasgado. Ele virou a tela e soltou uma risada inesperada.

Colada ao avesso da tela e olhando de volta para ele havia uma garota. Ela estava dentro da água, que lhe batia à altura dos tornozelos. Um barco de papel pendia de sua mão.

Um pedaço de papel caiu. As poucas palavras nele haviam sido escritas às pressas, mas Senlin reconheceu a letra. Era de Ogier. O bilhete dizia:

> *Não deixe que ele fique com o quadro. Não é o que parece. É uma chave... é uma chave para a Torre e para a felicidade e para a morte. Esconda-o e mantenha-o a salvo. Por ela.*

—•—

Meia hora mais tarde, Adam voltou e encontrou o diretor portuário sentado na cama com todas as luzes acesas. As cortinas de juta pendiam frouxas sobre a janela destruída. Senlin tivera a presença de espírito de esconder a pintura contrabandeada de Ogier. Acontecesse o que acontecesse, ele estava determinado a não aumentar mais o fardo de Adam. Não faria nenhum bem ao jovem debater-se com o mistério de uma pintura que Senlin fora forçado a roubar por um homem que não a guardou, mesmo quando insistia que ela era a "chave para a Torre e para a felicidade e para a morte", fosse qual fosse o significado disso. Esses mistérios faziam parte do fardo da liderança. Além do mais, o quadro de Ogier ainda poderia acabar se tornando uma moeda de troca, e ele não queria que ninguém soubesse que ele estava com a pintura, pelo menos não por enquanto.

— Ele escapou — disse Adam. — Nós o seguimos até o porto. Não me pergunte como um homem que brilha no escuro desaparece no meio da noite. — Ele tentou rir, mas o som que saiu era rude como um zurro. Adam, muito abalado, sentou-se pesadamente em um canto da cama de Senlin. — Nunca vi nada assim. Não sei o que era aquilo.

— Obrigado por vir em meu socorro — falou Senlin, recobrando um pouco de sua habitual postura de vareta.

— Ou eu vinha socorrer você ou ficava acordando ouvindo vocês quebrarem cada móvel do quarto — respondeu Boreas com um sorriso tênue. Ele ficou calado por um tempo, a testa franzida em um gesto de reflexão. Depois de um instante, perguntou: — Tom, quem era aquele?

Senlin resfolegou, sua garganta inchada reprimindo sua respiração. Ele demorou algumas respirações para conseguir dizer:

— Aquele era o Mão Vermelha, o carrasco do comissário. Acho que ficou claro que já passamos do estágio de barganha com aquele tirano. — Ele pegou a vassoura que estava em um canto do quarto e começou a varrer o vidro estilhaçado debaixo da janela. — Receio que o meu assassino reluzente vá voltar... mais cedo ou mais tarde. Estou feliz que você o tenha interrompido no momento em que interrompeu, mas ele não parece o tipo que fica desanimado por muito tempo.

Adam levantou-se e seguiu o diretor portuário enquanto ele reorganizava o chão, arrastando a vassoura em longos movimentos pensativos.

— Bom, você falou que já passamos do ponto de barganhar, mas você também já passou do ponto de se esconder agora. O que vai fazer? Se está com a pintura, se sentiu que tinha de escondê-la de mim, por que escondê-la dele? Apenas entregue para ele. Não vale a pena morrer por isso.

— Concordo — disse Senlin, entregando a vassoura a Adam. — E visto que está com vontade de andar, vou lhe dar alguma coisa para arrastar.

Adam tomou a vassoura das mãos de Senlin, mas não parou de defender seu ponto de vista.

— Fale para ele onde está o quadro. Conte para ele com quem está ou para quem você roubou a pintura. Ou diga para mim e eu vou conversar com ele por você.

— Não. É uma oferta corajosa, você provavelmente não sabe o quanto ela é corajosa, mas não. Você está certo sobre uma coisa: não dá mais para eu me esconder. Mas, por enquanto, acho que a incerteza do comissário é o que vai me manter vivo. O Mão Vermelha poderia simplesmente ter me matado enquanto eu dormia, mas não, ele queria conversar. Adam, acho que há mais nesse quadro do que imaginamos. Acho que o comissário está desesperado para consegui-lo de volta e igualmente receoso de perdê-lo. O que me parece interessante. E enquanto eu puder mantê-lo conjeturando... — Senlin parou de falar quando viu Adam pendurado na vassoura do mesmo modo como uma velha segura uma bengala. Ele estava apoiado na vassoura, parecendo completamente desesperançado. E por que não estaria? Acabara de ver um monstro em pessoa. O perigo era inegável.

Senlin foi até a escrivaninha e pegou a chave de carcereiro que estava lá. Ele queria dar a Adam outra coisa para distraí-lo, algo útil, e disse:

— Tudo bem, já está na hora de eu aprender a recarregar uma arma. Venha e me mostre.

Adam lhe deu um longo olhar de descrença, mas o diretor portuário não desistiu do pedido, que soara surpreendentemente como uma ordem. Depois de um momento, Adam pôs de lado a vassoura e começou a instrução.

Na manhã seguinte, levado pela curiosidade, Senlin foi ao cais e procurou entender como o assassino escapara. Uma nave teria sido notada, mesmo uma nave pequena, o que significava que o Mão Vermelha viera utilizando-se de meios mais discretos. Vasculhar o perímetro da doca não revelou nada suspeito, embora ele não soubesse ao certo o que esperava encontrar. Repetiu o trajeto duas vezes, andando mais devagar a cada vez. Os carregadores, esperando preguiçosamente por uma nova carga, acharam graça de ver seu diretor portuário fora do escritório e longe do pátio da estação. Divertiram-se ainda mais ao vê-lo se esparramar no chão e dependurar metade do corpo na doca como um homem que houvesse bebido demais. Senlin ignorou seus risos reprimidos.

Não demorou muito até ele encontrar o que estava procurando: uma corda de seda cuidadosamente amarrada em um ilhó aparafusado perto da beirada do lado de baixo do cais. Ele não conseguia ver onde a corda terminava porque ela descia e se enrolava pelo flanco da Torre, mas tinha certeza de que levava às Termas. O Mão Vermelha enfrentara uma longa e traiçoeira subida, mas uma rápida descida de volta.

Senlin fixou uma faca em forma de gancho na corda e cortou o fio.

Uma coisa era certa: alguém no porto de Goll amarrara a corda e a soltara. Alguém em Nova Babel estava conspirando com o comissário.

—•—

Mais tarde naquela mesma manhã, quando Iren entrou com tudo no escritório, Senlin estava preparado. Ele a recebeu calmamente, as mãos juntas sobre a absurda proa que lhe servia de escrivaninha. Ela estendeu a mão, grande como um prato de jogo de jantar, e esperou pelo envelope cheio de notas e com o resumo das importações.

— Você não sabe ler — afirmou Senlin —, o que significa que não sabe escrever, o que significa que é mais impotente do que uma mulher da sua estatura deveria ser.

As linhas de sua testa larga e lisa apontaram para baixo em direção a uma profunda e assustadora carranca. Com uma ponderação ensaiada, ela soltou a corrente ao redor da cintura. Os elos tiniram quando se endireitaram ao lado dela. Senlin observou tudo isso com um sorrisinho implacável. Iren adotou uma posição de combate, o couro de seu avental rangendo em torno de suas coxas grossas como troncos, seus pés quase conectando-se com as paredes da sala. Senlin recusou-se a estremecer mesmo quando ela começou a girar a corrente acima da cabeça. O zunido da corrente preencheu o pequeno espaço. Ela foi soltando a corrente elo a elo até que o gancho na ponta caiu sibilando a centímetros das estantes de livros. A árvore de carimbos de borracha na mesa chacoalhou. As contas de seu ábaco rangeram; os papéis esvoaçaram. Era como se uma tempestade houvesse surgido dentro do escritório dele.

Durante tudo aquilo, Senlin olhou para ela com um olhar baixo e paciente.

— Já me acostumei a ter a minha vida ameaçada, Iren — disse ele. — Já me entediei com isso. Arranque a minha cabeça ou sente-se.

Com o rosto enrubescendo, Iren aproximou a hélice da corrente do alto da cabeça dele. Senlin sentiu o cabelo começar a se partir devido à corrente de ar. Ele teve de erguer a voz para ser ouvido por sobre o gemido da corrente.

— Você não pode entender o sentido de um livro com base na pancada. Não pode torturar uma letra até ela falar. Não pode estrangular uma placa para que lhe indique o caminho. Por toda parte para onde você olha, existem segredos expostos. Você é vulnerável por isso. Mas eu posso ajudá-la se me permitir.

Aos poucos, a raiva dela foi diminuindo e a corrente foi desacelerando até que, com um movimento final do braço, ela puxou o gancho de volta até alcançar a mão. Respirando pesadamente, ela enrolou a corrente ao redor da cintura de novo.

— O que quer de mim? — perguntou ela em seu pesaroso tom barítono.

— Está vendo isto? — Senlin ergueu o pescoço para mostrar o hematoma espalhafatoso ao redor da garganta. — Preciso que você me ensine como impedir que isto aconteça. Escrevi uma carta para Goll pedindo para ele deixar você me dar um treinamento de autodefesa. Acho que ele vai querer evitar que o investimento dele, ou seja, eu, seja estrangulado durante o sono. Tenho certeza de que você ouviu falar sobre ontem à noite. — Iren examinou o hematoma com o vago interesse de uma especialista. Ela não parecia muito impressio-

nada. — Uma hora por dia — continuou Senlin secamente.
— Vamos passar a primeira meia hora lutando e a segunda, lendo. O que me diz?

— O sr. Goll não vai gostar que eu perca tempo com livros.

— Então não conte para ele — retorquiu Senlin, estendendo a carta que havia preparado. — Ele é a menor das nossas preocupações. Eu vou me sentir muito fraco e você vai se sentir muito burra. Mas sempre é assim no começo. O aprendizado começa com o fracasso.

Iren perscrutou o rosto de olhos claros do boneco de palito sentado à sua frente em busca de sinais de perspicácia ou pena, qualquer traço de um dos dois a teria feito cair sobre ele como uma guilhotina. Decidindo-se, acenou com a cabeça e disse:

— Tudo bem. — Pegou a carta e saiu rápido da sala. Foi a conversa mais longa que ele já havia tido com ela.

·CAPÍTULO ONZE·

O Amante duplo é um galeão barrigudo com um casco em forma de S, oito espingardas, três envoltórios grandes de gás, um canhão de ataque, uma casinha gloriosa, uma ótima cabine completa com um candelabro em formato de lágrima e uma tripulação de 62 saqueadores armados. Deixando o sonho de lado, a nave só é tão boa quanto o seu percurso. Preciso achar um novo vento.
— *A Torre dos leigos, a luta de um homem,*
por T. Senlin

Ele tinha outros motivos para dar aulas particulares para Iren. Senlin sabia que ela era capaz de fazer o trabalho de dois homens e ele a queria em sua tripulação. Mas comprar a lealdade dela custaria mais, muito mais, do que ele podia pagar. Como não tinha esperanças de comprar essa lealdade, pretendia conquistá-la.

As aulas dela começaram. No meio da tarde, atrás das portas fechadas do escritório dele, inclinado sobre a cartilha que escrevera para ela, Senlin a tratava exatamente como tratara os valentões analfabetos nos seus antigos dias de escola: com encorajamento paciente e firme. No começo, ela segurava a caneta como uma faca e atacava o papel. Curvava-se e quebrava ponta atrás de ponta, espalhando aranhas pretas de tinta pela página. Levou dias antes que ela ao menos conseguisse fechar as voltas das letras, embora a cada dia destruísse menos páginas e canetas. Todo dia ela melhorava.

E ele descobriu que ela não era totalmente analfabeta. Seu aprendizado foi acelerado pela familiaridade com algumas palavras essenciais. Ela podia ler os rótulos comuns das caixas e os verbos habituais que apareciam nas propagandas dos panfletos. Revelou ser uma aluna que aprende rápido e levava as aulas a sério. Praticava por conta própria e, dentro de uma semana, conseguia ler frases rudimentares. Senlin achou a determinação dela inspiradora.

A paciência de Iren não era inesgotável. Ela tinha ataques de frustração. No auge deles, acusava Senlin de inventar regras, de se contradizer, de zombar de suas tentativas de pronunciar palavras. Mais de uma vez, agarrou o que quer que estivesse mais próximo, um pote de tinta ou um peso de papel, e ergueu-o ameaçadoramente sobre a cabeça de seu tutor. No entanto, ele continuou explicando a lógica da gramática com o mesmo tom calmo e cadenciado:

— O J dá uma laçada embaixo e o L dá uma laçada em cima. Tente de novo. John ama tocar tambor. Liza adora tocar a flauta.

Mais cedo ou mais tarde, Iren baixava a arma improvisada e retomava os esforços que estavam suspensos.

E ela sempre obtinha sua vingança. Pelo menos, Senlin desconfiava que as aulas de luta no pátio da estação eram influenciadas pela irritação dela com as aulas. O método favorito dela para ensinar Senlin a defender-se era atacá-lo sem trégua, até que, inevitavelmente, ele terminava caído de costas, ofegante e machucado. Depois, enquanto o observava esforçando-se por ficar de pé, ela explicava, com a menor quantidade possível de palavras, o que ele fizera de errado. Quando lutaram com bastões e ela bateu nas pernas dele, tirando-lhe o apoio, disse:

"Seus pés estão muito juntos". Quando lutaram boxe e Senlin se curvou por ter levado três murros na barriga, disse: "Você afasta muito o braço para dar os seus socos". Quando praticaram com espadas de madeira e ela cortou a orelha dele, disse: "Não ataque a minha espada. Ataque a mim".

Era um processo humilhante que se tornava mais humilhante ainda pela multidão que essa prática atraía. Os homens do pátio se juntavam em volta do ringue que eles haviam organizado entre as caixas de azeitona e os barris de vinagre. De início, os carregadores observavam as aulas casualmente, com receio de ficar encarando a briga entre o diretor portuário e a sicária de Finn Goll. Mas suas observações logo se tornaram mais concentradas e verbalizadas. Havia exclamações, que se tornaram saraivadas, que se tornaram gritos do tipo que se poderia ouvir em torno de um ringue de verdade. Ao final da primeira semana de combates à tarde, estavam fazendo apostas. Um estivador proativo achou uma lousa rachada e começou a marcar as probabilidades.

Senlin tentou ignorar a natureza das apostas. Pressupunham que ele seria sobrepujado pelo tamanho e pela habilidade de Iren. Era dado como certo que acabaria caído de costas. As apostas se referiam a quanto tempo ele ficaria de pé ou se algum dia conseguiria acertar uma defesa ou um soco. Até essa probabilidade era ruim.

No entanto, ele estava aprendendo. Pela primeira vez na vida, sentiu que estava desenvolvendo seus reflexos. Começou a sentir os ritmos e padrões dos ataques dela. A força, ele descobriu, não era tão importante quanto o equilíbrio, e o equilíbrio não era tão importante quanto a antecipação. Ele começou a prever alguns dos ataques dela por meio de pequenas mudanças de posicionamento ou pela contração dos ombros. Às vezes conseguia antecipar a trajetória do pé dela ou do bastão, mesmo que nem sempre conseguisse desviar do golpe. Ocasionalmente, desfrutava de um pouco de sucesso, uma esquiva ou uma defesa, e logo depois começava a analisar seu êxito. Ele refletia sobre como a luta tinha uma gramática toda sua e como a guerra tinha sua sintaxe. Sua mente vagava. Esses arroubos de fantasia sempre resultavam em uma queda.

— Não pense tanto — Iren disse depois que um dos devaneios de Senlin foi interrompido por um inesperado soco direto no queixo. — É melhor nem pensar.

Foi assim que eles desenvolveram uma camaradagem baseada na necessidade.

Aquele acordo deixou Adam nervoso. Ele tentou convencer o amigo de que Iren era um monstro fazendo papel de cachorrinho.

— Não acredite nem por um momento que vocês são amigos — disse Adam uma tarde enquanto limpava uma escoriação no ombro de Senlin. O diretor portuário fizera aquela escoriação ao tentar atingir a professora com um contragolpe desajeitado. Em vez de dar o golpe com a cavilha de madeira, ele perdera o equilíbrio e escorregara dolorosamente pelo cascalho. Apesar de machucado, Senlin sentia orgulho pela tentativa, que Iren considerou corajosa.

— É possível persuadi-la — Senlin disse a Adam, e acreditava nisso.

◂•▸

As correntes de ar, Senlin descobrira em suas leituras sobre o assunto, eram semelhantes às correntes marítimas. Elas eram correias transportadoras invisíveis, porém persistentes, de variada largura e força. Trançavam o céu em intricados sistemas de energia. As aeronaves, pelo menos aquelas que vinham ao porto de Goll, não tinham meios de propulsão própria e, tal como uma vela, eram totalmente dependentes do vento em termos de velocidade e direção. As naves podiam ser movimentadas na vertical aquecendo o ar represado ou soltando lastro, permitindo que saltassem de uma corrente a outra. Os capitães, pelo menos os capazes, tinham algum controle sobre a trajetória delas.

As localizações dos portos que se projetavam da Torre haviam sido escolhidas por sua proximidade a correntes relativamente calmas e estáveis. Portos bem localizados eram confiavelmente acessíveis, mas, em compensação, havia muitos onde só era possível entrar e sair por uma única rota. Isso não gerava nenhum inconveniente para os comerciantes honrados, mas tornava o sequestro de naves atracadas um negócio arriscado. Fugir era bastante fácil, mas afastar-se seria difícil.

Se Senlin e sua tripulação ainda imaginária em sua nave também imaginária esperavam chegar bem longe, uma nova rota de fuga era essencial.

Assim, para a diversão dos aeronautas e dos estivadores, Senlin começou a se ocupar de um novo hobby. Quando o sol nascente brilhava sobre o porto liso devido à geada, Senlin andava de lá para cá atrás da pipa de papel manteiga branco que ele construíra. A pitada do ar de outono dera lugar à mordida do inverno. O céu estava tão gelado e estável como um mar congelado. Ele soltou a pipa entre os enormes balões que puxavam as naves ancoradas. A pipa mergulhava como um pardal ao longo da face curva da Torre, batendo suas pontas contra o arenito cor-de-rosa. Enroscava-se em torno dos mastros dos guindastes e ele tinha de subir para soltá-la. Ele deixou muitas pipas escaparem ao trombar com caixas e fardos de carga e só pôde observar, impotente, enquanto os claros diamantes sumiam à distância. Os homens riam.

O vento amargo ferroava. E sempre as pipas voavam em direção ao leste na mesma corrente de ar persistente: o vento da rota comercial, o único vento.

Após algumas semanas de pipas perdidas e dedões batidos, Senlin achou o que estava procurando. Aconteceu em uma manhã em que o cais estava inusitadamente vazio. Senlin havia dado a noite anterior de folga aos estivadores depois de uma pausa de dois dias na circulação e a maioria dos homens estava dormindo sua liberdade de bebedeira. Lá no alto, uma longa depressão rasa na fachada da Torre parecia atrair a pipa. A depressão na face da Torre teria parecido pouco mais do que um furinho a distância, mas, *in loco*, era grande o suficiente para gerar um pequeno vácuo. A pipa puxava intermitentemente o carretel na mão de Senlin, lembrando-o de como uma linha de pesca mergulhava e se agitava com os golpes exploratórios de um peixe cauteloso.

De repente, a pipa foi embora, subindo direto pela face da Torre por quinze metros antes de repuxar abruptamente para o oeste. A linha acabou, Senlin segurou os últimos trinta centímetros de fio de seda, observando a pipa lutar para seguir a recém-descoberta corrente. Depois ele a soltou.

Ver a pipa escapar por aquela corrente inexplorada formou um sorriso em seu rosto. Seria um pouco difícil de alcançar e perder a extremidade da corrente provavelmente resultaria na nave sendo jogada contra a parede de pedra, mas ele encontrara sua rota. Por mais arriscada que fosse, ele havia encontrado sua saída.

◄•►

Adam não recebeu a notícia da milagrosa descoberta com o entusiasmo que Senlin esperara.

Senlin encontrou seu amigo na umidade escura do pátio da estação, sob os morcegos que volteavam e as luzes amarelo-gema, tentando arrombar a tampa de uma caixa teimosamente fechada. Quando a barra de metal escorregou e quase pegou o queixo dele, Adam, em uma rara demonstração de raiva, começou a bater furiosamente na caixa.

— Por quê? — perguntou Adam quando se cansou. — Por que fechar uma caixa de peras como se fosse um caixão?

Senlin pôs a mão no ombro do amigo, que arquejava.

— É só uma caixa de fruta. O que o deixou com tanta raiva?

A barra de metal soltou três notas ao quicar no chão.

— Rodion — respondeu ele com uma calma concentrada. — Ele me tirou o último centavo. Nas últimas três semanas, veio me procurar com três contratos de casamento para Voleta. Em cada uma das vezes, eu lhe dei uma mina para atrasar o acordo, e ele foi embora e achou um novo marido de companhia com uma carteira mais gorda. Estou sem dinheiro. — Ele pegou a barra de metal e colocou de novo a garra sob a borda da tampa. — Voleta diz que deveria quebrar uma perna ou colocar fogo no cabelo. Ela acha que ninguém ia querer se casar com uma garota aleijada e careca. Mas esse é o problema. A única coisa que impede que a mandem para um quarto é o palco. Porém, é o ato dela que atrai os devassos. Tenho medo de acordar uma manhã e ela ter sumido para sempre. — A tampa finalmente se abriu com um rangido dos pregos. Adam aliviou a dor chacoalhando os braços e pegou uma pera corada de seu leito de palha. — Fico feliz que tenha encontrado o seu vento, Tom, mas não vejo de que maneira estaríamos mais perto de sair deste lugar.

— Vou conversar com Rodion — declarou Senlin.

— E dizer o quê?

Antes que Senlin pudesse responder, a conversa foi interrompida pela chegada de uma autocarroça familiar. Os painéis de marfim do vagão eram como espelhos negros com fios de folha dourada. As janelas eram cobertas por sombras cor de sangue e a chaminé de metal e cobre vertia flocos de fumaça sobre o macilento motorista. A autocarroça de Finn Goll abriu caminho entre os carregadores no pátio com tanta facilidade quanto um tubarão em meio a um cardume de sardinhas.

Senlin não havia visto com muita frequência o homônimo do porto nos três meses em que trabalhara como diretor portuário do homem. Seu aparecimento inesperado agora podia não passar de uma inspeção surpresa, mas Senlin tinha certeza de que Goll não viera ao porto em uma visita social. Senlin catalogou os piores cenários: Goll descobrira sobre os aumentos que Senlin dera aos trabalhadores e viera extorquir uma compensação do esconderijo do diretor portuário; ou Goll deduzira o interesse por trás do atentado contra a vida de Senlin à meia-noite e agora estava se preparando para entregá-lo ao comissário e pegar a recompensa; ou o senhor do porto ouvira de algum modo rumores sobre o plano de Senlin e Adam e vinha infligir o castigo que recaía sobre todos os desertores: a prancha.

Iren saiu pela porta da cabine antes de Goll. Os ombros dela, normalmente retos, estavam caídos. Era um mau sinal. Pior, ela não olhou nos olhos de Senlin quando ele veio ao encontro da carruagem. Goll surgiu, pisou no estribo e ali permaneceu, ficando quase ao nível do olhar de Senlin. O motorista não desligou o motor, deixando claro que o assunto seria rápido.

— Iren desenvolveu alguns talentos novos. — Goll pôs a mão na cabeça de Iren da maneira familiar que um menino poderia tratar um cachorro. — Imagine a minha surpresa esta manhã quando eu a encontrei escrevendo isto — disse ele, tirando uma página do bolso do colete. Ele a desdobrou e começou a ler no tom jocoso de um simplório: — "John ama tocar tambor. Liza adora tocar a flauta. John e Liza cantam e caminham pela mata."

Senlin reconheceu a estrofe como oriundo de sua cartilha e rapidamente deduziu para onde essa conversa estava indo. Goll corretamente identificara as aulas como uma ameaça à sua autoridade e saíra para reafirmar essa autoridade.

— Tom, você consegue imaginar como era útil ter uma mensageira segura, confiável e imperturbável? Quem quer um cão que sabe ler o que ele pega? Agora descubro que estou na desconfortável posição de ter de confiar na minha mensageira. — Goll tirou uma segunda folha de papel do bolso. Esta, com um movimento floreado de mão, ele entregou para a amazona. — E como a confiança requer provas... Iren, querida, por favor, leia as instruções que eu dei a você.

Ela examinou o pedaço de papel, franzindo a testa com o esforço. As palavras saíram aos solavancos.

— Cerre... o punho... e... acerte a cabeça de Tom... três... vez.

— Essa última palavra é *vezes*, querida. Afinal de contas, parece que você não realizou um milagre, Tom. — Goll respirou ruidosamente. Iren ficou entorpecida, olhando para o bilhete em suas mãos. Senlin observava enquanto ela lutava com a decisão e se viu silenciosamente desejando que ela o golpeasse antes que fosse tarde demais. Goll estava testando a lealdade dela. Ela tinha de bater antes que a desconfiança se instalasse.

Ela se recompôs em um instante. Dando um passo à frente, pegou Senlin pelo colarinho e, sem nenhuma cerimônia, bateu no rosto dele uma vez, e outra, e mais outra. A única demonstração de misericórdia que ela lhe deu foi espalhar os golpes pela cabeça por igual e, mesmo assim, pareceu um coice de mula.

— Ei, ei, espere, Iren. Está ótimo. Foram cinco! Eu só pedi três. — Goll achou muita graça dos golpes extras.

O rosto de Senlin estava marcado por sangue e lágrimas. Iren o soltou e ele caiu de bunda. Quicou contra o chão e ficou esparramado de costas. O mundo tinha uma auréola vermelha e no centro estava o rosto redondo de Goll.

— Tom, teria sido melhor ter ensinado Iren a contar antes de começar o alfabeto — disse Goll. — Na nossa idade, a educação é um desperdício. Você não pode se defender, ela não pode contar e eu não posso aprender a confiar. Estamos acostumados demais aos nossos caminhos para experimentar novos trilhos. No futuro, eu gostaria que você não se intrometesse na ordem natural das coisas. — Ele desapareceu dentro da carruagem outra vez, depois, pela janela, concluiu: — E outra coisa, Tom. Eu esperava que homens que chegaram a esta altura da Torre chegassem com alguma bagagem. Mas, se o que ouvi dizer é verdade e foi o Mão Vermelha que veio procurá-lo mês passado, não quero ter nada a ver com isso. Não se deve brincar com o comissário e o brutamontes dele. Seja o que for, resolva. Não quero perder o meu guarda-livros por causa de algum ressentimento, mas, ao mesmo tempo, não vou arriscar o meu pescoço por você. Se o comissário decidir insistir, vou colocar você de molho.

As palavras de Goll ao partir ecoaram em meio à dor de Senlin. Se Goll não sabia por que o Mão Vermelha viera, não poderia saber sobre o quadro. O que significava que não fora ele quem entregara Senlin. Fazia sentido, claro. Goll não tinha motivos para ser sutil: se houvesse desejado receber a recompensa, teria feito isso de forma aberta e imediata. Finn Goll podia ser um chefe desalmado, mas não era ele quem estava tentando fazer Senlin acabar morto. Mas, se não fora Goll, então quem?

    Goll bateu na porta duas vezes e o motorista pisou no acelerador. Enquanto a carroça se afastava, Iren agarrou o corrimão traseiro e se acomodou de um salto no assento ejetor. Havia uma mudança sutil em sua expressão, que teria passado despercebida por qualquer um que não houvesse passado horas sentado de frente para ela. Para Senlin, aquele olhar revelava muito: ela estava descontente. Talvez a surra a houvesse aproximado da causa dele.

·CAPÍTULO DOZE·

Tudo o que li sobre o assunto sugere que cinco pessoas capazes são necessárias para constituir uma tripulação esquelética. Contando comigo, Adam e Voleta, e presumindo que eu consiga recrutar Iren, ainda falta um. Acho que eu poderia anunciar no pátio da estação: "procura-se aeronauta para uma cruzada rumo a perigo incerto e morte provável. Salários baixos, recompensa moral. Prefere-se filantropos".

— *A Torre dos leigos, a luta de um homem*,
por T. Senlin

A sensação do tênue ar do inverno no rosto machucado era boa. A cordilheira nevada no horizonte parecia uma comprida folha de papel rasgado. O Mercado lá embaixo começara a adquirir uma cor unificada à medida que as barracas, carrinhos e viajantes estavam todos manchados pela distância, tornando-se borrões de um tom texturizado malva. Seu aerobastão batia nas vigas de madeira presas com ferro do porto aéreo, criando um tom e um ritmo que os homens reconheciam. Senlin sabia dizer com facilidade quais carregadores só ficaram ocupados quando ele se aproximou. Os trabalhadores mais esforçados se mexiam lentamente, deliberadamente, enquanto os preguiçosos pareciam eternamente bem-dispostos e entusiasmados. Mas Senlin não saíra para inspecionar os homens. Ele viera para olhar as naves.

Ele sabia muito bem o quanto a situação ficara tensa nesses últimos dias. Perderia Adam se não conseguissem salvar Voleta de Rodion logo. E Iren podia gostar dele, mas Finn Goll estaria observando-a de perto agora, e Senlin duvidava que ela abandonaria seu modo de ser apenas para continuar as aulas de leitura. Goll deixara claro que sua paciência tinha limite. Ele podia decidir, a qualquer momento, que Senlin era mais um risco do que uma vantagem. Senlin não podia se dar ao luxo de ser exigente agora. Hoje ele escolheria uma nave; amanhã a roubaria.

Pelo menos o porto estava cheio: todas as quatro carreiras estavam ocupadas. A *Cornelius* estava na baía sul do lado da Torre, uma nave desajeitada com múltiplas camadas que lembrava Senlin de uma grande embarcação fluvial de fundo achatado. Provavelmente precisava de três homens só para manter a sala da caldeira, embora isso não importasse; a nave estava agendada para partir antes da meia-noite. De frente para ela estava uma nave cinza açoitada pelo vento de nome *Nuvem de pedra*. Não era muito maior do que uma corveta para doze homens e tinha um formato estranho. Seu casco fazia lembrar um pintarroxo aninhado, com uma proa bulbosa e uma popa achatada. Tinha uma arma de trinta libras no gurupé, um balão imundo em forma de marisco e uma tripulação inteira de piratas com dentes de ouro. A baía norte, mais distante, abrigava uma balsa miserável e desarmada batizada de *Sally veloz*, que parecia tão robusta quanto um ninho de rato e tão encantadora como um. Depois havia a *Canário dourado*, uma polida nave mercante do sul do continente que chegara carregada com azeitonas, chá, pistache e incenso. Recentemente pintada de amarelo brilhante, a *Canário* tinha quatro armas grandes e um único envelope afunilado como um charuto. Era um pouco grande para uma tripulação de cinco pessoas, mas manejável, pensou ele.

Ele estava em cima de uma caixa de café, considerando a *Canário dourado*. Esta era a nave. A sua nave. Agora ele só tinha de descobrir alguma maneira de esvaziá-la. Tentou discretamente contar as cabeças da tripulação enquanto eles andavam pelo deque imaculadamente limpo. Acabara de perder a conta e começar de novo quando ouviu alguém dizer o seu nome. Era uma voz de mulher, uma voz familiar. Ele se virou e encontrou Edith atrás dele com uma expressão curiosa no rosto.

Seu segundo pensamento foi o de que não era Edith: o cabelo escuro dessa mulher fora cortado curto e reto acima da linha do maxilar, vestia as roupas de couro e a calça de lã espessa descombinadas que eram populares entre os aeronautas não associados, que era apenas uma maneira educada de dizer "piratas". Uma peça de metal polido cobria o ombro direito dela como a parte solitária de uma armadura. Esta corsária rústica não se parecia em nada com a mulher do campo em um vestido pêssego que um dia se aninhara e estremecera contra ele enquanto estavam trancados em uma gaiola de arame. Não podia ser ela.

E, no entanto, era.

Uma vez que ela o notara primeiro, tinha a vantagem injusta de ter se recomposto; um sorriso torto juntava as sardas em uma bochecha empoeirada e ela tinha a cabeça inclinada de um jeito travesso, como se estivesse tentando chegar de fininho.

Ele se recuperou rápido e, como não sabia ao certo como reagir, ficou parado em cima da caixa como uma estátua na praça de uma cidade.

— O que você está fazendo aqui? — perguntou ele.

— Bom, oi para você também, Tom — respondeu ela sentindo-se, ou talvez fingindo estar magoada.

Senlin suavizou seu tom de voz.

— Perdão. Eu só quis dizer... — Sua mente voltou para os dias que passaram na gaiola, uma lembrança que reprimira há muito tempo. Sem mais incentivos, cada parte de seu suplício voltou com tudo, enchendo-o de uma culpa sem solução e de uma dor desconfortável. Ele a deixara em seu momento de necessidade com uma enfermeira sádica e uma ferida recente. Enquanto escapara com alguns arranhões, ela fora mutilada. Ela tinha todo o direito de guardar rancor. — Você deveria estar cuidando de uma propriedade.

O sorriso malicioso dela se desfez quando ouviu isso. Ela não pareceu gostar da referência à sua antiga vida. Quando respondeu, a resposta saiu como um murro:

— E você devia estar dando aula para uns pentelhos e fazendo os seus próprios. Como está a sua esposa?

Foi a vez dele de ficar magoado agora. Sua expressão, ele tinha certeza, traíra tudo, mas sentiu-se compelido a confessar de qualquer modo:

— Eu não a encontrei. Ainda não.

— Ah — comentou Edith e recuou em uma autocensura. O inesperado reencontro dos dois estava indo muito mal. Senlin começou a pensar em uma desculpa para uma saída rápida.

Um estivador, apontando timidamente para a caixa sob os pés de Senlin, interrompeu aquele momento sem jeito.

— Já terminou com essa aí, diretor? — perguntou ele. — Ela vai para o caminhão, se tiver terminado.

Senlin desceu da caixa, retesado, não deixando o estivador ver sua postura capenga.

— Sim, pode levá-la — respondeu ele. Estando no mesmo nível que ela, ele percebeu que ela não estava usando uma ombreira de metal, como ele pensara de início. A armadura do ombro descia todo o braço e terminava em uma manopla articulada. Ele olhou para o braço de metal, depois para os olhos de carvão dela, e de volta para o braço, tentando não ficar pasmado e fracassando.

Ela soltou uma risada espontânea.

— Você é diretor portuário! Você é diretor escolar! Você é diretor em todos os lugares por onde passa?

— Não exatamente. — Ele bufou. — Fui recrutado para fazer isso, mas não estou me saindo tão mal. Pelo menos ainda não me lincharam.

— Esse é um ótimo padrão de excelência. Eu sou imediata — revelou ela, inflando um pouco de orgulho.

Senlin não queria mais sair correndo, mas estava tendo dificuldades em não olhar para o braço recoberto por metal.

— É mesmo? É um título admirável. Você é imediata de qual nave?

— Da *Nuvem de pedra* — disse ela, apontando com a cabeça para a embarcação que balançava em seu berço atrás dela. Senlin seguiu o movimento da mão de Edith e examinou outra vez a nave que havia descartado anteriormente. Parecia algo que permanecera submerso em um pântano durante anos. A madeira que formava o casco parecia ainda ter casca. Ou talvez fosse apenas alguma espécie de nó agressivo. Ele não sabia ao certo. — Por que as pessoas sempre fazem essa cara quando as apresento para a minha nave? — perguntou ela, interrompendo a avaliação dele. — Não é uma nave ruim, Tom. Ela é bastante veloz.

Ele pigarreou.

— Eu tenho... certeza de que é. E como é a tripulação?

— Eu tive que domá-los. Eles não estavam acostumados a ter uma mulher a bordo e demorou um pouco para eu conseguir convencê-los de que eu não era a madame da nave nem a mãe de ninguém... Tudo bem, podemos muito bem falar disso, visto que você não vai conseguir parar de olhar.

Ela o pegara procurando por sinais de pele entre as juntas de metal de seu braço blindado. Agora tentava agir como se fosse puro interesse acadêmico.

— É um ornamento tão... — ele engoliu a saliva ruidosamente — incomum. Como ele se prende ao braço?

— Não se prende — respondeu ela com a indiferença de quem entrara em uma conversa necessária, porém desconfortável. — Perdi o braço para uma gangrena seis meses atrás. Ele foi amputado logo abaixo do ombro. — Edith evitou cuidadosamente os olhos de Senlin, o que o deixou mais constrangido, porque ele queria se comunicar por meio de um olhar e oferecer um pouco de consolo. Mas o acanhamento dela também a salvou de ter de ver a repulsa inicial dele transformar-se em raiva e depois em pena, tudo no espaço de alguns segundos. — É, a infecção começou com a marcação a ferro, e não, eu não vou falar sobre isso.

Percebendo como ela ficara desconfortável, Senlin fez um esforço considerável para voltar a atenção para o braço. Era realmente uma maravilha: sofisticado como um pássaro de corda e sólido como um guindaste. Um belo motivo arabesco cobria toda a extensão do braço como uma tatuagem tribal. Quando ela flexionou o braço para ele ver, uma válvula no ombro soltou uma baforada de vapor tão tênue quanto o pólen solto por uma florada. Mecanismos zumbiam dentro da concha de metal enquanto os dedos dela se desdobravam um a um. Ela demonstrou o alcance fluido e quase humano dos dedos dela estendendo a mão e desabotoando o primeiro botão no alto do casaco dele. Era uma coisa atrevida a se fazer e o gesto fez Senlin estremecer e, logo depois, rir. Ele estava aliviado de saber que a mulher corajosa que conhecera no Anfiteatro não fora ofuscada pelo novo membro nem pela nave humilde.

— É um motorzinho exigente — ela disse. — Tenho que colocar água nele. Tenho que lubrificá-lo e colocar combustível. Já tive puros-sangues premiados que precisavam de menos atenção. E vou lhe contar, não saiu barato. Braços novos não saem de graça, Tom. Você tem que fazer um acordo.
— Ela se inclinou e pegou uma ripa de madeira de um pallet quebrado. Endireitou-a na palma mecânica e, com um ligeiro solavanco, transformou a placa em lascas. — Mas os piores acordos têm os benefícios mais incríveis.

Percebendo que ela estava tentando fazê-lo recuar, Senlin recusou-se a fazer a vontade dela. Ele ignorou a natureza ameaçadora da demonstração e, ao contrário, fez elogios:

— É incrível. Estranhamente, ele me lembra de uma caixa de música, com sua forte e exuberante percussão e sua almofada macia. É parte martelo e parte pinças, não é? Mas eu sinto muito, sinto muito mesmo, que tenha vindo a um custo tão terrível. Edith, é...

Ela soltou o braço e ergueu o queixo, apontando-o para ele.

— Rá. Você lembra o meu nome no final das contas — comentou ela.

— Claro que lembro o seu nome. Você é a General do Pomar, a sra. Mayfair com punho. Você é a sra. Edith ex--Winters. Eu não me esqueci.

Ela se curvou um pouco, parecendo quase vulnerável, embora as lascas de madeira recentemente esmagadas ainda estivessem aos seus pés.

— Parece que ninguém que eu conheço sabe nada sobre mim, mas ainda espera algo em troca. É tão cansativo, Tom, sempre estar em alerta. Foram seis meses exaustivos.

— Foram sim — concordou Senlin e suprimiu a culpa que já estava se formando dentro dele. Ele podia fingir ser diferente? Ele não queria algo dela também?

Ela olhou ao redor, parecendo desconfortável com a conversa, e disse:

— Tenho que ir dar uns chutes nos traseiros da minha tripulação. Temos meia tonelada de ovos para descarregar e, se eu não ficar olhando feio para eles enquanto descarregam, eles vão quebrar metade dos ovos e depois colocar a culpa nos seus carregadores.

Senlin aquiesceu, suas mãos torcendo nervosamente o aerobastão.

— Quando vocês vão zarpar?

— Amanhã. A tripulação está de folga hoje à noite.

— Ah, nesse caso, talvez pudéssemos jantar juntos — sugeriu Senlin.

— Não posso. O imediato tem que ficar a bordo para que o capitão possa ir à farra. Além do mais, não ligo para o entretenimento local.

— Não, claro que não — concordou Senlin. — Mas eu poderia vir fazer uma visita? Tenho uma garrafa de vinho do porto bastante razoável que está envelhecendo em uma prateleira há... dias agora. Ela realmente precisa ser consumida.

Ela deu risada, mas ele pôde sentir a hesitação no modo como olhou de soslaio para ele. Talvez estivesse pensando na mulher dele e perguntando-se se isso era algum tipo de proposta romântica ou talvez sentisse que ele também queria algo dela. Os meses a haviam tornado cautelosa. No entanto, ela não hesitou por muito tempo.

— Traga o seu vinho do porto, diretor. Se ele precisa ser consumido, nós vamos consumi-lo. Vou estar livre depois que a lua nascer.

Senlin a observou afastar-se a passos largos em direção à *Nuvem de pedra*, acocorada como um pássaro no ninho durante a mudança da penugem. A impecável *Canário dourado* avolumava-se atrás dela. Ele soltou um suspiro. Sim, a nave dela era simples, tinha poucas armas, provavelmente estava infestada de cupins e tinha um nome apropriado, mas a *Nuvem de pedra* tinha uma qualidade muito interessante, e ela, diferentemente do restante deles, tinha familiaridade com naves. Enquanto ele esteve administrando os livros-razão de outro homem, ela aprendera a voar.

Então, tinha que ser a *Nuvem de pedra*. Essa era a nave.

—•—

Sentindo-se já um pouco desonesto, embora ainda não houvesse feito nada e não soubesse exatamente o que faria quando tivesse a chance, Senlin voltou ao escritório e descobriu que tinha companhia. A mulher de cabelo loiro estava sentada na cadeira dele com um livro na mão. Ela parecia estar lendo o que ele reconheceu como um guia particularmente inadequado da Torre. Olhando mais de perto, ele percebeu que ela não estava lendo o livro. Estava esquadrinhando-o com a ponta de uma caneta. Raspava as páginas com tanta determinação que parecia estar tentando escavá-lo. Então se lembrou de onde havia visto esse estranho comportamento antes: o funcionário dos Correios nas Termas estivera igualmente ocupado com o livro que Senlin resgatara, *Confidências de um casamenteiro*.

Quando a mulher de cabelo amarelo viu Senlin parado na entrada da porta, não parou de trabalhar de imediato. Em vez disso, expôs o livro para ele para que pudesse ver as palavras que ela estava redigindo cuidadosamente, começando da última palavra da última página e voltando para o começo.

Ele a reconheceu como uma das garotas de Rodion, mas não demonstrou. Em vez disso, falou:

— Largue o meu livro. Saia da minha cadeira.

Ela o fez, embora com um beicinho sarcástico que deixou claro que só estava fazendo a vontade dele. Circundou a mesa por um lado enquanto ele passava pelo outro. Estatelando-se na cadeira vermelha rachada de frente para ele, ela disse:

— Você tem muitas coisas bobas.

— Tenho — respondeu ele friamente, pegando o livro rabiscado com uma reverência que não sentia. — Coisas bobas atraem você?

— Ah, você tem boca. Você acha que ler livros te torna esperto, mas isso só te enche de tanta bobagem.

— É — concordou ele outra vez. — É um hábito interessante esse que você tem. Que nome você dá quando rabisca as palavras de um livro? Deve ter um nome para isso. Sacrilégio? Garatuja?

— Claro que não. Isso se chama *estudar*.

— Ah. Estudar, claro. E por que você começa do fim e estuda o livro todo até o começo?

Ela chupou os dentes.

— Tst! Para evitar de ler, claro. As palavras entram se retorcendo como minhocas. Mesmo se você não souber o que querem dizer, elas falam dentro da sua cabeça e você ouve.

Senlin suspirou ao ouvir essa idiotice, mas guardou a informação para refletir mais tarde. No momento, tinha que concentrar-se na tarefa à mão, que começava com fazê-la sair do escritório. Colocou de lado o livro estragado.

— O que você quer?

— Você não se lembra de mim — disse ela com uma afetação sinistra, deixando o queixo cair. Ela tinha um rosto bonito e atrevido e seus seios se avolumavam contra um corselete excessivamente apertado, mas não havia nada de atraente nela. Ela irradiava vaidade e crueldade. — Mas eu me lembro de você.

— Você estava na barca — interrompeu Senlin. — E no Tubo de Vapor, eu me lembro.

— Ah, não, não, não. De antes disso. No piano. Você olhou para as minhas pernas. E eu lhe mostrei algo mais, e você pareceu todo ofendido, como se eu fosse algum tipo de puta. Lembra? Depois você fez uma cena daquelas com um monte de espirros. O comissário pôs a máscara de gás e levou você para a varanda, e você, sr. Atchim, conversou um pouco com ele. Menos de três dias depois, você estava naquela barca rameira com o nariz empinado, voando para o Boudoir com todas as prostitutas para quem você é bom demais. É engraçado. Como é que um homem vai de uma fanfarrice com o comissário a uma barca rameira em poucos dias? Talvez esteja fugindo de alguma coisa, eu acho. Talvez tenha saído com a amante de alguém, ahn? O que você acha? Você acha que eu sou burra porque sou sincera. Sou sincera aqui — ela disse, apontando provocadoramente para o decote. Ergueu uma perna e colocou um pé com chinelo na beira da escrivaninha, a saia escorregando ao redor de sua coxa branca. — E sincera aqui. — Senlin manteve o olhar fixo no dela, recusando-se a dar crédito à exibição. — Mas não sou burra. — Ela deixou o pé cair com um pequeno estampido. — Sei quem você é e sei que está encrencado até o pescoço.

A surpresa inicial de Senlin com a familiaridade que ela demonstrava com o seu passado nas Termas teve tempo de desvanecer durante a sua tagarelice e convertera-se agora em um ensaio dos fatos. Ela o conhecia. Estava tentando extorquir dinheiro dele. Era esperta o bastante para ver a oportunidade, mas não esperta o bastante para saber o que fazer com ela, caso contrário, teria ido até o comissário. Em vez disso, viera até ele na esperança de que ficasse alarmado e tentasse suborná-la.

Entretanto, agora estava evidente para Senlin que ela trabalhava para o homem que o entregara ao comissário. Era a única coisa que fazia sentido. Rodion tinha influência e era ambicioso, tinha acesso contínuo a notícias das Termas e tinha olhos no porto, com certeza. Rodion não incluiria Goll porque não iria querer dividir o prêmio, e o ataque só acontecera após a visita de Senlin ao Tubo de Vapor. O alcoviteiro se mostrara curioso quanto à origem de Senlin. Não teria sido muito difícil descobrir os antigos embaraços de Senlin: algumas perguntas dos capitães solitários que visitavam regularmente o Tubo de Vapor; uma carta cuidadosa e hesitante ao Departamento Aduaneiro; ou talvez uma noite desperdiçada em um baile, e tudo seria revelado.

No entanto, se esse fosse o caso, por que Senlin ainda estava vivo e inteiro e em paz? Por que o Mão Vermelha não voltara? Senlin sabia que uma linha cortada não seria suficiente para desviar o assassino por muito tempo, especialmente se ele tivesse cúmplices dispostos andando soltos no Porto de Goll.

Algo estava mantendo Senlin a salvo, pelo menos de momento. Uma vez tendo pensado no assunto, a resposta pareceu óbvia. Era o quadro. Ninguém sabia onde estava a pintura de Ogier e esse era o verdadeiro objeto de desejo, a verdadeira recompensa. Se o matassem ou o levassem à noite, o quadro poderia se perder para sempre. O comissário conseguiria sua vingança, mas não o seu tesouro de volta.

Talvez a única coisa que Rodion estava esperando fosse um alvo definido. Se Rodion, por exemplo, acreditasse que o quadro estava prestes a ser contrabandeado do porto em uma nave pirata em particular, sentiria-se compelido a recuperar o prêmio para o comissário. Seria forçado a agir. Atacaria o porto com quantos homens pudesse reunir e exigiria inspecionar as naves. E isso significaria...

O plano veio à mente de Senlin totalmente pronto em um lampejo. Rodion estava desconfiado; Finn Goll estava desconfiado. Ambos esperavam uma conspiração e, se lhes dessem uma, eles acreditariam. A única coisa que restava era colocar um contra o outro a favor dele, para os próprios objetivos.

Senlin sorriu para a mulher de cabelo amarelo de um modo que ele esperava que parecesse suficientemente nervoso.

— Olhe, não quero que o meu passado venha à tona de novo. Com certeza não quero que Rodion fique sabendo.

— Essa é a cereja do bolo, meu bem. O silêncio não vem de graça!

— Ah, sim, dinheiro. Eu vou receber muito dinheiro, sem dúvida, mas ainda não está comigo. — Ele engoliu com uma ansiedade fingida. — Preciso transferir uma coisa de grande valor primeiro. Vale uma fortuna... e eu vou contrabandear amanhã à noite.

Ela semicerrou os olhos e seus lábios formaram uma perfeita uva passa vermelha.

— Você acha que eu sou tão burra assim? Você simplesmente vai fugir com o seu tesouro assim que eu virar as costas.

— Não! Por favor, não conte a Rodion. Vou dar o que tenho agora para você e depois dou mais. — Senlin abriu a gaveta da escrivaninha, tirou um pequeno porta-moedas e virou-o sobre o mata-borrão. Caíram seis míseros shekels. Aquilo seria tomado como um insulto, ele tinha certeza, mas olhou para ela com uma falsa esperança. — Pegue. Vou ter mais amanhã. Apenas não diga nenhuma palavra a Rodion. Por favor.

A mulher de cabelo amarelo mordeu o lábio inferior, fitando-o com um olhar cruel e amortecido.

— Tá, tudo bem. — Ela pegou as moedas e virou-se para sair.

— Nem uma palavra — repetiu Senlin.

— Ah, você vai receber pelo que pagou. Não se preocupe. Vai receber exatamente pelo que pagou. — Ela fez outro beicinho insinuante. Saindo da sala, ela não viu Senlin revirar os olhos.

Adam passou pela loira no corredor e entrou no escritório de Senlin apontando sobre o ombro com o dedão e com uma expressão perplexa no rosto.

— Recebendo convidados?

Senlin fez um gesto para ele fechar a porta; ele estava tendo dificuldades para conter um sorriso. Quando Adam estava sentado e acomodado, com as sobrancelhas sobre os seus olhos ativos erguidas com um ar indagador, Senlin explicou:

— Ela vai contar para Rodion que eu estou tramando alguma coisa.

— Bem, isso não parece bom.

— Não, é muito bom. Ela me reconheceu das Termas. E acabei de contar para ela que vou contrabandear algo muito valioso do porto amanhã à noite. Rodion não é do tipo que sai correndo impulsivamente por causa de um rumor, então vai precisar de mais alguma coisa para provocá-lo se for para ele esvaziar a nossa nave para nós. E é aí que você entra.

— A nossa nave? Espere, você achou uma nave? — perguntou Adam, inclinando-se para a frente. — Uma nave boa, uma conquista verdadeira?

— Achei. A *Nuvem de pedra* — respondeu Senlin, entrelaçando as mãos atrás da cabeça. — É uma bela corveta rústica e acontece que eu conheço a imediata.

— Como assim conhece a imediata?

— Eu a conheço. Nós dividimos uma cela por alguns dias.

— Claro que dividiram — retorquiu Adam, piscando em meio ao atordoamento. — Espere, o que quer que eu faça com Rodion?

— Você vai me dedurar para ele. — Senlin disse isso como se fosse a coisa mais sensata do mundo. — Vai dar credibilidade para o boato das meretrizes.

Adam tinha uma expressão contorcida devido à confusão; ele parecia ter sido pego em meio a um espirro.

— Ah, Thomas, não acho que essa seja uma ideia muito boa...

— Não, é sim. Todo mundo aqui espera que todos os demais sejam traiçoeiros. Então vamos dar uma traição a eles. Você vai dizer a Rodion que, em troca da liberação imediata da sua irmã, vai revelar toda a minha conspiração. Bem, nem tudo, é claro. A principal coisa em que ele deve acreditar é que eu tenho algo de grande valor... você não precisa dizer o que, ele vai saber... que eu estou tentando desesperadamente tirar do porto, e que o fiasco todo vai acontecer amanhã à noite. Depois você...

— Por que ele saberia o que você está contrabandeando? — interrompeu Adam.

— Porque tenho certeza de que foi ele o primeiro a entrar em contato com o comissário e trouxe o Mão Vermelha para me pegar. Ele sabe tudo sobre a pintura e não tenho dúvidas de que só está esperando eu sair da toca. Diga a ele que vou contrabandear uma coisa que vale uma fortuna e deixe que ele chegue à conclusão sozinho. Quanto menos você parecer saber, mais seguro vai estar. O mais importante é que você venha com ele para o porto e insista que Voleta venha também. Não deixe ele dissuadir você sobre essa questão. Convença Rodion a deixar os dois virem. Acho que ele vai querer fazer isso, ele vai querer me confrontar com a sua traição. Vai gostar de fazer isso.

— E você está com o quadro.

— Não importa se estou com o quadro.

— Como assim não importa? Nada importa mais do que esse fato. Ou você está com ele, e a gente pode barganhar pela nossa vida, ou você não está, e vão enforcar a gente nos lais de vela. O que você vai fazer quando Rodion não encontrar a isca que usamos para atraí-lo?

— Excelente pergunta, o que me traz à próxima tarefa da sua lista. Depois que for me delatar para Rodion, você vai mandar uma mensagem para Finn Goll e dizer a ele que Rodion vai fazer um confisco não autorizado de produtos no Porto de Goll amanhã à noite. Diga a Goll que ele está usando o domínio dele sobre Voleta para forçar você a procurar uma nave cheia de tesouros.

— Uma nave cheia de tesouros? Você ficou maluco?

— Bem, que seja. Diga a ele que Rodion está usando você para encontrar uma nave vulnerável e valiosa para saquear. O que quer que você faça, não mencione o comissário nem a pintura.

Adam chacoalhou a cabeça como se alguém houvesse batido nela.

— Esse é o seu plano?

— Calma, calma — disse Senlin, tranquilizando o amigo em sua mania de elevar a voz com um tom ameno. — Sei que parece ruim. Mas a nossa melhor chance de escapar é colocar esses dois egos um contra o outro. — Ele juntou os punhos para demonstrar. — Se Rodion e Goll estiverem brigando, vão estar enfraquecidos e distraídos. Não vão pensar em nós. Podemos fugir. Confie em mim, Adam. Isso pode funcionar. Uma nave vazia, a sua irmã no porto, todos nós prontos para ir embora.

Adam matutou sobre o assunto por um instante e então perguntou:

— Mas você está com o quadro?

— Tenho pelo menos uma caixa muito convincente do tamanho de uma pintura — respondeu Senlin com uma piscada.

Os pés da cadeira rangeram contra o chão quando Adam se levantou. Ele endireitou a camisa. O rosto dele refletia a determinação sombria de uma pessoa a quem pediram para andar até a própria execução. Acenou com a cabeça uma vez e disse:

— Sim, capitão — depois saiu a passadas largas.

·CAPÍTULO TREZE·

Os espelhos não são tão honestos quanto as pessoas imaginam. Eles podem ser objetos de roubo, de barganha, e a pessoa sempre pode descobrir um ângulo que a favoreça. Na verdade, não existe nada como um amigo há muito perdido para refletir o verdadeiro estado da sua situação.
— *A Torre dos leigos, a luta de um homem*,
por T. Senlin

Ele resistiu ao impulso de trocar de roupa, ou lustrar as botas, ou pentear o cabelo, ou arrumar-se de qualquer outra maneira antes de visitar Edith na nave dela. Os botões do seu casaco há muito tempo haviam afrouxado e se soltado. As lapelas estavam desfiadas e seu cabelo estava comprido e descuidado. Pior, seu rosto tinha hematomas de todas as cores do arco-íris. Fora o ritual diário de barbear-se, que parecia o baldear inútil de um navio que está afundando, sua antiga meticulosidade desvanecera. Porém, agora, pela primeira vez em meses, ele teve plena consciência do fato. Ele esquecera de si mesmo. Houvera um bom motivo, claro, mas agora sentia a velha compulsão de se apresentar como um cavalheiro.

Mas não, este não era o momento para se apresentar como um cavalheiro. E, se fosse muito sincero consigo mesmo, havia outra coisa impedindo-o de se arrumar agora. Se ele lustrasse as botas e penteasse o cabelo, isso insinuaria uma visita social. E ele não era um homem visitando uma mulher para tomar chá. Certamente não. Ele era um homem casado, para começar. Se um dia tivera um pensamento desconfortável e impróprio a respeito de Edith, fora apenas de passagem e na mais extrema das circunstâncias. Não havia nada entre eles a não ser uma admiração amigável.

Era noite e o porto estava deserto. A *Sally veloz* e a *Cornelius* haviam partido e as tripulações que haviam restado da *Canário dourado* e da *Nuvem de pedra* estavam dormindo sob o convés ou se deleitando no Boudoir. As estrelas pareciam tímidas atrás da lua intensa. Senlin parou entre as caixas e as abitas do porto aéreo para admirar o brilho natural do cosmos. Seu coração dilatou-se com a ideia de estar finalmente livre do fedor de chaminés e do zunido das autocarroças. Diante dele estava a promessa do fim dos relatórios das oito horas, das pechinchas com os capitães até o último shekel e do irascível Finn Goll...

— Olá, diretor portuário — gritou Edith enquanto ele se aproximava. Ele a encontrou inclinada sobre o desajeitado corrimão de sua corveta. — O capitão e metade da tripulação saíram atrás das putas. O resto está dormindo lá embaixo. Você pode subir a bordo se prometer não acertar a sua bengala no meu pescoço. Se acordar Antsy Jack ou Bobbit ou Keller, você mesmo vai ter que niná-los até eles dormirem de novo. — Ela estendeu o braço mecânico por sobre a prancha estreita e curvada.

Ele hesitou apenas um momento. Ela havia escovado o cabelo. A luz da lua banhava o rosto dela com a impecável luz azul do gelo glacial. Que coisa ridícula para se notar! Aqui estava uma mulher que tinha um dínamo no lugar do braço e ele estava pensando em belas palavras líricas para descrever a aparência dela. Ele se repreendeu em silêncio e pegou na palma mecânica da mão dela. Apesar de estar acostumado com as alturas, ainda tomou o cuidado de manter os olhos fixos nos dela e distantes da grande fundura hipnótica que ele atravessava.

Estar a bordo de uma nave, mesmo que uma ancorada, sempre deixava Senlin com uma adrenalina poderosa. O envoltório de gás ondulava lá no alto, aquela seda mais fina do que a pele, enquanto o casco balançava e se movimentava em sintonia com as suaves correntes noturnas. Por mais que estivesse calmo no porto, Senlin sabia que, alguns metros abaixo, os ventos do deserto corriam como corredeiras.

— Você tem a postura de um aeronauta — ela disse em tom de aprovação, acenando para as botas que ele se recusara a lustrar. — Não parece que vai vomitar o jantar.

— Eu estou bem. Gosto de naves — respondeu Senlin, tentando não ficar ofendido.

— Bem, as naves gostam de você também. Além do mais, você parece estar dormindo com um ciclone — disse ela, fazendo uma cena para examinar o machucado dele. — É uma imagem e tanto.

Agora ele estava ofendido. Passou a mão pelos hematomas do rosto como se pudessem ser retirados e puxou o colarinho surrado. Nada disso ajudou, claro, e suas tentativas de arrumar-se apenas divertiram Edith. Ele deixou as mãos caírem e pigarreou.

— Que tal um passeio?

— Como quiser. Bem-vindo a bordo da *Nuvem de pedra*! — exclamou ela com um gesto amplo e teatral. — A aeronave mais medonha nas redondezas, exceto por aquela ali e quaisquer pássaros grandes que estejam fazendo ninho por perto. — Senlin deu uma risadinha, mesmo sem querer. — Aqui está o combustor — ela disse, dando batidinhas na lateral do tanque cilíndrico que estava no meio do convés. — Quente como uma puta, depois que começa a funcionar. Isso aquece a bobina dentro do envoltório...

— Fazendo o hidrogênio se expandir e inflar — Senlin interrompeu nesse ponto. Seus olhos seguiram o duto flexível que ia da caldeira até a base, entre 4,5 e 6 metros acima. — Este é o cabo umbilical.

— Muito bem. Você não é um trabalhador inútil das docas, afinal — comentou Edith, encolhendo apenas um dos ombros de um modo aprovador. — É possível reduzir a potência do elemento aquecedor por meio do leme, quando tudo está funcionando certo. — Ela conduziu Senlin até a pequena escada para o tombadilho, onde, no lugar do leme tradicional do capitão, cinco alavancas incrustadas de ferrugem projetavam-se de um painel desgastado. — Esta diminui a potência do elemento, esta injeta mais hidrogênio, se tivermos um tanque extra disponível, o que normalmente não temos — contou Edith, segurando duas válvulas, uma de cada vez. — Esta solta a água do reservatório de água de lastro. Posso descartar a água devagar, para uma subida suave ou, em uma emergência, posso derramar tudo. Isso faria o seu estômago ir parar no pé.

— E as outras duas válvulas?

— Estão quebradas.

— Quantas pessoas tem a tripulação?

— Treze, além do capitão e de mim. Minha cabine fica debaixo do tombadilho. Era a sala de mapas antes da minha chegada. Agora parece que alguém tentou enfiar uma biblioteca no guarda-roupa de uma mulher. — Ela sorriu, recostando-se contra a plataforma elevada do tombadilho. — Acredite em mim, o passeio não inclui o aposento da dama.

— E a tripulação, eles são competentes e... leais? — perguntou Senlin, tentando soar vago.

O sorriso dela azedou e uma nova linha surgiu em sua testa.

— Essa é uma pergunta estranha, Tom. Você quer saber se os meus homens estão sob controle ou se, no fundo, são oportunistas que venderiam sua lealdade?

Senlin fez um aceno para que ela continuasse, fingindo não ter preferência pela resposta.

— Sim para as duas perguntas. Sim, enfaticamente. Apesar... — Sem aviso, o braço mecânico trepidou como um motor que estivesse parando, soltou um grande suspiro de vapor de todas as juntas e depois caiu pesadamente ao lado dela.

Curvando-se desajeitadamente em torno do peso morto do braço, Edith praguejou entredentes.

— A energia dessa coisa lamacenta sempre acaba no pior momento. — Ela mergulhou a mão de carne e osso em um bolso do colete e tirou um frasco vermelho brilhante. Sob a luz azul da lua, o cilindro de vidro reluzia como um caldeirão. A imagem do bracelete de metal do Mão Vermelha com suas chaves de afinação e seus frascos vermelhos saltou à mente de Senlin.

— Os piores acordos... — murmurou Edith, distraída. Ela apertou um contorno discreto no ombro e uma pequena gaveta se abriu. Um frasco vazio caiu na mão dela. Inserindo o substituto luminoso, Edith fechou a gaveta, que vedou-se com um clique. Imediatamente, as válvulas em toda a extensão do braço mecânico chiaram e os dentes das engrenagens giraram, voltando à vida. Ela o flexionou, experimentando-o.

— Eu já vi isso antes — disse Senlin, controlando os nervos bem o bastante para evitar que sua voz soasse estridente. — Esse soro brilhante... Eu vi um homem injetá-lo nas veias. Ele fica monstruosamente forte e rápido e, penso eu, mais do que apenas um pouco insano. É perigoso, não é?

— Não quero falar sobre isso — retorquiu ela sem nenhum rastro de incerteza. Ela encerrou o assunto esmagando o frasco vazio na mão mecânica. — Eu não sou o meu braço. — Sacudindo o vidro pulverizado da palma da mão, ela acrescentou: — Além do mais, a verdadeira questão é: o que você está tramando, Tom?

— T-tramando? — O fato de gaguejar o entregara, mas ele continuou com a farsa. — Bem, havia uma pequena questão que eu queria discutir...

Ela o interrompeu dando uma pancada com a mão.

— Eu te conheço bem o bastante. Você é honrado, é fiel e tem tantos motivos quanto eu para odiar esta Torre de duas caras. Gosto de você. Mas você mente muito mal. Se não vai ser direto, saia da minha nave agora mesmo. — A respiração dela exalava no ar frio entre eles com a regularidade calma de um motor.

Senlin afastou-se dela e inclinou-se sobre o corrimão a estibordo, de frente para a lua quase cheia. Mais abaixo, uma série de âncoras prendiam a nave aos pinos de ferro da carreira. Ele se perguntava quão difícil seria cortar todos os cabos e deixar a nave à deriva naquele mesmo instante. Até onde flutuariam antes que alguém percebesse a falta deles, antes que o resto da tripulação acordasse e o motim começasse? Mas logo pensou em Adam e Voleta, os gêmeos dos opostos, e em Iren, que, apesar da brutalidade de suas atividades, ainda mantinha uma boa medida de consciência. Sentiu-se envergonhado.

— Não sou honrado — disse ele.

Edith acomodou-se ao lado dele no corrimão. Ele podia sentir as vibrações de repouso do braço mecânico dela se propagarem pela madeira da balaustrada.

— Bem, não sei. Mas não conheci muitos homens que perderiam a oportunidade de tirar vantagem de uma mulher com quem dividiram uma gaiola.

Senlin rejeitou esse argumento com um gesto, como se não merecesse consideração.

— Espero que não tenha chegado a esse ponto. Não deveríamos ter de sair por aí parabenizando um ao outro por comportamentos de dignidade humana básica. — Antes que ela pudesse falar mais alguma coisa sobre o assunto, ele continuou em um tom mais baixo. — A verdade é que existem alguns poucos de nós que querem pegar uma nave e fugir.

— Você quer pegar a minha nave? — Apesar de sussurrada, a pergunta foi incisiva.

— Não. Na verdade, eu estava planejando tentar pegar a *Canário dourado*. Mas depois eu vi você...

— Ah, é um resgate? — ela disse, fungando com cinismo.

— Um resgate! — Senlin espelhou o riso sarcástico dela. — Meses atrás, eu tinha essas fantasias ocasionais em que os paroquianos do meu antigo vilarejo mandavam uma equipe de busca para encontrar a mim e a Marya e nos levar para casa. Eu os imaginava escarafunchando pelo Mercado, em busca do caminho para a Torre, unidos por um único objetivo: resgatar seu diretor atrapalhado e a esposa que ele não merece. Mas... — ele suspirou, chacoalhando a cabeça —... não veio ninguém. Não existem resgates, Edith; existem apenas colaborações e compaixões de amigos.

Calada, ela pensou no assunto. Depois de um momento, Senlin começou a ficar preocupado com ter confidenciado descuidadamente para alguém que não precisava fugir, alguém que estava bastante contente com a própria sorte na vida, muito obrigado. Será que ele acabara de entregar o jogo todo? Sentiu o impulso de engolir, mas descobriu que não conseguia mover o nó na garganta.

Então ela disse:

— Minhas dívidas são complicadas. Não são o tipo de coisa da qual posso simplesmente fugir. E não é o tipo de fardo que eu gostaria de colocar sobre os ombros dos meus amigos, se eu tivesse algum.

— Essa é a questão. Todos nós estamos carregando algum fardo... uma perda, uma dívida, um inimigo, ou as três coisas.

— Ele riu cansadamente. — É carga demais para qualquer um. Mas, se nós compartilharmos os fardos uns dos outros, podemos conseguir demovê-los ou encontrar uma maneira de contorná-los, se forem insolúveis. O que quer que aconteça, pelo menos não teríamos de enfrentar sozinhos.

— E quem seria o responsável por essa tripulação de amigos? — perguntou ela, sua voz subindo de tom devido à curiosidade, embora ainda não parecesse convencida.

— Você poderia ser a capitã. Tenho certeza de que é mais do que qualificada.

— Você está de brincadeira! — ela disse abruptamente em um tom mais alto. — Ser capitão é a pior parte. Tudo sempre é culpa sua. Quando as coisas vão bem, o crédito é da tripulação; e quando as coisas vão muito mal, a culpa é do capitão. — Ela chacoalhou a cabeça como se uma mutuca houvesse acabado de se sentar no nariz dela. — Não! Prefiro ser ajudante de cozinha do que capitã. Bom, na verdade não. Mas ser imediata me satisfaz. Eu gosto de ficar dando ordens. Além do mais, diretor-escolar-portuário, isso não significa que você seria o capitão?

— Eu considerei essa possibilidade — admitiu ele.

— Isso não soa muito característico de um capitão.

— Sim, eu gostaria de comandar a nave — retorquiu ele, corrigindo a postura. — Eu serei capitão.

— Eu não diria isso a Billy Lee.

— Quem é Billy Lee?

— O capitão dessa nave, claro — respondeu ela com um pouco de malícia, depois ficou rapidamente séria e acrescentou: — Ele é cabeça quente, traiçoeiro, hábil com as mãos, tem o dedo nervoso no gatilho, mas embaixo de toda essa gentileza bate o coração de um cachorro sarnento.

— Ah — disse Senlin. Estivera tão ocupado pensando em formas de tirar a tripulação de lá que esquecera de levar em consideração como poderia ser difícil destituir o capitão.

— Mas, antes de nos preocuparmos com o capitão Lee, me conte o que você tem em mente. Como pretende fazer isso e quem é esse "nós" de quem você fica falando?

—•—

Senlin narrou uma história breve e, como tantas vezes é o caso com histórias, todo aquele suplício emaranhado soou simples e organizado em resumo: o comissário tirano, o pintor obcecado, a obra-prima roubada que rendera a Senlin más notícias sobre a esposa; o Boudoir e o ressurgimento de Finn Goll, da obra-prima e de Adam, o solidário ladrão que se tornara tão amigo dele; e o Tubo de Vapor de Rodion, que era uma armadilha para os homens e um gulag para mulheres como Voleta. Senlin poupou Edith de muitos detalhes e, em vez de contá-los, apressou-se em explicar como toda essa desgraça confusa e toda essa labuta preparara o caminho para o seu plano. Chegou ao ponto de explicar como Adam o trairia em troca da liberdade de Voleta, contando a Rodion que Senlin contrabandearia o quadro do comissário por meio do porto, quando Edith enfim o interrompeu.

— Mas, espere, por que a pintura estaria na minha nave?

— Porque vou contratar você, ou Billy Lee, para tirá-la daqui para mim. Rodion não pode deixar passar a oportunidade de conseguir tal influência e fortuna. Ele virá com... vinte homens no mínimo. Talvez o dobro disso. O seu capitão se sentiria suficientemente subjugado. Já vi mais do que algumas naves vasculhadas em meu tempo como diretor portuário. Existe um procedimento padrão. A carga é descarregada no porto e examinada com o manifesto, caixa a caixa, enquanto a tripulação fica sob custódia. Pode levar horas.

Ela hesitou nesse ponto.

— Você acha que Billy Lee vai desistir da nave dele sem lutar?

— Ele não vai entregar a nave — argumentou Senlin, então viu o absurdo da ideia. — Pelo menos não até onde ele sabe. A nave dele só vai ser vasculhada. Tenho certeza de que não será a primeira vez. Com sorte, a imediata poderá facilitar as coisas.

— Ah, claro. — Ela olhou para ele do modo como uma pessoa poderia olhar para um lunático que houvesse subido no telhado com asas de papel. — Uma autoridade portuária tira todo o carregamento de uma embarcação particular à força e o inspeciona enquanto a tripulação fica no cais com as mãos cruzadas. É isso?

— Estou feliz de que você compartilhe da minha confiança — disse Senlin, continuando em meio à demonstração de sarcasmo dela. — Depois, Finn Goll aparece e pega Rodion durante a busca, o que ele só pode interpretar como um prelúdio de roubo e conspiração. Na sequência, haverá um grande tumulto e muitos dedos apontados e, no meio da confusão, nós vamos embarcar e zarpar.

— É uma péssima ideia! O que vai impedi-los de atirar contra a nave?

— Para começar, vão estar distraídos e a carga estará com eles. Ao que parece, esse quadro é muito valioso. Entendo que

Billy Lee não vai gostar disso, mas acho que ele não vai disparar contra a própria nave. E Finn Goll vai ter receio porque não quer atrair a atenção do comissário. Só temos de garantir que a pintura vá conosco. É como um escudo, entende? Eles vão tentar nos pegar, claro. Mas, enquanto tivermos o quadro, eles não vão nos derrubar. Eu acho. Eu espero. E eu tenho uma rota de fuga. — Senlin apontou para a face da Torre, para uma reentrância que mal dava para ver na fachada. — Ali. Se soltarmos toda a água de lastro de uma vez e levantarmos âncora no último momento, devemos saltar para aquela corrente desconhecida. — Ele produziu um som gutural de incerteza. — É... provavelmente.

Edith nem deu sinal de seguir o dedo dele para olhar.

— Só para deixar claro, o seu plano é acertar um ninho de vespas, chacoalhar outro, jogá-lo em cima do primeiro e depois fugir no meio dessa loucura. — Ela fez um movimento, como se estivesse pegando uma cereja de uma árvore. — Este é o seu plano. Espera que todas essas vespas voem exatamente na rota que você quer.

— Só estou planejando para que cada um aja de acordo com a própria natureza — respondeu Senlin sem exaltar-se, sem desistir do argumento. — Estou contando com a ganância e o egoísmo, forças que são tão confiáveis quanto a gravidade aqui na Torre. É uma aposta, mas não uma aposta impossível. — Ele colocou as mãos sobre os ombros dela naquele antigo gesto dos argumentos desesperados e das súplicas sinceras. Baixou o tom de voz e perguntou: — A verdadeira pergunta é: você quer ser a minha imediata?

A prancha rangeu atrás deles, seguida de uma risadinha que acabou se transformando em uma bufada. Cambaleando pelo convés banhado pela lua veio uma mulher vestindo uma saia de babados e uma blusa com decote redondo no centro que emoldurava seu peito. Atrás dela, esmagando suas costas com uma garrafa, vinha um jovem de barba castanha que vestia uma jaqueta sem mangas de um verde vivo com o emblema de uma pirâmide dourada. Era um traje absurdo, mais adequado para o guarda de um rei do que para um pirata.

— Capitão Billy — gritou Edith, surpreendendo o casal que namoriscava. Billy Lee parou, cambaleando e apertando os olhos. Girou a cabeça, passando os olhos de Edith para Senlin e de volta para Edith, assimilando a figura magricela que assomava ao lado de sua imediata.

— Quem é o bisbilhoteiro, Eddy?

— O homem quer adquirir os nossos serviços — explicou ela com facilidade e sem nenhum traço da ansiedade que no momento descarregava eletricidade na espinha de Senlin. — Ele tem um pacotinho que precisa de bolso.

— É legal? — perguntou Billy, seu pescoço sacudindo como um ganso, cuspe voando.

— Não — respondeu Edith.

— É perigoso?

— Ah. Mais ou menos. Ele disse oito minas agora e, quando entregarmos o pacote para o Porto de Orland, que está no nosso caminho, capitão, recebemos mais dezesseis do destinatário.

— É muito dinheiro para algo mais ou menos perigoso.

— Estou pagando pela discrição — explicou Senlin, falando pela primeira vez e feliz de perceber que sua voz saíra firme.

— Sou discreto como o bigode de uma puta barata. — Mais cuspe voou e ficou na barba de Billy Lee. A mulher do decote redondo fungou. — Agora vamos, vamos, me passe o meu dinheiro.

— Vou mandar amanhã com a encomenda — disse Senlin.

— Quando vai desembarcar?

— Amanhã à noite. Não se esqueça de me mandar o dinheiro. Agora, saia da minha nave! Preciso do convés inteiro hoje à noite — disse ele, beliscando a bunda da mulher.

Edith acompanhou Senlin de volta até o porto aéreo, onde ele sussurrou:

— Ele não parece um sujeito tão monstruoso.

Uma garrafa se espatifou atrás dela, seguida de uma gargalhada estrondosa. Ela estremeceu e articulou as palavras sem som: "cachorro sarnento".

Senlin percebeu que hesitava de novo.

— O pacote que vou mandar de manhã, por favor, certifique-se de que ninguém vai abrir — ele disse e ela aquiesceu. O brilho que parecera cósmico antes agora parecia intimista. — Obrigado, Edith.

— Ah, não me agradeça. Eu sou a imediata. Vou colocar na sua conta cada erro, cada estômago vazio, cada trabalho extra, cada vento fraco. Você vai me odiar.

·CAPÍTULO CATORZE·

Todas as viagens importantes que fiz começaram da mesma forma: com lençóis amassados, um travesseiro amontoado, livros abertos e sem um pingo de sono. Hoje à noite, acrescentei um novo tipo de desperdício ao ritual: costura. Pelo menos resolvi a questão de onde esconder a pintura, embora eu tenha danificado o forro do meu paletó no processo.

— *A Torre dos leigos, a luta de um homem,*
por T. Senlin

Quando Adam veio ao escritório do diretor portuário na manhã seguinte, encontrou Senlin com as mangas arregaçadas, inclinado sobre uma pequena caixa de madeira de pinho em cima da mesa. O lenço sujo amarrado sobre a parte de baixo do rosto dele fazia Senlin parecer um cirurgião de campo. Os ombros dele se ergueram como se ele houvesse acabado de se livrar de uma grande tensão.

— Ah, ótimo! Bem na hora — disse Senlin, abaixando a máscara improvisada e juntando as mãos. Um martelo, pregos e tufos de palha estavam esparramados na mesa, parecendo deslocados no meio dos papéis e dos livros-razão. — Feche a porta, feche a porta. Hoje é o dia! E como eu não posso ser visto andando por aí com uma bolsa, eu me transformei em bagagem. Estou usando três camisas e todas as minhas peças de roupa íntima — disse ele, dando batidinhas no peito um pouco mais cheio. — Mal consegui calçar as botas. Pela primeira vez em meses, estou com um pouco de calor. Tenho bolsos suficientes para quatro livros, mas ah, que livros? Isso me manteve acordado metade da noite... — Ele estava tagarelando e Adam o interrompeu rapidamente quando ele tomou fôlego.

— O que você está fazendo?

— Ah! Bem, acabei de colocar uma armadilha nesta caixa.

— Você fez o quê? Para quê?

— Para a sua entrega. — Senlin deu duas batidas rápidas no cubo de madeira que estava sobre sua mesa. — Não se preocupe; só é perigoso se você abrir.

— O quadro do comissário está aí?

— Não, é um chamariz. — Senlin colocou o dedo na lateral do nariz. — Um chamariz com uma armadilha! Que tal uma traição dessas? Você vai levar isso para Edith na *Nuvem de pedra*. Não se esqueça de dizer a ela para não abrir nem deixar ninguém abrir. E aqui estão as oito minas que prometi ao capitão Billy Lee. Não perca. São os últimos shekels que eu tenho.

Não contagiado pelo entusiasmo de Senlin, Adam olhou insatisfeito para o envelope que haviam lhe entregado; estava pesado devido às moedas.

— Quem é essa mulher, Tom? Ela merece mesmo toda essa confiança? — Ele chacoalhou a cabeça de um modo rápido, quase trêmulo. — Fosse quem fosse antes, ela passou seis meses brincando com piratas. Isso muda uma pessoa. Ela poderia trair você sem pensar duas vezes.

— Claro! Qualquer um poderia. Mas acho que ela é solidária com o nosso sofrimento. Ela está na mesma situação que nós: endividada e na condição de aprendiz. É, ela viveu entre piratas, mas nós vivemos entre contrabandistas e alcoviteiros e ladrões. Nós não temos de nos tornar o tipo de pessoa com quem convivemos. Podemos esperar o melhor e nos agarrarmos àqueles que compartilham da nossa esperança. — Senlin tentou projetar uma calma alegre, embora não estivesse livre de preocupações. Edith e Adam não estavam errados de questionar o plano dele. Era ousado, para dizer o mínimo e, se o plano falhasse, ele levaria todos à morte. Não era um fardo leve de se carregar. Mas que outra coisa eles podiam fazer? Esperar por resgate? Trabalhar até que suas dívidas inventadas fossem pagas a homens que sempre poderiam inventar mais dívidas? — Só precisamos sobreviver ao dia de hoje.

Os lábios largos de Adam afinaram-se e desapareceram em um sorriso rígido.

— Tudo bem. Mas, Tom, por favor, em favor da minha paz de espírito, me diga que você está com o quadro. Se a sua aposta der errado, é a nossa última ficha.

Senlin sorriu.

— Claro que estou com ele.

— Por que não me conta onde está? E se lhe derem uma pancada na cabeça, ou jogarem você do píer...

— Muito obrigado — respondeu Senlin em um tom engraçado.

— Estou falando sério! Em que situação ficaríamos Voleta e eu? Estaríamos indefesos.

— Você sabe o que o Mão Vermelha fez com a única outra pessoa que sabia onde a pintura estava? Ele o torturou até a morte. Ele me contou. O pintor, Ogier, morreu porque sabia. A mesma coisa quase aconteceu comigo. Não é seguro saber, Adam. Não vou contar para você porquê... não é seguro. — A voz de Senlin mudou e ele teve de esticar o pescoço para recuperá-la. — A única coisa com que você precisa se preocupar é Voleta. Mantenha-a por perto. Coloque-a na nave e faça o que puder para preparar a embarcação para zarpar. Pode ser que eu esteja ocupado. E, Adam, se eu estiver... — ele procurou uma maneira diplomática de dizer isso, depois sorriu ao encontrar a resposta pronta. —... se me derem uma pancada na cabeça, não hesite em partir. Não sei se é possível pilotar uma nave sem uma tripulação, mas é melhor correr esse risco do que ficar.

Adam parecia pronto para discutir, mas parou. A audição dele era mais apurada do que a de Senlin e ele parecia estar ouvindo atentamente agora.

— Iren está subindo a escada.

— Ah, o meu último relatório das oito — disse Senlin às pressas. — Leve a caixa. Tome cuidado. Vá, vá, vá. Se eu não conseguir encontrá-lo antes, vejo você às nove hoje à noite. — Senlin fez um gesto com o lenço que tirou do pescoço para Adam sair.

A amazona passou por Adam no corredor e logo dominou a entrada da porta. Ela própria poderia se passar por uma porta. Senlin tirou rapidamente a palha da mesa, fazendo um rebuliço para disfarçar o turbilhão de entusiasmo que girava dentro dele.

— Iren, não fique tão perturbada! Eu não guardo ressentimento...

— Você tem de vir comigo — falou ela antes que ele terminasse.

— Ah. Bem, deixe-me pegar o relatório...

— Deixe aí — ela disse.

— Tudo bem — ele respondeu devagar. Inclinou a cabeça para um lado, reavaliando a conduta dela, tentando detectar algum traço do motivo pelo qual o ritual daquela manhã não era o de costume. Sua testa larga e lisa, suas pálpebras não franzidas não revelavam nada; ela era inescrutável. — Vamos para um piquenique? — perguntou ele, pegando o aerobastão.

— Deixe isso aí — repetiu ela de um modo mais incisivo, os olhos brilhando.

Senlin ficou paralisado diante do olhar duro dela, que não continha nem um pouco da familiaridade que eles haviam construído nas últimas semanas. Não era a sua professora de luta, nem sua aluna de alfabetização que estava diante dele. Era a capanga de Finn Goll bloqueando a única saída da sala.

Ele baixou delicadamente o aerobastão e começou o processo intencional de desenrolar a camisa.

— Posso pelo menos levar meu casaco? — perguntou e, quando ela não respondeu, ele o pegou na estante do canto. Embora estivesse invisível para ela, ele podia sentir a ligeira rigidez na parte de trás do paletó, onde costurara a pintura de Ogier.

— Esvazie os bolsos.

Senlin obedientemente tirou os livros que escolhera com tanto cuidado: um guia de aeronáutica, uma cartilha de engenharia, um livro sobre conserto de nave e, é claro, seu diário pessoal. Empilhou os tesouros na mesa. Esperava ter a chance de voltar para buscá-los. Ele também tirou a chave de carcereiro para mostrar a ela.

— Posso levar a minha chave? — Ela encolheu ligeiramente os ombros e ele sorriu de volta com toda a generosidade que pôde. — Vá na frente — disse ele.

―•―

A carruagem de Finn Goll estava parada sob a anêmica luz amarela do pátio da estação. Era o único motor funcionando na caverna em forma de bolha e reverberava como um batimento cardíaco turbulento. Os carregadores, já molhados de suor frio por conta do trabalho da manhã, ficaram calados, paralisados em meio à labuta. Eles olharam para o diretor portuário, que parecia um tanto nu sem o aerobastão, estoicamente precedendo a giganta em direção à porta aberta da carruagem. O motorista idoso de Goll em seu banco alto parecia um espantalho. Alguns dos carregadores boquiabertos davam sorrisos cruéis, mas outros observavam com expressões compadecidas. Isso fazia Senlin perguntar-se sobre o que eles suspeitavam ou sabiam.

Ele ficou surpreso ao descobrir que Goll não estava na cabine. Desde que chegara a Nova Babel, Senlin não vira nem uma vez o seu diminuto chefe fora do seu carro fúnebre. Ele meio que supusera que o homem morava na cabine, por mais bizarro que isso parecesse, então tinha a sensação de estar invadindo os aposentos particulares de alguém ao entrar sozinho na carruagem. Embora, é claro, não estivesse sozinho. Sentindo a presença de Iren assomando atrás dele, Senlin entrou rápido no vagão. Ela seguiu em seu encalço e mal fechou a porta antes que a carruagem começasse a avançar suavemente.

Ocorreu-lhe que Finn Goll poderia não receber a notícia da traição iminente de Rodion sem fazer comentários. Seria razoável Goll supor que Senlin estivesse envolvido de alguma maneira na trama. Ou talvez, em um inspirado arroubo de traição independente, Goll houvesse contatado o comissário e decidido que preferia ter uma recompensa do que um contador. Talvez Senlin estivesse prestes a descobrir em primeira mão o destino sombrio do seu predecessor. Na verdade, uma centena de coisas poderia ter, e provavelmente devia ter, dado errado. Ponderar cada possibilidade era exaustivo, por isso ele voltou sua atenção para a janela da carruagem e recusou-se a continuar aflito. Para onde quer que estivesse indo, o que quer que fosse acontecer, a afobação não ajudaria.

Eles saíram do túnel do porto e viram uma exibição extática de relâmpagos. A cúpula de arame no alto do monólito central cuspia faíscas sobre as desoladoras cidadelas de Nova Babel. Dedos de eletricidade arranhavam o teto entalhado na pedra, caíam sobre os telhados planos dos edifícios cinzentos mais altos e afunilavam-se até desaparecer no ar frio, onde uma colônia de morcegos fugia daquela luz assustadora.

Iren esticou o braço e abaixou a cortina, acabando com o espetáculo. Senlin deu uma pequena bufada insignificante e voltou sua atenção para ela. Cada um dos joelhos dela, sobressaindo por debaixo do avental de couro, era tão grande quanto o crânio de uma criança. Ela era grande demais para o assento ou para a carruagem, sendo forçada a adotar a postura humilhante de um cachorro grande escondendo-se debaixo de uma mesa pequena. Olhava desanimadamente para o painel escuro da cabeceira de Senlin, o que o fazia sentir como se o olhar dela o estivesse trespassando. Ele tentou conciliar essa imagem com a da instrutora incansável e impiedosa que o arremessara e o golpeara pelo pátio da estação nas últimas semanas. Ela parecia tão sem vida agora.

— Estive trabalhando há algum tempo em uma teoria que talvez você ache interessante — disse Senlin afavelmente.

— Não — ela retrucou.

Senlin estava decidido.

— Sim, de fato. Ela nasceu, a minha pequena teoria, de uma leve curiosidade quanto ao motor a vapor. O motor a vapor é onipresente aqui... quero dizer, estão em toda parte, e não apenas sobre os trilhos e as rodas. Eu vi um hipopótamo mecânico ativado pelo vapor, o órgão de tubo do Tubo de Vapor é alimentado a vapor. É uma coisa maravilhosa, o vapor.

— Pare de falar vapor — disse Iren, embora sem muito vigor. — Cale a boca.

— Desculpe-me. Não tenho a intenção de dar uma aula. Mas não é mesmo uma energia ideal. É volumosa e difícil de regular. Se quiser energizar algo que é pequeno ou portátil ou delicadamente calibrado, o vapor não serve. Você precisa de eletricidade. Bem, a eletricidade é relativamente desconhecida lá de onde eu venho. Era uma espécie de truque de magia. Podíamos fazer uma pessoa ficar com os cabelos em pé com uma simples máquina de estática, mas havia muito pouco desse elemento para fazer alguma coisa prática com ele.

— Cale a boca ou eu vou colocar uma mordaça em você — ela disse, olhando enfim para ele.

— Se for para eu me calar, é melhor estar amordaçado — ele gracejou, sem quebrar o ritmo do que se tornara de fato uma aula. — O vapor é uma energia bruta que pode ser refinada para se converter em uma forma superior. Que é o que está acontecendo aqui: dentro daquela turbina virulenta que paira sobre a nossa cidade, o vapor está sendo transformado em eletricidade. Mas é preciso muito vapor. E isso me traz à minha teoria.

— Estou tentando ser legal — advertiu Iren, rolando a cabeça e fechando os olhos bem apertados.

— Bem, obrigado. À minha conclusão! Existem muitos homens no Porão que passam o dia inteiro bombeando água nessas máquinas chamadas carrosséis-cervejeiros. O nome diz tudo, na verdade: os homens bombeiam a água e recebem uma quantidade ínfima de cerveja ruim. Mesmo assim, nunca faltam homens dispostos a bombear e existem dezenas de carrosséis, assim uma grande quantidade de água é puxada toda hora dos poços profundos sob o vale.

— Eu não me importo — retrucou Iren.

— No Anfiteatro, as pessoas pagam para perambular vestidas com figurinos, agindo como se fossem importantes e brigando, às vezes com espadas. Para ter esse privilégio, elas têm de fazer duas coisas: pagar, o que é diabólico, e trabalhar. A verdadeira tarefa do "visitante" é manter as lareiras acesas. A coisa toda é uma maneira elaborada de acender e manter o fogo para produzir calor, e de um jeito barato. A água bombeada é aquecida nas chaminés através do que deve ser o sistema mais esotérico de encanamento da história do mundo. Os canos aquecidos percorrem todo o Anfiteatro, chegam às Termas, onde convergem em uma única fonte. As Termas funcionam como regulador tanto de calor como de pressão. O excesso de vapor é expelido e os turistas pagam para brincar no subproduto desse imenso motor.

Iren fazia uma carranca agora, embora ele a reconhecesse como a carranca que ela faz quando está pensando.

— Desembuche.

— Nós pensamos na Torre como uma atração ou uma feira, mas não é nem uma coisa nem outra. Todos os quatro circunreinos inferiores são um único dínamo imenso. Água, fogo, vapor, depois transformando-se em faísca aqui em Nova Babel! — Senlin ergueu as mãos, como que para receber aplauso. Iren continuava acocorando-se diante dele como um sapo implacável. Ele deixou as mãos caírem, exasperado. — Para onde vai toda essa energia? Uma pequena parte goteja localmente para lâmpadas fracas e grosseiras e transbordamentos estáticos, sim, mas pense nisto: centenas de milhares, talvez milhões, de homens e mulheres estão trabalhando incansavelmente para produzir uma energia que não é para eles. Quem construiu? Para quem? O que estão fazendo com toda essa energia? Por que estamos pagando por ela e sofrendo para fazer algo que não nos ajuda... que na verdade nos escraviza?

Os olhos de Iren passavam rapidamente de um lado a outro enquanto ela pensava. Embora iletrada, ela estava longe de ser incapaz de pensar, e Senlin sabia que ela podia entender a injustiça intrínseca do que ele revelara. Ele ficou desapontado com a conclusão dela, que começou com um suspiro profundo.

— E daí? — perguntou ela por fim. — É injusto. A Torre está corrompida. O céu é negro. E daí?

— E daí nós temos que parar de agir como se não fosse — disse Senlin e, em um arroubo de sinceridade imprudente, avançou pelo suporte acarpetado para pés e colocou a mão no grosso pulso dela. Ela poderia ter quebrado a mão dele com facilidade, mas a deixou ficar onde estava. — Nós fugimos.

Ela deu um silencioso olhar de soslaio, deixando os dentes à mostra, a expressão sugerindo que acabara de se lembrar de uma piada particular. Senlin sentiu o veículo sacudir em um pavimento mais áspero e virar primeiro para um lado e depois rapidamente para o outro.

— Eu gosto de você — ela disse. — Você não desiste, mesmo quando deveria. Acho que você não está errado sobre a Torre. Gosto da sua teoria. É engraçada. Talvez seja verdade. Mas... — E aqui ela recostou outra vez e endireitou os ombros, fazendo o painel lustroso atrás dela ranger. —... da última vez que fiz esta viagem, estrangulei um diretor portuário e joguei o corpo dele do porto.

Um leve tremor surgiu no braço de Senlin e ele sentiu a carne borbulhar e raspar contra a manga.

— É isso o que acontece na sequência?

— Na sequência, você conversa com Goll sobre o dinheiro que vem roubando. Eu realmente espero que você consiga cativá-lo. Se existe alguém que pode convencê-lo, provavelmente é você. Mas eu não contaria para ele sobre a sua teoria. Ele gosta de ser quem explica as teorias.

— Bem. Obrigado pelo conselho e pela sua sinceridade. Só para constar, acho que vai fazer um ótimo trabalho estrangulando-me. — A resposta destoou do pronunciamento cavalheiresco.

— Se chegar a esse ponto, espero que você contra-ataque. Você aprendeu muito. Estava melhorando. Você já não dá tantas investidas. Investidas são ruins. Fique de pé o maior tempo possível. Tenha paciência quando luta. Fique atento.

— Vou ficar — respondeu Senlin, reencontrando a calma. Olhou para a mão e o tremor no braço parou como se fosse uma vela apagada com um sopro.

A carruagem parou e, quando Iren abriu a porta, Senlin só viu escuridão do lado de fora. A cidade desvanecera: seu fedor de carvão e sua barulheira mecânica; sua névoa, densa como os sonhos; sua horda de corações solitários... tudo desaparecera. Iren saiu da carruagem e estalou as costas. O motorista entregou para ela um lampião a óleo que não brilhava mais do que um fósforo. Ocorreu a ele que não sabia onde estava. Se ela planejava matá-lo, não poderia ter escolhido um lugar mais isolado e obscuro do que esse para fazê-lo.

— Venha, Thomas — disse Iren. — É uma caminhada curta.

·CAPÍTULO QUINZE·

Não consigo parar de pensar naquela mulher petulante de cabelo amarelo que tentou me chantagear. Ela deve ter se sentido tão esperta. Realmente acreditava que ganharia uma fortuna às minhas custas e salvaria sua vida. Não era um plano ruim. Porém, estava condenada pela insignificância e pela ignorância e pela esperança. E pode ser que não seja diferente para mim.

— *A Torre dos leigos, a luta de um homem,*
por T. Senlin

Senlin não conseguia ver nada além da bolha de luz alaranjada. Um eco impaciente respondia à marcha das botas deles. Ele se sentiu enterrado na escuridão e a quilômetros de distância de qualquer coisa familiar. Cinquenta passos depois, eles chegaram a uma parede que era macia como areia úmida e tinha uma porta preta de ferro. Iren pendurou o lampião em um gancho e tirou um molho de chaves de baixo do avental de couro. Ela vasculhou as chaves, encontrou uma e a encaixou na fechadura, e depois abriu a placa.

O espaço do outro lado poderia abrigar o pátio inteiro da estação. O prédio poderia ter sido uma fábrica ou um armazém um dia, embora não houvesse máquinas nem prateleiras ali agora. Estava vazio, exceto pela casa.

Um idílico chalé de pedras estava no meio do pavimento, orgulhoso e sereno, como se tivesse o direito natural de estar lá. Mas que façanha da riqueza e da vontade fazer surgir uma coisa dessas! Fora a chaminé, que era uma peça estranha e fraca de alvenaria que se prolongava até o telhado do armazém, a casa era bastante pitoresca. A cumeeira havia sido pintada recentemente, a argamassa entre as pedras sobressaía, branca como merengue. Todas as janelas emitiam um brilho quente. Vultos se moviam por detrás das cortinas, que eram amontoadas e torcidas para dar lugar a olhos à espreita. As persianas e as calhas estavam imaculadamente encaixadas, embora o motivo pelo qual uma casa dentro de um armazém dentro de um circunreino dentro de uma Torre precisava dessas coisas estava além de sua capacidade de compreensão. Era como se ele houvesse chegado por fim à menor boneca dentro de outras bonecas.

Senlin mal teve tempo para absorver a surpresa antes que Iren o empurrasse para mais perto dela. A porta da frente estava decorada com uma guirlanda sempre viva, uma ninharia que não poderia ter sido barata para importar. A porta se abriu à primeira batida de Iren e ela foi cercada por um bando de crianças. Elas se jogaram em cima de Iren. Subiram pelas pernas dela e puxaram seu cinto de corrente, dando gritinhos o tempo todo. Ela se abaixou e, falando em uma delicada voz de falsete, cumprimentou cada uma pelo nome. As crianças, cujas idades pareciam variar entre 3 e 11 anos, eram escandalosas e estavam elegantemente vestidas com túnicas coloridas. Nenhuma delas tinha mais do que 1,35 metro de altura e todas eram coroadas com familiares emaranhados de cabelo preto.

Finn Goll estava atrás delas dentro de sua casa, as mãos orgulhosamente enterradas nos bolsos de um roupão de veludo. As crianças recobraram seus modos e abriram caminho para as visitas. Pão fresco e uma fogueira com madeira de lei perfumavam o saguão. Uma mulher bonita e rechonchuda dobrava e tornava a dobrar incansavelmente uma toalha decorativa na entrada à esquerda de Senlin, que parecia levar à sala de jantar. À sua direita, havia uma saleta convidativa. O fogo na lareira alegrava um conjunto de cadeiras felpudas. Goll apresentou a mulher, que corou até a garganta, como sra. Abigail Goll. Isso deu início a uma série de mesuras e reverências, que as crianças absorveram e começaram a imitar achando cada vez mais divertido, até que seu gracejo bobo foi suspenso abruptamente por uma batida de palma da sra. Goll.

A dona da casa pediu licença para ir cuidar do almoço e Finn Goll fez um gesto para Senlin sentar-se ao lado da lareira. Iren tagarelou mais um pouco com as crianças e, apesar da relutância delas, deixou-as. Ficou ao lado da cornija da lareira como se ali fosse um posto de guarda. Assim que Goll sentou-se de frente para Senlin, as crianças saíram da sala.

— Bem, elas ficaram agitadas. Não temos muitas visitas. Exceto por Iren, é claro. Elas a adoram — disse Goll e algo quanto à tranquilidade dele aguçou a ansiedade de Senlin. Ele não confiava nessa nova faceta do caráter de Goll. Não se esquecera de que ele aparecera no Porão como um mercador inofensivo. Talvez fosse outro número. As crianças, a mulher, a casa de biscoito de gengibre... tudo aquilo poderia ter sido encenado. Mas, se era uma farsa elaborada, qual era o propósito?

— Elas parecem maravilhosas — comentou Senlin educadamente. Ele olhou para Iren em busca de alguma pista sobre onde estava se metendo aqui, porém, ela estava determinada a ignorá-lo. Ela dissera algo sobre uma acusação de roubo, o que era uma piada, claro. Senlin era o único homem honesto do porto.

— O crédito é da mãe delas. Elas seriam mimadas se dependesse de mim. — Goll pegou um cachimbo e começou a colocar tabaco no fornilho. — Você não tem filhos, tem?

— Não, minhas núpcias foram breves demais para isso. — Senlin não conseguiu evitar o amargor em sua voz. Queria dar vazão às suas queixas, mas se lembrou do conselho de Iren sobre deixar Goll falar, então não disse mais nada.

— Eu tenho seis filhos. Meu menino mais velho está na escola. Vivo e morro pela minha família, Tom. Eles me dão propósito. — Ele levou um fósforo ao fornilho e aspirou o cachimbo. — Tantas pessoas vêm à Torre para esbanjar uma fortuna. Engordam sentadas em espreguiçadeiras, rolam no escuro com putas e não conseguem imaginar uma forma melhor de desperdiçar o tempo e a riqueza. O Anfiteatro, as Termas, o Boudoir... todos são armadilhas para turistas. É horrível aqui embaixo. — O olhar de Senlin vagou pelos pequenos camafeus e pelas xícaras de bebê amassadas sobre a cornija. Louça pintada, obviamente feita pela mão de uma criança, e canecas decorativas completavam o efeito: aquilo não era uma farsa; era a casa de Goll. A atenção de Senlin voltou para o seu anfitrião quando a voz do homem desenvolveu uma cadência inflamada. — Mas esses turistas e peregrinos não percebem o que está logo acima. Terras maravilhosas, prósperas e pacíficas nas residências privadas. O problema com os bichos da lama, Tom, é que eles tiram um pé do chão e pensam que estão no paraíso. — Ele deu risada, seu hálito desmanchando um belo anel de fumaça. — É preciso ir muito mais alto, passar por todas as armadilhas e pardieiros. Existem circunreinos lá em cima que merecem crianças. Mas não é uma vizinhança barata. É necessário ter uma fortuna e habilidade e uma centena de outras coisas para chegar lá e continuar lá. Você tem de desconfiar de impostores e superar a sua ganância e fazer as pazes com os seus sacrifícios. Sempre vai haver mais do que aquilo para o que você se preparou.

— De fato — disse Senlin, tentando parecer agradável e atencioso. Na realidade, ele se sentia confuso e preocupado. Por que Goll o trouxera ao seu santuário interior? Será que isso fazia parte de alguma espécie de entrevista de saída para um empregado fracassado que jamais veria a luz do dia outra vez?

—Trabalhei no Tubo de Vapor antes de comprá-lo quando eu era um rapaz pobre. É uma boa área para um garoto ter o seu primeiro emprego. Ele me mostrou o mundo como é, não como esperamos que seja. Foi chocante, claro. Muitas pessoas nunca se recuperam desse choque. — Goll pareceu procurar uma lembrança, aparentou não gostar de aonde ela o levou e voltou para o presente com um sorrisinho amargo. — Mas eu me recuperei.

Ele se inclinou para a frente, colocando o cachimbo de lado.

— Passei anos arrancando shekels de homens desgraçados. Puxei fios de ouro dos fraques de homens ricos. Roubei e economizei durante anos, tudo para preparar a minha ascensão e sair desta latrina. Quando me sinto desmotivado, penso nos meus filhos e na vida que vou dar para eles. Você me desmotivou e me fez pensar nos meus filhos. Parece que você vem dando dinheiro para os homens. — Ele estufou o peito e sua voz se ergueu para ressoar por toda a sala. — Meu dinheiro! Meus homens!

Senlin retesou-se contra o estofamento macio. Então esse era o crime: ele dera um aumento para os carregadores. Fora uma soma insignificante que não tivera efeito nos resultados, mas, aparentemente, era o mesmo que roubo para Goll.

— Você complicou um trabalho simples — continuou Goll. — Arrecade o meu dinheiro. Não ensine, não reforme, não ensine balé para os carregadores. Arrecade o meu dinheiro! — Ele bateu com força no braço da poltrona, sua repentina raiva enrubescendo seu rosto.

— Quando eu comecei, você estava perdendo dez, vinte minas por semana por causa de roubos e deterioração e ineficiência — retorquiu Senlin. — Meus erros, como você os concebe, só aumentaram o seu lucro.

— Você entendeu errado o acordo. — Goll começou uma pantomima exagerada do tipo que alguém poderia usar ao treinar um cachorro ou para instruir uma criança. — Se o porto ganha mais dinheiro porque você está fazendo o seu trabalho, esse dinheiro não é seu. É meu. É sempre meu. E existem outros modos, modos mais frugais, para inspirar os homens a trabalhar.

— Ah, eu fiquei muito inspirado com as minhas surras — disse Senlin. Sua mão deslizou até o bolso. O ferro da chave de carcereiro estava quente. A uma distância tão próxima, a pequena pistola seria bastante eficaz. Usá-la arruinaria com qualquer chance de fugir, claro, mas talvez a chance já estivesse arruinada. Senlin se perguntava se encontraria algum consolo na vingança. — Você acusa os turistas de serem míopes, mas você não é melhor. Você bate nos seus homens e os leva ao roubo e à conspiração e à revolta, e depois os castiga por terem feito essas coisas.

— O que eu lhe disse antes? Não faltam homens desesperados. Eles não têm valor porque não têm poder, e eu pago um salário apropriado. Se você paga mais, eles simplesmente gastam com prostitutas, bebida e crômio branco.

— Nem sempre é assim. Eles têm amantes e passados, e todos foram crianças um dia. — A ponta do dedo de Senlin pousou sobre o gatilho de borda arredondada da chave e ele inclinou o cano para cima dentro do bolso, estimando a linha de fogo. — Você não está sozinho na Torre, sr. Goll, por mais que goste de pensar dessa forma, por mais que tenha tentado se esconder. — Ele se perguntava quanto tempo Iren levaria para quebrar o seu pescoço depois que atirasse. Será que ela lhe agradeceria primeiro?

— Você é mesmo um tolo, Tom, e eu tenho pena de você.

— Não foi por isso que você me trouxe para cá? Para exercitar a sua pena? Ou foi para exibir a sua família e se convencer do seu caráter nobre antes de mandar me matar? — Senlin sentiu um peso no ombro e, olhando de relance, viu os dedos nodosos da mão de Iren. A pressão comprimiu o bolso contra a cadeira, impossibilitando o tiro. — Ou espera que todos sejam amigos da sua família?

— Nobreza e amizade não passam de óleo de cobra vendido para mães velhas e fazendeiros burros. Espero que você zele por si mesmo. Você está tão determinado a fazer amigos e ser justo e nobre que sabotou a si mesmo repetidas vezes. E depois arrebita o nariz para mim por cuidar dos meus interesses. É uma piada! — Goll enfureceu-se. — Você está arruinado e continuará arruinado até reconhecer que só existe uma família no mundo, um homem, uma Torre para subir.

— No entanto, você me disse para esquecer Marya.

— Porque é do meu interesse que você esqueça, seu ajudante idiota! — Goll franziu o rosto carnudo até ficar vermelho. Fez um gesto vago em direção à lareira e Iren soltou o ombro de Senlin para colocar outro pedaço de lenha. Livre da pressão da mão dela, ele podia voltar a mirar. — Vou lhe dizer duas coisas: seja egoísta no trabalho e me dê o que é meu. Só isso. Não quero ter que encontrar um novo diretor portuário e você não quer que quebrem o seu pescoço. — Goll tirou um livro-razão do bolso e folheou-o. Iren atiçou o fogo, ficando momentaneamente de costas. Se Senlin ia atirar, tinha que ser agora. — Pelas minhas contas... — Goll lambeu o polegar e virou uma página. —... o seu aumento me custou três minas e sete shekels e meio. Essa é a quantia que vou descontar do seu salário. Você vai tirar o aumento e, se os homens reclamarem, você vai escolher um exemplo e pendurá-lo do porto. Se fizer tudo isso, podemos continuar juntos. Se não fizer, vou continuar sozinho. Qual das duas opções vai ser?

Senlin imaginou a surpresa de Goll ao levar um tiro: o inesperado da ferida, sem sangue por um momento, o buraco fumegante entre as saliências do roupão dele e o último inventário que passa atrás dos olhos de um homem moribundo.

Uma algazarra de pés pequenos retumbou no andar de cima. As crianças estavam correndo pelos corredores. O barulho que fizeram virou alguma coisa no peito de Senlin e a raiva desapareceu de dentro dele. Ele estava com vergonha do que quase fizera. Teria sido suicídio em dobro. Mesmo que houvesse se safado, o que era pouco provável, atirar em um homem desarmado na casa dele enquanto seus filhos brincavam no andar de cima teria significado o fim do velho e decente diretor. O último vestígio do homem que se casou com Marya estaria perdido. E que tipo de monstro restaria? Não, se algum dia abrisse mão de sua consciência, mesmo em busca de sua querida e doce Marya, tornaria-se irreconhecível para si mesmo e para ela. Não poderia haver reencontro e tudo teria sido em vão.

— Vamos continuar juntos — disse Senlin, consciente da ironia, embora a disfarçasse.

— É bom ouvir isso — disse Goll.

Senlin ficou feliz, é claro, em descobrir que não estava prestes a ser estrangulado, mas ainda queria saber se Goll acreditava na história de Adam sobre a intenção de Rodion de invadir o porto. Será que Goll pretendia fazer alguma coisa quanto a isso? Senlin precisava levar a conversa a uma resposta.

— Bem, se não houver mais nada, preciso voltar para assinar o manifesto de uma nave antes que eles fujam sabe-se lá com o quê. — Senlin inclinou-se para a frente e bateu nos joelhos, preparando-se para se levantar e partir.

— Qual nave?

Senlin recostou-se de novo.

— A *Nuvem de pedra*. Uma pequena corveta de má fama com um capitão rude. Piratas, provavelmente.

— Que produtos ela transporta? — Goll tentou fazer a pergunta parecer casual, mas Senlin enxergou além do esforço e soube, de imediato, que Adam conseguira despertar a suspeita de Goll.

— Nada de diferente. Alguns tanques de gás, um pouco de carvão e alguns pacotes particulares para entrega. Ela vai voar com pouca carga.

— Você imagina alguma razão para Rodion estar interessado nela? — O desinteresse fingido de Goll estava desmoronando rápido.

— O alcoviteiro? — Senlin deu de ombros de uma maneira evasiva. — Bem, a imediata é uma mulher. Talvez ele queira dar uma olhada nela. Só estou brincando. Ela tem um braço falso. Provavelmente não serve para o palco. Vi Rodion apenas uma vez, mas ele pareceu… agradável.

— Ah, ele é alegre como um ladrão de túmulos. É um cafetão traiçoeiro, paranoico e ranzinza, e eu não virei as costas para ele desde que entreguei as rédeas do Tubo de Vapor seis anos atrás. Mas ele normalmente é previsível. Não dá na vista, quase nunca sai do Tubo. Não consigo imaginar o porquê, mas ele parece estar interessado no carregamento dessa nave. Você disse pacotes particulares. O que eles têm dentro?

— Não sei. — Senlin ponderou por um instante. Então perguntou: — Quer que eu abra os pacotes?

— Não, não. Isso é ruim para os negócios. Se começarmos a folhear a correspondência, vamos perder metade do negócio. Devemos ser discretos no porto. — Goll parecia preocupado. — Me faça um favor, Tom. Mantenha os homens no porto hoje à noite. Iren vai aparecer por lá com armas para os homens, só por precaução.

— Não entendo. O que você acha que vai acontecer?

— Nada, tenho certeza — respondeu Goll, depois acrescentou em um tom mais ríspido: — Aquele bicho da lama traidor. — Senlin pôde ver que Goll estava entrando em um estado apropriado de raiva e ficou feliz de não ser o foco da ira dele uma segunda vez. — Se Rodion for ao porto hoje à noite, se levar sua pequena tropa de porteiros apaixonados por putas, é melhor você ficar fora do caminho. — Goll levantou-se abruptamente. — Não diga uma palavra a Rodion. Quero pegá-lo no flagra para que ele não possa negar. Quem sabe talvez amanhã você seja diretor portuário e alcoviteiro. Isso não seria uma reviravolta? Suponho que você não saiba tocar o órgão, não é?

·CAPÍTULO DEZESSEIS·

> Quando me ensinou a carregar uma arma, Adam me alertou de que um cano sobrecarregado não atira mais rápido nem mais longe; ele apenas explode na cara da pessoa. Pode ser que isso aconteça hoje à noite quando Rodion e Finn Goll baterem de frente.
>
> — *A Torre dos leigos, a luta de um homem,*
> por T. Senlin

Todas as lanternas do porto aéreo estavam acesas e, mesmo assim, era um local escuro. Uma rara tempestade de inverno cingira a crista das montanhas e agora atravessava rapidamente o vale árido, apagando estrelas enquanto avançava em direção à Torre. O vento amargo tinha cheiro de neve. Senlin estava na entrada do porto, segurando o colarinho ao redor do pescoço. A boca do túnel gemia como uma flauta de barro. Seus bolsos estavam volumosos devido aos livros, a cobiçada pintura do comissário estava costurada dentro do seu paletó, e sua mão adormecia em torno do aço gelado do aerobastão. Era hora de deixar a vida que adotara. Finalmente, era hora de partir.

Ele passara a tarde com Iren, entregando sabres envelhecidos e pederneiras aos carregadores. As lâminas eram tão velhas e estavam tão lascadas que se assemelhavam mais a serras do que a espadas. A maioria dos carregadores ficou mais perturbada com o cancelamento de sua liberdade noturna do que com a possibilidade de violência. Alguns carregadores idosos aproveitaram a oportunidade para se gabar de batalhas passadas repletas de quase mortes e matanças horríveis, embora a maior parte fosse obviamente mito. Iren deu instruções aos homens: eles deviam deixar Rodion e sua tropa passar pelo pátio intocados. Quando os intrusos houvessem passado, os carregadores seguiriam Iren até o túnel, onde flanqueariam Rodion e o confrontariam no porto. Eles não deviam se revelar até receberem ordens para fazê-lo.

Senlin decidira adiar o anúncio do aumento de salário cancelado. Amanhã, ele teria ido embora, deixando Finn Goll na mão. Se Goll queria cortar os salários no meio de uma disputa territorial, era prerrogativa dele, e ele mesmo poderia contar aos homens. Embora *guerra* não fosse exatamente a palavra correta para a luta que estava por vir. Seria um impasse, Senlin tinha certeza. Ele esperava barulho de sabres batendo, alguns berros e cuspes, talvez um pouco de esgrima, mas nem Rodion nem Goll iam querer que a ameaça se intensificasse. Não havia nada a ganhar matando colegas de trabalho ou danificando o porto por onde fluía a riqueza. Não, Rodion seria colocado no seu lugar e Goll teria a parte dele.

A plataforma, do guindaste às abitas, era uma sinfonia de gemidos: madeiras e cordas se moviam sob a pressão da tempestade que se aproximava. Até as grandes escoras de ferro acrescentavam seus resmungos graves à música. O gracioso perfil da nave mercante *Canário dourado* estava iluminado como um candelabro. Sua tripulação trabalhava apressadamente para fixar as portinholas e redobrar as cordas do balão em forma de losango. O vigia da nave, que não passava de um garoto, estava agarrado ao gurupé como uma figura de proa, observando as nuvens de neve se aproximarem. Senlin admirava o autocontrole que a Torre exigia até das almas mais jovens; Babel envelhecia a sua população com crueldade igual.

Se o *Canário* evocava um candelabro, a *Nuvem de pedra*, atracada em diagonal em relação àquela, assemelhava-se a uma vela de banha. O casco arranhado e grosso, com sua proa bulbosa e sua popa afunilada, chocava-se contra o para-choque do porto de um modo desajeitado. Seu balão cinzento sobressaía por entre a matriz de cordames como gordura em rede de pesca. Nem uma única expressão gentil lhe veio à mente quando Senlin contemplou a *Nuvem de pedra* e, no entanto, apesar de sua aparência rústica, ele a adorava com todas as suas forças. Era a sua nave. Ele só tinha de tomá-la.

Edith o encontrou na prancha que sacudia de um lado a outro sobre a fundura. Sua expressão era sombria. Atrás dela, uma tripulação decrépita de doze homens apressava-se em esvaziar o convés, examinava nós e colocava bacias de carvão na caldeira. As rajadas de vento impossibilitavam um diálogo discreto entre eles, mas, em resposta ao sorriso hesitante de Senlin, Edith chacoalhou a cabeça de um modo breve, quase desesperado, depois foi abruptamente empurrada para um lado por Billy Lee. O capitão deu o braço a Senlin e meio que o puxou sobre o fosso para dentro da nave dele. Senlin entrou no convés de uma maneira desajeitada e cambaleou até encontrar uma posição mais segura. A nave balouçava sob os seus pés.

— Estou aqui para assinar o seu manifesto — disse Senlin com um autocontrole admirável.

— Você é um cachaceiro curioso. Nunca me falou que era diretor portuário quando te peguei apalpando a minha imediata — berrou o capitão Billy Lee. Seu jaleco esmeralda batia contra o seu peito ofegante e sua mão repousava sobre a proteção em forma de concha da espada que ele tinha no quadril. — Mas você é muito mais do que parece.

— Apalpar a sua imediata está bem longe do que fiz — retrucou Senlin, indignado, e virou-se para Edith em busca de apoio. Ela tinha uma expressão totalmente estranha no rosto agora: estava mostrando os dentes e seus olhos escuros não refletiam nenhuma luz. Perturbado e um pouco confuso, ele se virou outra vez e encontrou a ponta da espada de Lee apontada para o seu nariz. Instintivamente, Senlin ergueu as mãos.

— Uma garota lá no Tubo me contou tudo sobre você hoje de manhã — disse Billy Lee e animou sua fala com um floreio de espada. — Essa pequena e doce piranha falou que você era um homem marcado. Eu mal pude acreditar na minha sorte.

— Uma mulher de cabelo claro? — perguntou Senlin, já sabendo a resposta.

— Fiquei com a impressão de que ela estava abrindo a matraca para qualquer coisa que tivesse um shekel e um buraco parecido com um ouvido. Todos os outros tomaram isso como conversa de amantes, mas eu, eu sabia que tinha alguma coisa aí. — Billy Lee gritou por cima do ombro: — Traz para cá. — Um homem com cara de vira-lata que usava um gorro carregava uma caixa pequena. — Você é procurado pelo comissário. Eu me pergunto se esta caixinha não tem alguma coisa a ver com isso.

Senlin deixou as mãos caírem, com desgosto, o que levou a tripulação à sua volta a desembainhar as espadas. Ele nunca vira tanto aço brilhante... e certamente nunca fora alvo. Ele se sentia um saco de pancada. Até Edith havia apontado sua pistola de único tiro para a cabeça dele; estava de cara feia atrás da mira. Ela o alertara sobre a natureza traiçoeira de Billy Lee e, contudo, Senlin ficou mais surpreso com a agressiva demonstração de lealdade dela do que com a revelação voraz de Lee. Pelo menos, ele esperava que fosse apenas uma representação. Supunha que Edith não tinha outra escolha a não ser parecer sua inimiga até o último momento possível.

— Eu sou o diretor do Porto de Goll — falou Senlin, pronunciado as palavras claramente. — Meu empregador é poderoso, influente e zeloso do meu tempo. Você está me acusando com base no testemunho de uma prostituta e na evidência de que contratei os seus serviços para entregar a minha encomenda. Qual é o problema, é o tamanho do pacote?

— Claro que você negaria — retorquiu o capitão Lee, olhando rapidamente para um lado. Sua escassa barba castanha agora parecia ter sido colada, sua incerteza fazendo-o parecer jovem e presunçoso. O tremor foi o suficiente para encorajar Senlin.

— E com base nessa maldita prova, você está disposto a envenenar sua acolhida neste porto para sempre. — Senlin passou seu olhar cortante pelo resto da tripulação heterogênea e extenuada. — Vocês acham mesmo que o seu bando, que esta nave, receberia permissão para atracar no Porto Ginside ou no Erstmeer? Onde vão pegar combustível no futuro? Tenho certeza de que um dândi polido com cuspe feito você provavelmente puxou o saco de todos os comandantes portuários das Termas até o campanário.

Imediatamente, Senlin sentiu que havia ido longe demais: ele alfinetara o orgulho do capitão.

— Tudo bem. Vamos resolver as coisas aqui. — Billy Lee encostou a ponta da bota na caixa de Senlin. — Abra a caixa, mostre o que tem aí dentro. Se não tiver nada a ver com o assunto do comissário, eu peço desculpas, e você pode ir.

Foi a vez de Senlin estremecer, embora tentasse esconder isso com indignação.

— Você ficou louco? Eu não vou abrir minha correspondência particular para você bisbilhotar. Se é assim que você trabalha, vou pegar o meu pacote e vou embora.

— Ah, não vai não — disse Billy Lee, apontando a espada para o nariz de Senlin outra vez. — Se fere tanto os seus sentimentos, Bobbit vai abrir para você. — O tripulante com cara de vira-lata com gorro na cabeça tirou da cintura uma adaga com uma lâmina grossa. Ajoelhou-se e começou a trabalhar em um ponto abaixo da tampa da caixa. Senlin prendeu a respiração.

O rangido da prancha assustou todos a bordo. Antes que alguém pudesse se recuperar da surpresa, uma dúzia dos homens de Rodion entrou na nave. Eles vestiam as calças lisas e os casacos de lã dos assistentes de palco e os lanterninhas, embora todos tivessem toques extravagantes em suas roupas: perucas, penas, lenços e colares de contas. Enquanto as tribos primitivas teriam preferido pinturas de guerra, esses homens preferiam bijuterias. O efeito era bizarro. Independente da aparência, o propósito deles era bastante claro: eles vieram com sabres e pistolas em punho. Os invasores praticamente lotaram o bombordo da nave. Outros doze homens de Rodion esperavam no cais com espingardas apontadas e prontas.

Senlin ficou aliviado com a interrupção: agora só podia esperar que o resto do seu plano se desenrolasse pacificamente. A nave seria descarregada e a carga, vasculhada e, enquanto todos estivessem ocupados com aquela atividade entediante, ele e os seus conspiradores, a sua tripulação, fugiriam com a nave vazia. Ele olhou ao redor em busca de sinais de Adam e Voleta, mas não encontrou nenhum dos dois.

A nave, agora lotada, começou a afundar sob o novo peso. O casco chocou-se contra a estrutura da carreira, produzindo um rangido. Mesmo em meio a um impasse, todos tiveram o bom senso de permitir que um dos tripulantes de Lee acendesse a caldeira. A nave voltou ao nível do porto com uma guinada.

Com a nave segura, Rodion embarcou, pomposo como um duque. Ele vestia uma capa longa, abundantemente enfeitada com pele preta que combinava. As coronhas de marfim das duas pistolas sobressaíam proeminentemente do seu cinto. Rodion endireitou os ombros na direção de Billy Lee, que pareceu achar graça quando disse:

— Eu vi você no palco! Você é o organista das putas!

— Um comediante! Se pelo menos eu tivesse preparado uma piada — contestou Rodion, lançando um olhar de desdém para as instalações desgastadas: as escoras, os cunhos e as argolas das escotilhas. — Mas eu não vim atrás de você. — O ostentoso cafetão se virou para Senlin. — Tive uma conversa fascinante, Thomas. Traga-os para cá. — Ele fez um sinal para um dos seus homens, posicionado ao lado da prancha. Dois vultos foram acompanhados a bordo à luz oscilante e ébria dos lampiões.

Senlin fez um esforço considerável para parecer consternado com o aparecimento de Adam. Adam, fazendo o seu papel, não foi capaz de olhar nos olhos de Senlin. Ao lado dele, o cabelo preto rebelde de Voleta e feições grandes estavam escondidos sob um xale que parecia tão pesado quanto um tapete. Sem piscar, ela fitou Senlin com olhos violeta.

— Adam, o que você fez? — perguntou Senlin de maneira brusca.

O capitão Lee interrompeu aquele encontro estranho com uma indignação ríspida.

— Esta é a minha nave, não um teatro. Leve a sua ópera barata para outro lugar. Mudei de ideia. Não quero ter nada a ver com isso. — E, entretanto, rapidamente puxou a caixa de Senlin para mais perto de si com o calcanhar da bota.

Ignorando Billy Lee, Rodion continuou, nitidamente sentindo prazer.

— Encheram meus ouvidos com boatos inspiradores sobre você. Ouvi dizer que é um fugitivo. Ouvi dizer que pode haver uma recompensa. Ouvi dizer que está contrabandeando um tesouro. — Rodion colocou a mão no ombro de Adam, confiante. — Pelo menos espero que esteja, pelo bem de Adamos. Eu prometi a ele que, se me entregar uma fortuna e uma prova de que você abusou do seu posto e enganou o nosso gentil empregador, vou liberar a irmã dele do contrato, embora as promessas não sejam tão caras quanto as garotas — falou Rodion, e apertou a bochecha de Voleta. Ela sorriu e deu uma risadinha corajosa, e, com um movimento de pescoço, mordeu o dedo dele. Rodion recuou, ergueu a mão coberta por uma luva para bater nela, mas parou. — Eu sentiria tanto a sua falta, Voleta. Preciso de outra garota para esquentar a minha cama.

Embora houvesse estado em uma postura triste de derrota um momento antes, a cabeça de Adam virou-se rapidamente ao ouvir isso.

— Mantenha a sua promessa, Rodion!

— Claro, claro. — Ele examinou as marcas de dente que Voleta deixara em sua luva de couro. — Mas precisamos terminar a peça! Restam muitas perguntas dramáticas: o que é esse tesouro e onde está agora?

— Você deveria saber — disse Senlin antes de pensar no que estava falando.

— Por que cargas d'água eu deveria saber?

— Porque está conspirando com o comissário Pound — respondeu Senlin, não vendo nenhum motivo para Rodion esconder esse fato evidente agora.

— Ninguém conspira com o comissário. Ele não trabalha com ninguém. Ele esmaga e pega. Não, eu preferiria dar o meu endereço para o diabo do que chamar a atenção do comissário para mim — zombou Rodion e os homens à sua volta entenderam o sinal e riram em coro. — Quando eu entregar você para Pound, será a uma grande distância e sem negociação. Deixe que ele mande qualquer compensação que lhe pareça justa; ele não vai ouvir nenhuma reclamação da minha parte. — Senlin ficou perturbado: se não fora Rodion quem chamara o Mão Vermelha para pegá-lo, então quem? Finn Goll devia ter exagerado o pavor que tinha do tirano.

Perdendo a paciência de um modo abrupto, o capitão Billy Lee berrou para a tripulação:

— Tirem essas matracas da minha nave!

— Realmente — disse Rodion e girou, indiferente. Ele pegou a pistola com o mesmo gesto casual e atirou em Billy Lee logo acima da pirâmide na jaqueta sem mangas. Todos viram quando o jovem capitão arrogante deu três passos cambaleantes para trás e topou com o baluarte. Ele virou para trás, caindo ao ar livre, deixando uma bota vazia no convés.

Edith mal havia aberto a boca e respirado quando Rodion se virou para ela e atirou com a segunda pistola. A bala ricocheteou no ombro de metal e atingiu a testa de um dos homens de Rodion, arrancando a pena da orelha dele e o cérebro pela parte de trás da cabeça.

Edith recobrou a voz antes que o homem caísse ao chão.

— Pelo Billy! — Seu grito irrompeu com raiva. Ela sacou uma pistola do cinto de um camarada e apontou-a para Rodion. Ele jogou um dos próprios homens na frente do cano da arma de Edith e o homem, surpreso, foi atingido em cheio. Os resquícios de pólvora incendiaram a estola de pele do sujeito. Edith desembainhou a espada e atacou Rodion. O alcoviteiro tomou a espada da mão do homem em chamas e ergueu a lâmina bem a tempo de receber o primeiro ataque de Edith.

Senlin viu-se no meio de um entrevero. Os dois lados não se reuniam de um modo organizado, como parceiros de dança ou os dentes de duas engrenagens, segundo o que as suas aulas de luta haviam sugerido. Em vez disso, muitos fugiam e se chocavam; outros lutavam em duplas ou bandos, vencendo e mudando de alvo à moda aleatória de um enxame de abelhas. Parte da tripulação de Lee começou a atirar no grupo de homens armados de Rodion que estava no porto, e eles responderam de uma maneira horrível. A saraivada de tiros estilhaçou o baluarte, cortando fios e membros ao passar sobre o convés. Sangue e madeira salpicavam o ar e cobriam o assoalho. Um homem gritava como um cão que houvesse levado um chute. Um tiro ricocheteou na caldeira e estilhaçou a janela de uma cabine. Um barril de água explodiu e a onda que se formou correu por toda parte. Era uma loucura.

Voleta chocou-se contra as costas do irmão quando ele se afastou de um tripulante furioso, aquele chamado Bobbit, que brandia um ferro quente com golpes amplos e desvairados. Adam, embora forte devido aos anos de trabalho pesado, estava tendo dificuldades para desviar do pesado ferro quente. Uma haste bateu nas costas de um assistente de palco, fazendo-o escorregar de cabeça até a grade da caldeira. O assistente de palco gritou quando seu cabelo pegou fogo e se levantou com um pulo, correndo e passando sobre a parte a estibordo. Sua cabeça incendiada desapareceu como um fósforo que alguém chacoalha até se apagar.

Vendo a angústia de Voleta, Senlin a puxou, tirando-a do meio da batalha, e a conduziu pelas escadas até o castelo de proa, que estava vazio. Embora um pouco mais calmo do que o convés principal, o castelo de proa era um beco sem saída, respaldado apenas pelo ar livre pelas nuvens que coalhavam, cheias de neve. Senlin se arrependeu da decisão tática quase que de pronto, mas não conseguia ver nenhuma passagem segura para o porto. Um novo tiroteio fez os dois mergulharem no chão.

A capa de Rodion, enfeitada com peles, inflava e murchava como um grande fole enquanto ele lutava com Edith. Eles estavam empatados: cada ataque era retribuído com um contragolpe igual. A batalha deles abrangia o convés, embora seu palco estivesse cheio de homens caídos e do lúgubre confete formado pelas balas. O sabre de Rodion tinia contra o aço de Edith rapidamente, como um açougueiro afiando a faca. Mesmo em meio ao frenesi, Rodion não se esqueceu do precioso investimento que carregara para a batalha.

— Peguem a garota! — gritou ele para os seus homens.

— Três moedas para o homem que a pegar viva e morte para o homem que a assassinar.

Um dos assistentes de Rodion, um homem barrigudo usando uma peruca de cabelo de milho, tirou o sabre das costas de um homem morto e fixou os olhos em Senlin, que estava acocorado em cima do castelo de proa.

Embora se sentisse uma partição frágil, Senlin manteve Voleta atrás de si e seu aerobastão à frente. Analisou todos os conselhos que Iren lhe dera durante as aulas de luta. Sentia que estava preocupado demais com os pés: será que estavam afastados demais? Será que estava com os pés tortos? A maneira como segurava o aerobastão parecia completamente errada. Será que ele se esqueceria das aulas e o brandiria como um machado, deixando o centro aberto a qualquer arremetida tímida? Era muita coisa para guardar na cabeça. Era como o antigo pânico que sentia antes de uma prova. Todo o seu estudo minucioso se transformava em enchimento em sua cabeça e uma paralisia nervosa recaía sobre ele. Ele já havia perdido.

No entanto, logo atrás dele e quase em seu ouvido, Voleta disse:

— Não tente argumentar. Apenas bata na cabeça dele. — Esse conselho simples lhe trouxe à mente a lição essencial de Iren: não pense demais.

O touro de peruca no pé da escada olhava com determinação para as pernas de Senlin, a espada já recuando para atingir seus joelhos. Assim que o bruto tocou o primeiro degrau e estava ao alcance, Senlin bateu na cabeça do homem, entortando a peruca.

O homem deu um passo atrás e cuspiu uma massa de sangue (isso incluía metade de um dente) no convés. Tirou a peruca de um loiro bem claro da cabeça careca e usou-a para limpar a boca. Quando recolocou a peruca, ela estava desgrenhada e manchada de sangue. Ele ergueu os olhos, não mais se concentrando nos joelhos de Senlin. O homem com peitoril de touro disparou pelos degraus, a espada apontando para o nariz de Senlin.

Senlin conseguiu virar a lâmina para um lado, mas não pôde desviar o homem. O bruto foi para cima dele, jogando-o contra Voleta. Ela meio que saltou, meio que foi arremessada sobre o canhão no gurupé. Ela agarrou o cano com os braços, seus pés pendurados sobre o abismo. Senlin não podia ajudá-la. Estava preso sob o agressor. O homem de peruca babava sangue sobre ele e tentava colocar a espada no ângulo certo. Antes que pudesse mudar a lâmina, Senlin bateu com força no pescoço dele com a palma da mão e puxou as pernas. Chutou o brutamontes de volta para o fundo da escada, onde ele trombou com outro homem e caiu no chão em um emaranhado.

Quando Senlin se pôs de joelhos e depois de pé, virou-se e encontrou Voleta de pé em perfeito equilíbrio sobre o cano do canhão, segurando o cordame esticado que ligava a nave ao seu balão. Seu xale havia sumido, perdido no abismo, o que a deixou vestida apenas com o collant azul com o qual se apresentava. Ele sabia que ela devia estar congelando, mas ainda assim ela sorriu e disse:

— Que brigão! Devem ter te atormentado na escola!

— Você não faz ideia — respondeu Senlin secamente. Passou rapidamente a chave de carcereiro do paletó para o bolso da calça e depois tirou os braços do paletó. Ajudou-a a vesti-lo; o paletó pendurado nos ombros dela, largo como uma mortalha.

— Está carregando tijolos por aí nos bolsos? — perguntou ela.

— São livros. Jogue-os se precisar. Você devia subir pelo cordame e ficar lá em cima até a nave estar a salvo. Assim que for seguro descer, comece a soltar as cordas do lado do porto. Deixe as âncoras por último. — Ele pegou no ombro dela. — Não perca o paletó, o que quer que você faça. É muito importante mantê-lo a salvo.

— Não se preocupe, o que quer que aconteça comigo, seu paletó vai sobreviver. Vida longa à moda! — ela disse e Senlin só pôde revirar os olhos. Ela subiu pelo cordame em direção ao bojo do balão, rápida, silenciosa, como uma bandeira preta ondulante.

No convés principal, Adam esperou Bobbit se cansar. O tripulante de gorro, cada vez mais exausto de movimentar o ferro quente para a frente e para trás, agora brandia-o com mais entusiasmo do que tinha força para controlar. Quando o ferro atingiu a balaustrada e enroscou ali, Adam cravou a espada entre as costelas do homem. Bobbit desmoronou, contorcendo-se, e chiou de agonia.

Adam procurou por Senlin e encontrou o diretor portuário descendo do castelo de proa. Ansioso, Adam perguntou pela irmã, e Senlin contou para onde a havia mandado. Eles foram interrompidos por um assistente de palco de chapéu-coco tentando bater de lado neles, mas Adam parou o movimento do homem com destreza e Senlin usou o aerobastão para arremessar o homem contra o pé do degrau que levava ao castelo de proa.

— Isto se transformou em um matadouro — disse Senlin.
— Se Goll não chegar logo, estaremos perdidos. — Ele fora pego de surpresa quando Rodion despachou o capitão Lee e agora só podia esperar que Goll restaurasse um pouco de sanidade àquela cena.

O vento e a agitação de corpos faziam a embarcação ancorada balançar e retorcer-se sobre suas âncoras. A água que entornara sobre o convés estava rapidamente transformando-se em gelo. Entre espadas cruzadas e membros agitados, Senlin avistou Edith, ainda lutando com Rodion. Ela executou um avanço bem cronometrado: um salto repentino para a frente, seguido de uma rápida investida, e Rodion foi obrigado a recuar contra o corrimão a estibordo. Sua espada balançou fracamente quando ele se atrapalhou para se firmar. Edith aproveitou a vantagem e agarrou a lâmina do alcoviteiro com a mão mecânica. Com um movimento sem esforço de pulso, ela quebrou a lâmina perto do cabo.

Porém, quando parecia que ela havia desarmado o vilão, Rodion girou e, usando o toco da lâmina, rompeu a corda de uma das âncoras a estibordo.

A nave pulou violentamente contra as amarrações que restavam e o balão lutou para encontrar um novo equilíbrio. Tanto os invasores quanto a tripulação derraparam pelo convés inclinado em direção à brecha entre a nave e o porto. Meia dúzia de cadáveres e três homens vivos foram jogados para fora em um instante, o gelo no convés tornando sua passagem mais irremediável e veloz. Jogado de costas, Senlin teve sorte suficiente de escorregar contra a escada do tombadilho. Adam também prendera o pé na alça de uma escotilha. No entanto, Edith não teve tanta sorte. Senlin viu, emudecido de pavor, enquanto ela deslizava de lado, agitando os braços em busca de algum cabo. Inelutavelmente, fluidamente, ela passou por uma brecha do corrimão e desapareceu dentro da fenda com um grito sufocado.

A imagem de Edith despencando no vazio superou todos os outros pensamentos. Senlin tapou os ouvidos com força para cobrir o eco do seu grito abafado, mas o grito não diminuiu. De repente, seu plano parecia pior do que imprudente, era um plano assassino. Ele sozinho era responsável por esse derramamento de sangue; ele era o arrogante engenheiro de toda essa confusão e morte. Não era justo que ela, que já sofrera tanto, fosse punida uma segunda vez por tê-lo por perto. Não era justo, mas tampouco era uma surpresa. Não se ele fosse honesto. A obsessão o tornava perigoso para os seus amigos. Caíam para que ele pudesse subir.

Ele sabia que era preciso agir. Precisava fazer alguma coisa! Mas não restara nenhum estratagema em sua cabeça.

Rodion, que se segurara no corrimão mais alto quando a nave se inclinou, soube exatamente como reagir. Ele deu ordens rápidas para os seus homens desarmarem a tripulação da *Nuvem de pedra*. Sem líder e em pequeno número, eles ofereceram pouca resistência. Senlin sentiu o aerobastão ser tomado de suas mãos. Foi forçado a se levantar. Uma nova prancha foi colocada na nave adernada e ele e Adam, acompanhados, passaram por ela. Ele rolou a cabeça para trás para não olhar para baixo, para o abismo onde Edith acabara de cair e, por acaso, vislumbrou Voleta, escondida no limite da luz da lâmpada, bem no alto do cordame. Pelo menos ela escapara de ser detectada. Talvez Rodion presumisse que ela caíra da nave em meio ao caos. Talvez alguém sobrevivesse a essa loucura.

Ver Voleta o tirou do estado de choque. Ele não podia desistir só porque falhara com Edith. Havia outras vidas em jogo e ainda havia esperança.

Rodion resgatou a caixa de Senlin debaixo de uma pilha de escombros no parapeito do porto e levou-a para o cais com ar de triunfo. Senlin e Adam foram forçados a ficar de joelhos diante de Rodion. Senlin viu quando entregaram seu aerobastão para o alcoviteiro. Ele o passou de um lado a outro em caráter experimental.

— Acho engraçado um rato de biblioteca como você carregar um taco tão rude por aí. Pelo menos aquela mulher monstruosa conseguia brandir uma espada. Ela era divertida. — Ele jogou o bastão por sobre o ombro e o objeto rolou tinindo pela madeira do porto. Rodion começou a recarregar suas pistolas, colocando uma pitada de pólvora negra na cavidade de uma delas. — Onde está a garota? Onde está Voleta? — perguntou Rodion a um assistente de palco de nariz torto e com uma echarpe de penas enrolada no pescoço. O homem deu de ombros, hesitante, e chacoalhou a cabeça. — Obrigado, Harold. — Rodion olhou para Adam, que levantara o rosto, os olhos vermelhos de raiva. — Por meio deste, eu libero a sua irmã do contrato dela. Considere um presente pelo seu luto.

Um tiro assustou Senlin. Ele virou a cabeça na direção do som a tempo de ver um dos homens de Rodion atirar em um segundo tripulante da *Nuvem de pedra* pelas costas. O homem que levou o tiro tombou para a frente, caindo da beirada do porto, e o carrasco foi até o próximo em uma fileira de quatro homens restantes. Estava chovendo mortos na Sarjeta. Senlin desviou o olhar sem demora.

Rodion estava falando de novo, embora fosse regularmente interrompido por outro tiro.

— Agora, onde estávamos? — Ele colocou um pouco de enchimento e uma bola no cano da pistola. — Ah, é. O que tem na caixa, Thomas?

— Por que não abre e descobre?

— Devo ter me expressado mal. — Rodion puxou o cão e baixou a pistola à altura da cabeça de Senlin. — O que tem na caixa?

— O que temos aqui? — Uma voz gritou de lá de trás. Goll saiu do túnel do porto com Iren imponente ao seu lado e quarenta homens armados atrás. — Alguma conspiração emocionante, tenho certeza.

Surpreso, Rodion ergueu as mãos em um gesto de impotência e boas-vindas, a pistola pendendo de um dedo.

— Goll, você chegou na hora certa para ver a execução de um mentor patético. Ele pretendia contrabandear...

— Foi você que fez aquilo? — interrompeu Goll, apontando para a *Nuvem de pedra*, que adernava horrivelmente. Surpreso, Rodion demorou demais para formular uma resposta elegante, o que era a mesma coisa que uma confissão para Goll. — Você revistou o meu porto, destruiu uma nave que, de acordo com todas as leis de ancoradouro seguro, estava sob a nossa proteção e, ao que parece, executou Tom, Dick e Harry entre hoje e quinta-feira, para punir este homem por passar adiante um pequeno contrabando?

Rodion encontrou seu sorriso.

— Bem, claro, isso faz as coisas parecerem um tanto irrefletidas. — O alcoviteiro estava de olho em Iren, que tinha uma expressão insossa, quase entediada, no rosto. — Mas, Finn, este homem...

— Levante-se, Thomas. Não consigo conversar com você agachado como um cão que levou bronca. Você também, Adamos. — Goll interrompeu o alcoviteiro outra vez.

— Este homem — recomeçou Rodion — é procurado pelo comissário Pound das Termas. E estou bastante seguro de que isso tem a ver com a caixa que ele estava tentando despachar de fininho naquela nave. Só descobri tudo isso ontem e quis confirmar antes que envolvesse você, Finn.

— Olhe, eis a questão, Rodion. Você não deveria estar aqui — disse Goll. — Eu sei tudo sobre o passado problemático desse idiota. Mas, se o comissário o quer, pode vir pegá-lo. Ninguém está impedindo. O fato de Tom ainda estar vivo sugere que ou ele pagou as dívidas dele ou elas não eram tão grandes assim, para começar.

Todos ficaram surpresos quando Adam falou.

— Não, ele estava esperando o quadro ser retirado do esconderijo.

— O quê? — perguntou Goll, expressando a perplexidade de todos. — Que quadro?

— Ele não sabia o que havia acontecido com o quadro que Senlin roubou dele, mas queria muito a pintura de volta. Muito mesmo.

Senlin olhou para o amigo com uma expressão retorcida de confusão no rosto.

— O que está dizendo?

— Eu provoquei tudo isso. Quando você me contou que o comissário pagaria uma fortuna para recuperar o que você tinha roubado, eu escrevi para ele para saber quanto era essa fortuna. — O tom de Adam era tão monótono que sua confissão parecia brotar de um estado hipnótico. — Concordei em encontrar o quadro. Concordei em roubar de volta o que você tinha roubado. Nunca me passou pela cabeça que Pound não sabia onde você estava. Eu não sabia que estava transformando você em um alvo. Eu amarrei o cabo que levava até as Termas. Ia usá-lo para mandar o quadro para baixo. Não sabia que estava proporcionando àquele maluco uma maneira de subir. Quando o Mão Vermelha veio torturar você para que confessasse, eu soube que tinha cometido um erro. Escrevi para Pound e disse que ele podia ficar com a fortuna dele. Eu estava fora.

Adam estremeceu e, depois que começou, não conseguia parar o tremor.

— Mas Rodion está certo: você não conspira com o comissário. Ele esmaga e toma. Eu chamei a atenção dele. Ele sabia quem eu era e logo ficou sabendo de Voleta. — O rosto de Adam estava pálido como cera. Quando o primeiro lampejo de neve chegou, os cristais eram tão pequenos que faziam o ar cintilar. — Nunca ouvi ameaças como aquelas, nunca imaginei as crueldades que ele prometeu fazer comigo e com a minha irmã. Eu tinha que apresentar o quadro. — Adam parecia magoado quando finalmente olhou nos olhos incrédulos de Senlin. — Mas você não me contou onde estava. Vasculhei o seu quarto e o seu escritório e implorei para você me contar.

— Eu estava tentando proteger você — murmurou Senlin. As nuvens de neve refletiam a luz das lâmpadas do porto e brilhavam em um tom alaranjado, como fumaça de lenha úmida. Um momento antes, ele não pensara que poderia sentir-se mais sozinho. Sua mulher estava perdida, talvez irremediavelmente. Edith estava morta e, com ela, Ogier. Tarrou estava enterrado na escravidão. A traição de Adam parecia o coroamento da derrota. Ele não tinha amigos.

No entanto, no mesmo instante em que pensou isso, seu coração saltou. Ele estava sucumbindo à autocomiseração. Era verdade, Adam cometera um grave erro, mas fora um erro causado pelo desespero e pela ingenuidade. Senlin cometera muitos desses desde a sua chegada. E Adam não o salvara do Mão Vermelha, correndo um grande risco? Adam não seguira o plano de Senlin, embora parecesse, e se revelasse, uma completa loucura? Na verdade, será que Senlin era um amigo melhor?

Talvez não. Mas conseguiria algum desses argumentos, por mais otimista que fosse, restaurar sua confiança em Adam? Senlin não sabia ao certo, mas decidiu, com apenas alguns minutos restantes de vida, que tentaria ao menos perdoar Adam.

Rodion, sorrindo como um homem inocentado pela decisão de um tribunal, baixou a arma encrustada de marfim em direção ao desolado e trêmulo Adam.

— E aí está — disse ele. — A conspiração revelada.

Finn Goll ergueu uma mão firme.

— O lapso desse rapaz não serve de nada para você, Rodion. Abaixe a arma. Adam, qual foi a última coisa que você disse para o comissário?

— Que o quadro ia sair do esconderijo. Eu falei que ele estaria a nave mais simples do porto hoje à noite e que estaria fácil de pegar. É o que estou tentando dizer a vocês. Estou confessando agora porque ele está vindo. Ele está vindo para cá hoje à noite.

Por mais desconfiados que estivessem uns dos outros um momento antes, eles compartilharam um único espasmo de medo agora. Cada um dos homens reunidos ali naquela situação desconfortável e hostil fez uma avaliação silenciosa de suas chances. Senlin reprimiu um impulso mórbido de rir: ele, que pensara haver sobrecarregado uma arma, soltara muitos galos no quintal. O comissário sobrepujaria todos eles.

— Onde está o quadro? — perguntou Goll e demorou um pouco para Senlin perceber que era o objeto da pergunta.

Quando olhou, Goll estava fazendo cara feia. — Sem mentiras, Tom. Não estou de bom humor.

— Na caixa — respondeu Senlin, apontando para a caixa que havia naturalmente, inexplicavelmente, migrado para o centro do grupo.

— Abra, Iren — instruiu Goll e a pesada mulher obedientemente se ajoelhou, aproximando-se da pequena caixa.

O que deu em Rodion não ficou exatamente claro. Talvez ele houvesse calculado suas chances de sobreviver àquela noite e não gostara do resultado ou talvez houvesse visto a oportunidade, nesse momento de descoberta, de mudar o foco do poder. E poderia facilmente ter sido um espasmo de ira ou pavor que o fez apontar a pistola para a parte de trás do ouvido de Iren.

Senlin não pensou. Apenas mexeu o braço, a mão saindo de repente do bolso como um pássaro assustado sai de um arbusto. O modesto estalo de pólvora soou como a rolha de um champanhe. Uma lágrima vermelha apareceu sob o olho de Rodion e o alcoviteiro vestido de pele ergueu a mão para limpá-la. Mas a lágrima engrossou quando ele a tocou; depois, como uma torneira aberta, começou a jorrar pelo seu rosto. Rodion soltou um horrível e barulhento ronco e caiu morto em meio a finas partículas de neve.

Senlin abaixou a chave de carcereiro quando percebeu que estavam olhando para ele, inclusive Iren, que se ergueu com um grande ranger de couro e corrente.

— Bem, uma charada respondida — disse Goll. Senlin transbordava de desgosto, mas não de arrependimento. Quando Goll voltou a falar, não havia maldade em sua declaração, mas tampouco havia incerteza. — Enquanto estamos passando rapidamente pelas consequências desagradáveis, Iren, será que você poderia, por favor, mandar Adam para o eterno seio da terra? O mais rápido possível.

A habitual máscara de ferro da amazona pareceu empenar nos cantos e sua expressão ficou tão angustiada que, por um instante, Senlin pensou que ela podia estar segurando um espirro violento. Ela estendeu a mão, parando mais de uma vez, até a corrente que a envolvia.

Um coro de arquejos dos quarenta homens poupou Adam de seu discurso fúnebre. Todos se viraram ao mesmo tempo e ficaram petrificados ao ver três luas negras erguendo-se sobre o horizonte da extremidade da plataforma. A silhueta que surgia era inconfundível: o casco era como um coliseu que houvesse se soltado do alicerce. Era a *Ararat*, a fortaleza voadora do comissário, a nave mais temida de sua frota.

Assim que as escotilhas dos canhões surgiram sobre o flanco do porto, começaram a atirar. O alvo deles ficou evidente de imediato: a *Canário dourado*, a majestosa nave mercante que estava amarrada. Uma dezena de buracos perfurou o casco, delicados por onde as balas entraram e denteados por onde saíram. Os ornamentos artisticamente entalhados das balaustradas e dos baluartes explodiram em nuvens de argamassa. A tripulação da *Canário*, que havia ido para debaixo do convés para suportar a tempestade, começou a sair pela portinhola da galé em frenesi, mas, antes que qualquer um deles conseguisse chegar ao porto, a caldeira mais ao centro da nave foi atingida pelo ricochete de uma bala de canhão. A caldeira destruída incendiou o cabo umbilical e o fogo se espalhou como um rastilho até a massa de gás hidrogênio represada acima. Incendiado, o gás lá dentro transformou-se em uma chama alaranjada. O fogo devorou o comprido envoltório de seda, espalhando-se com a cautela surreal de uma página em chamas. A nave não caiu, mas afundou rapidamente, as chamas definhando e brilhando e caindo enquanto as amarrações do porto eram rompidas e o casco rolou, guinchando, de seu suporte insuficiente.

Um instante depois, não restava mais nada da *Canário dourado* a não ser brasas no escuro, como as velas de uma vigília.

·CAPÍTULO DEZESSETE·

> Ainda me lembro de um trecho do *Guia da Torre*. Dizia algo como "o verdadeiro negócio da Torre é a fantasia, a aventura e o romance". Não consigo imaginar um trio menos exato. No entanto, quem, em sã consciência, teria vindo se os editores houvessem dito que "o verdadeiro negócio da Torre é a tirania, o esquartejamento e o desengano?".
>
> — *A Torre dos leigos, a luta de um homem,*
> por T. Senlin

A neve revelava o formato do vento. Senlin observava enquanto diferentes rajadas arrastavam o fogo que pulara da *Canário dourado* para o porto. Alimentando-se do pó de carvão que cobria o cais, as chamas correram em direção à Torre. O incêndio logo dividiu os carregadores: metade correu de volta para o túnel antes que o fogo impedisse sua fuga; a outra metade, fosse por coragem ou por surpresa, permaneceu fora da cortina de fumaça da nave de guerra do comissário.

As armas do convés da *Ararat* dispararam uma saraivada de arpões na plataforma e, por um momento, pareceu que um náutilo monstruoso estava se agarrando ao porto com seus vários tentáculos. As lanças fixantes perfuraram as vigas de madeira e as cordas que se estendiam retesaram-se.

Um bando de agentes de casaco azul desceu rapidamente pelas cordas, pendurados em roldanas que se empilhavam no final da corda como as contas de um ábaco. Os homens desembainharam seus sabres assim que suas botas tocaram o chão e, em segundos, o comissário tinha um pelotão no Porto de Goll. Os agentes, em forte contraste com os nativos do porto, estavam uniformemente vestidos com dragonas e galões de ouro; pareciam profissionais e calmos de um modo que deixaram nervosos os assistentes de palco de Rodion e os carregadores de Goll que haviam sobrado. Esses defensores desorganizados provavelmente teriam se separado e corrido, até para dentro do fogo, se não fosse por Iren. Girando o gancho e a corrente ao seu lado, ela reuniu os homens que estavam atrás, fazendo-os entrar na luta.

Goll desaparecera. Não era nenhuma surpresa para Senlin que o chefe diminuto houvesse fugido. Ele sobrevivera à Torre com o mérito da astúcia, não dos punhos. E, de qualquer forma, era necessária apenas uma pequena ajuda da astúcia para reconhecer quão catastrófica era a situação.

Momentaneamente esquecidos em meio à nova guerra, Senlin agarrou o braço de Adam e disse:

— Vou puxar a sua orelha mais tarde; não temos tempo para isso agora. Vá para a nave. Alimente a caldeira. Prepare-se para zarpar quando embarcarmos.

— O que você vai fazer?

— Vou me certificar de que Iren venha conosco.

Adam, que, momentos antes, estivera convencido de que a amazona estava pronta para matá-lo, não ficou empolgado com a declaração.

— Deixe-a para trás. Ela é um animal.

Senlin agarrou a camisa de Adam e puxou-o para perto o bastante, de modo que o jovem sentiu a força da respiração de Senlin quando ele disse:

— Diga "certo", Adam.

Os olhos de Adam arregalaram e brilharam devido ao choque; ele jamais vira esse lado de Senlin antes. Senlin sabia que não podia mais se dar o luxo de negociar e explicou cada ponto e ação para Adam. Ou Adam seguia suas ordens agora ou não seguiria nunca. Quanto antes isso ficasse decidido, melhor.

Seus narizes ficaram quase encostados mais um momento, depois Adam repetiu a expressão e acrescentou a palavra que usara antes, mas sem intenção até agora:

— Certo, capitão.

Quando Senlin localizou seu aerobastão na neve que se amontoava e se juntou à luta, ficou claro que ele estava do lado errado de uma debandada. Os homens de Rodion, já feridos e exaustos devido à luta contra com a tripulação da *Nuvem de pedra* e desencorajados pela perda do líder, caíram rapidamente diante dos agentes do comissário. Os carregadores se saíam pouco melhor. A coragem que tinham foi destruída pela organização do inimigo. Os carregadores estavam acostumados a brigar no pátio ou atacar em bando... sendo as duas táticas inúteis contra um grupo maior em número e mais bem treinado.

Apenas Iren lhes dava esperança contra a matança. Ela sozinha era mais devastadora do que um monte de atiradores. Seu avental de couro esvoaçava enquanto seus braços grossos davam vida à corrente. Os agentes que entravam no caminho do seu gancho pareciam ter caído debaixo de uma serra circular. Eles tentaram se aglomerar ao redor dela, contudo, ela se recusou a ficar parada esperando que caíssem em cima dela. Ela pulava por toda a parte, louca como um peão e quase tão ágil quanto Voleta. Duas vezes um agente atirou nela e duas vezes a bala chegou com atraso: cortando o borrão por onde ela havia passado, deslocando-se pelo ar e encontrando outro agente onde se enterrar.

Senlin não conseguia chegar a ela. Toda vez que achava que poderia ter encontrado um caminho, a passagem era obstruída por agentes em retirada que seguravam membros destroçados e feridas que jorravam sangue. Eles estavam desesperados para afastar-se de Iren e sua grande hélice cortante. Mesmo mergulhado no caos, Senlin não podia deixar de admirar a graciosidade dela, por mais medonha que fosse. Em sua luta, Senlin viu todas as aulas que ela lhe incutira, aqui combinadas em um único reflexo fluido. Há muito ele desconfiara que ela fora muito dura com ele quando eles lutaram, mas agora sabia com que cautela ela o tratara. Ele fora um filhote na boca de um leão.

Ela era mestre da violência. Ela era indomável e estava vencendo a guerra.

Um vulto familiar e desengonçado passou por cima da muralha da *Ararat*. O tronco bulboso e os braços espichados, o largo chapéu de palha e as roupas de linho branco eram inconfundíveis. O espectro soltou a tirolesa enquanto ainda estava pendurado a seis metros do chão. Caiu agachado no meio da clareira que Iren abrira entre as fileiras de homens. Os agentes abriram ainda mais o círculo, como a boca de uma cobra descerrando-se para abrir espaço para o surgimento das presas. O Mão Vermelha endireitou-se e disse:

— Você sabia que esta é apenas a terceira vez que nevou no Vale de Babel este século? É bastante raro. Estou tão feliz que tenha vivido essa experiência.

A neve estava se movendo agora e começara a apagar os focos de incêndio que lambiam inutilmente a face rochosa da Torre. Embora Senlin quisesse acreditar que isso abria a porta para reforços, parecia mais provável que houvesse aberto a porta para uma retirada. De momento, pelo menos, os poucos carregadores ainda de pé pareciam decididos a assistir à competição que estava por vir entre a campeã do porto e o cachorro do comissário. Nem mesmo eles estavam imunes ao orgulho das coisas locais.

Os dois gladiadores não poderiam ser mais diferentes. Iren girou a corrente sobre a cabeça até que, reforçado pela velocidade, seu zunido se tornou um acorde musical. O Mão Vermelha ajustou os ganchos do bracelete de metal. Os frascos de soro vermelho e luminoso cintilaram à medida que o líquido baixou e foi drenado para dentro do braço dele. Ele não parecia mais ansioso do que um homem virando um bom relógio velho. Iren formava bonitos desenhos na neve enquanto o rodeava. O Mão Vermelha cruzou as mãos atrás das costas e parecia brilhar um pouco mais.

Se o Mão Vermelha estava tentando fazê-la pensar que ele não era um rival ferrenho e digno, não funcionou. Iren deu um golpe com a corrente à altura do quadril dele com a intenção de partir o assassino ao meio.

O Mão Vermelha se deixou cair, desabando como se houvesse sido sugado até o chão, e a corrente dela zuniu, inofensiva, por cima dele. Ele se levantara outra vez antes que o gancho houvesse voltado para a mão dela.

— Estamos a sotavento das montanhas — ele falou. — O minério de ferro é extraído mais facilmente a sotavento por causa de uma carência história de vegetação que se transformou em solo e enterrou a rocha. Isso sem mencionar, é claro, a escassez de chuva e neve.

De novo ela começou a andar. De novo ela girou a corrente, forçando-a cada vez mais rápido até que suas veias ficassem saltadas no pilar erguido que era o seu braço e os tendões do seu maxilar ficasse saliente como uma junta soldada. Arremessou-a no assassino com um grunhido explosivo e a corrente singrou em um ângulo, direcionada a um ponto entre o ombro e o pescoço.

    Ele se inclinou para trás, em um desvio sutil, porém suficiente, e pegou no ar, depois que passou por ele, a corrente que desacelerava. Deu um puxão com força e Iren, despreparada, caiu para o lado dele. Ele acertou o queixo dela com o que parecia um simples direto, embora o resultado fosse dramático. O golpe a soergueu, tirando seus pés do chão. Ela se curvou para trás, seus ombros repicaram uma vez, e ela deslizou três metros de costas na neve.

    Ela não teve tempo de abaixar o pescoço até o peito antes de o Mão Vermelha pular sobre ela. Ela se moveu rápido, antes que ele pudesse pressionar suas costelas com os joelhos. Torcendo as pernas ao redor dele, ela o virou, ficando por cima. Agarrou-o pelo pescoço e começou a bater nele impiedosamente. Era pura pancadaria, como um ferreiro apressando-se em martelar um bastão antes que tivesse tempo de esfriar. Com o chapéu fora da cabeça, mostrando seu cabelo loiro infantil, o Mão Vermelha pareceu momentaneamente atordoado, vulnerável. O sorrisinho neutro havia sumido, os lábios agora fechados para preservar os dentes.

    Mas a vantagem dela não durou muito e os golpes que teriam matado outro homem apenas fizeram o sangue deste ferver. O Mão Vermelha mexeu um braço do lugar onde Iren o havia prendido com o joelho e travou o pulso dela com toda a determinação de uma algema. Girou o braço com tanta violência que ela foi jogada de seu lugar em cima do peito dele, embora conseguisse controlar o impulso e sair rolando defensivamente.

    Separados, eles saltaram e se levantaram. Iren tirou uma estaca do cinto e atirou-a no vilão. A estaca, trêmula, ficou cinco centímetros enterrada na carne do homem, logo abaixo do esterno. Os agentes que os cercavam soltaram um arquejo ao mesmo tempo. O coração de Senlin pulou à garganta enquanto ficava esticando o pescoço atrás da parede de agentes boquiabertos. Ela havia conseguido! Com certeza esse era um golpe fatal. Todos eles esperavam que o sujeito desmoronasse. Mas ele não desmoronou. O Mão Vermelha bufou, como um homem que fora acordado de uma leve soneca com um chacoalhão, e estendeu a mão para arrancar a estaca do peito. Ela saiu fácil como um espinho.

Escorreu um sangue luminoso da ferida, mas sangrou só um pouco.

— O minério de ferro pode ser convertido em aço, ou pode ser processado e transformado no mais leve dos gases: o hidrogênio. Isso ilustra o paradoxo da consciência: nós somos vapor em forma rígida.

Em um reflexo, Iren girou, saindo do caminho quando o Mão Vermelha arremessou a estaca nela da mesma maneira como a recebera. O míssil não pegou a cabeça dela por muito pouco.

O Mão Vermelha saltou como alguém lançado por uma catapulta. Voando por sobre a cabeça dela, ele a agarrou pelos ombros e deu um impulso para trás. Puxou-a consigo como se ela fosse pouco mais do que uma capa. Quando os seus pés alcançaram o chão, ele a havia jogado para cima, bem alto. Ela atingiu o andaime fumegante de um guindaste queimado de cabeça para baixo e de costas. Já enfraquecida devido ao fogo, a estrutura toda desabou sobre ela. Ela certamente teria sido queimada viva se a neve não houvesse acabado de encharcar o incêndio. Senlin só conseguia ver as botas projetando-se inertes por debaixo do palheiro de madeira chamuscada.

Senlin se virou para correr até ela, mas imediatamente dois agentes o pegaram por trás, um homem segurando cada braço.

Tendo despachado Iren, não restara nada para tirar a atenção de si. Os agentes o fizeram virar e o arrastaram em direção à *Ararat*. O Mão Vermelha limpou, irritado, a mancha vermelha que sujava a sua camisa. Encontrou o chapéu, que estava amarrotado, porém não rasgado, e voltou a colocá-lo na cabeça.

Uma ponte levadiça se abriu perto da base da fortaleza voadora. A borda da ponte se arrastava pelo cais instavelmente para a frente e para trás enquanto a imensa embarcação se esforçava por manter-se firme em meio à tempestade. O comissário Pound, vestindo um terno bem preto e usando sua monstruosa máscara de gás, atravessou a ponte rapidamente. Senlin foi forçado a encarar o tirano hipocondríaco, que apertava casualmente os dedos da luva e examinava o campo de batalha.

— Vasculhe o porto. Tragam-me qualquer carregamento que encontrarem! — ele ordenou aos seus homens e depois, virando-se para Senlin, continuou: — Se ao menos você soubesse quem importunou com essa brincadeira idiota. — Sua voz zumbia através das presas prateadas sem ponta que havia na máscara. — Eu nem posso matar você porque existe uma fila comprida e ilustre de homens que querem contribuir para o seu fim. Suponho que eles vão ter de fazer uma loteria ou tirar no palito para ter o prazer de dissecar você.

Senlin encolheu os ombros de maneira quase modesta, como se estivesse agradavelmente surpreso com toda a atenção.

— Talvez você pudesse fazer um leilão. Sei como vocês, colecionadores de arte, adoram leilões. Que outra maneira mais rápida existe para inflar o valor da obra de um pobre artista? — Senlin olhou para as lentes de vidro fumê como se pudesse ver a testa alta do homem, a pele efeminada e os olhos descorados. Senlin queria que o comissário soubesse que ele não estava com medo. — Meu crime foi ter devolvido uma criação para o seu criador.

Um som que parecia o grasnado de uma gralha saiu da máscara, depois se repetiu mais três vezes. O comissário estava rindo dele. O homem curvou-se para a frente e virou a cabeça de um lado para o outro.

— Você está falando daquele impostor corcunda! Não foi ele quem pintou a obra-prima.

— Claro que pintou. Estava assinada. E eu vi os outros trabalhos dele. O nome dele era Ogier ou é uma coincidência absurda?

— Ele era um impostor e um falsário que se apaixonou pela farsa! Chegou ao ponto de recriar o verdadeiro estúdio de Ogier em cima daquela maldita perfumaria de modo que todos os seus quadros fedessem tanto como os originais. — O comissário ainda estava de bom humor, regozijando-se manifestamente com a confusão de Senlin. — A pintura que você roubou tem cem anos.

— Por que ele me pediu para roubá-la, então? — perguntou Senlin, sua confiança murchando e transformando-se em perplexidade.

— Ah — disse o comissário, aproximando-se. Ele deu um tapinha categórico no peito de Senlin, como se ele fosse um cavalo velho. Com a confiança abalada, Senlin não conseguia mais imaginar a expressão oculta de Pound. Ele via apenas o próprio reflexo, duplicado, nas lentes do comissário. Ele não parecia maior do que uma imagem em um medalhão. — Essa é a questão: por que ele pediu para você roubá-la? E por que ele não ficou com a obra? Por que ele deu para você?

Senlin recobrou a autoconfiança que estava escapando-lhe e falou:

— Você deveria ter perguntado a ele.

O comissário deu um passo atrás.

— Ah, eu queria perguntar, embora tenha ideia do que ele teria dito. Essa é uma rixa antiga. Mesmo assim, eu gostaria de ter conversado com o pintor, mas o senhor sabe como é, sr. Senlin. Às vezes um falcoeiro não consegue evitar que seu falcão destroce a lebre. — O comissário apontou para o Mão Vermelha, que naquele momento aparecia no meio da neve.

O Mão Vermelha trazia a caixa de Senlin debaixo do braço. Ele colocou a caixa aos pés do comissário com muito cuidado.

— Isso foi o centro de muita atenção: havia um círculo de pegadas e um corpo.

— Abra — ordenou o comissário.

Senlin ficou confuso com a revelação de que Ogier era uma fraude, mas não tinha tempo para refletir sobre o assunto agora. Toda a sua atenção recaiu sobre a caixa com a armadilha e o Mão Vermelha assomando sobre ela.

O Mão Vermelha, sem precisar de ferramentas para arrombar a tampa fechada com pregos, delicadamente a puxou. Um emaranhado de palha olhou de volta para ele e ele começou a tirar o estofamento da caixa até revelar a borda de uma tela. Enquanto o Mão Vermelha trabalhava, nuvens de pó branco saíam da palha. O pó formou redemoinhos no ar, as nuvens se misturando com a neve. Ninguém percebeu a presença do pó a não ser Senlin, que estava esperando-o. Ele acrescentara à palha crômio branco suficiente para drogar uma centena de homens. Ele prendeu a respiração.

O Mão Vermelha puxou o quadro, desembaraçando-o da palha e virando-o na direção do comissário. A voz de Pound mudou de raiva.

— O que é isto? — Ele arrebatou a pintura e empurrou-a na cara de Senlin. O diretor portuário, que pensou estar prestes a ser atingido, arquejou. Uma familiar sensação de formigamento brotou instantaneamente em seus seios nasais e desceu pela garganta. Ele se agachou. Pretendera usar o Farelo como o derradeiro ataque aos sentidos e às faculdades do inimigo. A própria exposição ao narcótico, claro, não fazia parte do plano.

Antes que o comissário pudesse continuar interrogando Senlin, o Mão Vermelha recuou abruptamente com uma pequena bufada, assustando todo mundo.

— Quem está aí? — gritou ele. Seus olhos ficaram vidrados enquanto rastreavam espectros invisíveis. O Mão Vermelha estremeceu e golpeou o ar, afastando-se de algum som que só ele podia ouvir. O comissário berrou, tentando fazer o seu assassino voltar a si, mas a mente do Mão Vermelha estava vagando fora de alcance. Ele trombou de costas com um agente, que estava paralisado de pavor. O Mão Vermelha se assustou, deu meia volta e virou a cabeça do homem com um estalo até o queixo dele ficar pendurado sobre a espinha. O homem caiu como uma toalha molhada.

A cena rapidamente transformou-se em caos. O Mão Vermelha partiu para cima das fileiras formadas por seus compatriotas, sua força assombrosa amplificada pelo estado de frenesi. Ele usava os homens como porretes, batendo um contra o outro, até que ambos fossem uma casca sem vida. Arremessava homens do porto como se não tivessem nem ossos nem peso. A neve ficou tingida de vermelho enquanto o calor que vazava dos mutilados e caídos convertia o pó em neve semiderretida.

— Quem está aí? — gritou o Mão Vermelha repetidas vezes, embora ninguém ousasse responder. Dispararam-se tiros e esgrimiram-se espadas, mas isso apenas aumentou o sangue, uma vez que o pânico levou a fogo cruzado e a golpes desvairados.

Os homens que seguravam Senlin não o soltaram, mas deram alguns passos para trás, segurando-o como um escudo impotente entre eles e o assassino furioso. Senlin, esticando o pescoço em busca de algum sinal de ajuda ou fuga, avistou algo que teria feito seu coração transbordar se ele não tivesse certeza de que se tratava de uma alucinação ocasionada pelo Farelo. O que ele viu era impossível. Edith correndo em direção a ele, empurrando os homens do comissário para um lado, seu cotovelo erguido como o calço da lâmina de um arado. Era uma visão maravilhosa, mas esta era a Torre, ele lembrou a si mesmo. Ninguém viria resgatá-lo.

O Mão Vermelha, tendo devastado a corporação do comissário, agora se virou para Senlin, ainda preso pelos braços. As veias do assassino brilhavam com tanta intensidade que irradiavam através de sua pele: havia uma rede de fogo em seu corpo. O Mão Vermelha aproximou-se com um salto, projetando o braço como um aríete. Senlin jogou todo o seu peso para a direita, puxando o agente da esquerda para a linha de ataque. O golpe acertou a orelha do homem. O homem atingido retesou-se e caiu, puxando Senlin e o outro agente e formando uma pilha que se debatia. Prensado entre os dois homens, um inconsciente, talvez morto, o outro aterrorizado e praguejando, Senlin tentou sair da pilha. O peso em cima dele desvaneceu quando o Mão Vermelha pegou o agente que balbuciava profanações, acabando com o fluxo de palavras e segurando-o como um fazendeiro segura um frango pela cabeça. O Mão Vermelha apertou o pescoço do homem até ele fazer um estalo molhado, como um ovo jogado no chão.

Rolando como um caranguejo de barriga para cima, irremediavelmente preso no centro macio do agente debaixo dele, Senlin olhou boquiaberto para o carrasco assombrado. Não havia crueldade nem malevolência na expressão dele.

O Mão Vermelha se contorcia e piscava os olhos de uma maneira quase infantil.

— Quem está aí? — perguntou ele, embora fracamente. Sua inteligência desaparecera, sua postura de docente reduzida a um mero instinto primitivo. Ele estendeu o braço em direção a Senlin, quase entediado, embora sua mão fosse uma estrela radiante.

O punho de Edith atingiu a têmpora do assassino com a velocidade de um trem descendo a colina. O golpe deixou o Mão Vermelha esparramado sobre as tábuas cobertas de neve ao lado dele.

— Como? — perguntou Senlin, não acreditando na presença dela mesmo nesse momento. Só mais tarde Edith explicaria como pegara na corda de uma âncora e se balançara até alcançar a armação debaixo da plataforma. Ela ricocheteara de um lado para o outro como uma bola de bilhar e quase caíra e morrera. Mas pegara um punhado de seda que estava enroscado: restos embolados da *Canário*. Depois passou a meia hora seguinte escalando cruzes de ferro congeladas em meio à nevasca do século.

Edith puxou o pé de Senlin, dizendo:

— Precisamos chegar até a nave! — Enquanto ela falava, o Mão Vermelha se levantou outra vez. Um dos seus olhos havia saltado para fora e estava inclinado em um ângulo radical, em um ponto cego. Luz vermelha escorria pela abertura. O golpe parecia ter embotado a mania induzida pela droga. O que restava do seu olhar estava mais claro agora e apontava assustadoramente para Edith.

Ele veio voando para cima dela e ela o pegou pelas mãos. Eles lutaram equilibrando-se de modo instável, adernando na neve que aumentava. Senlin tirou a espada da bainha de um agente que não iria mais usá-la. Estava prestes a ir ajudar Edith quando surgiu um sabre entre eles, rápido como uma guilhotina. O comissário recuou com a espada, dando a Senlin apenas um momento para armar a defesa antes que Pound desse outra estocada. Senlin tropeçou com o ataque. O guarda-mão da espada do comissário era coberto de cravos prateados, cujo propósito ficou imediatamente evidente quando atingiu a bochecha de Senlin.

Um líquido quente escorreu pelo seu pescoço. Ele empurrou o comissário de volta para trás e assumiu a posição de luta que Iren lhe ensinara. Senlin lutou contra as arremetidas do comissário, esperando que seus músculos fossem lembrar os reflexos que tentara incutir neles com tanto afinco.

No entanto, antes que pudesse desenvolver qualquer confiança em sua abordagem, antes que qualquer semelhança de ritmo pudesse suavizar os movimentos de marionete e os puxões de seus membros, Marya saiu de trás do comissário como se houvesse virado um corredor da velha casinha deles. Ela vestia uma longa camisola branca com bainha de crochê. Seus pés estavam descalços. Ela estava tomando chá em uma de suas amadas xícaras lascadas de porcelana. Tinha uma expressão suave e alheia; era um olhar que não durava mais do que a primeira hora da manhã, um semblante que apenas o seu amante veria.

Senlin pagou um doloroso preço pela sua falta de concentração: uma pressão perfurante abalou os nervos de seu braço. Ele olhou para baixo e descobriu que o comissário espetara seu ombro. A espada foi retirada e a pontada de dor passou a ser uma dor latejante.

— Isso foi tão compensador — disse o comissário. — Você não consegue imaginar quanto eu fui repreendido por deixá-lo escapar. — Ele atacou outra vez, mas Senlin foi rápido em desviar do golpe. — Onde está o meu quadro?

Tentando ignorar agora o piano vertical que aparecera atrás do comissário, Senlin respondeu:
— A salvo.
— Essa palavra não existe — gracejou o comissário.
Marya não parecia notar que o marido estava envolvido em uma luta de espadas. Pousou a xícara na lateral do piano. Ajeitou a camisola como o pianista de um concerto faria no palco antes de sentar-se no banco. Olhou para Senlin por sobre o ombro.
— O que devo tocar? — perguntou ela, tirando o cabelo do rosto. A alegria familiar do seu sorriso entristeceu o coração de Senlin.
— Toque o que quiser — respondeu Senlin. O comissário, brevemente confuso pelo *non sequitur*, logo o tomou como um convite para um ataque.
Quando a luta reiniciou, Marya começou a tocar no seu característico estilo explosivo. Ela tocou uma velha e frenética música escocesa, uma música popular que as pessoas acompanhavam com palmas lá em sua terra natal. Ele quase podia ouvir as palmas agora. Não, na verdade, ele podia ouvi-las, assim como as canecas batendo nas mesas, e as pernas das cadeiras se arrastando no chão do bar. Enquanto ouvia, sentiu seus músculos se soltarem. Seus movimentos se tornaram mais fluidos. Foi atingido de novo, um golpe de viés nas costas da mão, mas pareceu indistinto e indolor, como se alguém houvesse apenas acariciado o pelo. Pound parecia distante, como um homem no fim de um túnel agitando os braços. A tampa do piano de Marya se abriu e a luz do sol jorrou como um diadema dourado. A luz bruxuleava sincronizada com a música. Um bando de pipas se juntou à luz, saindo da caixa do piano presas a cordas do instrumento, cada uma vibrando freneticamente com cor e som.

Senlin tropeçou em uma das cordas dos arpões que amarravam a *Ararat* ao porto. Marya e seu piano desapareceram. Ele teve de girar e derrapar na neve para não perder o pé e chegou perigosamente perto da borda do porto. O comissário, afoito demais e calculando mal a distância, golpeou Senlin, mas atingiu apenas a corda que o fizera tropeçar, cortando-a. Os ventos puxaram com força a fortaleza voadora do comissário, tentando afastá-la da Torre e atraí-la para a turbulenta tempestade. A perda dessa âncora deu início a uma reação em cadeia. A corda de arpão mais próxima vibrou com a pressão adicional e se rompeu rapidamente. A *Ararat* levantou do porto e a ponte levadiça, antes nivelada, agora apresentava uma inclinação íngreme.

O comissário, percebendo que sua nave estava a ponto de ser arrancada de seu ancoradouro, correu para a ponte levadiça enquanto ela raspava freneticamente contra a extremidade do cais. Atrás dele, um dos arpões de ancoragem se soltou, depois outro, e outro, até permanecer uma corda tênue. Pound saltou para a ponte no exato momento em que uma rajada vertical de vento fez a *Ararat* baixar. A última corda se rompeu. O comissário ficou pendurado ao ar livre por um instante: seus membros giravam como os de um gato em queda e a ponte levadiça bateu solta na ponta das correntes que a seguravam. O vento mudou de novo e o portal pareceu engoli-lo. Ele rolou para dentro das entranhas da nave. A *Ararat* afastou-se do porto e foi tragada pela neve.

Lúcido de momento, Senlin procurou sinais de Edith e encontrou-a perigosamente perto do precipício da plataforma. Ela segurava o Mão Vermelha pela nuca com o braço esticado, como alguém seguraria uma cobra venenosa. O assassino se agitava, porém, ela o erguera do chão e ele não conseguia dobrar os braços suficientemente para trás para alcançá-la. Seu braço mecânico, entalhado com cachos e dardos como videiras ao redor de um tronco, brilhava sob a luz vermelha do seu prisioneiro. Ela o segurava sobre o precipício. Era milagroso que ela houvesse pego aquele homem e Senlin não conseguia entender por que hesitava, por que simplesmente não soltava o Mão Vermelha e o entregava ao destino dele.

Ainda a alguns passos de distância, Senlin ouviu o Mão Vermelha falar em um gargarejo deformado.

— Espere, irmã, espere! — disse ele. — O que vai dizer à Esfinge? Você não pode.

A natureza estranha do seu apelo, essa alusão a alguma conexão familiar, fez Senlin estremecer. Ela certamente não estava levando em consideração o apelo daquela monstruosidade! Edith não tinha nada em comum com esse assassino.

E, no entanto, por mais impossível que fosse, ela hesitava. Senlin não pôde ver seu rosto naquele prolongado segundo durante o qual ponderou sobre o destino do Mão Vermelha. Depois sua mão se abriu, o braço dela baixou e ele sumiu.

Senlin chegou ao lado dela, sentindo uma onda de alívio. Sem dúvida, pensou ele, era natural hesitar antes de matar outro ser humano, por mais vil e perverso que fosse. Ela só ponderara por um momento, dando tempo para a sua consciência entender as conclusões do bom senso e da justiça. Ela jamais o deixaria viver.

Então Senlin viu que a pequena gaveta da omoplata estava aberta, oferecendo sua ampola de soro vermelho brilhante descarregada para substituição. O poderoso braço metálico pendia morto ao seu lado.

Ela lhe lançou um olhar que era tanto pesaroso quanto aliviado.

— E às vezes o vapor acaba na hora certa — ela disse, lembrando a conversa que eles haviam tido na noite anterior. Senlin não conseguiu pensar em nada para responder.

Um trovão ressoou nas espessas nuvens de neve, depois se tornou um assobio, e o assobio se transformou em uma explosão contra a face da Torre.

— Eles estão disparando os canhões às cegas! — exclamou Senlin, sentindo-se quase contente; ele preferia ser atingido a continuar esse momento perturbador. — Temos de ir embora antes que eles acertem um tiro. Mas primeiro temos de pegar Iren.

Senlin pegou o aerobastão e o quadro de Marya que Ogier pintara, agora livre da droga pela neve fustigante, e depois correu com Edith até o guindaste que desabara. Eles encontraram Iren meio enterrada sob um monte de neve, inconsciente, porém gemendo.

— Você tem certeza de que ela quer vir com a gente? Você a recrutou ou isso é um sequestro? — perguntou Edith. Senlin ponderou por um momento e uma bola de canhão atingiu a extremidade do porto onde eles haviam estado pouco tempo antes, formando um gêiser de lascas.

— Isso importa? — ele retorquiu. Eles a tiraram dos escombros, Edith ajudando o melhor que podia com um único braço. Arrastaram a amazona como um trenó até a prancha da *Nuvem de pedra*. Foi necessária a ajuda de todos para colocá-la a bordo. Adam informou o estado da nave enquanto todos se esforçavam para fazê-la passar pelo fosso. Estava tudo pronto para zarpar.

Os tiros de canhão estavam mais regulares, porém não menos desvairados. A *Ararat* ainda pairava, encoberta pelas nuvens, não muito longe do porto. Senlin não tinha nenhum interesse em ser arrastado para aquela direção. Ele só podia esperar que sua corrente de fuga não houvesse sido interrompida pela tempestade.

Edith, assumindo naturalmente suas tarefas de imediata, orquestrou a partida. Ficou no leme, orientando Voleta e

Adam a soltar os cabos de amarração quando ela falasse. Ela gritou "agora!" com uma voz que superou o vento e os tiros de canhão. Assim que as cordas foram soltas, ela moveu a alavanca e a escotilha do lastro se abriu, derramando toda a sua carga de água salgada em um instante.

A nave disparou para o alto em um ritmo nauseante. O vento os empurrou de volta para perto da Torre, a traseira primeiro. Pareceu, por um momento, que eles seriam arremessados contra os impenetráveis blocos de pedra, mas logo entraram na corrente que Senlin descobrira e o terrível adernamento cessou. Em um piscar de olhos, o Porto de Goll ficou atrás da cortina da tempestade. As armas da *Ararat* recuaram. Eles haviam escapado.

Mas não havia tempo para um momento de triunfo. Eles não tinham lastro e sua trajetória estava além do seu controle. Eles estavam passando pela escuridão e entrando no coração explosivo da tempestade.

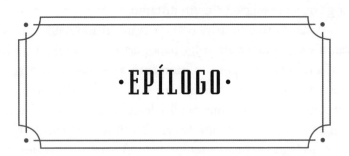

· EPÍLOGO ·

EXTRAÍDO DE: *A TORRE DOS LEIGOS, A LUTA DE UM HOMEM*

Meu velho nome estragou-se, semelhante a um ovo rachado, devido à exposição ao ar. *Thomas Senlin* passou com demasiada frequência pelos lábios dos soberbos e dos perigosos. Pronunciá-lo, mesmo em terras estranhas, pode fazer as pessoas lembrarem algo que eu prefiro deixar esquecido. Por isso, solicito um nome novo e escolhi um que é uma maldição onipresente: sou Tom Lamma, capitão da *Nuvem de pedra*.

Tendo em vista que começamos uma viagem, é necessária uma avaliação franca do nosso estado e estoque atuais. A nave é aeronavegável, mas está danificada, e sua tripulação, da mesma forma, é imperfeita. Minha imediata é uma mulher de caráter e força infinitos, mas Edith, desconfio eu, ainda está perturbada, apesar da elaborada atadura de suas feridas. Seu passado recente é um enigma e receio que ela esteja escondendo de todos nós algo vital e potencialmente perigoso.

Acredito que Adam, que deve tornar-se o nosso engenheiro, será um amigo leal até que o bem-estar de sua irmã seja colocado em questão. Eu não o levo a mal por conta disso, mas sua incapacidade de confiar torna sua devoção por ela particularmente traiçoeira. Ele não vai compartilhar suas reflexões nem divulgar suas decisões quando ela estiver envolvida. Ele trairia o mundo para salvá-la do perigo.

Se existe uma faísca brilhante e confiável nesta nave é Voleta. Ela é mais corajosa e mais capaz do que seu irmão admite. Acho que vai viver no alto do cordame. Já subiu e escalou todas as superfícies da nave como um esquilo; já se pendurou na âncora e venceu a colina de seda do balão. É uma vigia nata, se algum dia houve uma. Iren, claro, é nossa mestre de armas. Ela é a única em quem eu confiaria para lidar com o canhão e penso nela como a nossa principal defensora e estrategista. Não estou totalmente seguro de que ela queria vir conosco ou se foi arrastada para o nosso grupo pelo destino. Seja como for, estou feliz de tê-la conosco.

Nosso problema imediato é o dos suprimentos. Tiraram tudo da nave antes de nós a tirarmos do porto. Estamos mal equipados para qualquer missão e estamos pobres como indigentes, para começar. Estamos com pouco combustível e não temos nada para comer a não ser carne de pombo desde que partimos. Em muitos sentidos, nosso desespero aumentou desde a nossa fuga, o que ajuda a explicar por que tão poucos tentam fazer isso. Com a subjugação vem a certeza. A liberdade é cheia de apostas. Mas falei sério quando disse a Edith uma noite antes de a odisseia começar: precisamos compartilhar os nossos fardos se quisermos sobreviver.

Assim que estivermos alimentados e com curativos e a nossa sobrevivência não for mais uma dúvida, pretendo seguir até o reino de Pelphia, sede dos Pell. Marya está esperando lá, tenho certeza.

A dose de crômio branco ainda tem de sair do meu sistema, embora eu tenha esperanças de que vá abaixar logo. Devo admitir que estou escrevendo isto na presença do fantasma de Marya, que aparece agora com alguma regularidade. Está com a mesma roupa que vestia no trem, com a blusa branca e o chapéu de explorador vermelho. Está sentada com a mão sobre a minha, a pele tão pura quanto um lírio. É terrivelmente perturbador e perigosamente nostálgico. Devo lembrar-me de que Marya não terá permanecido inalterada pela Torre. Só preciso olhar para o espelho para me convencer disso. Ela pode estar se passando pela mulher de outro homem, ou pode estar arruinada, como por muito pouco não aconteceu com Voleta, ou pode estar mutilada, como a pobre Edith.

Qualquer que seja o estado de Marya, qualquer que seja o meu, eu vou encontrá-la e vou levá-la para casa.

— Tom Lamma, capitão da *Nuvem de pedra*

·AGRADECIMENTOS·

Se vocês conhecem alguma coisa sobre os meus livros, o mais certo é que devem agradecer a Mark Lawrence. Não fosse por ele e pelo seu maravilhoso prêmio *Self--Published Fantasy Blog-Off*, meus livros provavelmente teriam sido relegados ao esquecimento dos não lidos. Obrigado, Mark.

Devo agradecer ao meu agente, Ian Drury, e, na verdade, a todas as pessoas na *Sheil Land Associates*, por encontrar um editor maravilhoso na *Orbit Books* para estabelecer uma parceria comigo.

Gostaria de agradecer a todas as pessoas que tiraram um tempo para escrever uma resenha, inclusive Jared, da *Pornokitsch*, que atraiu a atenção de Mark Lawrence pela primeira vez, Adam Whitehead, da *The Wertzone*, que atiçou as chamas do interesse, e Emily May, que ajudou a divulgar a série para a comunidade *Goodreads*. Também gostaria de agradecer o próspero e acolhedor *subreddit* "r/fantasy" por me proporcionar uma comunidade online muito necessária.

Gostaria de agradecer à comunidade de escritores que participou do *Self-Published Fantasy Blog-Off* de 2016: Dyrk Ashton, Phil Tucker, Timandra Whitecastle, Benedict Patrick e David Benem (entre muitos outros), todos os quais são incrivelmente talentosos e esforçados e merecedores da sua atenção.

Obrigado a todos os meus amigos que apoiaram o processo de escrita e publicação: Monica Zaleski, Allison e Dave Symonds, Renee Wolcott e Kevin Wisniewski. Obrigado a Nicholas Reading e Ivan Fehrenbach por ler os primeiros esboços desta aventura (*Cavete Idibus Martiis*). Obrigado a Benjamin e Will Viss por me apoiarem com conselhos, incentivo e música alta.

Obrigado aos meus pais, Josiah e Barbara Bancroft, por me ensinarem a amar a escrita e a leitura, por me darem todas as oportunidades de seguir a minha paixão e por me apoiarem em muitos falsos começos na vida.

Devo a Ian Leino mais gratidão do que pode ser expressada em algumas linhas.

Claro, ele deu à série sua impressionante arte de capa, que atraiu muitos, muitos leitores, mas também me ensinou a sobreviver e ser bem-sucedido como artista independente. Compadeceu-se quando eu estava desmotivado, aconselhou-me quando eu não dava ouvidos a mais ninguém e me deu um chute quando eu precisava levar um chute. Ninguém jamais teve um amigo melhor.

Por fim, gostaria de agradecer à minha esposa, Sharon, que me deu apoio emocional, criativo e financeiro durante tantos projetos mal concebidos e que, apesar de todos os meus esforços para dissuadi-la, nunca perdeu fé em mim. Se não fosse por seu amor e apoio, eu não teria confiança, foco ou oportunidade para escrever esses livros.

Esta obra foi composta em Caslon Pro e Bernina Sans e impressa em papel Pólen Soft 70g com capa em Cartão Trip Suzano 250g pela Gráfica Corprint para Editora Morro Branco em março de 2020